人间芳华

庞善强 —— 著

上

山西出版传媒集团　北岳文艺出版社
BEIYUE LITERATURE & ART PUBLISHING HOUSE

·太原·

图书在版编目（CIP）数据

人间芳华 / 庞善强著 . — 太原 : 北岳文艺出版社，
2022.10

ISBN 978-7-5378-6652-1

Ⅰ. ①人… Ⅱ. ①庞… Ⅲ. ①长篇小说—中国—当代
Ⅳ. ① I247.5

中国版本图书馆 CIP 数据核字 (2022) 第 254243 号

人间芳华

庞善强◎著

策　划　中共大同市云州区委宣传部

//

出品人

郭文礼

责任编辑

孙　茜

刘晓京

书籍设计

张永文

印装监制

郭　勇

出版发行 : 山西出版传媒集团·北岳文艺出版社

地　址 : 山西省太原市并州南路 57 号　邮　编 : 030012

电　话 : 0351-5628696（发行部）　　0351-5628688（总编室）

传　真 : 0351-5628680

网　址 : http://www.bywy.com　E-mail:bywycbs@163.com

经销商 : 新华书店

印刷装订 : 山西海德印务有限公司

开　本 : 787mm×1092mm　　1 /16

总字数 : 613 千字

总印张 : 44.125

版　次 : 2022 年 10 月 第 1 版

印　次 : 2023 年 2 月 山西第 1 次印刷

书　号 : ISBN 978-7-5378-6652-1

定　价 : 98.00 元（上、下册）

谨以此书
献给我深爱的那片土地和家乡的父老乡亲

目 录 /

木根之死

　　"泼火正投寒食日，催耕并及杏花时。"

　　2011 年 4 月 13 日清晨，从古都恒州市通往北京方向的 109 国道上，一辆黑色北京现代牌小轿车正向平邑县方向驶去。小车的后座上坐着一位四十多岁戴眼镜的男人，只见他容止端严，双目炯炯眺望着窗外。灰不溜秋的黄土地里，间或有一树杏花一闪而过，那杏花们却是铆足了精神，亮闪闪的，含苞吐蕊；萧索落寞的黄土地里，偶尔还会有一个两个挥锹撒粪的老农，或者一头两头缓缓犁地的老牛。

　　那老牛仿佛从千年的古画中走出来，土地还是那片土地，犁铧还是千年前的曲辕犁，但老农以及老农手里的鞭子哪堪千年的重负，他们早已蜕化为一缕轻飘飘的风，老牛便在这风中喷出沉重的呼吸，犁铧在老农与老牛之间腾起一股翻卷的黄土尘。蓦然，他看见一头老牛在一声歇斯底里的吆喝声中停下了脚步。

　　"吁、吁、吁……"

　　老农挺起僵硬的脖颈，像是暮秋中挣扎着顶出地皮的一株灯芯草，只是他内心里的灯似乎早已经熄灭，有的仅仅是两眼中的迷茫与无助。老农看一眼湛蓝的天，搭起手再看一眼，随即那头颅像是霜打的莲蓬，重重地低垂下来。他将犁铧赤条条地提上垄沟，霎时闪出几眼粲然的白。尽管那犁铧的白曜如天日，亮得刺眼，但是老农与老牛的眼里始终点燃不了一丁点的火星子，他们的双眸一如这贫瘠干裂的黄土地，黯然而毫无生气。

在这辆轿车的前面是一辆从恒州市古城开来的大巴车，车上一共十三四个人，他们彼此间闲扯着聊天，熟识得仿佛是邻居。什么平邑县城东山上的一对恋人殉情自杀了，什么县城北水泉村的一个老光棍跳墙把尾骨摔裂了……在人们一路的说笑声中，这时间便显得过分短暂。等大巴拐进了平邑县城，车上刚才还欢声笑语的乘客都静了下来，他们贴着车窗看着眼前这个几十年几乎未变的小城，脸上顿时露出了失落之色。与恒州古城不足三十公里的空间跨度，这里的市容与市貌瞬间带给他们恍若隔世的感觉。

人们在一阵唏嘘声中结束了意犹未尽的一段旅途，开始漫不经心地收拾起大包小包的东西。客车却在马路边停了下来，前面的街道上围拢了一群人。车门豁然打开后，一个个乘客便拎着东西下了车，向人群那边瞥一眼，便各奔而去。

现代车跟在大巴车后也停了下来，车窗玻璃缓缓降了多半截，年轻的司机探头瞅了一眼。

"梅书记，前面堵车了，不知发生了什么事。"

"小李，你把车停靠在路边，我下去看看。"

梅奕瀚分开众人挤了进去。一位文质彬彬的戴眼镜老者正与一个穿着制服的人争论着，旁边停着一辆农用三轮车，车上拉着谷米、糕面、土豆以及黄花干菜，三轮车前站着一位老农，旁边是一位刘海齐额、扎着马尾、面目清秀的姑娘。

"你没有权力收费。"老者说。

"我怎么没有权力？我们环卫处就有这个权力。"

那人拿着一本收据，瞪着眼珠子在老者的面前挥舞着。

"就算你有这个权力，你是环卫单位的，不能冒充市容管理工作人员。”

“我不是冒充，是受环卫处和市容管理大队双重委派出来收费。”

“不管怎么说，你这是乱收费。这位农民兄弟还没有摆摊卖东西，你就要收人家五十块钱。你知道一个农民辛辛苦苦一年下来能收入多少钱？”

“我不管他收入多少钱，只要他在县城里做生意，就得按月缴纳卫生费和管理费。”

围观的群众有人悄声说：“太黑了，这家伙搂钱都已经眼黑了。”

梅奕瀚马上便明白了事情的原委。他走到那个穿制服的人面前，问道：“你到底是哪个单位的？”

那人上下打量了一下梅奕瀚，见他穿着朴素，又觉得眼生，便一抬眉恼怒地说：“你管我是哪个单位的。你是干什么的？哪来的？”

“请出示你的工作证、上岗证，以及相关单位委派你收费的批文。”梅奕瀚严厉地盯视着那人。

“凭什么我要拿给你看？”

“如果没有证件，你就是冒充公职人员私自乱收费，这是违法的。”

“什么违法？我就收了，你能把我怎么样？”

面对挑衅，梅奕瀚竟一时无言。是的，他现在又能怎样。眼下，他的身份无非是茫茫众生中一个匆匆的过客，他的话对于这狂妄之徒自然形同一股风。

“奕瀚！”人群中忽然有人叫了一声。

梅奕瀚寻声看去，斜对面站着的是多年未见的大学同学皇甫一南。

“一南。”梅奕瀚向对方招了招手。

皇甫一南走到梅奕瀚的身边，向众人说：“大家静一静，静一静，这位是咱们县刚刚到任的县委书记梅奕瀚。”

“县委书记？”众人的目光齐刷刷地落在梅奕瀚的身上。

那人显然被这句话镇住了，他慌乱地看了梅奕瀚一眼，便赶快撒开脚丫溜走了。

梅奕瀚问三轮车旁的那个农民："老哥哥，你是哪里的？叫啥名字？"

"古家庄乡的，我叫黄炳福。"

梅奕瀚抓起一小撮黄花菜放在鼻子下闻闻，一股淡淡的清香。他笑眯眯地说："这黄花菜很不错，是你自己种的吗？"

"是我种的。"

"村里种黄花的人多吗？"

"就我一家，地里浇不上水，村里人又嫌这东西难侍弄。"

"你家里有几口人？"

"现在十一口人，两个儿子成家了，在城里上班，都有了自己的孩子。这是我的大女儿叫黄雅萱，年前也刚结婚，还有一个小闺女在上学。"

"小姑娘，你叫黄雅萱？这个名字好。"

那姑娘并没有回答，只是规规矩矩站在那里，她双目清纯面带微笑直盯盯地看着梅奕瀚。

"梅书记问你叫啥名字哩。"黄炳福附在姑娘的耳边大声说。

"我叫黄雅萱，可村里人一直叫我黄花。"黄雅萱说话时有一点僵硬吃力。

"雅萱不就是黄花嘛，乡亲们这样称呼你更是亲切。"梅奕瀚也近前一步，贴近黄雅萱大声说。

"主要是因为我爹一辈子喜欢侍弄黄花。"

"好，有一位酷爱黄花的父亲，才会有你这样一位优秀的黄花闺女。"

"可我并不优秀。我是因病造成听力障碍，早早就不能上学了。"

"但我能看得出来，你纯洁善良，有一颗金子般的心。"

黄雅萱的眼神一亮，她害羞地低下了头。

梅奕瀚又将目光移至黄炳福的身上。

"去年你家收入怎么样？"

"怎么说哩，还算可以吧。"

"那就好。你们先安心去卖农产品，以后绝不会有人再来乱收费了。"

皇甫一南又向众人挥了挥手，说："大家都散了吧，堵在街道上影响交通。"

"一南，咱们好多年不见了，你怎么知道我调任到这里工作了？"

"我在县科协工作，咋能不知道你调任到这里。听说上午十点，常务副县长姚梦达已经安排新上任的县委书记和县长、县常委五大班子的领导以及机关、各局、乡镇的主要负责同志有个见面会，说是大家先认识一下，方便以后开展工作。"

"刚才擅自出来收费的那个人是谁？"

"他叫梁明义，是县委常委梁明仁的弟弟。梁明仁一共兄弟四人，分别以'仁、义、理、达'排序。可是，这个梁明义却是个好吃懒做的混混，每天出来乱收费，老百姓的怨言很大。刚才与他争辩的那位老同志是县党校的校长姚苌，人们称他是'一部坦荡的活字典'，县里的事情没有他不清楚的。姚老为人正派，心地纯洁，前几年为了修缮党校的房子，硬是亲自跑到省里去筹资，只是今年就要退休了。"

"县党校修房子，怎么要去省里筹资？"

"这个说来话长了，以后有时间我慢慢和你聊。"

"沈杰来了没有？"

"沈县长可能还在路上。我想，你和他一定很熟。"

"只是在市里组织的工作会议上偶尔碰面，并没有过多的交往。"

"我知道你以前来过平邑县，用不着我介绍。咱们这里就是巴掌大的一个县城，站在十字街，东南西北四条街便一目了然。不过，这也有个好处，在县城里办事用不着开车，溜溜达达走几步也就到了。"

梅奕瀚看了看街道两旁，不禁微蹙双眉。此时，刚过早八点，街边上显得冷冷清清，看不到小商小贩出来做买卖。路边的店铺已经开门营业，不时有小喇叭的吆喝声响起："馄饨、油条、豆腐脑，羊杂、削面、包子、稀饭啦……"

"奕瀚，先吃点东西吧。"

"不用了，我早上经常外出工作，很少有机会吃早饭，现在已经习惯了。"

从梅奕瀚的身后缓缓开过来一辆车，开车的是一位四十多岁的女子，只见她左顾右盼，似乎在寻找着什么。当她看到皇甫一南时，便将车子停了下来。

"一南。"那女子叫了一声，便打开车门走了下来。

昨夜，平邑县南的天户山下却是席卷了一场倒春寒。月城村的杏花们刚刚你拥我挤地挣扎着努出了嘴，还未及抬头长长呼吸一口气，便被一晚的寒流给彻底冻蔫了。毕竟已然是春天，万物皆有梦，杏花蔫了还有其他的花儿要开。这就如同昨夜木根爷的死，木根虽然死了，但月城村其他的人还得继续活，为了这个心怀梦想的春天，更为了茫然无测的未来。

月城村的人们早已经习惯了死静，就算是有人裤裆里憋不住一个屁，也会暴雷似的很快传到邻居的耳朵里。猝然，实孩儿连续发出尖喳喳的叫喊声，着实把村里的人惊吓得不轻。

"木根爷死了，木根爷死了……"

人们便在山谷间的回荡声中丢下手里的活计，急慌慌地出了家门，三三两两跑到木根家的院子。大家拥挤着爬在窗户前看看，再看看，顿时一脸的惶恐，一个个急忙调转了头，彼此叹息着念叨着。

"这么好的一个人，咋就寻死了？"

"就是嘛，昨天还看见他在街门口晒太阳哩。"

"唉，死了好，死了就不受罪了。"

随后，一伙人慢慢走了出去，又一伙人走了出去，院子里变得空空荡荡，一切又恢复了平静。

木根一辈子光棍儿一条，了无牵挂。而月城村多得是留守的中老年人，这些老人或者老人的老人们，膝下都有子女，他们一个个眼巴巴地还盼着多活几年，期待能从那耕耘了千百年的黄土地里，多刨闹出几口袋粮食来。无奈老天爷不长眼，偏偏要在春夏之际卡庄户人的脖子，地里干旱种不进去，即使熬盼着那田垄里长出了苗子，终究是灰塌塌的，挺不起个腰杆子。

村支书孙财旺叫来实孩儿，让他给村里德高望重的陈德懋老人传去了话，说："木根爷死了，他无儿无女，可是他是咱陈家的人，这事不能不管。如果没有人插手操办木根爷的后事，还不让村里人看笑话。"

曹彩霞坐在灶台前正往灶膛里塞柴草，后灶锅里的玉米面块垒刚刚炒好，前灶一锅小米稀饭熬煮得正欢。她看了公公一眼，将一把柴草又放了下来。

"爹，要我说，这事轮不到您去管。"

陈德懋摘掉老花镜，放下手里已经泛黄的书。他瞅了眼锅里"咕嘟、咕嘟"沸腾的粥，再看着木呆呆的实孩儿，许久才说："亏他还是个村支书，人都已经死了，他咋还分得这么清。就算是一只猫、一条狗死了，我们也得善待，更何况木根是一个人，是咱月城村的人。"

陈德懋说着话，把拐棍儿慢慢地竖在灶台边，两条腿软绵绵地耷拉在炕沿上。

"爹，您这是要下地？"

曹彩霞将额头的一绺头发捋到耳际。她近前一步，伸手上去扶住陈德懋。

"爹，您小心点。"

"你忙你的，我想坐在炕沿边上歇歇腿。"

陈德懋再瞅了瞅实孩儿："是谁发现木根死的？"

"是我。"实孩儿说，"木根爷身体不好，我一直抽空儿给他家担水。那天，木根爷怪怪地对我说，要是哪天看见他家的窗户上捅开了一个大窟窿，以后就不用给他担水了。我不明白木根爷说这话的意思，总以为是他在戏弄我。今天早上我去给木根爷送水，一进院子就看见木根爷家的一扇窗户开了一个大窟窿，结果发现木根爷头枕着炕沿死了，他的脖子上悬吊着一块大石头。"

"啥，大石头？"

陈德懋微微张开黑洞洞的嘴里是满满的惊愕。稍后，他叹息一声。

"唉，木根这是自寻死路。咱村里有个习俗，人死后是要打破窗户的，否则那魂儿无法回归四野。这人啊，从巴掌大赤条条地来到世上，好也罢赖也罢，折腾了一辈子，终归还得回到这黄土地里，这就是宿命。木根一辈子没有子女，这是他准备好了后事才去自绝的，他对这个世间已经毫无留恋与牵挂了。"

"怎么会这样？"实孩儿傻傻地站在那里。

"实孩儿，有些事你还不懂，咱村因贫穷引发的寻短见事情不是木根一个人。前些年，咱村的大满因为娶不到媳妇，他悬挂在自家窑洞的窗户上自杀了，临死时赤裸着身子，故意裸露着挺举的下半身，好像专为向世人述说什么。后来，咱村的二云又是为了一个媳妇疯掉了，这贫穷就是一把杀人不见血的刀啊。"

"德懋爷……"

"我听说，你还经常帮着村里的赵华娥、常青妈这些老人们干活，真是个好孩子。"陈德懋探手摸摸实孩儿的头，"这几天没去白灰窑打零工？"

"爷，我想学司机，打算等种完地后跟车往西安那边跑运煤，顺便出去见见世面。"

"哦，你在咱村白灰窑打了四年工，家里也没攒下几个钱，学个司机倒也是一条好出路。眼看着你也长大了，今年十七岁了吧？这年头种地挣不了钱，应该出去学一门手艺。"

"爷，我虚岁十八了。"

"那你更得赶快给自己找一条出路。你爹走得早，撇下了你们孤儿寡母，你又没有一点依靠，就咱村的现状，没点真本事，以后想娶媳妇，难呀。你看你木根爷，辛辛苦苦一辈子，临了也没个自己的骨肉给他送终。"

陈德懋当然明白曹彩霞刚才话中的意思。孙财旺托实孩儿过来传话，实则是借鸡下蛋。作为村支书，他又是与木根血缘关系最近的陈家女婿，木根的后事本该由他去张罗。

陈德懋摇了摇头，说："实孩儿，你去把孙财旺、陈大勇、陈明亮找来，我和他们商量些事情。另外，待会儿你春山叔要回来，你们再找几个帮手，先给木根弄块荒地或崖头打好墓。可怜的木根啊，一辈子光棍儿，最终落下个入不了祖坟。"

"春山叔哪去了？"

"他一大早赶上牛车往地里送粪，估计快回来了。"

"爷，天不下雨，那地干得种不进去。"

"种不进去也得种。先把种子埋进去，咱就等老天爷吧。"

曹彩霞将一个四方的木框放在炕上，然后端起一铁锅熬好的粥直接稳在木框上，接着铲出了后灶锅里的块垒，转身从墙角的黑瓮里捞了一大碗酸菜，再从灶膛里掏出几个烧好的土豆。她用笤帚疙瘩去磨那土豆上烧得焦黑部分，一层黄脆的土豆壳慢慢暴露出来。

"今年谷种又换了，变成了玉龙丹8号。孙财旺昨天刚拉回来，说是给县里的一家种子公司代销，过几天化肥也运回来了。不过，他说今年不能用粮食换，得用钱购买。"曹彩霞说。

"去年他代销种子时，说的是什么新品种、产量高，到头来收成还是一个样，谁能知道他卖的这种子到底是真还是假？"陈德懋说。

"爷，从孙财旺那里购买化肥种子有个好处，贵是贵了点，但是能赊账。咱村里大多数人家手头紧，这样能缓和一段时间。"

"孙财旺就是抓住了村民手头紧，才赚了这化肥和种子的钱。"曹彩霞说。

街门"吧嗒"一声响，陈德懋转身看去，只见陈春山迈着大步走了进来。

"春山，你咋一个人回来了，牛和车呢？"曹彩霞问。

"乡党委书记马文涛要来咱们村，半道上他的车陷进沟渠里，我回来取镐头、铁钎，想用咱家老牛把那车拽出来。"

"爷，我这就去叫人，待会儿和春山叔去帮马书记。"

"也好，让你春山叔先扒拉两口饭。"曹彩霞说。

陈德懋再轻叹一声："唉，咱村这条路自打北魏到民国，一直是恒州往中原的重要官道，现在竟然寸步难行。去吧，你们先去办这件事情。"

实孩儿刚出陈德懋的家，一股寒风刮来，不觉身子打了个冷颤。

尴尬的早餐

两天前的傍晚，梅奕瀚专门去了一趟恒州市博物馆。

这栋位于恒州市城区清远广场形似于人民大会堂的宏大建筑，是1969年4月1日正式奠基开工建设的，时称"毛泽东思想展览馆"。当年，全市党政军领导和数以万计的群众，他们怀着极大的政治热忱参加了建馆的义务劳动，从初始设计到施工完成仅用了一年多时间，建成后成为恒州市各类政治集会和社会文化活动的重要场所。1972年，这栋展览馆的西侧改建为恒州市最大的商业场所清远商场。此后，摆脱了计划经济体制束缚的清远商场，在晋、冀、蒙人们的心中占有重要的地位，每日接待顾客达五六万人次。改革开放以后，私营商场如雨后春笋般迅速崛起，20世纪90年代末，国营清远商场在改革的浪潮中黯然地终结了历史使命。直到2007年后，恒州市图书馆、博物馆分别入驻这栋楼里，成了集博物馆、展览馆、图书馆三馆一体的现代化综合场所。

梅奕瀚想起刚分配到云中地委工作那年，每逢周末必先到恒州市展览馆观看红色革命展览，然后再转到西侧的清远商场去感受挨挨挤挤人流涌动的壮观场面。清远商场营业面积八千五百多平方米，上下六个大厅的商品琳琅满目。梅奕瀚最喜欢看商场内收银台独特的工作场景。每个营业厅的中部为收银台，其上空固定着一条条钢丝轨道伸向四面八方，轨道上悬着一个个带轮的钩子，钩子上套着亮花花的纸夹数个。顾客购物时交款，售货员便把购物票和钱用上边的纸夹夹住，再用力掷出，纸夹便像一颗颗闪眼的星按固定的轨道路线飞速奔向收银台，收银员忙不迭地收款、找零、盖章后，再用同样方法将票据和零钱掷回柜台。纸夹亮花花的，飞来飞去，便将所有人的心思点亮，梅奕瀚的心思亦随之飞得越来越远。

如今二十八年过去了，梅奕瀚再站在展览馆的外面，看着眼前寂静肃穆的这栋楼，内心里却是无比纠结。广场正南的邮电大楼，是恒州市的地标建筑，其顶端居中一挂偌大的机械钟表发出了厚重悠扬的钟声。20世纪80年代，恒州市的人民从早上六点伴着"东方红"嘹亮的曲子和那钟声开启了崭新的一天，路上自行车流浩浩荡荡绵延无尽，直到晚上九点再伴着那振奋人心的曲子和钟声结束了一天愉快的工作。如今，钟表还是过去的钟表，但此时已经没有了那曲子，而这钟声恰似旷野风卷的麦浪，一波沉甸甸地倒伏下去，一波再兴冲冲地反卷起来。梅奕瀚只感觉有碎碎叨叨的麦花在他的心里摇来晃去，竟一时让他无所适从。他再顺着展览馆向西眺望，不禁一声轻叹，然后顺着东侧进入了恒州市博物馆，展厅里已经没有了游客。以前，梅奕瀚也曾多次到过博物馆，但是他觉得唯有这次前来，内心里平添了一些难以言状的东西。博物馆共有四个展厅，突出呈现恒州市二千多年灿烂的历史文化，以及作为三代京华的绚烂画卷。他顺着展厅欣赏着一件件精美的文物，有唐代菱花形花卉纹铜镜、司马金龙墓出土的仪仗队伍俑群、宋绍祖墓石椁、波斯银币、鲜卑佩饰、北魏青瓷，件件珍品让人目不暇接。他在一个展柜里的元代景德镇影青瓷器前停了下来，只见这个瓷枕长32厘米，宽16厘米，高15.3厘米，座为长方形，瓷枕整体为富丽堂皇的宫殿造型；枕面为云形，上面刻有"卍"字锦纹，为宫殿的殿顶；宫殿四壁雕有垂花，四角璎珞下垂。

梅奕瀚正凝神注视着这件文物，听得有高跟鞋叩击楼梯的清脆声从二楼的展厅走了下来。他抬头看时，一位相貌端庄的女子目不斜视快步而行，然后径自走出大厅。梅奕瀚看着那女子远去的背影，感觉那么熟悉。虽然二十多年未见了，虽然岁月改变了她春华若玉的容貌，但是她骨子里的那份率真洒脱的气质依旧。有人说，天下万物唯有人会因势因利因境遇而嬗变，但是万物中亦唯有人能坚守住骨子里沉淀的稳定性。

"奕瀚，想什么呢？这是咱们大学同学范筱璇，不认识了吗？"皇甫一南说。

梅奕瀚的脑子里早闪现出一位任性活泼的女孩形象。那时，梅奕瀚是大学里学生会主席，范筱璇是秘书长，因她写得一手好文章，且五官精致，眉目间透露着一股民国才女陆小曼那种灵秀之气，同学们更喜欢称她为"范小曼"。

"你是梅奕瀚？老同学，二十多年不见了，我都快认不出你了。"

"筱璇，你好，很高兴在这里见到你。"

"筱璇现在是恒州大学教授。"皇甫一南解释说，"对了，你怎么一大早跑到平邑县了？"

"系里的任务，我正为论文的事搞一项社会调查。这不，一早从市里赶过来有点饿，想吃点早餐，偏巧遇见了你们。正好，咱们一起边吃饭边聊聊。"

梅奕瀚看看表，不到早八点，便叫上司机小李随皇甫一南走进了路边一家削面馆，店里空荡荡的，仅有两个人在此用餐。四人落座后，一个体态微胖的男人眯着眼走到了皇甫一南跟前。

"一南，有些时日不见你来照顾我的生意了，莫非县里又开不了工资啦？"

"刘三，别瞎说，赶快来四碗面。"

"我没瞎说，这个事谁不知道，县里开不了工资是常有的事。你们这些人呀，是饿着肚皮骨头硬。"那人又问了一句，"还舍不得吃个鸡蛋？"

皇甫一南尴尬地看了眼梅奕瀚，说："吃呢，每个碗里加一颗鸡蛋。"

"你今天算是大气了。"那人朝里屋喊了一声，"四碗刀削面，加四个卤鸡蛋，欢欢地端上来。"

打里屋探出一个汗津津的女人脑袋，她向外面看了看，然后将目光停在刘三身上，狠狠地瞪了他一眼。

梅奕瀚问："你是桑干河南岸人？"

"是的，是古家庄村的。你咋知道的？"

"你的乡音告诉了我。你们习惯说'这个'的'个'时，发音为'ga'，说'骨头'的'骨'时，发音为'ge'。此外，我还知道你曾经做过木匠，还是一个种田能手。"

刘三半张着嘴，露出一排大黄牙，像是耐心地等待叼住什么。

"你这人能着哩，咋猜出来的？"

"你的左眼小右眼大，左眼的皱纹较多，四周呈密集放射状，而你的右眼仅有少许的鱼尾纹，这是因为你过去常年闭着左眼瞅木线形成的。再看你的手，两手的手指关节大而突出，且十指僵硬，不能平展展地自由伸开，这说明你曾经长期使用劳动生产工具。"

刘三嘿嘿笑着说："日能哩，你这人日能着哩。"

"店里卖刀削面一天能用多少斤面粉？"

"差不多一袋白面。"

"一碗面多少钱？"

"五块。"

"这房租一年多少钱？"

"四万。"

梅奕瀚略作思考，说："这店虽小，一年下来大约能收入七万元左右，很不错。"

刘三依旧半张着嘴，说："日能哩，你咋算出的？"

"这很简单。好一点的面粉做刀削面，一斤白面得加半斤水，和好面后就是斤半，可以卖三碗面。半斤的削面煮出来后就是一大碗，一般饭量的人都够吃了。你店里的碗比较大，一斤白面和好后可以卖两碗半削面，一袋白面的毛利润就是 625 元。"梅奕瀚看了刘三一眼，"这臊子面吃的就是臊子的味道，碗里的面条不能放得太多，面和臊子放置的比例一定要协调，这面才好吃。"

刘三对于梅奕瀚的解释颇为认可，便点了点头。

"预估这店里每天有一半的顾客吃鸡蛋，约产生毛利 60 元。按照现在市场行情，一袋白面的成本价约 100 元；做肉臊子所需猪肉大约十斤，成本价 110 元；鸡蛋成本价约 25 元；葱姜蒜、辣椒、酱油、醋、食用油等等辅料，再加上水电费、燃气费、卫生费等费用，预估合计每天成本约 100 元；再扣除每天房租 110 元，那么日营业利润大约为 240 元，一个月就是 7200 元；还得扣除每月的应纳营业税约 560 元，那么月纯利润大约 6640 元左右。你过年过节总得休息一段时间，累计预估歇业一个月，再扣点其他损耗，一年差不多收入 70000 元左右。"

"你是税务局的吧？我可没有偷税漏税。"刘三忽然警觉起来。

梅奕瀚微微一笑，说："照章纳税，是每个公民应尽的责任和义务。刚才我算来算去没有算你和你媳妇的工资，若是将你们两人的工资再扣除了，或者再请一个帮工，这一年下来也落不下多少钱。按照现在劳务普通用工，一个成年男人打工最少月收入 2000 元，女工也得 1000 多元，两人就算是去打工，一年收入 40000 元左右不成问题。"

"你说得对，只是自己干有个好处，挣多挣少比较自由。对了，你咋知道厨房里面是我的媳妇？"

"她若是雇工，就不敢带着怨气那么瞪你。"

梅奕瀚又问："你为啥不种地出来做生意？"

"村里有点能耐的都出来了，种地挣不了钱，庄户人没出路。"

"你能不能讲一下你们村现在的实际状况？"范筱璇问。

此时，有三个顾客走了进来。刘三抛下一句话："有啥说的，贫困呗。"他便忙着去招呼客人。里屋走出那个女人，用托盘端着四碗面分别摆放在梅奕瀚他们面前，然后温和一笑。

范筱璇说："一南，刚才刘三说你们开不了工资，是真的吗？"

"过去有过这事，现在还好。"皇甫一南瞅了梅奕瀚一眼，赶忙转移了话题，"好不容易咱三人聚在一起，说点开心的事情。"

"要说最开心最浪漫最纯真的年代，还是20世纪80年代初咱们上大学那阵子。"范筱璇说。

"那时，一首《年轻的朋友来相会》刚刚红遍大江南北，曾砥砺鼓舞着多少热血青年，直至大学毕业时，又揪扯着多少人的心。我记得咱们毕业典礼晚会上，奕瀚满怀深情地朗诵了艾青的诗《我爱这片土地》，待他朗诵完毕，所有人的眼里都含着泪。节目最后，集体合唱《年轻的朋友来相会》，这首歌又让女生们哭了半宿。"皇甫一南说。

"可是，近三十年过去了，我们这代人都献出了青春和热情，但还是有那么多的老百姓挣扎在贫困线上。每一代青年都有一段美好的青春，而有的人青春始终无法盛开。"范筱璇说，"就拿平邑县来说，一个已经十几年的小康县教育竟然如此落后，还有一部分学生上不起学，他们的青春四顾茫茫。我听说平邑县调任来了新的县委书记，只是不知这位新书记是否能带给这一方百姓新的希望。"

"筱璇！"皇甫一南低沉地喊了一句。他看着梅奕瀚凝重的神情，又说，"对不起，我忘记给你介绍了，奕瀚就是新上任的县委书记。"

范筱璇不自觉地微张着嘴，然后向梅奕瀚歉意一笑。

一只奇怪的猫

古家庄乡党委书记兼乡长、人大主席马文涛正眺望着荒凉的四野心事重重。

乡政协联络组组长于强向月城村方向看了看，说："这陈春山咋还没有来？"

办公室主任贾为民缩着脖子，他低头左转转右看看，正查看陷入沟渠的桑塔纳轿车，并试图寻找解决办法。路旁一棵老杨树上拴着一头驾车的老牛，那牛低头向脚下的几棵荒草嗅来嗅去，然后抻起脖子"哞"地叫了一声。

北风掀起黄土一浪又一浪刮来。贾为民背对着风紧了紧上衣。他自言自语道："这倒霉的鬼天气，春四月咋还这么冷。要是车上带着千斤顶就好了，可以将车底盘先托起来，往坑里垫些石头，这车就能开出来。"

"就算是这车的问题解决了，村民们往地里送粪的车和拉庄稼的车陷进去该怎么办？总不能家家户户准备一个千斤顶吧。"

贾为民瞅了眼马文涛严肃而冰冷的脸，便急忙将目光瞥向了天户山。

马文涛看着灰茫茫的扬尘间裹夹着纷纷扬扬的茅草，不禁心生一缕凄楚。这些无从把握自己命运的草芥，一定也有过春梦，但是它们现在却成了风尘中无根无望的影子，它们将被风刮到哪里，哪里又会是它们的归宿？

马文涛想起刚到古家庄乡任职时，办公室墙上挂着的一块牌子。或许是因为马文涛刚上任，贾为民亲自忙着去打扫马文涛的办公室，拖地擦桌子，之后再整理上一任乡党委书记留下来的档案柜资料，接着又把墙上挂着的一块牌子擦得是光亮照人。

"别擦了，先把这块牌子放进档案柜。"

"马书记，为啥放起来？"

"你说呢？"

"这块'小康乡'的牌子自打十几年前下发到乡里，以前的书记一直挂在墙上。"

"你觉得咱们乡目前的状况配得上这块牌子吗？"

"这个……"

贾为民愣怔少许，便摘掉那块牌子放进了档案柜。

马文涛说："古家庄乡的情况我过去不是很了解。我走访了所有的村子，所看到的情况竟是如此糟糕。先不说老百姓的危房问题，有的村子抬腿走路也没有一处平坦的地方。像这样的村子，老百姓怎么能说达到了小康生活呢？显然还挣扎在贫困线上，这都是所谓的'小康'惹的祸。"

贾为民侧脸看一眼马文涛，他的喉头蠕动了一下，把滑到嘴边的话"咕噜"一声咽了下去。

马文涛又说："时势弄人，自打平邑县申报成为'小康县'，我们得不到国家及上级部门的政策扶持和资金扶助，相关的产业发展都面临着严重的困难。没办法，自己跌了一个大马趴，现在只能是靠自己的努力再想办法爬起来。2004年1月16日，信息产业部就已经下发了'村村通'工程试点工作的通知，可是咱们县戴着一顶'小康县'的帽子，一直得不到上级部门的重视，所以'村村通'工程发展滞后缓慢。今年春节刚过，县委县政府终于再次重启推进落实这项工作的具体实施，咱们乡剩余的几个村子必须加快实现村村通公路的目标，只有先把路修好了，我们才能带领乡亲们脱贫致富。"

"县委县政府又调整领导班子，听说今天新的县委书记和县长到任，这修路的事不会因此再搁浅了吧？"于强说。

"不会，怎么可能呢。倘若不是因为换届的事，或许这路还不修哩。"贾为民说。

马文涛想着那块"小康乡"的牌子，再看看脚下的路，不禁黯然地望向远方。

打北边坑坑洼洼的土路上出现了一个人，缓缓向月城村这边走来。待他行至近前，看看陷进坑里的车，再木然地看了看马文涛他们三人，便低着头自顾离去，他手里的塑料袋里装着六副草药。

"这是月城村的庞庆和。"于强说，"他最小的儿子已经离家五年，一直没有回来，家里也和他联系不上。这几年，庞庆和经常在村外的土丘上等儿子。这不，他老伴一着急就隔三差五的生病，他这是又去乡卫生院抓药了。"

"他儿子哪去了？"马文涛问。

"不清楚。"于强说，"听村里人讲，庞庆和有三个闺女两个儿子，大儿子是长子，六年前就病逝了，儿媳马二女拉扯了两个孩子一直没有再嫁。庞庆和把全家的希望都寄托在了小儿子庞伟的身上，一家人勒紧了裤带过日子，勤俭节约供养庞伟上学。这孩子果然也不负父母的厚望，九年前他考上了浙江大学，这在月城村算是天大的喜讯。从国家恢复高考以来，月城村考上大学的孩子也有几个，但考上国家重点大学的只有两人。村里人说，庞庆和有福气，庞伟这孩子总算是脱掉了这身穷皮，以后说不上还是国家干部哩。大学四年的时间，对于庞伟来说几乎是转瞬间；而对于庞庆和来说，沉重的学费压得他喘不过气来。庞庆和一天天地熬盼着儿子能赶快大学毕业，一旦儿子毕业后便可以自食其力。五年前，庞伟终于大学毕业了，可是庞庆和迟迟等不到儿子归来。正在庞庆和惶惶无措时，中秋节前三天庞伟回来了，他见到父母后竟是满脸的沮丧。"

"庞伟发生了什么事？"

"没找到工作呗。"于强说，"庞庆和没有想到，自己辛辛苦苦拉扯出来一个大学生，最终却找不到工作。其实，庞庆和的心里比庞伟还要急，但是他不敢给儿子有任何的思想压力，只好安慰庞伟，说你别着急，工作的事咱慢慢找。这庞伟哪里能体会到父亲的心情，他当即硬邦邦地顶了父亲一句：咋不急，没有工作我在外面吃啥喝啥，我拿什么买房子、娶媳妇？庞庆和知道儿子的心里不好受，便一再安慰他：你着急有用吗？你以为爹不急，爹和你妈每天心里紧紧攥着一颗豆，就盼着你赶快生根发芽高升旺长哩。庞伟忽然眼睛亮花花地说，我有一个同学是杭州的干部子弟，只要咱家能拿出十万块钱，他能帮我进入一家大型国企。庞庆和一听儿子的话，半晌说不出话来，他坐在炕沿边上，连着抽了三锅旱烟。无奈，庞庆和只得和儿子交代了家里的实底儿。他说，咱村的光景你不是不知道，靠种地一年收入不了几个钱，刚刚维持个家里的生活。这些年为了你上学，咱家已经欠了不少外债，本来以为你大学毕业后有了工作，这外债咱就不愁还了，谁想到会是现在这个样子。咱家世世代代是挖垄沟子的，也没有个值钱的东西，就现在这座土窑洞别说卖了，你让人家白住还怕塌了下来，家里实在拿不出钱了，你自己的事情自己掂量着办吧。庞伟听了父亲的话，身子顿时像被抽掉了骨架，他软沓沓地靠在了墙上。庞庆和两口子不忍心看着儿子绝望的样子，两人吃过午饭就下地去干活了，总以为庞伟过几天心情会好起来，没想到他们傍晚收工回家后，看见庞伟在炕上留下一张纸条，他离家出走了。打那以后，这庞伟再没有回来。"

马文涛轻叹一声："唉，可怜天下父母心。"

一阵清脆的铃铛声传来。马文涛抬眼看去，一个小伙子骑车带着陈春山赶了过来。

"马书记，让你们久等了。"陈春山说。

"这位小伙子是谁？"

"我们村的实孩儿，大名叫陈志远。"

马文涛看着眼前敦实腼腆的陈志远点了点头。"噢，看上去是个憨实的好小伙，谢谢你们。"

"唉，可惜这孩子的命很苦。"陈春山说。

"春山叔！"陈志远嗔怪地喊了一句，他的脸瞬间绯红。

陈春山边干活儿边说："好好好，叔明白你的心思，不说了。我们赶快把这车弄出来，回去后还有要紧的事情要做。"

"什么事这么急？"马文涛问。

"刚才听实孩儿说，我们本家的木根老人昨晚上自杀了。他是个老光棍儿，我们回去后还得安顿给他打墓的事情。"

马文涛顿时一惊："他怎么会自杀了？"

"唉，这苦日子熬盼不下去了。"陈春山说，"木根是村里的一个老好人，他父母在'大跃进'时就先后去世，那时他才八岁，靠姐姐拉扯长大的。姐姐出嫁后，他便一个人独自过日子，无依无靠，家里又穷得是叮当响，所以一直没有娶上媳妇。四年前，村里的富生娘实在无力种地了，但又不舍得抛下那地，富生娘便与木根一起搭伴过日子了，木根这才算有了一个像样的家。木根对富生娘特别好，两人老来作伴相互间有了依靠。没想到去年夏天，富生娘去磨坊脱米，结果不小心被脱米机绞下了一只脚，差点因此丢了命。富生将他娘接到了城里医治，从此再没有回来。木根失去了那个合伙过日子的家，一下子病倒了，却又没钱看病，后来他的病情时好时坏，直到昨夜他自己勒脖子死了。"

"真是个苦命的老人。"于强说着话瞥了马文涛一眼，却见他满脸是凝重的神情。

静默少许，马文涛说："我刚调来时，到月城村了解工作情况，听村支书说，你们村有二十多名党员，是真的吗？"

"改革开放前村里的确有二十多个党员，后来有几个去逝了，一部分又外出谋生了，现在留守在村里的只有七八个党员。要不是马书记问起这事，我都快忘记了自己还是一个党员。"陈春山歉意地说。

"你是村支部委员吗？"

陈春山自嘲似的挂了一层浅浅的笑："我们村是村支书一个人说了算，这些年村里没有吸纳过一个新党员，也从来没有组织过任何形式的党务工作，更别说有什么支部委员。"

马文涛不禁瞪大了眼睛，他没有想到月城村基层一级的党支部竟然彻底涣散了。

此时，陈志远用钢钎将卡在车底盘的砂石掏了出来，陈春山将小车前轮陷进去的沟槽刨出了一个斜坡，然后众人和老牛一起合力，将那车子拉了出来。

月城村像是倒伏在山口间的一个葫芦，风从葫芦口畅通无阻地灌了进去，整个村子便被风吹得呜呜响。马文涛看着眼前风尘迷蒙中破落衰败的村庄，不由得又皱紧了眉头。村委会的门上落着一把锈迹斑斑的锁，大门口没有村委会任何标志性的牌子。贾为民急忙给村支书孙财旺和村长吴进各打了一个电话，工夫不大一个四十左右体态壮硕的人赶了过来。

"财旺，你这是又飘到哪里去了？马书记找你有事。"贾为民说。

"噢，马书记来了。村里死了一个老人，是个光棍，我忙着安顿他的后事哩。"孙财旺边说边四下里看看，"这吴进死到哪里去了，我给他打个电话。"

"别打了，我刚才已经和他联系了，他说正在生病。"贾为民说。

"他就是头架不起车辕的老驴，一天到晚净出毛病。"孙财旺一边发牢骚一边打开锁子，将马文涛一行请进屋内，却见屋内乱糟糟地堆放着一些物品，墙壁有几处泥皮脱落，桌子上有几个黄桃罐头瓶。一只花猫受到惊吓，"吱溜"一下钻进了杂物中。孙财旺将桌子上的空罐头瓶放在墙角，然后捡起一张皱巴巴的报纸，甩手"啪啪啪"几下打掉桌子和椅子上的尘土。他看见马文涛在一团尘雾中不躲不闪眯起了一双眼，马上意识到了什么，一张大盘脸瞬间堆满了歉意的笑。

"马书记，对不起，我真的不是故意的，你请坐。我们村委会也没个人拾掇，看脏成啥样了。"说着，孙财旺从兜里掏出一盒中华烟，他从底部向上轻轻一弹，便欢快地跳出了一支烟，他弓着腰将烟递到马文涛面前。

"马书记，请抽烟。"

"我不吸烟，你先说说村里最近的情况。"

贾为民闻听此言，急忙站在孙财旺对面给他使眼色。

孙财旺没有领会贾为民的意思，他愣怔片刻说："月城村嘛，还好，我们一直紧跟全乡以及全县农村经济工作的步伐，上下一条心，群策群力，共谋发展。目前村民们衣食无忧老有所养，都过上了幸福的小康生活。"

"你怎么还是这句话？"马文涛问。

孙财旺哈哈一笑："马书记，没办法，我是土生土长的乡下人，小学文化，不会新词。这是过去人家教给我的一套老词，嘴上秃噜惯了。"

"既然老有所养，木根怎么会自杀？既然过上了小康生活，村民们怎么会生活在如此破落的环境中？"马文涛的话听似柔软，其中却夹着几分罡音。

"这个嘛，马书记，木根他是自寻短见的，怨不得任何人，更怨不得这个社会。我和乡福利院已经协调好了，让他去那里安度晚年，可是木根他不愿意去，我就算把他强拉硬拽到福利院，他自己有腿，还是要跑回来的，没办法。至于小康生活到底是个啥样，说实话，我不懂得。上面说咱们是'小康县'了，我以为这就是小康生活。月城村的村民虽然居住条件比较差，但是有一点可以肯定，现在的生活的确是比十几年前好多了，不管吃好吃赖穿什么衣服，总算是达到了温饱，更不会再见村民们赤腿露屁股了。"

马文涛正要说话，忽听得村委会外有人唱起了山曲：

哎——
刮大风，那个刮大风，
一夜的春风刮到了天明。
刮到他乡处处桃花红，
刮到咱山村却寒了民心。
春风它本来是那有情物，
无情的却是这世道人心。
天下荞麦都是三道棱，
咋一样的皮壳不一样的命。

"这是谁在外面唱呢？"马文涛问。

孙财旺一愣，说："哦，村里的一个醉鬼，整天醉醺醺地胡咧咧，咱不要管他。"

"这人好像是酒醉心明。"马文涛说，"于强，你出去把这个人请进来。"

孙财旺急忙说："你们坐，你们坐，我去把他叫进来。他这个人很怪，看着你们眼生，肯定不会进来的。"

孙财旺出去几分钟独自回来了，说："这家伙怪得很，他不愿意进来，自己走了。"

"既然他走了，咱们先说说眼下的工作。"马文涛说，"过去的事情咱们就不提了，摆在我们面前的事实是，老百姓还苦苦挣扎在贫困线上。县里相关部门已经启动了部分村级公路建设的公开招标程序，为道路不完善的各个村子尽快修一条标准为四级的公路，其中包括月城村。只有先把村里通往外界的道路打通了修好了，我们才能带领人民群众脱贫致富。"

"这可是大好事啊。"孙财旺一下子显得异常兴奋。

"村两委班子……"马文涛说到此突然停顿下来，他看了看孙财旺，接着说，"你和吴进要组织好党员和群众，认真配合这次修路工作，既要为工程队正常施工保驾护航，又要协调好修路对于农耕生产的影响，确保村民们能正常生产与生活，确保修路工程保质保量地顺利完成。"

"马书记，这个应该没问题。"

"不是应该，是一定。目前，月城村两委干部到底有几个人？"

"不怕马书记笑话，月城村两委干部只有我和吴进。我刚才说过，吴进是头架不起车辕的驴，所以这村里大小的事都得靠我去忙。"

"作为村支书，你得带领党员共同参与村里的工作，发挥基层党支部的作用，这样才能调动起群众生产和生活的积极性。"

"问题是，村里仅剩的几个党员连党费都不交，还能指望他们去干啥？"

此时，花猫从杂物中走了出来，它向马文涛径直走来，"喵"地叫了一声，像是故意打声招呼，然后在马文涛的脚踝处蹭了一下。

"滚开，看你脏的。"孙财旺将猫赶跑，接着说，"那边的窗户破了一个口子，这猫不知是谁家的，常常跑到村委会来，真讨厌。"

"这村委会里估计有老鼠，要不这猫咋会经常来。"于强说。

"或许是，或许是。"孙财旺极不自然地应和着。

马文涛的电话忽然响起，是平邑县政府办来电，说上午十点让他去参加一个会议，马文涛等人便只好匆匆离去。孙财旺舒舒服服地靠在椅子上，随后拨通了一个电话："全总，县里已经启动了村村通公路招标工作。我知道你的人脉广，这次乡村公路中标工程里肯定少不了你们单位。我的意思是，你们公司参与竞标的工程项目最好选在我们村。你我毕竟是亲戚，就算是远亲，我也得叫你一声表哥，有我在村里，咱们彼此也有个照应。"电话那头"嗯"了两声，随后说，"我正在忙这件事，咱们再联系。"

陈志远给木根打墓回来，说："妈，我看见有几个人顺着咱们村西沟寻寻觅觅，他们边走边采集沟里的沙子和石块，然后又顺沟向天户山那边走去。那沟里的沙子和石头到底有什么？"

辛玉兰正在炕上衲鞋帮子，她将针斜插进头发间划拉几下，那针似乎瞬间变得异常光滑锐利。陈志远脚上穿的那双鞋有点小，这孩子的身体长得快，今年需要换双新鞋子。

"妈哪里知道，或许是城里人闲得无聊，来咱山沟里玩。"

"我下午还看见陈素箐与庞石山慌慌张张钻进了西沟那边的一片树林里，他们为什么那么怕见人？"

"村里人也传出过这样的话，妈一直不相信，看来这件事情是真的了。"

"啥事情？"

"他们两人这次真的好上了。"

"这是好事呀，陈素箐都二十六岁了，应该出嫁了。"

"啥好事，八成因为这事两家将会闹腾起来。"

"为什么？"陈志远吃惊地看着母亲。

"村里人都知道，陈常有把这个唯一的女儿看成了摇钱树。说起来，这素箐也怪苦命的。她打小就和石山好，可是石山家里穷，两人一直没有缘分。六年前，陈常有为了给大儿子凑钱娶媳妇，硬是把素箐嫁给了山外一户人家的病秧子，那年她刚二十岁。据说，那男人啥也干不了，素箐过门后没多久，那男人就死了，素箐又回到了咱们村。陈常有眼看着二小子和三小子也都快奔三十了，后来他又想让素箐给二小子换亲，可素箐死活不答应。就这么一晃几年过去了，素箐还是恋着石山。"

"现在都什么年代了，婚姻自由，陈常有怎么能干涉女儿的婚事？"

"问题是，就咱们村这破房子烂窑洞，现在连个年轻人都拴不住了。村里人私下里已经传开了闲话，说陈素箐不会是疯了吧，现在的年轻人都往城里跑，人家的闺女一门心思往大地方走，往咱山沟外嫁，她咋还不舍得离开这个村。"

"妈，咱村虽穷，但不是每个人都嫌弃这个村。年前，咱村的黄雅萱和秦克勤不是也结婚了嘛。"

"你说的是黄花姑娘与克勤吧，他俩的情况不一样。黄花虽然长得漂亮，但是有点小毛病，耳朵不好使，就算是嫁到外面也不一定能找个好人家。克勤爹常年哮喘，大集体时他为生产队铡草又丢了一条胳膊，他娘身体又不行，种不了几亩地。这克勤要不是黄花家帮衬，他哪里有钱去读大学哩。不过，这孩子倒是有点出息，听说他在学校里还入了党。"

辛玉兰放下手里的针线，她怜爱地看着陈志远，说："实孩儿，妈主要担心的是你。你爹走了五年了，这个家靠你一个孩子来支撑。你在白灰窑打工挣得那点钱，都让妈这不争气的身体给花光了，外面还欠着人家的债。眼看着你长大了，再过三五年也该到了成家的时候，妈拿什么给你娶媳妇呀。"

"妈，我那事还早着哩。"陈志远害羞地低下头。

"不早了，你也十八岁了。在咱们乡下，有钱人家的孩子十七八岁娶媳妇是常有的事情。可是，咱村的面貌不行，每家的日子都不好过。这些年，村里的嫁娶攀比风越来越厉害，到你娶媳妇的时候到底该咋办。"

辛玉兰说得没错。月城村作为平邑县最封闭没落的一个古老村落，村里向来靠几只鸡屁股或者是一头猪崽来调剂一个个家庭困顿拮据的生活。改革开放后，自行车这种交通工具才慢慢进入到月城村的老百姓家里，但不是说当时村民们的家庭经济收入已经达到了这种消费水平，而多数来源于子女的婚嫁。改革开放更新的不只是日益发展的国民经济、科技水平，重要的是也更新了人们曾经保守、传统、麻木的价值观与思想。20世纪80年代后期，村里开始悄然兴起一股前所未有的婚姻嫁娶攀比风，姑娘出嫁的先决条件是"三转一提溜"。"三转"，是指自行车、手表、缝纫机；"一提溜"指的是录音机。到了90年代后，姑娘出嫁又时兴要"三金一窝鸡"。"三金"，指金耳环、金项链、金戒指；"一窝鸡"，指电视机、洗衣机、影碟功放机。这种以婚姻为媒介，被动享用紧跟时代文明发展的高端消费物质，让本来贫困的家庭更是四处举债。

面对贫困，攀比像一种罩着美丽光环四处扩散的新型瘟疫，在榨取人们积累的所有血汗后，再任其自行慢慢修复陷于绝境的灵魂。那些年，许多贫困人家只得依靠换亲促成两个家庭的婚事，要不就是让家里的儿子去做上门女婿，有的则是花小钱偷偷去"娶"不知根底的外来媳妇，而这样的"媳妇"往往注定着悲剧，稍不留神便落下个人财两空。

辛玉兰见陈志远低垂着头，便叹息一声："唉，就咱这穷山沟，就算是野鸡飞来了，也不愿意多叫几声。庄户人的命就像是那苦蓿，每年一开春，心里亮花花的也装着梦，累死累活地折腾了一年，终究还得过苦日子。"

马文涛从县里回来已是午后。上午的见面会气氛热烈而隆重，人们沉浸在浪花之间的喧嚣，以及大浪与小浪间看似亲切的握手与拥抱。马文涛置身在浪花之外，感觉到的却是海底无边的沉静。新任县长沈杰发表了热情洋溢的讲话，平邑县的寒春似乎因他厚重的男中音一下子温暖了许多，就连那风摆的丝柳也瞬间迸发出了新芽；而刚刚到任的县委书记梅奕瀚只是和众人简单地打了个招呼，他矜持的微笑里却看不出有更多的内容。

蓄力、散发？马文涛很奇怪自己当时会默念出了这样的两个词。

下午，马文涛召集副乡长张静伟、于强、贾为民开了一个小会。

马文涛说："我到古家庄乡工作不到半年，这些老山区所在的村庄脱贫压力非常艰巨。眼下，咱们乡的几个村子必须抓紧完成'村村通'公路建设，时间紧，任务重。咱们四人分头去工作，既要抓好村级公路建设，又要深入了解各村当下所面临的实际困难，大家晚上回来还得汇总、归纳，寻找解决具体问题的突破口。"

张静伟说："听说你在兴云镇工作时，下面的几个村子蔬菜产业发展很好，尤其是当地的黄花菜种植，给农民们带来很好的收益。咱们古家庄乡是否也可以在这方面做做文章？"

"兴云镇黄花菜种植历史悠久，但因其采收侍弄困难，各家的种植规模都很小。我在兴云镇任职时，曾组织有条件的村民适度扩大了黄花菜的种植面积，短短几年时间，当地老百姓的经济收入的确稳中有升。我去年调任古家庄乡后，也想过在此地推广发展黄花产业，但是这里靠近大山的村子居多，严重缺水，老百姓种植黄花的很少，他们并不认可这项产业。"

"种植黄花菜等待的收益期比较长，对于贫困落后的古家庄乡村民们来说，他们急需的是立竿见影的发展效果。"于强说。

"是的。"马文涛说："结合古家庄乡各村的实际情况，我打算在本乡推出'一村一品'脱贫致富的发展战略。"

"马书记，具体如何付诸实施呢？"张静伟问。

"我想以南庄村作为蔬菜产业先行发展的试点，然后再在全乡各村全面推广。"

"为啥要选择南庄村作为先行试点？"贾为民问。

"之所以选择该村作为先行试点，是因为有三方面有利的因素：该村紧贴乡镇公路，交通便利；该村靠近桑干河，土地湿润而平整，可以打浅层井灌溉，投入成本低，又便于大面积扩种；最重要的因素是，我听说这个村的村支书薛存三是个大能人，过去跑全国各地倒腾粮农产品，已经积累了一定的经商经验。我曾与薛存三面谈过此事，薛存三说村民顾虑重重，蔬菜种植不比传统粮食生产，一旦出现卖菜难或者价格滑坡的问题，那将直接影响村民全年的收入。"

"薛存三和我也谈起过此事，他打内心里有些忐忑不安。尽管他在粮食和其他农副产品方面有一定的销售渠道，但是蔬菜经营上却还是一片空白。"张静伟说。

"那到底该怎么办？"于强问。

马文涛站了起来，他一边在地上踱步，一边说："薛存三的担心不是没有道理，一旦第一个试点工作失败，将会彻底挫垮群众脱贫致富的信心和锐气。要想做到万无一失，必须走出去先行考察。"

月城村村级公路工程果然如孙财旺所愿，仝亮所在的鼎安工程建设总公司宏志分公司中标五个村级公路工程，五个村子同时开工，其中就包括月城村。

傍晚，孙财旺接到了仝亮的电话，让他去一趟恒州市紫鑫大酒店。

巍巍雁塔矗立在南城墙上熠熠生辉。从永泰门穿过高耸的城墙，一路向前便可见一座集餐饮、娱乐、洗浴、住宿为一体的高档酒楼。孙财旺按照仝亮发给他的短信提示，下到紫鑫酒店的负一楼，只见里面灯火辉煌流光溢彩。孙财旺仿佛走进了一座富丽堂皇的迷宫，不知该往何处下脚。早有迎宾小姐款款而来，飘飘若仙将他带至蝶恋花包间。屋里的灯光好像完全浸润在酽红的酒中，阔大的沙发上坐着一位妖艳的女子正唱着歌曲，仝亮则闭着眼搂抱一个长发披肩的女人慢慢地踱着舞步。待一曲唱罢，仝亮睁开眼睛，在那女人修长的脖颈上亲了一口，然后转身注视着孙财旺，示意他就坐。

"娇娥，这是我的兄弟财旺，你今天好好陪他。"仝亮指着沙发上的女子说。

娇娥走到孙财旺身边，轻挽他的手，娇滴滴地说："财旺哥哥。"说着，便将他柔柔地推到沙发上，那女子软软地靠上了孙财旺的肩膀。

孙财旺透过那女子薄如蝉翼的纱衣，看到她丰挺的胸部纹着一朵红火的玫瑰，瞬间感觉一股热流奔涌全身。他急忙移开视线，自顾倒了一杯酒，囫囵一饮而下。

"表哥，你这大公司连中五标，怎么也得给小弟一口饭吃。再说了，村里的事情复杂得很，许多的眼睛会盯着你上马的村级公路项目，我想你也需要我的帮助。"孙财旺见到仝亮便直接亮明了自己的态度。

"以后在外面不能叫我表哥，这个道理你应该懂得。"

仝亮自己也满了一杯酒，轻轻地抿了一口。

"你以为我是鼎安公司的一把手哩，想干啥就干啥？说白了，我不过是老总抛来抛去的一枚棋子。再说了，中标的事情能有你想的那么简单，那得需要上下打点。另外，上面拨给中标单位的修路工程款一分一厘都算得是清清楚楚，如果真的按照乡村四级公路标准修路，这点钱远远不够。"

仝亮将一颗晶莹透亮的樱桃送至那个舞伴的嘴里，然后看着她再笑眯眯地喝口酒。

"所以，我们只能另想办法。比如，修路所用的沙子和石子只能是就地取材，这样可以节省下来一部分料钱和运输成本，把钱真正用到修路上。当然，挖沙采石，甚至要开山碎石，难免月城村的村民会不答应，这就需要你的配合。不管怎么说，总不能让你白忙乎，等修路的事情稍稍理顺了，我会给你一部分钱，以后若需要继续挖沙采石，不会少了你的。"

"表哥，别打哑谜，先给那一部分到底是多少？"

"你就是个财迷。这样吧，到时候咱们再商量。不过，有件事情我需要提醒你，这村村修公路一开工，沙子和石子的缺口肯定会很大，我想还会有其他的人盯着月城村沟里的沙石，到时候你不能任其私采乱挖。"

"那是一定的。"

"既然如此，我再教给你一个秘方。"

"什么秘方？"

"你出去化缘。"

"化缘？我又不是天户山寺庙里的和尚，化什么缘？"

仝亮哈哈一笑："看你这个榆木疙瘩，我说的化缘不是和尚那种化缘。你以村支书的名义，借村里修公路这个机会，去和月城村在外开公司的、做买卖的、单位里有头有脸的人去寻求援助，你可以许诺他们村级公路的冠名权，或者给他们立功德碑。人不亲土亲嘛，我想总会有一部分人愿意出钱的。当然，你作为村支书，不能一个人出去，那样既没有说服力，又容易让人家说你谋私利。至于带谁去，你得慎重考虑好了。"

"表哥，你的眼界就是宽，道行深得很呢。"孙财旺顿时眉开眼笑，他给仝亮抽了一支烟，又问，"你说的那林地的事到底怎么样？"

"哦，那事估计差不多，我们老总正和市里的领导磋商此事。"

娇娥撒着娇气说："仝总，你俩总不能一直说着话，把小妹我晾在了一边，我还没与财旺哥亲热呢。"

仝亮从包里拿出一张门卡，说："上边酒楼的房间我已经开好了，晚上你们就在那里休息吧。"

飘进眼里的一朵云

平邑县突然调整了领导班子，此事在全县引起震动，县政府大院里更是议论纷纷。

梅奕瀚上任后，并没有像县常委们预料的那样雷厉风行地点燃"三把火"，而是悄无声息地消失在人们的视线外。直到一周后，梅奕瀚才疲倦地回到县委办公室，人们发现他的眉宇间竟然沁着一层淡淡的忧愁。

对于平邑县的历史，梅奕瀚能如数家珍。他出生在雁门关外一户农民家庭，大学毕业后曾在云中地委、纪委、行署办公室工作了九年，后来又调任恒州市政府办公室，以及河东、白羊县等地，一直是身居要职，笃诚奉公。对于平邑县的经济状况，梅奕瀚过去只是通过媒体多多少少有些了解。从1996年开始，恒州市下辖的七县四区中，唯有平邑县和白羊县跻身于全国的小康县，梅奕瀚对此除了有一种预料之外的惊喜，而更多的是怀着一种难以言状的特殊情愫。平邑县虽然有着悠久而厚重的历史文化积淀，却一直处于一种非常尴尬的境地。自打20世纪70年代初，云中专区改为云中地区，之后平邑县便从恒州市城区中剥离出来，迁到了一片裸露着火山岩的贫瘠土地，从此平邑县算得上是被"净身出户"，几乎将两千多年的历史文化遗存全部留给了恒州市城区，而自己却蜕变成了一个徒有历史空壳的"裸奔"新县。从此，古老的平邑县像是被抽掉了灵魂，少了底气，少了自信，也少了安守岁月向前发展的从容。这也是梅奕瀚在来平邑县上任之前，专门去市博物馆再次参观的心结所在。

一个县的命运有时如同一个人，时过境迁便由不得自己。

梅奕瀚的眉头依然紧锁着，窗外树梢间掀动的风宛若波浪，一波一波撩得他心神有些杂乱。几日前，梅奕瀚在来平邑县上任的途中，发现靠近县城的公路两侧停满了大型货运车，挨挨挤挤长达几公里。为什么会有这么多的车停止了营运呢？

到任当天，梅奕瀚与皇甫一南、范筱璇从小饭馆出来，他问过皇甫一南，是否平邑县真的到了开不了工资的程度。皇甫一南低头沉默片刻，他苦笑了一下，然后含含糊糊地说："还好吧，路走着走着就会宽敞明亮起来。"梅奕瀚又问范筱璇，从她目前调查了解的情况来看，平邑县到底处于怎样的一个实际情况。范筱璇面对眼前即将上任的县委书记，竟然也变得遮遮掩掩。她说："平邑县当年被评为'小康县'时，国家认定的小康标准起点比较低，现在国家每年在上调划分贫困线的标准，出现个别地区贫困现象在所难免。"

梅奕瀚意识到，皇甫一南与范筱璇很可能是不想给他这位新上任的县委书记头上泼凉水，而故意隐瞒了什么。那天，姚梦达组织的见面会之后，梅奕瀚便出去调查走访，连续几天跑来跑去，竟将他刚来赴任时的那些激情一点一点地蚕食殆尽。

梅奕瀚拨通了县委办的电话："请将近三年平邑县的国民经济和社会发展的统计报告拿过来。"

工夫不大，县委办主任靳忠走了进来。

"梅书记，这是您要的报告。"

"好的。你先去忙吧，有事我再叫你。"

梅奕瀚仔细阅读着《2010年平邑县国民经济和社会发展的统计报

告》，上面有这样一组数据：

2010 年平邑县经济总量增长：全县生产总值（GDP）完成 148978 万元，比上年增长 18.8%。其中第一产业完成增加值 51035 万元，比上年增长 18.1%；第二产业增加值 34875 万元，比上年增长 48.9%。在第二产业中，工业完成增长值 32008 万元，比上年增长 52.6%；第三产业完成增长值 63068 万元，比上年增长 4.0%；人均地区生产总值为 8513 元，比上年增加 2186 元，增长 34.5%。第一、第二、第三产业对 GDP 增长的贡献率分别为 33.28%、26.65%、40.07%。

梅奕瀚再翻看其他两年的统计数据，发现平邑县的国民生产总值连年攀升，方才还凝重的脸上便渐渐焕发出了暖意。他看着这些耀眼的增长数据，眼前仿佛有一只只彩凤正展翅翱翔在平邑辽阔的天宇。他又在网上调取了同期白羊县"国民经济和社会发展统计报告"，并与平邑县的统计报告进行了对比分析，虽然平邑县的国民生产总值远远低于白羊县，但是由于两县经济发展的资源优势不同，所以在一定程度上并不具有可比性。梅奕瀚知道，白羊县之所以能列进国家小康县，不仅靠稳步增长的农业生产，最主要的原因是白羊县属全国重点的产煤大县，有几家规模以上的煤炭工业企业拉动了全县的经济贸易和生产总值；而平邑县的工业相对十分薄弱，是一个典型的农业县，其全县的生产总值偏低自在情理之中。梅奕瀚再调取了一些其他材料，包括平邑县现有总人口、农业人口以及农作物种植面积等，这些都是他开展工作的必要信息。

放下手里的统计报告，梅奕瀚不禁长吁一口气，仿佛自己刚刚从梦境中走了出来。

二十多年的从政经历，梅奕瀚已经习惯了站在宏观的角度去审视问题，然后再针对具体问题进行微观科学分析。尽管这几天的所见所闻未如所愿，个别行业出现经济衰退现象，并不能代表平邑县整体的经济发展状况，而这连续三年持续增长的统计报告却是真真实实摆在自己的面前。梅奕瀚起身去查看平邑县行政区划图，他一点一点触摸着一乡一镇一村，仿佛眼前的3镇、7乡、177个行政村瞬间都带上了暖暖的温度，然后顺着他的指尖缓缓地流入他的心里。梅奕瀚决定先去部分村子实地看看，感受一下农民们到底处于怎样的一种生活现状。那么，第一站该去哪里？梅奕瀚再察看地图，一条桑干河将平邑县的南部切割开来，桑干河之南是一片连绵的山区，他顺着山区再一点点看去，发现在銮山与天户山之间标注着一个叫月城村的村落，顿时有些兴奋。

梅奕瀚颇喜欢艺术。他打小生活在桑干河畔，这片古老的土地不仅积淀着厚重的历史文化，同时亦孕育出由金、元时代盛行的《般涉调·耍孩儿》曲调发展而来的戏曲剧种"耍孩儿"，以及明、清时期便流行于本地的剧种"北路梆子""二人台"和"罗罗腔"等。梅奕瀚尤其是喜欢"耍孩儿"，那种欢快活泼、婉转嘹亮的音调旋律，以及浑厚、质朴一咳一咳的唱腔，有一种愉悦心神净化心灵的美感。梅奕瀚又是20世纪80年代的大学生，那时"伤痕文学"伴着对十年"文革"的痛苦反思渐渐淡出了人们的视野，而诗歌作为一种明亮而热烈的文学艺术，很快风靡各大学校园，曾卓、牛汉、黄永玉、雷抒雁、艾青、舒婷等等，每个学生的心里都敬奉着一座神圣的诗歌灯塔。梅奕瀚颇喜欢艾青的诗，亦喜欢古典文学，在此期间他曾读过明代"公安派三袁"的文学作品，其中包括袁中道《珂雪斋集》中的《游恒山宿月城驿》一诗。如今已时隔二十多年，当他在地图上看到月城村这三个字，不禁怦然心动。

此时，县委宣传部副部长兼新闻中心主任魏悦走了进来。

"梅书记，有市里的新闻媒体记者想采访您。"

"我刚来平邑县，眼下具体情况不是很了解，工作还没有开展，我看就不必了。"

"好的，我这就去回复。"

魏悦转身正要离去，听得梅奕瀚说了一句："请等一下。"

"你对咱们县下边的各个村子熟悉吗？"

"梅书记，我熟悉。"

"那好，我打算去村子里看看。这两天市里有个会议，我去参加一下。周末你有时间吗？请给我做个向导。"

"当然可以。不知梅书记打算去哪里？"

"我想看看咱们农村现在的面貌。当然，越是僻远的地方，越能真实地反映出咱们县目前的经济发展和民生现状。我知道月城村不仅是一座千年古驿，在明朝时还是一个繁荣富庶的好地方。这个村子位于咱们县的最南端，也是一个地势偏僻的山村，咱们就先去那里看看。"梅奕瀚笑眯眯地说。

魏悦惊骇地站在那里，他吞吞吐吐地说："这个……梅书记，咱们去别的村子可以吗？"

"怎么，这个村子有什么问题？"

"没有。梅书记，我的意思是，月城村比较远，现在正在修路，咱们可以换一个近一点的村子去看看。譬如，就近看一下许家堡乡、大晏镇，或者兴云镇的几个村子。"

"没关系，这点路能有多远。当年我上大学的时候，和同学们沿着黄河出去疯玩，一天得走几十里的路。就算是我现在的体力，出去再走二三十里路也不成问题。你说的近处这三个乡镇的村落咱随时去看都方便，还是先去月城村。"

魏悦不自觉地抚摸了一下额头，他的视线落在梅奕瀚的脸上，继而迅速躲闪开来。

"好的。梅书记，周日早上八点我备好车在楼下等您。"

"等到八点已经太晚了，咱们周日早六点出发。你不要开车，我来通知司机小李。另外，你去请沈杰来一趟我的办公室。"

魏悦走后不久，县委副书记、县长沈杰便仰着一张温和的笑脸走了进来。

"来来来，老沈快请坐。"

"奕瀚，别客气。"

"我刚查看了一下平邑县近三年的国民经济和社会发展的统计报告，那上边的经济增长数据很可观，看来咱们这个'小康县'还是了不起。"

沈杰的眼里好像是飘进了一朵云，看上去有些神秘而诡谲。他眨了几下眼，那云瞬间不见了。继而，他抬起一只手轻轻地揉了揉鼻头，显得哪里有些不舒服。沈杰低垂眼帘稍作迟疑，然后眼里便汪着一层笑。

"你是否有些不舒服？"梅奕瀚问。

"有点鼻炎。春天对我来说，它绵绵地来，爱而不敢亲近；它缓缓地去，失而又有些不舍。"

梅奕瀚微微一笑，说："这话听上去有一种缠绵、苦涩而美好的爱情味道。"

"经你这么一说，还真是有那么点意思。不过，那种味道已经距离我们相去甚远，也许只能作为青春最美好的回忆。"

"可是，无论到什么时候，春天又是每一个人都向往的。譬如，小康县的春天。"

"哦，是的。平邑县之所以有今天的成就，这都是前几任县委县政府领导的功劳。"

沈杰抬眼看了一下梅奕瀚，有意或无意地干咳了一声。

"我想抽支烟，你不会有意见吧？"

"我不吸烟，但是不反对别人去抽，请随便。"

沈杰慢悠悠地点燃了香烟，说："奕瀚，咱们初来乍到，想要平邑县的经济再上一个新台阶，恐怕以后的压力不小。"

"压力嘛，就是动力。我打算从周日开始去下面的村子走一走，去看看平邑县农村的实际情况。"

"这个不好吧。你我刚调到平邑县，好多的事情需要你来主持工作。"

"所以，我请你来便是为了此事。不了解基层的实际情况，咱们以后的工作将无法开展。我不在县里的时候，各方面的工作请你多操点心。"

"这个没问题。只是基层调研不是一两天的事情，最好是让主管农业的负责人将下面各乡镇的具体情况以材料汇报上来，这样方便而快捷。我认为现在最主要的是，先尽快熟悉掌握县委县政府、人大、政协、纪委各部门上上下下的人事，接下来工交财贸、文教、卫生、公检法、民政等等各单位都得有个具体了解过程。这样算下来，我们恐怕就得需要几个月的时间，不熟悉这些情况我们就没有发言权。"

"如果把半年的时间都耗在了这上面，那我们怎么对得起老百姓。党中央要求我们，要把主要精力放在农业和农村工作上。平邑县几乎是一个纯农业县，农业才是我们工作的重中之重。县里的这些组织机构和单位可以一边工作，一边熟悉了解，而农村的工作等不得，需要马上对全县的农业和农村发展情况有最清醒最客观最严谨的认识。现在我们党政机关的一些负责人，存在着很不健康的现象，他们脱离群众，脱离下面的实际情况，而是关在房子里写汇报材料，然后像雪片一样飞过来，下面的情况到底怎么样，他们根本不去管。"

梅奕瀚看了眼沈杰，又说："还是下去走走好，眼见为实嘛。"

"好吧，那就辛苦你了。你不在县里，我自当尽责。"

沈杰说罢，他站了起来，方才脸上的笑容也渐渐凝固。

飞来的合同

临近傍晚，庞庆和低着头从外面蔫蔫地回来。卧在地上的小狗"伟儿"先伸展了一下腰，然后欢蹦乱跳地跑到他的脚踝前。庞庆和浑浊的眼睛随即一亮，然后又迅速地黯淡下来。

老伴宋拉娣正坐在屋檐下，她盯着几只鸡在发呆。那鸡们就爱在宋拉娣的眼前溜达，左转过去，再右转过来，似乎她在哪里，哪里便有可食的东西。鸡们好像又不是为了贪食些什么，它们摆动着小小的脑袋左看看右看看，这边啄啄，那边啄啄，然后再抬眼看看宋拉娣，见她还是忧伤绝望的样子，一只鸡便在宋拉娣的脚面上啄几下，一啄再啄，宋拉娣便回过了神，她看见庞庆和拖着一团沉重的黑影走到了自己跟前。

"你没去村委会看看，有没有咱家儿子的信？"

"唉，五年了，你每天就是这句话。自打孙财旺上任，村委会的大门都很少开，别说有什么信。不过，我每次路过村委会还是会去那里看看。"

宋拉娣抹了一下眼睛，说："这孩子给家里只来过一封信后再没了影子，他到底是去哪里了？为啥不回家呀？"

"回来能干个啥，咱家有钱给他娶媳妇吗？"庞庆和闷闷地抛下一句话，便像一截移动的老木桩慢慢挪进了屋子。

宋拉娣捂着眼睛，"呜呜"哭了起来。窑头顶上"啪"的一下掉下了一块泥皮，砸在了她的侧面。宋拉娣睁开烂桃子似的眼睛抬头看了一下，然后接着继续哭。

庞庆和耳听着妻子的哭声，禁不住也跌落在胸脯两滴湿漉漉的东西。

少顷，院子里传出马二女的声音："妈，你这是咋的了？爹在不在家？你进家来，我有话要说。"

"你有啥事进去和他说吧。"

马二女领着小儿子福蛋儿走进屋内，见庞庆和垂着头，正蹲在碗柜前抽烟。

"爹，我知道你俩又想庞伟了。他不回来，想也没有用。眼下，先顾家里的人吧。福强眼看要上初中了，福蛋儿明年也该上小学。你是知道的，咱乡里的学校不好，现在没留下几个学生。我想让福强也去大仁县的恒德学校上学，那学校是个出人才的地方，只是要三万元的学费。你看家里能给凑多少钱？"

"我没钱。"

"难道福强和福蛋儿就不是你们的血脉？"

"是哩，可小伟他……"庞庆和无奈地摇了摇头。

"小伟、小伟，你们的心里只有小伟，可小伟不回来了。"

"我们的确是没钱。"

"那些年，你们为了小伟上学宁肯背负一身的债，现在就不考虑福强和福蛋儿的前途了吗？"

庞庆和两眼蹙着地皮，呆呆地不再吱声。

"你倒是说句话呀。"

庞庆和依旧没吱声。马二女略等片刻，便忿忿然出了门。

"就当两个孩子没有你们这爷爷奶奶，我自己想办法。"

马二女走在街上，感觉脸上暖融融的，她抬头看看天，似乎今天的太阳格外灼目。春季的寒流过去了，心里的这股寒流又如何熬过去？马二女心里想着事，脚步不知不觉溜达到黄炳福的门前，恰好遇见黄雅萱送秦明出了院门。

"二姐来了，快进家里。"黄雅萱说。

"姑姑和姑父在家吗？"马二女附在黄雅萱耳边大声问。

"在呢，你进去吧。"

马二女瞅了眼端着粗气的秦明，见他右边空荡荡的袖管塞进了裤兜里，左手拿着个针灸包。

"克勤回来没有？你这是给谁扎针哩？"

"没回来。你姑姑风湿病又犯了。"

"你告诉克勤，不能只顾着在城里的学校教书，得经常回来看看我黄花妹妹。"

"是哩，他回来后我安顿一下。"

马二女进屋时，黄炳福灰头土脸的，他正在洗脸。黄炳福的妻子马英倚着枕头，斜靠在炕头那堵墙。

"姑父这是去哪了，咋弄了一身土？福蛋儿，赶快叫姑姥爷、姑姥姥。"

"地里的黄花每年出苗前都得中耕，还得把那地耙平了。"黄炳福说。

"我早就劝过你们，别种那几亩黄花了，你们就是不听。每年采摘黄花时，咱们这里正好赶上了雨季，夜间温度低水汽重。你看，硬是把我姑姑弄了一身病。"

"要不是那点黄花地，你两个表哥咋能上得起学，更别说娶媳妇的事了。"

"姑父，你别忘了，就是因为这黄花才丢了三爷爷的命。"

黄炳福正在拧毛巾的手突然停了下来，他僵硬地弯着腰停留片刻，然后胡乱擦把脸，将毛巾扔在洗脸架上。

马二女意识到了什么，赶忙转移了话题。

"姑姑，现在感觉好点没有？秦明算不得半个赤脚医生，他自己都喘不上气，咋能给你看了病？姑姑，你还是去医院看看吧。"

马英坐直了身子，笑着说："你先让孩子上炕来。姑不用去医院，老毛病了，吃点药扎扎针就会好的，秦明给扎针管用呢。"

马二女抚摸了一下福蛋儿的头，说："福蛋儿也长大了，明年该去上学。我以后也能腾开了身子，到了采摘黄花的时候，我过来帮姑姑。"

"你也种了不少地，够你忙乎的了，用不着你来帮忙。"

"可这忙乎来忙乎去，还是攒不下个钱。福强秋天就要上初中了，我想让他也去大仁县的恒德学校读书，可是……"

黄雅萱从外面走进来，从兜里摸出一块皱皱巴巴的水果糖塞给了福蛋儿。

"二姐，看你脸色不大好，是不是有啥难事了？"

"愁学费哩。"马二女猝然提高了嗓音，把黄炳福和马英吓了一跳。

"那得多少钱？"黄雅萱问。

"三万。"这次，马二女蔫蔫地说了一句。

黄雅萱没有听清马二女的话，她瞅了眼父母，却见他们彼此对视了一下，然后又相互躲闪开了。

屋子里一阵沉静。

黄雅萱将黄炳福洗过脸的水泼到了院外。马二女坐在炕沿边低着头，一只手抠着木炕沿裂开的一条缝隙，眼里却有了闪闪发亮的东西。

"不管大人们怎样，再不能苦了孩子们。福强学费的事，我们能帮就尽量帮。"黄炳福说。

黄炳福一发话，马英便说："姑知道你的难处。可是，这几年你的两个表哥上学成家，已经把家里的底子掏空了，你还有一个表妹在上学，我们实在是拿不出多少钱。你还差多少？"

"姑姑，我一个人拉扯两个孩子不容易，咱村地里的收成又不好。

孩他爹走了这几年，我紧攒慢攒，家里只攒下八千多块钱。"

"姑姑这里能给你拿五千块钱，你再和别人倒腾一下，先让孩子去学校读书。"

"姑姑、姑父，还是你们心疼我。"马二女抬起了泪眼，顿时喜出望外。

"我估计，你公公那边也帮不上忙，庞伟虽然走了五年，但是他家的外债肯定还没有还清，你别和两位老人计较。"

"我……"马二女的脸色瞬间发红。

"你是刀子嘴豆腐心，肯定去呛了老人。不过，没关系，老人们也不会和你计较的。"

陈素箐从父亲陈常有的眼里读到了什么。自打昨天傍晚二哥陈小泉从城里回来，她便感觉出父亲和二哥的眼神中都含着一种咄咄逼人的光。陈小泉名义上在城里打工，但始终是眼高手低好吃懒做。他昨天一回来，就像一堵倒塌的墙躺在炕上，然后脚下一使劲，将两只鞋踢了出去，一只鞋正好砸在陈常有的头上。

"你没长眼睛吗？"陈常有骂道。

"你如果长眼睛了，就别让我打光棍。"

陈常有顿时像泄了气的皮球，只是在牙根里发出一个字："你……"

陈素箐知道，陈小泉每次回来为的是逼迫父亲在她的身上打主意。陈素箐本能地回避着这种寒光所带来的威吓，便草草吃了一口饭，独自到西屋关门休息了。夜半，她隐约听得父亲和二哥在断断续续说话，偶尔二哥还会抬高嗓子骂几句，母亲则始终一言未发。陈素箐当然明白父兄争议的话题，她用被子蒙住了头，可是烦乱的心思还是憋了满满一被窝。她回想着一个个同龄的姑娘像是逃脱了樊笼，毫无留恋地离开了这个贫困的山村，她便也左右思忖反省着，自己的这份执着是否经得起以后漫长岁月的锤炼。但是，她很快又坚定了自己的信念，为了爱情，也为了心中难以割舍的月城村。

次日一早，陈素箐在院里敲敲打打的声音中惊醒，她掀开窗帘一角看看，陈常有拾掇起丢弃很久的木匠活儿。她不禁猝然悬起了一颗心，隐隐地预感到了什么。按照昨天的约定，庞石山今天帮她割山柴。陈素箐便赶忙起床洗脸，母亲杜月梅一锅玉米面糊糊刚刚熬好。

"你二哥又不知死哪里去了，吃过饭让他跟你去割山柴，家里没烧的了。"杜月梅说。

"我自己去就行。"陈素箐开始收拾砍柴的工具。

"你吃过饭再去。"

"不饿。"

陈素箐上到二道梁边，便听得梁上有窸窸窣窣的声音。

见到庞石山的刹那，陈素箐还是忍不住流下了泪。庞石山顿时明白了什么，彼此害怕发生的事情，还是发生了。

"素箐，你爹是不是又要逼你嫁人？"

"我二哥回来了。"

"你爹是不是让你换亲？"

"不知道，我怕看到我爹的那双眼睛。"

"不要怕，我现在就去你们家提亲。"

"别去，没用。"陈素箐双手抓住庞石山的衣袖。"你不能去，我爹一定会赶你出门。"

"我不怕，只要你爹同意咱俩的婚事，哪怕我去给他下跪。"

"不行，你这一跪更会激起他心里的愤怒。"

"难道我们就这样鬼鬼祟祟永远见不到未来？"

"不是的。"陈素箐慢慢转身眺望湛蓝的天空。"这次我不会再听任我爹的摆布。"

庞石山顺着陈素箐眺望的视线看去，有一对鸟儿正在遥远的天空中自由自在地飞行。

"石山，我们还是说点开心的事情，好吗？"

"你喜欢听什么？"

"就说咱们过去的事情。"

"你小时候就是一个调皮的小丫头，每天就爱缠着我。"

"你比我大四岁，是咱班个子最高年龄最大的学生，那时候你总是护着我。"

"这样说来，你还得感谢当时咱村的校长贾仁义了。"

"就是嘛，贾仁义将你从小学五年级直接打回到一年级重新上学，咱俩才成了同学。这贾仁义的心眼也够小的，就因为你说他像个女人，就一下子把你撸到了一年级。"

"那时，从高年级直接被撸到一年级的多着呢。我记得你就喜欢蹬着我的肩膀去偷摘邻居家的酸毛杏，还差点磕掉了你的小门牙，真是个小馋鬼。"

"你倒是好，上二年级时，你家里吃了一顿死羊肝，偏留一小块放进了我的文具盒，害得咱全班的男同学跟着你挨打。你说当时咱们的代课老师春生还真有一套本事，硬是用一把木圆规唬得你说了实话。那木圆规到底有什么机关？"

"哪有什么机关，就是两根木头。你是知道的，那时的村民更是苦寒，哪里能吃上什么肉。恰好那天我二叔家病死了一只羊，我二婶哭了一夜。我二叔给我家送来一个死羊肝，我们全家人算是过了一个特殊的'年'。春生很聪明，他当时打开了一道门缝，借着外面那光亮，看出了我的手上沾染着油。"

陈素箐叹息一声："唉，那么聪明的春生现在怎么就变成了酒鬼？他还是一名党员哩。他媳妇贾兰兰也真是好性格，春生每天喝酒她都不管。"

"还不是因为贫困。当年，春生要不是依靠在四川工作的舅舅帮着找了一个当地的媳妇，恐怕他到现在还得打光棍。贾兰兰和春生的感情一直很好，也许只有她最了解和理解春生的心思。自打村里没了学校，春生代课的工作也丢了，但是他又不甘心种那几亩薄地，家里的负担又重，他就一天天以酒买醉开始混日子，不成酒鬼才怪。"

"那你说咱村以后还有希望吗？"

"怎么没有，肯定会有希望。现在村里开始修路了，若再遇上个什么好政策，咱们以后的日子肯定有奔头。"

陈素箐点了点头，她边割山柴边问："为啥你选择来这个地方？"

"这还用问，二道梁上的耕地都撂荒了，这里没有人呗。"

陈素箐与庞石山不再说话，两个人伸出手里的镰刀，齐刷刷地向前一探一割一探一割。

二道梁上的风有头没尾，风"唰"一下硬朗地刮过来，但很快便不见了踪迹。

全亮说得果然不假。古家庄乡几个村的公路建设开工后，便有邻村的一个支书王闯前来面见孙财旺，并给他留下一包东西。王闯张口便说，为了修路得采挖月城村西沟的沙石。孙财旺手里托着沉甸甸的东西，几乎想都没想随口答应了。

孙财旺得全亮指点，便直接或间接地去摸村里各家各户的底子，然后按其子女或姊妹兄弟在外发展的经济实力为先后顺序列好名单，再附上其具体的地址和联系方式。孙财旺当然明白全亮提醒他的话，"至于带谁去，你也得慎重考虑好了。"全亮言外之意就是带出去的这个人不能太精明了，还得绝对能服从孙财旺的掌控。那么，这个角色最合适的人选自然是吴进。孙财旺知道，贾为民给吴进打电话时，他所说的有病不过是一句借口。吴进清楚自己在村委会里几斤几两，虽然名义上他是个村主任，但实质上顶不住孙财旺裤裆里的一个屁。所以，村里的大小事务，如果没有孙财旺的安排，吴进是不会主动露面的。

吴进的老婆王莲说："丢下村主任那份营生吧，别跟着他干那些让人戳脊梁骨的事情，也免得受他那份气。"

"人家是村支书嘛，当然得听他的话。"吴进垂着头嘟哝了一句。

"你那么听他的话，我咋觉得他把你只当作一条狗。"

"狗怕啥？就咱家这穷光景，他吃他的肉，咱们跟着喝点汤也不错。再说了，哪个村的村主任还不是听村支书的安排。"吴进不温不火地说。

"你还算个男人吗？"

"是男人又能怎样，这日子总得一天天过，家里的孩子老婆总得有饭吃。"

"你们这两口子说啥哩，我打院子里就听到了。"孙财旺一进门乐呵呵地抛下一句话。

王莲斜睨了孙财旺一眼，忿忿然拍打了几下袖管的尘土，转身出了院子。

"嫂子这是和谁生气哩？都一把年纪了，凡事看开点。"孙财旺说，"有件事和你说说，咱村已经开始修路了，一辈子烂不掉的水泥路，一直从乡里修到咱村子里。可是，政府下拨的修路工程款不够用，我寻思着咱俩进城找找村里在外工作的经商的那些人，看看他们能不能为村里修路多少给点赞助，咱不能让修路的事情半途荒了。"

"这是好事。山不亲水亲嘛，我看村里走出去的人应该愿意帮这个忙。只是，我家地里该种了，这事能不能缓一缓？"

"修路的事情重要，还是你的地重要？"孙财旺的言语中便有几分愠怒。少顷，他再换作笑脸说："修路的事等不得，要不秋天咱村民们怎么往回收庄稼。这样吧，地里的事你先放一放，咱们走不了几天。这次出去，吃住行都由我来出钱，谁让我是村支书哩。另外，不管出去几天，都按日给你一定的补贴，不能为了村集体的事而让你白忙活。"

"应该的。"吴进忽然意识到自己的话有点不对劲，慌忙又解释说，"我的意思是，为了村里修路，咱们出去跑跑是应该的。"

在离开吴进的院子时，孙财旺接到了仝亮的电话。

"你曾答应过我，不让其他的工程队在那沟里挖沙采石，可是王闯的人怎么会出现在那沟里？"

"仝总，大家都是为了修路嘛，与他方便就是造福一村的百姓。再说了，不就是修几条路，也不会把那沟里的沙石挖完。"

"你……"仝亮只说了一个字，便愤怒地挂断了电话。

孙财旺忽然想起仝亮的话："那事估计差不多。"他知道，仝亮轻易不会说出这么肯定的话。孙财旺开面包车去了一趟市里，他回来后告诉妻子陈香菊："去白灰窑把在那里打工的庞秋生叫到咱家来。"

陈香菊傻愣愣地看着孙财旺，但又不敢问具体原因，便只好答应而去。

陈香菊临出门时，听得孙财旺又说了一句："你尽量不要和庞秋生走在一起。"

庞秋生裹着一身的白灰进门后，孙财旺很客气地给他搬了一个凳子。

"秋生叔，你这六十多岁的人了，没白天没黑夜的在白灰窑上干活，也不怕累坏了？"

"没办法，谁让我家困难哩。"

"听说你儿子石山和陈素箐谈上对象了？"

"瞎胡闹，他是自己做梦哩。"

"秋生叔，不能这么说，两个年轻人谈对象毕竟是好事。我知道，你家的确是困难，你担心陈常有不会答应这门亲事。现在都什么年代了，家长不应该再干涉孩子们的婚事。这样吧，我哪天和陈常有说道说道，为你们两家搭搭桥。"

庞秋生有些意外，他抬头看了看孙财旺，然后又摇了摇头，说："没用，谁说都没用。"

"这个也不一定，我去试一试。"孙财旺说，"对了，我翻腾村委会的一个抽屉，找出了一份合同，是老支书秦禄在世时拟好的。这合同上写着，秦禄当年想把咱村西北那片千亩林地承包给你，为啥后来你没有和村委会签那份合同？"

对于这份飞来的合同，庞秋生惊得是目瞪口呆。

"承包林地的合同？我不知道有这事情。"

"哦，一准儿是秦禄还没有正式和你谈这件事，他就因病危辞去了村支书的工作。我找你过来，就是和你商量这件事情。咱村西北的那千亩退耕还林地一直没人去管理，你看让牛羊糟蹋得多可惜。既然过去老支书有这个意思，你就把那林地承包了，也算是帮我一个忙，早晚有时间去跶瞭一下，你看怎样？"

"我没空儿。"

"你不用每天去，啥时候能腾出空子，就去瞅一眼。"

"那行哩。"

孙财旺从包里拿出一张纸，说："就是这份承包合同，秦禄当年已经把村委会的章盖好了，你在这个地方写上你的名字，然后按上手印，这事就定了。"说着，孙财旺塞给庞秋生一支笔。

庞秋生没有上过学，除了认识年月日，只会写自己的名字。他看着密密麻麻的字，有些犹豫。

"这上边咋写的是 2006 年哩？"

"对呀，我刚才说秦禄拟定的就是这份合同。由于这合同没签，这么多年那林地一直没人管理。秦禄已经死了，但那林地还在，总不能把那片林地失于管理的责任推在我一个人身上。所以，这件事情终究说不清楚，咱只能还得用这份承包合同续签一下。"

"你们怕担责任，我还怕哩。"

孙财旺哈哈一笑："秋生叔，你咋这么糊涂哩，责任的事情和你沾不上边。你承包了林地，那林地自然就是你家的，这就好比你现在承包的村集体耕地，打多少粮都是你的，你不去种那地，或者是自己把那地的粮食糟蹋了，谁去管过你？没有，因为你承包后就是你家的。再说了，你签了这承包林地合同，以后石山娶媳妇盖房子，那林地里椽也有了，檩也有了，你想砍多少树就砍多少，这是多好的事。"

庞秋生觉得孙财旺的话很有道理，便在那合同上签了字，再按了手印。

孙财旺又拿出一张纸，说："刚才的那份合同只是补签了秦禄在世时的林地合同，这份合同才是我代表现在的村委会和你签的，你签了这一份合同后那林地就是你家的了。"

庞秋生看看这份合同，上边没有标注年月日，便随手也签了字按了手印。

孙财旺将两份合同收起来，说："石山的岁数不小了，你家里急需钱。我知道白灰窑上现在打工的人手多，均下来你也挣不了几个钱。这样吧，我让窑主刘宝辞掉几个人，以后装窑出窑的活儿尽量让你干，这样一年下来你的收入肯定少不了。只是，你这么大年纪了，身体行不行？听说，你在白灰窑上吐过血哩。"

"行哩，行哩，吐血的事可能是着急上火了。"庞秋生竟然非常高兴。

"那就好。还有一件事先跟你说清楚，你和村委会签合同管理林地的事，千万不能出去跟任何人讲。你是知道的，这些年我对林地疏于管理，本来就向上面交不了差，如果这事再传到了上面领导那里，那么我这个村支书就当不成了，当然你和村委会签的这份合同也没用了。"

庞秋生点头离去。孙财旺点燃一支烟，看着庞秋生的背影，他吐出了一连串急速旋转欢快的烟圈。

落在水洼里的月

　　陈志远种完地就跟车跑起了长途运煤工作，他恍若一只初飞的大雁，鼻翼里闻到的是新鲜的泥土味，目光所及处是一个崭新的世界。跟车月余后，师傅郝亮不仅了解到他的家庭情况，同时也知道了他割舍不下家里的老母和乡村情结。对于这个朴实勤快的小伙子，郝亮打内心里十分喜欢。所以。途经每一个地方，郝亮必将当地的风土人情及经济物产向他作个介绍。

　　郝亮原是恒州市运输公司的一名司机，公司破产后，他便搞起了个体运输。郝亮边开车边说："跑长途运输看似很简单的一项工作，其实修的是行、长的是智、磨的是志、炼的是胆。你别看司机一上车，脚下不离方寸，那眼睛和大脑却在一直不停地工作，丝毫不敢有松懈。司机一旦上了车，你永远是一只领头雁，同时你又是一只追随的雁，你得有正确的职业操守以及集体观念。这茫茫的路，不知有多少车跑在你的前面，更不知身后有多少的车在跟随。如果你不顾及其他同行者，随心所欲，或盲目追逐前行，或擅自变道、减速、停滞不前，都随时有可能给自己和别人带来灾难。但是，你又不能恐惧不前，这就在一定程度上考量一个司机的道德和情操、智慧与见识、胸怀与胆略。在车上待的时间长了，或者在同一条路跑的时间久了，肯定会产生厌烦情绪，所以这跑车又可以磨炼人的性情与意志。"

郝亮说完，瞥眼看了下陈志远，见他若有所思的样子，便又说："我刚才虽然说的是跑车的事，但现实生活中的方方面面其实也是这个道理。比如，农村的事，我也是在村里长大的，过去在村里待得久了，也悟得是这个道理。任何一个村子的发展不可能是一模一样，有的村子先富起来了，人家就是这公路上的先行者，但是在它的后边永远跟着无数个谋划前行的村子。当然，掌控村子这个方向盘的自然是村支书，这就考验一个村支书的道德、智慧、意志和胸怀，更考验一个村支书的心中是否有至诚的集体观念。倘若这个村支书自私自利随心所欲，或者是盲目自大、用心不一，那对于他的村民来说就是一场灾难。"

陈志远聆听着郝亮的话，不禁浮想联翩。

这两天，陈志远趁郝师傅保养车的空隙，便陪伴在母亲的身边。他的脑子里一直想着一个问题：为什么村民们摆脱不了贫困？

傍晚时下了一场雨，但那雨并没有持续多长时间。陈志远吃罢晚饭和母亲打了声招呼，便走出了家门。巷子东边几棵树冠硕大的老槐树挂满了浓雾，月亮隔着那层密不透风的雾影影绰绰，憋窄的小巷显得愈发幽深黑暗。

村委会东边的石阶上，或站或坐聚集了一伙村民在此闲侃聊天。落在水洼的月亮恍如明镜，但那明镜被一只黑瘦的狗跑过来践踏之后，瞬间支离破碎。

此时，王春生已经醉眼蒙眬，他手握一个小酒瓶，斜靠在石阶后的一截土墙上，嘴里含含糊糊地说："大家看看，咱们这是什么破村子，过的是怎样的穷日子。"说罢，王春生嘴里便哼唱起了山曲：

　　人无厕所，猪无圈，
　　大队守着个乱庙院。
　　东边圪梁，西边沟，

家家吃的是玉米粥。

陈孝安说："春生不愧当过教员，这喝醉了酒，嘴上还是一套一套的。"

陈孝安这么一说，王春生更是激起了酒兴，他"吱"的一声再抿一口酒，舌头僵硬地说："啥一套一套的，就咱村这现状，我还能说出好几套呢。"王春生接着又唱了起来：

> 捉不完的虱，填不饱的胃，
> 丈母娘和女婿一炕睡。
> 破土窑的顶，烂窗户的风，
> 这一年四季得打补丁。
> 陈门家的女，庞门家的汉，
> 你兜子里没钱干缭乱。
> 数九天的井，下雪天的路，
> 跌沟戗鼻够你小子受。
> 盼不来的雨，操碎心的娘，
> 累死累活打不下个粮。

众人听罢一阵大笑。石磊蹲在角落里说："就这穷光景，你们也笑得出口？唉，受苦也是穷，不受苦还是个穷，不如每天坐在太阳地里晒暖暖哩。"

陶利伸出一根手指猛戳一下石磊的脑门："哭丧脸好看吗？要是都像你这么懒，人人都得去喝西北风。对了，你再不干活，当心你那媳妇曹花跟着别人跑了。"

"跑就跑吧，她跑了家里还省了一个人的口粮呢。"

陶利问："听说咱们县十多年前就是'小康县'了。谁知道，啥叫

'小康县'？"

庞炳元说："我也不是太懂，大概是说咱们老百姓吃、穿、住、行和医疗、教育各方面都达到了一个比较高的水平。比方说，你家想吃肉就可以随便吃，你想换件衣服可以随便买，至于家里的住房、看病这些问题也不用再担心了。"

陶利噘起嘴响亮地吐了口唾沫："狗日的，原来这就叫'小康县？有肉吃、有新衣服穿，在咱这儿分明是白日做梦！"

庞炳元叹息一声："唉，春生所唱的是醉话，其实也是大实话。自打国家取消了农业税，虽然说咱们村民现在的生活的确比过去好多了，最起码人人不饿肚子了。但是，我们哪里到了什么小康。咱们村百分之八十以上的村民们还挣扎在贫困线上。眼下我们不光是吃水困难，村民们住的还都是危房。自打这村委会从后边的庙院搬到前面这排平房，那么好的一处庙院也倒塌了，戏台也塌架了，那可是明代的建筑，多可惜。"

"我们自己住的家都顾不过，谁还顾及得了庙院。这自古贫困，贫的是没钱没势的，困的是木头一样呆头呆脑的。你家再贫困，还有亮堂堂的三间新瓦房，我们有什么？"

庞炳元一听陶利的话，顿时面红耳赤。

"你这是怎么说话呢？谁都知道我家盖的那几间房，靠的是两个儿子在城里省吃俭用做买卖，否则我不是和大家一样住乱窑洞。"

陈志远挤在人群中搭了一句话："老支书，为啥咱们村一直脱不了贫？"

庞炳元回头一看，说："实孩儿，你过来这边站，以后不敢再叫我老支书，都不当好多年了。"

陈孝安说："这实孩儿有出息。如果人人都像他这么有骨气，也不至于能穷到哪里。"

庞炳元说："咱们村的穷根子由来已久，自打天户山的官道被废弃，咱们村就再没有过一天的好日子，一直被封闭在这大山里。改革开放前，大家伙儿是一块儿穷。那年月国家正处于困难时期，咱老百姓虽然经济困难，却精神头十足。1983 年咱们村实行土地承包责任制后，集体耕地分到了各家各户，咱们村过去的精气神慢慢地变了，个人算计多了，这种情况怎么能发家致富。"

马二女牵着福蛋儿的手说："照你这么一说，还是过去农村大集体好？"

庞炳元说："我说的不是这个理。社会总是向好的方向发展，大集体的时候你能这样逍遥自在？你能撑圆了肚子在街上乱圪转？显然不能。国家实行土地承包责任制没有错，但是耕地分开了，咱们人心不能分离，精气神不能丢。这基层的干部一旦丢失了责任心，那整个村子就成了一盘散沙。这就好比一个家庭，作为家长成天不务正业，你说这孩子能有一个好？俗话说，没有领头羊，独闯喂了狼。领头羊的作用就是引领方向，即便是路上有陷阱，先丢命的是他自己；如果遇上了岔路，他会凭经验做出正确选择；即便遇上了狼，他也会第一个冒死去迎接挑战。所以说，没有好的基层村干部，村民们别想走上致富路。"

马二女说："老支书，村干部不称职是咱村致贫的一个原因，你和陈孝安村长搭班在咱村也干了十三年，咋咱村的老百姓还是一直那么穷？"

庞炳元看了一眼陈孝安："以后大家别叫我老支书了，已经不当好多年了。你谈的这个问题，让孝安给说道一下。"

陈孝安说："我和炳元在咱们村担任了十三年的村干部，虽然没有带领大家脱掉这身穷皮，但是我们付出的辛苦努力和取得的成绩大家也是亲眼见过的。分产到户后，那时全村耕地的平均亩产量不足一百五十斤。我们接手了村里的摊子后，再三向县里申请，打了两眼机井，但是在勘察定位上出了问题，那井抽不了多长时间就没水了，实际利用价值不高。不过，就凭这样的两眼井，一部分耕地的亩产量比过去翻了一番。全村原有耕地五千四百亩，后来退耕还林占去了一千五百亩，但当时是退地不退税，减产不减费，农业税还得按照原有耕地的面积进行摊派，村民们的负担更重了。万般无奈，炳元和我四处取经，想带动村民们发展副业，这事却最终没有闹成。"

马二女说："要是大家都像我姑父一家，坚持把那黄花种下来，或许这日子就好过多了。"

"咱村有句老话说：穷死不离月城，饿死不种黄花。月城村自古就是一块风水宝地，所以千百年来，咱村的先祖们一茬一茬把最后的一把骨头都留在了这片土地，就是再穷也不愿意离开这个地方。如今世道变了，月城村再拴不住年轻的一代人。大家应该没有忘记，咱村的黄三爷是怎么死的，当年就是因为他种黄花菜丢了性命，咱月城的村民才彻底断了种黄花的念头。虽说那是发生在过去年代的事了，但毕竟种黄花没有那么容易。且不说咱村地里没有水源，现在劳力、蒸馏用的煤炭、晾晒场地等，这些都没办法解决。土地分开后，黄炳福咬着牙坚持种黄花，一来他是在弥补对父亲的亏欠，二来他煤矿上有个当官的亲戚，能弄上煤炭。"陈孝安说。

"那你们为啥不带着村民继续干下去？"马二女又问。

庞炳元叹息一声："唉，没办法，干不下去了。我们都老了，压力又太大。村里通往外面没有一条像样的路，生产物质运不进来，农产品又运不出去；耕地没有水源，难以发展农业生产，群众的观念不改变，发展不起来新产业；村委会没有钱，咱不出去，就没人支持咱们村的工作。加上当时咱村民的负担太过沉重，什么'三提五统'，包括公积金、公益金、管理费、农业税、计划生育管理费、计划生育罚款、乡村两级教育附加费、民兵训练费、军烈属优抚费，乡村道路维护费，学校里的煤电费、代课教员的工资，五保户的养老费用，接待各级部门工作消费等等，这些费用都得从咱村民们的血汗中一点一点往出抠，我们真的没办法干下去了。"

这时，旁边一户人家的大门"吱扭扭"打开一道缝，满头白发的马建忠探出头向人群这边看看，然后故意倾下身来降低自己的高度，他面带微笑向众人点了点头，便又赶快缩了回去，大门"咣当"一声被关上。

陶利说："这么多年了，这人还是贼眉鼠眼的。"

"老马应该是个好人。大家不要抓住他的历史污点不放，老马在咱村一待就是近四十年，谁见他做过偷鸡摸狗的营生？"庞炳元说。

"他最擅长的就是伪装了。当初，他被下放到咱们村接受劳动改造，一直装聋作哑，后来突然间开口说话了，这样的人谁敢相信？"

"那时，他是被吓出的毛病，后来好了也是再正常不过的事情。咱们不要议论人家的长短，还是说说自己。"庞炳元说。

马二女说："要是现在的村干部能像老支书当年那样，一心想着群众就好了。"

"村干部不想群众，有人想着你哩。"左春祥嬉皮笑脸地说。

"你胡说什么？小心我撕烂你的嘴！"马二女看了一眼站在旁边的陈大勇低下了头。

"你们看，马二女害羞了。"左春祥说。

陈大勇在左春祥的后脑勺拍了一巴掌："你就瞎灰说吧。"

陶利又接过了话茬："咱村现在的干部只为自己谋私利，谁还管老百姓的死活。村里的那些低保户大多数是上边有关系的，要不就是村干部的亲戚。你们再看看那白灰窑，每天早晚是乌烟瘴气，整个村子都是怪怪的味道。你再说咱村的西沟槽里，现在让修路的工程队挖沙采石变成了一片坑，以后那边的地还怎么种呀？要我说，大家都去上面讨个说法，总会有人来管这些事情。"

陈大勇、陈明亮、庞大云便纷纷指责陶利。

"这白灰窑又没占你家的地，更没用你家墙角的石头烧灰，碍你什么事？"

"就是嘛，这村里人就靠那白灰窑挣一点活钱，你这是安的什么心？"

庞炳元说："挖沙采石，那是为咱村里修路嘛，又没糟蹋庄稼地，过后填一填不就行了。至于你去讨说法，那就是上访。咱们村从过去到现在，还真的没有一个人去上访。说明了啥？说明了咱们村的民风还好。眼下，村里的确存在一些问题，大家可以去找村干部多沟通，寻找解决问题的办法，不能动不动去上访，这是在扰乱社会治安。"

陶利说："不让我们上访，那你老支书带头去解决这些问题。"

"我现在和大伙儿一样，嘴上没风。"

左春祥说："前些天孙财旺带着吴进去城里到处募集修路款，也不知道要回了多少钱。按理说，这修路是政府下拨的专项款，怎么还和村民们要钱哩？"

"听说，咱村在外开公司的王展给了孙财旺五千元。"左春祥的老婆马金花说。

"别人给没给钱我不知道，我儿子刚参加工作，他还给了五百元。"陈春山说。

"这要回的钱都哪去了？"叶蛾子问。

"反正不给你，妇道人家，关你什么事，回家去！"陈明亮冲着妻子叶蛾子斜睨了一眼。

"这钱的事只有闹到乡里或者县里才能弄明白。"陶利说。

陈志远听着众人的一席话，不觉心里沉甸甸的，他闷闷不乐地去了姚日强家。姚日强的父亲姚力正在屋里编筐，他的母亲赵华娥瘫软在炕上。

"叔，你编筐做啥哩？"

"编起来先放着，拿到乡里多少能卖几个钱。"

"日强回来过没有？"

"没回来。"

"婶，你最近身体咋样？"

"还是老样子。孩子，你炕上坐。"

"不了。珊珊妹还在外面打工？"

"噢，他哥还指望靠她打工弄学费哩。"

陈志远从兜里掏出三百元钱，说："叔，这点钱你留着，贴补家用。"

"孩子，你不能再给我们钱了，你们家的日子也不好过，再说你妈也经常有病。"

"婶，留下吧。"说着，他便走了出去。陈志远回到家里，将陶利鼓动人们去上访的事讲给母亲。

辛玉兰说："没事，陶利鼓捣不起来。那白灰窑看起来是刘宝开的，没有孙财旺背后撑腰，他能开下去？咱村陈姓和庞姓是大户，孙财旺是咱陈家的女婿，不管陈姓家族的人能不能跟他沾上光，都不会去做这傻事。庞家的人本来就和咱们陈姓之间隔着一堵墙，他们也不会因为这点小事轻易将这堵墙推倒了。就算陶利再有能耐，她一个人倒腾不起个啥。"

屋内一盏昏黄黯淡孤静的灯，像是数累了岁月，颓萎地陪伴着一对孤儿寡母。陈志远躺在炕上望着向后倾斜的墙体，以及巴掌大的地面上支撑屋顶的两根柱子，不禁想起了父亲。这柱子是父亲去世那年从山里扛回来枯死的白桦木，幸亏当时支撑上去了，要不这屋子早倒塌了。即便如此，这房子又能坚持几年？而像这样的房子和土窑洞，在月城村又比比皆是。到底该怎么办？

连续几日的劳累，陈志远早早就睡了。他先是梦见一个被丢弃在汽车站售票口的婴儿正放声大哭，那哭声凄厉无比，撕心裂肺；接着又梦见家里来了一个穿着整洁的女人，她一把拉住年少的陈志远往外走，身后是辛玉兰的哭声。陈志远瞬间惊醒，他一骨碌爬起，两眼呆滞地望着窗外。外面刮起了大风，屋顶尚存的枯黄蓬草被风撕扯下来，在院子上空翻卷了几个跟头，转而斜向下滑到玻璃窗上，再无力地落下窗台。不久，又有雨点噼噼啪啪打落下来，这是月城村今年下的第一场雨。然而，这雨仅仅滴落了几分钟就再次停了下来。

辛玉兰蹲在地上，正在洗陈志远出车换下来的衣服。

"是不是妈洗衣服惊了你睡觉？"

"不是，我还没睡着哩。"

"妈这会儿正寻思着，明年咱再多种些地，村里撂荒的地多着呢，要不咱修房子的钱都拿不出来。"

"妈，你别担心，我在外面多跑两年车，咱家就能翻修成新房。"

辛玉兰叹息一声："唉，咱是农民，终究得靠种地养家，可咱啥时候才能过上好生活。"

窗外，风依旧猛烈地刮着。

一棵树上的两片叶子

　　一清早，魏悦与司机小李便等候在县委办公楼下。过了几分钟，梅奕瀚健步走了出来。

　　在车上，梅奕瀚问魏悦："前两天你在回答我的问题时，似乎有点紧张。是吗？"

　　"哦，没有。"魏悦的脸瞬间红了。

　　"我这个人平时不大爱开玩笑，可能是这张脸唬住了你。"

　　"梅书记，没有。"魏悦看着梅奕瀚温和的笑容，方才紧张的情绪便慢慢放松下来。

　　现代车出了县城，向正南方上了南梁，沿乡村公路扬尘而去。

　　梅奕瀚将目光转向窗外。车过一个村庄，又一个村庄。每过一个村庄时，梅奕瀚都要认真地观察一下。

　　"我刚到平邑县的那几天，随便去几个地方看了看，所了解的情况不容乐观。"梅奕瀚说，"平邑县已经是连续十四年的小康县了，这些村子看上去竟没有一点变化。小康县不仅仅体现的是国民经济和社会发展总值，更重要的是人民群众的物质生活和精神生活都应体现出实质性的提高和大的改善，我目测这些村子的实际状况还远远不够。"

　　魏悦颇为尴尬，他只好应和道："梅书记说得对，是应该提高与改善。"

"你知道吕坤这个人吗？"

魏悦犹豫片刻，说："您说的莫非是明朝万历年间的知县吕坤吗？"

"是的，是这个人。"

"知道一点，但不是很了解。据说，他为官勤政爱民，十分清廉。"

"吕坤这个人很了不起，他不仅是明代的思想家、政治家、哲学家，还是一位很优秀的文学家。他的才能堪称卓异，而且为政刚正不阿，忠孝爱国，体恤民情，严以律己。吕坤打小天资聪颖，他十五岁便写出了轰动朝野的名作《夜气铭》和《招良心诗》。只可惜，截至目前我没能拜读到他的这两个作品。不过，仅从诗文的标题上来看，应该是浩气昭昭之作。我在调任平邑县之前，刚好那两天有闲暇时间，从清代文学家钱谦益的《列朝诗集》中读到他的一首诗《豫国士》。吕坤的这首诗写得好啊，借古喻今，不露痕迹地表达出作者大仁大爱的情怀。"

梅奕瀚清了清嗓子，说，"这首诗说的是两个典故，第一个是豫让刺赵襄子。春秋末期，诸侯争霸，民不聊生，韩、赵、魏三家废晋静公，将晋公室土地全部瓜分，这便是《资治通鉴》的开篇之作，历史上有名的'三家分晋'。从此，中国从奴隶社会进入到封建社会。历史总是这样惊人的相似，一个社会体制的瓦解，总是先从土地上引发出矛盾，然后推翻旧的上层建筑，建立新的社会秩序。"

此时，小李踩了一脚刹车，车便慢了下来，前面是一段坑坑洼洼的路。

梅奕瀚接着说："这豫让本是被灭掉的晋国正卿智瑶的家臣，只因为智瑶对他有知遇之恩，视其为国士，豫让便一心想给智瑶报仇。为此，豫让不惜改名换姓毁容，还乔装成乞丐沿街讨饭，他时刻在等待时机杀掉赵襄子。然而，豫让两次行刺失败被赵襄子抓获，又两次幸获赦免，最后竟伏剑自刎。豫让的死看似为了一个已经灭亡的政权代言，事实上这位所谓的'国士'不过是一个形如草芥的人物，他根本左右不了任何的政治。这个故事告诉后人，一个人惜才如金，另一个人才会挺身而出；一个人唯才是用、唯德重用，另一个人才会奋不顾身。"

梅奕瀚仿佛置身于那段历史，他的神情显得沉重而悲悯。稍停，他接着说："另一个典故说的是战国时期词赋家宋玉和东邻小女若兰的爱情故事。宋玉要去面见楚襄王，希望以自己微薄之力为国效力。若兰便与宋玉相约，桂华不老，她等待宋玉的心不死。宋玉凭博学之才入朝后深得楚襄王喜爱，但因其多次遭奸臣妒忌和诋毁，最后竟被昏庸的楚襄王逐出了宫廷。宋玉带着满腹的遗憾离开了郢都，他落魄而归，若兰却不离不弃，两人最终成就了美好姻缘。"

梅奕瀚看看窗外，车过石板坡，有一个老人赶着牛车正向坡上爬去，车上是满满一车粪，老牛显得很吃力。梅奕瀚便叫小李停车，他下车后直接跟在车后去推那粪车，魏悦赶忙也上前帮忙。可能是老人感觉出那车明显地走快了，便好奇地回头看看，发现有人在帮他推车，便咧嘴笑笑。

梅奕瀚边推车边问："老人家，你是哪个村的？"

前面的老人并没有回答。魏悦又问了一句，老人还是没有回答。等上了坡，老人回过头再次向梅奕瀚、魏悦咧嘴笑笑，然后"呀、呀"叫了两声，比比划划算是表示谢意。

"怪不得不说话，原来是个聋哑人。"魏悦说。

上车后，梅奕瀚接着说："吕坤在诗中借用的两个故事，实际上包含着一个很复杂的人性哲学。面对赦免之恩和知遇之恩要做出抉择时，到底该何去何从？人的一生在成长的过程中，往往要伴随着养育之恩、教诲之恩、栽培之恩、救命之恩，等等。这些恩惠填满了人的一生，让我们的人生变得有声有色，有滋有味，丰富多彩。而当这些布施恩惠者发生意外，作为受惠者到底该如何去做出正确的选择。所有的恩惠对于受惠者来说无非有两种结果：灵魂得以升华，或者是肉体得以延续。为了肉体生存而抛弃了灵魂，无疑是行尸走肉；为了追求灵魂的高度而抛弃了肉体，对于给予了他生命之人，无疑又是最残忍的打击。而豫让在追求国士灵魂的高度时，又不忍再伤害赦免了他两次罪恶的赵襄子，最终他选择了自裁。"

天空中一朵云挡住了太阳，随即又明亮起来。

梅奕瀚接着说："吕坤这首诗就是借豫让和若兰这两个尘埃一样的人物，来突出表达一种情操、一种精神、一种信仰、一种挚爱。相比当下，我们一些党的干部，所谓的'国之栋梁'，其表面上信誓旦旦道貌岸然，实际上却恣意妄为薄情寡义，视人民如草芥如粪土，甚至是道德沦丧、思想败坏。"

梅奕瀚看了看表："咱古老的平邑县能如吕坤者又有几人？明万历五年，吕坤调任平邑做县令后，他亲自作"左右铭"嵌刻在平邑县衙的墙壁上，以砥砺自己。其左铭：'民饥而我粱肉，如茹荼毒；民寒而我褐裘，如被荆棘；民愁而我歌拍，如闻喑咽；民劳而我安闲，如在恫瘝。既云父母，与儿女同甘苦，若痛痒不相闻，此何异于路人？'其右铭：'强者横行，弱者吞声；众者愤怒，孤者闭户；巧者多机，愚者受欺；富势者通情贿利，贫贱者丧气。是知有司圆软宽柔，善良之忧。天若无雷霆霜雪，万物不荣不结。'吕坤之铭浩气荡荡，令人警醒深思。他在平邑任知县期间，平邑县的百姓甚为贫苦。为此，他整饬吏治、扶危济困、体恤孤弱，从不虚耗民财民力，深得百姓爱戴拥护。吕坤一心务政，关注民生疾苦，却无暇顾及家眷的生活状况，致使其年仅四岁幼女夭折于平邑。吕坤为此专门写文寄托哀思，文中'平邑寒苦甚，俸不得餍餍'之句，足见其为官之廉洁清苦。吕坤不仅洁身自好，更是严管家人。在山西太原市双塔寺院中，至今仍保存着吕坤的家训石碑，其文令人俯首垂拜：'存阴骘心，干公道事，做老成人，说实在话，天理先放在头顶上。处人只要个谦逊，居家只要个和平，教子只要个学好，吃穿只要个饱暖。房舍家火只要个坚牢有用，冠婚丧祭只要个合理。才开口便想这话中说不中说，才动身便想这事该做不该做，才接人便想这人可交不可交，才见利便想这物该取不该取，才动怒便想这气该忍不该忍。

处身要俭，与人要丰，见善就行，有过便认……'"

梅奕瀚说到此，静默片刻，他意味深长地又说："吕坤的家训何止是留给他的子孙，更是留给了我们一代代中华儿女，那是我们一代代人的精神丰碑。事实上，一个地方的文明与进步，以及老百姓的生活是否幸福，最重要的取决于是否有真正能俯下身子无私为民的好干部。我们的一些干部口口声声说，一切为了人民。这'一切'的概念何其大，然而真正与老百姓的心贴在一起的又有几个。中国的农民过去太苦了，他们已经苦了几千年，可是他们苦惯了，反而锤炼出了容忍、坚毅、宽厚的性格。"

马文涛站在办公室门口便能看到天户山上的风景，自然界勾勒出来的每一个线条都像是一首静美的诗。但是，这种触景生情的美好感触仅仅是瞬间，他很快回到了赤裸裸的现实中，回到了眼前真实而沧桑的艰难处境里。

马文涛匆匆擦拭掉车上一夜的风尘，便开车前往南庄村。

薛存三对这位乡党委书记多少也有些了解。马文涛比自己小两岁，年近不惑，却依然像一位刚走出校园阳光洒脱的蓬勃青年。薛存三还知道，这位年轻的乡党委书记思想敏锐，干劲十足，一向经济落后的古家庄乡很可能因为他的到来会有所改变。

薛存三拉着马文涛，打算将他请进屋里。

"马书记，你急急赶来是否有事？咋不打个电话，有事我去乡里见你。"

马文涛拿下眼镜擦了又擦，再推到鼻子上，微微一笑："还是为了种菜的事。咱们就不进屋了，到外面走走。"

田野上的庄稼地刚刚犁过，放眼望去是灰茫茫一片。

马文涛一边走一边说："咱们乡推行'一村一品'的经济发展模式一定要搞下去，所以你这里第一个试点村今年必须上马。"

"让其他的村子先试种不行吗？"

"谁让你是个大能人哩。"马文涛调侃地说，"这些年你一直在外面跑，天南地北认识很多与农业有关的客商，但你始终还把根子紧紧扎在咱黄土地里。听说你不仅解决了乡亲们卖粮难的问题，同时还带动全体村民发展规模化种植，村民的收入是稳中有升。咱别的不说，你看看其他的村子，人口流失特别严重，年轻人都跑到了城市里。因为啥？贫困，没有赚钱的门路。一棵树上出现不同的两片叶子，一片勃勃青翠，一片奄奄枯萎，不得不令人深思啊。南庄村的人口这几年失而复归，年轻人还愿意回来侍弄这土地。又因为啥？咱村还是有奔头。同在一个乡，为啥会出现这样截然相反的情形？我认为这其中有村干部工作能力的问题，同时也包含其他影响农业经济发展的因素。譬如，那个月城村，土地贫瘠，水资源严重匮乏，村党支部名存实亡，群众思想观念松散落后，这些都是影响农村经济发展的重要因素。"

薛存三说："马书记具体有啥打算？"

"我的意思，还是先以南庄村作为咱们全乡'一村一品'产业发展的先行试点村，一旦你们村子打开了这条路，就可以带动全乡其他的村子后续跟进。南庄村各方面的基础条件比较好，你的脑子活泛，这第一项产业落在你这里，我可以放心。"

"问题是，咱们村过去没有大规模种植蔬菜的经验，也缺乏这方面的专业技术。蔬菜不比粮食可以多放几个月，一旦到了采收期，就得赶快卖出去。这一买一卖，就得需要有一个固定的交易市场。另外，蔬菜保存极其不易，如何确保刚采摘下来的蔬菜质量是一个非常棘手的问题。"

"你说的这些问题都很重要。我已经想好了，咱们先去金城县蔬菜种植基地考察一下，从他们那里吸取些蔬菜产业的宝贵经验。至于蔬菜种植技术，咱们可以请县农业局的技术专家过来指导。当然，想要大规模发展蔬菜产业，肯定以后得建立一个稳固的交易市场，同时也得配备专门的蔬菜预冷库，所有相关的事咱们以后再慢慢商量。"

"这么大的产业，以我个人的能力肯定办不到，这资金的事怎么办？"

马文涛轻轻地拍了拍薛存三的肩膀："老薛，你先去做村民的思想工作，保证今年试种工作不落空。关于资金的事，咱们共同想办法。最重要的是，近日先去金城县走一趟。"

薛存三看着马文涛坚定的眼神，便只好点了点头。

活着的雕塑

车过桑干河大桥时，梅奕瀚让司机停车。他站在桥栏边看着河水几近断流，一片片芦苇杂生的河床，不禁心生感慨。

"多好的一条河，现在几乎断流了，这是中国北方最重要的河流，也是供给首都北京重要的血脉。"

"桑干河有着厚重的历史文化底蕴，请梅书记给我们讲一讲。"魏悦说。

梅奕瀚看看表，说："咱们还有事情，我就简单地讲一下。桑干河在《山海经》中称之为浴水，东汉许慎《说文解字》称之为㶟水，明朝又称浑河、小黄河，明清之际开始称之为无定河。那时候，这条河流水量充沛，易淤易决，水患频繁。直到清康熙三十七年（1698），清政府开始大规模整治河道、修筑河堤之后，下游始有永定河之名，上游则称之为桑干河。这条河流从新石器时代人类文明的广袤湖泊，盈缩成中国北方一条水量充沛的母亲河，再一路向东迢迢千里奔向了北京。几千年来，桑干河见证了云中大地的刀耕火种、胡服骑射、白登鏖战、北魏兴盛、民族融合、丝绸之路、均田改革；亦见证了云中大地许许多多的阴晴圆缺、悲欢离合、荣辱兴衰。战国年间，赵武灵王便将这条河作为抵御北方游牧民族向南侵略的重要军事屏障。北魏道武帝拓跋珪定都平城后，依靠这条河流曾挫败了数万的叛军，并依托这条河流修建了灅南宫。到了明朝嘉靖二十六年（1547），这条河开通了水上航运，当时是碧波荡漾船来船往，不仅将大量的食盐从这里运到北京，同时每天有无数的商贾和游客往来，一时形成了云中一景'桑干晚渡'。千百年来，文人墨客在桑干河留下了许多瑰丽的诗篇。譬如，唐朝的诗人贾岛在游历恒山经过桑干河时写过一首诗，他借桑干河奔腾不息的水流，反映自己思念家乡归心似箭的心情。贾岛的好友雍陶，曾多次越秦岭，也到过塞北等地，足迹踏遍大半个中国。他过雁门后也曾写过一首《渡桑干河》的诗。"

梅奕瀚说着，便吟诵起来：

南客岂曾谙塞北，

年年惟见雁飞回。

今朝忽渡桑干水，

不是身来似梦来。

梅奕瀚吟诵完毕，接着说："雍陶此人学习非常刻苦，才华横溢学富五车，然而他恃才傲物，纵然对亲戚和朋友也不大理会。他后来曾官至国子监博士，只是这样的才子官人即使是官做得再大，没有拳拳仁爱之心，恐怕对老百姓也难有体恤与怜爱之情。"

梅奕瀚看了魏悦一眼，接着又说："在明朝英宗正统年间，长洲人祝灏在做山西左参政时，来雁门巡视，他写了一首《渡桑干》的诗。祝灏的这首诗将桑干河的源头、流向、河水浩荡的场面都描绘得很有气魄。在祝灏的影响下，嘉靖年间的举人陈鸿也以雄宏豪健的笔触创作了一首《桑干道中》的诗。他在这首诗将桑干河地区风大、春寒、雪厚的气候特征写的是真切感人，使人读而生畏，也能给人以高昂、悲壮、豪迈的感觉。正是这样严酷的生活环境，我们祖祖辈辈栖息在这块土地上的人民，他们不畏艰辛挺直脊梁，深深扎根在这片广袤的黄土地里。"

梅奕瀚说到这里，将视线停留在一片芦苇丛里。

"你们看，那河床焦渴的泥土里一片又一片的是什么？"

"是芦苇，一片片生生不息的生命。"魏悦说。

"是的，是一片片生生不息的生命。《诗经·国风》中有名句：'蒹葭苍苍，白露为霜。所谓伊人，在水一方。'这是一首听起来多么美妙的诗，但是却难掩不尽的忧伤、凄凉、彷徨，以及可望而不可即的悲悯情怀。此诗曾被认为是用来讥刺秦襄公不能用周礼来巩固他的国家，或惋惜招贤纳士而不得；'五四运动'前后的一些文学作品中用'伊'专指女性，之后现当代的人们便认为这是一首爱情诗，写追求所爱而不及的惆怅与苦闷。其实，人们所处的时代背景不同，站位的立场与角度不同，自然会产生不同的感受。在我看来，这首诗体现的是民意不可求，表达的是一种老百姓的迷茫与无助，以及杳渺热盼的希望。"

梅奕瀚又将目光收拢到远方，说："芦苇因其能在干旱的土壤中顽强生长，耐寒耐贫，即便遭遇强风冰雹洗礼，它们并不会因此倒伏，故自古象征着中华儿女朴实坚韧、自尊自爱、抗逆性强、折不断压不弯的品质。很多文人墨客曾写过有关芦苇的诗，他们借此来表达一种乡思。所以，这芦苇也代表着沉甸甸的乡愁。南宋严粲在《诗辑》中说：'苇之丛生如兄弟之聚也，戚戚然，亲爱之。'《程氏经说》解释蒹葭：'蒹葭芦苇，众多而强，草类之强者，民之象也。'由此可见，这芦苇代表的是老百姓，代表的是根脉相连、抱团发展、积极向上的民族凝聚力。'蒹葭苍苍'，说的不只是民生之蓬勃强大，也包含着民生解衣耕地之迷茫与困惑。"

梅奕瀚再看看表："哎呀，又浪费了几分钟时间，咱们赶快走吧。"

魏悦坐在车上，打心里对这位新来的县委书记由衷钦佩。

"梅书记，前面就是古家庄乡，是否先通知一下乡里？"司机小李问道。

"不要打扰他们，咱们直接去办自己的事。"

"月城村正在修公路，咱们得绕行过去，但最终还得回到这条正在修建的主路上，不过离月城村大约仅剩两三里的路程。"魏悦说。

"没关系，剩下的路咱们走过去。这条路啥时候开始修的？"

"最近才修的。"

十几分钟后，小李将车停靠在路边。"梅书记，前面不能通车了。"

"好的，咱们下车走吧。"

梅奕瀚看着正在翻修的路基，说："按照国家'村村通'公路建设要求，这路应该修成四级公路。我目测这规划的路基宽度最多三米五，根本达不到四级标准。"

"在您到任平邑县之前，招标时也是按照四级的标准执行的。具体在实施过程中存在什么变动，不是很清楚。"

快到月城村时，路边的土丘上坐着一位头发花白的老人，仿佛是一尊活着的雕塑，他坐在那里默默地注视着远方。梅奕瀚便径自向老人走去。

"老哥哥，你在这里看啥呢？"

老人坐在那里目不斜视，一动不动。

"老人家，这是咱们县委的梅书记。"魏悦赶忙上前介绍。

老人依旧直盯盯地目视着前方，他僵硬而沧桑的脸上始终没有一点点表情。

梅奕瀚顺着老人的目光看去，眼前是一片干旱贫瘠的黄土地，地里细嫩的草芽贴着地皮惶惶然东张西望；远看，一条扬着黄沙的桑干河河床横亘东西，如浑水干裂的河道自北向南与桑干河汇接在一起，如浑水的两岸是一片黑黝黝的树林；再往远看，便依稀可以看到恒州市城区密密匝匝的建筑群。

"老哥哥，你叫啥名字？"梅奕瀚又问。

"庞庆和。"这次老人回答了，只是他的目光依旧望着远方。

"你今年多大岁数了？"

"六十八。"庞庆和满是褶皱的脸上还是毫无表情。

"你坐在这里看啥呢？"

"等我的儿子。"

"你儿子啥时候回来？"

"不知道。"

"你儿子现在在哪里？"

"不知道。"

"你儿子离开家多长时间了？"

"五年。"

"老哥哥，你平时与你儿子怎么联系？你有没有他的电话，或者其他的联系方式？"

"没有。"庞庆和浑浊的目光里透着满满的无奈和忧伤。

"你儿子离家后一直没有和你们联系？"

"就写过一封信。"

"你儿子为什么要离开家呢？"

"没钱，家里给他拿不出钱。"

"他为什么和家里要钱？"

"五年前他大学毕业，回家和我要钱，说是托人能进入一家国企，可是家里实在没钱，外面的欠债还多着呢，他就走了，从此再没有回来。"

梅奕瀚的心瞬间被什么东西猛地戳了一下，有点尖扎扎的疼。他索性与庞庆和并排席地而坐，抬手轻轻地拍掉老人身上沾着的柴草和浮土，然后同样目视着前方。

魏悦的鼻子酸酸的，他不忍心再看到老人那张孤独、无望、布满沧桑的脸，便转身瞭望天户山。天户山的山尖上挂着一片云，那云弥弥漫漫徘徊不前，似乎有什么话要和大山说，又似乎正在为大山编织一个什么梦。

"你儿子在信上有没有说他去哪里了？"梅奕瀚问。

"开始他在杭州，后来信中说他去广州了。"

"那他为什么不回来看你们？"

"家里没钱，拿不出钱，回来也没用。"

"家里再困难，也不能丢下父母不管，这孩子是怎么想的。"

"他是个好孩子，不是不心疼父母。只是这孩子太要强，估计是没有脸面回来。"

"老哥哥，这是为什么呢？"

"唉，一准是他在外面也过得不好，挣不下钱，没办法回来。"

"你儿子娶上媳妇了吗？"

"肯定是没有娶上媳妇。如果他娶上了媳妇，他也就敢回村子了。"

"你没打算出去找找？"

"想去找，他妈经常哭着让我去找，可是没有具体的工作单位和地址，我去哪里找，没办法找，我只能是每天在这里等，不管等到等不到也得等。"

梅奕瀚掏出手绢，擦拭了一下眼睛。

"老哥哥，你种了多少亩地？"

"今年种的最多，将近五十亩。"

梅奕瀚有些吃惊："老哥哥，你种这么多地，家里也没钱？"

"地是多，靠天吃饭，打不下多少粮，粮价又低，挣不下钱。我还有三个闺女一个儿子，就地里的那点收入，让孩子他妈的病和儿子的学费就折腾没了。不顶事，没钱，种地闹不下个钱。"

"老哥哥，你知道咱们县是'小康县'吗？"

"知道，村里人都知道，就是不知道为啥叫'小康县'。"

梅奕瀚顿时惊得是目瞪口呆。难道平邑县近几年的经济统计报告数据有出入？或者是各个村子的农业收入有偏差？就算是有所偏差，庞庆和也不至于困难至此。莫非庞庆和的说法有误？

"老哥哥，你儿子叫啥名字？"

"庞伟。"

"老哥哥，你儿子的事情我会想想办法，看看能否帮你找到儿子。"梅奕瀚转身说，"小魏，回去以后通过各种途径和媒体向广州和杭州那边查询一下，看看能否找到庞伟。"

"好的，回去后我马上办这件事情。"

梅奕瀚心事重重地告别了庞庆和，三人直接去了月城村。刚入村口，梅奕瀚便是倒吸了一口凉气。眼前到处是残垣断壁，破败的房子摇摇欲坠，土窑洞前荒草萋萋。梅奕瀚下了车，徒步向村里走去。村子里静悄悄的，仿佛进入了一座久已荒废的村庄。

梅奕瀚打算先到村委会了解一下具体情况，却见那门上落着一把大锁。在村委会东边的石阶上，靠墙斜躺着一个人，手里握着一个小酒瓶。

"你叫啥名字？"梅奕瀚问。

"王春生。"此时的春生好像已醉意蒙眬。

"我看街道上很少有人，是不是都下地里忙去了？你咋不去种地？"

"还种地？种啥地，种来种去还是一样穷。"春生僵硬地说着。他抬眼看看眼前的三个陌生人，"咋，你们没见过这穷村子？我给你们说道说道。"春生举着空酒瓶，嘴里便哼唱起来：

> 捉不完的虱，填不饱的胃，
> 丈母娘和女婿一炕睡。
> 破土窑的顶，烂窗户的风，
> 这一年四季得打补丁。
> 陈门家的女，庞门家的汉，
> 你兜子里没钱干缭乱。

数九天的井，下雪天的路，

跌沟饿鼻够你小子受。

盼不来的雨，操碎心的娘，

累死累活打不下个粮。

春生唱罢，再看看眼前的三人："噢，对了，月城村的路开始修了，这是我这辈子唯一看到这个村的变化。"

"梅书记，咱们去别处看看吧，这人喝多了。"魏悦说。

梅奕瀚摇了摇头。当他走进第一户人家时，看见一个蓬头垢面的年轻人被锁在东边的一间屋子里，用头"嘭嘭嘭"磕碰着窗户，一位五十多岁男人正坐在窗户下晒太阳，旁边放着一对拐杖。一个女人站在窗户前，她双手护着玻璃并安抚着那个青年。

"二云，别给妈闹腾了，你看咱家谁来了。"

二云果真一下子静了下来，他披头散发冲着梅奕瀚"嘿嘿嘿"笑着。突然，他举起手来，行了一个标准的军礼："首长好！西藏自治区山南军分区边防一营三连通讯班战士庞二云前来报道。"

梅奕瀚便是一怔："老嫂子，你儿子怎么了？"

"他疯了。"女人疑惑地看着来人，"你们是哪的？"

"这是咱们县刚上任的县委梅书记。"魏悦说。

"县委书记？这么大的干部来我们家做啥了？"

"梅书记来看看你们，顺便了解一下咱村里的情况。"魏悦说。

男人扶着双拐吃力地慢慢站了起来。他叹息一声说："唉，咱这村有啥了解的，都穷了这么多年，谁来了都一样，变不了了。"

男人打算上前走一步，却身子一晃，差点摔倒了。梅奕瀚见状，紧走两步上前扶住了他。

"老哥，可得小心一点。你怎么称呼？"

"我叫庞晓武。她是我家里的，叫雷彩霞。屋里是我的二儿子叫庞二云，还有个大儿子大云也是个瘸子，在外面给人家看白灰窑场哩。"

此时，二云又用头磕碰着窗户，嘴里说着含混不清的话。

"老哥，为什么不把他放出来？"

"二云他出去会惹是生非，到处打人，不敢放出来。"

"看他好像是当过兵，怎么疯的？"

庞晓武低沉地叹息了一声："唉，老天不长眼啊。自打我三十五年前身体落下了残疾，全家的负担都落在了孩子他妈的身上。二云上学时本来学习挺好，可是家里条件实在太差，无法再供他上学，二云就在上高中时回村了。这孩子的心思太重，就怕落在人后，回村里当年冬天就参了军。他到了部队也很有出息，还给报纸上写文章哩。谁承想他鬼迷心窍，为了追求一个姑娘，竟然放弃了继续留在部队的机会，结果那姑娘嫌弃咱们这里穷，两人的婚事吹了，二云遭受打击后就突然疯了。"

"挺好的一个青年，真是可惜了。"梅奕瀚说，"你这腿怎么了？"

庞晓武不自觉地将头扭向一边，眼里瞬间有亮闪闪的东西。当他再次面对梅奕瀚时，竟然脸上又沁满了苦涩的笑。

"我这腿是抢修桑干河堤坝时，腰椎受伤落下的毛病。不过，我从来不后悔，因为我是一名在河堤上共同宣过誓的共产党员。"

"你是党员？"梅奕瀚吃惊地站在那里，他上上下下再仔细打量了一遍庞晓武，这才发现庞晓武空荡荡的裤管下露出的一截小腿肌肉已经严重萎缩了。

"小魏，赶快给晓武哥找把凳子，扶他坐下。"梅奕瀚一只手扶着庞晓武的胳膊说，"请你讲述一下事情的经过好吗？"

庞晓武抬头看着天空，此时天空蓝得明澈、蓝得深邃，足可以将一个人的灵魂融化在那广阔无垠的蓝里，任凭灵魂自由翱翔。

"那是发生在1976年8月26日的事情。那一年，雨水竟出奇的多，进入8月下旬，桑干河的水位持续上涨，达到了警戒水位，直接威胁着沿岸村民的生命和财产安全。那时候，老百姓跟党一条心，政府一声令下，各村各户的老百姓都集中到了桑干河上，不分青壮老少，人人都跑去抗洪抢险了，上百里长的河堤上到处是人，到处是飘扬的五星红旗。当时，咱们公社所处的堤坝已经有几处出现了垮堤渗水，情况很危险。古家庄人民公社党支部在河堤上临时成立了几支共产党员先锋突击队，大家在河堤上向党向毛主席庄严地宣誓后，便分到各个危急的堤坝口进行堵漏加固。那会儿缺少机械设备，咱们公社除了两台行动缓慢的推土机和几台破旧的铁牛 55 拖拉机外，所有的抢险工作都得依靠人力。我们党员突击队在河堤上连续坚守了两天两夜，总算是安全守住了桑干河堤坝。在我被替换下来的时候，才感觉到腰椎下方疼得厉害，用手一摸，起了一个大疙瘩。我猜想，一定是被河堤垮下来的石头砸了腰，结果回家后，我再下不了炕。我个人的疼痛算不了什么，可万万没有想到，9 月 9 日，晴天霹雳，伟大的领袖毛主席永远离开了我们。村里的大喇叭响起追悼会的那会儿，我忍着剧痛爬出了街门，眼瞅着全村的人流着泪给毛主席他老人家缓缓送行，我却寸步跟不上，我不中用啊。"

庞晓武说着，眼泪滑落下来。

梅奕瀚掏出一张纸巾递给了庞晓武。

"那后来呢？"梅奕瀚低沉地问。

"后来这腰椎竟然慢慢不怎么疼了，我也能下地走路。彩霞生下二云那年，我的腰疼病又犯了，一天比一天厉害，不得不去医院查了一下，人家说腰椎管错位压迫到神经上了，再不动手术恐怕两条腿要瘫痪。咱家哪里有那个钱，只能是听天由命了。这三十多年下来，我一直依靠止疼药过日子，只是这腿一年比一年细了，没有了一点力气，丧失了劳动能力，现在只能凭这双拐勉强走路了。"

梅奕瀚痛楚地说："老哥，你这病拖得太久了，恐怕已经治不好了。"

庞晓武看了看自己的腿，他叹息一声："唉，我知道我的腿治不好了，这毕竟是一个人的事情。但是，这基层党支部再治不好，民心就完全散架了，老百姓哪里能有好日子过。"

庞晓武看似漫不经心的一句话，却在梅奕瀚的耳边炸响了一个雷，他猝然又是一惊。

"老哥，请你再说道一下党支部的事。"

"就算是石头缝的蚂蚁还有一个分工明确的组织系统，天空飞行的大雁也有一只领头雁。过去，为啥众人能一条心，就是因为有一个与群众穿一条裤子的党支部。那时候，人们说干部和群众是鱼和水关系，基层干部大小事情都与老百姓的心思连在一起，群众虽然贫穷，但是彼此间没有高低贵贱，没有怨言和矛盾，大家有劲儿就往一起使，发展生产的积极性很高。后来，政策放开了，时代也变了，慢慢地什么都在变，所有的人和物都变了，包括干部、党员、群众、亲情和村庄。"

庞晓武说到这里，调整了一下坐姿。他接着说："而现在，这基层干部和群众变成了一锅汤里油和水的关系，你从表面去看是红红火火，是有滋有味的一大锅。但实质上，上面浮动的永远是一层油，而下面却是老百姓清汤寡淡的一锅水，彼此间隔开了一条界线，所有人的心里只剩下了钱的概念。干部们为了钱，只知道挖空心思捞取个人的利益，基层党支部变成了一个沤底塌帮空空的筐子，而党员们则成了一粒粒随风飘散的沙。每一粒沙子都被磨得没有了棱角，变得越来越圆滑、自私而现实，只盯着自己家里的柴米油盐旱涝收成。可是，这些年村里人越盯变得越穷，越盯变得越迷茫。一批又一批的青壮年劳动力不得不离开了村庄，甚至脑子比较活泛的中年人也都走了出去。房子没人修了，老窑洞一间又一间倒塌了，现在这村子死静得有些可怕。"

梅奕瀚的脸上不禁火辣辣的，像是猝然被人扇了一个响亮的巴掌，他只感觉心里一下子堵得慌，过去所有的美好印记竟一下子模糊起来。他掐了掐脑门，努力调整着自己的状态，但依然有一阵紧似一阵的疼痛钻入心里。

面对这位曾经钢铁般的优秀共产党员，梅奕瀚一时不知该如何说服自己，更无法去直视他此时那双失落而无望的眼睛。

过了一会儿，梅奕瀚问雷彩霞："你们家现在种多少亩地？"

"咱这村子那地也不叫个地，很多地都撂荒了，我们种了有三十多亩地，除了留下家里的口粮，一年卖不了几个钱。"雷彩霞说。

"你家一年能收入多少钱？"

"咱们这里的耕地是旱地，靠老天爷吃饭，瞪眼瞎忙乱。庄稼长不成好苗子，产量上不去，辛苦一年只能收入几千块钱。再扣除种子化肥，更剩不下几个钱。这么大一家人，种地要用钱，看病要用钱，更不敢想给孩子们娶媳妇的事。你看看，这窑洞都快塌了，家里没钱，想翻修一下没钱。"雷彩霞无奈地说。

梅奕瀚进屋仔细查看，迎面是灶台，其上摆放着半盆吃剩的玉米面糊糊，那糊糊已经干裂开一道口子，黑乎乎的苍蝇密密麻麻爬在裂口上正吸食。屋子里陈设极其简陋，炕上铺一块褪了色的人造革油布，几张陈旧的薄被子折叠起来堆放在后炕角落，地上靠墙中间摆放着一个漆色斑驳的小衣柜，衣柜的两边各放一口黑釉大瓮，衣柜上是一台老旧的小电视，在东西两面的墙壁上果然有两道明显的裂缝。

"小魏，回去后将这里的实际情况尽快汇报到省里，看看能否争取到扶贫款项。住房的事耽搁不得，这随时会危及群众的生命安全。"

"好的，我回去后立马起草报告。"

梅奕瀚说："老嫂子，是我们的工作没有做好，我们辜负了大家的厚望，对不起了。"

梅奕瀚知道，面对如此贫困的人民群众，此时此刻无论自己做什么说什么，一切都显得那么苍白。

二云依旧趴在窗户上，见梅奕瀚打屋里出来，便再次行了军礼："首长辛苦了！"

梅奕瀚叹息一声："唉，多好的青年，竟这样毁了。老哥老嫂子，不能再这样把你儿子关在屋里，这是限制他的人身自由。"

雷彩霞说："可是，把他放出来，他会胡乱打人的。"

"小魏，回去后与县人民医院联系一下，让他们安排专人接二云到医院给予积极治疗，尽最大的努力把他的病情控制住。"

"好的，梅书记，我会安排好这件事情。"

梅奕瀚刚出了庞晓武家的院子，打南面跑过来一群人，跑在前面的是一个穿着破背心和一条裤衩愣头愣脑的小伙子，后面跟着一个拎棒的老汉和一群看热闹的村民。

就听得有人喊："傻三，别跑了，你家的老母猪还在等你哩。"

那老汉回过头骂了一句："我看你也是个牲口！"

一群人闹哄哄地来到了梅奕瀚的跟前，那傻三竟然躲在了梅奕瀚的身后，嘴里还"嘿嘿嘿"乐着。

"这位是刚调任咱们县的县委梅书记。你们这是干啥呢？"魏悦问。

"县委书记？"众人便呼啦一下围了上来。

"梅书记好。"

梅奕瀚定睛一看，有些意外，面前的女孩竟然是黄雅萱。

"你是这个村子的？"梅奕瀚附在她耳边大声问。

"是的，月城村的。"

"噢，我想起来了，你爹说过，你们是古家庄乡的。这老人拿着棒追赶这个小伙子，为什么？"

黄雅萱的脸顿时羞得通红。

左春祥嬉皮笑脸地说："这傻三发情哩，到处瞎祸害。"

"你说啥？"魏悦严肃地盯视着那人。

"我没瞎说。这傻三近来经常祸害家里的鸡、猫，今天又祸害家里的老母猪。"左春祥认真地说。

"你还敢胡说！"魏悦不禁恼怒起来。

"老人家，你为啥打他？"梅奕瀚问。

那老人丢下木棒，叹息一声，然后低着头灰溜溜地走开了。

庞炳元说："我曾经是这个村的支书，左春祥说得没错。"

"那好，你来说说，到底是怎么回事。"梅奕瀚说。

"刚才走的那个老汉是傻三的爹，叫庞极无，也是这十里八村有名的老铁匠。说起来，这事怪不得傻三，也怪不得庞极无，是咱村这穷光景把人逼成了这个样子。"

庞炳元说着，用手一指："梅书记，你看，这就是咱村的现状。就是这么破的窑洞，一个家庭也只有三间。那些年，家家户户最少四个孩子，很多家庭都是七八口甚至是十几口人，是老的老小的小。你说，这三间土窑洞怎么住？只能是全家人挤着睡，就算是女婿登门，也只能是和丈母娘一条土炕睡。庞极无家五个女儿两个儿子，包括这个最小的傻三。那时候，他家五个女儿和爷爷奶奶挤在一条炕上，庞极无两口子和两个儿子睡一间屋。人啊，就算再穷，但生理上的那点需求还是避免不了的。一条炕上睡，天长日久了，难免孩子们会在夜里看到家大人的那点事，这在一定程度上影响到了孩子们的身心健康。为啥过去农村里的强奸案频发，一方面是因为家里穷，男孩子娶不上媳妇，而最重要的是家长们的那点事让刚刚懂事的孩子过早地成熟，甚至因此变得心理扭曲。傻三哥哥就是因为这事，打懂事后就不愿意再和父母睡，他宁肯和村里的老盲人三明子去做伴。庞极无总以为傻三是个傻子，所以他平时夜生活不太在意，有好几次傻三将他爹从他妈的肚皮上给拉了下来。等傻三长大了闹出了乱子，他才后悔不已。傻三虽然是个傻子，但他毕竟比一头猪要聪明，他也有生理需求，所以经常骚扰村里的妇女。傻三被人一次次暴打后，似乎也懂得了什么，但他把注意力集中在了家里的鸡、猫、羊的身上，这不今天他又去强奸他家的老母猪。唉，一个穷字，把一个傻子都变坏了。"

梅奕瀚闻听庞炳元的讲述，不由地倒吸一口凉气，眼前的窘态已经超出了他的想象，要想改变这一切，唯有彻底改善村民们的居住条件。

"村民们现在的收入怎么样？"

"梅书记，我还是带你去各家看看，你自己就明白了。"

黄雅萱并不清楚梅奕瀚来月城村的目的。自打她在县城偶遇梅奕瀚，便觉得这位县委书记仿佛是自己家的一个邻居，感觉那么容易亲近。

"梅书记，你到我家坐坐吧。"黄雅萱说。

"好的，黄花姑娘，就先去你家看看。"

黄炳福和妻子马英正在院子里用山条编荆笆，一大摞的成品堆放在墙根下。

"爹，你看谁来了？"黄雅萱一进门便大喊一声。

黄炳福看见梅奕瀚等人走了进来，便慌忙迎了上去。

"梅书记，你咋来月城村了？"

"我来看看乡亲们。老哥，你编这些荆笆用来做什么？"

"家里种了三亩多黄花，到了采摘期没地方晾晒，到处都是沙子和土，编些荆笆用来晒黄花菜。"

"编荆笆得上山砍柴，既费力又破坏生态植被，你可以用秋后的黄花叶子编草帘子，或者还可以编些什么。"

"对呀，我们怎么没有想到自己的手跟前就有宝贝。"

"如果把这黄花叶子尽可能地利用好了，或许还能变成了财富。我记得你和我说过，这村子就你一家种黄花，为什么其他村民不种？"

"没水，没人手，没办法加工，没有晾晒场地，更没地方去卖。"黄炳福说到这里，欲言又止。

"是否还有其他的原因？"

"还因为我爹。"

"啥，因为你父亲？"梅奕瀚颇感吃惊，"老哥，你讲一讲到底是怎么回事。"

黄炳福显得有些忧郁而痛苦，那段不堪回首的往事顿时浮现在眼前。

1971年腊月，黄炳福年满十九岁。临近过年时节，他最小的两个妹妹成天往供销社跑，一心想做件花布棉袄。黄三爷看着两个闺女眼巴巴渴盼的样子，便打算将自家院子里栽种积攒下来的干黄花菜拿到城里去卖。黄三爷原本想让黄炳福进城，他说年轻人腿轻脚步快，月城村距离恒州城有六十多里，就算是快走也得近五个小时。后来他却改变了主意，决定还是自己去。那天早上公鸡还没有打鸣，黄三爷就背着黄花菜早早出了门，可是一天一夜过去了，他一直没有回来。第二天，心急如焚的黄炳福正准备进城去找父亲，公社"革委会"来人说，你爹进城偷偷卖黄花菜，犯了"投机倒把罪"，被抓到派出所后没有多久自己死了，你们赶快去领尸，否则按无名尸处理了。黄炳福从生产队借了一辆马车将黄三爷的尸体拉了回来，他从派出所得知，父亲昨天上午不到9点就在鼓楼跟前开始摆摊卖东西，后来被一个中年妇女举报才被抓了起来。黄三爷出事后，月城村民院里所有种黄花菜的，全部被民兵连根拔起毁掉了，自此没有人再敢提种植黄花的事。

"是我害死了我爹，如果当时我去进城卖黄花菜，我爹就没事了。"黄炳福说。

梅奕瀚不禁轻叹一声："唉，那是一段不堪回首的年代，好在我们现在过上了安定的新生活。"

此时，黄雅萱从屋里端出一碗水，另一只手里拎着一个鼓鼓的纸袋。

"梅书记，喝点水。这是我从梁上采回来的野菊花，味道苦了一点，但是保肝降火明目，这一袋子你拿回去慢慢喝。"

梅奕瀚喝了两口，再喝两口，味道的确有点苦，但是唇齿间溢满了一股奇特的芳香。他笑眯眯地看着黄雅萱，说："真好，谢谢你。"他恍然意识到了什么，又附在黄雅萱的耳边说，"谢谢你，黄花姑娘，这野菊花我收下了。"

黄雅萱顿时显得非常高兴，她羞羞答答进了屋子。

"后来你为什么还要坚持种黄花？"梅奕瀚问。

"我爹一辈子爱种黄花，结果最终死在了这黄花上。改革开放后，咱庄户人种地有了自由，我就开始种起了黄花，我是在弥补对我爹的亏欠，也是在续接我爹心里装着的那个梦。"

"村里现在还没有人愿意种黄花？"

"没有，谁都不想沾手这东西。"

从黄炳福家里出来，梅奕瀚接连又看了几十户人家，结果是绝大多数的家庭都面临着各种严重的困扰。眼前真实的现状令这位最初充满了好奇与期待的县委书记彻底寒了心，他感觉自己瞬间掉入了一个无边无际的巨大黑洞。

梅奕瀚又想起了大学时读到的明代袁中道写的《游恒山宿月城驿》那首诗，那时的月城驿是何等的景致，倘若袁中道还健在，他看到了如今的月城村竟沦落成这般模样，他又会是怎样的感受？梅奕瀚站在一间危檐棚户下，内心无比的酸楚。眼见得已经是中午了，家家户户的屋顶上少见袅袅炊烟，街道上偶尔走过一两个人，他们黑黢黢的脸上竟显得那么凄楚麻木。此时，在一户人家残破的木门旁，站立着一只瘦骨嶙峋的狗，那狗向空旷的街道上茫然地望了望，然后独自向村外的荒滩走去。

"咱们再去别的村子看看。"梅奕瀚神情严肃地说了一句。

按照梅奕瀚的要求，司机小李开车又去了靠近大山的几个村子。所到之处的情形，基本上和月城村的现状相同。

此时，梅奕瀚已经彻底意识到了平邑县是所谓的"小康县"，只不过是南柯一梦，而农村基层的党支部亦到了几近崩溃的边缘。从目前的情形来看，平邑县部分村子积贫积弱的根子已经很深，要想带领全县的人民群众真正地摆脱贫困走上小康之路，必须得从严治党，得有撼动大山的坚韧毅力和无畏勇气。

在返回的路上，梅奕瀚坐在车里紧蹙双眉闭目不语。

敲击灵魂的一柄锤

马文涛一直惦记着南庄之事，便拨通了薛存三的电话。

"老薛，南庄村先行蔬菜试点的事，现在工作进展怎么样了？"

"我已经做通党员和部分群众的思想工作，今年可以按时试种。"

"那好，你在村口等我，一会儿我和于强开车过去，咱们马上去金城县接马峪考察。"

在车上，薛存三将村民还存在的顾虑讲给了马文涛。

于强说："马书记早已经想到了这些，咱们这次出去考察，就是要解决这些问题。"

马文涛说："咱们要搞蔬菜产业，不能只盯着家门口的市场经济，要把眼光投向全国。村民们有顾虑这是好事，证明大家有动力有想法，想把经济搞上去。所以，我们刚开始的工作必须安定民心，确保他们的积极投入和农业生产转型有一个良好的回报。前几天我们在乡里召开了一次会议，就这次蔬菜试点工作做了全面详细的安排，计划为首批加入试种蔬菜的农户免费提供种子、薄膜、有机肥等生产物质，同时免费提供农技培训和技术指导。至于销售的事情，我们考察后再说。"

金城县南河镇接马峪村位于镇西北三公里处，该村几年前便发展起了蔬菜产业，现在已成为华北地区最大的蔬菜批发市场之一，年交易量达两亿多公斤。

马文涛一行在接马峪蔬菜批发市场一名负责人的陪同下，参观了多家蔬菜脱水加工厂、预冷库、温室大棚、育苗园区、纸箱厂等各类企业，并详细了解了当地蔬菜产业种植品种、种植面积及具体销路等。

薛存三在跟随参观考察中了解到一个细节，广东的青椒销量最好。在考察完毕回来的路上，薛存三带着疑惑问了一句："为什么广东的青椒销售最好？"

此时，马文涛亦正思考着蔬菜销售的问题，经薛存三这么一问，他顿时豁然开朗。

马文涛说："金城县所产的青椒叫荷椒，也叫大椒、灯笼椒、柿子椒，因其有一种淡淡的甜味，所以又叫甜椒、菜椒。这个品种是一代杂交种，它的产量高，果形大而周正，果肉厚，营养丰富。而在广东，人们习惯叫它圆椒，其取意为团团圆圆。改革开放后，我国经济发展最快的城市主要集中在沿海的一些城市。广东人的民风民俗多信仰佛教，可以说是'家家有神台，户户有佛龛。'广东人又善于市场经营，所以他们特别喜欢敬奉财神。有趣的是，广东人供奉佛龛的贡品喜欢用新鲜、碧绿、周正的四心室圆椒，他们赋予了圆椒四方来财、万事圆满、家庭和睦、团团圆圆的美好寓意。此外，他们的家庭日常生活也喜欢用圆椒作为主菜或辅料，所以广东的圆椒相对来说销量会大一些。"

于强说："一个小小的青椒销售居然有这么多的学问，看来想要发展农村的市场经济，不能只在专业技术、市场引导和政策扶持等环节下功夫，得深度研究和挖掘与之相关的文化。"

薛存三与马文涛对视了一下，两人几乎同时说出一句话："咱们种圆椒。"

马文涛刚回到乡里，办公室主任贾为民便向他汇报，月城村民陶利到乡里上访，反映村南峪沟里白灰窑严重污染的事情。

马文涛当时一愣，这是他到古家庄乡上任后遇到的第一次上访事件。

"陶利在吗?"马文涛问。

"已经回去了,她说白灰窑的事情不解决,她还会再来。"

"去,你把派出所的同志也叫上,咱们现在就去月城村看看。"

贾为民答应一声,他边走边匆匆发了一条短信。

马文涛在去往月城村的路上,看见庞庆和坐在一处土丘上一动不动地眺望着远方。他叹息一声:"唉,现在的年轻人眼睛里只有外面的世界,根本不顾及含辛茹苦养育他的父母。可怜的老人啊!"

孙财旺没有想到陶利果真去乡里上访了,他更没有想到乡党委书记马文涛会亲自来调查这件事情。孙财旺只得陪马文涛去白灰窑现场,远远便飘来一股呛鼻的味道。

"这个窑场办理了合法开采经营手续吗?"马文涛问。

孙财旺佯装不知情,便喊窑主刘宝前来回话。

刘宝说:"没有手续,当时开这个窑场,只是为了给村民们一个挣钱的活路。"

"瞎胡闹!"马文涛说,"月城村有着千年的历史,这天户山、銮山不仅是中生代地壳变化及古生物研究的宝库,同时也曾经孕育着新石器时代华夏古人类的文明。你们如此糟蹋历史、践踏文明、破坏生态环境,危及人民群众的生命健康安全,这是严重的犯法!"

刘宝偷偷窥视了孙财旺一眼。

孙财旺说:"马书记先别生气。刘宝开这窑场的初衷是好的,的确是为了给村民提供了一条挣钱的门路。但是,村民们没文化,谁懂得那么多,更不懂得这是在犯法。今天听了马书记的话,我们才明白了这些道理。既然这白灰窑有这么多的危害,就不能再让他开下去了。刘宝,你赶快通知人,马上拆掉这白灰窑。"

孙财旺向刘宝递了个眼色,刘宝便答应一声:"好,我这就去叫人来拆。"

刘宝离去片刻,贾为民的手机响了起来,是一首《风中有朵雨做的云》。贾为民很喜欢这首歌曲，尤其喜欢"云在风里伤透了心，不知又将吹向哪儿去"这句词。在他心里，风与雨、伤心与别离、失望与希望，这种凄凄若诉的曲调，似乎更能带给他短暂的快感。贾为民只是看了眼手机屏幕的来电，便猝然挂断了电话。

时间不大，便有三十多个人拎着铁锹围拢过来，大伙儿闹哄哄地喊着："不能拆，不能拆，我们要挣钱，我们要生活。"

庞炳元向那伙人看去，大多是村里的陈姓居民，其中有一部分人从来没有在白灰窑干过，便明白了其中的原委。

马文涛说："乡亲们，我知道大家的日子不好过，你们的生活很艰苦，家里的负担很重。但是，即便日子再苦，我们也不能以毁掉绿水青山为代价，来换取苟且的温饱生活。我们身后的山脉，是燕山造山期经过三次造山运动才形成的长达十四公里的恒州睡佛，市委市政府已经下发过文件，三令五申地严禁在睡佛沿线开采乱挖，严禁开办各类污染环境的厂矿企业。发展经济，增加全体村民们的收入，仅仅依靠在白灰窑打工挣这点零花钱，这并不能解决大家的根本问题，我们要从这祖祖辈辈留下来的耕田上做文章，要从我们脚下这座千年古驿生生不息的文化根脉上找出路，只要我们把农业做好了、做大了、做强了，把祖先留给我们的文化根脉很好地挖掘出来，走特色发展的新路，大家才能真正地富裕起来。"

陈大勇像是鹤立鸡群，他瓮声瓮气地说："我们听不懂那些大道理。月城村多少代人一直侍弄这土地，可是到现在我们还是穷得叮当响。你们不让我们留住这白灰窑，以后我们怎么生活？"

"请大家相信我们的党，相信人民政府。从今年开始，咱们乡正式启动了'一村一品'产业发展的脱贫攻坚模式，眼下先把南庄村作为工作试点，一旦试点的工作取得了成功，明年我们就会在全乡普及推广。用不了几年，咱们全乡人民一定能脱贫致富，过上好生活。"

陈大勇将铁锹狠狠地戳在地上，说："我们相信这'小康'十几年了，你们睁眼看看，我们吃的是什么，住的是什么，村民看病看不起，孩子上学上不起，这就是你们说的'小康'生活吗？"

马文涛顿时一脸的窘态。他稍做镇定，说："你说的这个情况，是有特殊原因的。"

"不管什么原因，我们不会再相信你们。谁要是敢拆这白灰窑，我们和他拼命！"

人群顿时一阵嘈杂："对，谁敢拆白灰窑，我们和他拼命。"

马文涛说："乡亲们，这可得依法行事啊！"

陈明亮偷偷拽了陈大勇一把，说："咱们别闹了，刘宝这白灰窑是违法的，别听他的蛊惑，咱们毕竟是打工的，回去再想办法吧。"

马二女也冲着陈大勇喊了一句："大勇，你别带头胡来！"

马文涛见众人的情绪渐渐稳定，遂再次下令："拆除这座白灰场。"

陶利早闻讯而来，她对于马文涛的处理结果似乎既满意，又好像不满意，脸上便挂着一层怪怪的表情。此时，春生在围观的人群中唱道：

鸡叫了三遍东方亮，
大鬼小鬼才晓得慌张。
干完了坏事你想溜，
说不下个寅卯别想走。
野麻子开花结蛋蛋，
毒苗子扎下就铲不完。
想要这尘世落平安，
除非将鬼魅逐出人间。

梅奕瀚从月城村返回的路上又视察了几个村子，等回到县里已是下午5点钟，他的脑子里一直刻着许多的疑问：平邑县是如何变成"小康县"的？其中还隐匿着哪些事情？难道平邑县历任领导干部都坐视不管吗？平邑县其他乡村的真实情况又是如何？

　　从打算去月城村时魏悦吞吞吐吐的表情，梅奕瀚早已经看出，他多少带有一定的思想顾虑，这怪不得魏悦。平邑县从1996年成为"小康县"，到目前县委书记已经换了几任，魏悦岂敢擅自妄言。梅奕瀚这样想着，不禁心生一丝隐忧：倘若自己坚持要摘掉平邑县戴了十四年的"小康县"帽子，县里的领导干部会否积极响应。

　　此时，庞晓武的话依旧像一柄带着矛刺的锤，从迢渺的地方贯着风呼啸而来，那锤头变得愈来愈清晰，那风声变得愈来愈尖厉，一下又一下重重地锤击在梅奕瀚的心里。他慢慢地走向窗口，看见马路边的一棵树上，有一只鸟儿飞起又落下，再飞起再次落下。他不禁暗下决心，一定要拨开笼罩在平邑县的这层迷雾，剔除陈年旧疴。南柯一梦虽破，但是残雪之后必定会再现生机。

　　魏悦坐在办公室里，回忆着梅奕瀚调研各个村子的每一个细节，内心里无比激动。他敏感地意识到，这位新来的县委书记不仅仅心怀爱民之心，他更有为民请命谋求福祉的勇气、担当和魄力，平邑县这顶压了十多年的假"小康"帽子可能要摘了。但是，魏悦很快又担心起来，以前的县委书记也曾多次努力，期盼真正实现小康，可是最终未能如愿。

　　遵照梅奕瀚的叮嘱，魏悦先去了趟县医院，就月城村二云的病情做了简单的描述，然后转达了梅奕瀚书记提出的工作要求，尽快将二云接到县医院给予积极治疗。之后，魏悦又与杭州及广州的宣传部门取得了联系，请求他们通过当地的片区户籍民警及新闻媒体等各种途径，帮助寻找平邑县庞伟这个人。魏悦看看表，已是下午7点30分，今天是女儿的生日，他拨通了妻子的电话，说单位里有重要的事情要做，不能回去陪女儿过生日了，他让妻子代他向女儿表示祝福。魏悦的内心里很是愧疚，去年女儿的生日也是因为自己工作忙没有陪女儿，今年又是如此。

　　女儿曾问他："爸，你啥时候就不忙了？"

魏悦摸摸女儿的头说:"等你长大了,和爸爸一样开始工作,爸就不忙了。"

女儿说:"爸爸,那我赶快长大,和你一样去工作。"

魏悦想起女儿当时那张天真可爱的脸,便抿嘴一笑,接着又叹息一声,摇了摇头。

魏悦知道,像他这样加班加点没有休息日的政府工作人员何止他一人,大家都在忙。可是忙来忙去,县里的老百姓还是过着贫困的日子。

此时,办公室的电话响起,魏悦拿起了话筒,是梅奕瀚。

"小魏,你还没有下班?好样的。给省里的报告开始动笔了吗?"

"报告梅书记,我正打算动笔。"

"哦,这份报告非比寻常,关系到咱平邑县所有贫困家庭的生活质量和生命安全。请你认真起草这份报告,将咱们今天所看到的实际情况及时汇报到省里。这些贫困的家庭等不及了,我们的心也不安呀。如果省里没有明确的答复,我就亲自去省里跑一跑,说啥也得解决了这些贫困家庭面临的紧急危机。"

魏悦手握着话筒,激动地说:"梅书记,谢谢您!平邑县的人民谢谢您!"

此时,古家庄乡南庄村委会正组织召开一场气氛热烈的会议。

马文涛从金城县考察回来当晚,便将古家庄乡"一村一品"的试点工作及所面临的实际问题,与县农业局局长安向东做了交流。安向东当即表示,他会将南庄村的试点工作及时汇报给县委县政府,农业局一定积极支持这项试点工作,根据生产需要,将下派驻村专业农技工作人员去指导蔬菜生产,并抽调资金免费为南庄村蔬菜种植户发放一批优质种子、薄膜、有机肥等生产物质。

按照马文涛的部署,薛存三连夜召集村民召开了全体村民大会。薛存三向村民们详细地介绍了金城县接马峪蔬菜基地的发展概况,同时传达了乡政府为了这次"一村一品"的试点工作所提供的保障及优惠措施。这次会议竟一下子引起了村民们发展蔬菜产业的极大兴趣，会场上一时群情振奋，人人报名要求参加这次试点生产工作。薛存三亦倍感欣慰，他说："既然是试点，是试种，那就存在一定的未知和风险。所以，今年蔬菜种植先以党员和部分思想上积极要求进步的村民为主，在原报名试种户的基础上，再从村里的种植能手中优中选优，先由四十户家庭带头种蔬菜，如果今年咱们有一个好成绩，明年将全面推广。"

村民大会刚结束，马文涛便风尘仆仆来到了南庄村。

"县里的事情已经办好了，不久用于咱们蔬菜试点的专用生产物质将会运抵南庄村，相关的技术人员也会驻扎下来。"马文涛兴奋地说。

"那咱们接下来的工作怎么开展？"薛存三问。

"当然是马上组织蔬菜的育苗育秧工作。另外，你得抽时间去广东一下，联络那边的客商，先建立起关系，必要时可以请他们过来进行实地考察。"

浅处无妨有卧龙

从月城村回来的第二天，梅奕瀚与司机小李又出发了。梅奕瀚告诉魏悦："你安心写好你的报告，之后赶快发给省里。"

平邑县合欢乡小坝村地处全县最北部，位于古老的蟠羊山附近。当梅奕瀚到达这个村子，眼前所看到的景象与月城村亦大致相同。梅奕瀚先走访了一部分村民，详细地了解农民们的现状，然后去了村委会，见到了小坝村党支部书记弋天贵。

弋天贵已是满头白发，他听小李介绍说，这是新来的县委梅书记，颇感意外。

"梅书记，你咋一个人来了？"

梅奕瀚微微一笑："看您这眼神，这不还有小李嘛。"

弋天贵显得不好意思："对对对，还有小李呢。"

"我走访了十几户人家，都很困难，看来咱们县这顶'小康'的帽子的确是名不副实。"

弋天贵一听梅奕瀚的话，便一下子放松了心情。

"梅书记，'小康县'的帽子害人呀，我们村就是因为这'小康县'才遭了殃。"

梅奕瀚眉头一紧："老弋，你慢慢说说。"

"这事说来话长。1999年前后，省计生协会出台了一项政策，凡是过去做了节育手术的家庭，政府会给予一定的扶贫奖励资金。那些年，咱们村村民响应政府号召，计划生育工作做得好，村里该做节育手术的家庭基本做了。当时，我统计了村里的名单，往咱们县、市、省里一连气跑，按照政策咱们村应该享受奖励的村民一共能拿到十二万元。我当时合计着，村民们种地挣不了钱，把大家伙儿的这笔钱集中起来，鼓励大家集体发展养殖业，带动村民们致富。我把这些节育家庭该办的手续都办了，然后拿到省扶贫办去提钱时，工作人员一核查，结果说咱们是'小康县'，不能享受计生扶贫政策。"

　　弋天贵重重地叹息了一声："唉，那件事没办成，我对不起乡亲们啊。如今又十多年过去了，村民们熬盼的养殖梦还没实现。"弋天贵看看梅奕瀚，接着说："梅书记，如果当时那件事情办成了，小坝村应该不是现在这个样子了。再说了，当时做节育手术，那是老百姓响应国家号召做贡献，为啥还分贫困县和小康县？就算是小康县，这对于那些真正做了节育手术的家庭也不公平。"

　　梅奕瀚说："国家的政策是好的，地方上可能会因为某些客观因素，多多少少存在一些区别对待。但是，绝不能因为这个作为我们抱守贫困的理由。一个人只有知道自己应该放下什么，而且能正确地放下它，才能获得坚强，获得努力发展的信心和勇气。我们只有不断地把过去抛在身后置之度外，才能更好地向前生活。"

　　弋天贵低着头默不作声了。

　　这时，打门外急匆匆走进一个人，说："天贵叔，不好了，二瞎子和他妈打起来了。"

　　弋天贵看了看来人，说："干啥哩，一惊一乍的，你没看见县委梅书记在这里嘛。"

　　那人向梅奕瀚歉意地点了点头："梅书记好。"

　　"说吧，到底咋回事？是二瞎子打他妈，还是他妈打二瞎子？"弋天贵问。

"他妈打二瞎子。"

"为啥打他？"

"他闹着和他妈要媳妇。"

弋天贵笑了笑说："这个二瞎子，每天躺在被窝里做梦哩。这年头，别说他长得歪瓜裂枣，还少了一只眼，就算是村里两眼明亮的年轻人还娶不上媳妇哩。你是一个村长，连这点事情都处理不了？快劝说一下二瞎子妈，别让她生气了。"

那人走后，弋天贵又说："这是我们村的村主任，叫大喜，不识字。但是，上面有他的一个亲戚关照着呢，后来就当了村主任。"

"村主任不是村民选举产生的吗？"

"是，也不是，选举不过是走了一个过程。"

梅奕瀚深吸一口气，说："咱先不谈他的事情，你是如何看待以后的出路？"

"想找一条出路，难呀。如果靠种地就能种出小康生活，过去咱云中地区的人就不走西口了。就拿我家来说吧，我在村里算是中等以上的家庭了，2010年的雨水好，我家人均收入也就是一千五百多元，平常的年份还远远达不到这个收入。"

"老哥哥，我得纠正你这个错误的观点。"梅奕瀚说，"过去走西口不单单是咱们云中人。从清朝至民国初年，由长城内的山西、陕西北部、河北及邻近地区的居民或谋生或经商，都有向长城外内蒙古、青海、新疆等地的移民。只是，咱们云中地区因土地贫瘠，自然灾害频繁，生存环境恶劣等，相比较更为艰苦，迫使很多人到西口外去谋生了。河曲、保德到现在还流传着这样一句话：'河曲保德州，十年九不收，男人走西口，女人挖野菜。'尽管说当时的人们走西口大多数是迫不得已，但是咱云中人走西口和山东人闯关东一样，对于当时的社会经济发展都起到了积极的推动作用。首先是推动了塞内外、关内外的物资交流和商品经济的发展；其次也促进了地方文化和民间文化的广泛传播与交融。这就好比现在的改革开放，国内经济放开了，国门也打开了，你看看这短短的三十年，咱们的国家已经发生了翻天覆地的大变化。为啥现在咱云中人不走西口了，还是因为生活过得相对好了些。尽管说眼下咱们县大多数村子的贫困状况依旧没有改变，这毕竟是暂时的，只要咱们有决心、有恒心、有信心，农民们种地也一定能够过上小康生活的。"

"唉，我这死脑筋，让这穷日子给吓得趴下了，根本不敢想会有小康生活的那么一天。"

"村里现在的贫困户有多少？"

"怎么说呢，十之七八都是贫困户。"

"这周边的村子情况又如何？"

"我们这一带流传着这样一句话：栲栳、刘家寨，送饭不拿菜。还有一句话说：烧牛粪，野小蒜，炕上睡着个病老汉。"

"这两句话是什么意思？"

"概括起来说，就是我们这一带困难得很，庄户人家有病看不起病，日常生火做饭，只能依靠捡拾牛粪和驴粪蛋儿；下地干活，中午家里人送饭只有主食没有菜，只能在荒地里挖点野小蒜。"

弋天贵说完，低着头沉默了一会儿，他像是积攒勇气。

"梅书记，我看你一个人到处跑也够辛苦的，我的意思是这边其他的村子你也别去了，我们周边的这一带算是平邑县的北部，各村的贫困户普遍达百分之七十五以上。"

梅奕瀚思考片刻，随后说："老弋，咱们共同努力吧。"

出了小坝村，梅奕瀚告诉小李："平邑县的最南边和最北边咱们看过了，西边靠近市区，看样子情况稍好些，咱们再往东走走。"

"梅书记，我建议您去许家堡乡王村看看吧，那个村子是'平阳地震'后的移民村，那个村子过去有一位历史文化名人叫荫墀。"

对于荫墀这个人物，梅奕瀚过去也有些了解，他是三朝元老，曾任清朝吏部左侍郎、邮传部尚书、协办大学士等官职，还是宣统皇帝的老师。

"好的，我们去看看这个移民村的情况怎么样。"

车过平唐公路，往南穿越桑干河，河上有座铁索桥。小李说："这座桥叫'普济桥'，是当年荫墀所建，桥头上还刻着他写的一首诗。"

"噢，平邑县仅剩的历史文化遗存屈指可数，应该很好地保护起来。"

梅奕瀚的目光移至南面的大山，但只见山连山岭连岭，云雾蒸腾氤氲莫测。梅奕瀚不禁心思惴惴的，难道平邑县偏远之地的乡村都是一潭死水吗？梅奕瀚闭上了眼睛，再次陷入沉思。

"梅书记，王村到了。"

梅奕瀚打车窗向外看去，眼前竟然是一排排房屋整齐的新农村，在村子里有一群人正在修路。梅奕瀚方才还压抑的心情顿时释然，他打开车门，向那群人走去。

"梅书记，你怎么来了？"

正在村子里指挥修路的是许家堡乡党委副书记丁毅，他惊喜地走到了梅奕瀚面前。

"噢，小丁同志，我来村子里看看。这是我这几天走访所看到最好的一个村子，这村子让人心亮啊。走，咱们在村子里转转。"

丁毅边走边介绍说："王村的旧村在南边约两公里处。1989年突发'平阳地震'，这个村子当时在震中的位置，房屋倒塌损毁严重，后来整体搬迁到这里。"

梅奕瀚点点头："噢，村子的面貌看上去不错，现在村民的收入如何？"

"王村自搬迁到新址，村民的收入比较稳定，除少数家庭因婚、因残、因病、缺劳力等因素致贫外，全村大部分家庭人均收入2500元以上，不属于贫困村。"

"噢！"梅奕瀚颇为惊喜，"为什么王村的农民收入会如此稳定？"

"王村现在的新址叫筥地。筥地，其原名实际叫'均地'，取自北魏孝文帝改革时实行的'均田制'。1912年，宣统皇帝的老师荫墀告老还乡回到王村，捐资助学，修路搭桥，引导老百姓积极生产，一直传为当地佳话。1917年，荫墀去世后葬在此地，因他一生洁身自好、虚怀若谷，后人遂将'均地'改为'筥地'，以纪念他高贵的品德。这片土地自北魏时便是皇家重要的粮食生产基地，故在当时率先在此推行'均田制'，鼓励老百姓积极生产。筥地毗邻桑干河水库，土地湿润而肥沃，所以一直以来是平邑县主要的产粮区。"

"许家堡乡其他的村子状况又如何？"

"许家堡乡共有19个行政村，目前除了8个村暂时还处于贫困状态外，其他的村子经济状况都比较好。不过，不管是贫困村还是经济向好的村子，全乡农民的思想情绪比较活跃，都有积极发展生产的主动性和进取心。"

梅奕瀚颇为惊奇："是吗？为什么许家堡乡的农民会有这么好的精神和动力？"

"梅书记，咱们进村里的农家书屋去看看。"

王村农家书屋设在村委会会议室旁，书屋的墙上贴着简介及图书借阅管理制度。屋子的中间设有一排干净的桌椅，用于村民们在此阅读学习，在正面一排整齐的书柜里摆满了各类图书。

丁毅说："许家堡乡有着光荣的革命传统和红色基因，战争年代这里曾驻扎过一支革命队伍，在此开辟了一个革命根据地。如今，乡党委一直注重抓基层党支部建设，在传承红色基因的基础上，也关注文化教育和村民的思想素质，加强党联系群众的桥梁与纽带。"

"一个良好的基层党支部，是一方百姓心中永远不灭的神圣灯塔。

王村有如此好的学习环境和氛围，难怪他们对生活对未来充满了激情与热爱。"

"梅书记，咱们村里的书屋仅仅是许家堡乡打造文化乡村的一部分，我们在乡里还建立了文化站。全乡已经形成了'乡里大书房、村里小书屋'的文化格局，这是咱们乡令人自豪的一项文化盛事。书籍最基本的功能就是传播文化知识，这些书能让农民朋友在发展经济、提高生活水平方面受益很多。"

梅奕瀚又问："你是怎么想到在乡里建设文化站，又在村里办起了书屋？"

"我是平邑县兴云镇人，上农校前我一直在咱们当地读书。那时候，我特别喜欢读文学类作品，只要是手里有点钱便买了书，这个爱好一直延续到现在，家里的藏书也以此类书居多。我从农校毕业后就到许家堡乡政府工作，发现村民们的内心里很空虚，思想意识也很单纯浅薄，对于未来缺乏正确的人生观和价值观，我便想到了以书籍来丰富和滋养村民们的精神内涵，没想到这一招还真不错。"

梅奕瀚赞叹道："'时人莫小池中水，浅处无妨有卧龙。'小丁同志，你在小天地里干出了大作为，可谓小池卧龙。你给农民兄弟建设的这一座座精神灯塔非常宝贵，胜过给予他们万千的财富。当前，解决农村的贫困问题主要在于加强基层党支部在农村的领导作用，引导农民们改变自身存在的问题，只要农民们的精神贫困彻底解决了，那经济贫困的问题也就会迎刃而解。"

何时相携看芦花

秦克勤自打春节开学后一直留在城里的学校，这是他第一次回到月城村。

秦克勤和黄雅萱打小一块儿长大，尽管黄雅萱的耳朵有毛病，但是秦克勤的父亲秦明也有残疾，村里的孩子给秦明起了绰号"一撇子"，秦克勤为此很自卑，便喜欢与黄雅萱玩在一起，黄雅萱还经常偷偷拿出家里的鸡蛋给他吃。秦明多少懂点中医针灸，虽然治不了自己的哮喘病，可是给马英的风湿病扎几针还是很管用，就此两个家庭来往比较亲近。秦克勤的学习很好，但是家里困难念不起书。黄炳福曾与秦明说，只要咱俩家给孩子定了亲，克勤的学费我来出，这事儿最终都成了现实。

秦克勤去城里的私立学校教书后，黄雅萱感觉耳边会经常无端地听到一种声音。黄雅萱七岁时在村里的小学念过几天书，但是老师的讲课她听不清，无奈只好辍学。那时候，月城村校院里悬挂着一截铁轨，上下课就靠敲铁轨发出的响声，黄雅萱便将这厚重的铃声永远留在了心里。

黄雅萱很爱秦克勤，一想起刚结婚远离自己的男人，她的耳朵里似乎就听到了那铃声。黄雅萱与村子里的女人们闲坐时，像梦呓似的自个儿说着话："我咋老是能听到咱村学校的铃声，那铃声一响就会牵扯人的心。"

女人们就哈哈嬉笑着说："我们都听不到，黄花姑娘咋听到的？再说了，咱村那学校早变成了牛圈，那截火车轨道也卖了废铁，哪里还有什么铃声。八成是这个新媳妇还没过了那个骚劲，她想男人想疯了。"

黄雅萱听不清女人们说些啥，她看见那些女人们瞅着她嘻嘻哈哈，心里却有种自豪感。她就那么红了脸，随着耳边无端的铃声起起落落，心情在不断地变化。她心想。第一遍铃声响过之后，该是克勤上课了，他站在讲台上是个啥样子，他在那么多双眼睛注视下会不会胆怯害怕？黄雅萱这样想着，心就"咚咚咚"跳得厉害，要是自己上那台子上一准腿要哆嗦，恐怕嘴都张不开。唉，自己那是因为没文化，当然要害怕了。克勤一准不会，他是大学生，他懂得太多的东西，他肯定是笑眯眯地把话扯得很长。等黄雅萱的耳边再响起铃声后，她又想，该是课间休息了，克勤现在又在干啥，是不是也像村里过去的那个老校长一样，把孩子叫到办公室里训斥呢？于是，黄雅萱的眼前就是秦克勤威严的目光，以及学生低头认错的样子。黄雅萱就想笑，心里还嘀咕着：骂人家孩子干啥哩，孩子还小，慢慢就会懂事了。

秦克勤是临近傍晚回来的，一进家先把黄雅萱紧紧搂一下，然后再洗脸洗手。秦克勤的动作很轻很慢，一下两下，显得有条不紊。

黄雅萱递过毛巾，笑着说："你真像个女人，洗手都要那么长时间。"

秦克勤附在她耳边大声说："这洗手的学问可大了，洗不好会沾染细菌，吃到肚子里就是病。"

"还是你娇气，咱村里人祖祖辈辈在地里徒手抓粪，还不是丢下粪筐一抹手就吃饭。"

秦克勤捏一下黄雅萱的鼻子，再大声说："还是你没文化，这里面的学问大着呢。不过，一时半会儿也和你说不清，先吃饭吧，我累了。"

秦克勤忽然间有一种失落，新婚不久的两口子竟然不能说句悄悄话。

黄雅萱把碗擦了又擦，然后给秦克勤挑挑拣拣盛了一碗菜。黄雅萱知道，秦克勤不爱吃土豆，还不爱吃粉条。刚开始时，黄雅萱很不理解，怎么农村里长大的孩子还有不爱吃土豆的？谁家的孩子不是吃土豆长大的。后来黄雅萱想通了，秦克勤是家里唯一的儿子，打小被父母娇宠得厉害，既然他不想吃就不吃吧，不吃就给他弄些别的菜。可是农村里也没啥好菜，最多就是端上两碗黑豆去换块豆腐，再就是家里母鸡下几个蛋。黄雅萱就把盆子里的豆腐一块一块都挑出来给秦克勤吃，还把唯一的一个煮鸡蛋放在他的碗里。

秦克勤有些不好意思，把碗推了过去。这次他没有说话，只是摆手示意黄雅萱，让她吃。

黄雅萱看着秦克勤，笑眯眯的，把碗又推了过去。

"我不爱吃豆腐和鸡蛋，你吃你的。"说着，黄雅萱满足地看看秦克勤，心里便一股热流暖意融融。

吃罢饭，天已经完全黑了下来。秦克勤猴急地拉上窗帘，然后去搂抱着黄雅萱，示意她赶快睡觉。

黄雅萱指了指西屋，莞尔一笑。

秦明喘着粗气出了家门，他去街上溜达了。

黄雅萱坐在秦克勤身边，先看看他的耳朵里有没有耳屎，用一根细火柴掏了又掏；再查看一下他的脚趾甲有没有长长，还是长了点，就去慢慢修剪一下。等这些活儿细细做好了，秦克勤一把将她揽在怀里。

这几天陈志远没有跟车跑运输，母亲辛玉兰的腰疼老毛病又犯了。他去乡里抓药时，在曾经就读的古家庄乡学校门口伫立很久。

伴随着中国改革开放步伐进一步加快，城市里广阔的就业环境吸引着无数的农村青年，他们像是被困在浅滩里的一尾尾鱼，挣扎着甩掉黄土地里沉重的泥巴，携家带口茫茫然游进了城市混沌汪洋的心腹。各乡村定居的人口逐年锐减，一间间破败的寒屋被抛弃，村里的学校也解散了，月城村更显萧瑟。后来，平邑县将原有的部分乡镇进行了合并，古家庄乡合并了磨峪口乡，生源也合在了一起，一度寥落的古家庄乡中学总算再次有了一点生机。

陈志远入读乡中学后，格外珍惜难得的学习机会。乡学校的宿舍里横盘着一条大土炕，这条土炕便是一艘只待起航的帆船，它托起了每一个孩子向往未来的梦。与陈志远睡在同一条土炕上有七八个孩子，这些来自古家庄乡不同村庄的寒门学子，每个人都能讲出几段发生在身边的艰辛故事，而贫困是这些故事中最典型的主题。睡在陈志远旁边是同村的姚日强，他每每讲起先天残疾的母亲便泪水涟涟。他说，母亲为了那个贫困的家，为了供养两个孩子上学，每天跟随父亲爬着去做农田的事情。姚日强的痛楚深深地刺痛着陈志远，他何尝不清楚自己的母亲，又是怎样独自一人去做所有的农活。

那年清明过后，陈志远猝然得到消息，母亲辛玉兰因过度劳累病在了炕上。家里的田地要撂荒了，十三岁的陈志远不得不放弃了学业。当他离开学校，看着干土梁上的燕草密密匝匝碧丝万缕，像是刻意要缠住那个即将流逝的春天，他的心如同被刀割一般。他一个人背着行李走在回村的路上，孤单的身影忽明忽暗。待爬上高高的土垣，他停下了脚步，转身想回望一下那座永远再回不去的校园。那时，一片片晚霞正飞越山峦，山脚有疏影流动，韶光黯淡。几十只麻雀在一棵杏树上相互追逐嬉戏，簌簌飘落的杏花惊得那麻雀们"呼啦"一声仓皇飞离。那座熟悉的校园早已经远离了他的视线，不禁眼里湿湿的挂满了泪花。他仰望着苍天，歇斯底里地大喊一声："啊……"

陈志远忽然想起父亲临终时留下的几句话："咱庄户人，就是那黄土梁的一棵棵草，有水咱就好好活，没水挣扎着也得活，只要有一点希望，就得把根深深扎进泥土里。"

父亲的叮嘱像是一束永远不灭的火焰，成了陈志远点燃激情、健康成长的巨大动力，他很快从辍学的痛苦中挣脱出来。陈志远除了种地，便是利用一切空闲时间去村里的白灰窑打工。后来，为了多挣几个钱，他又转到山南一家采石场去做苦力。采石场位于一座村庄的西侧，南望恒岭重叠黛云远淡，脚下却是细草摇风，明红暗翠；偶尔有三三两两的游人在山间踏春，红彤彤的山桃花映红了他们的脸。陈志远也曾感叹："多好的景，只是所有的美好并不属于自己。"

四年之后，辛玉兰的病情好转了许多。陈志远经人介绍，认识了跑煤炭运输的郝亮，便跟着他开启了人生又一个起点。陈志远越来越觉得，郝亮师傅不是个一般的人，他关心别人比关心自己还重，常常会伸出手去帮助一些素不相识的人。

这次回村时，郝亮安顿陈志远多陪母亲住几天。

陈志远回家后的第二天晚上，去看望姚日强的父母。

姚力递给陈志远一封信："这是日强寄回来的，他让我转交给你。"

陈志远兴冲冲地打开信，才知道姚日强已经到南方的一所技校学习。姚日强在信中说，他远在千里之外，日日归心似箭；每当黄昏时分那里总会飘着小雨，他的心里更是会愁思万缕，想念家乡，想念家中的父母。姚日强还说，可能由于他思念母亲的缘故，经常感觉身体不适。

陈志远迈着沉重的步子走到街上，见月光下陈常有低着头跨进了陈德懋的院子。

陈常有有个习惯，每天晚饭后必去老叔陈德懋家里坐坐，听老人讲千年万古的事情。陈常有临出门时扫了陈素箐一眼，说："你给我在家里好好待着，别那么大的闺女了，不知道个羞耻。如果你再胡来，小心我打断你的腿。"说完，他重重地关了门，背抄手出去了。

陈素箐看着父亲出门时的背影，狠狠地剜了他一眼。

"妈，我出去找马二女借个刺绣图样。"

杜月梅看看女儿，说："你明天再去借吧，你若出去了，一旦你爹回来见不到你，还不把我给吃了。"

"我就出去一会儿，拿到图样子就回来了。"说着，她便抬腿出门。

杜月梅知道自己是拦不住的，便只得说："你去去就回来，千万不敢再去找石山。"

陈素箐出了家门，便一溜小跑向庞石山家而去。临入巷口时，她左顾右盼，街道上没有一个人。

庞石山的母亲哑凤儿正在给院里的一头小猪崽熬猪食，她见陈素箐走进来，慌忙站了起来，一边"呀呀"叫着示意陈素箐炕上坐，一边转头走到暗红的老旧木洋箱前。她忽然意识到了什么，看看自己刚刚抓柴乌黑的手，便在褂子上来回擦几下，再看看手，比之前干净多了，然后掀开箱盖子，从里面拿出一个小塑料袋，里面装着一些葵花子、带皮的花生，还有几块纸包的糖块。她黑瘦的脸上溢满了笑容，便将那塑料袋塞进陈素箐的手里，"呀呀"比画着让她快吃。

"我不吃。"陈素箐边说边比画着。

哑凤儿显然有些急，依旧"呀呀"叫着让她吃。

"素箐，你就吃吧。这点葵花子和花生还是过年时省下来的，我妈一直舍不得吃。"

"石山，我真的不想吃，我只能在你这里待一小会儿。你赶快想想办法，我们到底该怎么办？"

"你跟我私奔吧。"

"我说过，我不会离开月城村。"

"那我们只好公开两个人的关系，逼你爹同意咱俩的婚事。"

"你想得这么简单？我爹要的是钱，他绝对不会同意的。到时候不仅咱俩的婚事成不了，我的腿也会被我爹打断。"

沉默了片刻，陈素箐说："你好歹上过三年初中，要不也出去闯一闯吧，等你有了出息，我爹可能会改变态度的。"

"我的两个哥哥都跑晋南当了上门女婿，我不忍心再抛下聋哑娘，更不想离开你。"

"我们这样等下去，要等到啥时候？"

"新上任的县委书记几天前来过咱们村，走访了几十户人家，他很关心老百姓的贫困生活。现在全国正在兴起脱贫攻坚战，我想用不了多长时间咱们就能过上好日子。"

"我还听说咱们县是'小康县'哩，既然'小康'了，谁还管脱贫的事。"

"晓武叔说，这次县委书记是专来调查假"小康"的事情。他还让县医院把二云接走了看病，这个县委书记一定是为民谋幸福的好官。"

"真的吗？看来我们要有好日子过了。"陈素箐顿时显得很高兴，"如果我们的生活变好了，我两个哥哥就不愁娶媳妇了，那我们也就有了希望。"

"素箐，你愿意继续等我吗？"

"愿意。只是，我担心我爹会逼我出嫁。"

"你不是说过，这次你不会再听任你爹的摆布？"

"我心里一直很害怕。"

稍停，陈素箐又问："你啥时带我去看芦花？"

庞石山看了看窗外，外面黑漆漆的一片。

"等秋天吧，芦苇花只有在晚秋才会绽放它的美丽。我天天想，夜夜盼着呢，可是你爹看得你太紧，咱们会有这个机会吗？"

击鼓传坑

梅奕瀚频频下乡调研，在县委县政府院内又引起了猜测和热议。

"这位梅书记真是怪，自打调来咱们县，每天在乡下到处跑，是一身汗来一脚泥。估计这些时，全县大部分村子他都去过了。"

"就是嘛，了解基层工作，用得着这么辛苦吗？这样跑来跑去，不仅工作效率低，又费时、费事、费力，何苦哩。让下边的乡镇干部直接来汇报工作，不就什么都清清楚楚了。"

"新来的领导嘛，都有各自的工作作风，总得给这些常委、非常委和县直领导干部做做样子，以实际行动告诉大家，什么叫以身作则，什么叫率先垂范，什么叫正己化人，什么叫勤政爱民。"

"就算他是为了春风化雨，也没必要坚持这么长时间耗在乡下，一定是另有其因。"

"听说梅奕瀚来了以后，先调取了咱们县前几年的国民生产总值统计报告，莫非他连续下乡和此事有关系？还听说他找沈县长谈了话，主要是说咱们'小康县'的事情。"

"如此说来，梅奕瀚一定是发现了咱'小康县'存在大问题。那么，他接下来的工作该咋办？是否会去摘掉这顶帽子？"

"不会的，咱们县已经是连续十四年的'小康县'，这顶帽子岂能说摘掉就摘掉？再说了，过去的县委书记也想摘掉，结果还是一直戴了下去。"

"每一个聪明的领导，都不会去做这等冒险而愚蠢的事情。'小康县'意味着什么？那是几任县领导兢兢业业的工作成果，你去摘掉这顶帽子，无疑是彻底否定了前几任县领导的工作成绩。这样得罪人的事情，我想梅奕瀚不会这么干。"

"就是嘛，摘掉'小康县'的帽子，不仅有损前几任领导的形象，同时也是在打我们这些人的脸。如果他一意孤行，以后在咱们县还怎么开展工作？"

"有道理，谁也不会搬起石头去砸自己的脚，我想梅奕瀚终究还得按照过去的工作套路去做。"

这时，沈杰刚好从办公楼下来。

"沈县长好。"众人以虔诚的笑脸目视着他。

"你们是不是又在背后议论领导？这样可不好。都回去，好好工作。"

沈杰的话听起来有那么点刚硬，但是还夹杂着领导温和训导的口气。这种看似批评的语气，在干部当中很让人们受用。

众人便恭恭敬敬地目送着沈杰上了车。

二云经过县医院治疗，病情虽有所控制，但由于他发病的时间太长了，已经没有了康复的希望。二云被县医院李主任送回到家里，李主任叮嘱二云妈按时给他吃药，可以控制住他发病期暴躁的情绪。李主任这次来，还带着另一个使命，梅奕瀚给黄雅萱买了一个助听器，让他转交给黄雅萱，并根据她的听力，为她调试好音量。

杭州与广州那边也陆续返回了消息：经协查，没有找到庞伟这个人。

魏悦给省里发去的报告已经一个多月了，却一直没有得到任何回音。

梅奕瀚意识到，作为一个"小康县"去向省里或者国家请求扶贫专项款，几乎没有一点希望。而眼下，最急需解决的是月城村、磨峪口等许多贫困村子的危房改造，这是人命关天的大事。但是，没有资金来源，就算是比天还大的事又能如何？如果靠银行贷款，对于此时负债累累的平邑县来说，全县的危房改造经费近乎一个天文数字，这些贷款又如何偿还？

梅奕瀚思来想去，决定亲自出马去一趟省城，不管个人付出怎样的代价，哪怕是因此被罢官免职，也得摘掉"小康县"这顶名不副实的帽子，为平邑县贫困危急的村庄和人民尽快争取到救命的扶贫资金和政策。

在去省城之前，梅奕瀚先找沈杰进行了一次谈话。

"老沈，关于咱们'小康县'的实际情况，你应该也有所了解吧？"

"知道一些，但肯定没有你了解的全面。你几乎每天下乡，常委们也和我谈论起过这件事。"稍停，沈杰反问了一句："奕瀚，你是不是想说，咱俩这是临危受命？"

"那你觉得平邑县'危'在哪里？"

沈杰显得有少许犹疑，他略作思考说："从目前的情形来看，哪个县都存在不足之处。平邑县这些年虽然走在了其他区、县的后头，但是还不至于上升到'危'的程度。"

"那又何来的临危受命？"

沈杰点燃一支烟，他沉静片刻略作思考。

"只要是心存压力，就会有危机感嘛。现在的领导干部不好当，心里更应有能力危机、责任危机感，时刻要有'如临深渊、如履薄冰'的大局意识。毕竟平邑县目前的经济状况，远不如之前你我工作过的地方，存在一定的压力危机是在所难免的。"

"能否谈谈你的意见，平邑县的工作接下来到底该如何去做。"

"这个嘛，一时也不好说。奕瀚，你负责指导制定全县工作的重大决策，而我的工作是认真配合执行。如果是讨论，我觉得咱们应该拿到县常委会上去进行研究。不过，既然你私下里这样问，那我随便说几句个人的看法。"

沈杰看了眼梅奕瀚，说："咱俩毕竟刚调到平邑县，对于干部们的工作和思想不是很了解，如果现在把平邑县遗留的一些问题刻意放大，那将会对我们以后的工作不利。我的意思是，是否先按照上一任县委县政府领导的工作部署继续推进，咱们再结合平邑县目前的实际情况，做一些具体的调整。"

梅奕瀚微微一笑说："不知你所说的'刻意放大'指的是什么？"

"奕瀚，请你别误会。我刚才说过，任何一个地方都会存在遗留下来的一些问题，包括你我曾经工作过的地方。我的意思是，平邑县遗留的一些问题，不是咱们能轻易解决的，这会是牵一发而动全身。目前，县里的实际情况常委这些人都心照不宣，谁都不愿意掀开这个底，倘若咱们抓住这个问题不放，恐怕会不妥。"

"我听明白你的意思了，无非就是咱们集体继续上演'击鼓传坑'。"

"奕瀚，我认为这算不上是什么'坑'，无非是十几年前平邑县在申报小康县时，把控政策方向的一个偏离。退一步讲，就算是个'坑'，那也是历史遗留下来的问题，我们也只能是抬腿跨过去。很多县的情形几乎都是如此，新县委书记上任后，前任往往会留下一些烫手的问题。譬如，财政超前消费，以牺牲环境和资源为代价，留下没有实际价值的政绩工程，等等。不过，据我了解，前几任书记留下的这个'坑'，后任书记鲜有人去填，我想你比我更清楚其中的利弊。"

"是啊，就是因为这种官场的谙熟之道，才导致了现实中'击鼓传坑'的恶性循环。而对于一县的人民来说，这无异于在'击鼓传雷'，最终受到伤害的只有人民群众。"

梅奕瀚说着站了起来，他缓缓地在十几平方米狭小的空间里来回踱着步。

"老沈，平邑县大部分农民的生活状况都很艰苦，可是他们苦惯了，一部分人的信念和意志就会慢慢变得扭曲麻木。如果再这样继续下去，他们会否沦为新时代下忧郁的'七斤'或'闰土'？甚至会否蜕变成欧·亨利笔下的那个落魄潦倒的'苏比'？"

沈杰以手掩口，轻轻咳了一声。

"俗话说，铁打的营盘流水的兵。平邑县在短短的十几年里，已经换了几任县委书记。奕瀚，你我在平邑这块土地又能工作多久？坑也好，雷也罢，这是历史原因给平邑县人民造成的不良后果，赖不在我们的头上。我们现在所应做好的工作，是创造更多有价值的梯子，让有能力的人尽快从那坑底爬上来。再说了，咱们市一共只有两个小康县，如果你执意要去摘掉一个，不管是摘掉摘不掉，市里的领导又会如何看待这件事情？请慎重考虑。"

此时，梅奕瀚已经明了平邑县政治的风向标。他告诉沈杰："请安排一下发出通知，星期三上午9点，咱们召开全县常委扩大会议。参会人员包括县常委、人大、政协、纪委、非常委的副县级干部、乡镇主要领导、县直各部门主要领导等人员都必须列席参加会议。"

"好的，我这就去下发通知。"沈杰礼貌性地向梅奕瀚点点头，便走了出去。

震聋发聩的春雷

这一年的雨水似乎更少。对于天户山脚下的月城村来说，由于受特殊地理环境形成的季风气候影响，每年春季的干旱情形都会如此，即便是老天爷耐不住性子，心急火燎地噼噼啪啪滴上几个"尿点子"，也根本解决不了禾苗生长期的缺水问题。自古靠天吃饭的月城村村民，曾经一代又一代成了村里龙王庙最虔诚的信徒。"文革"期间，龙王庙及村里其他的庙在轰轰烈烈的运动中都被毁了，自此祈雨的事也渐渐地被村民们遗忘。

太阳一直明晃晃地灼疼人们的眼，就算是鸡拉下了一泡屎，也会在半支烟的工夫变成紧贴在地皮上一个个干巴巴的硬痦子。中午日当头，村里的男人们像是困渴了多时毫无生气的牛，慵懒地躺在家里灰不溜秋的土炕上，任凭破窗户灌进的风紧一阵慢一阵吹来吹去。而女人们则习惯拿上手里的碎活儿，聚在街边歪斜扭曲的土板墙下乘凉，彼此间有一句没一句地相互扯闲谝。

"听说，那两眼锁着的机井可以浇地了，黄炳福的黄花地昨天浇了水。"

"今年机井的水费又涨价了，那耕地实在浇不起。"

"可不是，距离机井近一点的地，想痛痛快快浇一亩就得五六十块钱，如果耕地离机井远一点，花费的钱就更多了。"

"那机井是县里给咱们村打的，属于村集体所有，凭啥村干部控制着井随便乱涨价？"

"那机井总不会自己往出冒水吧，总得需要电，每年需要检查维修，还得需要专人看管，这钱谁来出？"

"照你这么一说，那就只好等老天爷开恩吧。"

这时，陈大勇从马二女院子里走了出来，马二女笑盈盈地将他送出了门，福蛋儿紧跟其后跑了出来。

"我替福强谢谢他叔。"马二女说。

"你难道就不谢我？"陈大勇憨憨地笑着。

"谢哩，咋能不谢。"

"那你打算怎么谢哩？"

"你赶快先滚得远远的。"马二女说着，推了陈大勇一把。

"你看好福蛋儿，别让他到大口井那边去玩。"陈大勇边走边说。

马金花望着那二人，说："你们看，陈大勇多关心马二女。听说，陈大勇为了给马二女的孩子凑学费，卖掉了一头骡子。"

"大勇是个好人，可惜四十多岁了一直没娶上媳妇。马二女的丈夫死了六年了，一个女人拉扯两个孩子够难的。如果她嫁给了大勇，也算是又组成了一个好人家。"任仙枝说。

"听说，马二女的儿子福强不同意他妈再嫁。"

"唉，有孩子牵扯着，这事难说哩。"

陈大勇和陈德懋走了个面对面。

"德懋爷，没午休？"

"睡不着，这老天爷不下雨，人心安不下来。"

陈德懋颤颤巍巍走到一伙女人旁，便直挺挺地站在那里。他抬起松塌塌的眼皮向众人瞅了瞅，然后用手里的降龙木拐杖戳戳干裂的地皮。

"你们都回去和家里的商量一下，各家各户出点钱，杀一只羊，或者买颗猪头，大家上天户山的寺庙去祈雨，要不那庄稼都旱死了。"

陈德懋的话恰似在虚浮的土窝里滴落的几枚石子，竟一下子消失得无影无踪。陈德懋曾经是村里的私塾先生，懂得很多的事，村里人有个小情大事都习惯去他那里讨教，故此向来受人敬重。女人们偷偷地向陈德懋瞥了几眼，一个个再彼此侧目看看，便低下头来默不作声，各自操持起手里的活计。陈德懋早已意识到，有着千年历史的月城村不比以往了，整个村子已经被掏空了，成了一棵枯死倾倒的大树，那树根子早散了，就连那树芯亦被时光剥蚀得支离破碎。

陈德懋挪动了两步，他指指点点叹息道："人心齐，可撼山岳；人心不齐，万事皆衰。这村子完了，月城村算是彻底完了。"

星期三上午，平邑县常委扩大会议在人大会议室准时召开。

梅奕瀚说："大家都知道，这些天我一直在乡下各村到处跑。也许有的同志心存疑问，你为什么不好好待在县里主持工作，偏偏要跑到偏僻的村里？我的回答是，为了良心。"

会场上众人不自觉地相互看看。

"在我来平邑县之前，对咱们这个'小康县'还是满怀期待的。在我的潜意识里，小康县意味着人民的富足与幸福。可是，当我走进一个又一个偏僻的村落时，眼前却是满目的萧条、破败和衰落，着实令人心寒，我的眼里会常常含着泪水。我看到了月城村的庞庆和因为家里贫困，儿子离家出走已经五年，至今杳无音信，可怜的庞庆和老人每天孤独地坐在村外的土丘上，等待着归期遥遥的儿子；我看到了庞二云因为贫困，失掉了心爱的姑娘，而他自己受此打击精神失常；我看到了一个傻子因为生存在不良的生活环境，竟然萌生出了赤裸裸的罪恶欲望；我看到了许许多多裂缝的窑洞和房子随时都有倒塌的危险；我看到了一张张黑黝黝的脸上，竟然是麻木而痴呆的眼神；我也看到了小坝村的村支书弋天贵的绝望，就是因为咱们的'小康县'失掉了全村脱贫致富的好机会。"

梅奕瀚的讲话时高时低，时慷慨激昂，时低沉悲楚，那声音不禁让人隐隐想起寒风中拉着二胡的阿炳。

"小康社会是什么？我想，在座的各位无须我为你们做解释。平邑县已经是连续十四年的'小康县'，难道你们眼里的'小康县'就是这个样子？"

梅奕瀚说到此，停顿下来。会场上所有的人表情凝重，他们似乎在想着什么，或者不去想什么，但他们表现得是那么认真而专注。

"真的是很痛心！在座的各位都是共产党员和国家干部，你就算是作为一个普通的公民，也得具备最起码的良心和道德、责任和底线。古人云：'官德隆，民德昌，国家兴；官德毁，民德降，国家衰。'这么浅显的道理，难道你们不懂吗？"

梅奕瀚的话掷地有声，他目光灼灼地扫视着众人。

"我目前还不清楚平邑县当初为何促成了这个'小康县'。但是，时间已经过去十四年了，难道我们还不痛下决心纠正过去的这个严重错误吗？如果为了政绩，不顾及人民的利益，不惜以牺牲人民的幸福和安康为代价，这不仅仅是羞耻的问题，而是严重的渎职与犯罪！"

一句铿锵的话，恰似猝然击穿地面的闪电，众人的目光有些躲闪慌乱。

"大家看看其他的县目前是如何发展的，而我们县的状况又是如何，竟是因为当年所谓的荣誉而造成了全县的经济发展滞后。我知道，我们中间有些领导干部，试图还想继续苟安于现状。我想说的是，只要我梅奕瀚在这里任职一天，就必须对得起这片苍天厚土。"

梅奕瀚慷慨陈词，整个会场上静得出奇，仿佛主席台两边凤尾竹叶片打开的声音亦清晰可辨。

"这些天，我常常在半夜时分会被一个普通党员庞晓武的话惊醒。他的话像一柄千钧的锤，直接砸开了我们一些基层党组织冠冕堂皇伪装起来的面具；他的话像一把闪光的剑，直接刺穿了一些基层干部蝇营狗

116

苟的丑恶嘴脸；他的话更像一把锋利的刀，直接劈开了我们当下部分党员党性严重蜕化变质、久治不愈的顽症。庞晓武是一个有着近四十年党龄的最基层老党员，当年他与许许多多和他一样的热血青年，为了人民群众的利益去庄严地践行党的誓言，不惜以牺牲个人的生命为代价，舍命在桑干河堤坝抗洪抢险，才落下了今日终身残疾。我想知道，你们之中有谁知道庞晓武对党怀有怎样诚笃的感情？他对我们的党组织又充满了怎样的热情和渴望？他对现在的农村现状以及个人生活又是怎样的失落与迷茫？"

梅奕瀚停顿了一下，他加重了语气："谁知道，请举手！"

会场上，人们不禁相互间看了看，但一个个很快低下了头。

梅奕瀚接着说："如果不深入农村去聆听他们的心声，就不会知道庞晓武以及众多的庞晓武到底是谁，他们曾经做过什么，现在又在做什么想着什么；如果只是坐在高高的塔尖上还在构建自以为是的'小康'梦，那就是无视人民群众坠入贫困泥潭艰难挣扎的眼睛。我走访了一个村子，该村的村主任竟然不识字，他是被他的一个当领导的亲戚推上了村主任的宝座，而所谓的民主选举竟然形同虚设。"

沈杰低垂着眼睛，在纸上一连写了几个关键词：泥潭、塔尖、小康、贫困，后边则打了一个感叹号和一个问号。

"贾谊在《新书·大政》中有这样一句话：'民者，万世之本也。国以民为本，君以民为本，吏更以民为本。'《史记·商君列传》中说：'得人者兴，失人者崩。'遥遥两千多年前的封建社会，尚且知晓爱民、惜民，注重民生的重要性。我们的社会发展到了今天，发展到了构建具有中国特色的社会主义阶段，难道我们还要视人民为草芥吗？党中央三令五申一再强调：立党为公、执政为民，要坚持做到权为民所用、情为民所系、利为民所谋。"

梅奕瀚说到此，摘下眼睛擦了又擦，却见他的眼袋发黑突兀出来。

"孔圣人有句名言：'见素抱朴，少私寡欲。'此话不仅是为人之道，更是为官之本。作为国家干部，更应该具备高尚的道德情操和纯洁的思想品德，得怀有为人民谋福祉的公仆之心，不能被所谓的政绩迷了双眼。贪图荣誉称号，这无疑是领导干部执政意识的严重错位，是发展观念投机取巧的表现。对于这样的错误，我们不能不反思，不能不汲取教训。社会发展依靠人民，而社会发展又是为了人民。我们可以追求政绩，但是却不能不实事求是，不能无视人民群众的感受，不能不顾及人民群众的幸福和尊严，而完全是为了荣誉去执政和谋发展。大家应该心里都清楚，平邑县自打戴上了'小康县'的帽子，这些年深受其害，本应该得到的来自各方的资助没有了，本应该落户发展的项目也没有了。'小康县'不仅没有让平邑县真正富裕起来，反而竟至举步维艰，这都是不当的政绩观惹的祸。"

会场上一片寂静，此时的寂静便是最大的威严。

梅奕瀚从鼻翼里长长吁了一口气，他举目向会场左右环顾，接着说："《菜根谭》中有一句话说得非常好：'草木才零落，便露萌颖于根底；时序虽凝寒，终回阳气于飞灰。肃杀之中，生生之意常为之主。'虽然平邑县目前的经济状况不容乐观，但是我坚信，平邑县经济的衰败与落后只是暂时的，只要我们把自己视之为人民群众当中的一株芦苇，大家齐心协力拿出芦苇的精神，坚韧抗逆，根脉相依，抱团发展，那么在这个低谷的下一个阶段，平邑县必然会有一种脱胎换骨的新生和迸发。"

沈杰低头在纸上写了"芦苇精神"四个字，然后向梅奕瀚那边扫了一眼。

"庆幸的是，平邑县从 1983 年开始实施大规模的植树造林，历届政府领导坚持不懈，逐年推进，目前已经取得了可喜的成果。黄花菜种植产业，平邑县从 2009 年开始着手布局，虽然刚刚起步，但毕竟为平邑县农村产业调整指明了一个方向。"

梅奕瀚再环视了一下会场："据我这个阶段的了解，我们中间已经有一些领导干部在竭力做着为民谋福祉的事情。譬如，古家庄乡正在全乡大力推广'一村一品'的脱贫产业，今年南庄村的蔬菜产业试点工作已经上马；七里乡以万寿菊作为改善民生的一项产业已经初见成效；许家堡乡在全乡各村建立了农家书屋，为农民们的精神脱贫树立了良好的典范，等等。我们的社会就是因为有这些真正心系百姓的领导干部才得以健康发展，我们的人民只有遇到了这样的好干部才能改善贫困生活。但是，由于我们县目前所处不切实际的特殊身份，极大地抑制着全县各项产业的发展。所以，我们必须及时地纠正错误，认认真真地去审视自己。从零开始，从现在开始，从在座的每一个人开始，要真正拿出撼动大山的决心和勇气，带领广大人民群众重新打造和构建平邑县的美好未来。我知道，我们头上的这顶帽子恐怕不是好摘的，那么在眼下的窘境中，我们就得自力更生，严以律己，勤俭节约，廉洁守节。我坚信，最多用七八年的时间，我们一定能带领广大人民群众走出贫困的阴影。"

沈杰拿起了水杯似乎想喝一口，却又轻轻放下。他觉得自己好像哪里有些不舒服，便把椅子小心翼翼地往前拉了一点，然后踏踏实实地靠了上去。

"最近，省委书记发表了署名文章，号召全省干部全面扎实搞好下乡驻村活动。咱们县更应该站在新的起点上高度重视这项工作，认真组织、精心安排，具体制定干部包村方案，对全县干部下乡驻村工作进行部署、落实。这次下乡蹲点帮扶工作，全县常委委员每人负责一个乡、镇的扶贫指导工作；非常委的副县级领导干部，以及县直各部门主要领导干部，应按照具体工作要求，安排专人包村到户。古家庄乡是全县贫困状况最为严重的一个乡，由我具体负责古家庄乡的扶贫工作，其他领导干部要尽快与所负责的具体乡镇及村落对应落实到位。"

梅奕瀚的话音一落，众人面面相觑。

梁明仁一边想着心事，一边手里拨弄着一支笔，没想到这支笔一个筋斗蹿了出去，重重地落在地上，发出一声清脆的响。

沈杰总是感觉自己的嗓子有些不舒服，便双手掩口，"吭吭"地干咳了两声。

三言堂会所

在三言堂会所一间雅室里，县里的几个常委和一些退下来的老干部正喝茶聊天。这种看似平淡、笼罩着烟气茶香的聚会，往往会影响到全县的局势发展，亦左右着错综复杂的各种政治势力在未来扮演的角色。

"梅奕瀚看来是真的要摘掉这个'小康'帽子了。"

"他刚调来这里工作，有热情、有想法、有魄力这很正常。哪一个新官上任总少不得先摆弄个花花架子，否则怎么树立起领导形象。"

"问题是，他摆弄的这个架子似乎有点大，这'小康县'帽子就那么好摘？我看他是言之过头。"

"作为一县党政领导的一把手，仅靠政治热情、靠主观想法、靠个人魄力去把控大局，这在官场上是会处处碰壁的，在政治上是会缺少依靠的，在下属干部中也是会失去基础的。"

"大家都是官场老人，就算是脑子再笨，也已经磨得心智大开。任何一个干部想要扎下根、站住脚、往上升，就得学会聚拢所有的力量，借力发力，四两拨千斤，才能上得一个又一个新台阶。一个人越是位高权重，就更懂得聚拢人心的巨大优势。"

"就是嘛，他在会上的讲话那么犀利，完全没有把大家放在眼里。还说什么芦苇精神，闻所未闻。大家倒是想把根子抱在一起，我看没有那么容易。"

"在我看来，越是话锋犀利，其日后的锋芒未必会那么咄咄逼人。古往今来，谁都喜欢听冠冕堂皇的语言，因为这样的话听起来舒服，更容易安抚人心，更容易让人们接受。但是，若在这温情的语言背后，再推波助澜掀起大的风浪，这种情形才是最可怕的。"

"俗话说，官谋位民谋利，有所谋必有所图。一个人越是急功近利，越容易忙而出乱，所以必然无暇顾及上下左右的政治关系，最后落得个孤家寡人、事与愿违。"

"他现在是想通过来自群众的意见和呼声，造成一种要改变现状的官场压力，再用舆论的优势树立个人威信，从而达到为我所用的目的。"

"不管怎么说，这是他政治不成熟的表现，不懂得笼络人心、因势利导、顺势化劲。"

"搞政治，官场上下的环境、机遇、人脉等，比个人的才能更为重要，这就是所谓的'天时、地利、人和'。所谓的才能不过是个人学问的积累，而环境、机遇等则是客观的社会大局势。纵然梅奕瀚的学问再高、能力再大，依靠他一个人难以改变现实。"

"是的，一个人太彰显自己，并不适合搞政治工作。"

"你们注意到没有？他在会议上所言，听起来很有学问，殊不知搞政治并不需要有多少的学问，而是凡事需要有个度。这个分寸的把握，对于一个真正的领导在下边的干部和群众中树立形象至关重要。我记得柯云路在一本书上有过这样的一段话：作为一个领导，首先要有丰富的官场经验，凡事要'适度的耐心、适度的果断、适度的和蔼、适度的严厉、适度的风趣、适度的谦虚、适度的威严、适度的原则性、适度的灵活随和。一切都是适度的，可以说他才是个标准的领导干部。'俗话说，水满则溢、月满则亏，就是这个道理。"

这时，居中而坐一直闭目不语的一位老者"啪"地一声的了一下桌子，他威严地扫视着众人。

"你们还有完没完了？真是不知好歹。一个人学问水平高有什么错？错就错在你们不承认自己的无能和素质低下。梅奕瀚说的不是没有道理，咱们在座的这些人有谁像他那样，每天一身汗来一身泥，下到基层去认真地了解民情民意？没有，即使有，也不会天天如此。我们过去很多的领导干部，下基层只不过是借机去吃去玩去瞅空子，只不过是端着领导的架子下去走一走过程。所以，人家刺到了你的痛处，你就得老老实实接受。想要解决平邑县当下的民生问题，不是靠你们集体要要嘴皮子，靠你们摆摆老资格，而是要拿出实实在在的干劲和勇气。对于梅奕瀚的批评意见，不要动不动就生气，认为他是不尊重你，大家更应该扪心自问，去认真反省自己。"

　　坐在老者旁边的一个人放下手里的茶杯，抬眼看了下众人，说："宫老刚才所说的话非常好。我们有些干部总是认为老子天下第一，看不起人，靠资格吃饭，这是一种很恶劣的官场现象。我们到了该放下架子、资格和官气的时候了，谁有理我们就得服从谁。"

　　"是的。梅奕瀚之所以能当领导，凭的是责任、担当、果断、务实、远见，凭的是比一般人勤政为民的实干精神；是靠踏踏实实地工作树立党员和干部威信，靠自己的工作来形象地说明现在的政策。我个人认为，他应该是个好书记。"

　　"问题是，'小康'帽子不仅是咱们县的脸面，那也是上边领导的脸面。他这样一意孤行，岂不是彻底否定了上边领导的执政能力？"

　　"没事的，雷声大雨点小。过去几任县委书记都想摘帽子，可是结果又如何？他这是在给自己的脸上抹黑哩。"

　　那老者又说："大家各自对过去的领导怀有感情可以理解，但是也不能因此而认定这摘帽的事就是坏事。如果梅奕瀚真的能摘掉了这顶'小康'帽，对于咱们县、对于群众、对于大家来说，那是件大好事。这些年，咱们县的确是走入了死胡同。你们去街上走走，你们再去乡下看看，老百姓的怨言的确是很大，你们心里又不是不清楚。如果梅奕瀚真的能盘活了这步棋，岂不是更好。"

"大家想一想，咱们县突然换帅，梅奕瀚刚调来就要摘掉这顶帽子，这是否是上边的意思？"

"也有这种可能。当初竞选小康县时，那也是上边的意思。这事已经过去了十几年，上边的领导早换了，功与过都与现任领导没有了直接的关系。毕竟时过境迁嘛，谁还去再顾忌过时领导的面子。"

"从目前全国脱贫攻坚的大趋势来看，摘掉这顶帽子的确势在必行。再过几年，全国各地的贫困县都脱贫了，唯独咱这'小康县'还处在民怨载道的贫困中，到时候更会捅出大娄子。上边的领导不会不明白这个理，所以咱们县急着换帅可能就是这个原因。"

"问题是，这顶帽子真的能摘掉吗？"

"摘掉摘不掉那是梅奕瀚的事情，我们所能做的就是搞好本职的那点工作。历史对于功与过的评价永远是围绕着首要人物说了算，我们这些人最多是个不起眼的一个小将，要不就是一枚被搁置一旁的小卒，必要时才会把你拉出来再顶了上去。"

"贫农"戴着"地主"帽

梅奕瀚思忖着去省里申请"摘帽"事宜,忽然意识到还欠缺些什么。他通知魏悦尽快派人下乡,全面搜集整理全县重点贫困村实际情况的文字资料、图片和影像资料。

梅奕瀚也听说过,平邑县前几任县委书记中,也曾有人试图摘掉不实的"小康县"帽子,但此事最后不了了之。为什么会出现这样的情形?当初平邑县为什么要竞争申报"小康县"?梅奕瀚听皇甫一南说过,平邑县党校校长姚苌为人耿直,他曾就扶贫款的事情专程去省里跑过几趟,应该比较清楚这里边的内情,便决定亲自上门了解一下具体情况。

对于县委书记专程到访,即将退休的姚苌颇感意外。当他得知梅奕瀚要去省城申请摘掉"小康县"帽子时,不禁满怀的激动和欣喜。

姚苌叹息一声,说:"唉,平邑县可谓是命运多舛。自打 1971 年迁到了这火山脚下,便失去了厚积的历史文化根脉,一下子变得底子薄根子浅。从 1990 年开始,全国刮起了小康风。在以小康为政绩的年代,能够成为小康县,那便是为官一任政绩的重要体现。按照省里的统计年鉴,1996 年平邑县国民生产总值是 4.6 亿元,处于当时恒州市各县区的中游。而平邑县由于人口少,人均国内生产总值 2861 元,在当时恒州

125

市下辖的七县四区中排名第二，仅次于煤炭大县白羊县。实际上，平邑县的经济也主要依赖于煤炭，尽管平邑县仅有一座已经没落的煤矿，但是凭借地处市郊，扼守煤炭运输京津冀之咽喉，与煤炭相关的一些产业一直发展向好，且境内设有两个煤检站，所以平邑县的GDP总值才跃居全市第二。如果按照这个统计数字，在当时认定'小康县'主要指标上，平邑县确实达到了小康标准。不过，在当时认定小康县的16个标准中，平邑县还是有个别指标不达标。但是，当时县里对不达标数据做了调整，以迎合小康。实际上，那一年平邑县的地方财政收入仅仅是3738万元，而支出却是6590万元，是收不抵支，一部分农民刚刚解决了温饱问题。也有人说，当时县里的主要领导是被小康风吹晕了头脑。"

姚苌看了梅奕瀚一眼，接着说："当年平邑县人均国内生产总值主要依赖于煤炭流通，而农业经济发展还很滞后。当时的县委书记将面临离任，对于小康县的申报颇为纠结。但是，毕竟平邑县的主要指标达到了当时的小康标准，作为全省第二大地级市又不能没有小康县，或者是只有一个小康县，所以只得按照上面的指示精神试着申报，结果就真的成了'小康县'。"

梅奕瀚给姚苌倒了一杯水："姚校长，你先喝点水，慢慢说。"

姚苌接着说："1994年4月15日，国务院便发出了《国家八七扶贫攻坚计划》的通知。这个计划力争在20世纪内最后七年，集中力量，基本解决全国农村八千万贫困人口的温饱问题。1995年全国之所以掀起了小康风，其主要目的是为了下一步在全国范围内开展有组织、有计划、有针对性的大规模扶贫工作，实现从救济式扶贫向开发式扶贫的转变。其实，"八七计划"的含义最简单明了，贫困县无疑将会得到国家开发式扶贫工作的大力支持。所以，尽管当时各地申报小康县有名额指标，咱们市有几个县也曾进入到小康县的候选，但是其他县的县委书记着眼于未来，坚决不要小康县的称号，而尚属贫困境地的平邑县却要了这个所谓的'荣誉'。"

此时，楼道内有窸窸窣窣的脚步声。姚苌看了梅奕瀚一眼，显得有些犹豫。

"没关系，姚校长你接着说。"

"平邑县是1995年申报的小康县，1996年批下来的时候已换新的县委书记。新上任的县委书记手捧着'小康县'的荣誉，竟然成了烫手的山芋，这将会使他自己和一个县处于非常尴尬的位置。但是，这个'荣誉'刚刚下达，任何一个刚刚上任的县委书记岂敢擅自否认，甚至申请再撤销，只能是硬着头皮戴上了这顶帽子。自打平邑县成为'小康县'后，由于有这个高高在上的光环，平邑县得到的是完全不同的待遇。1996年之前，省里每年要补贴平邑县每个乡镇六万五千元；成为小康县之后，补贴不仅被取消了，每年还不得不向省里上缴所谓的'利润'，平邑县从此开始走上了更为艰苦的日子。"

姚苌又叹息一声："唉，平邑县的家底子本来就薄，农业发展基础更薄弱。一顶'小康县'的帽子，让平邑县彻底失掉了各种扶助外援，成了一艘被搁浅在荒滩无人关注的小舟。面对全国范围内有组织、有计划、有针对性的大规模对口扶贫，平邑县只能是茫茫然依靠自己的努力，一年年地艰难度日。后来上任的几位县委书记无力完成'小康县'GDP指标任务，曾多次向上边提出摘掉'小康县'的帽子，但此事终究无果。万般无奈，县里只得把市里设在平邑县境内的工业园区的固定资产等计入其中。此后平邑县的经济数据，不得不依托辖区内的工业用地资产收入，GDP经济指标节节拔高，这也是没有办法的办法。"

梅奕瀚满脸凝重的神情，说："脱贫攻坚是党中央一项坚定的政治任务，意义重大，关系千千万万老百姓的生活质量和对美好生活的夙愿。如果弄虚作假、虚报收入，制造假小康，这是置人民于水火而不顾。贫困并不可耻，但是为了政绩、为了面子，去弄虚假繁荣，而损害人民群众的利益，这是非常可怕的。"

姚苌接着说："平邑县过去的七成财政收入靠的是煤炭流通，到

2000 年左右，随着市里煤炭资源整合，有许多的小煤窑相继关闭，咱们县里大大小小的洗煤厂和煤炭转运公司也先后倒闭，运煤的大货车像是僵尸一般都停靠在国道两侧，县里的经济开始急速下滑，地方性税收大量减少，这等于砍掉了平邑县的另一只臂膀，更是令县财政收入雪上加霜。最难的时候都发不了工资，乡镇工作人员的工资要靠自己去筹集，这一筹再筹，便筹出了自私自利中饱私囊的腐败问题，从根子上带坏了基层干部的思想。而县里行政人员的工资往往一拖就是半年，每年都要开会讨论工资问题。按照当时的要求，小康县下面要设小康乡镇，小康乡镇下面再设小康村。县里发给乡镇及村子的小康牌子，大部分被下面的乡镇村干部藏了起来，他们害怕挂出来以后被老百姓四处骂街。"

姚苌说着停顿了下来，他的眼神里忽然蹿起一股火。

"就是'小康县'这顶帽子惹的祸，而受害最深的是全县农民。"姚苌喝了一口水，似乎为了稳定情绪。少顷，他又说："你看看人家其他的县，自打被列为国家重点扶持的贫困县，不仅得到了'输血式'扶助，而且享受着专项扶贫资金、各部门的资金倾斜和定点帮扶、财政转移支付、政策优惠等源源不断，而平邑县积贫积弱的老百姓又得到了什么？"

梅奕瀚听到这里，不禁一下子站了起来。

窗外，对面的楼上有几只灰喜鹊叫了几声，它们的脑袋向上一挺一挺的，似乎想看清这个纷繁芜杂的世界。

梅奕瀚在地上踱了两步，然后转身看着姚苌。

"对不起，姚校长，请继续说。"

"平邑县是'贫农'戴着'地主'的帽子，而人家是'地主'戴着'贫农'的帽子。平邑县戴上这顶'小康'帽子后，不但与扶贫政策无缘，作为'小康县'应该自负的各项配套支出还带来了沉重负担。平邑县是打掉了门牙自己往肚子里咽，万般无奈只得自力更生，但是没有资金来源便是无米之炊。有时候县里的日子实在挺不过去了，便四处寻求帮助，但是每次都是因为'小康县'的帽子而被人家把门关上。就拿咱们县党校来说，2000年时因党校的房屋破损严重，咱县里竟然拿不出这点钱，我只得去省委党校申请扶贫修缮资金，得到的回答却是'小康县哪会缺这么点钱'。当时我跟省党校的领导吵了起来，然后硬是把那位领导拉到咱们县党校看了看这破房子，最后这点修缮扶助经费才申请下来。其实，我也理解省里领导的难处，人家给贫困县帮扶资金那是名正言顺，而给咱这'小康县'帮扶，肯定不符合国家扶贫政策。"

姚苌看着眉头紧蹙的梅奕瀚，说："梅书记，你想摘掉'小康县'的帽子，难呀。"

一颗招惹是非的炸弹

外面的阳光亮得刺眼。走在路上,梅奕瀚忽然有种眩晕的感觉。

梅奕瀚心情沉重地回到了办公室,姚苌的话犹在耳边回响。难道说"小康县"的帽子真的摘不掉了吗?平邑县的未来该如何崛起?那些深陷贫困窘地的老百姓又该如何解决面临的实际困难?梅奕瀚一边思考着问题,一边拨通了县开发办主任秦国祯的电话。

"国祯,请你来我办公室一趟。"

时间不大,秦国祯便匆匆赶了过来。

"国祯,请坐。"梅奕瀚热情地招呼着。

"我找你来,是想了解一些事情。"

"梅书记,您请说。"

"咱们县目前到底有多少贫困人口?你说实话。"

"报告梅书记,平邑县18万人口中,有6万多是贫困人口,主要集中在农村。其中,北部农业人口贫困发生率在百分之七十五以上,南部农业人口贫困发生率也在百分之六十五以上,还有部分村子贫困发生率在百分之八十左右。目前,县城所在地的许家堡乡、兴云镇、大晏镇相对情况比较好一些,但农业人口贫困发生率也在四成以上。"

"平邑县在申报小康县时,贫困状况也是如此吗?"

"当时在申报小康县时，'小康'标准的起点比较低。平邑县因为有煤炭相关企业，当时的日子确实比邻县稍微好过一些。咱们是纯农业县，人口少，人均耕地比较多，从农业总体收入看，那时也略高于邻县。但是，那个年代还没有取消农业'三提五统'等，农民们的实际收入还是很低，有些地方甚至没有解决了温饱问题。"

"从我了解的情况是，1996年平邑县申报成功'小康县'，县财政已经收不抵支，负债达3000多万元，实际上是个贫困县。此后，县里换了几任县委书记，他们是如何应对和处理当时的现状的？"

"平邑县戴上'小康'帽子后，得不到国家和省市的政策扶持，咱们县甚至没有扶贫办，就连和省市扶贫办对接的单位都没有，申请项目、申请资金会处处碰壁。后任的几位县委书记，面对贫困而身份特殊的平邑县，都是急在心里。他们曾去上边跑过好多次，期盼能摘掉这顶帽子，但终未能如愿。不过，他们的执着与辛苦总算是没有白白付出，还是为平邑县争取到了一些国家扶持政策，后来平邑县成了财政转移支付县。2005年，平邑县实现财政转移支付1710万元，2010年实现财政转移支付1.37亿元，这些外来注入的资金计入了县里的财政收入，借此来维持着平邑县的现状。"

"那为什么摘不掉这顶帽子？"

"梅书记，其中的原因很复杂。一个县从'小康县'再倒退到贫困县，不仅折射出时任县委政府领导的执政能力，同时也影响到全市经济工作的发展成果。另外，随着国家扶贫力度加大，贫困县的名头各县都想争夺。一顶贫困县的帽子，不仅意味着大量资金、项目，还有来自各方面的支持和帮扶。除了专项扶贫资金之外，贫困县获取的国家其他转移支付力度也很大。此外，国家给予贫困县的招商引资方面都有一定优惠，贫困县还能得到大量贴息贷款。面对如此优厚的待遇，有哪个贫困县愿意退出贫困的行列。争取不到贫困县的指标，就意味着摘不掉咱们头上的帽子。所以，想摘掉这顶帽子，难着呢。"

"难道说这顶虚假的帽子真的摘不掉？"

秦国祯看着梅奕瀚凛然正气的眼神，说："去年，南方的一个县被纳入了国家集中连片特困县后，全城放鞭炮以示庆祝，竟致当地烟花爆竹一夜脱销。这个县的举动引得国内舆论哗然，老百姓痛斥现行扶贫管理制度，并引发了取消贫困县的强烈呼吁声。虽然国家将确定贫困县的权限已经从中央下放到各省，但是目前申报贫困县依然难上加难。对于平邑县来说，现在头上还戴着一顶'小康县'的帽子，倘若取消了这个'小康县'，而再申报贫困县，无异于自己引爆了一颗招惹是非的炸弹，到时候各种非议和压力一定会铺天盖地而来，其后果不堪设想啊。"

梅奕瀚腾的一下站了起来："举县庆祝纳入贫困县，可谓用心极其卑劣，天下焉有将贫困视之为荣誉，而再大肆铺张浪费欢庆的道理？"

梅奕瀚走到窗户边，将目光投向窗外的蓝天，此时有一群鸽子自东向西飞来，它们背上发出泠泠的鸽哨萦绕在天空，也流淌进了他的心里。

静默少许，梅奕瀚转身走到了秦国祯的身边："不管有天大的压力，我一定要摘掉这顶害人的帽子。至于有什么样的非议和压力，任它来吧。只要是能让老百姓摆脱了贫困，过上了幸福安康的生活，我愿意接受任何的打击与挑战。"

"梅书记，我相信您一定会成功的。"

"等我忙过了这些日子，你陪我去一趟省城。"

黑夜之所以觉得黑，是因为心里有一道跨越不了的阴影，遮住了自己的双眼。对于那些心里装满了山河岁月的人来说，即便是再黑的夜，他的心里也会有明晰的宽敞之路。

梅奕瀚在办公室里踱着步，他思考着平邑县未来的发展方向。屋里的灯光将他的影子一会儿拉长，一会儿缩短，一会儿再压缩成一个点。这个办公室设里外两间，外间用于办公，里间是寝室。他看看表，已是晚上九点一刻，便拨通了皇甫一南的电话。

十几分钟后，皇甫一南推门进来，手里拎着一个保温盒，里面装着热气腾腾的饺子。

"奕瀚，你还没有吃饭吧？你弟妹今天刚好包了饺子，她让我带给你。"

"还真的没吃。今天是什么日子，你家里舍得动荤了。"

"日子紧是紧了点，但该吃还得吃嘛。今天是小闺女的生日，正好有了改善伙食的理由。"

"一南，你知道我在这里工作，为啥不过来看看我？"

"你这个县委书记已经成了全县的焦点人物。你每天像风一样不停地行走，奔波在田间地头，我到哪里去找你？再说了，我是科协的一个小干部，倘若来上三两回，不明真相的人还以为我是来找你跑官，我可不想给你带来不必要的麻烦。"

"你这是多虑了，难不成县委书记就得是孤家寡人，还不能与自己的同学和朋友来往？我记得你以前不在科协工作，现在科协是个什么情况？"

"我大学毕业后一直在县科委工作。那时，平邑县迁到火山脚下已经十二年，但是由于这里属于半干旱地区，全县大部分的农民始终解决不了温饱的问题。其实，平邑县有一项特色产业一直未能发展起来。从北魏时起，咱们这地方就已经开始种植黄花了，到了明代永乐年间，平邑县已经享有'黄花之乡'的盛名。平邑县黄花菜有四大优点：一是颜色鲜黄，干净无霉；二是角长肉厚，线条粗壮，肥顾整齐；三是油性大，脆嫩清口，久煮不烂；四是这黄花菜还具有保健医疗价值。因此，平邑县黄花被誉为素食上品，很受外商欢迎。1983年，平邑县黄花就被国家外经贸部授予出口荣誉产品，经香港'新德门'商行转销东南亚地区和美国等地。1992年，平邑县黄花菜在首届中国农业博览会荣获金制奖，2001年又被国家评为优质产品，入选中国保健精品推荐品种，通过了国家绿色食品认证。但是，作为地方优质特色产品，黄花种植却得不到政府的足够重视，其发展规模一直很小，没能在市场中做成大产业。为此，我曾多次向上边领导提交过大力发展黄花产业可行性分析报告，可是最终如泥牛入海。2002 年，县科委机构改革，成立了县科技局和科协，后来科协又成了科技局的一个分支机构，我便被调到了科协。"

皇甫一南说到这里，无奈地一笑："科协是一个什么部门？一个群众团体协会，表面上看是传播和普及科学思想方法、促进科技成果转化的一个团体，实际上是退居二线的领导干部在这里聚会的一个闲散班子。有人说我们科协，供养的都是散仙。"

"以你的工作能力调到了科协的确是大材小用，看来你提交上去的报告惹得某些人不高兴了。"梅奕瀚边吃饺子边说，"这些天我四处奔跑，平邑县的实际情况已经一目了然，可以说农业基础很薄弱，贫困的根子扎得很深。如何带领人民群众走出贫困的泥潭，是当下亟待决策的一个主要问题。2009 年 11 月，湖北省委宣传部在基层推进文艺品牌创建工作时，提出了在基层区县尝试推动'一县一品'的文化工程。平邑县可以借鉴湖北省推动文化工程的工作经验，推出'一县一业'农业经济改革发展新模式。但是，'一县一业'必须满足几个条件：一是最能体现当地优势；二是最能占领消费市场；三是能创造最好的经济效益；四是靠质量打响产品的知名度。这些天我在下乡调研的过程中，发现这个小黄花完全可以做成大产业，经你刚才这么一说，更坚定了我的这个信念。"

"问题是，发展黄花产业不仅见效慢，而且有五难：过渡难、浇水难、采摘难、晾晒难、灾害难。这也是我过去提交上去的报告不被重视的主要原因。"

"'知易行难'的魔咒两千五百年来一直禁锢着人们的思想，这种传统旧说不但不能激励人们的进取精神，反而助长了一些人畏难苟安的心理。民国时，孙中山先生曾在《民族主义》中就尖锐地指出了社会诟病：'不知固不欲行，而知之又不敢行，则天下事无可为者矣。'发展黄花产业是一项惠及民生的百年大计，过去的领导不是不明白这个道理，或许就是因为这'五难'挡住了黄花产业的发展之路。"

皇甫一南看了梅奕瀚一眼，说："我觉得其中也包含着当时不当的政绩观造成了这样的结果。黄花从种植到收益需要等三年的时间，哪一任书记都不想在自己任职期内空耗在一项见不到成果的产业上。所以，平邑县的黄花一直徒有'金针'虚名，以至于这项真金白银的产业未能很好地发展起来。"

梅奕瀚吃着饺子，含含糊糊地说："你接着讲。"

"奕瀚，你如果推行'一县一业'黄花产业，我想你所面临的问题不只是那五难，最难的是县常委们是否会支持你的发展战略，另外老百姓们是否会积极响应。平邑县的黄花虽然种植历史悠久，但毕竟是极少数的村庄在从事简单而规模较小的种植。如果扩大区域全面推广，恐怕老百姓也会有心理负担。"

"这个我已经想到了，这些不是问题。老百姓都是拥护改革的，这是最根本的力量。只要老百姓能得到实惠，他们能过上好日子，就会支持这项工作。我记得那天你和我说过一句话，'路走着走着就会宽敞明亮起来'。只是现在缺少人才，到时候需要你来帮我。"

"奕瀚，我算不得人才，只要你需要我出力，我会尽力而为。"

"那好，你先做好吃苦的思想准备。"

"眼下，县里有关你的议论不少。你真打算摘掉'小康县'的帽子？"

"不是打算，是一定。"

皇甫一南看着梅奕瀚笃定的眼神，内心里既是欣喜，又是担忧。

"你既要'摘帽'，又要推出农业经济改革，我担心条件不成熟。"

"条件是通过人的努力创造出来的，否则就无所谓条件了。我的思想是：坚持改革现行路线，制定新的发展规划和蓝图；为了实现新的蓝图，就得采取各种有效措施，为规划目标铺路搭桥。平邑县要想做好这件事，就得坚决果断，不能拖泥带水；要用经济手段取代行政手段，重用专业化、知识化、年轻化的优秀人才，让他们充实到基层干部队伍和农村广阔的天地；还要抓智力投资，抓法治建设，要树立大农业观、大食物观，取代过去传统的小农思想。"

"你要振兴平邑县经济，意味着以后要应对各种复杂的环境，还得去化解各种各样的纠葛，要提防各种阴谋诡计。"

"在所有的未知面前，我们要不断地面对选择：目标要选择，方向要选择，道路要选择，政策要选择，战略也要选择。一切都得在选择中进行，而正确的选择是最重要的。一旦有所选择，就得有担当和勇气，无所畏惧。"

皇甫一南挠了挠头，说："但愿你的选择能一帆风顺。对了，你自打调到平邑县，有没有回去看看嫂子和女儿？"

梅奕瀚将筷子轻轻放在桌子上，沉默了片刻，说："去市里开过几次会，顺便回去看过她们。思雨明年就要高考，你嫂子也忙于工作，我们有点对不住女儿。"

"思雨对你们没有怨言？"

"有，怎么会没有？谁家的孩子不需要父母的照顾和关爱？不过，思雨是男孩子性格，即便有怨言，说过之后就没事了。听她妈妈说，思雨明年打算报考军校。"

"梅叔梅婶的身体近来怎么样？还在村里种地吗？"

梅奕瀚不禁一脸的惭愧。

"自打过了春节，我还没有回老家看望父母。好在他们的身体不错，还在一直侍弄那几亩地。"

"梅叔梅婶都年岁大了，能不种就别种那些地了。"

"这事可由不得我，他们心疼那点地胜过了心疼我，始终怕地撂荒了。如果不让他们种地，我还真担心他们会憋出什么毛病来。"

"筱璇最近有没有找过你？"

"没有。怎么，她有什么事？"

"不是，我只是见她还经常出现在平邑县，前几天还去过教育局。"

"咱们第一次见面，她不是说为了论文的事做调查？"

"是的，我看她不仅仅是为了学问的事，似乎更在乎参与具体的社会实践。"

"范筱璇到底想干什么？"

"具体不是很清楚。作为恒州大学一名社会学知名教授，我想她并不会局限于只是为了研究社会，而是会通过自己的努力去积极改造社会。"

梅奕瀚忽然睁大了眼睛，继而又默默地点了点头。

皇甫一南走后，梅奕瀚躺在床上回想着如烟的往事，不觉慢慢睡着了。他做了一个梦，梦见自己走进了一个花香四溢的村落，有几个孩子像是蝴蝶，又像是小鸟在黄花丛中快乐地游戏着，忽然所有的花瞬间枯萎了，孩子们一下不见了踪影，空旷荒凉的田野里隐约传来似人又似鸟雀的悲鸣。梅奕瀚一下子惊醒了，外面起了风，树梢间的月亮似乎裹上了一层灰蒙蒙的忧愁，发出细碎摇摆不定的微弱光芒。

红叶灼灼为了谁

七月初，平邑县领导干部下乡驻村蹲点帮扶如期展开了工作。

梅奕瀚将县里的事情托付给沈杰，便携带申请报告及相关材料与秦国祯一同去了省城。

车行近雁门关时，天空下起了瓢泼大雨。只见雁门山上雨帘如雾，由西向东层层叠叠向前推移，而眼前的公路已是白茫茫的一片，司机小李将车停靠在安全地带。

梅奕瀚显得惴惴不安，他担心着全县许许多多的危旧房屋，便接连拨打了几个电话，得知此时平邑县境内并没有下雨，遂放下心来。

半个小时后，大雨渐渐变成了小雨，司机小李发动车子再次上路。盘山公路下刚刚暴发的洪水声轰隆隆一阵闷响，那洪水像是一条巨大的蟒蛇沿着九曲盘山的山谷奔涌而去，其声萦绕回旋。雨水中，山上的灌木丛中竟凸现出一片红叶，鲜艳夺目，红得似火。梅奕瀚看着那红叶，不禁心生感慨：同是一片山河岁月，如此红叶灼灼，不知为了谁？

由于雨天路滑，等到了省城太原，已经是中午。

秦国祯说："梅书记，咱们先找个地方休息一下。"

"也只能如此。"

"咱们打算住哪里？"司机小李问。

"梅书记，我看您就近住在这滨河饭店吧。"秦国祯说着，用手一指。

梅奕瀚斜睨了秦国祯一眼："这么高档的饭店，你知道一间房要多少钱吗？而我们的人民辛辛苦苦干一年，一亩地又能收入多少钱？作为一县政府的公职人员，要时时刻刻想着自己的人民，而不是自己讲排场、图享受。我知道在附近的汾河边上有一家小红楼旅馆，虽然房子旧一些，但还是很干净的，价钱又实惠。"

下午两点，梅奕瀚来到了省扶贫监测工作站。省扶贫办的一位副主任蒋晓春接待了梅奕瀚，当他看罢梅奕瀚带来的申报材料，却是不住地摇头。

"梅书记，其实平邑县的状况我们多少也有些了解。但是，目前平邑县还是'小康县'，即使是再有困难也不符合国家有关扶贫开发工作的方针、政策和精神。虽然我们负责全省各县扶贫项目的收集、考察、筛选、编制和上报工作，但前提是你们得先摘掉了'小康县'的帽子，这样我们才可以按照工作程序上报，再申请相关的扶贫项目。"

"可问题是，那么多的危旧房屋，随时都有倒塌的危险，这关系到老百姓的生命安全。无论摘掉摘不掉'小康'的帽子，首先得解决老百姓的住房问题。"

"我理解你此时的心情，全省亟待解决的危旧房屋很多，何止是平邑县面临的实际问题。省委的领导们就此已经召开了多次会议，研究制定具体的工作方案，同时也在积极主动地向国务院扶贫办申请帮扶。眼下，平邑县最急需做的工作，是赶快摘掉名不副实的'小康'帽子，唯有如此后续的各项工作才便于开展。"

"请问蒋主任，我们该如何摘掉'小康'帽子？"

"这个得去省扶贫办综合处了解一下。"

梅奕瀚再匆匆来到了省扶贫办综合处，得知分管领导顾伟刚去省委开会。一直等到下午六点多，顾伟还是没有回来。

南庄村蔬菜试种非常成功，在众多村民的期待中，第一茬圆椒终于开摘了。

马文涛和于强赶到了南庄村，只见薛存三正忙碌着在新建的蔬菜交易市场门口指挥村民挂彩旗。

马文涛的内心里有几分高兴，又有几分愧疚。原本答应在薛存三盖蔬菜交易市场及预冷库时提供一定的资金扶助，但是这事儿一时竟无能为力。马文涛也曾向县政府及相关部门打报告递申请，希望为南庄村蔬菜试点工程项目的基础建设筹得一定的资金，然而最终未能如愿，其原因还是因为"小康县"，既然已经"小康"了，国家及省市相关部门便不再下拨农业扶贫专项款。马文涛何尝不知道县财政这几年的实际情况，包括教职员工及政府工作人员的工资发放都成了问题。薛存三眼见得蔬菜将进入采摘期，却等不到政府的扶助款，他只得拿出自己多年经商攒下的家底，再硬着头皮四处筹措资金，先建起了一座小型的交易市场，另外配备了客商招待房、结算室、成品蔬菜质控检验室和一间小小的办公室。按照马文涛的事先安排，薛存三早已经邀请广州市江南市场的客商前来考察过两次，他们对于南庄有机蔬菜圆椒的质量及品相特别满意，临近采摘期他们便先驻扎下来。

薛存三看见马文涛赶忙迎了过来。

"难为你了。"马文涛握着薛存三的手颇为尴尬。

"马书记不要这样说，我知道你有难处。"

在薛存三的带领下，马文涛先会见了来自江南市场的客商李先生，他知道江南市场对于圆椒的需求量大得惊人，而目前的南庄村这点可供蔬菜几乎是杯水车薪。马文涛代表乡政府恳请李先生能给古家庄乡的蔬菜销售保留一定的市场空间，并表示未来两年内争取扩大蔬菜种植规模，一定在数量及品质方面保证对江南市场的充足供应。

此时，已经有采摘下来的圆椒陆陆续续送到了蔬菜交易市场，一辆辆满载圆椒的农用车停靠在交易市场的站台边。县农技站的技术人员先对每车菜进行了抽样检验，出具的报告单全部符合指标。

李先生给出的收购价颇让菜农们满意。然而，接下来发生的事情却是令马文涛、薛存三以及菜农们猝不及防。李先生雇用了古家庄乡的农民工对所收购的圆椒再行逐一严格选货，他要求进入广东市场的圆椒必须是个大、均匀、饱满、周正、碧绿、四角规整成圆形，而且没有一点点的杂色，一点点的污损。选好的圆椒必须一个个整齐地摆放在泡沫箱里，每层中间再以薄薄柔软的泡沫纸隔开，待装满一箱便密闭打包，然后送到预冷库进行特定温度湿度的质控。

每车菜经过挑选后会留下来一部分所谓的"次品"，这在一定程度上便是减少了菜农的收益。正当大家茫然无措，甚至是心灰意冷时，却见李先生接连打了两个电话。

"马书记、薛书记，实在对不起，我们的收购价是一等品的价钱，所以其余的圆椒我们不能收。不过，你们也不要担心，我已经给北京、天津的朋友打过电话，明天他们就会过来收购我们剔下来的蔬菜。北京与天津两地可以接纳二等品蔬菜，他们的包装用的是纸质箱；而河南可以接纳三等品蔬菜，他们包装用的是编织袋。当然，以接受菜品的档次并不能完全说明当地的经济水平，但是可以看出不同地区的老百姓对于生活质量的认可。不过，蔬菜的品次不一样价格就不一样，但总比把这些蔬菜最后烂在地里要好得多。"

李先生看了眼马文涛，又说："其实，从另一个角度看待市场，或许能找到工作务实是生存的根本。市场遵循的也是自然界优胜劣汰的规律，你从表面上去看，市场淘汰的是缺乏竞争或者不达标的产品，但是实际上市场淘汰的是人，是没有工作能力或者不务实的人群。"

马文涛听着李先生的话，不禁陷入了沉思。他们没有想到的是，一个蔬菜的销售其中竟蕴含着如此奥秘的玄机。

南庄蔬菜交易市场红红火火，而月城村却依旧是一潭死水。

改革开放已经三十年，月城村的村民从最初分产到户时心窝里点燃的那股子激情，竟逐渐磨砺得消沉颓废起来。年复一年的春播秋收辛勤劳作，从那时的黑发熬成了现在的白发，当村民们回过头来再盘点自己的那点光景，才发现一切从来没有改变。而唯一改变的是村里的学校没有了，青壮年劳动力都跑到了城里，月城村少了的不仅仅是烟火的味道。

但月城村的黄炳福一家却是从早到晚忙忙碌碌，地里的黄花已经长出了今年的第一茬花蕾，需要每天晚上去及时采摘。一旦太阳升起，那黄花的花蕾会慢慢开放，这样的黄花不再适合加工黄花菜，其品相与品质便会同时下降。采摘黄花是一项琐碎的工作，需要很多人手，黄炳福、马英、黄雅萱毕竟只有三个人，到了黄花花茎坐花旺季，这点人手有时便忙不过来，黄炳福便采用拨工的方法调换劳动力。每年黄花的采摘期集中在七月，此时的月城村民正是最闲散的时候，地里的庄稼需要到中秋节前后才能收割。对于拨工干活，村里的许多家庭都乐意这样做，今天你家帮了我家忙，明天我家自然也得去帮你家的忙，如此便缓解了劳力不足的问题。马二女更是少不得去帮姑姑的忙，此时福强刚好放暑假陪着福蛋儿，她便能在夜里抽开了身子。

采回来的黄花搁置不得，需要及时上锅去蒸馏，然后再拿到太阳地儿去晾晒。

黄雅萱在热气腾腾的蒸锅间忙乎着，她脖子上搭着一条毛巾。黄炳福和马英将蒸馏好的黄花抬到门前的打谷场上，然后再均匀地铺撒摊开。等这一切安顿下来，便已近中午。马英去忙着做午饭，黄雅萱再去清洗三人采黄花时替换下来的衣服，这样的衣服得天天洗，上面沾染着黄花菜分泌的糖分，若是懒了手脚，第二天那衣服便会变得异常坚硬。从凌晨一点忙碌到现在，黄雅萱只感觉浑身上下到处酸疼，她便坐在门前老槐树下的那把椅子上歇歇脚。

此刻，黄雅萱心里很矛盾。她渴望下一场雨，一场持续不断的连绵雨，却又怕这雨水坏了即将到手的收成。

"唉，老天咋不能遂人愿呢，咋不下点雨呢？哪怕是少下点雨，湿润一下这乱糟糟的心思，该是不会是耽误了黄花菜的晾晒。"黄雅萱自言自语道。

老槐树下是村里的打谷场，一片摊开晾晒的黄花菜还冒着热气。几只鸡看似专注觅食，却不时把眼睛向黄雅萱这边瞥来。

"别和我耍什么贼心眼，小心打断你们的腿！"

黄雅萱赶走了鸡，然后酸软地靠在椅子上。椅子是黄炳福过去请陈常有制作的，现在那椅子已经磨得很光亮。

打谷场被一层恣意的黄花熏染着，好像浮动着流光溢彩的金色，就连空气中也弥漫着浓浓的馨香甜味。太阳火辣辣地照着，这种燥热黏稠的空气像是流泻的迷药，熏得人有些昏昏沉沉；再夹杂些远远近近几声蝈蝈的低鸣，更是让人慵懒嗜睡。

起得早了？黄雅萱寻思着，眼皮愈发沉重。她捡起几枚小石子握在手里，再次柔柔软软地伏在椅子上。刚把眼合上，几只鸡就跑到了晾晒黄花的荆笆上。黄雅萱欠起身子，随手打出一枚石子，鸡们抖开翅膀逃离了。但仅仅是远离几步，鸡们又停下来，左看看右瞅瞅，见黄雅萱再伏下身子睡去，又得意地走到荆笆上。黄雅萱显然有些烦了，猛坐起来，一连打出去几枚石子，鸡们这才急慌慌地抖开翅膀散了去。黄雅萱再无睡意，起身搭手望望毒花花的太阳，随即一肚子的心思弥漫开来。

秦克勤又进城两个多月了，他现在正干什么？他有没有想家？黄雅萱忽然迫切地想见到秦克勤。自打县委书记梅奕瀚托人带给她一副助听器，黄雅萱可以清晰地听到人们的谈话了，而且现在她说话也变得比较流畅,这让她兴奋了好几个晚上。黄雅萱曾经为自己的听力苦恼,尤其是与秦克勤结婚后,两个人不能说一句悄悄话,这件事情令秦克勤很失望。现在好了,黄雅萱有太多的悄悄话要对秦克勤讲。

马英出来喊:"黄花,回家吃饭了。"

此时,月城村来了两位特殊的客人,是县农业局下派的驻村蹲点干部,年轻的副主任乔日娜和干事张杰。

孙财旺接到了通知,早早等候在村委会,却见陶利走了进来。

"孙财旺,我知道这西沟的油水大得很。你不能自己吃饱了,就不顾别人死活。"

"你这是啥意思?工程队的事情我不知道,什么吃饱了要死要活的,别跟我说这一套。"

陶利没想到自己碰了个钉子,她抛下一句话:"那好吧,咱们走着瞧。"

一辆车停在了村委会门口。孙财旺看见一位漂亮的女青年和一位小伙子从车上下来,他们站在那里端详着,眼前破败的村子显得有些吃惊。孙财旺一直盯视着乔日娜,她宛若一支娉婷的玉莲,风过时摇曳生姿。孙财旺只感觉心窝里被什么轻轻拂了一下,感觉痒痒的那么舒服。孙财旺愣怔片刻,急忙走出去笑脸相迎,双方作了自我介绍。之后,孙财旺将乔日娜和张杰请到自己家里。陈香菊早准备好了满满一桌子菜,桌上还摆放着四个黄桃罐头。

"你们先吃个罐头,这是黄桃的,滋阴下火补肾,我平时最爱吃这个东西。"

孙财旺忽然觉得自己似乎说话欠妥,便又笑着说:"我这人最爱开玩笑。"

"孙书记,你这一桌子菜快赶上我家过年了。"乔日娜说。

"你们是县里下派的干部,对我们来说,这就是过年。"

"月城村民的生活都能达到如此吗？"

"乔副主任说笑了，就咱这村子，喝糊糊不舔碗就不错了。你们是县里来的客人，又是上边派下来的领导，我只想尽力招待好二位。"

"简直难以置信，咱们县还有这么严重的贫困村子。"

"这样的村子多着哩，附近十里八村都是这样的。"

"月城村现在有多少人口？村民们年平均收入多少钱？"

"乔副主任，先吃饭，时间长着哩，工作的事情以后咱慢慢说。"说着，他堆起一脸的笑，给乔日娜的碗里夹了一筷子菜。

张杰冷冷地瞥了孙财旺一眼，孙财旺尴尬一笑。

"哦，小张同志，你自己夹菜吃。"

"孙书记，我们是来工作的，啥时候也不能忘了自己的职责。今天我们初来乍到，让你们破费了，以后我们自己做饭。"

"这地方啥都没有，就是有钱连个菜都买不着，你怎么做饭？"

乔日娜掏出一把车钥匙，说："这不，在这儿呢，我们来的时候把该用的东西都已经安顿好了。"

孙财旺显得有些失望。他说："那好吧。不过，以后你就住我家里吧，虽说房子不好，但总比住在其他地方强得多。小张嘛，我给另外安排一个住处。"

陈香菊一直瞅着孙财旺，看见他眼里隐藏的一束跳动的火。但是她又不好扑灭那束火，便只好佯装一副笑脸说："就是，你就住我们家吧。"

乔日娜说："不行，我们就住在村委会。"

"那地方脏得很，再说你一个女孩住在那里我也不放心，那地方还有老鼠。"

陈香菊狠狠地剜了孙财旺一眼，再剜一眼。

"孙书记，没关系的。我不怕老鼠，屋子脏我们自己打扫一下。"

午饭后，乔日娜和张杰来到村委会，张杰看着杂乱的村委会几间破房是满脸的不快。

"娜姐，这地方能住人吗？你看，屋顶还露着天。"

乔日娜仰头向屋顶看了一眼，然后安抚道："咱们把这两间屋子先好好收拾一下，有个休息的地方。屋顶上面铺的是红瓦，明天咱们自己修一下。姐知道你的心情，你对这次下乡驻村工作有意见，既然已经来了，就要对得起组织上的信任。"

"可是，我……"张杰是满脸的愁容。

"没有那么多的'可是'，只有踏踏实实工作。姐相信，你会在这次下乡工作中成为一名优秀的共产党员。"

乔日娜与张杰正收拾屋子，庞晓武便摇着轮椅车来到村委会。自打梅奕瀚来月城村调研后，县残联的同志便给庞晓武送来一辆轮椅车，还给他和庞大云办理了残疾证，不久民政局又给他家办理了低保，他第一次真真切切地感受到了党和政府的关怀。庞晓武听说县委派下的驻村干部来到月城村，便急匆匆赶了过来。

"你们是梅书记派来的驻村干部吗？"

"是的，这位是乔副主任，我是她的助手，叫张杰。"

"可算盼来了你们。"

"你是……"乔日娜问。

"我叫庞晓武。"

"噢，你就是庞晓武同志。你好，梅书记在县常委会议上还提起过你。"

"我是一个无用的农民，竟劳烦梅书记这样惦记。"

"不，你曾经是位优秀的党员，以后我们的工作还需要你多多支持。"

"你们这次下派驻村主要是干啥？"

"做好村支书的助理工作，让村里的党支部发挥它应有的作用。此外，我们还要帮助老百姓解决实际困难，带领大家共同脱贫致富。"

庞晓武听了乔日娜的话，内心里无比激动。这位曾经在党的召唤下历经过无数风雨的老党员，尽管这些年因村里党支部涣散，感觉自己成了一粒散漫无序的沙子，但是只要在他的身边跳动着一束党的火种，他便会再次点燃深埋于心中的信念。

不久，村委会闹哄哄地来了许多村民，人们向院子里看看，什么也没有；再向屋子里瞅瞅，还是空荡荡的。一群人便议论纷纷。

"听说干部下乡都要慰问一下群众，这啥也没有。"

"你看这姑娘俊的，小伙子长得也喜人，可能是两口子吧。"

"看样子是要在咱们村住下了。城里人就是怪，放着好日子不过，偏要来这穷山沟里。"

"听说，这是县里派下的驻村干部，不知来了做啥哩。"

乔日娜裹着一身土走到众人面前。

"乡亲们好。我叫乔日娜，这是我的同事叫张杰。我们俩是县委派下的驻村工作人员，以后我们将与大家生活在一起，帮助大家解决生产与生活上的困难，希望乡亲们积极支持我们的工作。"

傻三站在最前面，他嘴里嘟哝着："嘿嘿，媳妇、媳妇。"

"这傻三不傻呀，还懂得要媳妇。"有人笑着说。

"我家窑洞快塌了，政府能帮我家修一下窑洞吗？"常青妈抖抖索索问。

"我家的房子也不行了，要是政府给修，帮我家也弄一下。"叶蛾子问。

"我家福强上高中要三万块钱，你们能不能帮着去说合说合，让他们少要一点钱。行吗？"马二女说。

"这地里每年旱的种不进庄稼，能不能给地里打几口机井？"陈明亮说。

一群人你一言我一语，吵吵声不断。

乔日娜尴尬地笑了笑，说："乡亲们，我知道大家都有难处。我只是一个下乡驻村的助理工作人员，主要是来做指导和帮扶工作的，能力很有限。不过，我会把大家的困难和意见向上边反馈，争取为大家尽快解决实际问题。"

"这说来说去，啥事也办不了。大家都回吧，没用。"庞极无说。

人群便慢慢散去。乔日娜看着一个个失望而去的背影，心情沉重起来。

"芦苇"之念

在汾河附近小红楼旅馆，梅奕瀚躺在床上辗转反侧，久久不能入眠，他索性走到窗前。此时已是夜色阑珊，一弯新月悬挂在空中，天地间有一种静谧祥和之气，他仿佛瞬间回到了大学时温馨浪漫的校园。然而，这种幸福的快感很快又被沉重的心思挤压得没了影子，转而有缕缕忧愁萦绕心头。眼下，想要摘掉"小康"的帽子谈何容易，就如同眼前的汾河，想让它一下子改为向北流甚是难为。

梅奕瀚眺望着眼前的汾河，不禁慨然吟诵道："河之水汤汤，我欲济兮川无梁。岂繄无梁，我褰我裳。河之水悠悠，我欲济兮波无舟，岂繄无舟，我曳我裾，不可以濡兮，吾将焉求？"

汾河的早晨在薄薄的晨雾及鸟语花香中明亮起来。

梅奕瀚一宿没睡踏实，他站在镜子前揉了揉有些肿胀的眼睛，感觉自己瞬间苍老了许多。

三人简单用过早餐后，梅奕瀚便急匆匆来到省扶贫办综合处，却见综合处的工作人员正集合在楼下做早操。此时的阳光温和而明媚，舒缓的音乐流淌着轻松愉快的节拍。梅奕瀚置身其中，恍若又回到了青年时代。

十几分钟后早操结束，梅奕瀚随着人流走进了综合处，经工作人员指点，他找到了分管领导顾伟。梅奕瀚将此行的目的详细地向顾伟作了汇报，并递上相关材料。

顾伟说："当年，为了体现改革开放十五年所取得的成果，同时也是为了激发各地全面建设小康社会的目标和动力，全国掀起了小康风，以彰显各地经济发展实力，并树立地方模范典型。小康县不仅仅是一种荣誉，更是一个地方政绩的重要体现。所以，在当时全国各地申报小康县的很多，国家为此制定了一个小康标准。但是，为了政绩与荣誉，个别县盲目自大，竟然通过种种手端挤进了小康县的行列，这实际上是对人民的极不负责。'小康风'之后，全国展开了轰轰烈烈的脱贫工作，为此国家又出台了一系列的帮扶优惠政策，贫困县似乎一下子又成了'香饽饽'。不少地方为了争取到国家的帮扶政策，不惜弃富从贫，甚至是刻意藏富，所以国家在贫困县的认定上也制定了严格的标准。从你们上报的材料来看，贫困问题的确很严重。平邑县是一个比较特殊的县，当年在认定小康十六项指标不尽完善的情况下，硬是挤进了'小康县'，之后却是抱贫守'富'，结果最终影响到了全县的经济发展。"

梅奕瀚说："如果说为了荣誉与政绩，我认为当初申报'小康县'时，时任平邑县委书记临近离任，他应该不会为此再盲目冲动，可能存在情非得已的原因。但是，之后的十几年里，平邑县换了几任领导，他们却依旧抱贫守'富'，不得不说这是平邑县人民的悲哀。据说，后任的领导也曾几次向省里上报，请求摘掉名不副实的'小康县'帽子，但是此事最终无果，据说是因为没有贫困县名额的原因。这项虚假的帽子，最终成了看似光鲜亮丽、实则无法愈合的一块暗疮，一戴就是十几年，人人都觉得头疼，但就是没有一个人敢真正地揭开这块暗疮。我知道，平邑县出现目前这种尴尬的状况，是自己连续十四年上报的经济数据超出了国家帮扶的政策，这是自食其果。当然，也不能就此认定平邑县那些年上报的经济统计数据掺假，其将市里设在平邑县境内工业园区的固定资产和工业用地收入等计入其中，从区域辖管的角度来说亦无可厚非，只是不能真实地体现出平邑县所处的实际经济发展状况。这样做的后果，只能是将平邑县高高架在一个看似靓丽的空中楼阁中，而实际上把自己完全置于一个封闭的泥潭里难以自拔。这就好比沙漠里的海市蜃楼，你不能说那富丽堂皇神妙的景致根本不存在，因为站在最高处的所有人，他们的眼里的确看的是真真实实；但是当你带着若干心怀梦想的人去寻着这景致一直走下去，不仅享受不到那景致带给大家的快乐和幸福，反而落得个把一群人都困顿在那茫茫贫瘠的无边沙漠里，其后果十分可怕。"

顾伟频频点着头。他说："梅书记，你说得非常好，这个比喻形象而生动，又贴近平邑县的现实。我这里解释一下，所谓的小康县以及贫困县，是国家针对地方经济和社会发展状况而制定的一个宏观标准，并非限定具体的名额。试想，有哪个国家害怕自己的人民富裕，又有哪个国家不期盼自己的人民尽快摆脱贫困？显然是没有。就拿咱们国家来说，目前全国上下致力于脱贫攻坚，岂能坐视一个真正的贫困县而置之不理。不管怎么说，省政府绝对不会漠视人民群众的艰难困苦。但是，这也得有个过程，首先得纠正过去的错误，需要对该县真实的经济及社会发展状况重新认定、审计、考察等等，然后才能做出具体的研判和帮扶。"

梅奕瀚听到此，不禁面露惊喜之色："顾处长，照你这么一说，平邑县有希望摘掉'小康'的帽子？"

"当然了。如果平邑县目前的状况果然如你们汇报的材料所言，这顶'小康'的帽子必须得摘了。"

顾伟说到此，他注视着梅奕瀚。

"梅书记，你决定了要摘掉这顶'小康'帽？"

"名不副实，必须摘掉。"

顾伟又说："南方的一个县被纳入特困县后放鞭炮事件，曾引起了全国人民的口诛笔伐。该县此举不管是出于何种动机，其的确是荒诞而违背民心民意。当然，平邑县的情况很特殊，外面又不知情，一旦摘掉了'小康'帽，转而成了贫困县，你这个县委书记一定会处于风口浪尖的窘境。"

"我素来喜欢清代郑燮的那首诗《竹石》。虽然我自愧一生难以修身为竹，但我是农民的儿子，我可以像我的父辈们一样，做一根挺拔的芦苇，和平邑县的人民根与根抱团在一起。芦苇之念在于笃诚专注、朴实坚韧，坦坦荡荡便是一生的准备，又何惧风雨雷电，我不能给老百姓和我自己留下遗憾。"

"'木秀于林，风必摧之；堆出于岸，水必湍之。'梅书记，你想矫枉归正，让平邑县人民走出贫困的泥潭，这一点非常值得称赞。但是，人心难免参差不齐，更何况此举有碍个别人的脸面，有好事者必定会借此兴风作浪，你得做好思想准备。不过，想要摘掉这顶'小康'帽子，也不是在短时间内能实现的。平邑县可以根据目前的状况先向省扶贫办提出再行审核复议，如果情况属实，这顶帽子是可以摘的。"

梅奕瀚高兴地说："我代表平邑县人民，谢谢你！"

少顷，梅奕瀚却又从欣喜陷入了惆怅。

"顾处长，平邑县眼下摘不掉'小康'的帽子，就意味着还是没有希望进入贫困县的行列。"

"想一下子进入国家扶贫开发贫困县的行列，恐怕是没有希望，得等待机会。"

梅奕瀚的心情一下子又跌落至谷底。

顾伟看着梅奕瀚紧蹙的眉头，笑着说："梅书记，莫要这么悲观嘛。给你先透露一个好消息，让你打起精神来。国务院发布了《中国农村扶贫开发纲要 (2011-2020 年)》，计划将在全国设立十四个连片特困地区作为脱贫攻坚的主战场，其中燕山至太行山地区是集中连片特困地区之一。这片特困地区环绕首都，横跨冀晋蒙三省区，集革命老区、深山区和贫困地区于一体，其经济发展现状、社会发展现状、农村居民生活现状等各方面亟待加以改善。根据国务院的指示精神，省委省政府正着手研究部署，并积极推进全省位于该集中连片特困地区的重点扶贫工作，平邑县有望能先进入这次集中连片脱贫攻坚调整区。"

猝然而来的"疫情"

进入 7 月，恒州盆地渐渐进入了雨季，这雨水便会一天天多了起来。每年的这时候，月城村的村民必做的工作便是先修补窑洞，给歪歪斜斜的老房子顶部抹上一层泥。

黄炳福一家愁的不是房子的事情，而是采摘黄花和晾晒的事，这雨水一勤，到手的黄花菜便打了水漂。往往这个时候，月城村的村民都会人心惶惶。

陈志远早惦记着家里房子的事情，便和郝亮请了两天假。他不清楚这房子到底已经有多少年，父亲去世那年修过一次，现在这房子又快不行了，屋顶连年漏雨，那橼与栈板几乎腐烂了，经常有大小的泥皮从顶子上脱落下来。

陈志远记得，过去村里人修补房子窑洞，出去找找便能有三两个人过来帮忙。现在不行了，村里的民风已经蜕化得少了过去的质朴，人心变了，变得刻薄、冷漠而自私。好在陈志远平时乐于去帮助别人，在村子里的人缘不错，再加上他与陈大勇、陈明亮、陈春山一起在白灰窑打工四年，便约了他们过来帮忙。

院子里已经和好了一堆泥，陈春山在泥堆上再洒一层铡好的黍子秆，陈明亮赤脚在那泥里踩来踩去。

陈大勇说:"实孩儿,你家的房子不行了,你看这墙体已经向后倾了。"

辛玉兰说:"没事,咱穷人的命大,我家实孩儿有福罩着呢。"

陈志远知道家里根本拿不出盖新房的钱,他也了解母亲的心思,自己打工积攒下的那点钱,母亲除了看病从来舍不得动一分,她已经为自己谋划着将来娶媳妇的事情。

"大勇叔,没事,像这种情况的房子和窑洞村里多着呢,咱们想办法加固一下。"

陈大勇摇了摇头,说:"家家都是如此,也只能先这样处理了。"

"现在很多地方都发展起来了,为啥咱们村还是改变不了模样?"陈志远问。

陈春山叹息一声:"唉,看看这房子,这就是'小康'的样子。国家的政策是好的,怕就怕地方上没有为民服务的好干部。这些年咱们村还是靠天吃饭,种地的成本一年比一年高,粮价却一直慢慢下降,家家户户忙上一年也收入不了几个钱。村里贫困,年轻人娶媳妇就更难,动不动彩礼要七八万;村里的学校没了,乡里的学校也不行了,孩子们出去读书都花的是高价钱。你说,咱们村子能不穷吗?"

陈志远伸出左手在脑门上拍了又拍,他感觉自己的脑袋特别沉重。

这天夜里,陈志远刚刚睡下,窗外便下起了雨。地里焦渴的庄稼需要充足的水源才能抽穗坐籽。此时,天上的雨多是跑马雨,声势浩大的云伴着轰隆隆的雷,像是能摧毁傲然挺拔的天户山,雷声中豆大的雨点倾盆而下,但这雨仅仅是持续那么一会儿。不久雷停了,雨没了,对于干渴的庄稼来说并不能解决根本问题。好在月城村紧依连绵起伏的大山,雨水从众多的山上汇聚下来,集中在沟壑内短时间形成一股奔腾无羁的洪流,而这股洪流却成了村民争相抢夺的生命水。

陈志远再没有了睡意,他听得村南幽深狭小的虎口谷一阵轰隆隆巨响,便一骨碌爬起,下地穿上雨衣带上铁锹,急匆匆向村外走去。雨夜的月城村显得紧张而忙碌，家家户户的男劳力都要冒雨下地，眼巴巴地等待山上的洪水滚滚而来。

此时，乔日娜还没有休息。这两天她和张杰修补完村委会的屋顶，再将村委办公室旁边的两间屋子打扫清理干净，每间屋子放置一张床、一张办公桌、一把椅子，然后又在屋外砌了一个泥炉子，这便成了他们两人驻村工作的家。乔日娜毫无睡意，隔壁张杰在独自吹着口琴，她躺在床上想着接下来该如何开展工作的事。过了一会儿，雨渐渐小了，她听得街上不断有人喧哗，不时还传出跑动的声音。乔日娜赶忙走出屋子，只见村里不断有人拿着铁锹往村外跑，村南的沟谷里却是一阵轰隆隆响。

张杰也听到了异样的响动，他推门而出。

"娜姐，村里发生了什么事？这是什么声音？"

"听上去像是山洪来了，估计这是村民们要赶在洪水前去浇地。"

"那我们怎么办？"

"咱们得去村外看看，别让洪水夺走了村民的性命。"

月城村的农田都在村北，五十多米宽涛涛的洪水已经将月城村和外面切割开来。黑漆漆的夜里，在洪水经过的坝口对面手电筒的光束忽明忽暗。早在 20 世纪 60 年代修建的拦洪大坝已经部分坍塌，能够进入灌溉渠利用的洪水毕竟有限，往年都会在洪水的分配上闹起了纠纷。

陈志远来到坝口时，坝口对面有两伙人手持铁锹在推推嚷嚷。陈志远正打算蹚水而过，听得背后一声女人喊："别过去，危险！"

陈志远转身一看，竟然是前两天来的驻村干部。

"我得过去，你们看，那边为了争夺水源恐怕要打起来，再没人管，会出人命的。"

"那也不能过去，你会被洪水卷走的。"

"这拨洪水是近处山上淌下来的第一拨洪峰，势头还小，等十里沟谷山坳汇聚的洪水全部下来，就真的过不去了。"

陈志远说着，便奔跑着蹚水而过。

"娜姐，你看那边坝口，他们好像已经打起来了。你在这里等着，我得过去。"

等张杰刚到对岸，第二拨洪峰腾起巨浪，翻卷着巨石滚滚而下。

"住手！你们别打了，住手！"

乔日娜的呼喊声显得那么微弱，很快被地动山摇的洪流给彻底淹没了。她急忙拨打马文涛的电话，汇报了这里发生的事情。古家庄乡距离月城村仅有八里的路程，新修的村级公路砂石路基已经碾压平整，不久便见警灯闪烁，马文涛带着派出所的民警及时赶到，一场血腥械斗终于平息下来。

一场大雨过后，月城村的大口井蓄满了水。这村里的两口井是很多年前人工挖出来的，水源来自村南的大山脚下，每到干旱季节或者是冬天，那井水有时就干枯了，村民们吃水得往大山深处去挑水，村里便流传下来一句顺口溜：担水扑空，磨面出村。而到了雨季，这井水会突然间暴涨起来，满满的井水再通过靠近井口处的一根管道溢了出去。往往这时候，这井里便会多出许多的浮游生物，有各种各样的小虫，亦会有游来游去的青蛙。在文化极度匮乏的月城村，留守在村里的儿童接触不到任何的新鲜事物，他们除了玩泥巴、打纸元宝、弹玻璃球外，最喜欢的就是这大口井。等大口井里的水在雨后多了起来，孩子们便手里各自系着一个空瓶子，爬在井沿上一探再探，去打捞水里的活物。

井水暴涨几日后，村里人的腹泻呕吐症状渐渐多了起来，但是没有人去在意，这接连不断的生病问题到底出在了哪里。村里人素来不去想这个问题，他们觉得自己那身皮肉，生来就是山坳沟谷的泥巴，耐打耐摔，瓷实得很，闹个小病小灾挺一挺也就过去了，实在挺不过去的老人们，无非多吃上几粒药片子。

这一次，村民们的腹泻症状明显比往年要厉害些，很多的家庭出现了病例，且同样是呕吐、腹痛、腹泻。更可怕的是，陈明亮家的骡子自打去井口喝了水，回去后没有多久就好端端的死了，那骡子的肚子肿胀得如同巨大的鼓，陈明亮两口子抱着那骡子呼天抢地哭个没完。这事一下子引起了村民们的恐慌，人们纷纷猜测，这村子到底怎么了？难道有人在井水里投了毒？

乔日娜得知此事，迅速和张杰去大口井查看。

"不可能有人投毒，这水里还有游动的虫子。"张杰说。

"你注意到没有？这里的村民习惯喝生冷水，很可能这水质有问题。"

"娜姐，就算是这水质有问题，也不会致骡子死。莫非突发了什么疫情？"

"疫情？"乔日娜看着张杰，一下子惊恐地睁大了眼睛。

这时，孙财旺也赶到了井口。孙财旺是接到了吴进的电话从外面赶回来的，他向井里看看，然后盯着乔日娜。

"乔副主任，你们是见过世面的，又有文化，这到底是什么原因？"

"现在很难下结论，唯有向上级汇报，具体核查，科学研判。"

"那得等到啥时候，这全村人吃饭以及牲口的饮水怎么办？"孙财旺不屑地说，"看来你们不懂，我去请教德懋爷。"说着，他撇下了乔日娜和张杰，急惶惶而去。

陈德懋说："投毒的可能性不大。往年村民们也发病，但是没有今年这么厉害，更没有死掉牲畜，这事还真不敢掉以轻心。"他思忖了片刻，又说，"我想起了一件事，民国三十五年咱村也出现过类似的事情，同样死掉了几头牲畜，后来才发现是一种传染病。如果这次再闹起了瘟疫，那问题就严重了，恐怕会越传染越厉害。这样吧，为了以防万一，你通知村民们先不要吃那井里的水，尽量待在家里，不要到处乱走动。"

乔日娜将月城村突发的情况打电话汇报给马文涛。马文涛岂敢怠慢，立马将此事又汇报给县疾控防疫中心。主任梁华当即做出指示：赶快先封锁村子，居民停止使用家里积存的井水，先由乡政府从其他地方调集应急水；不能让月城村任何人随意进出，他将与相关工作人员马上赶往现场。

梁华率医疗队和防疫工作人员到达月城村后，医疗队和防疫工作人员对骡子的尸体及患者进行了初步会诊查看，不排除炭疽病传播的可能性，需要对骡子的口腔分泌物、患者血液、村里的饮用水等进行全面抽样化验后，才能最终做出正确的研判。梁华说，为了防止有可能的炭疽病传播，必须先对村子进行一次彻底消毒，再把那骡子拉到村外挖坑深埋，并撒上生石灰，进行消毒处理。

面对突发意外，月城村的村民人人心惊胆战，乔日娜和张杰挨门去安抚群众。

在黄炳福家里，乔日娜却是硬生生地碰了钉子。黄炳福对于封村之事不能接受，他地里的黄花不等人。

"黄叔，这疫情非同儿戏，弄不好会出人命的。你不能为了采摘自家的黄花，把这疫情传播出去。"乔日娜说。

"可我家辛辛苦苦一年，就等着地里黄花那点收入。"黄炳福说。

"如果为了你个人的利益，造成疫情大规模传播，这个责任你担得起吗？到那时，你会去坐牢的。"张杰厉声说道。

"坐牢就坐牢，我不能把一年的血汗白扔了。"

黄雅萱看着父亲僵持不下，便与乔日娜说："你们先回去吧，我爹的工作我来做。"

这天深夜，月城村仅有的几条狗一直叫个不停。村民们对此已经习以为常，黄炳福一家天天半夜下地采摘黄花，往往会惊动全村的狗。人们便猜测，黄炳福这是要硬闯封村的那道卡子。

第三天，梁华再次来到月城村。他说，经县、市两级疾控防疫中心对抽检物进行化验，并没有发现炭疽病病毒，月城村出现的病症和饮用水质有关，那水里菌落总数、总大肠菌群、耐热大肠菌群严重超标。只是那骡子的死因还没有弄明白，梁华会同兽医部门的人打算对那具骡子尸体进行解剖。当众人到达埋骡子的地方一看，那坑早被人挖开，骡子的尸体不见了。众人便想到了陈明亮，一定是他不舍得扔掉那头骡子又拉了回去。

梁华等人到了陈明亮家，说明了事情的原委及解剖骡子的重要性，希望他交出那骡子的尸体。

陈明亮顿时一头雾水，他说："我虽然家里困难，心疼那骡子，但是比起人命来，哪个重要我还是能分得清，那死骡子我根本就没有去挖。"

众人便十分疑惑，那死骡子到底被谁挖去了？

梁华对陈明亮说："请你帮我回忆一下，骡子死的时候有什么不好的症状？"

"没有啥不好的，那骡子太贪吃，那天还偷吃了我晾晒在院子里的黑豆。"

梁华不禁一怔，又问："吃了多少豆子？"

"我也说不好。家里半袋豆子起虫子了，我拿到院子里去晒，结果被它偷吃了。"陈明亮又想了想，"那骡子没少吃，最后我收回来的豆子剩下不多了。"

梁华又问："那骡子吃过豆子后，你啥时候拉它去饮水？"

"我当时发现后，打了那骡子，然后就拉它去井边喝水了。"

梁华顿时豁然开朗，他笑着说："那骡子的死因弄明白了，和炭疽病没有一点关系。骡子吃饱豆子后马上就去喝水，结果因豆子在它的胃里急剧膨胀给撑死了。"梁华看着围观的村民，又说，"大家可以完全放心了，等我们把井水进行清理消毒后，就可以正常饮用了。"

石磊说："谁这么聪明哩，自己独吞了一头骡子，怪不得那晚上村里的狗叫得那么厉害。"

陈明亮的媳妇叶娥子顿时叫嚷起来："我的骡子呀，那是我辛辛苦苦养了快十年的骡子，到头来我连个影子都没见着。是谁偷吃了我家的骡子，赶快交出来，再不交我就报警了。"

"你还不嫌丢人？自己家的骡子是怎么死的都不知道，还报警。"陈明亮说。

"那以后咱家咋种地？"

"我去西沟挖沙场打工，等攒下钱再买一头驴。"

"这两天不见了春生，每次路过他家的院子，好像隔墙就能闻到一股浓浓的肉香味。"石磊说。

众人便四处看看，现场的确没见春生。

"这醉鬼到底哪去了？"陈孝安说。

人们你看看我，我看看你。大家嘴里不自觉地蠕动了两下，然后寡皮淡水地咽了一口唾沫。

陶利上访

　　乔日娜和张杰安顿好了住处，再将村委会办公室的墙壁进行修补粉刷，然后彻底大扫除，原来脏乱差的村委会竟一下子显得整洁明亮起来。张杰在正面墙上贴上了预先准备好的一幅横标：学习贯彻"三个代表"重要思想，树立和落实科学发展思想观。横标之下，左面是"三个代表"的主要内容，右边是"科学发展思想观"的主题概述。

　　一切安排就绪，马文涛来到月城村，组织召开了驻村干部工作启动仪式，也算月城村第一次党务工作会议。村里的党员孙财旺、吴进、庞晓武、庞炳元、陈孝安、陈春山、马金花七人前来参会，而王春生始终没有露面。孙财旺说，王春生就是个不成器的醉鬼，早应该剔出党员队伍。

　　马文涛传达了县委下派驻村工作站的指示精神，在全县深入推行"一村一站一助理"工作法。下派干部将充分发挥村支书助理作用，切实改变农村党支部的工作作风，增进党员和群众的关系纽带关系，帮助群众增产增收脱贫致富，实现零距离服务群众。

　　会议刚开不久，马文涛接到一个电话，他的眉头随之一紧。

　　"对不起，乡里临时有事，我得马上回去，接下来由乔日娜同志主持会议。"

马文涛向乔日娜低语几句，然后匆匆离去。

电话是于强打给马文涛的。他说，月城村的陶利带人到乡里上访。

陶利自打在村委会与孙财旺争吵后，一直怒气未消，她合计着谁家的耕地必须得走那条沟，然后溜溜达达去各家进行游说。陶利说，只要和她去乡里，保证大家能得到意想不到的收获。陶利这么一鼓动，果然召集起村里的五个女人一同步行去了乡里。

张静伟受马文涛委托，正在乡里部署安排雨季期间各个村子危旧房子的安全防务工作。这时，听得乡政府的院子里吵吵闹闹，便示意于强出去查看情况。少顷，于强回来说："月城村民上访。"

张静伟把陶利等人请到了他的办公室。

"你们有什么难事先跟我说说，看我是否能帮助处理。"

"我们只找马书记说事。"陶利说。

"马书记去你们村开会了，马上就回来。"

工夫不大，马文涛便赶了回来。

"是陶利大姐，大家快请坐。"马文涛热情地招呼着。

张静伟给陶利等人各沏了一杯茶。

"你们先喝点水，有什么事情大家慢慢谈。"马文涛温和地说。

陶利刚呷了一口茶水，又猛地一下子吐了出来。她用手扇扇嘴唇说："马书记，这月城村都快被人挖塌了天，你们咋不管？"

马文涛一听便是一愣："陶利大姐，你说的这是什么意思？"

"难道你们真的不知道，还是装糊涂？月城村的西沟里挖沙采石已经半年了，整条沟现在是挖了个底朝天，连人走路都过不去了。那是月城村集体的土地，是谁让他们在那里破坏环境，祸害老百姓的？"

马文涛恍然大悟，笑着说："这事我知道。那沟里挖沙是经过县里环保部门批准的，而且和月城村委会签订了合同。也就是说，人家是合法的。"

"这合同在哪里呢？我们村民们为啥不知道？"

"我可以打电话让施工方把合同拿过来看看。"马文涛说完，打了两个电话。

不久，便有两个人先后进来，将两份合同递给了马文涛。

"你们看看，这合同是否有假？"

陶利等人看了看，上边的确盖的是月城村委会的公章。

"马书记，村委会是谁的村委会？"陶利问。

"当然是月城村全体村民的村委会。"

"既然是全体村民的委员会，那为什么这签合同盖章的事情我们不知道？"

"村委会属于集体经济组织的自治组织，它享有对本村内事务决策的权利。"

"马书记的意思是，村委会做任何决策时不需要征得我们村民的意见了？"

"不是这个意思。村委会当然要实行民主决策、民主管理、民主监督，但是它一般向村民代表会议负责。也就是说，村委会是通过召集村民代表，然后讨论决定村民会议授权的事项。"

陶利看了看那五个女人，说："你们谁知道，咱村的村民代表是谁？"

众人你看看我，我看看你，然后摇了摇头。

"马书记，既然月城村没有村民代表，这合同哪里来的？"

"你们是质疑这合同有假？如果是这样，我们可以成立调查组，专门查一下这件事。"

陶利说："我不管这合同真假，这一年已经影响到了我们种地的事，这地里的损失总得有人来赔偿。"

马文涛此时才明白了陶利等人的真实意图。为了不激化矛盾，马文涛对工地的两个人说："你们回去立马向负责人传达一下村民们反馈的意见，老百姓种地也不容易，你们三方坐下来商量一下，要把这件事情处理好。"

"我们不等，这事现在必须处理。"

"也好，我带着你们去找施工方的负责人面谈。"

马文涛走后，乔日娜就月城村的实际情况和党务工作与众人进行探讨。

乔日娜说："村党务工作建设的核心是围绕党的工作中心，改进党员思想，建设党员队伍，服务人民群众。只有先把党员和干部的思想作风改造好了，才能带领人民群众共同致富。"

孙财旺说："我知道，乔副主任和小张同志名义上是上边派给我这个村支书的助理，实际上你们是'奉旨督办的钦差'，是来改造我们的。这村里的事情不是你们想的那么简单，张张嘴皮就能改造了人的思想，这未免也太简单了。你问问这些党员，这么多年了，谁交过党费？"

"你……"张杰腾的一下站了起来，他愤怒地盯视着孙财旺。

"坐下，注意你的态度。"乔日娜说。

"我说的有错吗？你们问一问大伙儿。"孙财旺不屑地瞥了张杰一眼。

吴进慢吞吞地说："我不反对改造党员的思想，但未必能解决了根本问题。党员也是人，家里也得要吃要喝，也得看病供孩子上学。如今村里的党员自己还过着贫困的日子，怎么带领群众致富？"

陈孝安说："我记得毛主席教导过我们：'共产党员应以个人利益服从于民族和人民群众的利益。'所以说，我们现在不能顾及自己的困难，而是应以解决群众的困难为重。"

"其实，两者之间并不矛盾。"庞炳元说，"只要群众的困难解决了，那么党员的困难也自然解决了。问题是现在怎么去解决群众的困难。月城村的贫困状况普遍比较严重，不是党员带头做做思想工作就能解决了问题，这得能为群众带来实质性的收入，或者有益于村民的事情，这样群众才会信任你。"

陈春山说："单靠村民自身的能力，很明显难以脱贫。听说其他各县都有扶贫工作队，还带去了资金和扶贫项目，咱们县为什么就没有这方面的援助？"

"咱们是'小康县'，哪里来援助？"庞炳元说。

庞晓武看了看众人，说："大伙儿都是党员，就应该相信我们的党组织。县委派来工作组，就是来帮着大家想办法脱贫致富的，我们需要的是团结一致拧成一股绳。"

"还是先谈谈如何解决眼下的矛盾吧。西沟挖沙采石的事，村民们的意见很大，如果再不制止取缔，恐怕要闹起群体性上访事件。"马金花说。

"就是嘛，那沟里挖沙采石破坏环境，明显是违法的，乔副主任得赶快把这件事情向县里反映一下。"庞炳元说。

乔日娜看了眼张杰，他正皱着眉头做会议笔记。乔日娜再看看众人，默默地点了点头。

孙财旺的目光从马金花身上移到庞炳元身上，然后再落在乔日娜的身上，他腮帮的肌肉不自觉地跳动了几下。

带刺的范筱璇

梅奕瀚从太原返回的路上，顺路回老家金城县芦甸村去看望父母。

此时临近中午，田里劳作的村民正扛着农具往村里走。这些年，金城县依靠蔬菜种植走出了一条特色产业之路，全县大部分村庄已经走出了贫困的阴影。

梅奕瀚在村口遇上了村民谷雨、倪东升、二猴，便下了车。

"谷雨哥、东升、二猴，你们好。"梅奕瀚高兴的与大家一一握手。

"你这县委书记当的，啥时候见了也看不出半点官架子。"二猴说。

"二猴，就你爱灰说。"梅奕瀚说着，拍了二猴一下膀子。"这庄稼和蔬菜看上去长得不错，今年又是一个好年份。"

"还行吧，应该错不了。"倪东升说。

"东升，你儿子现在干什么？"梅奕瀚问。

"和二猴的儿子在恒州市一家林业投资开发公司跑业务哩，他们还购买了这家公司的十亩林地。"

"林业投资公司？我没有听说过有这么一家公司，是不是刚成立的？"

"我们也不太清楚。"

"哦，让他们别盲目投资，小心上当受骗，更不能去做歪门邪道的事情。"

"咋会呢，不会的，这两个小家伙明白事理。"二猴说。

梅奕瀚看了眼一直沉默的谷雨，说："谷雨哥，这些年你没少帮我们家，谢谢你了。"

"奕瀚，说啥哩，咱们既是发小，又是邻居，这是上辈子修来的缘。"

"听说你二儿子谷清文考上了西安的一所大学，祝贺你。"

"是哩，再上四年也该出来找工作了。"

"孩子以后有啥打算？"

"这孩子也不和我说，有些事说了我也不懂。"

"年轻人嘛，大学毕业后让他们自己去闯荡，总会打下自己的一番天地。走吧，大家都去我家，咱们哥几个好好唠一唠。"

梅奕瀚的父亲梅怀宇和母亲早等候在家里，他们今天没有下地干活。昨晚接到了梅奕瀚的电话，知道他今天要回来。母亲在电话中问他想吃啥，家里好早些安顿。梅奕瀚说，我就爱吃妈做的玉米面抿滴溜，再配上院子里的小菠菜、嫩韭菜，和咱金城有名的尖辣椒、紫皮蒜，那才叫爽滑可口。梅奕瀚还说，想吃妈做的打凉粉、面皮、炸春花、烙大饼，反正妈做过的饭都想吃一吃。母亲在电话里说，你这傻孩子，真是个傻孩子，做那么多花样的东西你哪能吃得了？母亲忽然又说，好好好，你想吃啥，妈都给你做。梅奕瀚挂断电话时，不觉眼眶已是湿漉漉的，他在心里念叨着，有爹妈的日子真好，能吃上妈亲手做的饭真是好。

梅奕瀚进门后，母亲还在忙碌着，父亲黑黝黝的脸上是满满的欣慰笑容。炕上早已经准备好了各式各样的主食，中间摆放着一盆黄灿灿的油炸糕和一盆抿滴溜。

"妈，我昨晚上是和您开玩笑，您咋还当真哩？做这么多花样的东西，您和我爹那得忙多长时间。"

"不多，一会儿你就知道了。"母亲说。

"你妈早上5点就起来忙活开了，咱家里人没有睡懒觉的习惯。"梅怀宇说。

梅奕瀚看着年迈的父母便不再吱声，他只感觉心里暖暖的酸酸的，又有些愧疚。

此时，小李已从车上拎回了几包东西，有熟肉，有水果，有糕点，还有父亲梅怀宇最爱喝的高粱白酒。

谷雨、倪东升、二猴坐在炕上陪梅怀宇喝着酒，梅奕瀚在地上给母亲打下手。这时，闻讯而来了一伙村民和小孩，屋子里顿时有些拥挤。谷雨媳妇看见梅奕瀚额头有一道黑，笑着说："你们看，奕瀚还真的成了活包公。"

众人便将梅奕瀚和他母亲推上了炕，大家忙着烧火炒菜，洗盘刷碗，屋子里闹哄哄地笑声一片。

"大家一边忙一边自个儿找碗吃点东西。"梅奕瀚说。

"奕瀚，你别管我们，你吃你的。"谷雨媳妇说。

母亲则早已经给梅奕瀚弄好了一碗滴溜，上面放一层调好的小菠菜和红彤彤的辣椒油。

母亲看着梅奕瀚吃得香，便说："慢点，你慢点吃。"她忽然想起了什么，说："妈知道你吃抿滴溜爱多放辣椒油，再放一点吧。"说着，给他碗里加了一小勺子辣椒油，见梅奕瀚吃得越发香，便又说，"是不是辣椒油还少了点，妈再给你少放一点。"少顷，母亲又说，"好像醋也放少了，再加点醋更有味道。"

这一碗抿滴溜浸润着浓浓的母爱。梅奕瀚吃罢一碗，见母亲还在笑眯眯地看着他，便说："妈，您也赶快吃吧。"

"妈就爱看着你吃饭，你吃饱了，妈就不饿了。"

梅奕瀚的鼻腔不禁酸酸的，他吸了一下，说："妈，你瞎说啥哩，哪有看着人家吃饭自己就饱了的？"

此时，梅怀宇看着梅奕瀚说："当家长的都是这个样子，只有孩子们吃饱了，当家长的才不会觉得饿。咱们这是一个小家，你那里还有一个很大的家哩。"

回到了恒州市将近下午 3 点，梅奕瀚打算回家里看看。女儿梅思雨前几天还给他发信息，问他几时回来。这时，平邑县疾控中心主任梁华打来电话说，有紧急要事汇报。梅奕瀚刚挂断电话，范筱璇又打来电话说，她正在平邑县城，想见他一面。梅奕瀚无奈地摇了摇头，他告诉司机小李，直接回平邑县。在车上，梅奕瀚给妻子祝彤打了一个电话，询问她最近的工作情况，以及女儿梅思雨的学习情况。祝彤的声音听上去平淡而冷静，她说："我理解你的心情。你刚调过去，这段时间可能是最忙的时候。你不用担心思雨，女儿很好。"祝彤在电话中没有谈及自己任何一个字，这让梅奕瀚颇感意外。

　　梅奕瀚打开办公室的门，只见门缝里有两张纸，那纸上竟然是两幅漫画：一幅画上是一顶发光的帽子即将被大风吹走，有一群人伸着手奔跑着追赶那顶帽子；另一幅画只画了一棵参天大树和一个人，那人蜷缩着身子仰望着大树，似乎在祈求着什么。

　　梅奕瀚只是微微一笑，便将两幅画轻轻地扔进了垃圾桶里。

　　工夫不大，范筱璇像一朵滑溜溜的云飘了进来。

　　"这么多年过去了，你还像一朵自由行走的云。"

　　"但我不是陆小曼，是范筱璇。"

　　"有什么区别？"

　　"因为我是孤云野鹤。而陆小曼形似云，但不是云，她会枝繁叶茂，是有根子的。"

　　"孤云野鹤自有它的好，无拘无束，可以自由伸展生命的高度。"

　　"再高的高度也摆脱不了人世间的污浊，任何一片云都得面对现实。"

　　梅奕瀚本打算与范筱璇调侃几句，却听得她言语中夹着一股生冷的风。

　　"你似乎有些不高兴。"

　　"是的。难道你高兴吗？这样赤裸裸的现实你能愉快吗？"

梅奕瀚微蹙双眉，盯着眼前冷若冰霜的范筱璇。

"能否告诉我，为什么你会突然变成了一支带刺的箭？"

范筱璇意识到了什么，她沉默下来，努力平定着自己的情绪。

"奕瀚，对不起，我现在太容易情绪化了，也许我不该把这个世间看得过分肮脏。"

梅奕瀚起身给范筱璇倒了一杯水。

"我想，你还是先喝一杯水。"

"我不想喝水，倘若有香烟，大约我想抽一支。"

"可是，我不吸烟。"

"我也从来不吸烟。只是，现在忽然有了想抽烟的冲动，就像我忽然变成一支带刺的箭。也许，以后我会和烟草打交道。"

"你认为烟草能给予你什么？"

"也许可以作为灵魂片刻的安抚剂，或者迷药。"

梅奕瀚微微一笑，说："你别自欺欺人。我知道，你的灵魂一直是清醒而透明的，我想你不会允许自己的灵魂沾染污垢。莫如一杯水喝下去，或许便心静如水。"

范筱璇果真看了看杯子，便端起来慢慢喝了下去。她冰冷的脸渐渐泛起了一丝苦笑，说："毕竟，眼下的这份平淡不是生活的全部。"

"但它却是生活最朴素最真切的底味。一个人对生活到底需要什么味道，靠的是自己去调制。"

此时，窗外的树上忽然传来一只杜鹃鸟在鸣叫。范筱璇向树上看了一眼，再看一眼。

"你听到了什么？"梅奕瀚问。

"布谷、布谷。"

"可我听到的是'不哭、不哭'。"

范筱璇愣怔少许，竟也点了点头："为什么会有不同的两种结果？"

"两者之间都没有错，区别在于聆听者是以哪种思想和心情去理解杜鹃鸟的叫声。"

范筱璇马上意会到了什么，说："你所理解的不是杜鹃鸟本身，而是西周望帝？"

"是的。望帝带领他的人民开拓疆土、发展农耕，终于走出了茹毛饮血的蛮荒时代，因此得到老百姓的拥护和爱戴。可是，蜀地却遭受了连年的水患，导致河水泛滥，破坏了耕地，老百姓流离失所。方才那杜鹃鸟的叫声，就像是当年望帝安抚民众时的话语：不哭、不哭。"

"可是，望帝能成功解除民难，有一个与他齐心协力的鳖灵。我知道，你一心想改变平邑县的贫困现状，但是你何来的鳖灵？"

"我不是望帝，但我有平邑县的人民。"

"问题是，即使你努力了，并不一定能心想事成。譬如，你这次去省城'摘帽'，摘了吗？"

"你怎么知道这件事情？"

"是一南讲给我的。"

"这个现在很难说。不过，我相信历史发展的辩证法，它永远是将不合理的、虚假无为的、腐朽的、没落的东西不断地摧垮掉，然后建立起自身符合历史潮流的辩证法和必然性。"

梅奕瀚说罢，再给范筱璇倒了一杯水，又问："你还在忙社会调查吗？"

"虽然还在搞调查，但我在很长的一段时间里不再关心政治，只倾心于教育。"

"政治在人类历史上是最崇高的，也可以说成是最肮脏的。这主要区别于政治的目的，是为了千千万万人民最根本的利益、理想和追求而服务呢？还是为了高高在上的权威或者集团利益、家族利益、一己私利而谋划的？政治涉及人类的根本福祉，从事政治的人要每天面对各种政治环境。普通人看似身处政治之外，但是他们的生活质量和命运前途与政治又脱不了干系。所以说，政治是需要全人类共同关注的一件事。"

"是的，这些年我看到了我们的教育出现了一些问题，让我又不得不开始留心政治。政治是经济的基础和集中体现，经济又决定着教育的发展状况；再往大了说，教育又决定着国家和民族的命运与前途。说实在的，我岂能脱离得了对政治的关注。人性的复杂，就在于有意无意习惯性地去回避并掩饰自己，所以才会出现那么多的言不由衷。文学家之所以伟大，并不在于区别于常人缜密的思维、优美的文字、诡异的思想，而是他们能以一颗真善美的心灵，揭示出人世间遮遮掩掩的疮疤，然后让这些疮疤暴露在明媚的阳光下再慢慢愈合。"

"你不适合去做掩饰的君子，你有一半才情属于陆小曼。不过，现在你该讲一下对现实情况最真实的了解和感受。"

"从目前我市的教育状况来看，生源存在逐年下滑的趋势，流向了外地，尤其是平邑县的情况比较严重。我曾做过一个调查，教育发展好的地方，其经济和社会环境普遍要比差的地方好得多。国家实行的是九年义务制教育，而陕西的吴起、广东的珠海、江西的德兴、福建的福州等地几年前已经实行了十二年义务教育，反观这些地方的经济状况都很乐观。而我们就是这九年义务教育都留不住学生，老百姓砸锅卖铁也要花高价送孩子去外地就读。至于大学生毕业后，更是不愿意留在故乡的这片土地。这到底是为什么？据我了解，按照现在农村的人均收入来看，一户农民一年的收入，远远不够一个学生在外就读的一年所需费用，像这样的家庭怎么能不出现贫困？而那些越是考入名牌大学的学生，越是远离了故土。我来找你的目的，是想提醒你这个县委书记，解决群众的脱贫问题不能只盯着发展经济，教育工作也是重中之重。"

范筱璇的一番话，仿佛一块巨石，沉重地压在梅奕瀚的心里。他紧蹙着眉头，问："就平邑县的教育状况，你还了解些什么？"

"县里的一些学校在招聘录用教师时，不是严格履行择优录取，教育局相关部门负责人借机受贿，明目张胆地捞取好处费。这些情况，你可以上网去搜一下，有实名举报。你说，这样招聘上来的教师能教好学生吗？其实，每一个孩子都希望能成为社会靓丽的一朵云，但是存在这样肮脏的现实，孩子们的未来又是怎样的未来？"

"你是说全县教育系统存在严重腐败？"

"是的。上边的领导只能律己，不能律人，一管别人，想着人家背后有座大靠山，害怕自己那点权力不保，所以故意打马虎眼。既得利益者与保守主义者一旦苟合在一起，所谓的法律锋芒就会变成一片轻飘飘的羽毛。大到一个政府，小到一个单位或一个部门，如果背后伸着遮天蔽日的黑手，就很难稳住干部队伍、稳住局势。局势一旦失控，罪恶便会像野草一般肆无忌惮地不断衍生。"

"信仰之腐烂，烂在魂；道德之腐烂，烂在心；教育之腐烂，则会彻底烂了根。看来，平邑县必须马上进行一次严肃彻底的整党整风工作了。"

"那就意味着你将去捅一个又一个马蜂窝。你是知道的，做这样的工作首先得考虑好自身的防护，否则马蜂窝非但动弹不了，自己反倒深受其害。"

"你的意思是，我必得伪装起一个狐假虎威的壳？抑或任由苍蝇乱飞，或者是任由一只贪食的猫赤裸裸变成一只吃人的恶虎？"

"你是搞政治工作的，应该比我懂得策略。"

正在这时，疾控中心主任梁华前来汇报工作。

梁华说："前几天，月城村突发群体性呕吐腹泻事件，当时怀疑是流行炭疽病，后经市县两级疾控防疫部门进行医学流调、抽检化验，实际上是居民们饮用水出了问题。之后，我们对古家庄乡几个村子的生活饮用水分别进行抽查化验，发现这些村子的生活饮用水都存在安全隐患问题，水质监测不合格项目主要是：菌落总数、总大肠菌群、耐热大肠菌群严重超标。"

梅奕瀚问："这会给人民群众带来什么后果？"

"这些菌群寄生在人体，可引发腹膜炎、胆囊炎、膀胱炎、腹泻等，具体症状为呕吐、胃疼、腹泻、发热等，尤其是孩子和老人极易感染。"

"得马上解决这个问题。有什么安全处理办法？"

"从目前的情况来看，这些村子的生活用水都是用的浅层水，受污染严重，难以彻底清除这些有害的菌群，只能是加强这些村子饮水工程基础设施的建设，重新装备储水容器，严格消毒，定期清洗储水设备及送水管网，才能保障群众的饮用水安全。"

梅奕瀚说："如此实施，一是工期长，影响群众的正常生活；二是以后的防疫工作量很大，也难以确保饮用水的常规安全。有没有更好的办法解决这一问题？"

"有，就是在地势相对较高的月城村北打一眼150米以上的深水井，然后通过管道输送到下面的几个村子，这样便可以从根本上解决饮用水安全的实际问题。但是，月城村因地势更高，而且有沟壑隔开，每年还会暴发洪水，就不能利用这深水井了。"

"人民群众的生命安全比什么都重要，咱们县即使再困难也得先解决这个问题，咱就打深水井。月城村的饮用水管理，可以先按照你刚才说的那一套方案去定期执行。"梅奕瀚说罢，便拨通了县水务局办公室的电话，那边无人接听。梅奕瀚看看表，临近下班时间，便说："走，咱们一起去一趟水务局。"

一场特殊的常委扩大会议

县水务局的办公室里已经空无一人。这时，一位跛脚的中年妇女拎着两个暖水瓶从一间屋子出来，看见眼前陌生的三个人，便笑嘻嘻地说："你们是启明的客人？他在后院的食堂哩。"

"你是这个单位的？还是……"梅奕瀚疑惑地问。

"我是村里的，在后边的食堂做帮工。走吧，我带你们过去。"

转过办公楼后面，迎面是一堵砖墙，在墙的左侧开了一个小铁门，从小铁门穿出去，是一处小院，小院还开着一道门通向街外；院子的正面是两间民房似的建筑，左边是一间厨房，右边是餐厅。此时，屋子里正发出嘈杂的说话声。

梅奕瀚推门进来，里面的宴会已经开始。一张大桌子上杯盘满桌，鸡、鱼、河蚌置于桌子当中，十几个人正端着酒杯高声叫嚷，嬉嬉闹闹。水务局局长邹启明高举酒杯，说："大家快满上，咱们先敬梁处长一杯。"

范筱璇看到这场景，便站在一旁，她不知道梅奕瀚该如何处置眼下的事情。

邹启明看见了梅奕瀚，顿时一愣，随后赶忙放下酒杯站了起来。

"啊呀，梅书记大驾光临，蓬荜生辉。梅书记快请坐，和大家喝一杯。”

“不用了！”梅奕瀚硬邦邦地抛下一句话，然后冷峻地扫视着众人。

“那我给介绍一下，这位是市防汛抗旱指挥部的梁明理处长，也是咱们县委常委梁明仁的三弟。他下来调研工作，大家陪着一起吃个饭。”那人欠身向梅奕瀚微微点了点头。

邹启明又向梁明理介绍说：“这位是咱们县委新任的梅书记。”

梅奕瀚看了一下表，说：“你们啥时候开吃的？”

“刚动筷。”邹启明尴尬地回答着，“这不梁处长来了，他说晚上回去还有事，我就让伙房安排了这桌子饭。”

“你们单位的食堂够隐蔽的。”

“梅书记，局里的情况你都看到了。办公楼里不能做食堂，这院子里除了门房、材料库和一座车棚，再没了空闲的房子。”

“好，你们吃你们的。”梅奕瀚转身对梁华说，“你去给县委办公室靳忠打电话，让他通知县常委、人大、政协、纪委，非常委的副县级干部以及县直各部门和乡镇的一把手都来这里开会。”

梁华疑惑地问：“是现在吗？”

“对，就是现在。个别乡镇的干部距离县里比较远，我在这里等待。告诉他们，天黑之前必须都赶到这里。”梅奕瀚冷冷地站在那里，众人埋头吃饭便没了兴致。梁明理很快意识到了什么，他站了起来，向邹启明和梅奕瀚挥了挥手说：“我吃好了，有事先赶回去。”

桌上的人明显看出了梅奕瀚来头不对，一个个匆匆扒拉几口，便有人陆续走了出去。

梅奕瀚盯视着邹启明，问道：“你知道错了吗？”

“知道。”他抬起手腕看看表。

“错在了哪里？”

“不该在工作时间提前下班聚餐。”

“难道仅仅是工作时间聚餐的问题吗？”

邹启明尴尬一笑说:"不该大吃大喝,铺张浪费。"

刚才领进门的那个妇女顿时明白了什么,她赶忙说:"这鸡、鱼、河蚌和一些菜是我家老头上午送来的,不要钱。"

邹启明向那女人说:"柳嫂,这里没有你的事,快点出去吧。"

柳嫂惶恐地看了邹启明一眼,再看看梅奕瀚,说:"梅书记,启明可是个好人啊。"

"出去!"邹启明厉声说道。

柳嫂"呜呜"地哭开了,她边走边回过头说:"启明,是我害了你呀。"

梅奕瀚依旧盯视着邹启明:"还存在别的问题吗?"

邹启明支支吾吾地说:"应该没有了吧。"

"真的没有了吗?"

"没有了。"

"你手腕上那块名贵的肖邦男士表是哪来的?"

"这……这是我爱人给我买的,是一块冒牌货。"

"是不是冒牌货,有没有其他问题,等纪委的同志查一下不就知道了。"

邹启明的额头上一下子冒出了汗。

"我在会上强调过要惜民爱民、廉洁自节吗?"

"强调过,但是今天……"邹启明显得很无辜,"梅书记,今天的确是事出有因。这样吧,今天的所有消费算在我一个人头上。"

"你以为个人掏了腰包,就可以免去违规违纪的处分了吗?"

"梅书记,要处分就处分我一个人,和大伙儿没有关系。"

"你这是以个人义气在包庇这里所有人的违规违纪问题。今年年初,市政府就下发了《关于禁止公职人员违规饮酒的规定》,你知道吗?"

邹启明擦了一下汗,说:"知道。对不起,梅书记,我知道错了。"

"你背一下子这个禁酒规定的第八条。"

邹启明再抹了一把汗，他吞吞吐吐地说："第八条，对执行本规定不力，产生不良社会影响或严重后果的单位和个人，根据《中国共产党问责条例》，严肃追究党组织的主体责任、纪检组织的监督责任和相关领导责任。"

这时，饭桌上一个人站了起来。

"梅书记，这酒是我拿来的，要处分就处分我吧。"

梅奕瀚看着眼前身材瘦小脸膛发黑的这个人，问："你是……"

"我是水务局电管站站长于国武。"

梅奕瀚的目光在于国武的身上停留了几秒钟，然后说，"看来，今天水务局各部门的领导都在这里。谁是负责农村饮水安全供水工程的？"

一个壮实的中年人站起来。

"我是供水站的站长齐向荣。"

这时，陆陆续续已经来了许多人。沈杰站在梅奕瀚的旁边，两手搭在腹下，静静地看着事态的变化。邹启明通过眼神向站在沈杰身后的姚梦达发出了紧急求助，姚梦达仿佛没有看见，只是严肃地盯视着桌子上的酒杯与盘盏。

最远的乡镇离县城也不过三十多公里，四十分钟后所有的人都到齐了，屋子里和门口密密匝匝挤满了人。靳忠清点了一下人数，然后附在梅奕瀚身边小声说道："人都到齐了。"

"好。"梅奕瀚说，"我们今天在这里临时召开县委常委扩大会议。大家都已经看到了眼前这丰盛的酒宴，这是咱们水务局全局上下为了接待市里来的一个处长而专门安排的，甚至为了这个酒宴而完全忘记了自己的工作岗位。"

梅奕瀚盯视着邹启明："我说的是实情吗？"

"是实情。"邹启明脑门沁着汗，他低下了头。

"一个客人居然要全局上下十多人来陪着吃，这一桌子宴席需要多少钱？"

"没多少，很多东西是柳嫂丈夫拿来的。"

"看来你们这公款吃喝还有更高的标准喽？"

"您误会了，我说的不是这个意思。酒水也不在这个范围内，是国武从家里拿来的。不过，我知道错了，愿意个人掏钱结付这一桌的费用。"

"更为严重的是，上级部门以及县委县政府三令五申强调严格执行禁酒令，你们居然置党风党纪于不顾，我行我素，公然对抗组织下达的管理规定。你说，这种严重违纪的事情该怎么解决？"

邹启明擦了一把汗，再擦一把汗。他说："梅书记，这事和其他的同志没有关系，要处分就处分我一个人。"

"难道他们不是共产党员，他们可以置党纪党规于不顾吗？"梅奕瀚说完，看了一眼旁边的沈杰："沈县长，就此事说说你的处理意见。"

沈杰抬起一只手，捂在嘴边干咳了一声，说："你是党委书记，依据党规该怎么处理就怎么处理，我们都听你的。"

梅奕瀚缓缓地走到了侧面，扫视着众人："从水务局发生的这起案例可以看出，平邑县各局、各部门，还有工厂、企业、乡镇、村委会等，都普遍存在着公款吃喝风问题，以及各种花样形式的违法违规违纪的事情。"

梅奕瀚威严地再从一个个人的脸上扫过去，又说："市委市政府三令五申的党规党纪，为什么就刹不住这歪风邪气？有令必行，有禁必止；令不行禁不止，还有什么党纪法纪？"

现场一片沉静。此时，不知是谁触碰掉了桌子上的一个酒杯，"啪"的一声摔裂在地上，冷不丁地猛戳在人们的心里。所有人的目光变得躲躲闪闪，然后又不得不重新聚拢在梅奕瀚的身上。

"人民的血汗都被你们吃光了，一个县的希望都被你们掏空了，党员和干部的形象都被你们毁掉了，党纪国法都被你们的私欲完全腐蚀了。该怎么办？"

稍停，梅奕瀚再加重了语气："你们说，怎么办？"

人们彼此看看，又将目光收拢在了邹启明的身上。屋子里的空气瞬间感觉特别闷热，邹启明不住地擦着汗水。

"今天，县里的常委们都在，县里大大小小的领导干部都在。我在这里郑重地下达一项决议：从今天开始，凡是领导干部再有人触犯中央下达的《中国共产党问责条例》，以及市政府下发的《关于禁止公职人员违规饮酒的规定》，一定要严惩不贷；对于那些违法乱纪的公职人员，一定要严查到底，绝不手软。水务局今天发生的事件算是首例，今天的事情先以批评教育为主，责令水务局全体党员进行自纠自查立即整改；责令参与酒会的大小领导干部做出深刻的书面检讨，并在全县通报批评。邹启明作为水务局的主要领导干部带头违规违纪，先给予党内严重警告处分，待纪委的同志查实他有没有其他问题，再决定是否进一步严肃查处。如果以后再有人犯错误怎么办？"

梅奕瀚扫视着众人，他语气铿锵地说："很简单，直接把他从领导的岗位上撤下来，该追责的追责，该法办的法办。作为一个单位一个部门的领导，不能正己，岂能正人！"

法之不行，自上犯之；法令既行，纪律自至；令不伸，三军不肃。这是自古治政治军之道。

梅奕瀚说完，看看常委们："我刚才所说的，大家应该听明白了。常委们有没有不同的意见？"

众人皆默默不语。

"如果没有，请举手通过。"

常委们彼此看看，一个个都慢慢举起了手。

"好。那就从今天开始，从水务局开始，全县各局、各单位、各部门、各乡镇、各村，都要进行全面严肃的整党整风工作。我们要抓目标，抓典型案例，狠刹歪风邪气，堵住违法乱纪的漏洞。全体党员干部必须守法纪，省己过，正自身。另外，县常委的十几个同志每月的逢十日必须轮流去信访办主持一天的信访接待工作，务必洞察民之疾苦，有冤必申，逢案必结，给予人民群众良好的社会生存环境。如果常委们没有不同的意见，请举手通过。"

一个个手掌挺立起来。

梅奕瀚说到这里，再次向人群扫视了一圈："教育局的局长程炳安来了没有？"

一个秃顶的胖子举起手，含笑点了点头。

"全县的教育工作搞得怎么样你最清楚，营私舞弊、拒贤敛财、目无国法的大有人在。我要求你回去后配合纪委的同志彻查教育系统的腐败问题，断其行贪之路，灭其可乘之机。如果再有类似的事情发生，我一定会追究你的责任。教育不仅是国家大事，也关系到千千万万个家庭和孩子们的前途命运，更关系到全县的人民素质、科技进步和经济发展。教育的腐败远胜于刽子手，屠戮的不只是一个人健康成长的肉体，更在戕害剿灭人的灵魂。"

梅奕瀚扫了一眼惊恐的程炳安，再从梁明仁的身上滑过，又问："环卫处与市容管理大队的负责人来了没有？"

有两个人举了一下手，挤到了前面。

"搞好市容市貌，维护城市健康整洁的环境是你们应尽的责任，但绝不容许你们私自乱收费。如果再发生类似的事情，我追究你们的责任。一座城市没有良好的经营环境，怎么能发展经济？提升城市环境要在服务于人民的前提下，去构建和谐的社会秩序。"

梅奕瀚说完，再盯视着邹启明："你对今天的处理结果同意吗？"

"梅书记，我同意。"

"那好。古家庄乡的几个村子饮用水出现了安全隐患，急需打一眼深水井，你明天派人下去勘察定位，尽快完成这个任务。"

"请梅书记放心。"邹启明把齐向荣叫到身边，叮嘱了一番。

七月黄花黄

七月的许家堡乡黄花摇曳，空气中荡漾着黏稠的芳香。

黄花，又名金针、萱草、忘忧草、宜男花、安神菜等，属百合目百合科多年生草本植物。其不仅具有丰富的食用营养价值，同时又具有养生保健功效，自古便与蘑菇、木耳并称为"素食三珍"。

许家堡乡有着悠久的黄花种植历史，自明朝就有"黄花之乡"的美称。

梅奕瀚调任平邑县后，通过对许家堡乡、兴云镇等几个地方调研，他认真地分析了国内黄花产业的发展前景及其经济价值、文化价值和社会效益等综合因素，决定要在全国打响平邑县黄花产业这张名片，以推动全县脱贫攻坚和农业供给侧结构性改革向纵深发展。

这日清早，梅奕瀚便又叫上司机小李早早去了许家堡乡。梅奕瀚打小受父亲影响，养成了一个习惯，便是从来不睡懒觉。他到平邑县工作以后，面对该县眼前贫困落后的面貌，更是寝食难安，每天早早就起了床。

"梅书记，求求您，就让我睡一回懒觉吧。"司机小李边开车边说。

"小李子，这都有怨言了？"

"毛主席曾经说过，我们年轻人是早上八九点钟的太阳，您总得让我八点再上班吧。"小李嘟哝着。

梅奕瀚顿时哈哈大笑:"你这个小家伙,还懂得用毛主席的话来压我,可是你断章取义喽。这话是1957年11月17日毛主席在莫斯科会见我国留学生时讲的一段谈话。毛主席说:'世界是你们的,也是我们的,但是归根结底是你们的。你们青年人朝气蓬勃,正在兴旺时期,好像早晨八九点钟的太阳,希望寄托在你们身上。'你看看,毛主席可没有说让青年人睡懒觉,而是说你们朝气蓬勃。你这颗小太阳不早早起床向上爬行,怎么能在八九点升到天空呢?所以说,年轻人就更不能睡懒觉。"

小李也乐了:"梅书记,我是和您开玩笑哩。我总觉得无论什么话,在您嘴里说出来就特别有趣。"

"是吗?能得到小李的夸奖可不容易。"梅奕瀚笑着说。

许家堡乡距离县城也就十三四公里,说笑间便到了。

梅奕瀚走进乡政府的大院时,许家堡乡党委副书记丁毅正在院子里刷牙,他看到梅奕瀚后,便急忙丢下手里的牙刷和漱口缸迎了上来。

"啊呀,梅书记,咋一大早就过来了,快请到屋里来。"

"哈哈哈,已经不早了。噢,你先擦掉嘴上的牙膏沫子。"梅奕瀚笑眯眯地说,"昨夜你值班?"

"是宋刚书记的班,他临时有事,我替他值班。"

"那好,你安顿一下,咱们去地里看看黄花。"

"梅书记,不用安顿,咱们现在就可以出发。"

梅奕瀚与丁毅边走边说:"要说这黄花真是大雅之物,单说其娇容娉婷之姿,颇惹人怜爱,以之入口,倒觉得令人心生愧疚,于心不忍。"

"所以,古人习惯把未出嫁的妙龄少女称之为'黄花闺女'。据说,这'黄花闺女'的来历,源于远古时代的纹身,以纹身区别每个人的年龄、地位、婚嫁等信息。古人发现雏鸟的鸟喙都是亮黄色的,所以便给未出嫁的女孩脸上、嘴角旁纹上亮黄色。因此,古代未婚女子在梳妆打扮时便喜爱上'贴黄花',或者叫'花黄'。譬如,《木兰辞》中便有'当窗理云鬓,对镜贴花黄'的诗句。"丁毅说。

梅奕瀚点了点,说:"还有一种传言是,南北朝时,宋武帝刘裕有个女儿叫寿阳公主,她长得花容月貌楚楚动人。有一天,她玩累了,便躺在宫殿的屋檐下休息,正赶上了梅花盛开的时候,一阵风吹来,梅花片片飘落,恰好有几片悠悠落在她的脸上,留下了淡淡的芳香,把寿阳公主衬托得更是分外美丽,宫女们见状禁不住惊呼起来。此后,寿阳公主便常将梅花瓣贴在脸上,被人称之为'梅花妆'。这件事传到了民间,大户人家的闺女纷纷效仿,但由于梅花有季节性,且梅花的花粉是黄色的,于是这些未出阁的女子开始采用其他花的黄色粉料用来化妆。后来,人们便以'黄花闺女'作为未婚女子的代名词。但是,我个人觉得,'黄花闺女'之来历或许与这萱草也有一定的关系,其纯洁、娇柔、端庄、秀丽的姿容,喻之为少女也颇为贴切。以萱草喻少女,不仅形似,而且神似。但是,黄花又并非专门指代楚楚少女,也可以说成是'黄花女人',便是扩大了黄花在女性身上的精神内涵。《诗经疏》云:'北堂幽暗,可以种萱。'古代北堂是母亲居住的地方,后来以此代表母亲。所以西周之后,便把母亲居住的屋子称之为萱堂,自此萱草也就成了母亲花。"

"梅书记,我觉得黄花最美的名字是忘忧草。《本草注可》中有这样一段记载:'萱草味甘,令人好欢,乐而忘忧。'《诗经》又载,古代有位妇人因丈夫远征,遂在家栽种萱草,借以解愁忘忧,从此世人称之为'忘忧草'。"

梅奕瀚抬头看了看天空,接着轻叹一声说:"其实,所谓忘忧,不在物而在于人。倘若一个人的内心里失去了温暖和阳光,纵然万物也难以驱除心底的阴霾。《红楼梦》第七十六回,说的是贾母中秋赏月。席间,林黛玉与史湘云来到凹晶馆,进行第二次联景对诗。在寂寞如水的秋夜,此情调之凄清犹如寒虫之交鸣。"梅奕瀚说着,便吟诵起来：

> 三五中秋夕，清游拟上元。
> 撒天箕斗灿，匝地管弦繁。
> 几处狂飞盏，谁家不启轩。
> 轻寒风剪剪，良夜景暄暄。
> 争饼嘲黄发，分瓜笑绿媛。
> 香新荣玉桂，色健茂金萱。

梅奕瀚朗诵至此便停了下来。他接着说："联诗中便有'金萱'一词，说的便是萱草。可见当时贾府的花园里便有此物，餐桌上自然少不得这种美味。林黛玉寄居贾府，虽锦衣玉食，但终忧思不绝，郁郁寡欢。可见，一个人深陷其中，这忘忧草也并不能清除内心里的郁结。所以说，真正的忘忧，必得剪除掉萎靡不振的情绪，这样才能进入一个崭新的世界和健康的精神层面。"

"梅书记借古喻今，心系百姓，令我感动。这样吧，我想就此与梅书记来一场有关黄花的古诗接龙，释放一下情绪，您看如何？"

梅奕瀚笑着说："我知道你对古典文学很感兴趣。不过，小丁同志，咱们俩今天出来可不是做诗人来的。"

丁毅也笑着说："是的，梅书记，咱们真正的诗还生长在农田里呢。"

出了许家堡村，再行三里路，眼前便是一片开阔的黄花地。梅奕瀚举目望去，有蝴蝶翩翩起舞流连其中，翠鸟则栖息在黄花的枝头，叫声婉转而清脆。一阵微风吹过，黄花含苞未放，宛若娉婷的少女玉体凝香，边歌边舞。

此时，丁毅看见在黄花地里有一个熟悉的身影。

"杜主任，你过来。"丁毅喊了一嗓子。梅奕瀚向那人看去，是县农委主任杜启瑞。

"杜主任一向对黄花产业情有独钟，常常会下到农田里来看看。"丁毅说。

杜启瑞在看到梅奕瀚的刹那，颇有些吃惊。

"梅书记，你怎么会早早来到这田里？"

"启瑞，你不是比我来得更早吗？"

"昨天，我来这里办事，没回去。这不一大早出来，看看黄花。"

"你认为黄花产业的前景怎么样？"

"这是老祖宗留给平邑县最宝贵的产物，人人都知道它是个宝，可是这产业就是发展不起来。"

"为什么呢？"

"原因很多，一言难尽。单靠老百姓个人的能力，很多的事情自己无法解决。譬如，缺水问题，晾晒问题，人工问题。前几年平邑县政府曾就黄花产业发展给予过资金扶持，不过那点钱撒在这地里并不会起到多大的作用，最主要的是缺乏发展黄花产业全方位的实际帮扶。所以，老百姓即便有心也无能为力。"

"哦，你说得有道理。我查阅了一些资料，黄花目前在我国的南北各地均有栽培，多分布于秦岭以南，西北部也有种植，但规模都不是很大，应该说黄花产业有广阔的发展前景。我想在咱们县大打黄花产业品牌，以此振兴全县萎靡的经济，尽快让全县的人民摆脱贫困的窘境。"

杜启瑞的眼神瞬间显得格外明亮。他说："我非常赞成梅书记的这个发展规划。从我县现有的黄花产业收益来看，的确是一项很不错的推动经济发展项目。只是发展黄花产业，任重道远。"

丁毅说："黄花产业不仅体现在它自身比较高的经济价值，同时可以带动全县的文化旅游。"

梅奕瀚点了点头，说："这个我已经想到了。只是，黄花产业的收益期比较慢。另外，黄花菜的生产加工需要大量的人力物力，这在一定程度上加大了黄花产业的成本，如果操之过急，或者是管理不善，恐怕会得非所愿。所以，想要发展好黄花产业，就需要全体干部和党员与人民群众同心协力，拧成一股绳子，严格管控，循序渐进，良性发展，这样才会做大做强我们的黄花产业。"

杜启瑞看着梅奕瀚笃定自信的眼神，他顿时显得异常兴奋。

梅奕瀚又说："一个县想要稳健地发展好经济，不能将鸡蛋全部放在一个筐子里。除了保障性的粮田之外，黄花产业虽然将是咱们县的主打品牌，但不能把全部的筹码都压在这个上面。譬如，小丁同志刚才说的文旅事业，那更是一项取之不竭造福万民的财富宝库。我们必须加大全县范围内的文旅挖掘与开发，走出绿色转型发展的新路。"

接着，丁毅就许家堡乡黄花产业的具体情况向梅奕瀚做了详细汇报。

离开了许家堡乡，梅奕瀚直接去了平邑县火山群。这片三十万年前曾经气逾霄汉的土地，尽管在 2009 年 8 月便被国土资源部命名为第五批国家地质公园，但是眼下依旧是一片沉静。梅奕瀚站在群山的怀抱里，环视着四周。但见火山群被绿树环绕，天空的白云，宛若古代宫女的连头眉，修长、婀娜而柔美；东边的火山口恰似天马失蹄，其明暗交错的疏影又似天空的那轮明月，给予人无限的遐想。

梅奕瀚欣赏着火山的美景，心里规划着平邑县未来的蓝图，此时他的手机忽然响了起来。

打给梅奕瀚的电话是一个未显示任何区域的陌生号码。梅奕瀚正要接听，对方却挂断了电话。梅奕瀚打算拨回去，这个号码又打了进来，待他接通了电话，对方却又没有声音。梅奕瀚再拨打过去，对方还是没有接听。莫名其妙的一个来电，彻底搅乱了他此时的心绪。他联想起刚从太原回来，从门缝塞进去的两张漫画，似乎明白了什么。

梅奕瀚站在空旷的四野中，再次陷入了沉思。平邑县作为一个传统的农业县，这里既没有丰富的矿产资源，更没有雄厚的工业基础，经济到底该怎么发展？重点发展黄花产业虽然好，但是收益期需等三年，见效慢；如果不计代价大力引进高耗能、高污染项目，那是很容易出政绩的，但是对于这方水土上的老百姓将会后患无穷。不能，绝对不能为了政绩而危及无辜的百姓，那是以无形之手去戕害人民的真正罪人。如果坚守生态底线，发展见效缓慢的文化旅游、生态农业，这无疑在短时间内很难带领人民群众摆脱贫困。黄花产业可以视为平邑县的金山银山，平邑县更需要的是绿水青山。良好的生态环境是人民群众的生命线，如果脱离了环境保护而去搞经济发展，无异于涸泽而渔；而离开了经济发展去抓环境保护，却又是缘木求鱼。平邑县未来良性的发展，唯有既要金山银山，更要绿水青山。

一只头顶钻蓝色的白腹蓝鹟在梅奕瀚的面前展翅旋转一圈，然后栖落在一块火山岩上，它小小的脑袋左摇右晃，亮闪闪的眼睛向梅奕瀚看了又看，然后向火山那边飞去。

梅奕瀚的电话再次响起，是马文涛打给他的。

"梅书记，不好了，月城村马二女的孩子掉进大口井淹死了。"

"什么？怎么会发生这样的事情？"梅奕瀚只感觉脑袋"嗡"的一下。

马文涛便将发生的事情讲了一遍。梅奕瀚预感到问题的严重性，当即指示：要尽力安抚好死者家属，妥善处置群众激愤的情绪，调查清楚事件发生的原因，严防类似事件再发生。为了避免乔日娜和张杰遭到围攻，可先将他们撤回县里。

那天会后，乔日娜就月城村民反映村西沟挖沙采石的事情征求过马文涛的意见。马文涛说，那两家关联企业都有合法经营手续，无法进行取缔。乔日娜便将这件事情搁置下来，她和张杰每天挨门入户去调查走访，将村民们面临的困难和意见都记录下来，然后再汇总归类，希望以此找出解决民生和改善干群关系的突破口。

乔日娜和张杰走进马二女家的院子时，她正陪着福蛋儿玩皮球。

马二女见有人进来，便说："福蛋儿，你自己去玩一会儿。"

福蛋儿抛下了皮球，便撒欢儿向院外跑去。

乔日娜返身想把福蛋儿追回来，就听得马二女说："别管他，让他自己在街门口玩吧，走不远。"

"你是马大姐吧，我是县里派下的驻村工作队员乔日娜，这是我的助手张杰。"

"哦，听说了，你是乔副主任。"

"你就叫我小乔吧，福蛋儿真可爱。"

"这是我的二小子，大儿子现在放假了，去了他姥姥家。你们两人进家里坐。"马二女说着话，向街外瞥了一眼。

"不了，咱们就在院子里聊一聊。"

张杰明白了马二女的意思，走出院子向街外看去，却没了福蛋儿的影子，他急忙回来告诉了马二女。

"这孩子一准跑街上了。别管他，咱这村子里安全，不像城里那么乱，动不动就丢孩子。"

"大姐，我们想找你谈谈。"乔日娜说。

"唉，有啥好谈的。我一个寡妇带着两个孩子，是度日如年。这不，大儿子开学上初中，我到处借钱才凑够了学费。就咱村这庄户地，啥时候能还清了外债？"

"为啥不在乡里就读？"

"乡里的教学条件很差，村里人就是砸锅卖铁都要把孩子们送到好一点的学校，谁都想让自己的孩子脱掉这身穷皮。"

"你家的经济来源主要依靠什么？"

"就是那二三十亩地。"

"一年能收入多少钱？"

"咱村的地靠天吃饭，产量低，价格又上不去，卖不了几个钱。"

"你觉得咱们村如何才能发展起来？"

"我一个妇道人家不懂得那些事情。我就知道这村子里的人都是没头的苍蝇，乱撞。"

"你觉得咱村的村支书工作能力如何？"

"他呀，还好吧，换上个谁当村支书都一个样，变不了。"

"为啥变不了？"

"这还用问，只要是耙子都会往里搂。"

乔日娜和马二女说了一阵子话，就听得街外有人尖喳喳地喊。

"马二女，不好了，你家福蛋儿掉进大口井了。"

马二女闻听此言，犹如五雷轰顶，她跟跟跄跄冲出院子向大口井跑去。

等马二女、乔日娜、张杰跑到了大口井，井口围着几个人，陈大勇已经将福蛋儿打捞上来，却见他紧闭着双目。

"好玩、好玩……"傻三嘿嘿笑着念叨着。

"福蛋儿，我的福蛋儿，你怎么了？你睁开眼睛看看妈呀！"马二女抱着孩子号啕大哭起来。

马二女的哭声在村庄空旷的山谷里回荡着。多少年就这样过去了，那井里岂止吞没了一个鲜活的生命。然而，月城村的村民不得不依旧用这浸泡过孩子尸体的水去熬粥煮饭，木然地持续着苟且的生活。

此时，乔日娜早吓得面如土色。张杰将手指放在福蛋儿的鼻子下试试，然后又按在颈动脉上，他站起来摇了摇头。

"福蛋儿，是谁害死了我的福蛋儿……"

陈大勇浑身淌着水，他看了眼傻三的父亲庞极无，说："我跑过来时，就看见傻三一个人趴在井口上。"

"傻三，你还我的儿子啊……"

庞极无急得满脸通红，说："你孩子没命了，咋能赖我家傻三？他是一个傻子，能害你家孩子？"

"要不是你家傻三带他到井口玩，福蛋儿能丢了命？"马二女哭诉着说。

"是你家孩子傻，还是我家傻三傻？福蛋儿能听傻三的话吗？"

乔日娜向井里看了看，那水里游动着一只青蛙，水面上漂着一个系了细绳的黄桃罐头瓶。她不禁身子一抖。

"福蛋儿哪里来的这个罐头瓶子？"乔日娜自言自语道。

张杰说："一准儿他在街上捡的。"

"又哪来的细绳？"

"莫非是傻三给的细绳？"张杰疑惑地说。

陈大勇捶胸顿足说："唉，马二女呀马二女，我成天跟你说，要看好孩子，不能让他到大口井耍，你却不听话。"

"乔副主任去找我了，我就让孩子出去玩一会儿，没想到孩子就没了。我可怜的福蛋儿啊，你让妈怎么活呀……"

陈大勇的目光一下子聚拢在乔日娜的身上："原来是你们害了孩子的，这事怎么办呀？"

"你不能信口胡言，孩子出事怎么能赖在我们的头上？"张杰怒气冲冲地说。

"要不是你们去找马二女，福蛋儿能自己跑到街上吗？"

庞庆和和宋拉娣也闻讯跑来。宋拉娣抱着福蛋儿的尸体号啕大哭，庞庆和蹲在地上老泪纵横。

"福蛋儿，爷爷对不起你，爷爷没用啊……"

此时的马二女已经失去了理智，她转而扑向乔日娜："你们还我的孩子，还我的孩子！"

乔日娜万万没有想到，此事竟然能扯到自己的身上，她被马二女撕扯着无法脱身。

不久，围观的村民越来越多，人们竟开始指责乔日娜，要求她赔偿人命。

张杰急忙给马文涛打去电话，说清了原委。不久，马文涛带着派出所的干警赶了过来，才将混乱的事态暂时压了下去。

马文涛向乔日娜转达了梅奕瀚的指示，欲将她和张杰带离月城村。

乔日娜说："我和张杰都不能走，否则这罪名我俩背定了。"

"要不你们先去乡里躲两天，等事情调查清楚再回来。"

"不行，我们不能离开这里。"

"万一村民们围攻你们怎么办？"

"我不怕。马二女正在极度的痛苦中，她急需别人的帮助。"

民警的调查很快有了结果。事件发生时，第一个目击证人是庞炳元的妻子任仙枝。她去给家里担水时，看见醉鬼王春生斜靠在街口，傻三的手里拿着一个系绳的空罐头瓶。当她担水返回时，春生不见了，福蛋儿一手拿着空瓶子，一手拉着傻三正往大口井走。任仙枝当时便吓唬福蛋儿说，你不能去井口玩水，否则我去告诉你妈。等任仙枝再来担第二担水时，看见傻三一个人趴在井口玩，嘴里还念叨着："好玩、好玩。"任仙枝刚走到井口，却见福蛋儿已经掉入井里，她慌忙扔下水桶，一边呼喊着"救命"，一边去给马二女报信，正好遇见了陈大勇等人，福蛋儿捞上来后他已经没命了。至于福蛋儿是自己掉进井里，还是傻三将他推至井里，这个已经不重要了，因为傻三不具备民事行为能力。民警通过对傻三进行司法等级鉴定，他的智力不足四岁的孩子。

"一定是春生提供的空罐头瓶和细绳子。"陈大勇说。

"但是你没有证据能证明，这空瓶子和细绳子的确是春生提供的，而且也不能证明他有犯罪的动机。"一个警察说。

"难道我家福蛋儿就这样白死了？"马二女悲伤地说。

"从目击证人的证言判断，是福蛋儿主动拿了空瓶子，并拉着傻三去的井口。也就是说，福蛋儿遭遇不测应该和其他人没有关系。"

福蛋儿出事后，庞庆和宋拉娣双双病倒了。

乔日娜托张杰去看望庞庆和二老，她来到了马二女的家里，却见马二女依然呼天喊地哀嚎着："我可怜的孩子，你死得太冤啊……"

"姐，请你节哀。我一定要替你为福蛋儿讨个公道。"

"怎么讨回公道？"站在一旁的陈大勇问。

"咱别的暂且不说，这大口井夺人命事件，村委会有不可推卸的责任。"

"那我们该怎么办？"陈大勇问。

"大口井作为村里的公用设施，村委会既没有在井口处设置防护设施，又无安全警示标志，孙财旺作为村支书负有不可推卸的责任。如果你们直接去找孙财旺，他断然不会承担自己有责任，现在唯有走法律途径。"

"我们又不懂得法律，这事……"陈大勇话说一半，他祈求似的看着乔日娜。

"我去找律师，帮你们打这场官司。"

半个月后，法院经审理认定，造成福蛋儿溺水死亡的大口井所有权和管理权归属月城村，该村民委员会在诉讼过程中，未能提供证据证明其在维护管理上无瑕疵。月城村对其所有并管理的水井未能有效维护管理，是造成福蛋儿溺水死亡的主要原因，应负主要责任。福蛋儿作为无民事行为能力人，其父母作为监护人未能履行监护责任，致使福蛋儿死亡，应承担次要民事责任。法院最后判令，月城村民委员会应赔偿福蛋儿死亡各项费用的百分之七十，并赔偿福蛋儿唯一的监护人马二女相应数额的精神抚慰金。

马二女终于拿到了法院裁定的赔偿金，她趴在乔日娜身上声泪俱下："乔副主任，谢谢你！我替福蛋儿谢谢你啊……"

此时，乔日娜的心里还压着一件事情。前几天，她利用给马二女打官司的空档，去月城村的小卖部和乡里的超市、小卖部查看，结果没有发现福蛋儿落井时那个品牌的黄桃罐头；而她在打扫村委会办公室和第一天去孙财旺家里时，看到的正好是井里的那个品牌罐头。难道仅仅是巧合？傻三手里系着绳子的空罐头瓶到底是谁给的？难道真是王春生给的？

深夜魅影

从许家堡乡考察回来，梅奕瀚胸中已经有了一张平邑县的宏伟蓝图。在参加完恒州市委组织召开的"转型发展、绿色崛起"战略部署会议后，梅奕瀚紧锣密鼓召开了平邑县学习贯彻落实讨论会，他在会上正式提出要把黄花产业作为全县农业转型发展的主导产业。

下午的学习讨论会开得有点晚，沈杰这两天睡眠不太好，总感觉精神状态有些恍惚，等会议结束才知已是天黑。当他走出办公楼，有微风徐徐而过，隐约听得皇天寺那边传来塔铃声声，便一下子清醒了许多，好像冥冥中有一种力量在召唤在牵引。自打调到平邑县工作，沈杰还没有去过皇天寺，那宝刹屹立于火山顶，巍巍然有些神秘。关于皇天寺，沈杰早有耳闻，其最早建于北魏时期，然因战乱或政局动荡，屡建屡毁。前些年，该寺得五台山高僧释慈圌大师奔波修建，方才再现雄姿，塔入云天。

沈杰开车直接去了皇天寺。刚入山门，便听得禅房传出了诵经声。他一边慢慢往里走，一边细细观瞻，只觉得昔日里混沌芜杂的心绪瞬间变得澄澈而静谧。从寺院左侧迂回而入，正面是大雄宝殿，沈杰入殿行虔诚礼拜，然后往功德箱里塞进去一张钞票。在正殿西侧一间屋子的门额上悬"正堂"二字，屋门虚掩，隔窗而望，屋内光线昏暗，隐约有一人似在打坐。沈杰正在犹豫，是否叩门而入，却听得里面传出一位老太太的声音。

"施主请进。"说话间，屋内顿时灯火明亮。

沈杰入内，见眼前是一位耄耋老人，却是双目炯炯精神矍铄。

"莫非您就是大名鼎鼎的慈圜大师？"

"正是老衲。施主入夜来访，想必心中定有所困，是否需老衲解惑？"

沈杰不禁一惊，自己的心思竟被慈圜一眼看出。

"慈圜大师，我近来无故感觉迷茫，想请大师指点一二。"

慈圜一指旁边桌案，上边整齐地放着几张素笺。

"施主可在那上面写上心中想解的字。"

沈杰便在纸上写下一个"杰"字。

慈圜在那纸上看了一眼，说："一木依四水，百里邈尘烟；恃才勿傲物，有道自成'仙'。木者，冒也；遇水生，遇火灭；足下四水相依，其出众里而独秀，方圆尘世无人及。若能虚怀若谷，既惠及民生，又乐似神仙；若是盲目自大矫枉不正，则易根力腐烂，不枯即衰。四水为燊，意其水大，可兴亦可摧。"

沈杰的心猛地震颤了一下，但他面部的表情丝毫不露痕迹，便又在纸上写了一个"瀚"字。

慈圜再看一眼，说："三水润赤羽，白驹恋桑梓。纵是天地阔，点墨黎苗思。翰者，赤羽之丽也，又为白驹之迅捷。鸥鸟遇水得鱼虾，白驹得水纵情欢。三水为淼，意其水阔，浩渺千里，一望无际也。"

沈杰蓦地皱了一下眉，又在纸上写出两个字"祥、杰"。

慈圜扫了眼这两个字，然后凝神看着沈杰。少顷，她说："苒苒岁月几十秋，艰如逆水泛行舟。入世须当清明志，勿使旧愁牵新愁。"

慈圜不禁一声轻叹，说："天道之祥，扶志助强；孽狐之祥，祸国民殃。人生不过须臾，能在艰难世事中脱颖而出已属不易；若是欲望过

196

剩，便易心怀蒙尘，藏污纳垢，岂不是自寻苦恼。何不就此顺应潮流，众皆欢颜，好好珍惜当下。"

沈杰听罢，内心里更是一惊。他知道，慈圜以"入世"实指"入仕"，点明了他的身份，便只是微微一笑。

慈圜微闭双目，说："施主可否心了？老衲还需打坐。"

沈杰说："慈圜大师，我最后再写两个字，烦请破解。"说着，他又写下了"杰、瀚"。

慈圜轻启眼帘看去，然后说："叹君喜酒不寻常，满腹经纶非酒囊，善恶相报终有日，莫为失财枉忧伤。"

慈圜说完，将桌案上的纸收了起来。她轻轻摇了摇头，又说："天雨虽宽，不润无根之草；佛门广大，难渡蒙尘之心。阿弥陀佛，施主，请便，我要打坐了。"

沈杰走出寺院，站在高高的佛塔下，眺望着平邑县城星星点点的灯火，不禁陷入了沉思。他不得不承认慈圜大师有一双睿智的眼，但是他却并不能就此放下。夜晚的风吹得山上的松柏沙沙作响，他忽然感觉背后好像有一个人，便转身一看，竟然是梁明仁。

"沈县长好。"

"你怎么会在这里？"

"我也喜欢站在佛塔下欣赏这夜间的美景。"

"你是啥时候到的？"

"我刚上来，看见您在这塔下。"

梁明仁与沈杰并排站在一起眺望着远方。

"您对梅奕瀚书记怎么看？"

"我说过，不能在背后议论领导。"

"对不起，我是说，您怎么看待梅书记今天的讲话，莫非咱平邑县真的要将黄花作为主导产业？"

"领导的决策自有他的道理。难道这样做不好吗？"

"今天的会议一结束，部分常委就议论纷纷，大家都担心发展黄花产业有很大的风险。"

"有什么风险？"

"发展黄花产业见效慢，且困难重重，再说老百姓们一直不怎么认可。过去，几任县里领导也组织过发展黄花产业，可是到现在依旧没有多大成效。"

"大家有想法，也是为了平邑县的经济向更好的方向发展，这个可以理解。但是，不能在私下里议论领导，更不能拉帮结派说领导的坏话。"

"沈县长批评得对，我记着哩。"

"俗话说，金无足赤，人无完人。当领导的也是一个样子，谁都不能保证自己的路线绝对是正确的。制定一县支柱产业，要科学研判严谨务实，更得高瞻远瞩，同时也得结合参考大家的意见，这样才会少走弯路，不走错路。今天梅书记仅仅是提议，还没有在常委会上进行讨论研究。所以，大家有什么想法，可以在以后的常委会上提出来，群策群力嘛。"

沈杰拍了拍梁明仁的肩膀，说："明仁啊，工作的事好好干，我先回去了。"沈杰刚走出几步，听得梁明仁在背后说："沈县长，大家在常委会上都看你的了。"

2011年9月17日，《人民日报》刊发了一篇关于引黄工程的消息说，黄河水已经通过入晋工程的北干线。梅奕瀚看到了这条新闻报道不禁满心欢喜，这预示着在不远的将来，一度干涸的桑干河亦将会引来黄河的生命之水。

梅奕瀚对于桑干河有着很深的感情，少年时代滔滔不绝的桑干河曾给他留下了美好记忆，也曾给予了他美好的期盼和向往。及至后来上大学，借着对古典文学的热爱，他更多地了解到桑干河丰沛的内涵。尤其是明代恒州八景的"桑干晚渡""桑干烟雨"，那种绚丽壮阔的诗情画意更是令他魂牵梦绕。

"只可惜当年平邑县如此的美景，将被移花接木成为别处的另一番景致。"梅奕瀚不禁独自喟叹。他之所以如此暗自伤感，缘于年初的一篇报道说，河北省涿鹿县投资三亿元，将打造"桑干晚渡"的历史美景。难道如此盛景真的一去不复返了吗？梅奕瀚看看窗外，刚才零星的小雨已经停了下来。

自打乔日娜帮着马二女打赢了官司，月城村的村民都把乔日娜和张杰当作了自己的亲人，他们从来没有见过一个谋面未久的国家干部竟如此真诚地为民伸张正义。

对于国家干部这根标杆，老百姓眼里所见的标尺和心里衡量的标尺永远是不一致的，只有把这根标尺真真正正地立在老百姓的心里，能为他们撑起心里向往的那片天，他们才会认为这根标尺是公正无私的，才能配得上称之为共产党的好干部。老百姓不是不懂得道理，不是不懂得感恩，是缺少能为他们遮风挡雨的主心骨。月城村的村民们从福蛋儿事故中，真正看到了炽热阳光。他们纷纷来到村委会，给乔日娜送面送米送鸡蛋，并请求她尽早帮村里清理出西沟挖沙采石的祸害。

孙财旺自接到法院下达的开庭传票，他才意识到县里派下的这个驻村干部竟然成了他最大的绊脚石。为了防止类似福蛋儿的事件再发生，马文涛派人给全乡各村裸露的井口配置了专用井盖。

张杰接到姐姐的电话，说母亲生病住院，他向乔日娜请假几天回去看望母亲。

这几天晚上，乔日娜总是看见有一个人影在她的玻璃窗前晃动。乔日娜胆大心细，她悄悄掀开窗帘一看，竟是村里的傻三。

乔日娜猛然想起一件事，她推门而出。

"傻三，姐问你一件事。你那天和福蛋儿去大口井，是谁给你的空瓶瓶？"

傻三"嘿嘿"笑着说："馒头，好大的两个馒头。"说着，他便向乔日娜的胸部抓去。

乔日娜"啊"的叫了一声，然后厉声呵斥道："傻三，你赶快离开，否则我喊人打你了。"

"馒头，好大的两个馒头……"

乔日娜想将傻三轰走，傻三却"嘿嘿嘿"笑着，直往她的怀里蹭，乔日娜只得插好门不再理他。又过了两天，傻三一到半夜就趴在乔日娜的窗前敲玻璃。

傻三"嘿嘿嘿"地笑着，不停地说："馒头，你好大的两个馒头，我想吃。"

乔日娜羞红了脸，她在屋里喊："傻三，你再不走，我真喊人打你了。"

傻三不管不顾，依旧说："馒头，你好大的两个馒头，我想吃。"

乔日娜无奈，只得任由傻三在外面瞎折腾。这时，街上传来了一阵山曲儿声：

满天星星那个亮晶晶，

有谁和咱老百姓是一家人。

想东想西就想到了明，

越思谋越想那叫个伤心。

一更想娃他没钱念书，

二更想炕上老人看不起病；

三更想地里打不下个粮，

四更想家里的窑洞漏着风。

五更那院里已经麻麻亮，

一骨碌碌爬起赶快下了炕。

傻三听得那声音近前，不知为何拔腿便跑。乔日娜掀开窗帘看了看，见傻三跑去的那个巷口竟然还蹲着一个人。

乔日娜知道，唱山曲儿的是王春生，但她不清楚，为啥傻三听到春生的声音吓得就跑。

之前，乔日娜曾去春生家走访过。对于村民们嘴里说的这个醉鬼，乔日娜一直心存好奇。为什么这个春生每次醉酒，唱的那山曲儿都耐人寻味，甚至是入木三分，莫非他是装醉？但是，当她去看望春生时，他的的确确是醉卧在家里的土炕上，他的妻子贾兰兰正清理春生的呕吐物。后来，乔日娜又寻机去看望春生，虽然他不是醉卧炕上，但是他对乔日娜的劝慰工作置若罔闻。

一日，乔日娜去找孙财旺，打算将傻三每天夜半敲窗的事情告诉他，希望他管教一下傻三，却见傻三正好从孙财旺的院子里走出来，手里握着两个馒头。傻三边走边笑着说："馒头，好大的两个馒头。"

乔日娜看着傻三，她恍然意识到了什么，便急忙转身离去。

按照县里下派干部的工作部署，乔日娜每天还得走访村民，了解民情民意，帮助有困难的家庭解决农事上的问题。

这天，乔日娜去了马建忠家。

马建忠最近经常做噩梦，先是梦见自己再次被抓了起来，接着又梦到儿子马宝坤被五花大绑押走了。待他梦醒后，惊的是一身虚汗。

乔日娜进来时，马建忠正在修一台收音机，他看到乔日娜后便恭恭敬敬站了起来。

"乔副主任来了，请坐。"

"您坐，您先坐。"

在这蛮荒的偏远山村，一个"请"字，乔日娜顿时觉得眼前之人绝非一般的村民。

"马叔，您一直是这个村的村民？"

"过去不是，现在是，已经来了近四十年了。"

"那您以前是哪的？怎么又会来到这个山村？"

马建忠迟疑了一下，说："我原来是市里的，'文革'中犯了错误，后来被下放到这个村子了。"

乔日娜不禁一惊。她试探着问："您方便讲一讲过去的事情吗？"

"都过去很多年了，没啥说的，我相信组织对我的处分是公正的。"

乔日娜意识到，在马建忠的心里一定藏着难以言说的故事。

"那后来您为什么不再回到城市里？"

"我下放到这个村子后，当时村'革委会'派了一位叫施惠的小姑娘监督改造我。这姑娘看着我还算老实，干活儿勤快，肚子里又装了些别人不懂得的没用东西，便慢慢喜欢上了我。后来，便有人给我俩撮合说媒。施惠家祖上三代都是贫农，根红苗正，我俩便走到了一起。再后来，我们有了孩子，也分了地，便再没有了回城的打算。"

"您家现在种多少亩地？"

"不多，十来亩。我是犯过错误的人，又是外来户，所以分到的地少。"

"现在村里有许多的撂荒地，您可以去种的。"

"不了，毕竟是别人的土地，不能去随便种的。再说，家里就剩下我一个老头子，老伴在闺女那里，够吃就行了。"

"您家里有几个孩子？他们都在哪里工作？"

"三个儿子，两个闺女。这几年，二儿子在外面发展得还好，他把哥哥和弟弟都从村里带出去了。"

"那您过去从事什么工作？"

马建忠抬头看了看外面，阳光正高悬于銮山与天户山之间，亮花花的有些刺眼。

"我是 1963 年大学毕业后分配到云中专区监测委员会工作的，'文革'时期这个监测委员会又被取消了。我学的是矿产勘查专业，那时分配到这个单位后，一切都得从头学起，思想压力很大。"

乔日娜一下子想起月城村西沟的事，便说："这几天，村里的党员们和我谈论起西沟里挖沙采石的事情，他们说那两个工程队借挖沙的机会，主要是在选铁粉铁矿石。"

"他们从中选取的主要成分不是铁，而是金属钒，又称'化学面包'。"

乔日娜闻听此言，顿时愣在那里。她吃惊地又问了一句："啥，金属钒？"

"是的，是金属钒。这种物质常常会与金属铁的成分混合在一起，钒的密度要比铁低，所以同样体积的两种物质，钒会轻一点。钒是一种重要的金属元素，主要用于钢铁工业。它所合成的钒钢具有强度高、韧性大、耐磨性好等优良特性，多在精密机械、航空、国防工业上使用，所以价格很昂贵。"

"您是怎么知道那沙石中所含的主要成分是金属钒？"

"我刚下放到这个村子不久，在西沟那边接受革命劳动教育时，就发现了西沟及山岩中富含金属钒。很多年过去了，我几乎把这件事情遗忘了。这些时，村里人常说起西沟那边挖沙选铁的事，后来我托咱村在那里打工的陈明亮偷偷带回来两块小矿石，更确认那沙石中含的主要成分是金属钒。他们挖沙采石只是个障眼法，其实质是为了盗取金属钒。"说着，马建忠将那两块矿石交给了乔日娜。

乔日娜恍然大悟，说："我明白了，谢谢马叔。如此宝贵的财富，这伙人岂肯罢手。我猜测他们挖完西沟后，最终目标是后面的那座山。"

乔日娜刚从马建忠家出来，看见吴进闪到了一个巷子里。

未久，孙财旺来到马建忠家，手里还拎着两瓶酒。

"马叔，我来看看你。"

马建忠还在修那个收音机，他从老花镜的上边瞅了孙财旺一眼。

"我是一个没用的老东西了，你是不是找我有事？"

"没啥事，过来和你坐一会儿。"

"那你坐吧，我在忙着哩。"

"都啥年月了，还听收音机。如果你实在喜欢这玩意儿，改天我给你买个新的。"

"不用，东西是旧的好，人是你们年轻一点的好。"

"我给你买了两瓶酒，这是汾酒厂出的，好喝得很。"

"再好的酒我也不喝，自打四十年前我就戒酒了，这酒你还得带走。"

"马叔，我刚才见乔副主任到你家里了，她来干啥？"

马建忠再从老花镜上方瞅了孙财旺一眼，然后说："不是你派来的？"

"不是，人家是上边派下的驻村干部，咋能听我使唤哩。"

"哦，她来就是问问我的家庭收入情况，还问种了多少亩地，为啥一个人生活。"

"乔副主任没有向你问起西沟的事情？"

"西沟啥事情？我一个孤老头子，一天不出门，哪里知道西沟的事情？"

"西沟挖沙的事你不知道？"

"知道是知道，不就是挖沙修路嘛，这是好事，又没糟蹋地里的庄稼。"

孙财旺见马建忠没有异样神情，便说："马叔，我看你挺忙的，先走了。"他站起来看着那两瓶酒，说："你不喝酒，我就拿走了。"

马建忠看着孙财旺的背影，摇了摇头。

把希望寄托在别人的摇篮里

沈杰笑眯眯地来到梅奕瀚的办公室。

"奕瀚，你传达的市委会议精神很鼓舞人心。这次学习讨论会很及时，也很有重要，可谓聚人心、集人脉、凝人气、结人志，同时为咱们县未来的工作发展指明了方向。"

梅奕瀚在一份文件上签了字，然后走过来坐在沈杰旁边的沙发上。

"今年是国家'十二五'规划起始之年，党中央明确指出：要加快社会主义新农村建设，重点是加快发展现代农业，拓宽农民增收渠道，改善农村生产生活条件，完善农村发展体制机制。这其中的每一项工作对于我们来说，无异于蜀道之难。平邑县目前还戴着一顶虚假的'小康'帽，几乎没有外援，而大部分农村的居住条件和环境都很差，农业发展基础条件落后，想在五年之内实现这些奋斗目标，就得有壮士断腕的决心和破釜沉舟的勇气。"

"奕瀚，蜀道之难就在于环境险恶。凡事总会有解决的办法，借势造势另辟蹊径，不是也可以直上云天嘛。"

"如何借势造势？"

"譬如，蜀道再难，人家通过一线铁索滑道或者是挂在悬崖上的天梯就解决了问题，不仅速度快，而且还效率高。"

"老沈，你这个比喻倒是形象具体，别出心裁。但是，你不觉得那些所谓的交通工具带给老百姓的只是无奈而苟且的生计？"

"当然，建一座桥，或者修一条盘山公路，要比索道和天梯好。可问题是，咱们是否具备建桥修路的条件？在条件不具备的情况下，无论怎样去解决问题，关键是要看结果。"

梅奕瀚微微一笑，说："可结果与结果之间存在本质的差异。你说的没错，索道和天梯同样可以达到回家与出行的目的，但这只是满足了一个人最基本的生存条件。我们所要的结果是一切为了人民，一切为了实现党中央规划的'十二五'新农村建设目标。"

沈杰点燃一支烟，他吸了几口，缓慢地说："不管怎么说，我们也得切合实际，盲目冲动对于我们以及老百姓都不利。"

"那你是怎样想的呢？"

沈杰探手拿过烟灰缸，他轻轻弹掉烟灰："我来就是有件事情需要和你沟通一下。"

"好的。什么事情，请说。"

"你在前几天的会议上说，准备将黄花产业作为全县经济发展的主导产业，这个是否可行？"

"那你说说有什么不可行的？"

"黄花作为家喻户晓的一种蔬菜类经济作物，全国没有一个地方敢把它当作主导产业去发展，包括我市的几个县都有种植黄花的历史，谁都不敢把它当作发展经济改善民生的一项产业。为什么呢？首先，是政绩。"

沈杰看了梅奕瀚一眼，不自觉地笑了一下。

"奕瀚，你可能会嘲笑我有严重的政绩观，但我这不是官本位思想。政绩是什么？是一个政府官员工作成绩的具体表现，是施政、务实、开拓、进取，得与失的最终结果。从古到今，从省市到地方，有哪一级官员为官一任不注重政绩？没有政绩的官员一定不是好官员，是对人民的不负责任，是无能无为庸庸碌碌的直接体现。"

沈杰说到这里，他深吸一口烟，缓缓地吐出了一股翻卷的烟雾。

"黄花好不好？好。可是，黄花产业等待的收益期是三年，且发展侍弄相当困难，这也是过去各个地方领导不去考虑这项产业的主要原因。现在，我们也不能把时间和精力耗在了一项难以预测的产业上。倘若成果明显，造福了百姓，你我也不枉此任；倘若有什么闪失，不仅祸及百姓，你我更有推卸不了责任。"

沈杰再吸一口烟，那烟雾便从他的鼻孔里快速地滚滚而出，仿佛是刚刚发动起的一部老旧车子。

"其次，平邑县虽有'黄花之乡'的美称，但是真正种过黄花的农户又有多少？平邑县毕竟是传统的农业县，老百姓们素来以粮为纲、以粮为本，你让他们去从事自己并不了解和熟悉的一项产业，老百姓恐怕也不会接受。"

沈杰弹了一下烟灰，再吸一口烟，不经意间吐出了一个烟圈。

"黄花从种植到采收，难度很大，不是你我想象得那么简单。再加上近年来市场行情波动很大，万一遇上了几年的价格滑坡，岂不是劳民而无功？奕瀚，还是请慎重考虑，县里的常委们私下里都有这样的担忧。"

沈杰的话不是没有道理，梅奕瀚也曾考虑过这些问题。但是，对于一个陷入瓶颈的贫困县，总得要走出一条属于自己的农业经济改革发展之路。

"奕瀚，既然大家都不太愿意做这项黄花产业，我们又何苦而为之？当领导的最忌讳去做没有把握的事情，越少做越好。咱们主要是团结一切可以团结的人，宁肯少说话，不能说错话；宁肯少做事，不要做错事；不要盲目下那些不符合实际的决定，这是保证政治前途和政治威信的关键。"

"那你认为咱们县的经济该如何发展？"梅奕瀚问。

"我们不如悠着点，先把干部们的心思拢住了，再一点一点推开局面。无论在什么时候，我们都得尊重同志们的意见，要团结干部。我认为这一两年，首先要确保上一年度县里的 GDP 经济指标，如果有可能，我们还得增长几个百分点。"

"如何保住 GDP 的经济指标？"

"经过上一届县委领导的努力，平邑县已经成了国家财政转移支付县，这笔钱当然可以划进县里的财政收入；其次全市的工业园区已经占据了平邑县土地的半壁江山，那是一笔很大的收入；此外我们也可以加大招商引资力度，发展新能源工业经济，以工代农，从农业县慢慢转化为工业强县。"

梅奕瀚微微一笑，说："我听出来了，你打算继续走以前的老路子，把自己的希望寄托在别人的摇篮里。那深陷贫困境地的农民怎么办？"

"农村土地工业化的村庄，农民们自然就得端工业占地的饭碗了。这些失去土地的农民，我们可以组织劳务派遣，或者商业培训、技能培训等，让他们重新走上一条新路。当然，工业用地最终还是占较小的一部分，绝大部分的耕地还得从事农业生产。我们除了加大农业投入发展粮食生产以外，可以学习其他区县种黄芪、柴胡等中药材，或者种葡萄、苹果、蓝莓等经济林。白登县的大结杏不就发展得很好嘛？"

"这和发展黄花产业有什么区别吗？"

"当然有。中药材及经济林种植易于管理，对抗塞北恶劣的自然环境有一定的优势。总比种植黄花强，种黄花工序繁琐，农民们的劳动强度很大。"

"只要发展目标是正确的，且具有可持续性发展的长远意义，就算是有再多的付出也是值得的。平邑县脱贫攻坚与经济振兴离不开农业'三产'联动，别的地方没有的，咱们才一定要有；别的地方已经有了的，咱们一定要做到最优最好。"梅奕瀚看了一下表，"不管是种什么，只要是劳动就没有不劳累的。你所提的建议我会认真考虑，具体如何发展，咱们在常委会上再作讨论。"

孙财旺走后，马建忠丢下了手里修的收音机，陷入恐慌中。他知道，乔日娜被人盯上了。

马建忠在风风雨雨中走了几十年，他对时事、政治有着极其敏感的认识。为了个人或者集团化的利益，政治的触角无处不在，即便是在这个封闭的小山村也不例外。乔日娜作为下乡驻村蹲点干部，她代表的是上级党组织。月城村福蛋儿溺水事件，乔日娜积极主动地去帮着马二女打官司，由此可以确定，她的思想情怀以及那颗炽热的心系挂在人民这一边，如此她必定触动了另一方面的利益。在利益的驱使下，总会有人披着党组织的外衣，实际上在扮演着阴险贪婪的角色。

马建忠意识到乔日娜已经面临着威吓，甚至有一定的危险。此时，他后悔自己与乔日娜讲出那挖沙场的实情。

心里有了压力，马建忠更是寝食难安，夜里经常会做噩梦，一会儿梦到自己被押到了批斗会现场，成千上万个拳头举起来怒吼着；一会儿又梦到二儿子马宝坤，被人从部队上押解回来，然后与他绑缚在一起被投入监狱；一会儿再梦到乔日娜被一群人正在追杀。马建忠从梦中惊醒，出了一身冷汗。他便急忙穿衣下地，在黑漆漆的夜里悄悄打开了院门，站在巷口向村委会乔日娜的住处凝望着。

2011 年的黄花采摘期即将结束。梅奕瀚有些心急，种植黄花最适合的季节有两个：一是早秋时期，即花蕾采摘完毕后到秋苗萌发前的这个时期；另一个时期是从秋苗凋萎起，到翌年春苗萌发前的冬季休眠期。倘若现在不能确立把黄花作为全县推动经济发展的主导产业，那么今年大规模栽种黄花的计划就会落空。梅奕瀚拨通了皇甫一南的电话，通知他明天上午八点与县委四大班子的领导以及农业局、农委、国土局、水务局、财政局、科技局、开发办等单位领导同志一同去参观调研。

次日，一辆大巴驶出县委大院，爬上县城南梁，然后向古家庄乡月城村而去。

沈杰昨天下午已经接到了靳忠的通知，说明天上午县常委们要召开黄花主题讨论会，但是并没有告知他开会的具体地址。

贾为民昨夜也给孙财旺打了个电话，告诉他全县常委明天上午八点半到月城村视察调研，让他发动群众做好欢迎工作。

乔日娜和张杰一清早接到乡里的电话，让他们去参加一个临时会议。孙财旺早早来到村委会，他见乔日娜和张杰不在了，便在大喇叭里将县委领导视察月城村的消息发了出去。不到八点，村委会的门前就聚集了许多来看热闹的村民。

孙财旺说："月城村从来没有来过这么多的领导，今天全县的常委都来看望我们，说明了啥？说明我们月城村已经引起县委县政府领导的重视，说明有许多的贫困户将会得到政府的救助。所以，我们每个人必须得拿出十分的诚意对领导们表示感谢。怎么感谢呢？咱们就是动动手拍巴掌，把你握镐头的手拍得越响亮越持久，就越能表示我们对领导们关心的谢意。一会儿等县里领导的车来了，大家看我的手令，只要我一抬手，就开始使劲地拍巴掌，等我的手拿下来后，大家就停止拍手。不管是大人与小孩都得拍，都得听从我的指挥。大家听懂了没有？"

人群中并没有一个人回答，只有傻三在"嘿嘿"傻笑。

"你们是没有听懂，还是不愿意配合？我告诉你们，如果谁不愿意配合，以后咱村核定贫困户时，别怪我孙财旺翻脸无情，我就不相信治不了你。"孙财旺黑着脸恼怒地看着众人，"我再重复一次，大家要看我的手令，只要我一抬手，就开始使劲地拍巴掌，等我的手拿下来后，大家就停止拍手。不管是大人与小孩都得拍，都得听从我的指挥。听明白了吗？"

人们相互看看，便参差不齐地说："听明白了。"

"那就好，咱们先演示一下。"孙财旺说着，举起了右手，众人便掌声如雷；待孙财旺拿下了手，掌声戛然而止。

"好，就要这个效果。"孙财旺说着，走到傻三跟前，"叔刚才看到你也拍手了，拍得好，你不傻嘛。待会儿大家拍手时你还得跟着拍，拍好了，叔给你吃馒头。如果你看见谁不听叔的话，你给叔上去揍他。"

傻三高兴地跳着脚，嘴里嘟哝着："揍他，馒头、馒头。"

不久，便见三辆小轿车和一辆大巴开进了月城村。车到村委会门前，马文涛、乔日娜、张杰等先下了车，接着从大巴车里陆续下来许多人。

孙财旺一下子举起了右手，看似在向下车的领导们打招呼，村民们便爆发出如雷般的掌声。贾为民站在一旁，也跟着拍起了巴掌。等所有的人都下了车，孙财旺的手便放了下来，村民们的掌声瞬间停止，然而贾为民依旧笑容可掬地面向县委的领导们拍巴掌。

傻三看见有一个人还在拍巴掌，他便急了眼，走上前一巴掌揍在贾为民的脸上，他嘴里还叨咕着："揍他，馒头、馒头。"

贾为民毫无防备，突然挨了这么一巴掌，吓得连连后退，待他看清楚打他的竟然是傻三，便是叫苦不迭："哎哟哟，傻三，你……"

"怎么回事？"马文涛威严地盯视着孙财旺。

"我也不知道。对不起，贾主任。"孙财旺一边说，一边在傻三的屁股上踢了一脚。"傻三，你干什么呢？赶快给我滚！"孙财旺又对村民们说，"你们都散了吧，别围在这里。"

"大家别走，我们先去走访几户人家，一会儿咱们在黄炳福门前的打谷场见，我邀请大家随便聊一聊。"梅奕瀚说。

县里的常委们看着眼前这个破败的村子，瞬间都静默下来。一行人浩浩荡荡走街串巷登门入户，详细地了解月城村民的实际情况，他们看望了庞晓武、庞二云、庞秋生等，之后众人来到黄炳福的家里。

月城村突然来了这么多县里的头头，这在村民们的记忆中还是头一次，大家便纷纷聚集在黄炳福门前老槐树下的打谷场，那场上正在晾晒散发着清香的黄花菜。

梅奕瀚站在打谷场上四下环顾，在此可以看到月城村的全貌。常委们便也随着他的目光四处游弋，游来游去，人们一肚子的心思变得越来越沉重。

"大家都看到了，这就是六百多年前繁荣富庶的月城驿，也是明代文学家袁中道笔下那个令他彻夜难眠的好地方。我不知道，当你们看到眼前的情景会有什么感受，而我的心里只有痛。今天第一站带大家来到这里，主要是想让你们听一听老百姓的心里话。"

梅奕瀚说着，向村民们扫视了一圈，"哪个村民愿意先来讲几句话？"

众人你看看我，我看看你，竟无人敢上前来。

孙财旺正打算上前讲几句，却被贾为民从后背拉扯住了衣服。

"请大家不要害怕，心里有什么话，可以随意讲出来。只有你们讲出了自己想说的话，我们才能帮助大家实现你们的梦想。"梅奕瀚说。

庞炳元便慢腾腾地走上前。

"那我先说几句。我叫庞炳元，曾经是月城村的支书。领导们都已经看到了，眼前的一切就是我们村的现状。月城村成了今天这个样子，不是因为村民们好吃懒做，相反他们比其他地方的群众更勤于劳动，他们把脚下的每一寸土地看得比自己的命还重。可是，光凭苦力并不能改变人们的根本生活。过去'农业学大寨'时有句口号：人定胜天。这么多年辛辛苦苦下来，村民们不仅没有胜了天，反而被一层一层的天给压垮了。我不知道什么是天，但村民们心里的天就是能有一个吃饱穿暖无忧无虑的家园。当然了，就眼下的这点光景，不管是吃好吃赖穿衣戴帽，的确是比改革开放前好多了，算得上基本达到了温饱，没有人再饿肚子，也没有人再穿露着脚趾头的鞋。可是，我们眼里的这点温饱和心里盼望的温饱永远是两重天。我们全村绝大部分村民都住在破裂的窑洞里，我们的孩子上不起学，我们的老人看不起病，甚至我们的村民还喝着满是虫子肮脏的水。我们一直在努力，月城村的每一个人都在努力。

可是努力来努力去，窑洞还是这座窑洞，水井还是那口水井，我们依旧过着贫困的生活。我不知道这是因为啥，我们到底该怎么去做才能活出个人样来。"

陈孝安接过了话茬："我曾经是这个村的村长，和庞炳元搭过班子。这贫困的确是害苦了村民，村里的年轻人娶不上媳妇，老年人更是缺少依靠。现在，村里的年轻人都走出去了，守在村里没有希望。地里缺水打不下粮，遇上年份好了能多打点，可这粮食又不值钱。谁能帮帮我们，到底该怎么办？"

"炳福老哥，你来讲几句。"梅奕瀚对身边的黄炳福说。

黄炳福看着地上晾晒的黄花，说："月城村发展到今天的现状，有历史原因，也有我们自身的原因。村里的老人们讲，月城村在北魏时就种植黄花。那时，咱们村东边的沟里是一条宽阔的河，种地浇水不成问题，就算是 20 世纪 70 年代初，这沟里的河变成了一条小溪，但依旧没有中断过，村子里也流淌着一股泉水，所以有的人家还在院子里种些黄花。那时候，正处于动乱时期，当时的小农经济被认为是资本主义的温床，农民养几只鸡、种一些菜到市场去卖，那就是'资本主义的尾巴'，必须得割掉。我爹就是因为这黄花被戴上了'投机倒把罪'的帽子，结果被活活整死了。后来村里没人敢种黄花了。再后来，土地实行承包责任制，可是沟里没水了，所有的土地成了旱地，人们只能靠天吃饭。我爹走了以后，我在大田里种了三亩多黄花，虽然因缺水长得不是太好，但是它的根系发达，总体来说每年能见收益，总比咱村种粮食好得多。村里人都知道，这么多年下来，我家依靠这点黄花地，生活过得还比较好。"

庞炳元说："除了你家，咱村有近五十年没人再种这黄花了，会打理的人少。当然，技术上的事大家可以学，但是家家缺人手，户户缺劳力，这东西费工费时又费力，村子又是这沟沟凹凹，缺少晾晒场地，更缺少蒸馏用的煤炭，所以不是每个家庭都能种植的。要我说，这村子要想发展，还得另想出路。"

陶利从后面挤进来说："我就想问一句，咱们县为啥叫成了'小康县'？古家庄乡凭啥又成了'小康乡'？"

梅奕瀚的眉头猝然一紧，他没有预料到，月城村的村民会问出这么敏感的一个问题。梅奕瀚向常委们扫视了一圈，说："你们谁来回答一下这个问题？"

此时，沈杰的眉头也紧锁着，他同样重复着这句话："你们谁来回答一下这个问题？"

现场顿时静悄悄的，所有的常委和非常委们一个个低下了头。

沈杰干咳了一声，然后故作轻松地微微一笑。

"我先做个自我介绍，我是咱们平邑县的县长叫沈杰，今年四月和梅奕瀚书记调任到这里工作，对于平邑县的具体情况，我俩还不是十分了解。刚才，这位女同志问的这个问题非常好，为什么会成了'小康县''小康乡'？其实，你们在十几年前就应该勇敢地提出这个问题。现在提出这个疑问，虽然很好，但是已经太晚了，因为这是十多年前遗留下来的问题。我们之所以今天要来到这里，就是要认真地审视历史遗留下的问题，总结经验教训，帮助人民群众解决实际困难，让大家过上好的生活。"

贾兰兰问："那我们啥时候才能摆脱贫困呢？"

"目前县委县政府正在积极谋划，制定策略，因地制宜，稳步推进。"沈杰说完，他轻轻抚摸了一下喉部，再次干咳两声。

"我来补充两句。"梅奕瀚说，"关于月城村的情况，我们已经有了初步了解。目前，古家庄乡党委书记马文涛同志也在积极想办法，逐步推进'一村一品'的发展战略。请大家给我们一点时间，我相信用不了几年，我们一定能带领大家摆脱贫困，走上富裕之路。"

魏悦看了一下表，然后附在梅奕瀚的耳边小声说："梅书记，时间不早了。"

"大家现在还有没有要提的问题？"魏悦问道。

现场的群众一阵嘈杂的议论声。

"好，大家如果有什么问题，可以通过村委会转到乡里，乡里会及时上报的。现在，我们还要去下一个村子开现场会，今天在月城村的调研工作就此结束。"魏悦说。

大巴出了月城村，一路向兴云镇榆树村驶去。梅奕瀚就刚才月城村所见所闻，让大家在车上展开讨论，众人断断续续你一言我一语，车厢里显得沉闷而压抑。

车到榆树村，兴云镇镇长崔建雄、榆树村支书罗宝才、村民罗胜旭、罗燕、贾进等已经等候在那里。梅奕瀚之所以把今天的常委会重点安排在这里，是因为此前他在乡下调研过程中，已经来过榆树村几次，这里也将是他打算重点发展黄花产业的主战场之一。

罗胜旭将众人带到一片二十多亩的黄花地，肥硕蓬勃的黄花苗子上依然顶着一簇簇宛若宝玉的黄花，它们在舒展的枝头上摇曳着诱人的光。

梅奕瀚说："我们今天的常委会主要是在这里召开，大家还是先来听农民们讲，然后再作具体讨论。"

梅奕瀚笑眯眯地看着罗胜旭，"老罗，咱们探讨过几次黄花的事，也算是老朋友了。你先讲一讲，为啥你要种黄花。"

罗胜旭显得有些拘谨，他看了看众人，缓缓地说："榆树村过去几乎家家种黄花，但是主要是种在院子里，或者房前屋后。自打耕地承包到户后，我是榆树村第一个在大田里种黄花的人，一下子种了五亩。当时，全村的人对我很不理解，人们都盼着那田地年年都有收获，谁都不愿意将刚刚分下来的耕地白白闲置两年。等到了第三年，我家那五亩黄花地便见了丰收，一年的收入就把前两年的损失全部拉了回来。此后，这黄花地的收入一年比一年高，到了 20 世纪 90 年代初我家就成了全村第一个万元户。村里人见我靠种黄花过上了富裕生活，便有一部分家庭也开始试种，但由于种黄花从采摘到加工费时费事，人们的思想比较保守，普遍种的比较少，最多的人家也不过两三亩。我却再次扩大了种植面积，由原来的五亩扩大到十亩，直到现在已经种植黄花二十多亩。"

沈杰问："你种了这么多黄花，一家人能忙得过来吗？"

罗胜旭笑了笑，说："肯定是忙不过来。每年到了黄花采收期，我把能用到的亲戚朋友都请到家里来帮忙，实在人手不够，就花钱雇人过来帮忙。我的账算得清着哩，除去雇佣人的工资，我这地里的收入远远比种植其他的农作物强得多。"

沈杰又问："你有三十多年的黄花种植经历，难道没有困难和风险吗？"

"有，怎么会没有。种黄花的确是一项很好的产业，就是有些不好解决的问题。首先是浇水难，到了旱季，家家户户的田里都等着村里仅有的那三眼机井，我看着田里灰塌塌的黄花苗子干着急没办法。可是，到了采摘期，又怕老天爷下连阴雨，这一下雨就揪扯我的心，加工出来的黄花没地方晾晒，堆上一天后黄花菜就发霉白白地扔掉了。最怕的是老天爷下冰雹，一场冰雹下来，一年的收成就彻底泡汤了。此外，销售的事也是我最愁的一个问题，得自己拉出去一点一点的卖，这也是村民们不敢大面积种植黄花的主要原因。"

罗燕目蕴聪慧，双眸清亮，她落落大方地说："黄花产业有着非常广阔的发展前景，我们不能只盯着简单粗放的农业经济收益，而是更应该多考虑黄花潜在的生物经济价值，让它在高科技领域绽放出最美的花蕾。"

"这个女孩是谁？"沈杰问。

"她可是咱们县的高才生，罗胜旭的女儿，去年毕业于中国农大，学的是生物技术专业，目前待在村子里。"罗宝才说，"种黄花的确是个好项目，我们村里人都跟着这小东西受益。但是，罗胜旭刚才说的那些问题现在解决不了，所以村民们不敢大规模发展生产。如果大面积种植，这黄花的栽培技术还有待提高，病虫害防治也是一件头疼的问题。"

崔建雄说："我来补充两句。兴云镇共有十八个行政村，五年前全镇贫困发生率在百分之五十以上。自打 2006 年开始，全镇鼓励农民们发展黄花产业，经过两年的育苗期，之后连续三年，黄花种植户的家庭经济收入都有了很大提高。但是，由于生产经营上存在诸多困难，在一定程度上制约了全镇黄花产业大规模发展。另外，还有一部分群众认为种植黄花工序太繁琐，所以不愿意试种。不过，就现有的这点黄花产业，已经带动了一大批农民脱贫致富，全乡的贫困率现在已经缩减到了百分之四十。如果能在这两三年内全面扩大黄花种植面积，预计用不了几年，可以实现全镇脱贫。"

县农委主任杜启瑞说："我在全县的农业系统已经工作了三十多年，对全县的农业经济发展状况还算比较了解。为什么全县靠近县城的这几个乡镇贫困发生率偏低？其主要原因就在于一部分农民坚持种黄花，就是这小黄花带给了他们稳定增长的收入。如果全县能有一个良好的发展黄花产业环境，我相信会有越来越多的农民愿意去种黄花的。"

梅奕瀚点了点头。他看见皇甫一南站在最后面，便喊了一声："一南，你过来给大家讲一讲。"

皇甫一南说："也许大家听说过，我一直对黄花产业抱着很大的热情。十年前，我曾多次向上边的领导递交过黄花产业可行性报告，但是此事最终无果。黄花产业是一项很有前途的朝阳产业，平邑县的黄花不仅屡获海内外盛誉和嘉奖，更是有得天独厚的自身发展潜力和价值。平邑县平均海拔 1347 米，经度 113.6°，纬度 40.03°，光照时间长，四季分明，昼夜温差大，具备黄花种植最佳的地理环境，能生产出优质的黄花产品。此外，平邑县位于火山群中心地带，土壤中蕴涵着丰富的氮、磷、钾、铜、铁、镁、钙等微量元素以及其他的矿物质，所种植出的黄花富含大量对人体所需的有益营养成分，这也造就了平邑县黄花品质的独特性和稀有性。其次，国内目前大规模发展黄花产业的地方还比较少，而其所需的市场空间缺口很大，黄花潜在的产品附加值更是有待于深度挖掘，这有利于我们能快速地发展起黄花产业链，同时也能以此带动相关产业向纵深发展。黄花相对于其他农作物，它属于多年生持续收益性农作物，这在一定程度上缓解了春耕播种压力，同时又比其他的农作物或经济作物大大降低了种植成本。从这几年的国内外黄花菜市场行情来看，黄花菜的市场流通价格在逐年上涨，远远高于其他农作物的上涨空间。"

六十多岁的贾进站在罗胜旭的旁边，他慢悠悠地说："我是土生土长的榆树村人，打我记事起我家院子里就种黄花菜，自然知道黄花是个宝。但是，就是开不了那个窍去专心侍弄。我家是一个养车户，过去一直跑煤炭运输。这几年县里的煤炭行业不景气，靠近县城的109国道上到处是趴窝的大型运输车。村里人谁都知道罗胜旭靠种黄花发了财，我就劝儿子跟着他干。虽然我家种黄花起步晚了，但是从现在的收入来看很不错，远比冒着危险跑车要好得多，这黄花叫它'金针'，还真的没错。"

梅奕瀚扫视了众人一圈，说："今天这个常委会为什么要选择在这里开，就是想请大家来具体了解一下这个黄花产业到底是怎么回事，听一听老百姓心窝里最真实的话，看一看他们对于黄花产业的渴望。常委们有什么话可以谈一谈，大家先交流一下。"

常委们交头接耳纷纷议论着，没有一个人站出来说话。沈杰两手交叉在腹前，一只手轻轻地拍着另一只手。他忽然有一种想抽烟的冲动，便自顾点燃了一支烟。

"既然大家没有人说，那我谈谈个人的意见。"梅奕瀚说，"农村想要全面脱贫、彻底脱贫，关键在于必须走现代化产业发展之路，得有自己的拳头产品。农村耕地集约化经营，以及综合利用资源多种经营，这是农业的发展方向。我们只有从实际出发，发挥本地的优势，建立起有规模、可持续发展的现代化农业产业链，才能从一村一户式的脱贫走向全村、全乡以及全县集体脱贫，这样才能从根本上有效地杜绝和防止个别家庭因小风小浪再次返贫的现象出现。随着城市化的发展，老百姓的生活水平在逐年提高，这就给第三产业提供了前所未有的发展契机。"

梅奕瀚扫视着众人，缓缓地说："黄花产业的好，这里无需再多言。我最近看到一篇《2009—2011年我国黄花菜市场分析报告》。报告指出，全国黄花菜市场因各种原因造成总产量下降，以至于收购商疯狂收购，却缺少货源。而黄花菜为大众消费类食物，其随着老百姓生活质量的改善，市场价格会越来越高。平邑县把黄花产业定位为主导产业，有它自身已经具备的优势；同时，黄花产业在拉动全县经济、助力脱贫攻坚之外，将会作为中国北方最具特色的农业景观推动全县的第三产业——文旅及餐饮事业。大家知道，江西婺源这几年旅游业火得不得了，婺源靠的是什么？就是一种油菜花，那层层叠叠金灿灿的景致，的确是美不胜收。我们的黄花丰产期在每年的七八月，那时候刚好是全国的大中小学校放假的时候，我们何不抓住这个有利的契机，吸引全国的大学生小朋友来观赏平邑县的黄花美景？游客到了我们这里，需要吃住，我们可以为他们提供具有农家特色的食宿，这样又能带动乡村的餐饮文化，老百姓的钱袋子又多了一份收入。刚才，中国农大的高才生罗燕小同志说了，我们不能紧盯着黄花表面的经济价值，它还具有生物保健医疗价值，我们可以去深度挖掘黄花更广阔的产业链，这也是黄花这项产业真正最具潜力的价值所在。"

梅奕瀚的目光从沈杰身上滑过："我们常委中有人建议，应该发展黄芪、柴胡等中药材，以及蓝莓等经济林，这个点子也很好。但是，与发展黄花产业来比较，还是后者最为合适，而黄芪、蓝莓等更应该放在荒坡山地去发展，挖掘出这些地方不便耕种的最好价值。鉴于此，我还是提议在平邑县以发展黄花作为全县的主导产业，常委们现在有没有不同的意见？"

沈杰将烟蒂踩在脚下，他扫了梁明仁一眼。

梁明仁说："我们已经去了月城村，那里的村民并不认可这项产业。

刚才，罗胜旭等人也说过，种黄花面临诸多问题难以解决，而没有种过黄花的群众又不愿意种植。我想知道，咱们县委县政府对此有什么应对措施？"

"这个好办。"梅奕瀚微微一笑，"既然我们要放开手发展黄花产业，就得完善整个产业机制，彻底解决黄花种植户面临的各种问题。过去，平邑县政府也曾出台过相关措施，农户种一亩黄花给予二百元的补贴，但还是激发不起群众的积极性。为什么呢？因为发展这项产业的相关辅助工作没有做到位。我想，这次要把种植黄花补贴增加到每亩五百元，并与之配套相适应的水利设施、晾晒场地以及先进的烘干设备，启用一批优秀的黄花种植技术科技能手，提前布局好黄花采摘期的用工问题，发展一批黄花生产、加工、销售企业和农村专业合作社，创建集体、农户、合作社三方抱团发展的新农业格局。我们要为黄花种植户搭好各种应尽的平台，我相信我们的黄花产业群众会欢迎的，这个黄花产业没有做不好的。"

"如此高额的种植补贴，加上水利设施、晾晒场地、烘干设备等资金投入，这每一项工作都得需要钱，我想知道这钱从哪里来。"梁明仁又问。

"老百姓有句话说：家有千件事，先从紧处来。我们可以拿出一部分国家拨付的财政转移补助资金用在发展黄花产业上，此外我们还可以向银行申请贴息贷款。"

姚梦达插话道："就算是政府能解决了这些事情，大面积种植黄花需要大量的用工，这些用工从哪里来？如果长期雇佣采摘工，会增加一大笔生产成本。我担心的是，这黄花地最后还能落下多少收入。"

梅奕瀚看了姚梦达一眼，说："这个问题问得好，我根据前一个阶段下乡整理的统计数据，给大家算一笔账。咱们先算黄花地的收入，这每亩黄花地平均可以产干黄花菜 250 公斤左右，按照现在的市场价格来看，每公斤干黄花是 50 元，那么一亩地的毛收入就是 1.25 万元；咱们再算支出，包括水费、有机肥、人工、秧苗等，一亩地支出费用约需要 2400 元。这样算下来，每亩黄花地的平均收益在 10000 元左右。大家想一想，种植其他农作物还有比这个更高的收入吗？也许有人会说，这种下的黄花前两年没有收入。但是，到了第三年这黄花地便有了丰丰满满的收入，如果摊平前两年的亏损，每亩黄花地的收入也在 3000 多元，是种植玉米纯收入的 2 倍左右，更何况这黄花到了第四年每亩纯收入达 10000 元左右。种黄花还有一个优点是，一次种植可以连续收益 15—20 年，不仅减少了大量的人力物力，同时降低了生产成本。另外，黄花的根、茎、叶均可入药，是一种很好的药材；它的采摘期在每年的 7 月，刚好与粮食收割错开了时间，不会影响到粮食的秋收工作。你们说，种黄花还有什么不好？"

沈杰两手再重新交叉在腹前，说："如果全面启动黄花产业，怕是有再多的钱不够往里面填，到了今年年底明年年底，我们拿什么完成县里的 GDP ？"

"我所说的把黄花产业作为全县的主导产业，是指在确保全县保障性粮食产量的前提下，把黄花产业放在主导的位置上。粮食生产抓好了，我们才能发展多种经营。中国十几亿的人口，依靠进口粮食那是靠不住的，粮食安全是所有工作的重中之重。我们发展黄花产业不可能一步到位，而是要以兴云镇、大晏镇、许家堡乡为重点，辐射全县开花、循序渐进，以确保农民们有稳定的收益。一个国家、一个省、一个县，如果连人民群众的贫困问题都解决不了，我们要 GDP 有什么用？再高的 GDP 指标那也是耻辱。相对于经济总量指标来说，党中央更看重的是能让 13.47 亿中国人民过上好日子，满足人民群众对美好生活的向往，这才是我们党的奋斗目标和不懈的追求。"

梅奕瀚威严地注视着众人，风吹动黄花发出一阵"沙沙"声。

"还有哪位同志有话要说？"梅奕瀚等待片刻，"好，既然大家没有人再发言，那么今天的常委会到了该做出决议的时候了。接下来，同意将黄花产业列为平邑县主导产业的同志请举手。"

"我同意。"沈杰率先表态举起了手。

接着，姚梦达和几个常委们也举起了手。梁明仁等人颇为疑惑地看着沈杰，再彼此看看，便跟着也举起了手。

"好，既然大家都举手表决通过，那我再说一件事。黄花产业启动后，必将会涉及多部门许许多多的事情等待去处理。为了确保黄花产业的顺利推进，我建议组建成立平邑县黄花产业办公室，由皇甫一南同志出任黄花办主任。大家有没有不同的意见？"

现场又是一阵杂乱的议论。

沈杰说："黄花办，一个听上去很新鲜的名字，很好。一切都是为了工作，我同意。"

乔日娜送梅奕瀚一行离开月城村后，她接到平邑县政府下乡驻村工作领导组办公室的电话，要她和张杰速回县里协助一项调查。

"娜姐，县里紧急召咱们回去什么事？"

"我也想不明白，说是协助调查。"

"咱们没有违反任何纪律，调查什么？"

"肯定与月城村的事情有关。"

"莫非是为了福蛋儿的事情？"

"应该是，除此之外，这月城村还有什么事情发生。"

"会不会是挖沙场的事情？"

"当然，也有这种可能。村民们对这个挖沙场意见很大，或许有人已将此事报告给了上面。"

在平邑县政府办公楼的后面，有几排建于 20 世纪 70 年代初的水泥板平房，这是县委县政府下属机关单位工作的地方。沈杰安排人给自己在这平房最后面的僻静处收拾出一间屋子，他喜欢午间或夜间在这里休息。今天可能是坐车坐累了，或者是在田间站累了，沈杰只感觉浑身上下不舒服。他不由得佩服梅奕瀚，为什么他每天奔走于田间地头就不觉得累呢？难道仅仅是体力的问题？就算是体力赶不上梅奕瀚，那智力呢？沈杰不禁摇了摇头。

从上次在水务局突然临时召开县常委扩大会议，到这次去农村田间地头开常委讨论会，彻底刷新了沈杰对梅奕瀚的认知，他甚至感觉自己似乎从来不认识梅奕瀚一样。到平邑县工作的这段日子，沈杰最初是反对梅奕瀚成天跑到乡下，把县里一堆琐碎的工作丢给他。后来，沈杰很快适应了这种工作机制，一个忙内，一个忙外。更令他满意的是，梅奕瀚经常不在县里，所有的政府工作人员都会围着他转，他很惬意这种众星捧月的感觉。但是，这两次常委会却是让沈杰颇感意外，他所有的自信在梅奕瀚面前显得那么暗淡无光，梅奕瀚才是平邑县真正的那轮月，而他始终扮演着一颗星，陪衬在梅奕瀚的左右。

做一颗星有什么不好？沈杰安抚着自己。可是，在他的心里却有一束比月亮更为强烈的光芒在召唤。他从来不相信一个人的命运是上天注定的，那不过是无能无为的庸碌之辈对自己的无奈解脱，而真正的命运永远掌握在自己的手里。

几声轻轻的叩门声响起。沈杰看了一下表，便说："请进。"

梁明仁进门后先歉意地一笑，说："沈县长，没有打扰您休息吧？"

"这才晚上9点，早着呢，请坐。"

"我有个疑问，您为什么在今天的常委会上第一个举手同意发展黄花产业呢？"

"有什么不对吗？"

"县里的财政本来很困难，现在又要拿出一大笔钱来鼓励农民发展黄花产业，这不是抱薪救火吗？"

"难道你没有看清那些农民们对黄花产业抱有很大的希望吗？你有比梅书记更细更好更利于平邑县经济发展的一本账吗？"

梁明仁递给沈杰一支烟，说："我明白了。处于当时那种情况，您是不得已才同意表决的。没想到，梅奕瀚会把今天的常委会设在了田间地头，农民们的一句话抵得过常委们的十句话。"

"请注意你的说话方式，不要以自己的那点小心思去揣测别人。我不是不得已才表决同意，而是民心所向。"

"沈县长，对不起。"梁明仁瞅了沈杰一眼。

"没关系。以自己的心思去理解一个人并没有错，但是你有什么想法可以憋在肚子里，有些话讲出去会伤及别人，也会伤害你自己的。"

"沈县长说的对，以后我一定会注意。"

"看你平时挺能说话的，怎么今天的常委会上就那么几句？关键的时候发挥不了作用。县委县政府制定任何一项决议，常委们都有参政议政的责任和义务，否则要这些常委们有什么用？"

"我们几个常委都准备发言了，可是没想到今天的常委会我们变成了听众，而真正的主角是那些农民，我们心里想说的话已经起不到任何作用。"

"这就是思维狭窄、政治不成熟的表现，只能看清楚自己脚下的一丈路，看不见前面更远的方向。我们不反对任何的矛盾与对立面，发展的观念不同，思路自然会不一样，这很正常，大家可以进行科学客观的讨论、分析与甄辨，这样我们的奋斗目标才能越辩越清，未来的发展方向才不会走入误区。尽管今天的现场会常委们很少有人发言，但是这种会议的氛围很好嘛，大家有问题谈问题，有困难说困难，未来的发展方向不就明朗了吗？"

沈杰靠在沙发上，深吸一口香烟，然后缓缓吐出来。梁明仁看见一团烟雾笼罩着沈杰的面部，他瞬间感觉自己似乎失忆了，看不清对面坐着的到底是个谁。

一双永不瞑目的眼

时至仲秋，天气依旧闷热难挨。

庞秋生佝偻着身子，努力挺起腰，搭起僵硬的手。他眯缝着汗津津酸涩的眼，抬头看了看那毒花花的太阳，眼前瞬间一片漆黑，随之脚下亦有些站立不稳，便不由自己向后踉跄几步，差点摔倒在干裂的土地上。这种突发情形并非一次，庞秋生已经有了应对的经验。他立在原地静默少许，眼前便慢慢又恢复了光亮。这次眼前的光亮似乎恢复的迟了些，但总算看天还是蓝的，看草依然是绿的。庞秋生再眨眨眼，像身边那头老迈而笨拙的驴，他慢慢转动着身子，四周的一切还是原来的样子。

一群麻雀呼啦一声飞落下来，紧接着又一群麻雀飞落下来。两群麻雀像是密谋好了一场聚会，集中落在一堆谷子头上，叽叽喳喳欢快地啄食。过去，这片谷子地里原本竖立着五个稻草人，庞秋生给每个稻草人都起了名字，还给它们的身上裹了些五颜六色的破布条和塑料带，自然那麻雀很少敢往这谷地来。现在这地里的谷子都收割了，庞秋生早把那些稻草人放倒后集中在田埂上。他蹲在地上抽了一支烟，看着那些稻草人说："咱们都是受苦的命。稻草人也是人，你们也该好好休息一下了。"

麻雀们依然肆无忌惮地在谷穗上啄来啄去。往常的时候，庞秋生定会随手捡起一块土疙瘩打了过去，边打边骂上两句。现在他却没有一点点这个意思，他只是直盯盯地看着它们。

"吃就吃点吧，等过了这秋季，地上泼上一层雪，恐怕你们再没有吃饱的时候。"

庞秋生站了起来，他打算将这些稻草人寄放到地边的一个小土窑，却惊得那些麻雀们呼啦一下飞了个精光。他暗自后悔自己的冒失，但既然它们已经飞走了，那便是缘分已尽。

此时，天已近晌午。庞秋生撩起布衫的底襟，擦拭掉脖子及脸上的汗，然后将刚刚割倒捆扎好的谷子一捆捆地装上了毛驴车。干瘦的黑毛驴打着响鼻，脑袋一挺一挺的，示意他赶快回家。

庞秋生慢慢走过去，摸摸毛驴的脑袋。

"老家伙，你的腿脚也不行了，跟着我受了一辈子的罪，怕是临了也没个好结果。这都是命，命啊！"

黑毛驴一只前蹄"腾腾腾"地踏着地，它又打了一个响鼻，再左右甩甩脑袋，然后伸长脖子探嘴去一下一下叼庞秋生的衣袖，它的眼角竟挂着泪。

庞秋生拍拍毛驴的脑袋，他深吸一口气，赶快撇脸躲开了毛驴的那双眼睛。他从毛驴的头部一直顺毛摸到了驴尾，再将手移到车上的谷子。他将一把谷穗捧在手里，低头只那么轻轻一吹，手窝里便只剩下了几十粒谷子。他仰天叹息一声："唉，老天爷，你咋就不长长眼睛呢！"

月城村的公路路基建设基本完工，只待铺设水泥路面，因赶上了秋收，这工程暂时停了下来，但村西沟里挖沙场依旧是车来车往。

在村口的大道坡，庞秋生遇上了掰玉米刚回来的庞炳元。

"秋生叔，今年的谷子收成咋样？"

"老支书，天旱的全成了秕子，落不下几个籽。"

"可不敢再叫支书了，都不当好多年了。"

"你那玉米咋样？"

"唉，一样，那棒子上的颗粒零落成了老人的牙齿。听说乔副主任

226

前几天又回县里了，她想给咱村打两眼机井。这不刚回咱村，县里通知让她速回，去接受一项调查。"

"乔副主任是个好人，像她这样的好人能有几个？"

"唉，她这次被叫回去，怕不是什么好事。"

"狗日的！"

庞秋生闷闷地抛下一句话，便赶上车往西垣的打谷场而去。

村里的街道上已经弥漫着一股浓浓的月饼味，再过一周便是中秋节。每年这时候，村里人即便日子再苦也会舒展开紧锁的眉头，还时不时地沁出一层喜色，脚丫子踩在地上铿铿锵锵格外有力。每及中秋，村里人的时间比金子还要宝贵，但是再忙也得让家里的女人去打月饼。月城村会做月饼的师傅很少，往往八月一出头，村南及村北的两户饼匠师傅各在自家院子里修起一座阔大的炉灶，一早起来便燃旺了一灶火，早有三三两两的女人热热闹闹围在灶膛前，并依先后顺序自动排好队。月城村民这种文明的排队礼仪一年仅有两次，除了中秋节打月饼，再便是春节时磨豆腐。

等待的时间一长，便容易让人心气浮躁。排在后边的女人便无端地多想些心思：在外地念书和工作的孩子们几时回来，谷仓里的粮食还能吃几个月，地里的土豆今年能收入几口袋。

村里的女人一有心思便习惯望一望天户山，天户山是一座巨大的睡佛之首，女人们冥冥之中能感觉到有一双慈悲的佛眼会给予村民关照。女人们知道，天户山的半山腰处有一个神秘的山洞，那洞口像极了一匹凌空飞翔的金马驹。据说，站在此洞口虔诚祈福的人都会如愿以偿。女人们还知道，在天户山西侧的山坡上还有一处巨大的天然石窟，高约数丈，传说桑干河岸古人类的祖先原本居住在这里。那时，天户山的脚下是汪洋无际的一片湖泊。

女人们毕竟不会想得太远，此时山上灌木丛的叶子开始泛红，这层密不透风的红早渗入到女人们的心髓。女人们觉得这层红不显山不露水，不张扬不妩媚，便也像极了即将到来的八月十五，暖暖的，甜甜的，令人心情愉快。

村里人认为，家里有了月饼，八月十五才会像个十五，中秋节才可以叫个节。

女人们忙碌着打月饼的事情，男人们就得去做农事的活计。村子西垣的几个打谷场上已经忙碌起来，有人赶着骡子拉着碌碡沿着打谷场转来转去，有人拿起连枷噼噼啪啪打豆子。

庞秋生将一车谷子停靠在打谷场上。此时，黄雅萱帮着雷彩霞刚好收起了碾好的高粱。庞晓武看着庞秋生站在那里发呆，便摇着轮椅慢慢走了过来。

"秋生哥，今天没去山里的石料厂打工？"

"顾不上了。自打咱村白灰窑被拆了，去山里的石料厂做工每天来回得跑二十多里路，白白耗了些时间，先把地里的庄稼收割回来再说吧。"

"怎么就你一个人，你儿子庞石山呢？"

"石山和他娘割黍子去了，估计这会儿应该回来了。"

"听说石山和陈素箐好上了，是真的吗？"

"唉，孽缘啊。石山都三十岁了，咋就不懂得个道理，陈常有能同意将素箐嫁给他吗？自己也不掂量一下家里的冷土炕。别的不说，咱村的陈姓和庞姓一直是隔着篱笆的一堵墙，这么多年两姓间通婚的能有几个？"

"秋生哥，不管怎么说，两人眼下能走到一起毕竟是好事，成与不成就看他们两人的缘分吧。"庞晓武递给庞秋生一支烟，"咱们村子看样子没啥奔头了，学校也没了，这些年村里的年轻人都往外面跑，石山没打算出去做点啥事情？"

"他已经鬼迷心窍了，丢不开素箐了。"

"这样下去也不是个事，总得想办法先挣钱，要不陈常有还真的不答应哩。"

228

"唉，我是管不了，就看他自己的命吧。"

"秋生哥，我帮你把车上的谷子铺在场地。"

"不用，你自己都坐不稳，等会儿石山他妈来送饭呀，吃过饭我俩慢慢弄。"

雷彩霞在那边喊了一嗓子，庞晓武便摇着轮椅走了过去。

此时，庞秋生只觉得胸口憋闷得厉害，就连双腿也不再听自己使唤，他索性就地躺了下来。

未久，哑凤儿前来送饭，她见庞秋生平展展躺在地上，便弯下腰推了他几把。庞秋生睁开了眼打算坐了起来，他刚欠起身子，嘴里一口鲜血喷涌而出，之后又重重倒在地上。哑凤儿手中的饭罐"叭嚓"一声摔落下来，她站起来疯了一般"呀、呀"地挥舞着双手。打谷场上的村民们跑了过来，大家议论纷纷。

有人说，"这庞秋生拼了命在白灰窑干，硬是累出毛病了。赶快找石山，先把人送到医院吧。"

庞秋生的嘴里依旧在冒血，他目光呆滞地看着众人，声音微弱地说："别找了，没用了。"

哑凤儿"嗤啦"一声从上衣撕下一块布，跪爬在庞秋生身边，"呀、呀"叫着为他擦拭着嘴上的血，然后惊慌失措地比画着，似乎在寻求众人的帮助。庞秋生吃力地探起胳膊抓住了哑凤儿的手，他的脸上竟然挂着笑。

"哑凤儿，我真舍不得丢下你，这辈子让你跟着我受苦了。有一件事告诉你，咱家……"庞秋生刚抬起手想比画什么，又一口鲜血吐了出来，随后他的脑袋向外一倾，再也没有了声息。

"呜呀……呜呀……"哑凤儿抱着庞秋生的身子，不停地叫喊着。

此时，西垣边上却听得有人在唱山曲：

一疙瘩瘩黑云往头顶上盖，

老天爷你咋爱收割这苦命鬼。

草窝里的蚂蚱它有六条腿，

你两脚一蹬撇下了几张嘴。

干土梁的芨芨石头缝里的藤，

你丢下可怜的哑凤儿咋活命。

山坨坨顶睡觉四下兜底的风，

天底下谁会心疼咱没钱的人。

一大早天空如洗，但气温明显有所下降。

今天是中秋节，村里在外打拼的人携家带口回到了村里，寂寞的村庄一下子有了生机。孩子们在街道上欢快地蹦来蹦去，大人们则依旧忙忙碌碌操持着各种繁琐的农事。这一天，男人们大多做些打谷场上的事情。譬如，碾碾高粱、砌一下玉米垛。女人们则在家里忙着十五的吃食，虽然家家的生活都不宽裕，但毕竟一年只有这一个中秋节，平时再怎么节俭，也不能苦在这一天。月城村民兜里没有活钱，女人们便端着高粱、豆子、玉米、小米走出家门，与街上的商贩讨价还价以物易物，换取所需的猪肉、豆腐、蔬菜。到了中午，家家户户吃的是黄灿灿的油炸糕，条件稍好一点的人家，七凑八凑弄两三盘菜的花样；倘若家里实在困难，便只好换上半斤猪肉，弄一锅热气腾腾的豆腐粉条大烩菜。晚上是亲情守岁的时候，断不了将平时省下来的一点点白面捏弄一些滑不溜溜的饺子。往往这时候，村里再抠的女人们也会给自家男人打半斤老烧酒。每顿饭前，女人们只需向打谷场上尖喳喳地喊上一嗓子，各家的男人们便像是喂熟的羔羊，屁颠颠地赶回了家中。

秦克勤是昨天回来的，黄雅萱也给秦克勤打了半斤酒，她没有见过秦克勤喝酒，但是她觉得男人嘛就得有点男人的样，多多少少喝那么一点酒，她想象着秦克勤喝酒的样子一定会很好看。

230

八月十五最隆重的时刻当属晚上。饺子吃罢，家家户户开始准备祭月的供品。人们将院子打扫干净，然后在院子里摆好桌子，挂上云幔，安放好香炉，点燃蜡烛，插上"兔儿爷"，中间放团圆饼。此外，再摆上压在箱底保留了数日的几个水果，并把西瓜剜成莲花瓣、元宝、花篮等形状，村里人称之为"剜月"。只等月升之后，全家人整理衣冠，整齐地出来跪拜月神，之后再回到屋里团聚赏月。也有细致的家长，用农田刚刚剥下来的高粱秆子编制几个小巧的南瓜灯，或是葫芦灯，家里小孩儿手持南瓜灯、葫芦灯往来奔波，好不热闹。

庞庆和也做了一个南瓜灯，他将灯挂在院子里那棵老榆树上，然后蹲在树下眼睛迷茫地看着空落落的院子。一只狗绕在庞庆和身边忽左忽右，那狗的眼里无端地流着泪，庞庆和的眼里也含着泪。

宋拉娣不知何时站在了庞庆和的身边，说："他爹，咱家儿子不会出啥事吧？"

"不会，你别心想那没用的，他能有啥事呢？这孩子心气高，肯定没找到好工作，也没挣下个钱，要不他能不回来？"

"再挣不下钱也得回家呀，他不想爹妈，我还想他呢。"宋拉娣说着抹了一把眼。

"就你想？光想有什么用，回来又有什么用，家里给他拿不出钱，回来也没用。"

"他爹，你要不出去找找孩子，我担心着呢。"

"去哪儿找，他又没留下具体地址，我去哪里找？"

"呜、呜、呜"，宋拉娣抑制不住地哭出声来。

村里人只顾忙节日的事情，此时月亮的清辉泼洒在村南的山沟里，那山里还剩下一线清澈的小溪。庞石山和陈素箐相拥在溪水旁，他们一边耳鬓厮磨窃窃私语，一边警惕地向沟外眺望。

此时，黄雅萱正躺在秦克勤怀里，像是一只美丽乖巧的小兔。有了梅奕瀚送给她的助听器，黄雅萱便能和秦克勤说悄悄话。

"克勤，你想我吗？"

"想哩，咋不想。"

"你想我的时候，是个啥样子？"

"我把枕头当成了你，每天晚上搂着睡。"

黄雅萱的脸瞬间绯红，她在秦克勤的胸部轻轻锤了一下："你真不害羞。"

秦克勤便将黄雅萱搂在怀里："你是我的，那有什么害羞的。"

黄雅萱急忙用手指了指西屋，秦克勤方才坐了起来。

"克勤，月亮上面真的有嫦娥吗？"

"有，那嫦娥的怀里还有一只可爱的白兔子。"

"她们是怎么上去的？"

秦克勤瞬间觉得黄雅萱如此蠢得可笑，但是他不忍心扫了她的兴，便伸开两条胳膊，做出小鸟飞行的动作。

陈志远早在半月前就回到村子里，他向郝亮请了假回来秋收。辛玉兰早打好了月饼，家里也买了二斤小果子，此时他们却没有一丁点的食欲。屋子里静得厉害，偶尔会有一两个土疙瘩从屋顶残破的栈板上掉落下来，"啪"的一声砸在地上，再"嘭"的一声落在土炕上，辛玉兰便起身忙着去收拾。陈志远已经习惯了这种情形，他的心思早跑回了十年前。那时，母亲总是会用五色线给他编织一个小巧的果络子，他会将它佩戴在胸前，里面装一个小果子，然后像只小鹿满街撒欢儿疯跑。陈志远想，人为什么要长大哩，永远生活在无忧无虑的童年该多好。现在他真的长大了，长到母亲早忘记了编织果络子，长到他自己也没有了一点点玩耍的心情。

窗外，那轮明月已经架在銮山与天户山之间。院子里的蜀葵花儿开始凋谢了。一只孤独的夜莺正栖落在巷子东边那棵老柳树上，鸣声啾啾。好像刮起了风，蜀葵们有些枯黄的枝干摇摆不定，屋檐的茅草也在沙沙作响，若倾若述，就连天上那轮皎洁的明月似乎一下子染上了心思。

碗柜顶的墙上，还挂着陈志远父亲的遗像，柜上的米碗里插着三炷香，那香烟萦萦绕绕仿佛在编织一个梦。

辛玉兰端过月饼和小果子放在陈志远的面前。

"实孩儿，你吃点。"

"妈，我不想吃，你吃吧。"陈志远将月饼和果子推给了母亲。

"实孩儿，咋这么不听话，吃点。"说着，辛玉兰又将月饼和果子推给了陈志远。

"妈，我真的不饿。"

陈志远看看父亲的遗像，然后跳下地，将月饼和果子放在父亲的遗像前。

"爹，那边冷不冷，有没有人陪你说话？哦，可怜的秋生叔去那边陪你了，你们老哥俩也算是有个伴儿。"陈志远的眼里泪花闪闪。

辛玉兰从炕上抬腿下了地，她拉着陈志远的手安抚他上炕。

"实孩儿，你爹不在了，可咱们以后的日子还很长，你得坚强走下去。你实在不想吃，先睡吧，明天地里还有活儿要干哩。"

"妈，我懂，你也睡吧。"陈志远答应着母亲，便上炕倒头睡下。恍恍惚惚中，陈志远又梦见一个婴儿被丢弃在汽车站的售票口，那婴儿的哭声凄厉无比。辛玉兰还没有睡，她看见陈志远的眼泪滑落在枕头上。

此时，恒州大学专家公寓里灯火明亮。

祝彤正在灯下撰写一篇文章。在另一间卧室，梅思雨摊开书本，用一支笔轻轻地敲打着脑门。此时，她的电话响起，是同学约她出去逛灯会。

梅思雨起身到厨房查看，梅奕瀚正在灶上忙碌着。

"老爸，都几点了，你这饭还没弄好吗？同学约我出去。"

梅奕瀚回过头笑笑，说："县里工作忙，老爸回来晚了，马上就好。思雨，等吃了饭再出去。"

"你快点。要不是为了照顾你的情绪，这饭我还真的不吃了。"

"这孩子，说什么哩。你吃饭，怎么是照顾我的情绪？"

"怎么不是？你上次在家做饭还是八个月前，这忙活了一晚上，倘若我不吃这顿饭，是不是太不给你面子了？"

梅奕瀚哈哈大笑："你这么一说，还真是给足了老爸面子。去叫你妈吃饭，这饺子已经熟了。"

梅奕瀚一家坐在桌子前，祝彤已经打开了一瓶葡萄酒。

"能喝点吗？最近你的血压、血糖怎么样？"

"喝点，今天是中秋节，怎么能不喝点，给思雨也倒一杯。"

"你还没有回答我的问题，我问你的血压和血糖怎么样？"

祝彤的脸上始终保持着资深学者的矜持与严谨。

"噢，没事，每天吃着药哩。"

思雨夹起一块红烧肉放到嘴里，她赶忙吐了出来，脸上现出痛苦的表情。

"老爸，你这菜能吃吗？"她急忙起身去漱口。

祝彤也夹起一块红烧肉尝尝，便也吐了出来。

"老梅，你这是诚心不想让人吃饭。"

梅奕瀚的眉头一紧，他再去尝那肉，急忙也吐了出来。他歉意一笑说："对不起，食盐可能放重复了。"

"做饭也是一项工作，如同在单位一样，也需要用心去对待。你看看，这不是弄砸了嘛。"

思雨从卫生间出来，说："我可享受不了你的美食，走了，去看灯会。"

"思雨，别的菜不咸，你吃点再出去。"梅奕瀚说。

"不了，同学在外面等着。你们两人该珍惜一下这美好的时刻。"

祝彤端起酒杯与梅奕瀚碰了一下："听说，你已经将黄花列为平邑县的主导产业？"

"是的，我坚信黄花产业有不可估量的发展前景。"

"我不否认你的发展战略眼光。但是，如果你摘不掉虚假的'小康县'帽子，就意味着永远得不到资金和外援的帮扶。单靠平邑县目前捉襟见肘的现状，你拿什么去发展这项产业？靠银行贷款根本不是长久之计，我担心你启动了这个项目，最终会功亏一篑。"

"我不求有功，但愿无憾。"

"我知道你的心里有股劲儿。可是你别忘了，我是中央财大社会经济学毕业的，我对政治、经济、社会也有足够清醒的认识。"

"以你的分析，这'帽子'是否摘不掉？"

"也不是，我是担心'摘帽'后的事情。一旦'摘帽'成功，势必会有一股势力兴风作浪，到时候难保你还能留在这个位置。中国历史上的任何一次改革都不是一帆风顺的，曲折起伏似乎成了必然。目前，平邑县的社会环境很复杂，即使你自身再干净，也难免会有人将一盆脏水泼到你的身上。如果你被撤职或者调离，这黄花产业刚刚铺开局面，老百姓们是否能坚持发展下去？平邑县抱守黄花这块金字招牌已经一千多年，可是到目前依然被束之高阁。为什么发展不起来？一个字：难。"

梅奕瀚自顾抿一口酒。对面楼宇的电梯间灯光忽明忽暗，那电梯自下而上，然后再自上而下。

"所以，我得争取每一分时间，给平邑县的人民打好黄花产业的基础。"

"筱璇和我讲了你处理平邑县水务局的事情，你做得很好。"

梅奕瀚抬眼看着神情沉静而严肃的祝彤。

"范筱璇是你派去平邑县搞调查的？"

"我虽然是系主任，但还没有那个权力，这是学校下达的一个社会研究课题。当然，不是因为我是你的妻子，更不是针对你调任平邑县而去帮助你，这个课题调查已经进行了一年多。"

祝彤再碰了一下梅奕瀚的杯子。

"筱璇是你大学的同学？我怎么以前没有听你说起过？"

"在我去平邑县上任之前，已经和她失联了二十多年，不知道她在恒州大学工作，更不知道她和你在一个系里，真是巧得很。"

"筱璇是一位出色的教授，也是一位很有正义感和社会责任感的优秀女性。这次，系里派遣她去完成这项任务，不是为了一篇简单的论文，而是为了我们恒州市的未来。"

"筱璇知道你和我之间的关系吗？"

"不知道，我没有和她说过。"

"为什么不说？"

"黑格尔有句名言：'历史是一堆灰烬。但灰烬深处有余温。一个民族要有一群仰望星空的人。他们才有希望。'现实生活也是如此，灰烬中必然会执着地生长着一双或无数双仰望星空的眼睛。但是，倘若在他们的眼前横亘某种障碍物，就会切断他们辨别光明的方向。你现在坚守在那片土地，我是你的妻子。一旦讲出来，会影响到她去客观判断现实事物。"

哭婚

在陈德懋家里，马建忠正陪着德懋老人说话。阳光打玻璃窗照进来，屋子里显得分外明亮。

"德懋叔，你说咱月城村还能变好吗？"

"能，怎么不能，万事万物皆有轮回，总有一天咱村子还是会兴旺发达起来。"

陈德懋看了看马建忠，说："你在月城村呆了四十多年了，看得出你对这个村子很有感情。"

"那是肯定的。这里是我的第二故乡，我离不开这个村子，也离不开德懋叔。"

"现在，村里的人都往城市里跑，难道你不想再回到城里？"

"那里已经不是我的家了，我在城里没有了家。"

"可是，你毕竟是大城市里的人，我想你的梦依旧还在那座城市。"

"那是不堪回首的旧梦，已经没有了什么可留恋的。城市不见得有那么好，还不如咱月城村哩。您看，这山有多好，这空气有多好，有您在多好。"

陈德懋不禁叹息一声："唉，我能感觉到，你说的是真的，也是假的。月城村一些村民对你一直有不好的看法，这么多年了你的心里一定很苦，但是你还在留恋这个破落的村子，难呀。"

"怪不得村民们，谁让我曾经犯过错误哩。"马建忠沙哑着嗓子说。

"你是个好人，又是一个老牌大学生，有文化、有思想。凭我的直觉，你一定是曾经受了什么冤屈。说出来吧，说出来就彻底放下了，你也该给自己一个清清白白的机会了。"

"德懋叔，我早就放下了，只要自己的心底干干净净就行了。"

"建忠，我的心里一直有个疑问。"

"那您说说看。"

"当年，你被下放到月城村时一直不会说话，后来一场马惊事故竟然让你突然开口说话。你跟叔说，到底是怎么回事？"

马建忠显得极不自然。少顷，他说："这事您应该懂得，我是受了惊吓才失语的，然后又是因为惊吓恢复了说话能力，属于语言神经障碍性功能修复。"

"我不懂得医学上的事，但我知道，你是个好人。如果当年那马惊之事，不是你喊出了那一嗓子，并出手救人，咱村的那两个小孩就没命了。"

"德懋叔，如果不是那次马惊，恐怕我到现在还不会说话哩。"

"听说，你的二儿子现在很有出息，已经是个企业家了。"

"孩子们跟着我受了累赘，他总算是熬出了头。"

"那时候，政审更为严苛，他后来是怎么当兵的？"陈德懋试探地问了一句。

马建忠顿时现出了紧张的神情。他尴尬一笑说："德懋叔，天不早了，改天我再过来陪您说话。"说完，他便匆匆离去。

此时，庞石山如坐针毡，中秋夜约会后，他已经两天没有见到陈素箐。庞石山趁夜色悄悄潜伏在陈常有家的窗户外偷听，才得知陈素箐被陈常有锁在了屋子里。庞石山一时不知该如何是好，如果硬闯着去见陈素箐，恐怕对她更为不利；倘若放任不管，陈素箐何时才能恢复自由。庞石山思来想去，决定再等等看，也许陈常有不过是以此教训一下陈素箐，她毕竟是陈常有的亲生闺女，不可能将她一直囚禁下去。庞石山水米不思，惶惶然在陈常有家附近转来转去。

陈小泉中秋节回来后，还是谈要钱娶媳妇的事。陈常有唯一的办法就是把陈素箐嫁出去以获取彩礼钱，但是陈素箐始终不答应。陈常有早知道自己的闺女经常和庞石山在一起，但是他没有办法将他们分开。陈常有被陈小泉逼急了，便手举皮鞭将陈素箐一顿暴抽，然后将她锁在了房间。陈常有知道，如此下去，最终不是解决问题的办法，便四处托人说媒，欲将陈素箐尽快嫁了出去。

陈素箐在屋里整日以泪洗面，她"啪啪啪"拍打着那扇破败的木门，声嘶力竭地哭喊着："放我出去！妈，你放我出去！"

陈素箐的母亲杜月梅隔着门满腹心酸地说："素箐，不是你爹心狠，你不能嫁给庞石山。"

"为什么？妈，你说为什么呀？"陈素箐的哭喊声愈来愈弱。

"素箐，爹妈都是为了你好。你看看庞石山一家，他爹死了，他妈又是个聋哑人，你若是嫁给了他，这穷日子何时是个头。"杜月梅擦拭着眼泪。

"妈，我不怕，再穷的日子我也愿意和他过下去。"

"素箐，你醒醒吧，别把自己逼上绝路，你爹是不会答应的。"杜月梅说完，她向苍天祈祷着什么。

陈素箐隔门听得多年不见的表叔正和父亲说着话。

"表哥表嫂，素箐已经嫁过一次，在咱们当地再找不到一个好婆家，也给不了多少彩礼钱。我媳妇的舅妈娘家有一个亲戚，他家的儿子比咱素箐大两岁，也结过一次婚，因为媳妇不能生育，后来离了。小伙子勤劳能干，家里有很多的牛马羊，可以说是达来苏木草原上最大的牧民，素箐能嫁给这样的人家，那一辈子有享不完的福。"

"你说的是口外？"杜月梅问。

"是的，在苏尼特左旗，紧邻蒙古国，那里土地肥沃，水草丰美。"

"就是再好，我也不能把女儿嫁到那么远。"

"远怎么了？只要是人靠得住，远一点有什么关系。再说了，口外比咱们这里富裕多了，20世纪60年代咱们这里饿得慌，还不都齐刷刷地跑到了口外。"陈常有说。

"是的，表嫂。咱拼死拼活的干活为了个啥，还不是为了过上好光景。你别看咱们这里一年四季难见个荤腥子，等素箐嫁到人家那里，每天吃不吃都是牛羊肉，你说这不幸福吗？"

"好了，就这么定吧。你赶快给那边去信，彩礼钱就按我说的那个数，和他们确定嫁娶时间，这事不能再等了。"陈常有说。

陈素箐在隔壁屋里听得清清楚楚，她大声哭喊着："爹，妈，我不嫁，我不离开月城村。爹……妈……"

陈常有冲着隔壁怒吼道："你若不嫁，不是你死，就是我去死！"

陈素箐靠着门慢慢慢慢滑到了地上。此时，她彻底绝望了。她从兜里掏出了一块手帕，这是去年春天庞石山从城里给她买的，柔软光滑的薄绢上绣着一对粉红的并蒂莲。

陈素箐双手托着手帕泪如雨下。

"石山，我对不起你啊。石山，我是真心喜欢你的。可是，如果我不听爹的话，我死不足惜，我爹一旦为了我寻死了，我们这个家就彻底完了，我还有两个哥哥没有成家呀。石山，你原谅我吧。"

月城村挖沙之事在村里引起各种非议，村民们都说那修路工程队挖沙采石的真正目的是为了选铁粉。孙财旺开始没有把村民的议论当回事，他去西沟看了看，便驱车直接去了市里。

全亮恰好在省城，孙财旺直等到傍晚他才回来，两人在一家酒馆见了面。

"这么着急，找我什么事情？"

"你还好意思问。"孙财旺一口喝下一杯酒，"我问你，那西沟挖沙到底是怎么回事？"

"当然还是为了县里各村修路的事。"

"我们村的路都修完了，就算是其他的村子还在修路，也不能继续挖我们村的沟。再说了，你们从沙石中选出来那黑乎乎的东西是什么？"

仝亮一副若无其事的样子，说："那黑东西就是点铁粉，埋进路基里多可惜，选出来多少也值几个钱，贴补一下工人的费用。至于挖沙又没有破坏老百姓的耕地，你急什么？"

"好好好，我不跟你讲这些，你们把西沟的工程队赶快撤出来。"

"咱们有合同，不能撤。再说，我也做不了主，我只是在执行老总的指令。"

"如果没有我，你哪来的那狗屁合同！"

孙财旺将酒杯重重地磕在桌子上，然后愤愤地抛下一句话："你听着，我回去后让村民们去西沟驱赶你们那些工人。"

仝亮赶忙换作一副笑脸说："别呀，表弟，咋说着说着就上火了？"他给孙财旺满了一杯酒，又说，"我回来后刚接到老总的通知，他正打算让我去看看你，顺便给你带点东西。"说着，从包里掏出一个纸袋递给了孙财旺。

孙财旺掂量了一下那袋子，便揣进怀里。

"不过，老总说了，今年那沟里不能再让王闯那伙人乱采了。"

孙财旺夹了一口菜放进嘴里，慢腾腾地说："王闯还说了，那沟里不让你们去采挖了，你说我到底该听谁的？"

仝亮握着一双筷子，轻轻地敲打着桌子。思谋了一会儿，他说，"要不这样吧，沟里的事情我们自己去解决。等那沟里的沙石挖完后，我们还打算开山采石，你只负责管住那些村民，别让他们闹事就行。"

"问题是，就连我们村的白灰窑也被乡里拆除了，那山肯定动不得。"

"这个不用你管，到时候我们老总会想办法的。"

"那行哩。"孙财旺再喝一杯酒，"表哥，不对，是全总，我们村林地那事情到底怎么样了？"

"早已经办妥了，只等市里下拆迁命令。"

庞石山一连数日见不到陈素箐，更是心急火燎。他从村里人的唠叨中得知，陈常有为了给儿子娶媳妇要了一大笔彩礼钱，将女儿嫁到了遥远的内蒙古大草原。庞石山顿时失去了理智，他决定硬闯陈常有家里，去夺回他心爱的姑娘。

"你不能去，没有陈素箐，或许你以后还会遇上别的好姑娘。陈素箐已经许配给了别人，你再去她家捣乱，陈常有绝对不会放过你。"庞石山的二叔庞春风说。

"叔，我不管，就是犯法去坐牢，就是陈常有打烂我的头，我也一定要夺回素箐。"庞石山说着，就一步跨出了家门。

哑凤儿感觉到了要出什么事，便"呀呀"叫唤着，向庞春风发出了求救。

庞春风知道，陈常有的脾气暴躁，侄儿庞石山此去，必定会引发血光之灾。庞春风慌忙也出了家门，把本家的几个亲戚叫上，大家手握木棍、铁锹等，一同向陈常有家跑去。

此时，陈常有正在家里午休，听得院子门呼啦一声响，紧跟着有人大喊："素箐，我来了，我来救你出去。"

陈素箐最担心的事情还是发生了，她在屋里喊道："石山，你回去，你赶快回去！"

陈常有一听，顿时怒火中烧："好你个兔崽子，竟敢跑到我家里闹事，看我不剁了你。"他边说边从案板上拎起菜刀向院子冲了出去。杜月梅一看事情不妙，紧跟着跑了出去。

陈常有两眼发红，他见到庞石山便举刀要砍上去，却被杜月梅紧紧抱住了胳膊。

少顷，庞春风带人赶了过来，他们举起木棍和铁锹挡在了庞石山的前面。

杜月梅顿时慌了手脚，她知道陈常有不是这些人的对手，便撒开腿向街外跑去。

陈常有说："姓庞的，你家穷得叮当响，还想骗走我的女儿？"

庞春风说："姓陈的，你女儿是自愿和石山谈对象的，你血口喷人。"

陈常有和庞春风在院子里相互斗嘴，陈素箐趁机拆卸屋里的木门。怎奈两扇门锁在了一起，陈素箐左搬右撬，那门还是打不开。

院子里忽然一阵嘈杂声。陈素箐从窗口向外一看，母亲带来一帮陈姓家族人举刀弄棒和庞春风他们对峙起来，双方你推我攘，血案一触即发。陈素箐便再次用力撬动屋门，就听得"咔嚓"一声，木门被撬开了，陈素箐急匆匆走出去站在了当院。

"大家都住手！"陈素箐大喝一声，"你们谁也别动手，有句话我要对庞石山说。"

庞石山见陈素箐出来了，急着想上前去，却被庞春风和几个人紧紧拉住。

"石山，我知道你对我好。可是，咱们村太穷了，你看看有谁家的姑娘愿意留在咱村里？我已经想好了，离开月城村，过去的事情我们就让它过去吧。从今以后，我们各走各的道，各过各的生活，再不相往来。你回去吧。"陈素箐说完，返身便走回了屋子。

庞石山咋能接受了陈素箐突然的变故，他像一头被打垮的狮子顿时双腿打颤。

"素箐，你不能这样对我，咱们不是已经说好了，要一生一世走下去？你不是说过吗，你不离开月城村，你不离开我？素箐……"庞石山呜呜地哭了起来。

庞春风听了陈素箐的话，顿时火冒三丈。他说："你个不要脸的东西，怎么说变卦就变卦了？呸，真不要脸，像你这样的东西，嫁给了谁谁倒霉！"庞春风说着，便示意众人拉扯庞石山回去。庞石山拼命地挣扎着："放开我，素箐，你不能这样对我。"

陈素箐在屋里看着庞石山被众人架了回去，内心里如同刀绞。

"石山，我对不起你，我也不想这样，可是我没有办法，我不能眼睁睁地看着你们血流成河。"陈素箐仰天哭喊着，"天呐，你为什么不长眼睛呀？你为什么要拆散我和石山呀？"

天无语。一群鸽子打院子上空飞过，冷冷的鸽哨变得愈来愈模糊。

晚上，陈素箐做了一个梦。她梦见自己与庞石山在山沟的小溪边追逐嬉戏，春天暖融融的阳光泼洒在小溪上，一片片金光闪闪，山沟沟里灌木葱茏，鲜花盛开。突然，有一只大雕飞下来将她抓了起来，她拼命地叫喊着："石山，快来救我！"陈素箐在一阵叫喊声中恍恍惚惚惊醒。

这天，是陈素箐出嫁的日子，她家院外早早停了一辆内蒙古牌照的面包车。

杜月梅给女儿陈素箐用细线一下一下绞光了脸上的汗毛，众人便忙着为陈素箐梳洗打扮。此时，陈素箐神情木讷地任由别人摆布。等陈素箐一切安顿好了准备上车，杜月梅开始放声大哭。哭婚，在月城村有着悠久的历史，就是在女儿出嫁时细述母女离别之苦，同时劝慰女儿去了夫家安心好好过日子。哭婚一般为乐极而悲，是母女同时哭互述衷肠。女儿感叹无忧无虑的少女生活已经结束，感谢父母的养育之恩，眷念兄嫂弟妹及与亲邻友好相处之情，同时亦包含对即将转为人妻、儿媳的人生转折甚感惶惑不安。而此时，却是杜月梅一个人在哭，她哭的是再也难得见女儿一面。

陈素箐的眼里却没有泪，她感觉自己的泪已经流干了，她的心也已经死了。

陈常有将一个打制好的梳妆盒搬到了车上，这是他给女儿唯一的出嫁礼物。

当陈素箐上车的一刹那,她看见人群中庞石山正挥起一只手大声地叫喊着什么,而他的另一只手却被他叔庞春风牢牢地抓在手里。

汽车开动的刹那,陈素箐回头再看看自己的父母、弟弟和妹妹,以及还在挣扎着冲上来的庞石山,她以头撞击着后边的靠背,紧紧地闭上了眼睛。

醉眼蒙眬的春生望着尘土飞扬远去的面包车,他摇摇晃晃唱了起来:

> 山沟沟不配金凤落,
> 两个人走不到那一搭搭。
> 白天做着黑夜的梦,
> 今生注定没有那好缘分。
> 铁杵当针穿不进根线,
> 你说这辈子不见就不见。
> 再好的天气总有变,
> 这没钱人的心思难实现。
> 窑头上临空长圪针,
> 你不扎俺肉扎俺的心。
> 驴粪蛋烧炕没火焰,
> 你热了那边却冷了这边。

不约而来的客

平邑县落实了以黄花作为推动全县脱贫攻坚的主导产业后，梅奕瀚组织召开了全县黄花产业动员会。

会后第二天，水务局电管站站长于国武忽然来到梅奕瀚的办公室。

"国武来了，请坐。"

于国武冷冷地看着梅奕瀚，他站在那里一动不动。

少顷，于国武说："我不干了，已经递交了辞职报告。"

梅奕瀚的眉头一蹙，随后又放松下来："看来，你对我处理水务局违规饮酒大吃大喝不正之风意见不小？"

"那天，的确是我带去的酒，我承认是我的错误。"

"那你是对全县通报批评有意见喽？"

"也不是。全县通报批评教育，对净化全县不正之风很有益，我对这样的处理结果很满意。"

"那你是替邹启明抱打不平喽？"

"启明虽然带头违规违纪，但他并没有触犯法律。"

"纪委对他的审查报告我已经看过了。"

"可你并不了解他是怎样的一个人。"

"那你说说看。"

"启明那天留梁处长吃饭是情非得已。那个梁处长凭借他哥是县委常委，主动提出要启明给他安排宴席，还要求全局办公室的人去陪他。启明碍于面子，而且他是市里过来的领导，便只好按着他的要求去做。"

"还是邹启明没有党性原则，给他处分不为过。"

"这个处分我能理解。但是，启明的确是个好同志，他本来有能力买一块像样的手表，可是他把钱都帮助了咱们县里的几个贫困大学生。对了，柳嫂的儿子上大学也是启明帮助的。柳嫂先天残疾，丈夫又有病，不能从事重体力劳动。她丈夫在桑干河水库那边给一家单位看大门，自己还在那院子里圈养了几只鸡。那天吃的鸡就是他养的，鱼和河蚌是那家单位从水里捕捞上来给他的。"

"噢，资助贫困大学生，有这样的事？"梅奕瀚面露惊异之色。

"这不是秘密，水务局的同事们都知道。"

"没想到他是这样的一位好同志，这一点值得全县的党员们向他学习。"梅奕瀚看了于国武一眼，"不过，那天他带头违规违纪的问题还是要处理的。"

"他已经在水务局全局会议上做了深刻的自我检讨。"

"那你说说，你为什么要辞职？"

"我打算回农村去种地。"

梅奕瀚顿时惊愕地站了起来。

"你想去种地？"

"是的，回去领着大伙儿种地。昨天，村里又来人了，七里乡的范书记也找过我几次。"

于国武的一句话，让梅奕瀚想起了一件事情。

梅奕瀚调任平邑县工作不久，那天他在七里乡党委书记范朝晖的陪同下去徐家洼村调研。徐家洼村位于平邑县东南虎头山下，是一个偏僻、干旱、坡地为主的典型贫困山村。梅奕瀚发现了一个奇怪的现象，徐家洼村虽然都是破败的土窑洞，但是村里的街道却是干净整洁。

范朝晖说："这个村子穷归穷，但精神还在。过去这个村子却是乱得很，不仅是村庄的面貌乱，人心更乱。而它的变化，归功于一个人，是这个村子的女婿，他是县水务局电管站的站长于国武。"

　　范朝晖指了指村子大路那边的涵洞，说："那是泄洪渠隧道，很多年前就倒塌了。泄洪渠比村子高，每到山洪暴发的时候，整个村子便遭了殃，到处冲刷成了沟壑，老百姓几乎没有行走的地方。有一次，于国武来岳父家，看到了这个情形，便回去拿出了自己的家底，再四处去借钱，总算给村里筹得了一笔维修资金。可是，修路修涵洞和泄洪渠的工程巨大，单靠村里的人力又不行。于国武便找到了他的一个开发房地产的朋友，请求他出动机械设备帮助修路。这个人被于国武的精神感动了，便派来了挖掘机、工程车等机械设备，村里人齐心协力全动员起来，困扰了这个村子几十年的大问题终于得到了解决。此外，于国武每次回来，只要是村里人有什么困难，他都会主动去帮忙。打这以后，村里人的思想转变了，他们心里有了集体观念，不管这日子再困难，人们主动将这条来之不易的马路归拢得整整齐齐，打扫得干干净净。徐家洼村的老支书觉得自己已经跟不上时代了，没有能力带领乡亲们脱贫致富，便几次邀请于国武回村里当支书，村民们也盼着他回来。可是，人们又知道，于国武是个有公职的人，他还是一个干部，所以心里的那点盼想便也就渐渐熄灭了。"

　　此时，梅奕瀚看着站在自己面前身材瘦小的于国武，内心里百感交集。

　　"国武，你真能舍得丢下现在的这份工作？"

　　"有啥舍不得的？我的这份工作在别人眼里那是一份有油水的差事，而在我心里仅仅是为了工作。既然是工作，到哪里不是工作。农民们需要我，我不能再寒了他们的心。"

　　"国武，你在徐家洼为村民们所做的事情，我已经知道了，你是好样的。"

"梅书记，我之所以现在想回村子里，还有一个原因，就是县委落实了以黄花作为推动全县脱贫攻坚和经济发展的主导产业。我认为这个产业及相关扶助政策非常好，政府要拿出钱来去帮助农民鼓起钱袋子，我有信心带领徐家洼的村民发展好这项产业，让那里的群众尽早脱贫致富。"

梅奕瀚没有想到，县委做出决议后，于国武竟然是带头积极发展黄花产业的第一个人。

"国武，徐家洼的老百姓需要你。回去后需要什么帮助，请及时告诉我。"

此时，于国武才露出一张笑脸："我知道，发展黄花产业离不开水，打井的事情我已经和邹启明局长谈好了。"

安放爱情的坟墓

　　陈素箸出嫁后，庞石山在家里整整睡了三天，与他一同躺在床上的，还有病恹恹的母亲哑凤儿。可怜的哑凤儿不会说一句话，她忍着病痛看着儿子呆滞的目光，担心他有个好歹。在贫困与沉重的家庭负担挤压下，哑凤儿早蜕变成一只渺小、卑微的虫子，除了情急之下偶尔会迸发出几声"呀呀"的叫唤，她的一生习惯了保持沉默，她不知道该向自己的儿子比画个什么，更没有能力以一个母亲的名义亮堂堂的为他做些什么，她只能以咽进肚里的泪水去竭力递减内心里时时萦绕的不安和焦虑。

　　连续三天炼狱般的独自幽闭，庞石山认真地梳理着他与陈素箸过往的一点一滴。他确信陈素箸是真心爱他的，包括她此时的决绝背离，也是因为爱才不得不做出无奈的抉择。倘若没有陈常有的阻拦，两个人真正结合在一起，以后的情形又会如何？庞石山冷静地思考起这个问题，他恍然有一种释怀的感觉。陈素箸的离开，实际是对他人性的一次救赎与解脱。庞石山不得不承认，自己虽然也爱陈素箸，但是他的爱更多的是因为自身贫困，而不自觉产生了一种强烈占有的欲望，以他现在的情形，根本没有能力去给予陈素箸美好的未来。庞石山这样想着，便暗暗痛恨起自己人性的卑劣与自私，既然自己那么爱陈素箸，为什么不让她及早离开这个贫困的村庄，去找一个能真正给予她幸福的人？

庞石山突然恢复了常态，却让哑凤儿更是忧虑重重，她无法以自己那点苍白的思维去理解儿子异乎寻常的行为。哑凤儿在极度的压抑中，病情一天比一天加重，这个与人为善压抑了一辈子的女人又苦苦煎熬了十几日，便静静地离开了这个世间。

庞石山怀着愧疚之心安葬了母亲后，又在二道梁上挖了一座空墓穴。他守在父母的坟前，回忆着与陈素箐交往的每一个细节。

那年春天，他刚刚辍学回村，偷偷地带着陈素箐去桑干河坝上游玩，两人眺望着远山黛云，回忆着年少时光，遐想着未来。仅有一线窄窄的河水边，一对燕子带着小燕子飞来飞去，堤岸上柳丝飘摇，似在戏弄翩翩起舞的蝴蝶。就是在那河坝上，两个人私订了终身，并许下了誓言。前年夏天，他又带着陈素箐爬了一次天户山，两人坐在山中的草甸上，看细草摇风，看山坡上一丛又一丛的山丹丹花，它们倔强地从低矮的灌木缝隙中开放，他还摘了三朵山丹丹花儿插在了陈素箐的头上。去年秋天，陈常有外出走亲戚，他趁机带陈素箐到桑干河去看芦花，直至天黑两人还在倾听芦花相互摩挲的声音。

庞石山想着过往的事，不禁满怀的忧伤。

天渐渐黑了下来，庞石山感觉胸中压抑得厉害。他蹲在地上"呜呜"哭了起来。待情绪渐渐稳定下来，他从挎包里拿出一个木盒子，里面装着一把牛角梳，这是他在陈素箐出嫁前亲自去城里买回的，只是再没有机会送给陈素箐了。庞石山从二道梁上拔了一些野花，平铺进木盒子底部，然后将那把木梳子端端正正放在野花上，再将木盒子放进了空空的墓穴中。他拿起了事先准备好的一把铁锹，将这个空墓穴彻底填埋了，包括过去两个人许下的誓言。

这天夜里，庞石山抛下老屋，离开了村子。

村里人说，那座空墓穴是庞石山给自己挖的，他是想自杀，但为什么又把那空墓填埋了，然后又离开了村子？很可能是他觉得死在村里有些丢人，他想死在外面。又有人说，庞石山一定是不想死，他去找陈素箐了。还有人说，村里人谁都不知道陈素箐到底嫁到了哪里，庞石山怎么能找到她，一定是进城里打工去了。

陈大勇刚走进马二女家里，就被马二女的儿子福强狠狠地推了一把。

"你出去，别来我们家，我不想看到你。"

"福强！"马二女伸出去的巴掌慢慢又放了下来。如果是在以前，马二女这巴掌必定会打了下去。可是，现在她再没有了这个勇气。自打福蛋儿离世后，福强成了她唯一的骨肉，马二女再也下不去这个手。

"孩子还小，他不愿意见我，我就回去了。"陈大勇说。

"你别走，福强不懂事，你也不懂事？坐下吧，我有话要对福强说。"

"我不听，我啥也不听。"福强说着跑了出去。

"孩子啥时候回来的？"陈大勇问。

"昨天傍晚。"

"福强刚上初中，又去了大仁县，可能不适应，有点情绪也是正常的。"

"大勇，这些年多亏了你照应这个家。福强还不明事理，你别往心里去。"

"咋会呢？我还能和一个孩子计较？"

"可是，福强他不同意咱俩的事，你说这该怎么办？"

"没关系，咱们慢慢等，等福强长大了懂事了，他会支持我们的。"

自打乔日娜与张杰离开月城村，这个山村很快又回到了过去的冷落与沉静。

村子西沟里又多出了几顶帐篷，各种大大小小的挖掘机、装载机、运输车、粉碎机、研磨机、筛选机在那沟里忙来忙去。

街道上便有三三两两的村民围拢在一起，议论那西沟里的事情。

"看来，乔副主任对于西沟乱挖沙的事也是没有办法。"

"这乔副主任回县里有些天了，是不是她不再来月城村驻村蹲点了？"

"可能的吧，这穷山沟要吃没吃，要喝没喝，谁愿意来。"

"咱村的路都修好了，为啥西沟里还在挖沙哩？大半个沟已经翻了个底朝天，以后那边真的没路走了。"

"听说那沟里有两伙人在折腾，看样子不只是挖沙采石。"

"那是村集体的土地，怎么能随便挖呢？"

"肯定是那沟卖了。"

"谁卖的？"

"谁卖的与谁买的，和咱们有关系吗？你拿到了一毛钱吗？"

"怎么就没人管呢？"

一连串的疑问之后，众人发一顿牢骚便作鸟兽散。月城村土生土长的村民素来像是从嘴里吐出去的那股洋旱烟，刚出口飘着刺人的怪味拥挤着抱成了一团，但霎时便分隔成一缕缕散漫无序无头无尾的曲线，彼此间似有似无或情愿不情愿地勾连着那么一点点，随即便彻底消失在空气里。

陶利说："月城村的男人，分明是小便失禁后哩哩啦啦滴出几个不起眼的尿点子，那尿点就算是落在浮土上也不会砸出一点点坑。"

陶利不是土生土长的月城村人，她虽然嫁到了这个村，但是她算不得这口发酵烟锅里的一条线，更不是那小便失禁之后的一个尿点，她早打起了自己的算盘。陶利又去西沟看了几回。她这次才发现，那西沟里不单单是挖沙采石，还有滚桶一样的机器在不停地运转，从那机器上分离出来一车又一车似沙非沙黑乎乎的东西。此时，她才明白，这挖沙采石场里果真隐藏着很大的猫腻。她试图去阻止那些挖沟的机械继续工作，却被几个人拎着棒子赶出了沟外。陶利知道，从这些人的身上她不会讨到什么油水，便一溜烟回来直接去找孙财旺。

有人说，陶利进村委会后，先听得她和孙财旺大吵了一场，之后里面又鸦雀无声了。过了不久，陶利喜眉笑眼地从村委会出来，裤兜子里鼓鼓囊囊的装了一坨蛋东西。她出来后，向外面站着的村民鄙视地扫了一眼，嘴里还说了句："看你们这些傻不拉儿的样子。"

还有人说，一定是孙财旺私下里塞给了陶利钱，算是堵住了她的那张嘴。

石磊窝在墙根说："咱也去找村支书讨个说法。"

众人便数落他："你去呀，你咋不去？看你那个灰相！"

陶利正打算回家，看见石磊的媳妇曹花与陈小泉鬼鬼祟祟在一起。陶利顿时喜上眉梢，她心里思谋着，这月城村怕是又有好戏看了。

自打陈素箐出嫁后，陈常有本打算用这笔彩礼钱给陈小泉娶个媳妇，结果三儿子陈小宝也回来要媳妇，兄弟俩为此打了起来。陈常有无奈，只得给他们二人分掉了这笔彩礼钱，没想到大儿媳梅子跟陈常有也闹起了意见。

杜月梅坐在院子里呼天喊地号哭着："老天爷，我这是上辈子做了什么孽呀……"

三请迟力强

平邑县黄花产业动员会之后，梅奕瀚连续到兴云镇、大晏镇、许家堡乡三十多个重点村调研。他发现，除了原黄花种植户有比较大的积极性外，大部分村民依然持以观望态度。梅奕瀚之所以要将黄花产业的重点区域先放在了这一乡两镇，主要是因为其靠近火山群、机场、市区，一旦黄花产业形成规模，接地连天涌动起金闪闪的花海，那是何等的景致，势必会吸引大批的游客来到平邑县观光，优质的环境氛围亦必将吸引更多的投资者前来合作。

农村专业合作化经营，是梅奕瀚认定脱贫攻坚最有效的一条道路。像芦苇一样抱团发展有诸多的好处：可以加强基层党支部在农村的领导作用，巩固农村集体所有制，实现产业调整和规模发展，有效促进农村自然资源与人力资源的整合。但是，组建合作社必须得有一支强有力的人才队伍。

人才？梅奕瀚脑子里苦苦思索着这个词，他忽然想起了一个人。

梅奕瀚到平邑县任职那天，见县城 109 国道路边的饭店、汽修厂门前停满了大型货运车，而这些饭店和修理厂也大多数关门歇业。梅奕瀚敏感地意识到这样的景致极不正常，便在到任当天下午由司机小李陪同出去调查走访。

梅奕瀚顺着县城 109 国道一直向西走去，一辆辆大货车宛若钢铁怪兽僵卧在那里。在一家公司的大院前停着十几辆东风天龙"百吨王"，货车的挡风玻璃上都贴着一张"出售"的纸牌。梅奕瀚看了看那家公司空旷的大院，便示意小李拨通了上边标注的电话。

电话里是一个略带嘶哑的声音："什么事？是不是买车？"

小李看了梅奕瀚一眼，说："我不买车，有事找你。"

"你不买车瞎打什么电话？我没时间。"电话那边传出麻将洗牌的声音。

"是咱们县的县委梅书记想找你谈一谈。"

"什么？县委书记？别胡扯，你还是省委书记哩。"

"我没有开玩笑，现在梅书记就在你的车跟前。"

院里的二楼玻璃窗忽然拉开半截窗帘，一个人的脑袋探了过来，向外面望了望。随后，那人又消失了，电话里又传过来一句话："啊，稍等一下，我马上出来。"

工夫不大，一个四十左右满脸疑惑的男人走了出来。他上下打量了一下梅奕瀚，说："你真是咱们县刚刚上任的梅书记？"

梅奕瀚微微一笑："怎么，怀疑我是冒牌的？"

"不是，我只是觉得这有点不可能。"

"县委书记也是人，需要和群众站在一起，走在一起，心连在一起，怎么就不可能？"

"那、那好，梅书记，您请里边坐。"

"怎么称呼你？你是这家公司的老板？"

"我叫迟力强，这家公司是我十几年前开的，现在县里的煤炭行业不行了，我这公司也算是倒闭了。"

屋内的麻将桌早已经清理干净，有三个人站在地上有些惶惶不安。

迟力强讲述了自己这些年的经历。平邑县得益于紧邻 109 国道，那

256

些年恒州市矿区丰沛的煤炭资源经平邑县运往京津冀和港口城市，平邑县就此发展起了大规模的煤炭营销产业，从而带动了全县的运输行业，这也是平邑县撬动"小康县"的一根杠杆。自打国家整顿煤矿、整治环境污染之后，平邑县的煤炭产业一下子垮塌了，无数的养车户一下子失了业，一时找不到了未来的方向。迟力强听说开铁矿特别赚钱，便承包了一家铁矿，而这个矿因没有生产经营手续，后来被彻底查封了。

"现在，县里运输行业失业率是多少？"梅奕瀚问。

"目前约为百分之七十，一部分养车户与物流公司挂上了关系，开始跑零担运输。"

"你是哪个村的？"

"高庄村的。"

"你是党员吗？"

"是。"迟力强的目光不自觉地微微瞥向一边。

"你以后有什么打算？"

迟力强看了看那三个人，无奈地笑着说："他们也是养车户，也是附近村里的，种地又挣不了钱，现在都很迷茫，不知道接下来该怎么办，每天打打牌虚度日子。"

此时，梅奕瀚又想起了迟力强，眼前顿时明亮起来。那些失业的养车主与司机，他们走南闯北见识宽广，而且思想活泛，接受能力强，如果能把这些人的心思重新收拢回农村，不仅解决了大批失业人的工作问题和社会治安问题，同时为农村建设和发展黄花产业注入了新的活力。可是，在此之前，梅奕瀚已经和迟力强通过两次电话，邀请他来县委办公室坐坐，迟力强总是以各种理由推脱了。

梅奕瀚思考片刻，再次拨通了迟力强的电话。

"力强，你比诸葛亮还难请啊。现在有没有时间，请你来我办公室坐坐。"

"梅书记，不好意思，那几天的确是有事。好的，我现在就过去。"

十几分钟后，迟力强满脸疲惫地来到梅奕瀚的办公室。

"立强，请坐。"梅奕瀚热情地招呼着，"看样子你的精神状态不怎么样。是不是熬夜打牌了？那可不对。打牌只能是闲暇时的一种娱乐，如果不务正业，以打牌参赌，那是犯法的。"

"梅书记，我错了。可是，除了打牌，我们这些养车户又能做些什么？"

"我叫你来就是为了这件事情。平邑县靠煤炭加工与流通发展经济的时代已经过去了，以后也不会再有这样的机会。那么多的养车户和跑车司机正是年富力强大有作为的时候，不能再空耗自己的生命了，大家应该正视现实，勇敢地走出一条新路来。"

"梅书记，我们那些人都是农村出身，除了会开车种地，其他什么都不会。如果庄稼地里能掏出金子，谁还愿意冒着生命危险出去跑车。我们祖祖辈辈的命都拴在了土地上，可是干来干去还是守着贫困的生活。"

"现在农村的田地里就有这样的淘金机会，就看你们是否愿意去抓住。"

梅奕瀚便把发展黄花产业的优势以及发展前景详细地作了介绍，并表示县委县政府已经制定了完善的措施，将会重点扶持规模化发展黄花产业的企业和农村专业合作社。

"梅书记，我打小在农村长大，知道黄花是个宝，过去因为种种困难，村里人不敢多种植。现在县委县政府给予这么大的支持，的确是件好事情，这项产业能发展。只是，成立涉农企业也好，农村专业合作社也罢，大规模集中发展黄花产业总得需要有耕地。问题是，农村耕地承包下去以后，家家户户的地都是有限的几亩十几亩，怎么能发展规模化生产？"

梅奕瀚将一份文件递给了迟力强，说："这份文件是十七届三中全会通过的《中共中央关于推进农村改革发展若干重大问题决定》，党中央明确提出了土地承包经营权流转管理与服务的若干决议。也就是说，以后涉农企业以及农村专业合作社可以流转农民们承包的土地，实现党建引领、改革推动、合股联营、企业与合作社及村民自主生产经营的发展新模式，改变昔日村穷、民弱、土地生产有效价值不高的落后现象，使农村的面貌和村民的生活发生根本性的改变。"

迟力强一下子满脸的兴奋："梅书记，这条路我愿意走。"

"不是你一个人愿意走这条路，我还希望你带动所有失业的养车户和司机都走上这条发展之路。"

"这个没问题。过去我的公司就是做煤炭流通业务的，百分之九十的养车户和司机我都认识，我会去做他们的工作。"

稍停，迟力强又说："如果能带领全村的人脱贫致富，这辈子也知足了。只是土地流转的事怎么操作，如何做通村民的思想工作？"

"这个不用担心，我让杜启瑞、皇甫一南和崔建雄帮助你做好这个工作。"

这段时间陈志远很少回家。辛玉兰惦记着儿子的安全，每天傍晚便会身不由己地去村南的峪沟散散心，或去北边的村口站上一会儿，她期盼某个瞬间儿子突然出现在自己的面前。月城村的白灰窑旧址还留下一间空荡荡的小房，辛玉兰听得屋子里有说话的声音。

"曹花，你跟着我进城吧。你看，现在咱村里还有几个年轻人守在村里？都走了。城里多好，城里有高楼大厦，有公园商场，有很多你没见过的美食。我现在有钱，你跟我一起进城里生活好吗？"

"我丢不下孩子，豆豆是个脑瘫孩子，自己不能独立生活。石磊懒惰成性，我走后谁来照顾豆豆？"

"石磊为啥懒惰？就是看中了你的老实、勤快。如果你不去操持那个家，我就不相信石磊会把自己和孩子饿死。"

"小泉，我还是心里不踏实，那样我会对不起我的孩子。"

"曹花，孩子们吃苦只是暂时的。等我们在城里扎下了根，把豆豆接过去不就行了，我和你共同抚养他。"

"小泉，你真的是这样想的吗？"

"曹花，我发誓，我一辈子会真心喜欢你，也会一辈子关爱你的孩子。不，我说错了，以后是咱们的孩子。"

"小泉，我先谢谢你，咱们不着急，让我再好好想想，再想想。"

辛玉兰站在小房的侧面听得是清清楚楚，她害怕被他们二人发现，便又往沟里再走走，远远听得有"哗哗"的水声。待辛玉兰走近一看，那沟里的积水潭站着浑身湿透的二云。只见他披头散发，一边拨弄着水，一边高声叫喊着什么。辛玉兰不禁胆战心惊，二云自打接受治疗后，他的病情还是时好时坏，只是很少再动手袭击人。辛玉兰便再不敢逗留，惶惶地向村里走去。

辛玉兰进家门不久，听得巷子里有摩托车的声音。少顷，院门打开，陈志远走了进来。

"实孩儿，妈刚从峪沟回来，正担心你哩。"

"妈，我没事，这不好好地回来看你了。"陈志远露着一脸的笑。他怕母亲看到他黑乎乎的样子而心酸，便在每次回家前先彻底洗漱干净，还特意从西安给母亲带回几样好吃的东西。

"听妈的，咱不干跑煤车的营生了好吗？那么远的路，每天连明带夜地跑车，妈放不下心呀。"

"妈，我一下子不干了，那郝亮师傅又没助手，怎么跑车？这样吧，我和郝亮师傅说一下，等他有了合适的助手，我就回来。"

"妈刚听见，曹花要跟陈小泉私奔呀。"

陈志远皱了一下眉头："怎么，陈常有不让自己的女儿陈素箐和庞石山结婚，难道允许儿子陈小泉去勾搭人家有夫之妇？"

辛玉兰叹息一声："也怨不得陈小泉和曹花，那石磊的确也是懒惰。

曹花十九岁和石磊结了婚，这么多年没跟他过一天的好日子。曹花今年三十五岁了，比陈小泉大六岁，怕就怕陈小泉不是和曹花真心过日子。陈小泉还说，以后要接豆豆去城里生活，我怕这事是陈小泉在糊弄曹花，另外那石磊也不会答应的。"

陈志远看着屋外黑漆漆的一片，心里沉甸甸的。

陈小泉窝在村里，隔三差五与曹花偷偷幽会。辛玉兰每看见豆豆，心里便不是滋味。好可怜的孩子，你知道你妈要走吗？你以后的日子可怎么过呢？辛玉兰心思惴惴的，好像总有一个东西掮在胸口，她决定去提醒一下石磊。

石磊还是老样子，每天斜靠在街头晒太阳，像是一条被人打断了腰椎的流浪狗。月城村除了新修了一条路，那窑洞和房子还是破破烂烂的。石磊的眼里不想容纳这些东西，他便在无聊的时候抬头看看云彩，云彩多好，每天都是新的，那云过了一阵子还会变成另一个样子。石磊便在那云彩里想小时候的事，想没有结婚前的事，想陈素箐和庞石山的事，想二云和傻三的事。石磊想着想着便冷不丁地放了一个屁，他低头闻闻，那屁竟然少滋没味的。石磊禁不住又想起了骡子的事：到底是谁偷吃了那骡子肉？

辛玉兰站在石磊跟前时，石磊懒得抬一下眼皮，半眯着眼，太阳光照在眼皮上，便有一片朦朦胧胧暖暖的红晕，那光晕里隐隐约约是一堆的骡子肉。

"你家曹花呢？"辛玉兰问。

"大圐圙转去了。"石磊依旧没睁眼。

"你得对曹花好些，帮她多干些农活儿，毕竟你们有两个孩子。万一曹花哪天受孬了，抛下了你和孩子，你们以后的日子该怎么过呀？"辛玉兰旁敲侧击地说。

"走吧，都走吧，这月城村只留下我一个人才好呢。"

辛玉兰一看石磊终归不开窍，便没了主意，她也抬眼看看天，太阳毒花花的。辛玉兰只得叹息一声，打算离去，却听得尖扎扎一阵哭声。辛玉兰转身一看，是石磊的女儿芽芽。

"爹，我妈不见了！"

此时，春生打北边溜溜达达走了过来，他边走边剔牙缝，接着又哼唱起山曲：

> 走大门来出了二门，
> 丢下你这个没良心的人。
> 鸟困笼子那活受罪，
> 跟你过日子过得好心累。
> 沙滩的蒿草没法长，
> 这辈子白白跟了你一场。
> 太阳落下那西山坡，
> 为啥你当初不心疼我。

石磊没在意春生唱了些什么，他只是盯着春生的嘴，待春生走过他的身边，他闻到了一股浓烈的酒气，也似乎闻到了一股肉香味。芽芽又叫了声："爹！"回过神的石磊再无心惦记那骡子的事，曹花离家出走，一下子击垮了他。这位原本像树懒一样懒散的男人，从地上猛地蹿了起来向陈常有家跑去。

此时，陈常有正在院子里将一截老树根雕刻成北魏武士俑，却见那武士面相宽方，一脸严肃，小颐秀颈，眉目开朗，体态修长，秀骨清俊，其身穿交领左衽压右衽长衣，外披铠甲，威风凛凛，器宇轩昂。陈常有打小传承祖上技艺，是村里最好的木匠。村里能和陈常有相比拼的只有一人，叫庞极无，此人则是一个铁匠，亦是传承祖上技艺，其手下打制的铁器家伙无人能及。此二人正好居住在同一条街巷，一东一西。月城村曾流传下来这样一句话：东有西无，小日子过得流油。可这毕竟是很多年以前的事了，自打改革开放后，村里的人越来越少，这木匠和铁匠的营生很少有人再用，陈常有与庞极无两家便没有了来钱的门路。

陈常有刚将武士俑雕刻完毕，正准备打磨，石磊怒气冲冲地跑了进来。陈小泉果然已不在村子里，石磊便要求陈常有还他家曹花，却被陈常有一顿大骂，再手拎一根大棒子将他赶了出去。石磊只得像一条丧家犬向村外追去，可是那条崭新的水泥路白花花地亮着一道缥缈的浮光，路上根本没有一个人。

曹花离家出走后，芽芽辍学了，她去古家庄乡公路边上的一家饭店打工。石磊不相信平时像只绵羊般的曹花真的能抛下了豆豆，他残存着一点念想，曹花可能过几天就会回来。但此时的石磊不得不操持起这个破碎的家，自己不吃饭可以，豆豆却不能不吃饭，还得有人去照顾。石磊在每天琐碎的锅碗瓢盆间熬过了一天又一天，曹花还是没有回来。一个月过去了，又一个月过去了，石磊终于接受了这个惨痛的现实。地里的庄稼总得有人去侍弄，否则以后家里会揭不开锅。万般无奈，石磊只得乖乖下地去做农事上的活计。

"三鑫"与"三心"

对于黄土地的热爱，只有扎根于此、与山河共在、与日月同天之人，才会有倾心执着的心髓；对于人才的渴望，只有心怀天下、情系百姓、和衷共济之人，才会有求贤若渴的真切感受。

梅奕瀚清醒地认识到，平邑县脱贫攻坚以及黄花产业转型发展，急需各方面的人才加盟才能实现大的突破。如果仅仅依靠资金鼓励作为开路的机器，埋头撒钱，可能很难达到最好的效果，相反会让一些擅长投机的人钻了政策的空子。长此以往，地方的财政负担增加了，实际上将是一地鸡毛，难以产生实际效益，难以推动产业的持续发展。挖掘人才需要树立良好的用人导向，要让大家看到有施展本领的舞台，有干事创业的良好氛围。在这样的基础上，再辅以经济上的激励，生产环节上的便利，才会产生更好的发展效应。而真正的人才，更注重的是责任，是担当，是事业心。

在梳理全县与黄花产业相关的一些企业时，梅奕瀚看到了一家名为"三鑫农副产品有限公司"，瞬间想起了一件事。

那天，下了一天的雨。梅奕瀚因担心全县危旧房屋的安全问题，下去视察了十几个重点贫困村。次日一早，天空依旧阴沉，他又匆匆去查看各地黄花的采收加工情况。当他到达清泉寺村时，见三鑫农副产品有限公司门口站着五六个农民，他们在比比画画谈论着什么，看上去有些激动，亦有些焦灼，路边停放着装满了黄花菜的三轮车。当这几个农民看到县委书记梅奕瀚时，便全部围拢过来。

"梅书记，这黄花我们不能再种了。"

"梅书记，你可得替我们想想办法呀。"

"大家不要急，慢慢说。"梅奕瀚安抚道。

"你看这阴雨天，我们的黄花就算自己加工出来也无法晾晒，只能是将生鲜黄花卖给几家有烘干设备的黄花加工企业。可是，大多数企业生产规模较小，能加工处理的生鲜黄花有限，想把黄花卖给他们还得拉关系走后门。这三鑫公司算是规模最大的，没想到他们借机压低收购价，还挑三拣四找毛病。你说，我们这采收下来的黄花怎么办？这可是我们一年辛辛苦苦的血汗呀。"

"他们平时的收购价是多少，现在价格又是多少？"

"平时鲜黄花的收购价一块二毛钱，今天却只给九毛钱，这不是坑人吗？"

这时，梅奕瀚的电话响起，是靳忠打过来的。他说，省发改委刚到县委，有重要的事。

梅奕瀚挂断了电话，说："我已经问过气象局，今天午后天放晴，你们赶快把黄花拉回去，自己先加工出来。大家不要担心，我尽快帮你们解决此事，处理好阴雨天黄花加工烘干的事情。"

此刻，梅奕瀚注视着"三鑫"的"鑫"字，脑子里打了一个大大的问号，难道这家企业果真置农民的利益不顾，如此看重钱财？不行，得马上去见见这家公司的老总。他拨通了皇甫一南的电话，让他陪同前行。

车至县城南街，在路东一家店铺前聚集了许多人。开面馆的刘三正手握一根木棒，与几个穿制服的人对峙，旁边还站着梁明义在指手画脚地说着什么。

"这是怎么回事？"梅奕瀚问皇甫一南。

"刘三租的这面馆门面房是梁明义的，这地方原本是后面家属区的消防通道，被梁明义占用后改建了房子，属于违法建筑。小区里的居民曾经就此事向相关部门反映过，但是此事最终不了了之。前几天，这个小区一户居民家中失火，因消防车不能及时进入小区，差一点酿成大祸。为了消除安全隐患，县里对于违法违规建筑将一律拆除，估计拆迁队遇上了梁明义阻挠。"

梅奕瀚让小李停车，他与皇甫一南走了过去。

"刘三，谁要敢动这房子，你给我用棒子砸死他，出了事我担着，我看他们谁敢拆这房子。"梁明义的话音刚落，就听得背后有人说话。

"是谁给了你这么大的威风？"

梁明义扭头一看，梅奕瀚大踏步已走至跟前，便赶忙换作笑脸。

"梅书记，您咋来了？这房子是我辛辛苦苦盖起来的，咋能说拆就拆呢？就算是要拆，总得给我一定的补偿。"

"你明知违法，却故意占用消防通道，给小区居民带来了极大的安全隐患，又导致那家失火的居民造成了很大的损失。目前，该追究的是你违法的责任与后果，而不是所谓的补偿。"

"梅书记，他家失火，又不是我去点燃的，和我有啥关系？"

"消防通道是救命通道，你为了一己之利，将这条通道堵死了，才导致火情不能及时扑灭。这难道和你没有关系吗？我现在问你一句，你是否愿意配合拆迁工作？"

"如果不给我一定的补偿，这房子就不能拆。"

梅奕瀚转身对皇甫一南说："你给靳忠打电话，让他通知梁明仁现在过来处理这件事情，如果他处理不好，我追究他的责任。另外，给小区失火的那家居民提供法律援助，追诉因占用消防通道而带给他家的经济损失。"

梁明义闻听此言，脑袋顿时耷拉下来。

梅奕瀚见刘三手里依旧握着一根大棒，问："你这是起什么哄？"

"如果这房子拆了，我就不能营业了。"

"瞎胡闹。我告诉你，阻挠执法，你会被拘留的；以凶器伤人，你会被处以重罪。"

梅奕瀚说罢，转身离去。在车上，梅奕瀚询问皇甫一南，他对三鑫公司的了解情况。

皇甫一南说："三鑫公司的老板叫姜大伟，原是市里一家国有企业的员工，后来企业破产了，他把目光集中在了平邑县的黄花上。十年前，他只身来到平邑县，收购农户加工出来的干黄花，卖到全国各地。但是，那时的黄花产量很少，可卖的黄花菜毕竟有限。后来，县里种黄花的家庭慢慢多起来，姜大伟的业务越来越忙，他的妻子任娟娟也辞了职，同时卖掉市里的一套住房作为启动资金，两人在平邑县租住在一个大院，成立了三鑫公司。他们的生意越做越大，不仅收购黄花菜，还收购其他的农副产品。再后来，他们拿出了全部的积蓄在清泉寺村批了一块土地，自己盖起了厂房，形成了从种植、加工到销售一体化的产业公司。目前，这家企业算得上平邑县涉农龙头企业，帮助农民们解决了不少农产品滞销的难题。"

"姜大伟这个人怎么样？"

"此人性格耿直，做事比较严谨，丁是丁卯是卯，从不含糊。不了解他的人，会以为他私利为重不近人情，其实他的心胸和格局还是蛮大的。"

"迟力强那边的情况现在怎么样？"

"毕竟他在外面跌爬滚打了这么多年，不仅有资金有实力，而且头脑活泛。他刚回高庄村没多久，就组织农民流转土地合股成立了黄花专业合作社，还带动了一批养车户返村创业。"

"我们就是要鼓励更多迟力强这样的人才返乡创业，带领大伙儿脱贫致富。目前，他的合作社刚刚启动，你多关照一下，他们有什么困难，及时帮助解决了。另外，榆树村的罗燕是个难得的人才，我们千万不能让这么优秀的人才流失了。你抽空去和她沟通一下，把她先召集在你的身边，协助你筹备黄花办的启动工作，待以后条件成熟，让她发挥自己的专业所长，咱们一定要发展起来黄花生物产业链。"

"好的，我一两天去见罗燕。"皇甫一南瞟了梅奕瀚一眼，"奕瀚，你每天风尘仆仆地在乡下跑来跑去，吃不上热饭喝不上热水，这哪里像个县委书记？"

梅奕瀚微微一笑，说："你知道古代把县里的最高行政长官叫什么？"

"那就多了。譬如，县令、县尹、令尹、县大夫、县公、县守，总体来说就是个七品芝麻官。"皇甫一南戏谑道。

"其实，还有一种叫法称之为'知县事'，后来简称为'知县'。'知县事'强调的就是一个'事'，是指为一县的百姓谋福利、干实事。具体怎么干呢？前面加了一个修饰词，必须是'知'。这个'知'字，既有主管事务的意思，更突出的是这个人要俯身下去，知晓、通达、明了、交好全县事务的意思。从安邑知县事走向大唐的刘晏有过这么一句话：'为人勤力，事无闲剧，必一日中决之。'刘晏只把'知县事'看作是一个为民办事的人，所以他说'为人勤力'，而不是'为官勤力'；知县事所应做的工作必须是亲力亲为，民事无小事，看似小事不解决，必酿大事，所以逢事必一日解决。"

"所以，你这个'知县事'每天忙个不停。"

"咱们县脱贫攻坚任务非常艰巨，黄花产业刚刚兴起，合作社、老百姓每天会面临各种各样的问题，如果得不到及时解决，怎么能发展起来呢？"

"老百姓说，市里有个'三耿'市长，咱平邑县有个'三头'书记。"

梅奕瀚微微一笑，说："怎么，我们都被打上了'绰号'？我可没有三头六臂，不知我这'三头'是哪三头？"

"'三耿'说的是咱们的市长耿直、耿介、耿洁；'三头'说的是你每天奔忙于田间地头，坐到老百姓的炕头去实地解决问题，以及民事无小事、事事记心头。"

"噢，是这么个'三头'。身为国家干部，我们就得心中有民，心中有责任，永远把自己看作是群众当中的一枝芦苇，摧不垮压不弯，与人民群众的根紧紧地抱在一起。"

皇甫一南在出发时已经和姜大伟通过电话，车到三鑫公司后，姜大伟已经等候在那里。

"梅书记，欢迎您来我们公司视察工作。"姜大伟热情地伸出了手。

梅奕瀚看着眼前眉宇俊朗、干练洒脱的姜大伟，顿时有了几分好感。

"梅书记，我先带你们参观一下生产车间。"

姜大伟将梅奕瀚和皇甫一南带到生产车间入口处一间封闭的房子里，他打开了一个电源，便有一股柔柔的风从头顶上方传送下来。

"梅书记，这是我们公司的人体消毒设备，进入车间的人只有经过全面消毒才能进入工作状态。刚开始时，我们有些盲目，没有进行科学调研，消毒设备打算用环氧乙烷消毒机。这种设备消毒很彻底，但是却不适合用在人体消毒，会对人产生伤害，所以只好又改为臭氧消毒。这边是盥洗处，用来清洁双手的。"姜大伟说着，从柜子里拿出三套工作服："此外，所有进入车间的人必须换上经过消毒的工作服，并佩戴口罩，以防对农副产品形成污染。"

进入车间，里边的工作人员正忙忙碌碌。

姜大伟说："车间里每天在工人上班前，还要进行半个小时的紫外线杀菌处理。目前，我们公司的黄花加工尚未完全实现全自动生产，一部分工序还得工人们手工操作，这在一定程度上制约了新鲜黄花加工处理进度。尤其是现在用的是热风干燥脱水设备，运营能力不是很强，积压的黄花得不到及时烘干，这便会严重影响成品黄花菜的品质。"

姜大伟说到这里，歉意一笑，说："就现有的设备条件，我也是干着急没办法，为此还得罪了一部分黄花种植户。我当然理解农民们的难处，但是又有谁理解我们呢？我们公司自己也有几百亩黄花地，这些设备除了确保每天完成公司现有基地黄花的加工外，外面收购进来的鲜黄花再加工毕竟有限。比如，前几天阴雨，有一部分黄花种植户将采摘下来的鲜黄花要卖给我们。当时，我们按照公司的生产能力，鲜黄花的收购量已经到了上限，但还是有农民不断地把鲜黄花拉过来。我们与气象局每天断不了联系，我告诉那些农民，午后天放晴，还是把黄花拉回去自己加工晾晒。但是那些农民根本不听劝，还说我糊弄他们。无奈，我只得通过压低收购价迫使他们自己拉回去，可是最终却被他们臭骂了一顿。"

此时，梅奕瀚心里的疑问解开了。

"大伟，这件事情我知道，那天我刚好在你们公司门口。"

"梅书记，其实我们收购加工农民们的黄花根本不是为了多挣几个钱，纯属为了帮忙。我们给农户的收购价是鲜黄花每斤一元二角，八斤才能加工出一斤成品黄花，倘若再剔除一部分品相不好的黄花菜，真正能上到等级以上的黄花菜不足七两。也就是说，按照工艺流程，每加工出来一斤上等级的黄花菜，成本价便达十四元。此外，我们还有加工厂里员工的工资成本，设备、水电费等等成本。这样算下来，我们帮助农民加工出来的黄花菜成本价，比直接去收购他们的成品黄花菜价格还略高。我们多付出一些无所谓，只要能相互理解就行。我常与工人们说，我们'三鑫'公司的三个'金'不是指金钱，而是比金钱更重要的承诺：信誉是金、质量是金、责任是金。我们'三鑫'还可以理解成为'三心'：知心、爱心、良心，我们尽量要做到以自己的无私去帮助每一个需要帮助的人。"

梅奕瀚听到这里，不禁分外感动。

"大伟，有你这样优秀的民营企业家，咱们平邑县何愁走不上富裕之路？我替咱们的老百姓谢谢你。我知道，有个别黄花种植户嫌黄花加工过程繁琐，不愿意自己去侍弄，便直接将采摘下来的鲜黄花卖给了加工厂。这样，他们在思想认识上便是走了短路。脱贫工作固然需要帮扶，但群众的思想觉悟必须得提高。扶贫先扶志，扶贫更得扶智，得让群众学会多动脑子，有积极应对困难的勇气和信心。"

梅奕瀚走到了一台烘干设备前，说："县黄花办已经订购了一批蒸馏锅炉和烘干设备，将下发到种植户的手里。国内现有的高效率黄花加工设备少之又少，我们自己得加快相关设备的研发步伐，只有把这些设备提升到更实用更适应更快捷的科技领域，我们才能大大提高工作效率。"

"梅书记，我们正在研制二百平方米的四连体烘烤房，一旦研制成功，一次性可以完成一万二千斤鲜黄花的加工。"

"很好，我会让科技局的专家过来指导你们的研发工作，以后有什么困难请告诉我，县委县政府会及时予以帮助。"

叶子安的心结

南庄村蔬菜种植试点工作圆满结束，这一年参加试种的农民喜获丰收。

古家庄乡党委书记马文涛却一点也高兴不起来，他正愁来年的"一村一品"脱贫工作如何全面展开，南庄蔬菜交易市场及蔬菜预冷库扩大再建工程的经费该从哪里来。

马文涛已经意识到，要想改变全乡乃至全县经济发展的被动局面，必须得摘掉名不副实的"小康县"帽子，而这顶帽子岂是说摘就能摘掉的。马文涛眺望着天户山，仿佛那山瞬间向自己逼来，压得他喘不过气。

此时，月城村的水泥公路已经竣工，包括村里的主街道也彻底硬化，路边还安装了太阳能路灯，沉寂多年的月城村民们像是过节一样都涌向了街道。

陶利因去乡里上访，再次成了月城村的"红人"。跟随陶利去乡里的那几个女人因得到了意外的"红利"，竟也是沾沾自喜，她们回到村里喋喋不休的表述，更是把陶利说成了一个"能人"。

月城村民习惯将不务正业、胡作非为、耍疯使泼之人称之为"灰"，或者是"灰猴"。这个"灰"字在当地一般是贬义词，但是放在某种场合与氛围中，这个"灰"字亦带着含混而暧昧的色彩。

村里有人说："你看陶利，人家'灰'得吃劲儿，能'灰'出个道理，谁都拿西沟的工程队没办法，人家就是要回了钱，这个女人'灰'得好。"

也有人说："陶利那'灰'，是能兜住'底子'的'硬灰'，一般的人可真比不了。"

还有人悄悄说："那叫个'灰'？那叫贪财泼皮，那是歪门邪道。"

辛玉兰也听说了陶利的事。陈志远回来那天，她向儿子讲述了事情的原委，说："陶利是咱们村少有的聪明媳妇，只是她的聪明用过了头，好借事找事，心里打着自己的小算盘。月城村从来就没出过一个上访的，自打陶利引开这个头，就怕是以后在咱村带坏了民风。"

此时，陶利还在家里琢磨着上访的"淘金"战术，她的左眼皮忽然跳了几跳，心里暗想，莫不是又有好事临门？

陶利早听到了村里的那些风言风语，但她全然不顾，反而鄙视那些骨子里懦弱却自以为是的村民。令陶利意想不到的是，自己的"大名"竟然传到了附近的五里三村，磨峪口村的肖三女借着到月城村表妹家走亲戚之名，专来向她"取经"，陶利更是洋洋得意。她说，"上访的事说来其实最简单，就看你舍得不舍得糟蹋自己：一哭、二闹、三上吊。现在的干部最怕这个，只要有这三部曲，准定你会有收获。"

肖三女仿佛得了灵丹妙药，笑盈盈地离开了月城村。

九月的风从皇天寺的塔尖上刮过，那风便有了几许薄凉的寒意。偶尔风中会夹杂着几片或红或黄的叶子，飘飘悠悠画着美丽的弧线。寺庙的塔铃声隐隐传来，缥缈而悠长，仿佛来自另一个神秘的世界。

梅奕瀚看了看表，他拨通了皇甫一南的电话。

"黄花办筹备工作准备得怎么样了？"

"奕瀚，我正打算和你汇报工作。罗燕已经在我这里上班，这姑娘能干得很，得益于她的帮助，黄花办筹备工作基本到位。眼下距离今年种植黄花的时间不多了，原县科委的两位黄花栽培技术专家已经退休，我们得找到长期研究黄花种植的行家里手。"

"现在有没有合适的人选？"

"已经有了，科技局现在有几位专职技术员，另外还有一位重要的黄花种植技术专家，我这就打算与罗燕去登门拜访。"

"好的。种植黄花的技术专家一定要优中选优，决不能在生产的过程中出现任何问题。"

梅奕瀚挂断了电话，便赶往杨家堡村去找村支书叶子安。

之前，梅奕瀚专门召集三十多个村子的村支书、村主任召开了一次"全县领头雁动员会"。会上，唯独杨家堡村的村支书叶子安一直没有表态，他依然持以观望态度。后来，梅奕瀚又找叶子安谈过话，他借故村民们的思想工作做不通，还是拒绝发展黄花产业。

梅奕瀚见到叶子安时，他正在接电话。

"明义，县委梅书记来了，咱有时间再聊。"叶子安急忙挂断了电话。

"看来打扰你们通话了。"

"没关系。梅书记，您请坐。"

"如果你们有事相谈，我先回避一下。"

"哦，没有。他和我说，想流转我们村的土地。"

"这个人流转土地打算干什么？"

"他说，除了不种黄花，其他的什么都可以种。"

"你答应他了？"

"他给出的土地流转费每亩达一千元，不过给不了现钱，村民们心里不踏实，没有人敢流转，害怕被骗了。"

叶子安的一句话，立马引起了梅奕瀚的警惕。这几日，他去了十几个村子调研，听到了有一个神秘的人四处想流转土地，同样给出了一千元的高价，既不打算种黄花，又没有明确的种植目标。

梅奕瀚恍然意识到了什么，问："你刚才说的那个明义，是不是梁明义？"

"这个……"叶子安有些纠结，随后只得说，"是的，是梁明义。"

"对于他高价流转土地，又没有具体的发展目标，你是怎么理解的？"

"他闲得没事，纯粹是瞎捣乱。"

"他为什么要这样做？"

"听说县里拆了他的门面房，梁明义一直心怀怨恨，估计他演的这出戏和这个有关。"

"我明白了。"梅奕瀚说，"他这是故意抬高土地流转价，扰乱民众之心，想破坏全县的黄花产业发展，这个人用心极其险恶。"

"其实，他这样做起不到什么作用。他拿不出钱来，老百姓也不是傻子。关键是，他这一捣乱，以后别人想流转土地，怕是再不好弄了。"

这时，叶子安的电话再次响起。

"力强，是否有事？"

"我还是和你说种植黄花的事。这是一项很好的产业，时间不等人呀。"电话那边说。

"哦，我知道了。梅书记正在我这里，先挂了。"叶子安挂断电话，看了梅奕瀚一眼。

"刚才你说的那个力强，是迟力强吗？"

"是的，我两人经常瞎聊哩。"

"力强这两天在合作社干什么？"

"他、他忙着组织村民们种黄花。"叶子安略显尴尬。

"我刚才在村子里走访了一下，群众对你这个村支书评价还是很高的，他们说你是个打不垮的硬汉子。"

"梅书记，我没有群众说的那么有能耐，不过是生活所逼的。"

"能说一说你的过去吗？"

"我呀，天生就是个犟脾气，认准的路就要走到底。所以，这些年磕磕碰碰下来，没少受挫折。说起来，这人的志气只有经过摔打才能坚强起来。我离开了学校后，学过电工，后来却做了泥瓦匠。等手头积攒了一些钱，出去闯荡包工程，结果遇上了黑心的老板，工程款被人家骗了。无奈之下，我只得再回到村里，村里再穷这也是咱的根。刚回来那年，村里上访闹得厉害，原来的村支书撑不住了局面，便甩手不干了，大伙儿硬是把我推上了村支书的位置。咱既然揽上了这营生，就得替村民们着想。后来，我拿出自己那几年打拼的积蓄，办起了奶牛场，原估计等这牛场走上了正轨，把村民们都吸纳进来入股，带领大伙儿致富，却没想到赶上了一场轰动全国的牛奶添加有害物事件，这牛奶便卖不出去了，我只好将奶牛折价处理了。再后来，我养羊、养鸡。搞蔬菜大棚，该折腾的都折腾了，最终还是一事无成。"

梅奕瀚以训导的口气说："你有骨气、有魄力、有为群众谋幸福的思想是好的，但是不能凭了一时的冲动和热情去盲目地干，而是应该深思熟虑后再作抉择。你这样干下去，不仅不能带领群众致富，反而会赔光了自己的家底儿。眼下，县委县政府大力扶持黄花产业，你为什么就不认可这项产业呢？"

"梅书记，我也知道种黄花的好。可是，折腾了这么多年了，我实在是有些怕。"

"你怕什么？"

"谁都知道，种植黄花要等三年才能有收益。这十来年，咱县里已经换了几任县委书记，哪个上来都会掀起一股风，风过之后，老百姓不仅没有脱了贫，还把人心吹散了吹乱了。我是担心大伙儿都把黄花种上了，三年后又换了县委书记，到时候我们农民面临着许许多多的困难谁来管？我这不是带着老百姓跳火坑吗？"

梅奕瀚此时明白了叶子安的心结。他微笑着说:"子安,这个你放心。在平邑县人民群众没有彻底脱贫前,我绝对不会离开这里的。"

"问题是,只怕你到时候也身不由己。"

叶子安的一句话顿时让梅奕瀚沉默起来。稍停,梅奕瀚说:"我现在不敢保证是否能在平邑县工作十年,但是我一定能在这块阵地上坚守五年。有这五年的时间,黄花产业足可以发展起来了,具体工作也理顺了,到时候即使我调离了平邑县,你们也已经走上了黄花产业的健康发展之路。五年后,你还会怕吗?"

叶子安看着梅奕瀚,说:"刚才,力强也劝说我种黄花哩。梅书记,说实在的,我也是真心喜欢这项产业,可老百姓怕的就是失去了主心骨。如果你能陪伴我们五年的时间,我就什么都不怕了,这个黄花产业我一定能做好。"

"那咱们就一言为定。眼下黄花种植时间不多了,你必须得赶快发动群众组织黄花生产工作,今年第一批黄花必须让它在地里扎下根。"

"梅书记,这个你放心,给我一周的时间就能完成全体村民入股合作事宜,接下来咱们就可以种黄花了。"

"那土地流转费的事情怎么办?"

"梁明义最终扰乱不了民心。我将采取以土地入股合作经营模式,这样就不存在流转费的事情了。"

二十八年前,皇甫一南分配到平邑县科委工作时,科委出了两名轰动全省的黄花栽培科技专家,一个叫贾玉清,一个叫宋玉民。那时正是"以粮为纲"的年代,村子里种植在大田里的黄花都被铲除了,改种了粮食作物。当时,贾玉清正在牛庄下乡,他看到成堆发臭的黄花苗子堆在地头,内心里很不是滋味。一天雨后,贾玉清再经过那片发臭的黄花堆时，看见霉烂的黄花堆里竟然长出了一株黄花新芽。这株带着雨露晶莹剔透的嫩芽，宛若一道光芒瞬间点亮了他灰暗的心里。贾玉清小心翼翼地将这株黄花芽带回去种在了自家小院，每天观察它的发育生长情况，不久这株黄花便葱茏地生长起来。此后，贾玉清每次见到黄花必"刨根问底"细细研究一番。与贾玉清同在一个科室的农艺师宋玉民也参与到了对黄花的根系研究，经过一段时间的反复试验，他们成功地发明了"黄花菜切块分芽繁殖法"，这一科技成果成了黄花种植发展史的一个重要突破，为此省政府给他们记三等功。贾玉清和宋玉民一时成了全省的两块宝玉。

皇甫一南分别给贾玉清和宋玉民打电话，希望他们能继续为平邑县的黄花产业做科技指导。宋玉民自称身体不适，眼下不能再参加工作；而贾玉清则称，既已退休，只想过淡泊宁静的日子。不过，贾玉清推荐了一个人，许家堡乡的农艺师郝志坚。他说，技术上的事各有所长，郝志坚不仅曾跟随他们学习过黄花栽培种植技术，而且他后来刻苦钻研，培育出新的黄花品种在盛产期能抽花薹多达三十根，是普通黄花产量的两倍。

郝志坚已经听说了黄花产业被列为全县脱贫攻坚的主导产业，当他得知皇甫一南的来意后，颇为兴奋。

"这是咱们县最有意义最能见成效的一件事。"郝志坚说，"我不过是一个土专家，我的技术都是和贾玉清、宋玉民两位先生学的，不是很精通。"

"志坚，你就别谦让了。你是山西农大的高才生，又是助理研究员，你的能力在全县赫赫有名，不能在这个关节眼上袖手旁观吧。"

"肯定不会。既然县委这么看重我，自当尽力而为。"

长风破浪会有时

相对于南庄村来说，月城村的所有农事都显得稀薄寡淡，耕地还是那点地，庄稼还是那些庄稼，人心却早成了一潭死水，从来激不起一丁点儿的浪花，就算一年一度最盛大的农事秋收亦是静悄悄地进行，只有一家一户一辆毛驴车或牛车每天吱吱扭扭地忙碌着。

秋收的事情一结束，陈志远接到了郝亮的电话，说他把车卖了，并给陈志远推荐了一个修路的活计。按照郝亮留下的工地地址和联络人李鑫，陈志远背上行李再次踏上了打工路。临走的时候，辛玉兰给儿子行礼卷里多塞了几个热馍馍。辛玉兰含着泪说："20世纪60年代时咱家那么穷，你爹都没舍得抛下这个家去走口外，而今你……"

陈志远故意显得高兴样子，说："妈，你看你这是咋的了？我就去一冬天，过年的时候就回来了，你别担心。"

陈志远告别了母亲，从恒州市乘火车去了呼和浩特，再换乘大巴转道巴彦淖尔市乌拉特前旗乌拉山镇，京藏高速公路巴彦淖尔段工程队便驻扎在这里。

李鑫对于陈志远这位小老乡颇为热情，他安排好了陈志远的工作后，还特意嘱托车队的师傅们能给予关照。

到乌拉山的第二天，陈志远便开始上车，跟随车队拉运土方石料，如此日复一日。每当工休时间，陈志远望着苍茫的阴山，不觉有一缕思乡之情浸染在心头。眼前碧波荡漾的乌梁素海在凄风冷雨中迷蒙成了一个梦，那梦里隐约看见母亲站立在萧萧的北风中，竟是满脸的孤独迷茫。陈志远眺望着家乡的方向，倏然间两行泪滑落下来。

　　梅奕瀚一直还在琢磨着"桑干晚渡"的美景，他便沿着平邑县境内的桑干河一线自西向东做一次详细的考察。

　　车过古家庄乡南庄村时，梅奕瀚走进了汇丰蔬菜产销专业合作社。此时，蔬菜销售早已经结束，在交易市场的平台内存放着堆积如山的红高粱。

　　薛存三正在查看红高粱筛选后的质量，他向梅奕瀚介绍说："南庄村在今年试种蔬菜的同时，也在积极发展有机旱作农业，其中红高粱主要销往贵州茅台酒厂。"

　　梅奕瀚掬一捧高粱放在鼻子下嗅一嗅，有一股淡淡的清香沁入心脾。

　　"茅台酒厂能选中了咱们这里的红高粱不易呀。"梅奕瀚高兴地说。

　　"是的，很不容易。茅台酒厂对于红高粱原料的要求非常高，比如对高粱中的淀粉、蛋白质、脂肪、含糖量、氨基酸、维生素、矿物质等成分都有严格的标准要求。咱们南庄村的高粱品种好，日照时间长，而且在生产上采用的是有机肥料，所以成品的红高粱各项指标都能达到茅台酒厂的要求。"

　　梅奕瀚又问："今年蔬菜种植情况如何？"

　　"今年试种蔬菜很成功，种菜户的收入普遍翻了一番。我们村计划明年建一座占地六十亩的标准化的交易市场，以及一千平方米的蔬菜预冷库。如果有了这些硬件保障设施，村里明年蔬菜种植将能扩大到一千五百亩，平均亩产收益预计将会在一万元左右。只是扩建资金的事情现在没有着落，这些项目还仅仅是规划与设想。"

　　梅奕瀚不禁沉默起来。他何尝不想帮扶每一个村子，但是一个"小康县"彻底断掉了所有的外援。少顷，梅奕瀚又问："南庄村的贫困户现在有多少？"

"我们村的贫困户很少。就算是前几年，南庄村也不是贫困村。"

梅奕瀚惊喜地张大了嘴："想不到南庄村发展得如此好。老薛，你是如何做到带领村民走上富裕路的？"

"我觉得一个村子想要集体摆脱贫困走上富裕路并不难，难的是能像桑干河的芦苇一样抱根生长形成一股凝聚力。"

梅奕瀚赞许地点着头："有道理，请接着说。"

"一个村子就是一个大家庭，作为村干部就是这个大家庭的当家人，只要当家人做出了好榜样，那么这个家庭的氛围自然会好起来。比如，南庄村有一位残疾人叫郭振文，他个人生活不能自理，村干部专门成立了党员扶助小组，轮流去为他解决生活中的实际困难。郭振文深受感动，他向市红十字会提出了申请，自愿在他百年后将自己的遗体捐献给社会，为医疗事业做出一份自己的贡献。"

"你这个当家人做得好。不过，我还是希望你把眼界放宽一点，能带动古家庄乡其他的村子一同发展，帮助大家一起脱贫致富岂不是更好。"

"请梅书记放心，我一定尽自己的能力去帮扶大家的。"

梅奕瀚告别了薛存三，沿桑干河南岸公路向东而行。当他到达七里乡时，不禁眼前一亮，只见眼前是一片片金黄的万寿菊盎然怒放，远方则是彻地连天的浩渺烟波。梅奕瀚顿时欣喜异常，曾经魂牵梦绕的桑干河盛景一下子便有了明确的发展方向。

此时，在前方的菊花地里有一群人正在忙于采收菊花，梅奕瀚便兴冲冲地走了过去。

七里乡人大专职副主席张志正在菊花地里协同花农们一起采收，他看见梅奕瀚便喊了一嗓子："县委梅书记来了！"便赶忙迎了上来。

"梅书记好，欢迎您来七里乡视察指导工作。"张志说。

"噢，是小张同志，你看上去还是个小书生嘛。"梅奕瀚打趣道，

"听说你这个人大副主席负责抓全乡的农业生产，为什么会把这个重担落在了你的身上？"

"我上大学的时候学的是水利工程专业，但后来又主修农业学土壤专业，乡里觉得我对农业生产的方方面面比较专业，所以让我来抓生产。"

"很好，是个有志的青年。农村里需要你们这样的人才，能安下心来扎根农村，为基层的农民服务，这种精神非常可贵。"

"梅书记过奖了，这是我应该做的本职工作。"

"现在看来，七里乡的万寿菊产业发展的不错，请你先介绍一下目前的实际情况。"

"好的，梅书记。"张志答应一声，"七里乡在1997年就被命名为'小康乡'，但实际上当时还达不到小康标准。不过，由于有这面'旗帜'，县里对于七里乡的经济发展在政策上给予一定的倾斜支持。所以在之后的十几年里，七里乡得以不断调整农村产业结构，提升土地价值，引领农民脱贫致富。七里乡现在以万寿菊种植、收购、加工、销售为主，专业生产经营万寿菊颗粒，目前已经走上了规范化和规模化的发展格局，大部分农民走出了贫困的阴影。"

梅奕瀚感叹道："'长风破浪会有时，直挂云帆济沧海。'七里乡有这么一艘万寿菊'航母'带动相关产业，相信在不远的将来，全乡的百姓便能步入真正的小康生活。"

张志说："除此之外，七里乡还在积极发展小杂粮和中药材种植，同时还组织各村群众大搞生态建设，拟新增仁用杏发展项目。只是，眼下资金短缺，暂时处于停滞状态。"

梅奕瀚一听，又是资金短缺，便沉默少许。他说："以生态建设推动经济发展，这是件利国利民的大好事。我回去以后通知县林业局，让他们出面帮着想想办法，看看能否协调帮助解决资金的难题。"

此时，有一群鸥鸟从桑干河水库飞了过来，在金光浮动的万寿菊上空环绕了一圈，然后再次向水库飞了过去。

张志似乎明白了梅奕瀚的心思，便说："梅书记，我陪您去水库那边看看。"

"这座桑干河水库始建于 1958 年，它横截桑干河水，东西长三十多公里，水域面积约五万亩，蓄水近一亿七千万立方米，设计灌溉面积一万亩，年产鱼五万多公斤。水库的主要任务是为首都北京补充水源，同时肩负着保障首都防洪安全。"张志边走边说，"桑干河水库也为恒州市区、矿区的生活用水，以及恒州市电厂的工业用水提供了保障。这些年，由于上游桑干河道水土流失，河水几乎断流，桑干河水库的水域面积在逐年缩减。咱们七里乡毗邻水库西南，每年到了雨水充沛期，水库的湖面再次扩大，咱们乡便又成了全市少有的鱼米之乡，可以说开发旅游的价值很大。"

"你和我想到一起了，我正有这个打算。目前桑干河水库受断流影响水位不稳定，再过几年黄河水引到了桑干河，惠及的不仅仅是一个七里乡。我打算在这里建一座国家级的湿地公园，如果条件成熟，以后还将恢复明代恒州盛景'桑干晚渡'，那是老祖宗留给我们的宝贵财富。"

一阵微风拂过，从岸边茂密的芦苇荡里隐约传来几句山曲，那曲子有些沧桑而湮远。

秋风一过，梅奕瀚下达了黄花开种指令，平邑县第一次规模宏大的黄花种植产业就此拉开帷幕。县黄花办、农业局、水务局、科技局、农委等各单位各部门联手齐动，这片古老的土地一下子焕发出了勃勃生机。这一年，平邑县新种黄花达二万三千亩。

古家庄乡政府响应县委的号召，由乡政府牵头成立了第一个黄花产业合作社，引导农民入股开始种植黄花。马文涛在各村发出邀请函，欢迎有志青年回乡创业，共同参与古家庄黄花产业合作社的开发运营管理。

秦克勤这几天一直待在家里，他说向学校请了病假。黄雅萱见秦克勤并没有什么病，便颇为疑惑，在她再三追问下，秦克勤才道出了实情。

秦克勤所在的私立学校完全实行封闭化管理，不仅学生不能随意出入学校，就算是教职员工也不能无故私自离校。每天早七晚八密集的教学课程，这很快磨灭了秦克勤开始时的那点热情，渐渐变得很不适应，感觉很累也很压抑。秦克勤便有了辞职的打算，但是学校里的教员又是一根萝卜一个坑，他不得不耐着性子等待学校招聘到新的教师。秦克勤辞职那天，学校的校长对他竟嗤之以鼻，说："早看出你好高骛远，做事没有耐心，像你这种人早走早好。"当然，秦克勤断然不敢将校长的那句话讲给黄雅萱听。

　　乡里合作社召集人才，秦克勤前去应聘，果然被当场选中，这也便给了他一个合适的理由。他对黄雅萱说："乡里现在有了工作，我不去城里的学校教书了，这样我就能天天回来陪着你。"黄雅萱打内心里还是希望秦克勤去教书，对于她来说，耳边恍惚的铃声还在，学校那是她一生梦寐以求的天堂。而现在，秦克勤不再去教书了，黄雅萱心中的那个梦也就此彻底破灭。

一张无形的网

　　乔日娜被县政府下乡驻村工作领导办公室召回后，才知道她是因帮助马二女打赢了官司惹下了麻烦。

　　办公室主任罗德仁一见到乔日娜和张杰，显得颇为生气。

　　"你们知道为什么召你们回来？"

　　乔日娜疑惑地看了看张杰，张杰随口答道："不知道。"

　　"还说不知道，你们这是有意扰乱农村基层社会秩序，破坏干群关系。"

　　"我还是不明白您说话的意思。"张杰说。

　　罗德仁用手指了指张杰，再转向乔日娜说："人家已经来告你们了。"

　　"告我们什么？"乔日娜问。

　　"你们是不是帮着月城村的马二女和村委会打官司了？"

　　"是的，这个有错吗？"

　　"还说没有错！"罗德仁"啪"的一声拍了下桌子，"驻村干部下乡培训工作条例中是怎么说的？要求你们是去农村指导、协助村支书的具体工作，带好农村基层党支部，发挥党组织的领导作用，同时要团结群众，扶危助困，搞好干群关系。你们倒好，主动帮着村民与村委会打官司，置农村党支部形象于不顾，这是严重的错误。"

"罗主任，月城村支书孙财旺明知道大口井存在重大安全隐患，却没有尽到应有的责任，致使村民马二女的儿子福蛋儿溺水身亡。作为县委指派的下乡驻村干部，我们怎么能视而不见不管不顾呢？基层党支部要想取得群众的信任，搞好干群关系，就得为群众做主。"

"我不听你们这些胡搅蛮缠的解释。这段时间你们先停止驻村工作，回原单位好好反省，待我向上边的领导汇报后，看看如何对你们做出处分。"

乔日娜和张杰回到了原单位，她几次跑县水务局请求为月城村打两眼机井，终于也有了眉目，如此便匆匆过去了一个月。

农事一结束，县委办公室下发通知，要求下派的驻村干部回到县里述职。

这天，乔日娜通过县委办联系，想面见县委书记。梅奕瀚忙完了手头的工作，便将乔日娜请到了他的办公室。

"小乔同志，你在农村工作有什么困难吗？"

"梅书记，没有困难。"

"最近，月城村的情况怎么样？"

"对不起，我和张杰回县里已经一个月了，最近村里的情况不是很清楚。"

"你们是驻村干部，怎么能擅离职守？"

"梅书记，我们是被罗德仁主任召回来的。"

"为什么？"

乔日娜便把月城村发生大口井溺水身亡事故，以及帮村民马二女打官司的事如实讲了出来。

"罗德仁这是瞎胡闹！如果不是你们积极主动地帮助农民打赢了这场官司，岂不是彻底寒了民心。县委派遣下乡驻村干部，其目的就是为了端正农村党风建设。扶危助困，不只是在经济发展上对农民们要有所帮助，更重要的是在精神上让他们真切地感受到人民才是国家真正的主人。"

梅奕瀚说到这里停顿下来，他的目光看向窗外，然后缓缓地说："月城村存在的问题真是令人担忧啊，贫困、危房、饮水安全等等问题，这每一件事都关系到老百姓的生活质量和生命安全。"少顷，他再次面对乔日娜，"请你说说驻村期间的具体情况。"

乔日娜便将她在月城村的工作情况做了简单的汇报，之后她欲言又止。

"小乔同志，你是否还有其他的话要讲？不要紧张嘛。"

"梅书记，我想和您说说月城村西沟的事情。"

"什么事？你慢慢讲。"说着，梅奕瀚给乔日娜倒了一杯水。

"那沟里有两家单位在挖沙采石。"

"我听说过，是为了修路的需要，临时在那里采挖的。"

"不是临时，今年修路工作已经全面结束，但是那沟里的施工设备还没有撤出来。"

梅奕瀚不禁眉头一紧："他们还打算接着挖？"

"是的。而且他们挖取沙石的真正目的，主要是为了提取金属钒。"

梅奕瀚一下子瞪大了眼睛："你是说，月城村那沟里的沙石中含稀有金属钒？"

"是的。"乔日娜从包里拿出两块矿石交给了梅奕瀚。

"梅书记，如果再不制止的话，他们接下来将会挖掉整座大山。"

"你是怎么知道那沙石中含有金属钒？"

"我不懂得，但月城村有一个人懂得，他是老牌大学生，学的是矿产勘查专业。"

梅奕瀚又是一惊："你说啥？月城村还藏着这样一位老知识分子？"

"是的。他叫马建忠，1963年大学毕业后分配到了云中专区监测委员会工作。'文革'时期，他不知犯了什么错误入了狱，释放后又被下放到月城村接受劳动人民改造，从此后他再没有离开这个村子。"

梅奕瀚顿时感觉到问题的严重性，他马上拨通了县环保局局长肖锋的电话。

"老肖，古家庄乡月城村有两伙人在那里挖沙的事你们知道不知道？"

"梅书记，知道，一家是市鼎安建筑总公司的宏志分公司，一家是咱们县的泰鑫工程队。"

"这两家施工单位在你们环保局办理了相关手续了吗？"

"梅书记，办理了，不过还是在上一任局长高翔手里批办的，是三年前批办的，两家单位报批时先后相差一个月。"

"你们有没有去那里现场查看过，对于环境污染及水土流失保护有没有影响？"

"我们去查看过了，虽然沟挖得很深，后来他们及时又回填了，目前看来问题不是很大，但对于局部地表水及地下水位多少会有一定的影响。"

"高翔现在哪里？"

"听说去美国照看孙子了，具体情况不是很了解。"

梅奕瀚挂断电话后，又拨打马文涛的电话。

"文涛，月城村西沟那两家施工单位和村委会签订相关合同没有？"

"梅书记，我查验过了，签订了。"

"什么时候签订的合同？"

"是三年前签的，两家单位先后相差一个月。"

梅奕瀚的眉头越收越紧。他放下手里的电话。

"小乔，你还有话要说嘛？"

乔日娜愣怔片刻，她微微一笑："哦，梅书记，没有了。"

"那好，你先回去吧。"

乔日娜本打算讲一下月城村福蛋儿溺水身亡事故中，自己心里未解的疑惑，但这事又无证据，便只好作罢。

梅奕瀚又查了这两家单位在工商行政管理部门的注册信息，同样是注册在三年前，先后相差一个月。梅奕瀚的心里是满满的疑问：为什么这两家单位都要提前办理相关的手续？他们的手续先后相差一个月，难道是巧合？办理之后又为何都迟迟不开工？最大的问题是，这两家单位都是奔着那沟里的金属钒，他们又是如何知道那里的沙石中会含有金属钒？高翔当时办理手续时，是否知道实情？而眼下，这两家单位都持有看似合法的手续，这件事情到底该怎么办？马建忠是一个怎样的人物？

　　一连串的疑问在梅奕瀚的脑子里快速地织着网，彼此相互纠缠，却又似乎是几条永远看不到头的直线。到底该如何解开这个谜团？梅奕瀚隐隐觉得，月城村这起看似不起眼的挖沙采石事件，其内里似乎涌动着一股无法预测的暗流。

　　2011年底，国家确定了十四个集中连片特困区，涵盖贫困县六百七十九个。梅奕瀚的执着与努力终于得到了回报，平邑县以山西省唯一的非国家级贫困县身份列入其中的"燕山—太行山"连片特困区，自此平邑县被纳入了国家扶贫对象的行列。紧接着，中共中央、国务院又印发了《中国农村扶贫开发纲要(2011–2020年)》。纲要指出，到2020年，要稳定实现扶贫对象不愁吃、不愁穿，保障其义务教育、基本医疗和住房。

　　梅奕瀚知道，平邑县虽然被划入了连片特困区，由于还头顶着"小康"的帽子，其眼下的实际处境依然十分尴尬，并不能像其他的贫困县一样得到国家及省扶贫办的足够重视。但是，这已经是平邑县一个难得的发展机遇。

　　一进入腊月，平素寂寞荒凉的月城村，过年的氛围一天比一天浓厚。首先是吃腊八粥，打腊八冰。尽管村里外出打工做买卖的年轻人没有回来，但是这节日再冷清，老人们还得过。腊八一过，家家户户开始打扫房子、磨豆腐、压粉条、糊窗花、炸糕扇，喜气洋洋地等待儿女们回来，共同迎接新春的到来。

　　现在，村里没有了大集体时代的供销社，只剩下一个不起眼的小卖部。那时的供销社是村子里最热闹的一个去处。一到腊月，便是人来人往忙得不得了，有扯白洋布拿回去煮了色给男人和孩子做新衣服的，有扯花布给女儿缝制棉袄、单裤子的，有买大块咸盐、花椒、大料、糖果蛋蛋的，有倒酒、倒酱油、倒醋的……月城村民习惯将"打酒、打酱油、打醋"称之为"倒"。倘若走在街上，便常常会看见女人们手里攥着个空瓶子喜盈盈地往供销社走。有人问："婶子干啥去？"那女人答："去倒一斤醋。"这一问一答，意思明了，干脆利索。

毕竟此时的生活还是好了些，月城村民不再自己去染布料缝衣服，有钱的人家就去城里买，没钱的人家洗洗旧衣服，也能将就着过一个崭新的年。

腊月二十三日是祭灶日，人人口里嚼麻糖，家家灶间设灶王爷神位，两侧贴上对联："上天言好事，保佑一家人"，横批为"一家之主"。过了二十三，在外面打拼的年轻人陆陆续续就回来了，一部分成家立业的年轻人只是回家看望一下老人，便开着车又回到了城市，而在他的背后却是父母依依不舍伤心的泪滴。留在村里过节的年轻人虽说不算多，但整个村子一下子就活了过来，似乎那歪斜凄冷的屋子一下子暖和起来，似乎那牛的叫声变得宛转悠扬，似乎那老驴的蹄子走得也铿锵有力，最得意的是那些过去死气沉沉萎靡不振的狗，都摇动着尾巴满街撒欢儿乱跑。

春生看着那些离开村子的年轻人，便"呸"的一声唾了一口唾沫。他咕嘟咕嘟灌上两口酒，便自个儿唱了起来：

> 山沟沟的鸟雀满世间飞，
> 你看不上了爹妈看上了谁。
> 从小一手把你拉扯了大，
> 这土窑洞再破也是你的家。
> 瓮里的面来缸子里的米，

是爹妈撅起臀子养活大的你。

白天盼你来黑夜也想你，

为啥大过年的你离父母而去。

春生这一唱不要紧，直唱得那些老人们堆在炕头泪水涟涟。而陈常有家的三个儿子和一个女儿都没有回来，陈常有并没有因此而哭，他只是和老婆恼怒地骂了一句："你看看咱家那些个灰牲口！"

月城村一年有两个红红火火的全民剪纸艺术节。没人通知这两个艺术节具体在哪一天，但各家都要自发参与，分别在端午节前一天和腊月二十八之前顺利完成一项剪纸艺术。端午节要剪公鸡、剪骏马，去五毒；春节则是要剪墙画、剪窗花，纳五福。

一过腊月二十三，村里的小卖部最热销的便是麻纸和大红纸，柜台上厚厚的一摞又一摞，麻纸一般是家里大人早备下了，买红纸多半是小孩子的营生。

黄炳福家的两个小孙子和二女儿黄雅芝都放了寒假，已经回到村子里。

黄雅萱给了两个孩子一元钱的硬币，说："欢欢、乐乐，你们两人给姑姑去三柱家的小卖部买一张大红纸。"

欢欢便抢了钱，带着乐乐跑出了门。他们一边跑一边擦着冻得稀溜溜的鼻涕，到供销社后，欢欢探手将一元硬币"啪"的一下叩在柜台的玻璃板上，一张口鼻子上先鼓起个鼻涕泡，甜甜地说声："买张大红纸"。三柱笑了笑，将一张红纸卷好，欢欢便握在手里屁颠屁颠往回跑。黄雅萱则满街撒欢儿串门，去马二女家借个窗花样，再跑到叶蛾子家借个墙画样。等黄雅萱将窗花样拿回了家，一张大红纸已经平展展地铺在了炕上，阳光暖融融地照着，屋子里顿时浮动着喜庆的红光，每一个人的脸都因这层红映衬得分外好看。黄炳福从屋角拿过煤油灯放在炕上，"刺啦"一根火柴点着灯，然后拿起一杆水烟锅"吧嗒、吧嗒"抽起来，眼睛却是笑眯眯地落在孩子们的身上。马英则翻出了针头线脑,眯起眼往针孔里穿上线。灶口的火正是通红,马英放下针线去看炕头盆里的面已经馊好,便放在案板上去揉。黄雅萱和黄雅芝都上了炕,将窗花样贴在大红纸上比来比去,然后再将那红纸一块一块拆开。拆开的纸背对着窗花样沓在一起,用马英备好的针线穿起来。黄炳福的眼始终不离孩子们,他将煤油灯往前推了推,一杆水烟锅早放进烟袋里。缝好的窗花样与红纸拿到灯头上去熏一下,再熏一下,那纸的背面便全部乌黑,然后将缝上去的窗花样慢慢拆下,这样一个窗花的图案才算拓好。

剪窗花是个心灵手巧的活计,年岁小的孩子动弹不得。欢欢和乐乐只能眼巴巴地瞅着姑姑们,她们手上一把闪亮亮的剪刀游来游去,一会儿炕上便多了些细细碎碎的红纸片。此时,马英的面也和好了,捏弄成了一个个圆溜溜的小馍馍。马英从柜子里左翻右翻,家里没有了胭脂粉,便将炕上的红纸屑抓一把放进小半碗水里,那水顿时红得像这过年的日子,浓酽酽的让人有些醉意。马英用筷头蘸了碗里的水一点一点在馍馍上点上几个红点子,点着点着年味儿便黏稠明亮起来。此时,黄炳福拉风箱的声音会发出戏曲里的慢板,灶口的火苗往外一舔一舔的,每舔一下便映亮了他欣慰的脸。等一锅热气腾腾的馍馍出了锅,黄雅萱和妹妹把几个好看的窗花也剪好了,有"喜鹊登梅""凤踏牡丹""二龙戏珠""孔雀开屏""坐莲娃娃""天女散花"……黄雅萱未及伸个懒腰,便先舔湿了嘴唇,将剪下的红纸片对折轻轻放在唇间,小巧的嘴唇一张一合,再一张一合,霎时她的唇红得靓丽鲜润。黄雅芝也照着姐姐的样子去做,一会儿她的唇也是红得分外好看。

"二十八,贴窗花。"这是月城村人的规矩,等窗花一贴,一个干干净净的年就此进入了高潮,年的味道越发扑簌簌而来,也便随着爆竹一声声响,那年味儿愈响愈浓。

年三十晚上,陈志远与母亲相对而坐。辛玉兰叹息了一声,说:"唉,现在的年过得一年比一年没滋味了。改革开放前,虽说人们吃不

292

饱，可村里的春节过得那是红红火火。正月初一开始，先是各个生产队敲锣打鼓给军人家属拜年，正月初八连续三天唱大戏，之后邻村之间开始彼此互动，踩高跷、划旱船、扭秧歌、抬挑阁，一直持续到正月十五。现在却什么都没有了，这村子里静悄悄的，哪里像个过节的样子。"

陈志远低着头蹩在炕沿边，他想起了小时候过年的情景。大年三十晚上，村里的孩子都必做一件事情，就是黑灯瞎火磕磕绊绊跑到长辈们家里去拜年。一进各家的门，先"叔叔、大爷、爷爷"甜甜地叫一声，接着两眼巴巴地等待长辈们给些小礼物。譬如，几块纸包的糖果、几颗核桃、一毛钱的纸币等。小孩子拿到礼物后，说声"谢谢"，然后再急着跑出去，屁颠屁颠地去下一家。那时候，家家户户都困难，孩子们为的就是一口吃食，似乎更是为了那浓浓的年味儿。

辛玉兰看看陈志远，说："妈知道你的心思，想出去就出去走一走，去看一看村里的那些长辈们。"

公信力不是靠赞美和感恩

春节过后，沈杰忽然患病，需要在家中调养。

梅奕瀚拎着东西专程去沈杰家看望他，见他躺在床上正在读尼采的《查拉图斯特拉如是说》。

"奕瀚，县里的工作那么忙，还劳驾你专程过来看我，快请坐。"

"岂敢说劳驾，你我一同肩负着平邑县的肱股使命，这本来是应该的。"梅奕瀚向沈杰刚刚放下的书瞥一眼，"你喜欢尼采？"

"我俩还不认识哩，咋言喜欢？我只是崇拜尼采的思想。"沈杰调侃道。

"噢，这么说来，我也不敢说喜欢尼采。那咱们可否说成是这位哲学家的'粉丝'？"

"我配不上做一个'粉丝'，只不过是他哲学思想的奴隶。"

"为什么要这样说？"

"因为我还被拘囿在他思想的牢笼中，我得自己走出来。"

"'人生没有目的，只有过程，所谓的终极目的是虚无的。'这是尼采的一句话，人生不必去在意目的，多去修为珍惜每一个过程，这样精神世界就会是轻松的自由的。但是尼采又说，'人的情况和树相同，愈想开在高处、明亮处，它的根愈要向下，向泥土，向黑暗处，向深处，

294

向恶。'如此说来，人生在有所为之前，还是应该有一个价值目标，但是这个目标是要扎根在泥土深处，向光明的地方而去。"

"尼采也说过：'不能听命于自己者，就要受命于他人。'我想尼采对人生价值的衡量，不是局限于一株草，或者是一棵小树，只是为了一片光明所在。如果他没有过对居高临下的幻想与追求，他就不会有这样觉醒的认识。"

"这与前者并不矛盾。每一个人都向往超越、自由与幸福，向往金字塔尖阳光灼灼的那抹红。但是，那塔尖毕竟是有限的空间，容不得有更多的人在其上欢欣鼓舞地呐喊拥抱。那何不与众多的人把根深深扎进泥土里？从黑暗中来，向明亮的方向挺拔而去，共同融入到金字塔中，铸成博大的崔嵬与瑰丽。"

"所以，我病了，我得解放自己，从此学会放下，再放下。"

"中国先秦诸子百家中都有诫勉放下的思想。《庄子·达生》中有这么一个故事：颜回有一次要过河，见一位摆渡人驾船的功夫很了不起，就问船夫，我是否可以学会驾驭这艘船？船夫说，当然可以，不过这取决于你的自身条件，如果你是习水之人，就能很快掌握了驾船的本领。颜回不明白船夫所说的道理，便问老师孔子，这是为什么？孔子说，习水之人深谙水性，能拿得出驾驭水的本领，他的心里没有羁绊、拘囿与胆怯，自然能很快驾驭得了这艘船。这是一个很平淡的故事，却是给了我们一个深刻的道理：一个人只要有所准备，先拿得起，才能放得下，而这放下的更会有成果有力量。老沈，你是水中的蛟龙，平邑县这艘航船还等着你来掌舵。"

"掌舵不敢当，我得向你学习，时刻提醒自己，去做一支有价值的芦苇，与人民扎根在一起。"

梅奕瀚微微一笑说："老沈，只怕我这根小芦苇难入你的法眼。你先好好休息，赶快恢复身体，咱县里可少不得你这根大芦苇。"

沈杰在家调养后，梅奕瀚只得肩负起平邑县一大摊子的事。他派秦国祯再去省城，就平邑县贫困村危房改造的事寻求帮扶。两日后，秦国祯回来说，他往省扶贫办、省住建局、省发改委等几个部门都跑过了，还是因平邑县的特殊身份暂无法解决农村的危房改建问题；不过省扶贫办已经向国务院扶贫办递交材料提出申请，一旦平邑县进入国家贫困县的行列，这些问题便可以彻底解决。

　　春三月，平邑县黄花产业办公室挂牌成立，皇甫一南出任办公室主任；平邑县在原开发办的基础上组建了扶贫开发办公室，由秦国祯出任扶贫办主任。

　　梅奕瀚再安排秦国祯几次跑省扶贫办，终于为平邑县争取回了第一笔一千万元扶贫专项资金。可是，对于平邑县众多贫困户来说，这笔款无疑是杯水车薪。

　　平邑县扶贫办成立后，秦国祯便下发通知，要求各乡镇核实低保户以外各村现有的贫困户，绝不能漏掉一个贫困户，也绝对不能隐瞒实情虚报贫困户。

　　这天，皇甫一南带来一份《中国经济报》，上面刊载了范筱璇的一篇文章《反观现行经济与教育的关系》。文章从现行经济与教育两种基于总体的分析角度、两种基本关系的角度、两种基本性质的角度，合理地对两者关系进行了深度剖析。其中列举了平邑县名不副实的"小康"经济，以及在这种经济体制下形成的教育落后与衰败现象，尖锐地指出了个别地区的经济在"合格政绩"霓裳的掩盖下，导致义务教育出现了塌方式的断层。

　　梅奕瀚看完这篇文章，不禁眉头紧蹙，他瞬间感觉到自己的肩上压上了千钧的重担。平邑县的经济亟待发展，而平邑县的教育振兴更是重中之重。

　　"筱璇近日在市里办了一个大学堂。"皇甫一南说。

　　"服务于哪些群体？办学堂的目的是什么？"梅奕瀚问。

"这个学堂面向社会，人人都可以去听课学习。其主要目的是，提振全市人民发展经济的信心，纠正全民片面的教育意识，为繁荣全市经济和教育工作助力。为此，筱璇还特别邀请了全国著名的几个文化学者和经济学者定期来恒州市现场授课。"

"这个范筱璇了不起，什么时候把她请到咱们这里，为平邑县人民讲一节课。"

"她还真有这个打算。只是她不是讲一节课，而是要带领大学生扎根在平邑县，让学生们身临其境，积极参与到具体的社会实践当中。"

"这个想法更好。社会是最好的学校，参与其中不仅可以体会到劳动人民的辛苦，还可以净化人的心灵。"

此时，马文涛却是如坐针毡。

南庄蔬菜基地今年的育苗工作进展非常顺利，大批的秧苗已经移植到了农田里。此时，马文涛最急的是南庄蔬菜交易市场和预冷库的扩建工程，如果这两项工程在近两个月内不能完成，那后果将不堪设想。

马文涛已经听说，县委书记梅奕瀚到南庄村前去调研，这对于他来说，是一个天大的好消息。他认为，只要梅奕瀚了解了这边的实际情况，那么南庄村的工作更便于进一步扩展。而眼下，当务之急需要向梅奕瀚做好具体工作书面汇报，为南庄的交易市场再建工程争取到扶助资金。

马文涛到县政府跑过几趟，每次来梅奕瀚都在乡下。这日，马文涛一大早便来到了县委大院，他刚停好了车，却见梅奕瀚从办公楼里走了出来。

"梅书记好。这一大早您又去哪里？"

"噢，是文涛。还有部分村子打算去看看。"

梅奕瀚看着马文涛手里拿着一个档案袋："文涛同志，你是否有事？"

"梅书记，这是我起草的古家庄乡'一村一品'脱贫产业的报告材料，请梅书记审阅批示，看看是否可行。"

"具体材料等我下乡回来再细看，你在这里先简单地说一下。"

马文涛便把古家庄乡推广"一村一品"脱贫产业的实施情况扼要地做了汇报，并说明了眼下亟待解决的实际困难。

梅奕瀚说："古家庄乡的几个村子脱贫任务非常艰巨，这几天我正考虑着如何解决具体的问题。一村脱贫不算脱贫，一乡脱贫也算不得脱贫，唯有全县人民都彻底脱贫了、致富了，我们的人民才能共同步入小康社会。你刚才说的这个'一村一品'脱贫产业方案，之前咱们探讨过，很不错。去年南庄村的蔬菜试点工作，也证明了这个脱贫产业的可行性，应该在全乡甚至于全县扩大推广。我知道，南庄村蔬菜交易市场面临着资金短缺的困难，请给我两天时间，我再给你答复。"

马文涛不禁欣喜万分："梅书记，我替古家庄乡人民感谢您！"

"哎，你说这话就不对了，怎么能是感谢呢？我们口口声声说是人民的公仆，既然是公仆，就得去做真正为人民谋幸福的实事，这是我们必须要做好的本职工作。一个政府的公信力，不是靠人民的感恩与赞美去构建自己高高在上的权力，而是我们政府的这些公职人员应该俯下身子，常怀仁爱、反思与警醒之心，去检点自己为官一任的品德、能力和不足之处。"

"梅书记，您的教诲我一定谨记在心。"

乔日娜自打见到县委书记梅奕瀚，便再次和张杰被派遣到月城村驻村帮扶，村民们纷纷来到村委会问候。

"乔副主任，我们还以为你们不再驻村工作了。"

"对不起大家了，前些时县里有事，临时召回了我们。"

"咱村西沟乱采乱挖的事有没有着落？"

"我已经和县委梅书记汇报此事，相信会有一个好的结果。"

"乔副主任，咱村一直这样贫困下去可不行啊，你得替村民们想想办法。"

"县里已经下发通知，核定各村低保户之外的贫困户，一个都不能少，以后贫困户将从生活、医疗到孩子上学等方面都能得到政府的有效帮扶。"

村民们便一下子群情振奋："这一下好了，咱老百姓可以脱离苦日子了。"

乔日娜说："政府非常关心我们贫困地区人民的生产与生活，但是我们不能坐等帮扶，主要还得依靠自己走出一条脱贫致富的路子。前不久，县委县政府已经通过了一项决议，以发展黄花产业作为全县脱贫攻坚的支柱产业，政府还给种植户每亩补贴五百元，咱们何不借这股春风发展黄花产业？"

"咱村十年九旱，庄稼都种不进去，怎么去种黄花？"

"我已经和县水务局联系好了，最近他们会给咱村打两眼深水灌溉机井，有了水源我们就可以去种黄花。"

"问题是，咱村民们有近五十年没有种过黄花，现在很少有人懂得种植技术。"

"黄炳福家一直在种黄花，大家都心里明白，他家的农田收益的确是比你们高。为什么不向他家学习呢？种植技术的事，县里会派专人过来辅导。"

"种黄花收获期得等三年，而且采收侍弄特别麻烦，这东西咱们种不了。"

众人便纷纷附和道："是哩，这钱咱挣不了。"

"黄花的事以后咱们再议。乡里的马书记说，希望咱们村今年推广发展瓜类产业，我认为这个计划可行。月城村自然光照强，瓜类品质高，以前又有种植经验，可以说这是一项成熟的产业。"

"乔副主任，咱村的确是年年有种瓜的，但是卖不出去，价格又低，更无法存储，所以村民们很少愿意种植。"

"销路和价格的事情不用你们担心。我已经让张杰去市里考察市场，乡里的马书记也在想办法，只要咱们能和市里的大型超市连锁经营公司签订了合同，这些都不是问题。"

"如果真有这样的好事，种瓜的事情我们当然愿意干。"

乔日娜把做通了月城村民发展瓜类产业的事告诉了马文涛，他非常高兴。马文涛告诉乔日娜，眼下首要的工作是做好村里贫困户的筛选工作，配合月城村委会的干部挨门挨户去了解各家的实际情况。

辛玉兰在村里低保户普查时，并没有被认定是低保户，为此她觉得很不公平。这次，县里下发通知，要核实贫困户，不能漏掉一户，她顿时十分欣喜。

辛玉兰知道陈志远今天中午回来，便早早从地里收了工，为儿子准备他最爱吃的饺子。

陈志远春节后没有再去修高速公路，而是和村里的一个同龄青年去了吕梁一家煤矿打工。眼下又到了春播期，陈志远便请了假，回来先侍弄那些耕地。

辛玉兰看看家里没有白面，她便把去年打下的白高粱拿去磨坊脱皮磨面，再掺和进少许的土豆淀粉，然后制作成饺子皮。包什么馅呢？要是有点肉就好了，辛玉兰知道这显然不现实。院子里有一畦小菜地，她早早给那菜地撑起了一层塑料布，里面种了几样蔬菜竟也长得异常水灵。辛玉兰发现菜园里有一个巴掌大的西葫芦，顿时眉开眼笑。她把西葫芦切成丁，家里还积攒下几颗鸡蛋，上锅炒熟了亦切成丁，再配上园子里的小韭菜，以及去年秋天在荒坡上捡拾的地皮菜，然后加盐、花椒、香料、淀粉、胡麻油，拿一双筷子将这些馅儿搅来搅去，少顷她用筷头挑一点馅儿放在嘴里，觉得有点淡，儿子吃饭的味道比较重，于是再加少许的盐，又挑一点点馅儿尝尝，才笑眯眯地点点头。

陈志远进门的时候，辛玉兰一笼热气腾腾的高粱面饺子刚好出锅。陈志远见母亲看上去黑瘦多了，但精神状态不错，这便让他悬着的心放了下来。

辛玉兰知道儿子的心思，便笑道："实孩儿，别担心妈，我的身体没事。"

陈志远正吃着饭，乔日娜和吴进走了进来。

"县里下发通知，让核实村里的贫困户哩。以前你家没被认定为低保户，可能有其他的原因，这次不一样了，县里要求不能漏掉一个贫困户。村里人都知道你家的实际情况，孤儿寡母的，家里的房子也快要塌了，是名副其实的贫困户。"吴进说。

辛玉兰高兴得合不拢嘴，说："谢谢国家，谢谢政府，也谢谢你们。"

乔日娜说："姨，您谁也不用谢，这是党的惠民政策，您在这张表上签个字就可以了。"说着，乔日娜将一张表递给了她。

辛玉兰欢欢地将表递给了陈志远，说："实孩儿，妈不识字，你来签字吧。"

"妈，咱不要这贫困户。"陈志远低着头说了一句。

"傻孩子，为啥咱不要？谁都知道咱家无依无靠，不说别的，现在咱家的外债都还不清，咋就不要？"

"我一听见'贫困'这两个字，心里就不舒服。"

"傻孩子，国家给钱，又不是咱去偷去抢，更不是上门去和人家乞讨，有啥不舒服的？"

"妈，反正我不想咱家是贫困户家庭。"

"问题是，咱家就是村里最困难的家庭，你难道让我去喝西北风？"

"妈，咱家的困难毕竟是暂时的，到了今年秋天粮食下来，咱家就会好起来的。再说，我还去外面打工哩，我不想身上背负着'贫困户'这三个字。想要脱贫致富，得靠咱自己。郝师傅跟我说过一句话：'吃自己的饭，流自己的汗，自己的事情自己干，靠天靠人靠祖上不算是好汉。'"

"实孩儿，难道饿着肚皮就是好汉？"

"妈，我说过了，咱家不要这个贫困户。"

乔日娜看着陈志远，竟然觉得内心里热乎乎的，她没有想到月城村竟然有如此刚强志坚的好青年。她说："切实落实扶贫工作到位，是国家以及县政府改善民生的一个要求，一个贫困户都不能落下，不能因为个人情绪而影响全民脱贫的目标。"

"乔副主任放心，我家绝对不会拖全村脱贫任务的后腿。"

"你是位有志气有骨气的好青年，但是仅凭个人去打拼，毕竟力量单薄。国家要求我们真扶贫、扶真贫、真脱贫，你可以用国家给的这些贫困扶助资金去创业，不仅能更快更好地脱贫致富，还能带动大家共同走上富裕之路。"

"谢谢乔副主任。这个贫困户我家还是不能要。如果可以的话，把这些扶助资金用到更需要的地方。"陈志远说。

辛玉兰一看拗不过儿子，便只好说："好好好，你说不要，咱家就不要。妈知道你是个要强的孩子，看把你急的。"

乔日娜没能做通陈志远的工作，便只好离去。

马文涛回到了古家庄乡，心里还是惦记着县里的扶助资金，尽管梅书记已经答应了会给予帮助，但是马文涛清楚县财政目前的实际状况，只怕是梅奕瀚爱莫能助。

马文涛在煎熬中度过了一天，直到第二天下午 6 点依然没有得到梅奕瀚的消息，他便意识到扶助资金的事已经泡汤了。马文涛在办公室里走来走去，南庄村扩建蔬菜市场及预冷库的事不能再耽搁了，这资金的事到底该怎么办？马文涛想到了母亲的一处院落，何不将母亲接到自己家里居住，先卖掉那处院落以解燃眉之急。问题是，那院落又能卖几个钱，恐怕还是解决不了根本困难。

心情烦躁的马文涛走出了办公室，此时天空已经暗了下来，他抬头仰望着北斗七星，心里却依旧是茫然无措。正在此时，他的手机突然响了，是梅奕瀚的来电。

"文涛同志，让你久等了。"

"梅书记，您辛苦了。我知道咱们县财政目前很困难，我不该在这个时候给您出难题，对不起。不过，我还是要谢谢您。"

"怎么还说'谢谢'这样的话呢？"

"对不起，梅书记，是我一着急又说错了话。"

电话那头便没了声音。马文涛以为信号中断了，一看手机信号是满格子，便心里"咯噔"一下，莫非梅书记真的生气了？

马文涛正要开口说话，就听得电话里说："文涛同志，关于南庄村蔬菜交易市场扩建工程扶助资金的事情已经解决了。"

马文涛一听，脑袋竟然"嗡"的一下，感觉血压都瞬间蹿高了："梅书记，是真的吗？资金的事情真的解决了？"

"哈哈哈，是真的，看把你急的。扶贫办秦主任刚从省里申请下来一千万元的扶贫资金，这笔款可谓是雪中送炭绝渡逢舟，正好用于今年扶助全县农民扩大黄花的种植面积。昨天，我和沈县长商量了一下，将以县委县政府的名义作保，为南庄村申请贷款一百万元，用于南庄村的蔬菜交易市场扩建工程。南庄村的蔬菜产业，步子稳，见效快，为全县开了一个好头，一方百姓率先步入小康，也有助于带动其他的村子摆脱贫困，走上富裕之路。所以，这一百万你们可得珍惜好了，钱一定要一分一厘地花在刀刃上。等南庄村三两年有了钱，再把欠银行的贷款还上。"

"梅书记，您的话我一定谨记在心，谢谢您！"马文涛这句话刚出口，马上又意识到了自己的错误。"对不起，梅书记，我又说漏了嘴。"

"没关系，知道错误能立马改正便是好同志。南庄村我已经去看过，昨天我又详细地看了你送来的报告材料，这个村子已经步入了正轨，以后的潜力还大得很。不过，古家庄乡不只是一个南庄村，还有十个行政村近四千口的人等着你去帮他们脱贫致富，所以你肩上的担子很重。无论在什么时候，别忘记了自己的责任和使命。我相信你的工作能力，我也相信古家庄乡的人民总有一天会过上幸福的生活。"

"梅书记，我绝不会辜负了您的厚望。"

"你又说错了，不是辜负我，是不能辜负了人民。哈哈哈，你这个年轻人。"

马文涛听着梅奕瀚挂断了电话，但是他依然把手机贴在耳边，似乎那话筒里依旧涌着一股浓浓的暖流，缓缓地注入到了他的心里。

按照古家庄乡"一村一品"脱贫攻坚发展规划，各村都选拔出了一些种植能手，开始发展相关产业，月城村有三十多户人家种上了西瓜和香瓜。为此，马文涛与乔日娜专门去市里与华林连锁超市老总进行了多次磋商，最后如愿达成了协议，由月城村委会与市华林超市双方签订合同，村委会将按照合同上规定的瓜类产品质量提供货源，再由市华林超市负责全部销售。

一条神秘的短信

梅奕瀚心中一直惦记着贫困状况最为严重的古家庄乡，县里的工作又是千头万绪。他只得利用清早的时间去实地调研，解决这个乡当下所面临的实际问题，同时也试图解开埋在心底的谜。

马文涛对于梅奕瀚的突然到来并不感到意外。这位梅书记上任刚刚一年，一清早跑到各个乡镇村落是常有的事。马文涛有一次去县里开会，就听有人私下议论说，这位梅书记是不是工作狂，是不是有失眠症，为什么他每天起床会那么早？而在乡下，因他经常出现在田间地头，扎根在群众当中，普通到像是芦苇荡里的一株芦苇，群众又把他称之为"芦苇书记"。老百姓的语言是朴实的，但是最见人心，最温暖人性。

马文涛仔细地端详着梅奕瀚，虽然他的精神状态看上去十分饱满，但是难掩他两眼中深深的惫倦。

"怎么，发啥愣怔？"梅奕瀚笑眯眯地问。

"梅书记，您辛苦了。这刚开春，天气还比较冷，快请屋里坐。"马文涛赶忙热情地招呼着。

梅奕瀚在屋子里环视了一下，发现办公室的档案柜里露出半块牌子，便打算上前看个究竟。

马文涛顿时有些紧张，心里却是暗怨办公室主任贾为民办事毛糙，他慌忙走过去挡住了那块牌子。

"梅书记，您这边坐。"

"为什么还留着这块牌子？"

"这个……"马文涛不自觉地抓挠着脖子，"对不起，梅书记，这块牌子还是十四年前县里下发的，我觉得咱们乡实际上名不副实，所以把它放了起来。"

马文涛意识到自己的说法和此时的立场还是有问题，便又解释道："其实，我刚调到这个乡时，准备将它扔掉，可是办公室的人还是把它收起来了。梅书记，我现在就把它扔掉。"

"你就算把它砸烂，能抹去这十几年来带给老百姓的贫困阴影吗？"梅奕瀚说着，示意马文涛坐下。

"不要扔了，有这块牌子在，才能让我们知耻而后勇，知弱而图强；才能激发我们众志成城，砥砺前行。我相信，总会有一天，我们会扬眉吐气地将真正的小康县、小康乡、小康村的牌子亮堂堂地挂起来。"

马文涛看着梅奕瀚平易近人的样子，方才紧张的情绪渐渐释然。

"古家庄乡过去一直是以传统农业为主，家家户户以一头驴或者一头牛各自从事着简单的农业生产，这样单打独斗干下去永远脱不了贫。《易经》中说，'二人同心，其利断金'。三国时孙权有一句话说，'能用众力，则无敌于天下矣；能用众智，则无畏于圣人矣。'可见，凝聚力的作用可以撼动大山，撼动天地，也可以撼动亘古未有的智慧。摆在我们面前的敌人，便是根深蒂固的贫困，怎么去消灭这个敌人，就得依靠凝聚力。"

"梅书记，咱们县已经被列入了'燕山—太行山'连片特困区，是否意味着就此进入了贫困县的行列，能得到国家的政策扶持？"

"平邑县虽然挤进了连片特困区，但依然是非贫困县的身份，所以注定咱们县不会得到与其他贫困县同样的扶贫待遇。不过，就算是平邑县以后被列入了国家级贫困县，也不能坐等扶贫。国家帮扶主要起的是桥梁枢纽作用，真正要挺得起腰杆子，真正要让人民群众步入小康生活、小康社会，靠的是我们自己。我听说有些贫困县，用国家下拨的扶贫资金，给贫困家庭发放牲畜，期望他们通过发展养殖走出脱贫的路子，结果这些发放下去的牲畜，大多数被贫困户卖掉了，甚至自家杀掉吃肉了。这样的帮扶措施尽管是好的，但并不能有效地解决老百姓的贫困状况。中国有句古话，'授人以鱼不如授人以渔'，就是这个道理。"

"梅书记，出现这样的情况是否源于扶贫干部的监管失职？"

"也不完全是。扶贫工作的重点不在于监管，而在于疏导，更在于党在基层的领导作用，要正确运用党的路线方针，积极开动群众思想。脱贫工作非是一朝一夕，更不能简单运筹便希望达到立竿见影的效果。国家对于扶贫工作有一个暖心的十六字方针：'实事求是、因地制宜、分类指导、精准扶贫。'这十六个字看上去简单，但是却字字珠玑，内涵深刻。我们就是要据此投入到有效的工作中，并对贫困群体给予正确的扶贫引导。譬如，国家对贫困地区从项目、资金到物质，每年会给予大力的帮扶，有些干部和群众不去理会国家的良苦用心，他们会把这种无偿的帮扶当作为一种习惯，习惯便成了自然，这些干部和群众不仅不感念国家的关怀，反而会滋生对于奋斗、求索和进取的麻木，以及心安理得的惰性和依赖。民间曾有个"升米恩、斗米仇"的故事，虽说现实生活中这样的劣性人物很少存在，但从某种意义上来说折射出了人性的问题。人性的劣根子不是天生固有的，而是在后天的环境里受某种因素影响，人的本性慢慢发生了质的变化，从而养成了不良的恶习。所谓"近朱者赤、近墨者黑"，便是这样的因果。当然了，我们现在的社会环境毕竟是好的，思想与行为扭曲的人仅仅是很少的个例。而眼下，咱们县部分农村的贫困状况很严重，的确需要我们的党和各级政府给予帮扶。但是，脱贫攻坚战中重要的不是等待和索取，而是改造、改善人们的思想，重在我们的人民能借助这股春风脱胎换骨，树立起战胜困难的决心和勇气，同时也能把每一个人锤炼出来坚硬的腰杆子。"

马文涛坐在那里，一边认真聆听，一边在纸上接连写了两个"改"字。

梅奕瀚看着马文涛聚精会神的样子，微微一笑："文涛同志，我想听听你今年有什么打算。"

"古家庄乡自打推广'一村一品'脱贫产业，目前只有南庄村已经初见成效，其他的村子从今年开始，也将相继推出'一村一品'的发展模式。"

梅奕瀚点了点头："哦，这个在我的预料之中。县委县政府确立了以黄花产业作为全县的主导产业，以此推动全县农业经济的发展，古家庄乡当然也不能例外。我听说以古家庄乡政府牵头，也成立了黄花专业合作社，仅仅有这个小小的合作社远远不够。从今年开始，各村至少要实现政策兜底外的贫困户人均种植一亩黄花的目标，走黄花产业与'一村一品'融合发展的新路子，以推动全乡的脱贫攻坚任务。"

马文涛高兴地说："梅书记，这个非常好，人人都有一亩黄花地，那我们的脱贫步伐就会加快了。我在想，等全县形成了规模化的黄花大产业，到时候该是怎样的一幅盛景图，老百姓又会称呼您为'黄花书记'。"

梅奕瀚哈哈一乐："老百姓们怎么称呼并不重要，重要的是他们能真正地过上好生活。"梅奕瀚看看表，"哦，月城村目前又是怎样的状况？"

"今年有三十多户农民加入到了连片种植西瓜和香瓜，通过驻村干部和乡政府牵线搭桥，村委会已经和市华林超市签订了供销合同，销售的事情没有问题。如果今年试种有个大的收益，明年便能调动起群众脱贫致富的积极性。"

"很好，发展任何产业都在于运筹帷幄，未雨绸缪才可以消除群众许多的顾虑。"

梅奕瀚稍作停顿，然后话锋一转："你知道月城村西沟采沙场提取金属钒的事吗？"

"知道。我们过去一直以为他们是从沙石中选铁粉，后来乔日娜告诉我是在选金属钒。"

"你们有没有去制止过？"

"梅书记，他们都有挖沙采石的合法手续，至于从那沙中提取什么，我们没有权力去干涉。"马文涛说，"梅书记，要不要我带您去现场看看？"

"先不要去，等我解开心里的一堆疙瘩再说，咱们先去一趟月城村。"

此时，树上有老鸹的叫声："呱、呱、呱。"但这只老鸹的声音有些破碎沙哑，听起来竟给人冷飕飕的感觉。马文涛向上猛抬手，那老鸹便一抖翅膀飞走了。

车至月城村外的那个土丘，那土丘上光秃秃的少了一个人。梅奕瀚问："庞庆和的儿子庞伟回来了？"

"没有。"马文涛说，"庞庆和似乎失去了信心，只是偶尔在这土丘上坐坐。"

自打乔日娜住进村委会，孙财旺更是少到这个地方来。马文涛正打算给孙财旺打电话，梅奕瀚向他摆了摆手。

"你知道村里的公章是谁负责掌管的？"梅奕瀚问。

马文涛颇为疑惑，他不知道梅奕瀚为何要问这件事情。

"据说，三年前村支书秦禄因病去世，孙财旺接任了秦禄的工作，崔三那时任村主任，他拿着公章。那一年，崔三得了脑出血，不能动弹了，吴进接任了村主任，公章便一直由孙财旺掌管。"

"走，咱们去看看崔三。"梅奕瀚话音刚落，却听得街上有人唱了起来：

风卷残云那满天刮，

你别看这庙小却妖风大。

鸠占鹊巢到处是窝，

可知道这池浅却王八多。

麻绳绳偏从细处断，

自古这好人为啥多磨难。

素油点灯眼花花乱，

有因必果有瓜它就有蔓。

梅奕瀚一听这歌声，不禁眼前一亮。

"这是谁在外面唱山曲？"

"梅书记，听声音应该还是村里的那个醉鬼。"

梅奕瀚三步并作两步急忙往外走，等出了村委会，却见一个人影消失在巷子里。梅奕瀚隐隐觉得，此人绝对不是一个简单的醉汉，他的内心里实则藏着一面别人难以窥探的镜子。

崔三平展展地躺在炕上，他的双目圆睁，却盯着一个方向一动不动。此时，崔三的闺女崔小娟正在给他喂流食，一支五十毫升的大针管装满了米汤缓缓打进了他的食道。

崔三的老婆黄叶警惕地看着来人，说："我家崔三已经不懂人事了，你们别来看他了。"

马文涛急忙向黄叶解释说："这是县委梅书记。"

崔小娟轻轻抬头向梅奕瀚看了一眼，便慌忙又低下了头。

黄叶颇感意外，说："谢谢梅书记。崔三已经成了植物人了。"

梅奕瀚问："之前，是否有人来看过崔三？"

"有，孙财旺常来看他。还有两个人不知是哪的，来过几次。"黄叶说。

"老嫂子，崔三是怎么得的脑出血？"

"我家崔三一直患有高血压，从来不敢沾酒，可是三年前的那天晚上，不知什么原因却喝多了酒，还是我家小娟把他接回来的。没想到他睡了一夜，就变成了这个样子，去医院治疗了一个阶段，还是没有治好。"

"三年前，他有没有和你们提起过村委会签合同的事情？"

"没有，我家崔三哪里知道什么合同的事情？"黄叶显得很慌乱，"怎么你们都问这件事情？"

崔小娟又看了眼梅奕瀚，便起身去清洗那支注射器。

"老嫂子，你别误会。"梅奕瀚说着，向屋内扫视了一圈，却见土窑洞的后墙有一道缝隙。

"文涛同志，你回去后找几个人，帮他家先把这窑洞加固一下。"梅奕瀚说罢，便与黄叶握手道别。

出了崔三家，梅奕瀚看看表，刚到上午八点半。

"我上午还有个会议，等有时间再来。"梅奕瀚说罢，便匆匆离去。

快进县城的时候，梅奕瀚收到一条短信："三年前，月城村委会签订的那两份合同有假。"

梅奕瀚不禁一惊，这是谁发来的短信？他怎么会知道月城村这内里的实情？梅奕瀚仔细地思索着去月城村的每一个细节，难道发短信的人是黄叶？还是她的女儿？不会的，黄叶和她的女儿怎么会知道一个陌生人的电话号码。难道是马文涛？如果是他，为什么不选择当面说出实情？

拜会马建忠

　　陈志远自打去了吕梁的那座煤矿，一直从事开车倾倒煤矸石的工作，将矿渣从前山转运到后山的沟谷中。

　　这天夜里，陈志远刚刚睡下，便又梦见一个表情木然冷漠的女人，她抱着一个纸箱走到了汽车站，然后将纸箱里的婴儿丢弃在了售票口，那女人撒开腿跑了。陈志远每次梦到那个婴儿必然会哭醒，然后在泪眼朦胧中再次睡去。或许是他积累的心思太重了，今夜再无睡意，他想起了小时候村子里有关他出身的种种传说。有人说，陈志远是被一个搞婚外情的女人抛弃的；有人说，他的亲生父母是正式职工，因超生害怕丢掉了自己的工作，而放弃了抚养；也有人说，他出生前亲生父母就离异了，他的生母不愿意一个人抚养他，于是把他丢在了汽车站。不管是哪种说法，可以肯定的是，他的确是被抱养到月城村的。据说，养父陈亮在汽车站售票口将他抱走时，有一个穿着漂亮的女人曾出现过，她的表情很冷漠，给了陈亮一张纸条，上边有孩子的生辰八字，以及她的名字等。这件事情，陈志远后来从养父口中多多少少得到了证实。陈亮去世前，曾对陈志远说过这样一句话："爹死了以后，这个家怕是养活不了你了。如果你想去找你的生母就去找吧，她叫田彩梅，住在恒州市石头巷。"

陈志远外出打工时，需要去恒州市换乘车。或许是出于本能，他曾有意无意地去石头巷那边转过几次，但是那条街巷已经大变了样，过去的老旧房屋都拆了，原来的住户迁到了这座城市不同的地方。

后半夜山中下了一场大雨，临近天亮时，他独自一人出来走走。此时，星星已经散去，一钩残月还悬在天空，照耀着山谷间波光粼粼的山泉。晨风吹来，花香浮动，青草间露珠跳跃砸在泥土上。陈志远站在悬崖边眺望着远方，却见吕梁山川间炊烟缥缈，生机无限。他低头看看自己，不禁摇摇头，他不知道自己的未来将会是怎样的结局。

梅奕瀚接到祝彤打来的电话。

"你知道今天是什么日子吗？"

"什么日子？"

"今天是 6 月 7 日，高考第一天。"

梅奕瀚恍然想起几天前对女儿的承诺，他答应梅思雨，在高考第一天会回去陪着她。

"祝彤，实在对不起，我现在要去一家企业，等忙完了这件事情我就回去。"

梅奕瀚与县里的常委们去拓新花岗岩科技公司搞调研，遇到一名讲解员叫苏炳坤，竟让他一下子动了心思。苏炳坤思维清晰，精明干练，刚劲果断，给梅奕瀚留下了很好的印象。

之前，梅奕瀚在花园村下乡走访时就听说过这个青年。苏炳坤，军人出身，在部队服役期间荣获"优秀士兵"的光荣称号。转业后，他因爱动脑子，手脚勤快，业务能力强，被拓新公司任命为车间主任，也是该公司的先进标兵。

花园村有一个很美的名字，但是村子的面貌却是破落萧索。老支书马腾早就有了离任的打算，他想让村长王举接任他的岗位。王举说，凭他的能力根本不能带领村民们致富，王举推荐了一个人，就是村里在外工作的苏炳坤。马腾说，王举是睁着眼说瞎话，苏炳坤放着国营企业的高工资不干，他哪能回村里当这个村支书？王举说，咱们可以去试一试，就算是不能把他请回来，咱也不丢人。王举曾带着苏炳坤的叔叔苏茂去找过苏炳坤，说明了来意，可是苏炳坤当时并没有表态。

参观结束后，其他常委们都回去了，梅奕瀚单独与苏炳坤交流起来。

"看得出来，你在现在的工作岗位上干得很出色。"

"工作的事就是个脚踏实地、勤勉肯干，不打算卖力气，无论什么工作都干不好。"

"你离开村子多少年了？"

"已经十多年。"

"你现在还想着那个从小长大的村子吗？"

"怎么会不想，就算是梦中，还是一些村里的风物。虽然我的父母跟着我进城里生活了，但是我还是想念家乡的一草一木，想念家乡那缕缕炊烟。"

"是啊，我们每一个人都在时时刻刻思念着家乡，那里有我们的根呀。"梅奕瀚将目光瞥向窗外，厂区路边硕大的国槐树冠扭扭曲曲，宛若一条条巨龙。

"如果家乡需要你，你会选择离开现在的工作岗位，回去帮助家乡的群众吗？"

苏炳坤忽然默不作声了。他同样望着窗外，许久才慢慢说："我不是舍不得离开这个工作岗位，是因为父母。"

"你父母怎么了？"

"他们很好，但是他们反对我抛开这份工作回到村子里去种地。他们说，如果我选择了回村里，就等于那些年他们的辛苦付出都白干了。"

"是的，哪个父母不盼望着自己的孩子脱离农田之苦，去拥有一份好的工作。可是，如果我们这一代以及我们的下一代、下下一代都选择逃离农村，我们的国家还有什么希望？"

314

梅奕瀚满怀深情地看着苏炳坤："我们的农村现在急需要你们这样的优秀青年，没有年轻人去顶起村庄的那片天，村庄就会失去灵魂。年轻人的回归，对于村里的父老乡亲们来说，村庄便有了希望，也有了未来。"

"梅书记，我知道你的想法。村里的乡亲们也希望我回去，而且我也想回去帮助他们。"

"可是，你父母那边该怎么去说服他们？"

"毕竟那村子也是父母的根，他们也盼着家乡富裕起来。我已经和他们谈过几次，后来他们什么也没说，算是默许了。"

"难为两位老人家了。那你打算什么时候辞职回村里？"

"我想尽快回去。听说咱们县正在大力发展黄花产业，我想这正是我的用武之地。只是，我去找过公司的老总了，王志山不同意我辞职。"

"这个我也想到了。你是一个非常难得的人才，谁都不舍得放弃你。这样吧，我去找王志山谈谈。"

"谢谢梅书记。不必了，还是我去和他谈，我想他最终会理解并同意的。"

从拓新公司出来，梅奕瀚正打算回市里看望女儿，突然接到马文涛的电话。

"梅书记，月城村西沟出事了，宏志公司的人和泰鑫工程队的人打起来了，泰鑫有一个工人被打断了腿，另一个工人还被捅了一刀，不过伤在了胳膊，没有生命危险。另外，乔日娜和张杰在现场处理突发事件中也受了伤。"

"伤者情况怎么样？"

"受伤的两名群众已经送往了县医院，乔日娜和张杰在乡医院接受治疗。"

梅奕瀚"腾"的一下站了起来："通知派出所的同志迅速控制现场局面，抓获犯罪嫌疑人，要严肃查处此案。另外，将那两家企业在工地

315

的所有设备查扣，等候处理。"

梅奕瀚意识到，为了保护天户山下仰韶晚期到龙山时期的文化根脉和矿产资源，也为了保护一县的绿水青山，月城村这件事不能再拖下去了，必须得抓紧时间赶快查办。问题是，现在所有的线索扑朔迷离，没有确凿的证据无法彻底关停这两家看似合法的企业。梅奕瀚忽然想到了一个神秘的人物，马建忠。之前，梅奕瀚已经托人将乔日娜拿来的两块矿石样本送去检验，证实了那矿石中的确是含有金属钒，看来这个马建忠绝非等闲之人。

梅奕瀚到达古家庄乡后，先去乡医院看望了乔日娜和张杰，并简单了解了一下事发经过，然后在马文涛的陪同下去了马建忠家。

梅奕瀚突然来访，马建忠颇感意外，但是他很快就镇定下来。

"老人家，我来看看您，顺便给您带来了王面铺的蜜麻叶和细酥饼，不知您老是否还喜欢吃。"梅奕瀚说。

马建忠小心翼翼打开了食品包装，拿出一块蜜麻叶放在鼻子下闻闻，然后再拿起一块细酥饼尝了一口，他闭上眼睛慢慢品味着，然后睁开眼兴奋地说："嗯，真好，是那个味道，还是小时候的味道。已经有四十多年了，没有吃过王面铺的蜜麻叶和细酥饼，我好像一下子又回到了从前。"

"您老当时住在恒州市里的哪条街？"

"兰池街，距离王面铺不是太远。虽说我住在兰池街，可是恒州市的四大街、八小巷、七十二条绵绵巷没有我不熟悉的，现在还常常梦着哩。"马建忠说到此，转而问道："你是怎么知道我曾经居住在市里？"

梅奕瀚微微一笑："老前辈，我不仅知道您曾经住在市里，还知道您曾和我是在一条战线上工作的老前辈，我应该尊称您为马老。"

马建忠一愣："此话从何讲起？"

"云中专区监测委员会是 1956 年设立的。1958 年云中专区改称晋北专区，1961 年又恢复叫云中专区。您是 1963 年到云中专区监测委员会参加工作的，'文化大革命'时期监测委员会又被取消了。1970年，云中专区再次改称为云中地区，直至1976年'文革'结束后，在原来取消的监测委员会基础上，又成立了新的纪律检查委员会。我是1983年到云中地区纪委工作的，咱们是同一条战线上的两颗螺丝钉，您比我早工作了整整二十年，所以理所当然得尊称您为马老。"

马建忠仿佛见到了自己多年不见的亲人，顿时显得异常激动。

"马老，我今天来，是有一事需要向您讨教。"梅奕瀚真诚地说。

"讨教可不敢，有啥话你就说吧。"

"除了您发现月城村西沟及上游山岩中含有金属钒，是否还有其他的人知道此事？"

马建忠的神情一瞬间变得紧张起来。他说："难道你们是在怀疑我和那两伙人有染？"

梅奕瀚急忙赔礼道："对不起马老，可能是我方才表达有误。我是说，请您帮我回忆一下，有没有其他的人知道那沟里的沙石中含有金属钒？"

马建忠摇了摇头，说："非专业人不会在矿石中辨别出金属钒，他们只会误认为是金属铁，应该不会有人知道这件事。"马建忠的话刚出口，他忽然想起了什么，"等一下，我想起了一个人。"

"马老，您别急，慢慢说。"

"三年前，我妻子施惠的一个表弟家聘闺女，因为在邻村不远，我和施惠都去了。那天偏巧遇上了我的一个大学同学吕云雷，他是那个村支书王闯的亲戚，专来乡下游玩。四十多年没见了，我们老哥俩那才叫个亲热。我们谈了很多，有学校的事，有他的事，也有我的事。对了，因为我们是学矿产勘查专业的，我和他谈起过月城村金属钒的一些事情。"

"吕云雷后来从事什么工作？"梅奕瀚又问。

"他毕业后到了冀北的一家石墨烯矿工作了，十年前退休后回到咱们市里。这个人爱动，不想待在家里，一直在外面找点活儿干。他从乡下回去后不久，还给我打过电话，好像说他被市里的一家什么安工程公司聘请去了，给的工资还很高。"

"马老，您再想一想，是不是叫鼎安工程总公司？"

"是的，好像是。"马建忠又想了想，"应该就是这个鼎安公司。"

梅奕瀚不禁一阵欣喜，他心中的两个疑团总算解开了。梅奕瀚查阅过泰鑫工程队的注册资料，法人代表便是王闯，还有一个股东叫梁明达；而宏志公司是鼎安总公司的一家分公司，法人代表是全亮。泰鑫公司和宏志分公司的注册时间，刚好与吕云雷出现的时间相吻合。那么，这两家公司又是如何与月城村委会签订的合同？这个问题的突破口到底在哪里？

合同迷雾

采沙场发生纠纷后，被打断腿和刺伤胳膊的两个人是陈明亮和左春祥，都是月城村在宏志施工队打工的村民。

原来这个事件背后的策划人是全亮。全亮自打与孙财旺见面后，知道依靠孙财旺的能力赶不出去泰鑫工程队，他听说这个工程队真正的老板是股东梁明达，而梁明达的背后有一座大靠山。全亮便告诉他的手下片儿七，如何如何去办。片儿七之所以叫这个名字，源于他本是黑道上的一个人物，排行老七。

宏志的工地和泰鑫的工地在月城西沟里一南一北，各挖一方，但生活营地相距不远。那天中午，片儿七从城里拉来一坛酒，便让麻五请泰鑫那边的工人过来喝酒。麻五说，大家都是出来混口饭吃，尽管各为其主，毕竟都是社会底层的农民兄弟，彼此也算是一家亲。泰鑫的工人便一个个高高兴兴走了过来，这酒刚喝了一半，左春祥站起来想去小便，他刚走了两步，便被麻五一脚踢倒在地上，左春祥站起来与麻五动起了手。片儿七说，泰鑫的人喝多了酒打人，双方就此打了起来。乔日娜得知此事后，及时通知了马文涛与派出所，她与张杰赶到了事发现场进行阻拦，却反遭到殴打。片儿七说，泰鑫的人没一个好东西，让他们赶快滚到沟外，否则见一次打一次。

派出所的民警经过调查了解，宏志公司主动请泰鑫的工人吃饭不假，至于泰鑫的人是否先动手打人，因为没有相关的证据，双方各执一词，群殴事件只能将打人者予以法办，而伤者接受住院治疗，由宏志公司出医疗费。至于伤者家属提出的误工费、损失费等赔偿费用，宏志公司一律不予答复。

马文涛这边忙忙碌碌，没想到月城村又兴起了一股群体上访波浪。

陶利鼓动伤者家属及部分村民聚集在乡政府，要求清查村委会非法出让村西沟集体土地，以及土地出让款的去向，同时赔偿此次事件中伤者的各种损失。马文涛只得将孙财旺和片儿七都叫到乡里，让他们给村民们一个具体交代。

孙财旺显得很冤枉，他出具了两张收款条复印件，分别是三年前宏志公司和泰鑫公司各支付给了月城村委会一万元。孙财旺说，让那两家公司在村西沟挖沙采石，那是经过上一届村委会一致同意才签订了合同，至于这两笔钱都用在了哪里，那得去问崔三。

片儿七在来乡政府之前，已经请示过全亮。全亮说，为了防止事态扩大，你先答应他们的要求。

当天下午，片儿七派人将两只鸽子剁掉头扔进了陈明亮和左春祥的院里。晚上，片儿七便佯装笑脸去陈明亮和左春祥家慰问，并分别支付了三万元和两万元的赔偿金。

梅奕瀚从乡下回到了县里已经是晚上，他感觉有些饿，顺便买了两桶方便面。他刚走到县委办公楼二楼，看见楼道里一个清洁女工有点眼熟。

"你叫什么名字？我好像在哪里见过你。"

"我叫崔小娟，半年前就应聘到了这里做清洁工。"

"对不起，我经常早出晚归，很难见到你们的身影。可在我的印象里，好像是在别处见过你。"梅奕瀚说，"清洁工作一般在早上上班前打扫，你怎么晚上就忙开了？"

"我爹是个植物人，我明天得回去看他。"

梅奕瀚一下子便想了起来："你是崔三的闺女，崔小娟？"

"是的，谢谢梅书记去看我爹。"

此时，梅奕瀚才明白，给他发短信之人就是崔小娟，因为她在县委大楼里搞清洁工作，办公室的墙上贴着各常委、各机关部门负责人的电话。

"小娟，请你跟我来。"

梅奕瀚将崔小娟请到屋子里，先泡了一桶面送至崔小娟面前。

"我想，你一定还没有吃饭，先吃点吧。"

"梅书记，我不饿。"

"来，吃点嘛，虽说简单，但总可以垫垫肚子。"

崔小娟挑起一小叉子方便面，眼里汪起一层水。

"梅书记，您真是个好人，乡里的马书记已经派人把我家的土窑洞修好了。"

"那就好。你先吃，我有话要问你。"

"我知道，您想问啥。"崔小娟说，"那条短信是我发的。"

"你是怎么知道月城村委会与那两家企业签订的合同有假？"

崔小娟将嘴里的面慢慢咽了下去，她的眼泪顺着脸颊滴落进了方便面桶里。

"梅书记，我爹好冤啊！"崔小娟哭出了声音。接下来，她将事情的经过详细地讲了出来。

三年前，秦禄死后，刚刚上任的村支书孙财旺到崔三家说，有两家企业想和月城村委会签合同，在村西沟挖沙采石用于县里村村通公路建设。崔三当时任村长，他认为县里其他村子修路，不能以月城村集体的土地为代价，况且在西沟挖沙采石不仅影响村民们农耕生产，最主要的是破坏环境，便拒绝签这个合同。过了两日，孙财旺让吴进请崔三去他家吃饭。那天，崔三和吴进两人喝了很多酒，崔三竟然自己回不了家。崔小娟去接崔三的时候，吴进已经离去，屋子里只剩下孙财旺和他的妻子，还有趴在桌子上的崔三。在回家的路上，崔三嘴里还在念叨着"不能签那个合同"。结果，当天晚上，崔三便昏了过去，最终变成植物人。为此，施惠几次去孙财旺家讨说法。孙财旺说，崔三是自个儿要喝酒的，吴进只是陪喝了几杯，谁都劝不住崔三，这件事吴进可以作证。崔三出事后，吴进接任了村主任。几天后，孙财旺从崔三家取走了村里的公章和账本。

梅奕瀚听罢崔小娟的讲述，不禁倒吸口凉气。

屋里的灯忽然暗了下来，少顷又明亮如初。

梅奕瀚说："仅凭你的证词并不能证实那两张合同有假。"

崔小娟说："孙财旺几次利诱我爹签那两张合同，我爹始终没有答应。可是，三年后突然冒出了这两张合同，难道这不值得怀疑？孙财旺还编造谎言说，那两张合同早在三年前秦禄任村支书时候，我爹代表村委会签的这个合同，这纯属是陷害。"

"孙财旺为什么要陷害你爹？"

"我想，他的目的可能是为了私吞非法出让村子西沟采挖权的赃款。"

"你知道不知道，他们为什么签了合同，却迟迟不开工？"

"他们以为我爹的病是装出来，所以经常派人去家里看。我猜想，他们不敢开工的原因是，害怕我爹清醒后揭穿那假合同，会把事情闹大了。"

梅奕瀚在地上慢慢踱着步。过了一会儿，他说："你爹已经不能开口说话，一些事情现在变成了难以见日的谜。吴进与孙财旺同流合污，从他的嘴里难以得出真相，此事还待深入调查。不过，就算是这合同是真实的，那两家企业的所作所为也是非法的。"

祸起萧墙

月城村西沟非法开采金属钒的两家企业最终被彻底取缔了。

仝亮将孙财旺叫到市里，两人在一家餐馆见了面。

仝亮张口便骂道："你是猪脑吗？办事咋这么毛糙，村里藏着那么个知识分子难道你不知道？纯粹是榆木疙瘩。现在好了，落得个被取缔的结果，上面的领导非常生气。"仝亮说完，从包里取出一个袋子塞给了孙财旺，"那林地的事千万不能再出了问题。眼下，你在村里表现得好一点，群众基础很重要。"

这天，梅奕瀚接到了一个自称是市委办公厅的电话，而对方并没有说出自己的身份。

"梅奕瀚，最近有人举报，月城村西沟两家合法经营的企业被你取缔了，到底是怎么回事？"

"不是合法，是非法。他们打着为修路挖沙采石的旗号，实际上私挖乱采矿产资源，严重破坏自然环境，又在坏掉仰韶晚期到龙山时期的文化根脉。"

"那两家企业已经与村委会签订了合同，怎么能说是非法私挖乱采？"

"那合同本身存在许多疑点，现在并无证人能证明那合同的合法性。"

"那只是你不负责任的主观臆测，而并无确凿的证据。国家在鼓励保护中小企业，而你刻意打击，为所欲为。"

"就算是这合同有效，但是市委市政府多次做出批示，要守住绿水青山，严厉禁止在'恒州睡佛'一线私挖乱采，这两家企业明显是在违法。"

"梅奕瀚，你不要以为自己很了不起，当心你头上的乌纱帽。"

"只要是不破坏环境，不损害人民群众的利益，这个所谓的乌纱帽算得了什么。我相信，大雪是摧不垮大树的，只要春天一来，它照样会萌发新芽，开花结果。"

"你……"对方便挂断了电话。

王闯也给吕云雷打去电话，问："表叔，金属钒的事情是不是你向外界透漏的？"

吕云雷说："怎么可能，鼎安这边还让我严格保密哩。"

"那金属钒的事情谁还知道？"

"我的一个同学，月城村的马建忠。"

初夏的风宛若少女飘逸的长发，轻轻地抚慰着一个个怀着梦想的心灵。田野里的黄花漫卷着汪洋的绿，那沾手染翠的绿始终让人移不开眼睛。

梅思雨如愿以偿地考上了军校，这让梅奕瀚颇感欣慰。可是，他的好心情没有持续多久，便不断接到黄花染上了病虫害的消息。梅奕瀚带着农业局局长安向东、皇甫一南、郝志坚赶往各乡镇挨个查看受灾情况。

黄花是一种抗寒抗旱能力比较强的植物，但极易感染病虫害。黄花不仅易得锈病，而且蓟马和红蜘蛛等害虫都对生长期的黄花有不同程度的危害。黄花在采摘前，病虫害防治主要依赖于药物，而在采摘期便只能利用防虫网、粘虫板等方法防治虫害，以免农药对黄花菜产品的品质产生影响。

郝志坚看到大部分村子的黄花都存在不同程度的蓟马虫害，便通知各村种植户加强药剂喷洒。可是，几天过去了，蓟马虫害还是没能得到有效的治理。

梅奕瀚分外着急。他问安向东："是否杀虫剂出了问题？"

"应该不会，这是咱们农业局从生产厂家统一采购的。"

"那到底是什么原因，为啥这蓟马除不掉？"

郝志坚想起了一个人，原农业局的技术推广站站长孙达理，此人过去针对病虫害防治有过深入的研究。

梅奕瀚问："孙达理现在哪里？"

"几年前就退休了，现在人在深圳。"安向东说。

"你马上帮我查清这个人的联系方式，治理病虫害的事情等不得。"

安向东一个电话接着一个电话打，他终于与孙达理取得了联系。孙达理在电话中说，之所以这蓟马除不掉，是因为不了解蓟马的习性。蓟马这种动物喜欢夜间觅食，它白天则深藏于黄花株体内。如果是上午喷洒杀虫药物，由于日光和风的作用，到了晚上药物的药效已经大大降低，所以才导致了蓟马不能完全除根子。而最合理的施药时间，应该在下午四点之后，太阳落山之前。

郝志坚独自喟叹："看来，我这个土专家该学习的东西还很多啊。"

"学无止境嘛。"梅奕瀚安抚道。

当最后一批小燕子孵化出来，聚集在桑干河上锻炼着体能时，平邑县的收获季节也就到了。

这天，梅奕瀚和祝彤将女儿送到了机场。平素大大咧咧的梅思雨一反常态，流露出少有的小鸟依人般的可爱。

"老爸，我去上大学，你会不会想我？"

"傻丫头，哪个当爹妈的不想自己的孩子？"

"我想，我妈会，你可不一定。"

"为什么？"

"你的心里只有工作，就算是想我，也只是一阵风。"

"难不成我什么都不要做，一天到晚地只想你。你就不担心，老爸这样想下去，会一下子变成憔悴的老头子？"

梅思雨哈哈一乐，说："我逗你哩。老爸，抱抱我，有好多年了，你没有抱过我。"

梅奕瀚拥抱着女儿，内心里一时五味杂陈。他知道，作为父亲，自己是一位不合格的父亲；作为丈夫，自己是一位不称职的丈夫；而作为儿子，自己也有愧于还在辛苦耕种农田的父母。

"奕瀚，我知道你心里不好受。没必要那么自责，作为爱你的每一个家人，都会理解你支持你的。"祝彤说。

梅思雨也调皮地说："是的，老爸，我可从来没有对你有什么怨言。"

"是真的吗？"梅奕瀚用手指轻轻刮了一下思雨的鼻子。

"有时也有，不过仅仅是一瞬间，那算不得数。"

梅思雨登机后，祝彤问梅奕瀚："范筱璇发表在《中国经济报》的那篇文章你看过吗？"

"看过。那篇文章笔锋犀利，列举了平邑县经济与教育衰败的现状，尖锐地指出了平邑县当下经济体制的诸多诟病。"

"她的笔锋就是剖开阴暗霉变角落的一把刀，只有劈开了剔除了，才能慢慢愈合。"

"所以，你才没有向她公开咱们两人的关系，你怕她会'粉饰太平'。"

"一个人健康的思想，很容易被客观环境所左右，你得给她健康生长的空间和土壤。"

"这项社会调查是否还在进行？"

"已经结束，但推动全市经济发展和改造社会环境的工作才刚刚展开。"

"听说，你们聘请了国内许多知名的专家学者来恒州市讲学。"

"理论教育是一个方面，落实到真正的社会实践才是最重要的。"

"如此说来，咱们之间的关系可以毫无保留地告诉给范筱璇了。"

"当然可以。不过，有这个必要吗？"

古家庄乡南庄村的蔬菜种植再次大获成功，该乡政策兜底外贫困户人均一亩黄花地已经根壮苗肥，"一村一品"试点种植也初见成果。

此时，魏悦已升任平邑县宣传部部长兼党办主任，他派遣新闻中心主任南夫率队分别到各村进行实地采访，在采访中南夫发现了一个细节，不禁担忧起来。

这天，南夫来到了月城村，见三十多户瓜农将刚刚采摘下来的西瓜、香瓜堆积在自家的院子里。看到瓜农们无精打采的样子，南夫便与种植户攀谈起来，得知市华林超市与月城村委会的供销合同刚刚解约。问其原因，村民们说，那合同是孙财旺一手签的，村民们卖瓜不是直接卖给华林超市，而是得卖给孙财旺，然后由孙财旺负责送货并结算。孙财旺从瓜农们手里低价收购瓜后，再高价卖给华林超市，而且不按合同规定的产品质量标准给超市供货，从中掺杂一些生瓜与坏瓜，结果华林超市就取消了这份供销合同。

南夫问村民乔日娜和张杰哪去了，村民们说，乔副主任他们为了这件事情去市里了，去和市华林超市协商，看看能否再续接合同。

南夫知道，合同的事非同小可，不仅影响瓜农今年的收入，而且会就此打击大家来年生产的积极性。南夫急忙赶到了古家庄乡，想把这一情况及时地反馈给马文涛，却听说马文涛去南庄村处理另一件棘手的事情。

此时，南庄蔬菜交易市场内聚集了很多人，江南市场的客商李先生正大发火气。

"我对你们的诚信已经产生了怀疑。请你们给出合理的解释，并承担因此造成的损失及严重后果！"

"请李先生消消气，我们一定给您一个满意答复。"马文涛这边安慰着李先生，那边又把薛存三叫了过来。"老薛，到底是怎么回事，向李先生解释清楚。"

薛存三看上去非常疲惫。自打蔬菜一进入采摘期，薛存三便每天忙得连轴转，他既要下到蔬菜种植基地督促察看蔬菜质量的管控，又要管理蔬菜交易市场的秩序，还得负责整个市场买卖交易的协调与结算。

薛存三说："按照与江南市场签订的供销合同，咱们的蔬菜在采摘期是不能打农药的。今天上午村里的付贵拉来了一车圆椒，经过咱们质监站抽查，并未发现有残留的农药。可是，当李先生他们进行二次检验并装箱入库时，发现这车圆椒有问题，再行化验后果然查出了有少许残留的农药。"

马文涛吃惊地问道："怎么会有这样的事情发生？"

薛存三叹息一声说："唉，这事算我大意了，没想到付贵竟然一车圆椒装的是两样货，上边的圆椒没有打农药，而下边的圆椒曾经打过农药。"

"付贵为什么要这样做？"

"为了省事呗，可他这一省事竟然捅出了大娄子。"

付贵站在薛存三的身后，他低着头，汗水一道道顺着脖颈流了下来，两只手却是相互间扣在一起，显得焦虑而不知所措。

薛存三又说："按照供货合同，咱们交付给江南市场的蔬菜，必须是经过国家农业部门认证过的有机绿色蔬菜，而非无公害蔬菜。无公害蔬菜要求的标准相对比较低，是指蔬菜产品中不含国家规定的不准含有的有害物质，其他物质的含量控制在允许范围内的蔬菜。而绿色蔬菜安全等级要求更高，生产中只能用动物粪便、植物残体等经过发酵加工而成的有机肥，绝不允许使用化学合成的肥料、农药以及其他有害于环境和健康的物质。"

"村里的种植户知道这些相关规定吗？"马文涛问。

"当然知道。农技站的工作人员曾在村里做过多期科普知识教育，村里也成立了十几个督查小组，彼此间相互监督查看，一旦发现问题就马上上报了村委会。可问题是，你不可能一晚上不睡觉，这些事最主要的是要靠自觉。付贵嫌用粘合板及粘合带祛除害虫费事，便在夜间偷偷打了农药。问题是，付贵打农药后不光是他的那些圆椒不符合了收购标准，由于风的作用，就连与他的地毗邻二百米左右的那些圆椒地都会受到影响。"

"李先生为什么不通过技术检验，便能发现这些蔬菜存在问题？"

薛存三看了眼李先生，说："一开始，我也不懂得检验圆椒'望、闻、问、切'的技术，后来是李先生教会了我。'望'，便是第一眼直观看。只要是打过农药的圆椒，其表皮不光亮，而且因药物的作用，圆椒在生长的过程中容易变形不规整，四角发尖。'闻'，这个不是去听，而是依靠嗅觉。没打农药的圆椒放在鼻子下，有一股淡淡的甘甜与清香；一旦打了农药，便失去了这种味道，倘若残留物比较多，还会留下刺鼻的气味。'问'的过程，不是问人，而是问圆椒。说得简单一些，只要对着那圆椒哈两口气，再用纸巾去擦拭一下，如果纸巾上没有粘连任何的物质，说明这个圆椒就没有农药残留物。'切'，便是切开了看。打过农药的圆椒，其横断面肉质薄厚会不均匀，且根据农药残留物的多少，局部会引发肉质色泽的变化。"

马文涛听到这里，不由得发出感慨："没想到我国博大精深的中医文化，改用到这蔬菜上，竟也是这般神奇而精彩。"

马文涛向前两步，紧握着李先生的手，说："非常感谢李先生，你不仅教给了我们如此生动的鉴别知识，同时又帮我们指出了工作的不足之处。请李先生放心，所有与付贵有关的涉事圆椒我们马上清理出市场并销毁，以后绝不会有类似的事情发生；同时，为了保障李先生在江南市场的信誉与利益，凡是在江南市场发现南庄蔬菜基地的圆椒有残留农药，我们将给予您双倍的赔偿。今天这些蔬菜虽然没有流入江南市场，但已经给李先生造成了工费损失及其他方面的损失，为此我们真诚地向您道歉，并承担全部的责任。"

李先生转怒为笑道："谢谢马书记。其实，我刚才也不该发那么大的火气，这样的事情也曾在其他的收购市场上发生过。这些虽然是坏事，但也是好事，教训往往与代价并生。对你们来说，今天又积累了工作经验；而对于种植户来说，也因承担损失给予了一次惊醒和深刻的教训。"

马文涛又问薛存三："你刚才说，因风向作用，和付贵涉事菜地近二百米的区域内蔬菜都会受到影响。那些受污染的蔬菜怎么办？"

"那些菜虽然被农药污染过，但由于不是直接喷洒，最近又下过几次雨水，经咱们质监站检验认定，可以作为有机无公害蔬菜上市销售，种植户的损失并不大。"

马文涛又提醒薛存三："付贵那里，你过后做做他的思想工作。虽然他是自作自受，但毕竟辛辛苦苦一年了，那么多蔬菜全部销毁，损失也够大的。咱们的农民正在脱贫攻坚中奋力地爬行，不能重挫了他们发展的积极性。你看看咱们合作社能否根据今年的收益情况，想办法给予他一定的补偿。"

"我知道，请马书记放心。"

此时，南夫早已赶了过来，他附在马文涛的耳边小声说了几句话，马文涛便匆匆走了。

马文涛在车上给孙财旺打了一个电话，让他现在去一趟乡政府。

等马文涛回到办公室，孙财旺已经等候在那里。

"月城村与市华林超市合同的事你怎么解释？"马文涛问。

孙财旺显得很委屈。他说："马书记，我是揣着好心办傻事了。你是知道的，华林超市合同上要求咱们的供货标准很高，但是瓜农们被剔下来的那些瓜该怎么办？那也是瓜农们一点一滴的血汗。所以，我就把那些瓜全部卖给了华林超市，没想到他们竟然单方毁约。"

"孙财旺呀孙财旺，我该说你什么好？华林超市那么高的收购价就是为了保证产品的质量，你却从农民们手里低价购进高价卖出，还不信守供货合同。你是怎么当的这个村支书？你对得起村里的乡亲们吗？"

"马书记，我可是一心一意为村民们着想的。往城里华林超市送一趟瓜，运费就得好多钱，货到地头验收时也得花钱，开车不小心违个章还得需要钱。你说这些钱不从瓜农们身上出，从哪里出？我个人垫付一次费用可以，问题是这得跑多少趟，我总不能费人费力还得费钱吧？"

"你……"马文涛顿时气得语塞，"你先回去吧！"

孙财旺走后，马文涛意识到这个孙财旺根本不适合做村支书，但是月城村眼下却没有一个合适的人选。

临近傍晚，乔日娜和张杰失望地来到乡里。乔日娜说，华林超市的李总态度很坚决，不再和月城村委会合作。

马文涛再与市华林超市的李总联系，对方却挂断了电话。

乔日娜回到月城村，挨门去看望种瓜群众，安抚他们颓废的情绪。几家跑来跑去，已是晚上十点。乔日娜回到宿舍时，张杰已经做好了饭在等候着她。

"娜姐，群众的瓜该怎么办？"

"今天晚上，咱俩连夜在网上联系买家，我就不相信这瓜会烂在地里。"

张杰说："还有一个办法，就是将村民的瓜集中起来，去市里的大型农贸市场批发。不过，现在正是本地瓜上市旺季，市场上货量充足，批发价可能会低一些。"

"这个办法好，既可以保证瓜的新鲜度，又可以及时出货。价格虽低一些，但这也是没有办法的办法，"

"好的，明天我就联系运输车，去办这件事情。"

一件被隐瞒的冤案

马建忠接到了大女儿打来的电话。她说,最近忙得厉害,母亲则执意要自己坐客车回村里,她让父亲去乡里接一下母亲。

马建忠上午九点多到了古家庄乡,看看客车到站的时间还早,便打算沿着乡公路走走看看。古家庄乡村公路还是那么窄,在紧贴村子南北农舍间兀自亮着一条白花花的路面。十年前,司机们为了逃避煤检站收费,这条路也是车流不息。一天夜里,有一辆拉煤车竟直接闯进一户农家的房屋里,将一对熟睡的夫妻吓了个半死,自此这家男人患上了失眠症。现在,煤检站早撤了,这条乡间公路很少有车来往。

马建忠慢悠悠地走着,心里想着儿子、女儿和施惠。当他走到一个岔口时,听得从身后猝然来了一辆车,他本能地想躲避开来,却听得一阵刹车声,他被那车撞了出去。

开车之人是梁明达,他下车后向马建忠瞟了一眼,便拨打电话。不久,乡卫生院的大夫赶到了,他们摇了摇头说,人没救了。梁明达再给保险公司和交警队分别打了电话,然后独自坐进车里。

经交警部门现场勘查初步认定,马建忠不看后边通行的车辆,擅自横穿马路,造成交通事故,应负主要责任。

施惠回来后,却见丈夫血淋淋的尸体,她顿时肝肠寸断痛不欲生。

马建忠的二儿子马宝坤接到父亲的死讯，他连夜赶了回来。偏巧，那天晚上下了一场雨，马宝坤试图寻找事故现场的蛛丝马迹，但已经没有了痕迹。马宝坤听说，父亲揭穿了月城村西沟挖沙采石的阴谋，而这个梁明达正是泰鑫工程队的大老板，不禁产生了怀疑。马宝坤去县公安局报案，请求作为刑事案件调查此事，但因无法提供任何证据，最终未能立案。

　　梁明达肇事后，对于死者家属不闻不问，俨然与他无关的样子。马宝坤只得去找交警部门寻求帮助，由事故科帮忙为双方进行调解，梁明达拿出八万元给了施惠。他说，他作为事故的无过错方，这笔钱仅是出于人道而给予帮助。一条人命仅仅值八万元，而肇事者却逍遥法外，马宝坤只觉得天昏地暗，一时不知该如何是好。

　　在极度的痛苦中，马宝坤想起了父亲曾经和他讲述过的一个人——魏国华，他曾在电视新闻报道中见过此人，便又赶往了省城。魏国华曾在省纪委工作，十年前已经退休，其现在的住所很少有人知道。马宝坤便托在省城工作的战友四处打听，终于见到了魏国华。

　　魏国华对于马宝坤的来访颇感吃惊，他没有想到自己苦苦寻找的马建忠刚有了消息，却又罹难。魏国华听了马宝坤的讲述，不禁老泪纵横。他说："我对不起建忠，是我害了他。如果我能早一天找到他，就不会出事了。"

　　魏国华的情绪稳定下来后，他给省纪委打了一个电话。

　　马宝坤刚回月城村，县事故科的同志和梁明达都赶到了马建忠家里。梁明达痛心疾首地说："我对不起马叔，对不起马叔的家人。虽然事发时，马叔横穿马路造成不测，但是我也有一定的责任。为了弥补我的过失，更为了告慰马叔在天之灵，我愿意拿出二十万元作为马叔遇难的赔偿金，求求你们原谅我吧。"

　　马宝坤看着梁明达那张丑恶的嘴脸，他慢慢闭上了眼睛。他默默地念叨着："爹，儿子知道你死得冤屈，但是老天爷不长眼，毁了事故现场的所有痕迹。如今没有一点证据帮助儿子去惩治恶人，是苍天不公，是儿子无能为力。爹，请您相信，朗朗乾坤，总有一天恶人会遭到报应。"

"求求你了，宝坤兄弟，你原谅了我吧。"梁明达说。

马宝坤说："好，让我原谅你可以，除了那二十万元赔偿金，你必须给我爹披麻戴孝，一步一跪一个响头将老人送到墓地。"

梁明达顿时傻愣在那里。陪他过来的几个人急忙示意他赶快答应，梁明达迫于无奈，只得点了点头。

马建忠出殡那天，月城村全体的村民异乎寻常地都出来送行。梁明达果然披麻戴孝，他一步一跪一个响头向村外爬去。这时，一辆小轿车停在了村口，一位老人在县委书记梅奕瀚的陪伴下缓缓走了过来。

马宝坤一看，是魏国华，便赶忙迎了上去。

魏国华站在马建忠的灵柩前，不禁流下了眼泪。

"建忠啊，我来看你了，这么多年了，让我找你好辛苦。建忠，我对不起你啊！"

梅奕瀚也走到灵柩前，此时他内心里复杂的情愫无法表达，便深深鞠了一躬，说："马老，请您一路走好。"

梅奕瀚扶着魏国华微微颤抖的身子，又说："魏老，请您节哀。"

魏国华面向月城村的村民说："有一件事情，一件过去了四十多年的事，马建忠一直替我背着一个沉重的包袱，我现在该讲出来了，压在建忠头上的这个包袱可以放下了。"接下来，魏国华便讲述了那段被马建忠隐瞒了四十多年的故事。

1963 年，马建忠大学毕业后，因政治素质高，组织观念强，被分配到了刚设立的云中专区监测委员会，和魏国华在一个办公室工作。"文革"开始后的第二年，监测委员会也在风雨飘摇中突然解散了。当时，红卫兵奔赴各部门查抄档案材料，包括抽屉等边边角角都成了搜查的对象。魏国华喜欢历史类的书籍，在他的抽屉里放着一本《水泊梁山》连环画。当时，魏国华不在办公室，马建忠担心魏国华会因这本书遭遇什么不测，情急之下他将那本书裹进一件衣服里拿到卫生间烧掉了。红卫兵看见冒着浓烟的卫生间便冲了进去，然而那衣服和书已经化为灰烬。在暴打之下，马建忠只好承认自己趁乱偷了别人的衣服，然后发现拿不出去便烧掉了。入狱期间，马建忠担心再次受审说出实情，就此开始装聋作哑，直至后来又被下放到了月城村，住在三代贫农的施惠家一间破落的下房，并由施惠监督其改造过程。马建忠勤快能干，见人便是低头一脸的笑，完全没有坏人的那种感觉。他每日天不亮就挎筐子出去给生产队拾粪，白天积极参加劳动，晚上在煤油灯下认真学习《毛泽东选集》。时间一长，月城的村民和施惠都放松了对他的警惕。有一天半夜，施惠想出去上厕所，当她轻声轻脚地走到马建忠的小房前，忽然听到房子里有人悄悄说话的声音。她趴在破裂的麻纸窗一角向里看去，见马建忠用被子遮挡着煤油灯，正坐在那里背诵毛主席语录。施惠顿时吓得魂飞魄散，她惶恐中脚下发出了声音，屋内的煤油灯瞬间熄灭。她再没有了去厕所的意思，赶忙返回到家里，这位心地善良的姑娘没有将这件事情告诉家人。她知道，一旦村民们得知马建忠是在装聋作哑，那么必定会给他带来不可预测的可怕后果。马建忠见连续几日安然无恙，便明白是施惠放过了自己。这个秘密一直持续到"文革"结束那年，施惠已经对马建忠产生了感情。忽然有一天，生产队的一匹马在套上马车时受了惊，它拖着马车撒疯而去。马建忠当时正在事发不远处，他看见马车飞奔过来，前方却有两个孩子在当街玩耍，情急之下便一声大喊："快躲开！"随后，他迎着马车冲了上去，将受惊马的辔头牢牢抓在手里，两个孩子才得以生还。马建忠开口说话引起了人们的怀疑，但是他救孩子们有功，最终此事再无人追究。一年后，经大队干部撮合，马建忠和施惠走到了一起。

魏国华激动地说："当初，是马建忠救了我，而他落了个贼名入狱。'文革'结束后，我被调到了省纪委工作。之后，我请新组建的云中地区纪委几个老熟人，打探马建忠的下落，最终一无所获。直到前几天，马宝坤找到了我，我才了解了事情的原委。这么多年来，马建忠为了我背负着罪名，忍辱负重生活在月城村。他的儿子马志戎，竟是因为父亲莫须有的罪名而不能去当兵，后来他投靠到了姨夫家，改名为马宝坤，才得以参军。当年，他敢于舍命去救两个孩子，而今为了村集体的利益，他又勇敢地揭穿了投机者的勾当。建忠虽然不在了，但是他的光芒和精神永存。"

此时，月城村的村民们才知道，这个昔日所谓的'贼'，竟然是一位光明磊落的男子汉。

马宝坤看着垂头丧气的梁明达，说："你起来，你不配给我爹披麻戴孝，你走吧。"

马宝坤安顿好父亲下葬的事，便将那二十万赔偿金全部买了大米白面，然后分给了月城村的村民们。马宝坤说，虽然这点东西并不能解决了村民们的贫困问题，但是只要人人心中有爱，人人都有奉献精神，我们的社会、我们的生活终将会走向美好。

陈志远到吕梁的煤矿打工后，本村的小凯一直做他的搭档，两个人驾车拉着矿渣穿梭在崇山峻岭。自打身边有了一个自己熟识的人，陈志远便少了往日的孤独，两个年轻人每天说说笑笑，即便再劳累的日子亦显得轻松而愉快。

这日，陈志远满载了一车的矿渣来到卸载的山坡，小凯站在车下一边指挥倒车，一边说："志远，等你有了钱，办的第一件事是干啥？"

"我想先彻底修一下家里的老房子，我妈住在里面就安全了。"

小凯说："等我有钱了，先买一辆车，自己跑运输。俗话说，'方向盘一转，给个县长不干。'"

"你不打算回村了，就在外面一直跑车？"

"你呢？你还想回去种地？咱村里哪还有年轻人，再说种地也收入不了几个钱。"

"说实话，我也不想待在村里，可是我妈没人照顾。"

"好好干吧，等你有钱了，就把你妈接出来。这外面的世界多好，待在咱那穷山沟里，一辈子见不上个大世面。"

陈志远正想说啥，却听得小凯一声喊："停车！快停车！"小凯的话刚落，满载矿渣的运输车轰隆一声向后陷了下去，矿渣冲开了车的后马槽倾泻而下，而整个车子的后半部分却架在了悬崖边上。

"别动，千万别动！"小凯惊恐地叫喊着。

此时，陈志远早已经吓得魂飞魄散，他双手紧握方向盘，脚下死劲地踩着刹车板，头上的汗珠瞬间冒了出来。

"志远，千万别动，否则这车随时会掉落下去。"小凯的声音明显有些颤抖，他抖抖索索掏出了电话，"队长，队长，赶快救命，我们的车卡在了悬崖边。队长，救命！"小凯挂断了电话，便双手抱紧了运输车的前杠，两只脚向前蹬住了一块突起的石头。

"志远，踩紧刹车，千万别动，救援队的人马上就到了。"

陈志远心想，完了，这次算是彻底完了，我死不足惜，妈以后该怎么办？想到这里，陈志远不禁泪如泉涌，他望着眼前迷蒙中的天空，心如刀绞。他默默地念叨着：爹，我对不起你，我不能再照顾妈了。此时，他忽然想起昨夜的一个梦，他梦见父亲还是过去的模样，只是他的神情有种从未有过的严肃。父亲说，实孩儿，你别到处跑了，你的根在月城村，你得回去守住这个根啊。陈志远从梦中醒来后，觉得有些奇怪，父亲怎么会和自己说这样的话？他细想想似乎明白了，一定是自己的心思已经变野了，不愿意再守着那个贫困的村庄。尤其是这两年，陈志远已经是个大人了，村子里没有一个和他同龄的人，他感觉自己的心神越来越压抑，便更渴望外面的世界。

此时，山上起了风，崖边的灌木丛一倾一覆，挂在悬崖边上的汽车也跟着晃晃悠悠。陈志远竟一下子镇静下来，他微微探点头看着小凯：

"小凯，你撒手吧，你这样做很危险。这么大一辆车，仅靠你的体力怎么能阻止它坠落。我有一句话想跟你说：我走后，请你把我妈送到我姐姐那里，哪个姐姐家都行，好歹我妈以后还有个吃饭的地方。"

"你别胡说什么，你会没事的，救援队的人马上就到。"小凯早已经面如土色。

"小凯，你别说话了。你听，车底下有咔咔的响动，怕是这车再坚持不住了，你赶快放手，快放手！"

小凯听听，的确是车下有响动，是车子摩擦崖边的声音。小凯便再次大声叫喊着："快来人呀，救命，救命啊！"

陈志远感觉眼前一下子黑了下去，接着又明亮起来。他发现，从那光亮的地方走过来一个人，那么熟悉。啊呀，是父亲！只见他一甩手扔过来一根绳套，一下子便套住了车马槽，接着将绳子的另一端紧紧地抓在手里。父亲说："实孩儿，别怕，有爹在呢，这车子掉不下去。"

陈志远看着父亲大汗淋漓的样子，像是刚刚从地里锄田回来。陈志远便流着泪大喊："爹，爹你快撒手，危险。爹，你撒手，危险……"但是，父亲却把绳子又扛在了肩头，使劲地向前拉着。陈志远在泪眼矇眬中，见开来两辆车，灯光一闪一闪的很快从车上下来十多个人，那些人忙忙碌碌地舞弄着两条钢索。陈志远感觉这车一点一点被拉了上来，很快这车子被拉到了平安地带。小凯打开了车门，将身子软软的陈志远扶了下来，他的瞳孔里还是那么慌张，他慌慌张张看着眼前一个一个的人，然后又转着圈儿左顾右盼，他嘴里不住地念叨着："爹，爹，我爹哪去了？"

赶来救援的队长说："一准儿是这孩子吓懵了，赶快送他去医院看看。"

等到了山下，陈志远才彻底清醒过来。他知道，刚才在悬崖边上，是父亲救过自己。

这天夜里，陈志远一宿没合眼。他已经想好了，就此回去守住生命的根，守住那个养育了自己的古老村落。陈志远知道，小凯的心思不在村里，他已经属于外面的世界。

陈志远回来后，没有和母亲讲煤矿发生的事。倒是辛玉兰喋喋不休地讲述了西沟的事、马建忠的事、梁明达披麻戴孝的事。

陈志远说："什么事就怕人的内心里藏着鬼，一旦不择手段谋上了私利，那么这个人肯定要变坏。咱老百姓有句话说，什么样的藤结什么样的瓜。如果没有村干部带头胡作非为图谋私利，梁明达他们也不会阴谋得逞。"

辛玉兰叹息一声："唉，咋不是呢。乔副主任和乡里的马书记好不容易给咱村与华林超市牵了线，给村民们签订卖瓜合同，可是让孙财旺一搅和，村民们卖瓜的事彻底黄了。咱村种瓜已经有好多年的历史，就是因为没有好销路，价格一直上不去，村民们没人愿意去种。这次多亏了乔副主任和张杰，他们帮着瓜农把瓜给批发了出去，要不全烂在地里了。不过，这一下又把村民们种瓜的积极性打了回去，以后还能有啥盼头？"

"妈，没事的，以后日子会好起来。"

辛玉兰忽然又想到了一件事，说："乡里组织村民，为各村政策兜底外的贫困户种植人均一亩的黄花地，现在咱家也有两亩黄花地。"

"这个好，有了黄花地咱家就多了一项致富的产业。"

"乔副主任说，这是党的扶贫政策，不能落下一个人。实孩儿，咱家有了这黄花地了，再过两年便能见了收获，你别去煤矿打工了。"

"不去了，我这次回来就在家守着你。"

辛玉兰看着已经是人高马大的陈志远，又一声轻叹："唉，你说不出去吧，靠种这点地啥时候能娶上个媳妇？这两年，咱村的年轻人都走光了，其他的村子也一个样。"

母亲的话令陈志远备感压抑。其实，这种压抑何止是现在。那些年，他实在闷得难受，便只得在村外对着蓝天白云以及飞翔的鸟儿大声地呼喊，待那呼喊声渐渐嘶哑，那种压抑沉闷的心情才会得到片刻的舒缓。

陈志远信步走出家门，打算去姚日强家看望他的父母，却见他家的大门上挂了一把锁。他向村里人打听姚力和赵华娥的去处，却并没有人知道此事。

2012年11月8日，中国共产党第十八次全国代表大会在北京召开。大会报告用了很大的篇幅提到民生问题，特别是要提高农民收入，这让守在电视机前的辛玉兰激动不已。

这位历经"土改""三反五反""反资运动""农村整风运动""整风整社运动""四清运动""文化大革命"等洪流洗礼过的底层劳动妇女，她的脑子里除了自己微不足道的小家，心尖尖儿一直紧贴着"大家"，她早已经把国家视之为拯救自己和改变命运的母亲，她的思维在这些年的风风雨雨中树立了牢固的集体主义观念。但是，她从改革开放短暂的欣喜之后，感觉自己心目中的那个"家"一天天地变得遥远而模糊，村里的干部很少再关心村民的事情，仿佛自己成了这"家"中再无人打理的一粒尘埃。这次党的"十八大"会议，明确指出要改善民生问题，特别是要提高农民收入，辛玉兰瞬间真真切切地感受到了心中的这个"家"始终还在。

人间芳华

庞善强 ——— 著

下

山西出版传媒集团 北岳文艺出版社
BEIYUE LITERATURE & ART PUBLISHING HOUSE

·太原·

目 录 /

古驿"遗珠"

2012 年底，平邑县以生态立县入选全国绿化模范县、山西省省级休闲农业与乡村旅游示范县。面对如此荣誉，梅奕瀚显得恬淡而从容。他知道，平邑县作为全市唯一能列入其中的一个小县，仅仅是刚站在了脱贫攻坚的起跑线上。而眼下，平邑县依然是一个身份暧昧的特殊县，这无疑制约着全县脱贫攻坚的步伐，未来之路任重而道远。

梅奕瀚派秦国祯前往省里相关部门，为平邑县危房严重的村落去争取易地搬迁扶持资金，但还是因平邑县的特殊身份最终无果。

大年三十下午，梅奕瀚怀揣沉甸甸的失落，一家三口回到了金城县芦甸村。

梅思雨是腊月十八从军校放寒假回来的。她颇爱那身军服，出来进去从来不换便服。

在车上，祝彤看着梅奕瀚心事忡忡的样子，便攥住了他的一只手。

"你这种精神状态可不好，回去让爹妈看了会不高兴的。"

梅奕瀚深情地看着妻子，说："放心吧，我能调整好我自己。"

梅思雨边开车边说："老爸，这可不是你洒脱自信的风格，难道你也会变？"

"每个人都有脆弱的一面，或积于内，或形于外。不过，老爸没有你想象得那么脆弱，同时我也不希望看到你有任何的脆弱。在困难面前，我们每个人都要经得起考验。"

"那你为什么不高兴？"

"平邑县现在是四面楚歌，被贫弱围困，孤军奋战，左右无援，你说老爸能高兴起来吗？"

"自古违背历史发展的潮流，逞匹夫之勇，无谋而自负，导致丧失民心，永远会处于被动挨打的局面。'四面楚歌'不能说刘邦言而无信，更不能怨恨上天的不公，而是项羽被虚荣之心蒙蔽，才导致他陷入了'十面埋伏'。面对重重围困，项羽不思寻求外援、奋起而反击，却依旧沉迷于酒色间，置万千的将士与百姓而不顾，斗志沦丧。想一想，项羽对酒而歌'力拔山兮气盖世'，实在是可笑之极，其所谓的英雄之气，不过是濒临绝望时愚弄爱妃虞姬的一句无聊的情话。所以说，项羽的败亡是咎由自取，也是必然的。"

梅奕瀚听了梅思雨的一席话，不禁又陷入沉思。

梅思雨又说："我们军校的指导员说过，困难就是一把双刃剑，你软它就硬，你硬它就软。我就问你，你是打算迎难而上，还是咏叹着'力拔山兮气盖世'而坐等？"

"你看你养的这个小丫头，嘴还刁得很。"梅奕瀚看着祝彤，不禁笑出声来。

祝彤恰到好处地微微一笑，说："思雨的话有些道理。你不能再坐等'摘帽'的事了，而是要主动出击，突破'四面楚歌'，去省里再跑一跑。"

"我正有这个打算。这次回去陪爹妈呆两天，之后就去省里。"

祝彤又说："咱爹妈的岁数大了，你劝劝两位老人，今年开春别再种地了。"

"我劝也不顶用，土地就是他们的命根子。要不你劝一下试试？"

梅怀宇和老伴早安顿好了过年的东西，有金城熏肉、四喜丸子、扒肉条、面食甜点牛腰等。最抢眼的是，一口大锅里的卤汤中还在熬煮着一颗色香味俱全的猪头。

梅思雨早将一个牛腰抓在手里，她惊讶地说："哇，这美食也太好看了吧。"说着，她便咬了一大口，含含糊糊地说，"好吃，真好吃。"

梅奕瀚说："这是咱们金城老百姓过年必备的美食牛腰，象征着团团圆圆、美满幸福。其起源于清代中期，制作工艺相当复杂。"

祝彤点了点头，她指着锅里的猪头肉说："这个有什么讲究？"

"你可别小瞧了这猪头，它的学问可大了。中国自新石器时代的半坡人陶器上便有猪面纹，由此而发展为春秋时期青铜器上的饕餮纹。数千年之后，国人对于猪头所承载的文化情感不仅没有衰减，反而衍生出诸多美好的祈求与夙愿，尤其是以苏东坡的一首《猪肉颂》成为千古佳话。桑干河流域是新石器人类文明的发祥地，自然少不了有关猪头的民俗文化。在咱们当地，每当冬至前人们便买好了熬年夜时必备的猪头，要选猪头皱纹如寿字形的，称之为寿头猪首，有长寿纳福之意。"

梅怀宇说："你们赶快上炕吧，待会儿要吃年夜饭了。"

"思雨，你爱吃啥，奶奶再给你做。"梅奕瀚的母亲问。

"我爱吃我爸说的那个抿滴溜儿，那东西光光的滑滑的，它一进嘴，自个儿就会钻到肚子里。"

"这大过年的，谁家吃那东西。好好好，你想吃，奶奶明天给你做。"

祝彤说："妈，您别惯着她。我想和您说件事，您们已经七十多岁的年纪了，今年就别种地了。"

"妈和你爹的身体还好，不种地心里慌得很。没事的，你们忙你们的工作，别担心我们。"

祝彤看了眼梅奕瀚，不禁摇了摇头。

梅奕瀚说："我去把谷雨、二猴、倪东升他们叫来，大家一起过年多好。对了，还得把村东的郑二爷和村南的四奶奶请来，他们都是孤寡老人，这大过年的，一个人呆在家里孤单得很。"

"我早通知他们了，我知道你每年过年回来，都会把他们请到家里来。"梅怀宇说。

天已经黑了下来，院里的红灯笼早亮了起来。不久，郑二爷、四奶奶、谷雨、二猴、倪东升都陆续赶来，屋子里顿时热闹起来。这天晚上，梅奕瀚的心里只有亲情与友谊，他与谷雨、二猴、倪东升四人喝着酒，追忆着童年乐趣，不觉到了午夜点旺火燃烟花的时候，众人走出门外，欣赏着天空绽放的美景。

初一上午，天空开始飘起了雪花。梅奕瀚领着祝彤和梅思雨走街串巷，去给村里的长辈们拜年，他边走边说："老百姓有句俗语：初一雪打灯，一年好收成。看来，今年又是一个好年份。"

"这一下雪，怕是咱们回不去了，明天我们还要去给姥姥、姥爷拜年。"思雨说。

"奕瀚，你明天不是还有工作吗？"祝彤问。

"有，原本打算在村里陪二老两天，看来上午拜完年就得回去。打小在这芦甸村长大，如今竟然成了归乡客。天公不作美，看来不愿意留下我多呆一天。初二女婿上门拜年，是咱恒州古老的习俗，不能让老人们失望了。明天咱们先去看望爸妈，之后我再去平邑。"

2013年新春假期刚过，梅奕瀚便与秦国祯再赴省扶贫开发领导办公室，他们在省城上上下下连续跑了半个月后，终于拿到了享受"国家扶贫开发工作重点县"同样待遇的文件，此时梅奕瀚才感觉到平邑县真正意义上的春天来到了。几日后，秦国祯便接到了国家工信部中小企业局一个处长的电话，工信部要派人到平邑县接洽扶贫事宜。自此，资金、项目等，开始陆续注入到这个被"光环"笼罩了十六年的贫困县。

经济有了转机，教育更不能落后。梅奕瀚组织召开了全县教育工作会议。他在会议上指出，要坚决剔除不合格教师和害群之马，优化各级教育设施，以最高的标准、最严的措施选用合格的人民教师。

这天，梅奕瀚再次来到古家庄乡，详细询问各村今年的具体工作部署以及所面临的实际困难。

马文涛说："梅书记，月城村的情况比较复杂，我正为这件事情愁心。"

"到底怎么回事啊？"

"月城村是全乡乃至全县最贫困的村，也是工作最难做的一个村。这个村由于特殊的地理环境，雨水少，光照充足，日夜温差比较大，所以这个地方种植的瓜类品质特别好。去年原本打算以种植西瓜与香瓜作为该村的品牌，带动全村发展规模化种植，可是后来与市华林超市解约了，村民对于发展瓜类产业已经失去了积极性。虽然乔日娜做了大量的工作，但是村民们不愿意再发展种瓜产业。"

梅奕瀚疑惑地问："为什么会与华林超市解约？"

"按照村支书孙财旺的解释是，当时他为了村民多一些收益，便将品质参差不齐的瓜都供给了华林超市，结果对方以未按合同约定的产品品质履约为由，解除了供销合同。"

"鼠目寸光，瞎胡闹。"梅奕瀚有少许的嗔怒，"乡里再去调节一下不可以吗？"

"这个工作乔日娜和我都去做了，但是不管用。"

"那其他的大型超市呢？"

"跑了几家超市去联系，人家说月城村委会不守信誉，没有人愿意合作。"

"唉，正所谓'人无信不立，业无信不兴。'所以说，干什么事情都要坚守诚信。"梅奕瀚看了马文涛一眼，"知错则改，为时不晚。市场是广阔的，现在的信息这么发达，不要紧盯着一个超市一个地区，应该放眼全国，甚至海外。"

"可是，眼下月城村村民多数不愿意再种瓜了。"

"南庄村的蔬菜种植不是很好吗？可以先让南庄村与月城村结对帮

扶，以蔬菜带动月城村的发展。"

"梅书记，这个我也想到了。我曾几次去月城村与群众进行沟通，但是村民们的思想很固执，似乎不大响应。现在，乔日娜还在做这方面的工作。"

"乔日娜最近情况怎样？"

"她腿儿勤嘴快，在党员和群众中很得人缘。但是，这个村子积贫积弱的根子很深，单靠做思想工作并不能起到帮扶脱贫的实质意义。她现在也是一筹莫展，听说单位召她回去有事，昨天回县城了。"

"那好，咱们再去月城村看看。"

在车上，梅奕瀚低沉地说："月城村民的危房是一个普遍存在的严重问题。县委给省住建局、发改委打去了报告，但始终没有给予答复。从月城村现有的情况看，如果大规模地去改造危房，不仅费时费钱费力，而且村民在过渡期又无法安置。另外，这个村子的环境整治及居民吃水也一直是个大问题，所以最好是把古家庄乡几个危房严重的贫困山村实行易地搬迁安置，然后集中起来建设一个中心村。"

"梅书记，这个规划方案好。建设集中的中心村，这样能从根本上同时解决了几个村子的诸多问题。"

"月城村有着千年的历史，尽管说现在几乎看不到这些东西了，但是它绵延流传下来的文化应该还在，其历史价值和社会价值还在。一旦实行易地搬迁，又如何保住这个村子的文化根脉？我们在为群众谋幸福的同时，不能丢失了这些宝贵的文化资源。"

十几分钟后，司机小李便将车子停靠在了月城村委会门口。梅奕瀚抬眼看去，村委会的大门紧锁着。

"梅书记，我现在给村支书打电话，让他过来。"马文涛说。

"别打了。从月城村西沟事件看，这个孙财旺不简单，他的背后必定有把黑伞。"

此时，春生站在大口井那边看见梅奕瀚，竟又唱了起来：

一根萝卜那一个坑，

你晓得哪个坑里有蛀虫？

小韭菜刚刚长出个苗，

哪知道会被韭蛆咬折腰？

乱泥潭里你种大蒜，

臭了这瓣还乱了那一瓣。

倭瓜瓜开花它不结蛋，

到底是怨根还是怨瓜蔓？

梅奕瀚觉得春生的确是与众不同，虽说他似醉如疯，但每每出口便是入木三分。

梅奕瀚说："春生尽管嗜酒如命，但是他的思维很敏锐，能透过事物的表象看出它的本质，也算得上村里的一个人才。你们想办法好好做做他的工作，引导他改掉嗜酒恶习，积极走上健康的人生道路，我们在脱贫攻坚战的路上可不能落下一个人。"

"梅书记，我记住了。"

梅奕瀚又问："这个村子有没有德高望重的长者？"

"陈德懋老人曾经教过私塾，他对村里的情况比较了解。另外，他有一个儿子叫陈春山，是位老党员。"

"那好，咱们去找他们谈一谈。"

此时，太阳刚刚爬上东山顶，村子里静悄悄的，亦不闻鸡犬之声。梅奕瀚一行刚走入一个巷口，便迎面走来一位挑担的中年人。

"春山，你这是要去挑水？"马文涛问。

"梅书记、马书记，你们咋来了？"陈春山站在那里有些疑惑。

"你待会儿再去挑水，梅书记想和你父亲聊一聊。"

"哦，梅书记，快先进家吧。"

"村民吃水现在方便吗？"梅奕瀚问。

"去年冬天还好，这大口井没有冻死，往年有时得去山里挑水。"陈春山边说边头前带路，刚入院门，便喊了一声："爹，县委梅书记来看你了。"

屋子里闷闷传出一声："啥？"随后，便是一阵咳嗽声。

众人刚走到当院，却见从西边的墙角处钻出了一个男孩子的脑袋，接着他探出一只手举着一颗大白菜，随后整个身子轻巧地从地穴中爬上来。

"这是我家二儿子建青，今年读高三。"

"叔叔好。"建青打声招呼，进了屋里。

"那边是菜窖？"梅奕瀚问。

"哦，是地道，连通全村各家各户以及村外，已经废弃了很多年了，我把它当作菜窖了。"

梅奕瀚进了屋子，见低矮的窑洞内陈设简陋。一位中年妇女正在洗锅，灶台边放着半盆黄澄澄的小米粥。炕头上端坐着一位耄耋老人，白发银髯。

建青见屋里人多，便往街外走去。

"爹，这是县委梅书记。"

"县委书记？"陈德懋颇感意外。

梅奕瀚上前握住陈德懋的手，说："老先生，我是梅奕瀚。"

"你刚才叫我什么，老先生？"

"是的，我当然该叫您先生。"

陈德懋布满暗斑的脸上一下子焕发出容光，他的嘴唇有少许的抖动，说："先生？好，好啊，自打 1949 年后，就再没有人叫过我先生了。"

"梅书记，请炕上坐。"陈春山热情地招呼着，"孩他妈，赶快洗锅弄两个菜，请梅书记在咱家喝顿酒。"陈春山再转身看看马文涛和司机小李，"你们也炕上坐，我去小卖部买酒去。"

"春山，别安顿了，梅书记还有事。"马文涛劝阻道。

"梅书记第一次登我家门，怎么也得热乎乎吃一顿农家饭。"陈春山的妻子曹彩霞说。

梅奕瀚微微一笑："谢谢你们。酒是不喝了，这粥看上去不错，就请我喝一碗小米粥吧。"

曹彩霞有点手足无措，说："这，这是我们刚剩下的稀饭，怎么可以……"

"没关系的，我一大早出来，还真是有点饿。"梅奕瀚说着，自顾盛了一碗稀饭，呼噜噜几口咽下。

"这小米粥真好，糯软绵甜，再来一碗吧。"

梅奕瀚两碗小米粥下肚，只觉得唇齿生香。

"月城村的小米这么好，为什么不把它当作主要产业去发展？"

"咱村的小米的确是好，相传这里的小米曾经被纳为贡米。只是产量低，价格又上不去，所以村民们种得很少。"陈春山说。

梅奕瀚颇为惊喜："噢，贡米之事可有文字记载？"

陈春山摸摸头，说："这个，我不太清楚。梅书记，你炕上坐，跟我父亲打听打听。"

"好的，我正有事向先生请教。"梅奕瀚便脱鞋上炕，盘腿坐在了陈德懋的对面。

"听说您曾教过私塾？"梅奕瀚问。

陈德懋捋了捋颌下银髯，他抬头眯缝着眼睛，仿佛一下子勾起了往事。

"说来惭愧。民国二十九年，我曾就读察哈尔省立张家口师范学校。这个学校只招男生，管理极为严苛，当时在张家口人们称之为'二劳改'。我在这个学校仅读了不到两年书，便因病辍学。之后，多方医治才转危为安。那时国难当头，年轻人都有报效国家的理想，可是我的身体不太好，便只得在村里办起了一个私塾学堂。但是，战乱年代，民不聊生，哪里还有人顾得上孩子们读书，所以我那私塾学堂仅是断断续续开了那么几年。"

"噢，所以说只有国家强大了，人民才能安居乐业过上好日子。"梅奕瀚转而又问，"先生是否了解这贡米之事？"

"算不得了解。《魏书》载，北魏皇帝拓跋珪吸食五石散致性情昏乱不辨是非，而错杀了邓渊。当时有朝臣推测，邓渊或是因《代记》等史料中暴露了拓跋家族不该外传的某些隐私，拓跋珪以之为恨，故而杀之。邓渊死后，记录下的部分国史随之遗失。据民间传闻，这遗失的国史中便记录有粟米纳贡的事情，说的是拓跋珪的女儿得怪病无以医治，后有民间隐士举荐，㶟水之南风龙山有神丹可治愈公主之病，拓跋珪为此迢迢前来。这㶟水就是咱们现在的桑干河，拓跋珪过河后衣衫湿透，落难于风龙山下一户人家，得粟米粥颐养身体，遂大悦，后下诏纳京畿之南粟米为皇家贡粮。据说，当时咱们这里遍种黄花，这黄花菜便也成了贡菜。拓跋珪给这些贡米、贡菜等物，赐名"九如"贡品。此外，北魏定都平城后，每年皇帝都要春祭于东郊，据说祭田之粟米取自㶟水之南贡粮。此事因年代久远，加上无正史可考，故民间知之甚少。"

"既然民间有此说法，贡粮与贡菜之事并非空穴来风。"

陈德懋微微颔首，说："我方才看你一下子吃进去两碗粥，竟联想起了当年拓跋珪吃粥时的情景，或许就是你现在这个样子。"

梅奕瀚哈哈一笑，说："先生取笑了，帝王吃相岂是我这等不堪入目。"

"困窘之人无分贵贱。想当年刘邦被匈奴困在恒州白登山，寒冬腊月，既无粮草，又无救兵，饥寒交迫之下，岂能再有帝王之矜持？"

"先生所言极是。不知这米粥与黄花之事是否还有其他掌故？"

"梅书记是否知道'公安三袁'之袁中道？"

"知道，明代著名的文学大家，他曾旅居月城驿，并写有一首诗《游恒山宿月城驿》。"说着，梅奕瀚便朗诵起来：

莫向并州忆旧欢，
客身今夕过桑干。
青松凛凛千年驳，
白火荧荧四壁寒。
南北穷交情乍好，
东西野语夜初阑。
斯游若待完婚嫁，
老死名山未许看。

　　梅奕瀚接着说："从该诗'青松凛凛千年驳'可以证实，明代时的月城驿已经有千年的历史；该诗再以'南北穷交'及'东西野语'，描绘出当时的月城驿是四海宾客云集，侧面烘托出了月城驿市井之繁荣。"

　　"是的，就是这首诗。"陈德懋说，"袁中道乃荆州公安县人，授徽州府教授，国子监博士，官至南京吏部郎中。袁氏家族可谓中国历史上大有名气的"一门三杰"，其两位兄长袁宗道、袁宏道亦是满腹经纶，文采卓著。袁中道得益于两位兄长的熏陶，少即能赋，其文长愈豪迈。万历十六年（1588），袁中道受两位兄长邀约来到京城，交游更广，诗文益进，后得两位兄长之好友李贽赏识，更是如日中天。时任都察院金都御史的梅国桢巡抚恒州，他乃湖北麻城人，平素善骑射，亦长于修文，喜结奇雄贤才。梅国桢甚喜李贽文采，素来相交甚欢。李贽向梅国桢推荐袁中道，他便慕名数次函邀袁中道来恒州做客。袁中道回信戏谑道：'明公厩马万匹，不以一匹骑逆予，而欲坐召国士，胡倨也！'梅国桢见信后自感惭愧，遂遣专人备马前去京城迎接。明万历二十三年（1595），袁中道应邀前来恒州，梅国桢待其为上宾，陪同他打猎游览塞上。袁中道每作一诗，梅国桢便赞曰：'真才子也！'袁中道平素甚喜游历于各地山水间，此次来恒州，其主要目的为游览北岳恒山，临行前他先游历恒州北阳和坡，并赋诗一首《游阳和坡》，之后便沿官道一路向南往恒山而去。途经月城驿时，已是日薄西山人困马乏，他见月城驿隐于群山峻岭之下，劲拔苍松之间，人来熙往，便欣然住了下来。袁中道夜宿月城驿，没有住官办馆驿，而是选择了三弗客舍。这三弗客舍却有严苛店规：未持驿卷谢绝入住，已过酉时谢绝入住，未及庠生谢绝入住。这店家原本因仕途不济流落于此，后盘下一客店，只为结交风雅之士。然其不巧中风，偏瘫失语，三弗客舍只得由其女儿瑶月打理。据说，这瑶月容貌姣好，精于丝竹，甚是聪慧，故常有恒州府往来中原之墨客喜居于此。袁中道一路劳顿，不料身染风寒，他住进客舍内虽炉火炽炽，犹感头晕目眩，肌肉疼痛，浑身寒彻。瑶月得知此情，便为他熬制了炝锅香菜小米粥，外配一碟子香韭炝黄花。袁中道嗅着满屋的清香，待三碗小米粥下肚，额头上便沁出密汗如珠，不久便感觉寒意散去，身体渐渐恢复。他颇为好奇，询问瑶月这粥米和黄花菜的妙处。瑶月说，这粥米及黄花均为北魏九如之物，被纳入贡米贡菜，此小米品质致密，需经反复熬煮才能完全释放出天地精华之气，其味甘而爽口，且滋补脾胃，清热解毒，易疏散风邪；再配庭院中两年生旱地香菜，必发表透疹，醒脾消郁；这黄花菜有消炎、清热利湿、明目、安神之功效，然其性寒，故搭配香韭，融其寒气，故可解先生风寒之症。袁中道不禁随口赞道，'四神五红六磨汤，不及九如贡米粥。'之后，他又说：'庆元香菇赤壁笋，九如黄花堪极品。'恰逢那日为暮秋既望日，袁中道抬头看时，一轮明月悬于当空，不禁兴起，他便去客堂把酒赏月。此时已有四五人在那里南腔北调吟诗作赋，瑶月则在一旁弹奏了一曲王昭君当年流传下来的《出塞曲》，大弦嘈嘈，小弦切切，如泣如诉，冷涩凝绝。袁中道听着这琴音，不觉一缕思乡之情浸染心头。正在袁中道感怀之际，那边有人邀请他入座共话良辰，遂酒逢知己，至夜色阑珊，他写下来一首绝唱千古之《游恒山宿月城驿》。"

梅奕瀚说："想不到袁中道留宿月城驿，还有这样的一段奇妙佳话。

据我所知，明万历二十六年（1598），汤阴人魏大本升任恒州知府。他在巡视月城驿的驻防时，作了一首《渡桑干望月城驿》：'一派桑干几度过，秋空雨霁水无波。孤城附近高山远，碧巘青林佳气多。'从该诗可以证实，月城村当年的确有一座规模不小的城，否则岂能在桑干河岸一眼便能看到。另有署名'前人'的《月城驿亭》：'桑干河畔驿亭孤，客至忻逢五大夫。相对盘桓天欲瞑，风涛溰溰动虚无。'从该诗来看，月城驿亭立于桑干河畔用作地理标识，可见其当年辖管范围之大。《大明武宗毅皇帝实录》载：'升赏月城驿等地获功被伤官军二十九人有差，仍赏太监梁玉、总兵关张安各银五两纻丝一表里。'明永乐年间，明成祖朱棣在全国各级军事单位均设立监军宦官，形成了一个完善而庞大的宦官监军网络。'蓟、宣、恒州三镇，既有镇守太监，而各路复有分守、守备、监枪等内臣。'月城驿不仅有驻军把守，且编入了皇家史志，足见其军事地位十分重要。据此推断，月城驿其辖管范围远非限于今日弹丸之地，其所涉区域或许惊人广袤。"

陈德懋点了点头，说："是这个理。据已故老人流传，现在的内蒙古丰镇之军务也属此地管辖。你方才说的《月城驿亭》那首诗，若依创作年代细细考证，此诗的作者应为明英宗年间的诗人韩雍。当时，大学士陈循敬仰其才，推荐他任江西都察院右佥都御史。韩雍为人清明正直，后因举报明宁王朱权不法之事得罪了朱权，之后被朝廷取消了巡抚官，改任山西副使。然而，朱权的弟弟再次弹劾韩雍擅自乘坐轿子等事，韩雍被捕入狱，削去官职。后来，韩雍再得陈循保荐官复原职。天顺四年（1460）春，明英宗朱祁镇的母亲孝恭章孙皇后染病，不思饮食，明英宗下令遍寻各地美食，皆不合孝恭章孙皇后的胃口。时任恒州巡抚年富得知此情，委托礼部尚书李贤向明英宗进献月城驿特产粟米，经御膳房精心熬制，这小米粥竟深得孝恭章孙皇后喜爱，没几日玉体得以康复。明英宗大喜，于是特意召见年富，任命他为户部尚书。此时，朱权的弟弟及王室贵族因为憎恨韩雍，便向明英宗建议让韩雍赴恒州接任年富之职。当时恒州的周边形势十分危急，蒙古鞑靼不断前来侵扰。朱权的弟弟便是想利用恒州紧张的局势来摧垮韩雍，一旦恒州被鞑靼占领，韩雍必死无疑。然韩雍精通军事谋略，他到恒州上任后，首先加强恒州城防及御边的基础建设。他下令修边墙垣、屯堡、墩台、筑濠堑；并在原有恒州城防的基础上，又'续筑东小城、南小城，各周五里，池深一丈五尺。东小城门凡三，南小城门凡四'。韩雍在恒州任职仅三年。在职期间，他多次巡视恒州边境之地以及月城驿。尤其月城驿是通往恒阴县、广陵和中原最便捷的通道，故其军事地位十分重要。 韩雍又是明朝杰出的诗人，他素来喜欢以诗言志，一生著作颇多。与韩雍同期的明朝官员刘珝评价他：'公为人豪爽洞达，才识高远。居家孝友，与人交有信义。下为诗文，思如涌泉，无少凝滞。居官处事，动以古豪自居。'韩雍颠沛流离来到恒州，自知身处险境责任重大，他创作这首诗后便用了匿名，故诗中弥漫着一种萧瑟、彷徨、抑郁之气，挥之不尽，荡气回肠。"

梅奕瀚叹息道："韩公永熙一生刚正不阿，竟遭不法奸佞排挤，作首诗还得匿名，亦实属无奈。"少顷，梅奕瀚又说，"我观月城村的村建形制似乎有些特殊，这是否与当年建驿站有关？"

陈德懋说："是的。北魏拓跋珪时期，为了打通京都南向之出口，便在凤龙山东侧开山修路，因其狭小而险峻，开山之口便称之为'南天门'，而凤龙山自此改为天户山。'南天门'恰似天然城郭，再加上当时山谷中水量充沛，故而将位于山口间的村子叫作月城河。从拓跋珪开始，每一代帝王都要南巡，每六七十里设有行宫，那时月城河建有出京南巡的第一个行宫。到了明太祖朱元璋即位后，便在交通要隘月城河建起了军事驿站，月城河改称为月城驿。月城驿南依险要山口之官道，西边则是自然形成的千仞绝壁。当年为了确保驿站安全，也为了有效地对进出官道行人进行盘查，又在驿站东边人工挖掘了数丈的绝壁，并在绝壁上建起一座阔大的军事土堡；驿站北边低洼处则砌起了巨石城墙，如此月城驿便成了易守难攻的防务重地。"

"那后来又如何？"梅奕瀚问。

"直到清末，月城驿才移至平邑县署西（恒州市内），1911 年撤销，随之退出历史舞台，月城驿又改名为月城村。月城驿迁址后，原属地的富户、商贾、官宦人家及守卫将士等随之搬离而去，月城村便趋于冷落。1937 年 9 月 13 日，日寇攻陷恒州城。为了防止日军南下，阎锡山急令第 34 军杨澄源所部第 196 旅和第 203 旅移师，以及第 19 军王靖国所部在月城村至金城一线间布防。由于平型关战事吃紧，阎锡山又令第 196 旅和 203 旅酌留两个营警戒月城村附近山口间的防线，其余主力部队移师狼峪口至水峪口间布防。9 月 16 日午夜，日军突破国民党军事防线，经由月城村逼向恒阴县城。次日 8 八时，恒阴县城沦陷。至此，日军抓捕壮丁在月城村原北魏和明代官道的基础上，再重建了一条水泥公路。1949 年后月城村这条公路被废弃，该路后被山洪冲刷殆尽。自此，月城村成了一座被封闭在大山脚下无人问津的村落，贫穷成为了月城村无法摆脱的沉重枷锁。原北魏行宫及明朝驿站遗址等建筑设施，早已随着历史风尘消失殆尽，唯留下半个古堡和一截驿站的土墙，低吟着当年的盛世繁华以及戍守将士的悲歌，陪同这座破败荒凉的月城古村落，共同守望着年复一年的清苦岁月。"

梅奕瀚又问："月城村是否还有其他的人文历史？"

"这月城村的山上山下、村里村外，到处都有历史文化的积淀。咱们再说这山吧，月城村有两座大山，天户山和銮山，每一座山上都有先祖们留下来的宝库。单说这銮山，一个'銮'字便是占尽了皇家荣贵之气。传说，此山原本无名，山中有一山洞，洞中曾有妖蛇修炼。然妖蛇常常兴风做浪、残害山下的村民。此事被天公得知，命凤凰仙子下凡收服了妖蛇，令其在山之主峰下一山洞内悔过。后来该妖蛇果然修成正果，终得天公赦免，之后飞天成龙。当地百姓为了感恩这位凤凰仙子，遂将此山叫作凤凰山。至此，咱们这个地方山灵水秀，百业兴旺。到了

355

隋朝末年，刘武周杀掉马邑鹰扬府的王仁恭，然后制造谣言，得兵万余。他邀请善阳铁匠尉迟恭加入到自己的麾下，又依附突厥王始毕可汗，引突厥军夺雁门，破楼烦郡，进取汾阳宫。时任晋阳太守李渊占据了长安，建立大唐。刘武周率军南下，对大唐江山构成了严重威吓。唐高祖李渊命次子秦王李世民率军征讨刘武周。刘武周见大势不妙，派人给突厥王始毕可汗送去求救信，然而始毕可汗因病去世，处罗可汗即位。突厥遭此变故便匆匆撤军，刘武周只得沿雁门关一线向东溃逃。秦王李世民一直紧追不舍，一直追至这凤凰山，再寻觅不到刘武周的踪迹。适逢正午，烈日炎炎，李世民人困马乏，暑气难当，且腹中饥饿，遂驱马来到月城河一户人家，却见炕上端放着一盆刚出锅的高粱饼和一盆金灿灿的绿豆粟米粥。李世民得村民款待，吃下两大碗绿豆小米粥，不久暑气顿消。他回味起这米粥之甘甜清香，便细问该米的来由，方知为九如贡米，随后竟脱口叹道：'九如绿豆粟米粥，堪比御膳甘露羹。'李世民抬头看看对面的山，见此山巍峨挺拔，仙雾缭绕，遂攀援上至凤凰山顶。他远望浑河宛若玉带，美景如画，遂当即赐名此山为銮山，并下令于銮山之巅建造兴国寺，以福佑大唐江山社稷万年永固。"

陈德懋说着，用手一指："看清楚了吗？就是这座山。"

梅奕瀚顺着陈德懋的手势看去，紧挨村子东南的銮山顶部，皑皑白雪尚未化尽，云雾缭绕其间，景象美不胜收。此时的月城村却是异常荒凉凄清，未来的出路到底在哪里？梅奕瀚的思绪瞬间有些缥缈，那个灯下倾注纸墨寄情未来的身影变得越来越模糊。

陈德懋又说："刘武周率残部度过浑河，逃到了突厥驻地。然处罗可汗不久亦死亡，其弟咄苾嗣位，是为颉利可汗。颉利可汗认为刘武周已经没有了利用价值，遂对其异常冷淡。刘武周在突厥的地位一落千丈，便心怀气恼，他派人趁机偷窃了颉利可汗大量的金银财宝，随后带其残部逃出了突厥，打算回到马邑重整旗鼓。刘武周越过白登山，命手下人进入云中县，打算再补给些应用物品，不料手下却见到处是捕拿刘

356

武周的告示，便急忙回来禀报。刘武周不敢再直接往马邑而去，率残部向南度过浑河，藏进了銮山西侧的山谷中。颉利可汗发现丢失了贵重物品，便派出精兵一路追杀刘武周。刘武周躲进山谷中，几日后见山外并无动静，他便骑马往山外月城河而来。刘武周刚走出山谷，突然从草丛中窜出来十余突厥人，乱刀之下，刘武周就此毙命。刘武周死后，其部下将其安葬于銮山下的山谷中。刘武周之死，月城村民代代相传，现在村子里上了八十岁的老人，大多听说过这件事情。"

"据我所知，刘武周被突厥军杀死后，他的旧部下将他埋葬在现在的北京房山区霞云岭村的西山脚下，那是他兴兵起势的所在地。在他的坟墓前边，过去还有近丈高的石碑数座，上面镌刻着刘武周的身世履历及生平业绩。1967年，修京原公路时，他的坟茔被破坏，数座石碑被埋，之后其棺椁所在位置无从考察。"梅奕瀚说。

陈德懋摇摇头，说："所谓的霞云岭刘武周墓不过是掩人耳目，最多算得上后人借以凭吊的一座虚冢。试想，刘武周乃大唐江山之死敌，唐朝从唐高祖李渊算起，前后跨越近三百年，岂能容得下刘武周的后人为其堂而皇之大兴土木建造墓室，并公然敢在他的墓前树碑刻铭？即便是唐朝之后为其修的墓，然刘武周已去三百年，他真正的尸骨早已成为一抔粪土。所以，霞云岭刘武周之墓并不可信。"

"先生言之有理。想不到月城村的銮山竟有如此多的传奇，请先生接着讲。"

陈德懋则叹息道："唉，如果细数月城村的历史，不是片言只语可以说清楚的，这村里地上地下都有故事。只可惜地上的这些文化遗存基本消失殆尽，唯地下尚存绵绵沉睡的历史等待后来有心之人去唤醒。此事不说也罢，然月城村的民风却是今非昔比，现在人心涣散，冥顽若石。"

梅奕瀚不禁眉头一紧："先生说人心涣散，冥顽若石，为何如此？"

"庄子曰，'哀莫大于心死。'一旦人心所向无望，郁结不解，自然

357

会冥顽若石，人心涣散，万事蹉跎。"

"先生所言的心里郁结，缘自何故？"

"有这么一个故事：黄帝有一次去赤水北游玩，他爬上了昆仑山一直专注地向南看，不料回去的时候，丢失了一颗晶莹剔透的玄珠。黄帝叫一个知的人去找没有找到，又叫离朱去找也没有找到，然后叫喫垢去找，还是没有找到。黄帝最后叫象罔去找才找到。月城村民们人心郁结，便在于此。"

梅奕瀚听了这个故事，瞬间感觉有点局促不安。

迷失的灵魂

梅奕瀚当然明白，陈德懋之所以要讲"黄帝遗珠"的故事，其实际有所指。

沉静片刻，梅奕瀚说："先生所讲的这个故事，我曾有耳闻。我知道，这些人名都有象征意义。'知'是代表智慧，'离朱'代表视力，'喫垢'代表言辩，'象罔'则代表的是无心。而那颗剔透的'玄珠'，所代表的应该是大道。黄帝遗珠的故事是在暗喻世人，耳聪目明、有心机、擅言辩不能得道，反而只有'无心'之人才能真正得道。'知''离朱''喫垢'代表的是有为之人，而'无心'代表无为之人。有为却攻于心计，实则有欲而无情，甚至是谋私而乱为；无为非不为，实则无欲而有情，其无私于民，集智于民，奉献于民。我这样理解对否？"

陈德懋捋了捋胡须，频频点头。

梅奕瀚微微一笑："感谢先生教诲。我也明白了先生的意思，您是指由于没有好的领导干部，才导致了月城村的贫困以及人心涣散。作为县委书记，我深感不安，并表示歉意。"

马文涛在地上搭话道："平邑县的贫困状况不是一时了，而梅书记调任咱们县还不到两年。"

"不管怎么说，老先生的话对于咱们既是砥砺，又是鞭策。"梅奕瀚向马文涛轻轻一摆手，然后又对陈德懋说："我觉得先生所讲黄帝遗珠的故事，似乎还有另一层意思。"

陈德懋的眼睛顿时一亮："那你说说看。"

"先生似乎以黄帝之玄珠暗指月城村的历史文化遗存。'玄珠'流失于尘埃，看似平凡暗淡，很容易被人忽视，却是世间珍宝。'知''离朱''喫垢'貌似有为，却眼高手低，干着无为之事，不识玄珠；而'无心'貌似无为，却能干别人不能干的有为之事，识得人间珠玉。先生是在有意告诫我，万不敢抛弃了月城村这些宝贵的历史文化遗存。"

陈德懋清癯的脸上一下子沁满了笑容："想不到梅书记悟性极高，满怀锦绣，此乃平邑县之幸也。是的，我以黄帝遗珠道来，便包含有这层意思。在别人眼里，这些化为尘埃的历史已是粪土，而在我看来却是取之不尽的源源财富。"

"先生用心良苦，奕瀚感激不尽。有关月城村的历史文化积淀，我会安排专人收集整理，一旦时机成熟，定当将这颗'玄珠'重放光芒。而眼下，月城村最重要的是如何解决群众的住房安全问题，以及如何带领群众脱贫致富。住房问题关系人民群众的生命安全，同时也直接影响群众创建未来的积极性，等待不得，更是马虎不得。我在来的路上就一直思考着这个问题，不知先生有何看法？"

陈德懋抬头看看低矮的土窑洞，然后叹息一声："唉，月城村都是上了百年甚至几百年的土窑洞土房子，多少年来一直在修修补补。如果是大修，无异于推倒重建，老百姓又负担不起。没办法，只能维持现状。"

"资金的事政府会想办法，问题是就地新建房屋，村子里已经没有多余的空地；推倒重建，群众又无法临时安置。我的意思是，将整个村子易地搬迁，咱们建设一个新农村。"

陈德懋顿时摇头说："不可，此事万万不可。先祖之所以选择这个地方定居下来，便是因为这是一块风水宝地。村子里的人们祖祖辈辈都生活在这里，骨子里已经和这片泥土融合在了一起。再说了，一旦村民整体易地安置，这一千多年的历史积淀也便彻底如云消散。只要这村子还有人在，就能守得住这千年的历史。"

陈德懋持以反对意见，早在梅奕瀚的预料之中。他转头看了看陈春山："春山，你对这件事情怎么看？"

"梅书记，我肯定是支持你的意见。月城村的危房问题是村民们最大的一块心病，也是村民们思想麻木情绪低落的一个主要原因。按照老百姓的话说，这叫'破罐子破摔'。1993年，原村长陈孝安和村支书庞炳元商量过，想把整个村子整体搬迁到山外的平川地带。当时他俩给村民们做了不少的工作，但是只有两三户村民同意搬迁，并率先在那里建起了房子。但是，后来这事还是不了了之，那两三户人家所盖的房子也就荒废在那里。"陈春山停顿了一下，接着又补充道，"对了，梅书记，你从古家庄到月城村的路上，右手边的那两处院子就是当年盖起来的。"

梅奕瀚点了点头。此时，他才意识到，想让月城村整体搬迁终将是难事。不过，眼下相关的资金还没有来源，此事可再作斟酌，而脱贫的事现在是棘手的问题。

梅奕瀚深深地吸了一口气，说："春山，你觉得月城村贫困的根源是什么？"

"怎么说呢，其中的原因很多。比如，我们村农业生产的基础条件很薄弱。但我认为，最大的一个原因是村民们掉魂儿了。"

梅奕瀚颇为吃惊，说："你这个词有点意思，为什么叫掉魂儿了？"

陈春山嘿嘿一笑，说："掉魂儿，是我们村里的土话，就是管那些受到刺激后，精神有点不正常的人叫作掉魂儿了。比如，小孩子在外面受到了什么惊吓，回来后哭闹不停，甚至是痴呆、发病，这就是掉魂儿了。出现这种情况，得在夜深人静时，家大人拿着小孩的衣服，去黑漆漆的街上为孩子叫魂儿，一次不行，就得两次，直到孩子的精神状况彻底恢复了。掉魂儿不是只有小孩子发生的事，大人们也会掉魂儿。"

梅奕瀚说:"春山,这可是封建迷信。再说了,这月城村的村民受到了什么刺激,怎么能整体掉魂儿了呢?"

陈春山却是一脸认真的样子。他说:"梅书记,我知道这是迷信,可是给小孩子叫魂儿的事是老祖宗留下来的。我说的月城村民掉魂儿的事,其实和这迷信没有啥关系,是因为村里缺失引领的正气,才导致了村民整体掉了魂儿。要想改变这个村子的面貌,就得先帮村民们找回丢失的灵魂。"

"春山啊,你这个老党员说得有道理。那你认为,该如何帮村民找回这丢失的灵魂?"

"梅书记,我刚才说过了,丢魂儿的事,得靠家长拿着孩子平时穿的那身皮囊去叫魂儿。这月城村说大不大,说小也不小。说它大的时候,它便是偌大的一盘散沙;说它小的时候,它便是凝聚成了一个人。而这个人是谁呢?谁的身上有浩然正气,便能叫得回来这丢失的魂儿,月城村也就会从此凝聚成了一个人。"

梅奕瀚不禁赞叹道:"春山的话说得非常好,大非大,小非小,令人警醒深思啊。你所说的找回灵魂,并非是月城村一个村子的事情,是咱们全乡乃至全县的事情。唯有民魂是最宝贵的,唯有把民魂激励鼓舞起来,塑造成崭新的灵魂,平邑县才会有真正的发展空间。月城村要做的是凝聚成一个人,而咱们全县要做的是搬掉一座山,再凝聚成一座山。咱们搬掉的是贫困的大山,而再立起来的是老百姓的金山银山。"

正在此时,打门外走进了一个身体魁梧的小伙子,只见他双目炯炯,朝气蓬勃。陈春山一看,是村里的陈志远。

陈志远见炕上坐着县委书记梅奕瀚,地上有乡里的马文涛书记,便颇为拘谨,他欲言又止。

"志孩儿,你有事?"陈春山问。

"哦,没事,就是过来和你打个招呼。我去一趟市里,麻烦你帮我照看一下我妈,她的身体近日不太好。"

"去市里有事？"

"姚珊珊回来说，她哥姚日强因病住进了市里的医院，要我去一趟。"

"姚日强不是在南方上学吗？"

"他刚毕业回来。"

"哦，你妈还不能下地？"

"老毛病了，这几天好多了，能慢慢走动了。"

"那好吧，你妈那里你就放心，我会去照看的。"

"那就谢谢春山叔，我走了。"陈志远向梅奕瀚看了一眼，便扭头走了出去。

陈春山叹息一声："唉，这可是个好孩子，只可惜命苦。"

梅奕瀚便问："怎么回事？"

陈春山便将陈志远的身世简单地讲了一遍。之后，他的眼睛一亮，竟兴奋地说："梅书记，这孩子可是个好苗子，说不上以后就是村民的领魂人。"

"这孩子看上去敦厚朴实，眉宇间透着一股灵气。只是，这孩子还小。"

"是的，今年才十九岁，再历练几年，这孩子必定有出息。"

"但愿吧。不过，眼下村里得有个好干部。马文涛同志说，月城村现在的村支书不是很得力，这么大的一个村子，能不能再挑一个有能力的人接任这个村支书？"

陈春山低头沉默了一会儿，说："现在还真的找不出一个合适的人选。我们这一茬子人都五十多岁了，村子里再往下年轻一点有能力的都进城了，剩下的这些人都不足以担此重任。"

马文涛说："梅书记，县委能不能直接下派一个优秀人才来月城村任支书？"

梅奕瀚又转而问陈德懋："老先生，您觉得县里直接给月城村派一个村支书如何？"

陈德懋摇了摇头，说："月城村不缺村支书。春山刚才说了，缺的是一个能真正领'魂'的人。这么多年来，为了一个村支书的位置，总会有人上下打点，想尽了办法挤破了头。为了啥？还不都是为了捞取个人私利。自古贪欲起盗心，如此之人，岂能务正道，为民所谋？按道理说，县里直接下派的干部应该是德才兼备，但是你留得住他这个人，能留得住他那颗心吗？现在村里的青年都往城市里跑，谁愿意来这穷山沟里一心一意坚守三年五年，甚至一辈子。老百姓最怕的就是折腾，也再经不起任何的折腾。"

梅奕瀚点点头，说："这个也是我最担心的，所以最好是推选一位本土的优秀青年来担任村支书。这样他不仅熟悉环境了解民情，也能一直坚守住这块阵地。"

"你觉得秦克勤怎么样？"马文涛问陈春山。

"很难说。克勤这孩子虽然是个大学生，又是党员，但是有些娇气，又显得单纯，缺乏社会经验，更不懂得农事。"

"那就想办法把外面有能力的人请回来。"梅奕瀚说。

"这个很难。人家在外面发展那么好，再回到咱这穷山沟，怕是没人愿意。"陈春山说。

梅奕瀚沉默片刻，说："咱们先谈眼下的事情。早上，我和文涛同志商量了一下，想让南庄村作为月城村的帮扶村，带动村民发展蔬菜产业。春山，你认为这条路能走下去吗？"

陈春山吞吞吐吐地说："也许行，也许不行。去年村民种瓜的确是一件好事，但是最终让孙财旺搞砸了，怕是村民们再没有了那个积极性。不过，可以再试一试，如果一旦成功，这条路就能走下去。"

梅奕瀚看看表："好吧，我和文涛同志再去其他群众家走一走。"梅奕瀚和陈德懋握手道别，"老先生，我改天再来看您。您老和春山的话，我记着哩。"

出了陈春山家，折返至巷口，听得一户人家有男女正在吵闹，间或有摔打器物的声音。梅奕瀚驻足听听，话音很模糊，便说："这是谁家？"

"是陶利家。"马文涛说，"听说他儿子因参与赌博被抓了。"

"噢？竟有这事，咱们进去看看。"梅奕瀚说着，就推开院门走了进去。

屋子里的吵闹声依旧不断。待梅奕瀚走进屋子，却见有锅盖及笼屉等物件散落在地上，一个男人蹲在碗柜前低着头正在抽烟，而那个女的则斜跨在炕沿上，满脸的怒容。此二人对于刚入门的不速之客竟视而不见，各自板着脸盯着某个地方。

"这是县委梅书记，来看看你们。"马文涛赶忙介绍说，"这是陶利，这位是陶利的丈夫崔献。"

崔献抬起眼皮看看梅奕瀚，然后慢腾腾地站了起来。"哦，梅书记好。"

"两口子这是怎么了？居家过日子，再有什么矛盾也不能拿吃饭的家什撒气。有话好好说嘛，互相生气解决不了根本问题。俗话说，'家和万事兴'。"梅奕瀚边说边将地上散落的物件拾起来，放在了碗柜的顶上。

"你们是来看热闹的？"陶利斜睨着扫了梅奕瀚和马文涛一眼。

马文涛说："陶利，你怎么和梅书记说话呢？"

梅奕瀚微笑着说："没关系，有气可以撒在我身上，也许你们的矛盾和我们的工作没有做好有关系，不妨说说看。"

崔献瞅了一眼陶利，再看看梅奕瀚，显得有些尴尬。

"对不起，梅书记，我们是因为家事。"说着，他拉过一把凳子，"梅书记，你坐。"

"不管是家事，还是别的什么事，遇事总会有解决的办法，两口子着急也没有什么用。说说看，是否有我能帮到的地方？"

"这个……"崔献半张着嘴，"这事说出来丢人。"

"丢什么人，这是生活所逼，要是咱家的日子过得好，小虎能干出那样的傻事？"陶利愤愤地说。

"那你说，咱村谁家的日子好过？都不是一样困难，可是人家的孩子哪个做出了这样的傻事？"崔献将一支烟蒂狠狠地摔在地上。

梅奕瀚摆了摆手，说："两人别吵了，到底发生了什么事？"

崔献叹息一声："唉，丢人呀，我家小虎因为参与赌博，刚刚被抓了。"崔献再次点燃一支烟，"早知今日，当初就不该让这孩子留在城里。"

"你儿子从事什么工作，怎么会有钱去赌博呢？"梅奕瀚问。

"工作？哪里有什么工作？"崔献说，"就是因为没有一份像样的工作，他才跟别人瞎混。我们家三个孩子，两个闺女已经出嫁，儿子小虎最小。这些年，村里的年轻人都携家带口去城里了，村里剩不下几个孩子，也没有了学校，只能去乡里就读。可是，人们都盼子女成龙成凤，认为乡里的教学条件差，便省吃俭用把孩子们送到城里去念书。我家小虎是初中时才送到城里的寄宿学校，初中这三年他学习很用功，也很吃苦，从来舍不得乱花钱。可是，等他升到了高中，这孩子一下子就变了，他常常和家里要钱。你们是知道的，咱们这里本来就是贫困村，家里砸锅卖铁才攒够了他的学费，哪里还有什么钱供他别的开销。结果，有一天小虎和同学打架了，我被叫到了学校。事情的起因是同学们瞧不起小虎，说他是穷山沟里的一泡屎。打那以后，小虎没了上学的心情，高三时他便辍学留在城里打工了。他恨自己出生在一个穷山沟，更恨我们没有本事，所以一直不愿意回家。可没想到，他不知怎么和一帮赌徒混上了，或许他是被逼的，竟然给他们当托儿，就因为这事被抓了。"

"是你害了小虎。要是当初听我的话，咱俩都去城里打工挣钱，孩子能出这样的事吗？"陶利责骂道。

"你以为每个进城里谋生的人都能过得好吗？如果你我都进了城，家里的地谁种？这三口破裂的土窑洞谁来修？万一进城后挣不到钱，粮食也没了，窑洞也塌了，咱们将来日子怎么过？再说了，小虎非要和人家城里有钱的孩子比，咱能比得上吗？"

梅奕瀚顺着崔献的目光看去，在窑洞西边的墙上果然出现了一道浅浅的裂缝。

"有钱怎么了？他们有钱就能欺负人？难道有钱人就活得尊贵，咱穷苦人家就是一泡屎？"陶利的嘴依然快似刀子。

"咱家孩子就是你教育坏了，要不然怎么能出了这丢人的事？吗"崔献再次将烟蒂摔在地上。

梅奕瀚急忙阻止道："好了，好了，我听明白了。要我说，小虎这次犯错误，不在家里穷富的问题，还是输在了教育上。当下，人心比较浮躁，不良的攀比风日甚一日，这是一种极不正常的社会痼疾。不良的社会风气，胜过一场瘟疫，不仅可以摧毁人积极向上的意志，同时也能摧毁人健康的思想和道德情操。所以说，小虎出事也不能完全怪怨你们，这其中也包含学校的教育和社会不良风气的影响。不过，这件事应该引起你们足够的重视，首先家长的言行举止直接影响到孩子的身心健康，故而家长就得起到表率的作用。孩子还小，判断事物是否正确的能力毕竟还有限，等他出来后应该懂得了明辨是非，以后还是可以大有作为的。"

陶利面露憎恶的表情，她拿起一把笤帚拍打着自己的裤子，说："梅书记这牙一碰，说的倒是轻松。"

此时，街道上一声声山曲再次传来：

> 你晓得那大雁为啥往南飞，
> 为只为心中的碧水和花蕾。
> 你晓得斑苍为啥搂着瞎猪睡，
> 只因它们是一样样的灰脊背。
> ……

"这个家伙又在号的哪门子丧，我呸！"陶利面向街外愤愤地吐了一口唾沫。

梅奕瀚看出了陶利有意驱赶的意思，便只得道别转身离去。临出门，他听得陶利说了一句："这社会风气不好，还都不是你们这些当官的功劳！"

"看来这位女同志对我们的怨言不小啊。"梅奕瀚说。

梅奕瀚与马文涛又走访了几户家庭，最后又去看了黄炳福、崔三、庞晓武和二云。二云的病情看上去比以前稳定多了，只是他的眼神还是那么痴呆，一副迷茫无助的样子。庞晓武说，二云不用再锁在屋里了，只是夜里不愿意睡觉，还要跑到山沟里去看星星、月亮和自己孤单的身影，要不就是一早坐在门口，面对着村子发呆。庞晓武还说，又是一个春天了，门前的老树发芽了，只是不知道二云这辈子还能不能变成个正常人。

一抔杏花化为泥

陈志远将患病的母亲托付给陈春山后，便离开了村子。

姚珊珊说，姚日强毕业后偶染小病，在市里的三医院住院调养，他想见见陈志远。陈志远揣摩着姚珊珊含糊其辞的话，竟然产生了一种不祥之兆。

陈志远见到姚日强时，刹那间惊呆了，眼前的姚日强竟然瘦得仅剩下一把骨头，瞳孔里是满满的迷茫。

"日强，你这是怎么了？"

姚日强从他瘦骨嶙峋的脸上挤出了一点笑容。

"志远，没事，我就等你来。"

姚力蹲在地上，一双无助的眼直盯盯地看着儿子。赵华娥则蜷缩在病床边，她向前探了一下，再探了一下，试图想抓住什么。姚珊珊则站在病床旁，她两手掩面哭作一团。

"日强，你到底怎么了？"

"他得了白血病，没几天日子了。"赵华娥说。

"怎么会这样？日强，怎么会这样？"陈志远的眼泪顿时流了下来。

"别哭，志远，你是男子汉，怎么能哭呢？"姚日强有气无力地说。

"你现在哪里难受？"

"不难受，就是疼，到处疼。"

"我现在去找医生。"

"医生刚来过，别找了。"

"要不我带你转院吧，或许其他的医院能看得了这个病。"

"没用了，已经花了十几万了，家里外面欠的到处是债，别再花那冤枉钱了。"姚日强说，"我只想见见你，没有别的奢求。"

"不行，我再去问问医生。"

姚姗姗泪眼汪汪地说："志远哥，医生说再治疗下去也没用了。"

"那该怎么办？怎么办呀，日强！"陈志远蹲在地上呜呜哭开了。

"好兄弟，你别哭，陪我聊聊，聊一聊咱们上学的事情。"姚日强说。

陈志远便爬在病床边，他紧紧拉住姚日强的手，嘴唇却一直在颤抖。

"你说嘛，别那么没出息，我听着呢。"

"我说，我说。"陈志远擦了一把泪，"你呀，天生就是个硬骨头。我记得咱们刚去乡中学那年秋天，老师让咱们帮他家刨土豆，你一个没注意，结果一耙子下去，砍在了自己的脚趾上。十指连心啊，我知道那种疼。但是，你却用泥土包裹住鲜血直流的大拇指，没有一点痛苦的表情。我知道，其实你的心也在滴血，你是不愿意让我们看到你的懦弱。你呀，简直就是个榆木疙瘩。"

姚日强那张羼弱的脸再次露出了笑容。他断断续续地说："你也比我好不到哪里去。学校每个星期只吃一次馒头，你硬说自己不饿，要不就是胃里难受，非得把这两个馒头留到了周末带回了家。其实，我知道你舍不得吃，你是带给你妈。你说，你是不是个令人讨厌的吝啬鬼？"

陈志远的眼泪又扑簌簌地流了下来。

"我记得你经常夜里哭鼻子，做梦都想你妈。你都多大了，还像个吃奶的孩子，你咋那么没出息？其实，我也别笑话你，我和你一样也想妈。可是，我妈尽管身体不大好，但是能走能动。你不一样，婶子她太可怜了。"陈志远说着，看看趴在床边的赵华娥，"婶，你咋也这么坚强哩？"

姚日强突然发出一阵剧烈的咳嗽声，接着他不断地喘气，眼神开始变得有些痴呆。他以极微弱的声音说："读书真好……"

姚日强话音刚落，便静静地闭上了眼睛。

陈志远赶忙去扶姚日强的身子："日强，日强，你醒醒，你快醒醒。"但是，姚日强再没有睁开眼睛。

姚力一下子跌坐在地上，赵华娥和姚姗姗号啕大哭起来。此时，天空也暗了下来，恰好有一朵云遮住了那明晃晃的太阳。

姚日强走后，这个一贫如洗的家竟然无法安葬这个孩子。陈志远将自己打工积攒下来的钱拿了过来，帮着这个可怜的家庭安葬了一个年轻的生命。姚日强出殡的这一天，姚姗姗的同学肖佳怡也赶了过来。这位身材中等、满脸清纯的女孩，面对这样的场景，禁不住也是泪如泉涌。

站在姚日强的坟前，陈志远心如刀绞。此时，天户山下的田野里刚刚嫩芽吐翠，杏花浓郁的香气兀自弥漫开来；春芳乍起，谁曾想一夜寒潮侵袭，一抔黄土沾染着杏花零落成泥；东风无力，寒巢燕早眠于地下，就此千年不起。

陈志远特意为姚日强买了一些纸衣纸裤和钢笔书籍，他在姚日强的坟头上点燃了香烛，焚烧了这些衣裤和书籍，他默默地祷告着："日强，我从来没有见过你穿过一件新衣服，这些衣服你不能再舍不得穿；我带给你一支钢笔和一些书，你在那边不会再孤独，有什么心里话就写给我。日强，你放心地去吧。你不在了，我以后便是咱爹妈的儿子，我会让他们过上好日子。等到来年花开，我再过来看你。"

陈志远看着瘫倒在地孤独绝望的赵华娥，再看看一言不发的姚力，说："以后，我就是你们的儿子，你们就是我的父母，我会一直陪在你们的身边。我没有妹妹，姗姗就是我的亲妹妹。"

肖佳怡看着眼前这位高大憨朴的小伙子，不禁心生暖暖的情愫。

姚日强下葬后，陈志远和肖佳怡陪伴在姚力和赵华娥的身边，给他们做思想工作，帮他们做心理疏导。肖佳怡临走的时候，姚姗姗和陈志远去送行。肖佳怡说，现在年轻人不怎么玩 QQ 了，有一款手机微信软件特别火，这个软件功能强大，可以买卖东西，可以及时了解各地发生的最新鲜的事，还可以加好友聊天。她说，平邑县有一个好友群叫"别让青春折了腰"，群里每天热闹得很，成员大多是咱们县里二三十岁的小青年。陈志远当时咧嘴一笑说，谁给起了这么一个微信群名，听上去还真有点意思。肖佳怡说，创建这个群的群主是县团委的一位年轻干部，他借这个群做公益之事，宣传党的路线、方针、政策，更是鼓励大家要珍惜时间，珍爱家乡，记住乡愁，爱惜生命，别辜负了青春的大好年华。肖佳怡看着姚姗姗、陈志远颇感兴趣，当时帮他们二人下载了微信软件，再把他俩拉进了这个微信群里。肖佳怡说："你们如果不喜欢还可以随时退了出去。"

梅奕瀚从月城村走了几天后，街上传开了村子要整体移民搬迁的消息。

辛玉兰高兴地说："实孩儿，咱们要过上好日子了。"

陈志远也非常高兴，他正要和母亲说些什么，手机里便"嘀"的一声响。他打开手机一看，是微信里有一个叫"天使的眼泪"要加他好友，头像显示是一个卡通女孩。陈志远刚玩微信，颇为兴奋，便当即点击添加进来。

天使的眼泪发给他一个微笑的图标，随即又发过来三个翘着的拇指。

陈志远便打了三个字过去："你是谁？"

"我是刚刚从你身边飘走的一缕风。"

陈志远有点发蒙，这会是谁？他猛地想起了一个人，刚刚与他谋面又很快离开的肖佳怡，莫非是她？陈志远这样想着，便觉得肖佳怡就是一缕风，一缕和煦拂面便悄然离去的风。他随即发出几个字："莫非你是肖佳怡？"

"哈哈，是的。谢谢你还记得我。"

"你的网名为啥叫'天使的眼泪'？我见到你时，是一脸的阳光，看不出你有什么忧伤。"

"天使给予人的便是阳光，谁都不会想到，她的内心里也有忧伤。"

"对不起，我不该问你这个问题。"陈志远觉得自己有些鲁莽，不该去探问人家的隐私。

"没关系的，天使的眼泪终将会变得明澈，因为天使的心里始终装着爱。比如，你。"

陈志远不禁纳闷，他信手打了一个字："我？"

"是的。你也是天使，所以注定你的眼里也会有泪。"

"为什么？"

"因为我已经看到了。"

陈志远琢磨了一下，似乎明白过来。"你是说，姚日强的离世，我掉泪了？"

"我想，不仅仅如此，更因为你的心里有爱，是大爱。"

"可是，我还是不太明白你的意思。"

"肯于出手去帮助村民，难道不是大爱？"

"这是我应该做的，毕竟我和日强是同学。"

"并非如此简单。天使的付出，是发自心底的，不问来由。"

"这么说来，你一定付出过很多？"

"相比你来说，微不足道。"

"你是哪里的？"

"咱们同根同源，桑干河畔的许家堡村。"

"你现在还在读书？"

"是的，在恒阴师范就读。"

陈志远不禁对这位女孩产生了好感："很高兴认识你。"

"我也是。"

还不等陈志远回复，对方又来信息："对不起，有时间再聊。"

肖佳怡，如同她所说的一缕风。陈志远呆呆地看着手机，内心里沁出了一种难以言状的幸福。但是，陈志远很快从这种短暂而莫名的幸福中清醒过来，他不禁苦笑了一下，然后摇了摇头。

秦克勤自打去了乡里黄花专业合作社，每周六才会回到月城村。他说，合作社的事多，每天忙下来已经很晚，第二天还得早早工作，不便来回往家里跑。

黄雅萱形成了一种习惯，每到周六中午必站在打谷场那棵老槐树下等秦克勤，无论是春夏秋冬风雷雨雪。黄雅萱站在老槐树下向古家庄凹下望去，那条泛着白光的路伸向了远处。等待秦克勤的时候，黄雅萱既焦灼又兴奋，越是盼着想赶快见到他，越是左看右看路上没个人影。当黄雅萱瞅见秦克勤的人影，她便急忙藏在老槐树的后面，探点脑袋出去偷偷窥探秦克勤。他骑车的样子是急惶惶的，像是着急去办什么事。黄雅萱每看见秦克勤这猴急的样子，总会害羞地脸红。黄雅萱很爱偷偷看秦克勤，见他边走边擦汗，眼睛还要往老槐树这边眺望。黄雅萱偏偏就爱往树后钻，小心地藏起身子，憋住气仔细观察秦克勤有没有失望的神情。等秦克勤走了过来，喘着气喊黄雅萱的时候，她会突然从树后窜出来，一下子就去搂住秦克勤的腰，然后两人再哈哈笑着扭打成一团。黄雅萱很想学着电视上的镜头去探到秦克勤的脸，然后在他白白的脸上"啵、啵"使劲亲两口，表达自己那种强烈的渴望。可是，秦克勤的身材有些高大，她得踮起脚尖才能探到理想的高度。

如果是夏天便好了，夏天到来后，秦克勤会把黄雅萱抱到一片茂密的高粱地或者葵花地。秦克勤说，他很喜欢那种在自然环境中男欢女爱的氛围。

明天做一个幸福的人

梅奕瀚从月城村回来后，依旧心事重重。他知道，月城村民锈死的心结还在于对未来的迷茫与无助，倘若解决了群众的危房问题，政府也便有了公信力，此举亦必将激发群众主动进取的积极性。而眼下，唯有向省扶贫办、住建局等部门申请到相关的政策扶持，才能解决了这个问题。梅奕瀚便派秦国祯携带材料再次去省里，看看是否能落实此事。

对于月城村目前的情况，梅奕瀚进行了细致分析和科学研判，他做出了精准施策。一周后，他给马文涛打去电话，建议月城村要重视发展有机旱作农业，引进优良品种，加快技术改进，提高增产潜力；然后根据群众的自愿，辅以黄花、瓜果、蔬菜等经济作物相结合发展的路子。梅奕瀚对于月城村的地理环境及自然环境已经很了解，这个村子的农耕土地由北向南呈梯状分布，大部分耕地单块的面积较小，种植上不能连成大宗耕地进行规模化的农耕生产，如此只能是小面积分散种植，亦注定了种植方法的特殊性，不便实施大型机械化集中耕作生产运营；其次，这个村子紧依大山，海拔相对较高，水源不足，却日光充足，昼夜温差大，有利于生长期较短的旱作小杂粮汲取充足的营养和糖分。此次月城村之行，梅奕瀚偶尔尝得两碗小米粥，回来后依旧回味着那米粥的香甜，可谓上品。贡米与黄花贡菜之事，有待整理挖掘，运筹发展，一旦推动上市必将潜力无限。梅奕瀚相信，只要把月城村的黍米、小米等小杂粮的品牌打了出去，该村的小康之门便会就此打开。当然，品牌之事得靠事实说话，对于当代人来说，最有力的证据便是对该村的农产品做一次客观的质量认定。但是，眼下首先得激发月城村民的进取信心，而蔬菜类的小经济作物可以依托南庄村，那里的市场已经成熟，且见效快，更容易看到发展的成果。

古家庄之行，梅奕瀚还有另外的发现。过去所谓的"小康"牌子还一直被藏着掖着，这说明县政府的信息在人民群众当中还不透明，如此下去，政府便永远不会得到人民群众的信任。梅奕瀚当即做出决定，县、乡各级行政机关必须如实地公开政府的相关信息，认真听取民众的呼声，吸纳民众的建议，接受人民群众的监督。

按照梅奕瀚的工作部署，马文涛先去南庄村与薛存三进行座谈，希望南庄村能作为月城村的帮扶村，带领该村村民脱贫致富。薛存三当即欣然答应，表示从蔬菜种苗到市场销售将会给予特别关照。之后，马文涛再次来到月城村，孙财旺依然不见影子。乔日娜通过村广播召集起村民，就发展蔬菜种植产业听取村民们的意见。

马文涛说："南庄村的蔬菜种植已经取得了丰硕的成果，如果月城村的村民愿意，可以安排专车接送村民去南庄村参观学习。当然，这次发展蔬菜产业，县政府会给予积极的帮扶与支持，村民们可以根据自家的实际情况与条件，自愿加入到蔬菜脱贫产业，蔬菜秧苗由南庄村汇丰公司提供，种植技术及生产物资方面，政府相关部门将会免费提供。"

陈大勇说："去年种瓜，政府也给予了一定的帮扶，但是最终出了问题。这菜更是娇嫩，万一卖不出去，吃亏的还是我们自己。"

马文涛说："只要按照技术人员的管理要求去种植蔬菜，便能达到收购标准，销售的事情请大家放心。"

叶蛾子说："标准是人家定的，就好比去年卖瓜的合同，我们输不起。"

马文涛说："那合同作废，怨不得华林超市，是咱自己出了问题。"

陶利一边嗑瓜子一边说："瓜农们付出了一年的心血，到头来还落下了埋怨，这叫什么事？依我看，还是种庄稼好，价格高低不说，总不会烂在地里。大家说对不对呀？"

人群中便是议论纷纷。

陈志远挨着陈孝安坐在一起，说："孝安叔，你要不先种几亩菜地试一试？"

"我家没有人手，种不了。"陈孝安看看庞炳元，"炳元，你要不试种几亩地？"

"我家孩子们都在外面，种菜工序繁琐，家里缺少劳力，我种不了。"

陈志远看看所有的人都犹豫不决，便说："前几天有人给我介绍了一份环卫工营生，我准备利用农闲时节去打工。不过，恒州市离咱村近，骑摩托车不到一个小时的车程，应该耽误不了农活。我先试种两亩菜地，应该是能忙过来。"

众人便静了下来，回头都看着陈志远。

"你这孩子，啥也想干，你能种得了菜吗？"众人便指着陈志远，说说笑笑。

"不会就学嘛，谁打娘胎里出来啥也不会。再说，我侍弄家里的菜园子，那菜长得好着哩。"

"就你家院子里那两畦地，咋和大田里的菜地比？"吴进说。

"菜地大小没有关系，关键是人有没有干事的信心。有农业局的技术员帮助咱，还怕啥？刚才马书记说了，是自觉自愿。如果你们也看好这项产业，可以少种一点，试一下嘛。即便是收入不了几个钱，咱无非是多赔点汗水。"

乔日娜说："尽管咱村的贫困户有人均一亩的黄花地，但是那黄花地收获还得等两年，其盛产期至少需等三年。所以，我们必须得走出一条发展的新路。大家因去年村委会合同的事还心存顾虑，这次不一样，咱们的菜是通过南庄汇丰公司直接销售出去，没有任何风险。另外，我和张杰去南庄村考察过，这个村的菜农去年单靠蔬菜一项收入人均过万元，可见这个蔬菜产业是一项非常好的阳光产业。今年，南庄再次扩大蔬菜种植面积，全村的村民都信心高涨，他们都不担心种蔬菜会有什么风险，那我们担心什么？"

马二女站起来说："乔副主任说得对，人家种那么多蔬菜都不担心，我们担心什么。不管你们种不种，我今年种五亩蔬菜。"

陈大勇也站了起来："我帮着马二女，我们一共种十亩。"

叶蛾子说："大勇，你和马二女到底是两家还是一家？"

"是两家，也是一家。"陈大勇笑着说。

陈志远、马二女一带头，村里的党员自觉脸上挂不住，便都报名要种蔬菜，紧随着十几户村民也动了心，纷纷表示愿意试种一年看看。

对于月城村民的被动情绪，马文涛已在预料当中。他没有预料到月城村这个最年轻的小伙子，今天带头打开了这尴尬的局面，不禁默默地点了点头。

按照梅奕瀚的建议，重点挖掘并打响月城村的小杂粮品牌是工作的重中之重。马文涛便从陈春山家里提取了黍子和谷子的样本，打算寄给省农产品质量安全中心进行质检化验，以便做好认证的前期审核和质量跟踪工作。

陈志远原本打算用打工积攒下来的钱翻修一下家里的房子，却遇上了同学姚日强去世，他拿出了大部分钱给了姚日强家里。无奈，陈志远只得利用农闲时间，再去市里打工，这样家里便能多一份收入。

陈志远买了一部二手手机，那手机始终存不住电，每去市里打工时，只好把那手机先关了，上午便与外界中断了联系。自打他下载了微信，似乎觉得每一天的生活不再孤独，他不仅能感悟到一个群体朝气蓬勃的向上力量，同时每天能收到肖佳怡发来的信息，他能从那些文字中感受到这位少女的真诚和热情。陈志远只是礼貌性地给予回复，在他的内心里并不敢有一点奢望。

这天午后，陈志远从市里回来打开手机，一下子收到了肖佳怡的几条微信。

"你知道海子《面朝大海，春暖花开》这首诗吗？"

"我想朗诵给你听。"之后，便是肖佳怡的一段深情朗诵：

　　从明天起，做一个幸福的人

　　喂马、劈柴，周游世界

　　从明天起，关心粮食和蔬菜

　　我有一所房子，面朝大海，春暖花开

　　……

"我所谓的幸福，源于信仰，源于一种力量，更源于仁爱。我想把这种力量和仁爱告诉每一个人。也因为有你，一个曾经的陌生人。"

"我多么想拥有这样的一所房子，与我喜欢的人一起喂马、劈柴。"

"你怎么不给我回信？"

陈志远看了一下发帖的时间，都集中在上午九点左右，他便顾不得洗脸吃饭，急忙给肖佳怡回信。

"憨孩儿，你一刻离不开了手机，那里边有啥，还比吃饭重要？"

"妈，你先吃。"

陈志远向母亲嘿嘿一笑，便手忙脚乱地给肖佳怡回了一条信息。

"对不起，我白天在市里打工，手机存不住电，关机了。"

"你不种地，在城里干什么？"

"趁着农闲，在城里一个环卫单位开车倒垃圾。"

肖佳怡一下子没有了信息。陈志远洗了一把脸，正打算吃饭，手机又响了一声。

"姚姗姗和我说过你的事情，才知道你曾有过一段坎坷的生活经历。"

"对我来说，没有坎坷，只有感恩，以及爱与被爱。"

"我听说懂得感恩的人，心中有大爱，脚下的路也会走得更远。"

"路，无所谓远近。我觉得踏踏实实过好每一天走好每一步，就心安了。"

"你未来有什么打算？"

"我的生命是月城村贫瘠的土地给的，这片黄土地的未来就是我的未来。"

"你能坦然面对现在生活，难能可贵。我知道，这需要有大山一般坚韧挺拔的意志，更得有宽阔雄厚的胸怀。在这浮华的尘世，如你这般诚笃的青年少之又少。"

"你别这样说我，否则我会看不清方向。说实在的，我也幻想外面的世界，但我的根在这里，只想做好自己。"

隔了几分钟，肖佳怡那边又没有了信息。陈志远盯着手机屏幕又看了一阵子，听到母亲说："实孩儿，赶快吃饭，都凉了。"

陈志远刚端起了饭碗，肖佳怡又发来一条信息。

"我想去你那里。"

"为什么？你不是在师范念书吗？"

"我是说以后，到了实习期，打算去你那里体验生活。"

"我们村现在没有学校，你怎么实习？"

"社会便是一所最好的学校，你的工作和生活也是一所学校。"

陈志远犹犹豫豫打了几个字："那不好吧？"

肖佳怡回复："午安，一枕好梦。"

陈志远木呆呆地握着手机，他仿佛看到了肖佳怡失望的神情。

秦克勤每个星期六中午坚持回家一趟，黄雅萱便在孤独中多了一层期盼。

秦克勤一般会准时出现在黄雅萱的视线中。其实，在秦克勤还没有踏上那条白花花的水泥路时，黄雅萱早已经等候在那棵老槐树下。秦克勤还是猴急猴急的样子，骑车似乎在撒疯。黄雅萱明白秦克勤的那点心思，他现在一个星期回来一次，自然有些按捺不住。黄雅萱偏要要弄一下秦克勤，羞红脸躲在树后，等秦克勤近前时再去偷偷地搂住他的腰。

秦克勤见到黄雅萱时，就把车子撂到一边，轻轻一把抱起黄雅萱，然后把头埋在她的胸口啃来啃去。秦克勤还是那么怪，近在咫尺的家门却不进，非要把黄雅萱抱进一片高粱地或者是葵花地，他说在那里的感觉更浪漫。

晚上的时间长了些。黄雅萱就会缠着秦克勤问些弄不清的东西。比如：天上为什么会有云，天到底有多高，为什么会有半个月亮，等等。秦克勤只是无奈地摇摇头，他告诉黄雅萱，在家里什么样的傻话都可以说，在外面却不能瞎问瞎说，自己好歹是个大学生，而媳妇这样没文化，这会让人看笑话的。

秦克勤突然又说："我一个星期回来一趟实在受不了，我想让你搬到乡里去住。"

黄雅萱说："咱爹哮喘得厉害，那地让妈一个人去种不行。再说了，我若去了乡里，黄花到了采摘期咋办？我爹肯定不同意。"

"我去和爹说去。现在正好是咱村农闲时节，你就去乡里住一个阶段，等黄花采摘时你再回来。"

黄炳福自然答应了秦克勤的请求，甚至他早就有过这样的想法，让黄雅萱陪着秦克勤去乡里住。

秦克勤在乡里租了个院子，就在合作社隔壁，黄雅萱踩着院子里一个废弃的猪舍就能看清合作社院里的一切。乡里的黄花合作社就是好，一排阔大的生产车间，对面是干净而整洁的晾晒大棚，那边还有一排办公室和宿舍。黄雅萱注意到合作社的工作人员很多，女孩子也有好几个。

"看那些女孩子戴着眼镜多神气！"

黄雅萱啧啧嘴。她心想，过去月城村的学校算个啥，几间灰不溜秋的土房，加上那个老校长才三个教师，就算是城里的学校比月城村的学校好，但是能好到哪里？莫非城里的学校那铃声比月城村的更好听？还是乡里的合作社好，崭新、明亮、有气派。黄雅萱内心甜丝丝的，她很为秦克勤感到骄傲。

搬到乡里一周后，秦克勤带回家三男两女，都是合作社的年轻人。他们一进院子就说，来看看秦克勤租住的屋里到底藏的是什么风。黄雅萱感觉有一些紧张，她倒不是怕见什么生人，这几位一定和秦克勤一样都是文化人，她不知道自己该说些啥，更害怕说错了什么话。

进屋的这几个人都说："秦克勤，你媳妇很漂亮啊，也很可爱。"

黄雅萱只是笑，一种很真诚也很尴尬的笑。

秦克勤就向黄雅萱挤眉弄眼。黄雅萱明白他的意思，是想让她赶快和客人打招呼。

黄雅萱越发紧张了，傻乎乎地笑着往后退，她是想给客人让出地方来，或者是想让客人们炕上坐。

秦克勤终于忍不住了，便说："雅萱，你咋不和客人打招呼？"

黄雅萱红着脸局促不安地说："你们坐，你们都坐，我不识字没文化，不知道该说些啥，你们谈你们的。"

众人面面相觑，露着惊讶的神情。

秦克勤瞬间脸色发白，再没有了刚才兴高采烈的兴致。人们仅仅在屋子里呆了几分钟，秦克勤就陪着他们出去了。黄雅萱听得那些人在院子里说："克勤，你咋找了这么个媳妇？漂亮是漂亮，却是个文盲，你两人能有共同语言吗？"

黄雅萱只感觉心口猛地被刺了一下，随即眼前一黑，呆傻傻地靠在了墙边。

秦克勤晚上回来后，明显有些不高兴。但是，他啥话也没有说，他知道自己亏欠黄雅萱及黄炳福很多很多。

沉甸甸的遗言

    孙财旺成天在外面跑来跑去，谁都不清楚他到底忙些什么。直到有一天，人们发现月城村西北端的那千亩林地里突然多出了几座新坟。人们便议论纷纷，村里没见一个故去的老人，咋那林地里会无端多出几座坟？有人说，一准儿是村子里早年走出去的村民，心里还念着故土，便将逝去的老人埋在了故土上。还有人说，那是一千多亩林地，埋几个死人算不得什么。

    马文涛从县农业局请来一位农技师吴丽，让她专门指导月城村二十几户人家试种蔬菜的田间管理工作。一个月后，田里种植的圆椒苗子便长势喜人，这让陈志远非常高兴，他动辄便和村民说这蔬菜的好。

    陈志远依旧在恒州市里做环卫工，每天早2点30分便从月城村出发，50分钟赶到了市里，然后开着环卫车去四处收集垃圾，再运到城郊的一个大型垃圾回收处理场。这份工作好在过了中午就能完成，下午回村里误不了田地里的营生。

    北都街的南边过去是一个狗市，现在自发形成了一个卖农副产品、日用小百货的地摊早市，当然也有卖煎饼、馒头、面食之类的。早市之后，便会留下大量的菜叶子以及其他的生活垃圾，所以这一带的卫生清理工作任务最重。陈志远一早出来清运垃圾，只待午后回家才能吃上一顿饭，有时候他实在饿得不行，便在早市这边花五角钱买两个馒头垫垫肚子。卖馒头的是一位四十五六岁的女人，说话声音不高，温婉而和气，虽然岁月的风霜已经刻在了她的眼角，但是看上去依然有几分俏丽。陈志远第一次见到这个女人，先是一怔，觉得眼前的女人那么熟悉，仿佛在哪里经常见面。陈志远就那么直盯盯地看着女人，女人便觉得有些不好意思，以为是自己的脸上或者身上出了什么问题，便不禁摸摸脸，再低头看看身上，那身衣服很朴素，但是干净而整洁。

女人一脸的沉静，她轻轻问："孩子，你有什么事吗？"

"哦……姨，我没事，想买两个馒头。"陈志远恍然回过神来，他掏出了一张皱巴巴的五毛钱。

"你这么大的小伙子，每天买两个馒头够吃吗？家里没有其他人？"

"我是农村来的，在市里打工，每天中午回去，买两个馒头垫垫肚子就行。"

"真是个要强的好孩子，懂得心疼钱的孩子，就一定心疼家里的大人。"

女人说着，掀开尚有余热的蒸笼，用一把木夹子取出两个馒头，装进了塑料袋，忽而犹豫了一下，又夹出一个馒头放进袋子里，然后递给了陈志远。

"姨，我只有五毛零钱，就买两个。"

"这个是姨送给你的。"

女人端端地看着陈志远，眼神中有几分怜爱。

"我好像在哪里见过你。"女人说。

"姨，我也好像见过你，就是想不起来了。"

"这城市里每天人来人往，说不上咱们在哪里见过。"女人说。

这时，有市容管理的人下了车，向这边走来。女人一下子显得有些惶恐，她看了眼陈志远，然后推着车子赶忙离开了。

陈春山有事没事就想去菜地里转转，偌大的一片菜地对于他来说，颇有一份新鲜感。陈春山过去也种过菜，但是仅限于自家院子里那巴掌大的地，种如此规模的三亩菜地还是第一次。陈春山蹲在菜地的地头来回打量着，他合计着菜地能采摘多少菜，并按南庄村汇丰蔬菜交易市场的收购价合计收入，不觉脸上满是笑容。

此时，有人喊了一嗓子："春山，快回家去看看，你爹病了。"

陈春山便是一惊。几天前，父亲说想吃肉，陈春山专门去乡里给他割了二斤肉，他吃过肉后说，这辈子很满足了。今天早晨出来时，父亲的身体还健好，咋就突然间生病了？陈春山不敢怠慢，忙拔腿向村里走去。待他走进家门，乔日娜和张杰正在屋子里。

"春山，你快看看，爹这一下子是咋了？"曹彩霞说。

"爹，爹，你咋了？"陈春山叫了几声。

陈德懋仿佛睡着了一样，神态安详，一动不动。

曹彩霞说："你早晨走了以后，爹一直在院子里溜达来溜达去。他回来后说，怕是以后这房子没人住了，怕是这个村子以后也要空了。爹一会儿又说，身子不好受，就想睡觉，结果再吆唤也不醒了。乔副主任他们过来后，爹醒来过一次，乔副主任想把爹送到医院，他却不肯去。"

陈春山一边摇晃着父亲的身体，一边继续喊："爹，爹，你醒醒。"

陈德懋压在胸口的手动了动，然后舒展地放在炕上。不久，他缓缓睁开了眼睛，目光呆滞地看着陈春山。

"爹，你总算醒了。"陈春山说。

"春山，你回来了。"陈德懋说，"我就等你回来呢，我知道我该走了。"

"爹，瞎说啥哩，你这不是好好的。"

"春山，爹已经比你爷爷多活了二十多年，知足了，活到啥时候也得走。爹有件事放心不下，就是这老房子。县里的梅书记说得对，咱们村想要摘掉这穷根，就得整体搬迁。咱这村子不行了，是一条道走到了头，村里人再窝在这山里没奔头，还是搬出去好。只是，我舍不得这老房子，舍不掉咱们的根脉。以后，如果这村子整体搬迁了，给爹把这老房子能留就留着，爹还想经常回来看看。梅书记是个有远见的人，马书记和乔副主任也是好人，爹相信你跟着他们会过上好日子。爹这一辈子没见过一个大官，梅书记来看过我，临走之前，乔副主任他们又来看我，爹知足了。春山，等你们住上了新房，别忘了到爹的坟上絮叨絮叨，顺便替爹给梅书记带句话，'洁己方能不失己，爱民所重在亲民'。"陈德懋说完，便平静地离开了这个世界。

陈春山俯身在父亲的身上泪如泉涌："爹，我记着哩，等我住进了新房，一准儿先接您回家看看。"

陈德懋高寿而走，在村里认为是喜丧。陈春山当即给三个妹妹和在南方打工的弟弟春水报了丧，又通知了家里的亲戚。按照村里喜丧的习俗，陈春山决定为父亲热热闹闹作最后的送行。

陈春山问曹彩霞："咱们通知不通知曹花？"

"她是你的表妹，按道理是应该通知的。"

"可是，曹花与陈小泉跑了两年了，她一回来石磊肯定得知道，到时候会不会出啥事情？"

"这个还真说不上。我的意思是通知给曹花，回不回来是她自己的事。"

"你知道曹花在哪里吗？"曹彩霞问。

"我姑姑说她在城里，跟着陈小泉过得不怎么样，我姑有她的电话。"陈春山说，"对了，听我姑讲，曹花还偷偷回来去看过芽芽。"

"那芽芽回来没有和石磊说起过吗？"

"不知道，反正石磊还跟没事人一样。这个石磊也真是的，硬是把曹花逼走了，他自己反倒变得勤快。要我说，这人嘛，就得被逼着，才能活出个人样来。只可惜这个残疾孩子豆豆了，自打她妈走后，便苦了这孩子。"

第三天，春水的媳妇唐彩兰牵着春水的手和女儿小薇一起回来了。唐彩兰看见院外的街道口停着一辆改装的箱式货车，那车厢的侧门面向院子敞开着，里面竟然布置成一个灯光音响齐全的舞台。院子里吵吵闹闹人来人往，一个鼓乐班子正在院子里忙着搭棚。唐彩兰还看见春水的三个姐姐正跪在堂屋门口守在了父亲的灵前，一个个眼睛哭得通红。

春水一家三口刚进院子，春山便一眼看见了，却见春水的鼻子上竟然架着一副深咖色眼镜，唐彩兰牵着春水的手颇有些亲昵，两个人还在嘀咕着什么。春山一下子非常生气，他将鼓乐班子的一个板凳重重地踢到了一边。此时，春水走到了春山身边，他只是沙哑沉闷地叫了一声："哥……"

"爹都死了，你一个外出打工的农民，两年没回家看爹，还有心思装模作样地摆谱哩，快把那破眼镜给我摘了！"春山劈头盖脸地骂了春水一顿，便打算自顾走进屋子。春山走了两步觉得不对，便返回身子看了眼唐彩兰，再把小薇抱了起来，算是与刚刚见面的唐彩兰赔礼道歉了。小薇却在他的怀里挣扎着，春山只好又将小薇放下来。

家里的亲戚和院里的村民也都看见了春水一家三口，便纷纷打招呼。

"春水，你们回来了？"

"春水，你戴上这眼镜还挺好看的，一看就像城里人。"

春水只是沙哑地说了三个字："回来了。"然后木然地站在那里，不去看任何人。

陈明亮说："这人啊一离开了这穷山沟，就变得生分了。你们看春水，连眼睛皮都不想撩一下。"

"春水，快把眼镜摘了吧。你想戴眼镜，等把德懋叔安葬了再戴。"陈孝安说。

春水没有搭话，只是向家门走去。他一跨进堂屋门口，膝盖一软便跪了下来。

"爹，我回来看您了，儿子不孝，没能见您老人家最后一面。"春水趴在地上"嘭嘭嘭"磕着头。

"春水，你两年没回来了，快把眼镜摘了，让爹好好看看你。"大姐说。

"我去给春水取孝衣孝帽。"二姐站起来搓了搓发麻的腿走进了里屋。

"春水，爹没了，你咋戴了这么个眼镜进家门？也不怕让村里人说你的坏话。"三姐说。

堂屋显得拥挤而昏暗，人们从春水的身边挤过去再挤过来。春水不答话，也没有眼泪，只是僵硬的脸上依旧戴着眼镜。唐彩兰依在门框旁，看一眼棺材，再看一眼春水，眼泪"吧嗒、吧嗒"地滴落在胸前。小薇靠在唐彩兰的身上，茫然地看着眼前的一切。

二姐将一身孝衣孝帽扔在春水身旁："春水，你先把这衣服换了。"

春水伸手摸了一下那衣服，然后又将手缩了回来。

此时，春山刚好从里屋出来，他看见春水既没有给爹哭丧，也不穿孝衣孝帽，便又来了火气。

"春水，你眼里还有爹吗？你如果不认这个爹，回来干什么？"

唐彩兰便打算走过去帮春水换衣服，见春水向棺材那边爬去，却一头重重地撞在了棺材前的供桌腿上，桌上的供品"哗啦"一下掉落下来，春水慌乱地在地上四处摸来摸去。

三个姐姐以及春山都觉得春水不对劲，便围在了春水身边。

"春水，你这是怎么了？"

"春水，你是不是有病了？"

大姐将春水的头扶起来，面向了自己，她突然"啊"的一声，吓得是面如土色。

春水的深咖色眼镜已经掉落了，只见他的两只眼睛在灯光下反射着刺眼的寒光，那眼睛却一动不动。

"你的眼睛……?"大姐颤抖着声音问。

"春水的两只眼睛都没了，这是装的假眼。"唐彩兰"呜呜"地哭着说。

三个姐姐闻听此言，吓得身子都往后靠了一下，随后号啕大哭起来。

"春水，春水，到底发生了什么事，怎么好端端的眼睛就没了? 你的眼睛哪去了?"春山一下子跌坐在春水身边，捧起春水的脸哭了起来。里屋的人听得堂屋好像发生了什么事，都出来想看个究竟，堂屋一下子更是拥挤昏暗。

"春水，你说呀，你的眼睛哪去了?"大姐也哭喊着。

院子里的人们也挤了进来，众人想一看究竟。

春山便将春水扶到了里屋，他将手放在春水的眼前晃了一下，再晃了一下。

"别晃了，没用，他的两只眼现在是玻璃球。"唐彩兰说。

三个姐姐还在"呜呜"哭着，春山也流着泪，嘴里却不住地唠叨着："春水走的时候眼睛还好好的，怎么会眼睛没了?"

唐彩兰便将事情的经过讲了出来。春水和唐彩兰都在南方的一家金属制品公司汽车轮毂抛光车间上班，每年的年底才回一次村里。前年回村过完春节后，春水回到公司不久后便出了事。那天早上，唐彩兰起得有些迟了，她忙着去送孩子上学，便告诉春水，自己将昨夜的剩饭热一下，吃了饭再去上班。春水起床后洗了一把脸，看看快到上班时间，便直接将那隔夜剩饭扒拉两口。唐彩兰在公司负责打扫办公楼的卫生，她见春水隔一阵子便从抛光车间急匆匆跑到公厕来。春水说。早上那剩饭吃了几口，竟然闹开了肚子。上午近十点，春水刚从公厕返回抛光车间的门口，车间里发出一声巨响，唐彩兰看见抛光车间顿时浓烟滚滚。人们喊叫着说，抛光车间爆炸了。等唐彩兰腿肚软软地跑了过去，见春水的身上覆盖着一些爆炸的碎物，他的满脸都是血。就是这次事故，夺去了春水的一双眼睛。

"怎么会发生爆炸呢？"春山问。

"是抛光的铝粉引发的爆炸。"唐彩兰说。

"铝粉还能爆炸？"三个姐姐看着唐彩兰，惊的是目瞪口呆。

"抛光的铝粉到了一定的浓度，只要有可燃源，就会发生爆炸。春水在这次事故中摘除了两只眼球，装了义眼。爆炸物刺穿他的眼球伤到了眼底神经，他现在连泪腺神经都坏死了，也就是说，春水这辈子再不会流出眼泪。"

"啥？"春山看着春水，他嘴唇抖动着，眼泪不住地流下来。

"春水，哥对不起你，不该和你发脾气，更不该放任你出去打工。"春山悲戚地说着，他忽然用手指去抠自己的眼睛，曹彩霞急忙抱住了春山。

"春山，你不能胡来呀，就算是你抠出一只眼珠子，春水他能用吗？"曹彩霞哭着说。

"你们放开我，让我抠一只眼给春水按上，可怜的春水啊……"春山搂着春水大哭起来。

"去年过年，春水没有回来，当时就应该打电话问问到底是怎么回事。"二姐说。

"我给春水打过电话，他只是说单位走不开。"三姐哭着说。

此时，院子里已经响起了唢呐声，院外的车上也放了摇滚音乐。

春水终于开口说话了："你们别担心我，没事，这眼睛没了不影响做事，我这不是还好好的？现在你们去忙爹的丧事要紧，大家赶快去忙吧。还有，咱们别怕花钱，爹这辈子就剩下这一次我们孝敬的机会了。"

一个留长发的男青年走进来，他叫蒋春毅，是车上摇滚乐队的班主和主唱。

"你们谁出来定一下我们演出的曲目，想听什么随便点，我们不能让这鼓乐班子给比下去了。"

春山看了眼春水，再轻轻拍拍他的肩膀："春水，你就在家里好好待着，不准以后再出去打工了，我先去忙。"春水便跟着蒋春毅走了出去。

陈德懋出殡那天，曹花竟然真的回来为唯一的舅舅送行。这天，石磊和芽芽扶着豆豆也前来祭拜陈德懋，石磊在见到曹花的一刹那先是一愣，之后像是对待陌生人一样，和她擦肩而过。

曹花便喊："豆豆，芽芽，你们过来，让妈看看。"

豆豆和芽芽只是木然地看了看曹花。

曹花在陈德懋的棺椁前放声大哭，她的哭声凄凄惨惨、悲悲切切。村里人便指指点点。有人说，曹花是舍不得这个舅舅走了；也有人说，曹花哪里是在哭陈德懋，她是在哭自己可悲的命运，是在哭诉丢掉了儿女的亲情。

豆豆两年没见曹花，虽然有些生疏了，但毕竟那是她的妈妈，豆豆便也跟着瓮声瓮气地哭起来。石磊在豆豆的屁股上拍了两巴掌，骂道："你个没出息的东西，哭啥？"

有人便劝石磊："你让孩子们去见见妈妈吧。"

还有人说："石磊，既然曹花已经回来了，你们能和好就和好吧，毕竟你们才是一家人。"

石磊看豆豆哭得厉害，便松开了手。曹花跪爬到了豆豆的身边，将他搂在怀里："可怜的豆豆，是妈对不起你们。"曹花和豆豆拥抱在一起，母子俩相拥而泣。

曹花抹了一把泪，从挎包里取出了一件新衣服，说："豆豆，妈给你买了一件新衣服。"

豆豆止住了哭声，正打算接过衣服，却被芽芽跑过来一把将衣服抢走，然后重重地摔在了地上。芽芽说："豆豆，咱们不能要她的东西，既然她嫌弃咱们家穷，和人家跑了，她就不是咱们的妈妈了。"

"孩子，妈离开这个家不是怕穷，是你爹懒惰成性，根本就不管这个家呀。"曹花和豆豆再次哭了起来。

石磊走过去摸摸芽芽的头："芽芽，不管怎么说，她也是你的亲妈，你不该这样待她。"石磊说着，将地上的衣服捡了起来，塞到豆豆的怀里。"孩子，有啥想说的，趁你妈回来一趟，就和她说说吧。"

曹花看着石磊凄楚可怜的样子，又呜呜哭开了。"石磊，我对不起你，我不是人啊。"

"都已经过去了。"石磊又对芽芽说，"孩子，听爹的话，叫声妈。"

芽芽扭着脖子，还是不肯看曹花一眼。

曹彩霞看在眼里，便对曹花说："妹妹，石磊现在变得勤快了，你要是在外面过得不好，就回来吧，这里才是你的家，孩子们也需要你呀。"

"我没脸再回这个家了，芽芽不要我了，石磊也对我死心了。"

曹彩霞赶快将石磊和芽芽拽到曹花的跟前："妹妹，你放心，石磊他还惦记着你哩，芽芽咋能会不要妈。芽芽，赶快叫妈，你只要叫妈，你妈就不走了，以后永远和你们在一起。"

芽芽看看石磊，石磊低着头抚弄着她的头发，她看着父亲的眼里含着泪。

芽芽问曹花："你真的不走了吗？"

"孩子，你还认我这个妈吗？"

"妈……"芽芽一声长唤，一下子揪扯住了曹花的心。她一把将豆豆和芽芽都揽在怀里，呜呜咽咽地哭着说："只要你们还认我这个妈，妈就不走了，以后就是吃糠咽菜，妈也得抚养你们长大成人。"

石磊闻听此言，顿时双手抱头蹲在了地上。他说："曹花，以前是我对不住你，你能回来就好，你回来咱们这个家就有了希望。"

众人亦跟着喜之而泣。大家都说，想不到陈德懋老人在临走的时候，让一个破碎的家庭再次团圆，功德无量。

送走了陈德懋老人，家里的亲戚们都走光了，春山想将春水留在村子里，也好对他有个照应，可是春水一家子还是又去了南方。

曹花再次回到了那个破败的屋子，但是她此时是满心的欢喜。

石磊说，县委梅书记来过咱们村几次了，听说县里打算将咱们村整体搬迁到外面，以后咱们能住上新房子了。曹花更是高兴。她说，即使住不上新房子，只要你勤快肯干，咱们的日子就会有出路。曹花一回来，先彻底打扫了一下屋子，接下来又将孩子们和石磊的衣服全部清洗了，这间老屋消失了两年的欢笑再次响起。为了表明自己的心迹，曹花将这两年外出的经历向石磊和盘托出。

曹花说，当初她离家出走，不仅是因为石磊的懒惰，更是因为石磊对她的漠视，将她推至绝望的边缘。自打陈小泉缠上了曹花，她似乎感觉到了所谓的爱与被爱，还有一个女人应该拥有的尊严。曹花跟着陈小泉私奔到城里，租住在城郊结合部的一个大杂院，陈小泉间或跟着一家装修公司干杂工，勉强维持两个人的基本生活。和陈小泉相处的日久，曹花发现他其实比石磊好不了多少。陈小泉眼高手低，干什么都没有耐心，只是那张嘴要比石磊甜腻。曹花在城市里一直想家，更想两个孩子，而陈小泉坚决不同意她回去看望，如此便让曹花看淡了陈小泉的那份虚假的甜蜜。一天，曹花趁陈小泉外出做工，偷偷地回来去看芽芽，没想到芽芽根本不认她这个妈。等曹花红着眼回到城里，陈小泉已经收工在家，当他得知曹花去看自己的女儿，便对她大发脾气，曹花至此对陈小泉失去了信心。曹花说，这次回来她便不打算再回到城里，即使石磊和孩子们不再接受她，她也宁肯自己独守一辈子。

石磊说："一切都过去了，包括我过去的自私与懒惰，好在咱们还算年轻，从现在开始多吃点苦，以后的日子还有奔头。"

曹花对石磊说："等咱们积攒些钱，要不开始养羊吧。"

"你咋想起来了这事？咱村大多数人家都养过羊，现在还有十几户都有羊，也没见谁家掀掉了穷皮。"

"咱村里的人家最多养十只八只羊，我是说以后咱们大规模养羊。"

"工费、饲料成本那么贵，能挣了钱？"

"能哩。"曹花说，"陈小泉曾经去内蒙古草原找过他姐姐陈素箐，那草原上成片的牛羊都是她家的，听说那羊一肚子能下三只羊羔，繁殖的速度很快。"

"陈素箐嫁出去两年多了，一直没有回来过。看来她过得很好，为什么不回来？"

"陈素箐不想回来，还是怨恨她爹。不过，她说她愿意帮助他弟弟，甚至是乡亲们。"

"问题是咱们这里没有那样的种子羊，如果去找陈小泉，再挣钱的事咱也不干。"

曹花知道石磊还在恨陈小泉，便赶忙扯开了话题。

"我还知道庞石山的消息哩。"

"庞石山？"

"是的，陈素箐通过陈小泉打探过庞石山的消息。听说庞石山在一家公司做库管，收入还算可以。"

石磊说："再等等看吧，现在全国都在搞脱贫攻坚，我想咱们的穷日子也该熬到头了。"

此时，街道上传来一阵山曲声：

> 各沟沟的山雀它到处飞，
> 只有你有情有意再飞回来。
> 月亮上来那一拃拃高，
> 这一家人都会念着你的好。
> 门口的石头墙头上的风，
> 哪一样不揪扯那当娘的心。
> 猫下那九崽它还不离窝，
> 能守在一搭搭那才叫生活。

"摘帽"风波

    这日，梅奕瀚正带领县五大班子领导深入造林一线，与乡村干部群众一起植树造林，魏悦接到了一个电话，随后他急匆匆向梅奕瀚作了汇报，梅奕瀚的眉头便是一紧。

    梅奕瀚赶回县里时，在他的办公桌上放着一张《新京报》，上面刊发了一篇《要来的"小康"，跑来的"贫困"》，该文对平邑县从过去的"小康"县到如今落实贫困县的问题进行了报道，其言词中带有一定的贬斥与质疑。梅奕瀚读罢，只觉得心口处隐隐疼了一下，便静静地闭上了眼睛。他已经预感到，此文之后，平邑县将会经历一场前所未有的寒流。果然不久，各地报纸及网络媒体相继转载了《新京报》的文章，随后全国主流新闻媒体记者不断涌到平邑县，《中国青年报》《南方农村报》等报刊，以及中新网、凤凰网等大小网站新闻热点都推出了与之相关大同小异的报道，此时的梅奕瀚一下子被推上风口浪尖。

    猝然而来的这股风暴，将梅奕瀚推至孤独绝望的边缘。他仿佛感觉自己被困在一堵危墙下，随时将会被这堵墙倾塌下来彻底掩埋。他又想起了从太原申请'摘帽'事宜回来后，从办公室门缝里塞进来的那两幅漫画，不禁倏然打了一个冷颤。

    梁明仁喜眉笑眼地走进梅奕瀚的办公室，从袋子里拿出三根新鲜的苦瓜放在了桌子上。

"梅书记，你看看这些讨厌的记者，这不是捣乱嘛。咱们平邑县怎么能是'要来的小康、跑来的贫困'？真是瞎胡闹，纯粹是瞎胡闹。"

"作为媒体人，他们有言论的自由。"

"但是，他们也不能信口开河。梅书记，我知道你为这事很揪心很焦虑，心里有火，火大则伤身啊。所以，我给你准备了三根苦瓜祛祛火，不过良药苦口啊。"

梅奕瀚微微一笑，说："谢谢你，这份情我领了。"

梁明仁出去后，梅奕瀚将三根苦瓜端端正正放在了书架上。

梅奕瀚从办公室出来后，他从人们躲躲闪闪异样的目光中已经看出来，大家都在有意无意地开始避着他。由于受各方因素的干扰，县里的各项工作一时处于停滞状态。

皇甫一南来到梅奕瀚身边，说："筱璇也知道了这件事情。她昨天打给我电话，对于这些毫无正义感的记者非常生气。她说，打算来平邑县专门组织一次大型公益讲座，吸引社会大众和记者们过去听课，澄清平邑县虚假小康的客观事实。"

"范筱璇这是唯恐不乱。"

"奕瀚，你都看到了，现在人心浮动，县里的工作也无法正常进行。到底该怎么办？"

"一南，我们安心做好自己的事情。最近，你那边黄花产业工作做得怎么样了？"

"目前，全县黄花种植大户的晾晒场地基本都解决了，我们新修了一批水泥晾晒广场，硬化了一些田间公路。同时，征用了十几家单位闲置的空旷场地，在学生们放暑假后，还可以征用所有学校的校园。此外，采摘期用工问题也定了下来，咱们又采购了一批环保蒸汽锅炉以及大型烘干设备，这样黄花的蒸馏工作和阴雨天黄花菜烘干也有了一定保障。另外，我与科技局协调了一下，由他们派出科研人员帮助几家企业和合作社的蒸馏设备和烘干技术进行改进。只是，这黄花种植规模逐年扩大，指导农民生产的一线技术专家太少，依靠郝志坚一人忙不过来。"

"难道县里再没有了这方面的人才？"

"孙达理还在深圳，宋玉民说身体不好，贾玉清又请不动。"

梅奕瀚沉默片刻，说："你再与他们联系一下，实在不行，我亲自上门去请。"

此时，梅奕瀚的电话响了，是杨家堡村的支书叶子安。

"梅书记，你好吗？"

叶子安试探性的一句问候，令梅奕瀚的内心颇感纠结。他知道，媒体的事闹得沸沸扬扬，已经动摇了民心。

梅奕瀚故意哈哈一乐，说："子安，我很好，莫非你现在有什么难处吗？"

"没有，没有难处，县黄花办提供的产业服务很及时很到位。我是代表杨家堡村所有的老百姓问候你的，你一切都好我们就放心了，这段时间难为梅书记了。"

"谢谢子安。只要咱腰板子硬朗，就不会担心经不起大风吹，你说是不是？"

"是哩，是哩。那好，梅书记再见。"

媒体事件还在持续发酵，梅奕瀚每日辗转难眠，他不知道这种铺天盖地的压力将会持续多久。

在梅奕瀚的床头，放着一本艾青的诗集《我爱这土地》，这本书从他大学时期到现在一直陪伴着他的身边。此时，他默念着这首诗，安放自己孤独迷茫的心灵。

> 假如我是一只鸟，
> 我也应该用嘶哑的喉咙歌唱：
> 这被暴风雨所打击着的土地，

这永远汹涌着我们的悲愤的河流，

　　这无止息地吹刮着的激怒的风，

　　和那来自林间的无比温柔的黎明。

　　然后我死了，

　　连羽毛也腐烂在土地里面。

　　为什么我的眼里常含泪水？

　　因为我对这土地爱得深沉……

　　梅奕瀚一直认为，艾青不属于某个时代，他的诗亦不属于某个时代。他的诗不仅唱响于过去民族危难的时刻，亦唱响于当下和将来，响彻寰宇。

　　无眠的夜晚，梅奕瀚并不在意个人的得失，他所纠结的是为什么这么多的新闻媒体记者，不能深入到那些贫困的村落去作客观真实的报道，而是喜欢揪住所谓的"小康"与"贫困"的概念转换去做表面伪善文章。在这寂静的长夜里，梅奕瀚常常仰望着东梁山巅的那方天空，黑黝黝的松林之上那是春回大雁与云朵相约的地方，何时太阳才能升起来，为觅春的大雁洒下一片光明？雁过终归会留声的，春天的脚步只能是越来越近，而眼下的一切不过是一场噩梦。梅奕瀚从桌子上拿起一枚干透的黄花，这是他调任到平邑县后收集的一枚加工后的黄花菜，这枚原本脆弱的小小东西，在经过若干程序的熬炼之下，竟变得韧性十足。他联想到自己此时尴尬的处境，不禁坦然释怀：何惧凌霜坚如铁，我自从容笑东风。

　　孤立无援的梅奕瀚面对来势汹汹的外界压力倔强地挺起了身子，他把全部的心思默默地投入到了农村广阔的田地里，他还是那株从不气馁的芦苇，挺举着坚定的信念，与万千的芦苇根与根相连，把根深深扎进泥土里。他算计了一下，今年全县又新增黄花种植面积两万余亩，每一株黄花苗子都是农民们心里沉甸甸的期待。

梅奕瀚连续下乡查看各乡各村新培育黄花的成长情况，叮嘱种植户在黄花生长期注意加强田间管理。这些天，梅奕瀚每到一个地方，地里的老农们都把他看成了自己的儿子，他们看着梅奕瀚一身汗来一脚泥，眼里一个个泪花闪闪，他们心疼地问长问短。

在徐家洼村，已然变成了一位老农的于国武注视着梅奕瀚，他的眼里既有焦灼，又有关爱。

"没想到吧，你也有让人家抓住'把柄'的时候。"于国武说。

梅奕瀚微微一笑："国武，这也许正好给了你解气的机会，现在应该不记恨我了吧？"

"梅书记，都啥时候了，你还有心思开玩笑。我哪里能恨哩，我们所有的人感激你还来不及。你看看，这村子的窑洞都成了危房，这哪里是小康县的样子，那些成天舞文弄墨的记者们为啥就不来看看哩？"

"再猛烈的暴风雨总有过去的时候，即便再不济，也影响不了我和你一起做一个种黄花的农民。秦国祯不久前又去了一趟省扶贫办，尽管现在上面还没有明确的答复，但是应该距离为老百姓进行危房改造的日子不远了。"

"是啊，危房的事现在是村民们最大的一块心病。好在咱们的黄花产业已经看到了希望，你向那田里望一眼，黄花苗子长得多好。明年我们就见收成了，老百姓们眼巴巴地盼着过好日子哩。"

梅奕瀚顺着国武的手势看过去，一片又一片的黄花宛若滴翠的流苏在微风中荡漾。

"我在平邑县水利局工作了近三十年，还从来没有遇到过你这样辛苦奔忙的县委书记。你来平邑县工作还不到两年，硬是把一项黄花产业办得红红火火，种植规模已经扩大到了八万多亩，这八万亩的黄花就是咱全县老百姓兜里的八个亿。我知道，这八万多亩黄花的背后，你一定经历了无数个不眠之夜，你这个黄花书记不好当啊。"

这时，村里的几位老人看见梅奕瀚，都围了过来。

"梅书记，报纸上的事我们都听说了，是那些不长眼的人胡编乱扯哩。我们的心里都有数，平邑县所有的老百姓心里都有数，你是一心一意为咱老百姓脱穷皮谋幸福哩。"

"梅书记，你啥都别怕，天不会掉下来的，就算是天真的掉下来，我们一起去和你顶着。"

"梅书记，你别跟他们一般见识，把心放得敞亮点，没有过不去的坎儿。"

"你别回那县里了，就住在咱乡下吧，咱窑洞虽破，可家里的炕头热乎着哩，这乡下每一扇大门都是你的家。"

梅奕瀚的眼里一直蓄满了微笑。这位身如钢铁心若莲瓣的男子汉，此时他的心里却沁满了泪，是暖暖的、欣慰的、感激的泪。他能说些什么呢？有这么多的父母在体贴着自己、关心着自己、爱护着自己，纵然有天大的打击与中伤又算得了什么。

这时，梅奕瀚的电话响起，他一看是父亲打来的电话。

"爹，爹……"梅奕瀚对着话筒喊了两声，那边却没有声音，他再喊一声，"爹！"

电话那头传过来一个苍老的声音："孩子，你没事吧？"

"爹，我好着呢。哈哈哈，我正和国武他们闲聊哩。"梅奕瀚故意笑出声来，他知道父亲也已经得知了平邑县发生的事，他岂能放得下心来。

"爹知道，你不会去做愧对良心的事情。你是咱芦甸村走出去的人，啥时候也要记得自己是芦甸塘里的芦苇，那芦苇被风揪扯了千年，它们到现在还活着，你也要永远挺立下去。"

"爹，我记着呢……"梅奕瀚握着手机的手有少许的颤抖。

乔日娜和张杰下乡驻村蹲点的两年工作期已结束，局里来电话让他们明天回去复职。

月城村的村民得知乔日娜他们要走，便纷纷前来送行。

"乔副主任，我们真的不想让你走。"

"乡亲们，我也不想离开你们，但是我们得服从组织的安排。"

马二女从家里端来一盆鸡蛋说："乔副主任，咱村里人也没啥稀罕的，你们把这鸡蛋带上吧。"

"谢谢马姐，谢谢乡亲们。组织上有规定，不能接受群众的任何东西。"

"乔副主任，要是我们以后再有啥难事可怎么办？"马二女说。

"有乡党委马书记，需要帮助可以直接去找他，也可以给我打电话，我会尽力帮助大家的。"

乔日娜和张杰走后，孙财旺真是春风得意，每天进出是满脸的笑容。

月城村林地里新堆起的坟墓越来越多，村民们发现那些坟竟然不是真正的新坟，而是从外面迁来的坟。

猝然而来众多莫名坟墓，仿佛天空降下来一块巨大的黑幕，将月城村每一个村民的心捂得严严实实，人们似乎感觉到了死亡的来临，恐惧感开始笼罩着整个山村。村里人便开始四处打听，这些坟墓到底来自哪里。没多久，便得到了确切消息，这些坟墓来自市里的一个公共墓地，那里要开发房地产，所有的公墓将会全部迁到月城村的这片林地。

"为什么会迁到月城村？"

"那是村集体的林地，是谁又卖了那林地？"

"城市发展，为什么要无偿争夺月城村民集体的利益？"

"这村子的风水算是彻底败光了，月城村以后成了鬼村。"

纷纷攘攘的议论在村子里一天比一天激烈。但，那议论声还似破窗户口子上挂着的一片片纸，风过时一起摇头呐喊，风过后则一片片垂头丧气地耷拉下了脑袋。

陶利现在从不参与街头这样无意义的议论，但她会去观察每一个人，并从他们的表情中去揣摩众人的心思。

多方媒体报道之后，刚刚摘帽进入国家扶贫行列的平邑县再次陷入凄风冷雨中。

此时，平邑县宣传部部长魏悦意识到不能再沉默下去了，否则全县的经济就会因此而被拖垮。

沈杰经过一段时间的疗养，身体已经康复，便回到了工作岗位。

魏悦经与县长沈杰请示，他正式向全国主流媒体发出了邀请函，并会同县新闻中心主任南夫，在恒州市云中宾馆召开了新闻记者见面会。在会上，魏悦就新闻媒体记者的质疑分别作了详细解答，同时他郑重邀请各路记者下到农村基层一线去展开深度调查。与此同时，国家扶贫办和山西省扶贫办成立了联合调查组，对平邑县的贫困状况进行了摸底。持续月余的调查结果，证实了平邑县的确是一个深陷窘境、亟待发展的贫困县。

乌云总有散去的时候。此次调查，平邑县的贫困状况很快引起了国家及省扶贫办的高度重视。不久，山西省人民政府办公厅发出了一份文件《关于加快推进全省异地搬迁工作的意见》。这份文件像猝然而来的一道阳光，把梅奕瀚郁结的心情顿时彻底照亮。梅奕瀚再次派秦国祯前往省里相关部门，为平邑县危房严重的村落去争取易地搬迁扶持资金。第三天，秦国祯便回来了。他说，易地扶贫搬迁的事暂时还没有着落。

"摘帽"风波过后，梅奕瀚亲自率团跨过黄河去考察华冠项目群，洽谈企政合作事宜，为平邑县未来的经济发展进行"把脉"。华冠集团以"二产先行、三产联动、新生产力造城"的发展模式闻名全国。由华冠主创的发展模式已得到全国七十多个地方政府的高度认同。随后，华冠集团根据平邑县的实情，定位了发展目标：将以"三产联动"模式开发平邑县，以全新的理念和全新的产业提升平邑县，将平邑县做成一个辐射大西北、面向全中国的魅力新县。

梅奕瀚考察回来不久，县长沈杰便调离而去，由彭涛同志接任了他的工作。

巧遇迷茫歌手

陈志远近来经常梦到那个被丢弃的婴儿，还会梦到一个表情冷漠的女人。等他醒来后，不禁联想起市里卖馒头的女人，仿佛她就是梦里的人。在陈志远五岁时，家里突然来了一个漂亮的女人，她的表情是沉静的冷漠的，眼神始终不离陈志远左右。那女人好像流着泪，好像还说过很多的话。当时辛玉兰哭得更厉害，辛玉兰把陈志远紧紧搂在怀里，似乎害怕被那个女人抢走了似的。

陈志远照例每天早早去市里打工。这天，他忙到早上 7 点半时，感觉有点饿。其实，这种饥饿的感觉，他早已经习以为常。如果是在过去，这点饥饿忍一忍也就过去了，但是现在心里有一种强烈的欲望在催促着他，便身不由己地想去找那个卖馒头的女人。陈志远将垃圾车停靠在早市的垃圾点，两个装卸工下车去铲垃圾。

早市东边毗邻恒州最大的生态公园，人们还在公园里锻炼着身体，出来购物的人不是很多。那女人伫立在马路边，推车上热气腾腾的馒头蒸笼显得格外醒目。

"姨，给我买两个馒头。"陈志远一边说，一边打量着眼前的这个女人，他与梦中的那个女人对比着，似乎两者之间特别像，却又似乎哪里有点不像。

女人还是给了陈志远三个馒头，她看似冷漠的眼神里却有一种母性的慈爱。

"姨，你多给我一个馒头会赔本钱的。"

"孩子，不赔钱。你吃吧，这么壮的身体，好赖总得吃饱。"

陈志远犹豫片刻，壮着胆子问道："姨，你姓啥？"

"我姓'乾'。"女人带着某种方音。

"你姓钱？"陈志远带着疑问不自觉地说出了口，他还从来没有听说过有姓"钱"的，这个姓真是好。但是，他很快又失落起来，梦中的女人和眼前的这个女人竟没有一点关系。不过，陈志远还是觉得这个冷漠的女人特别亲切，好像是彼此间已经熟识了很久。

"姨，你一直做小买卖为生吗？家里还有什么人？"

"我男人死了，还有一个女儿在上大学。"

这时，有几个人过来买馒头，女人便忙碌起来。

陈志远就着晨风慢慢嚼着嘴里的馒头，忽然感觉有种苦涩的味道。他再细品，那种苦涩的味道却不是在馒头上，而是在心里。

女人忙碌完，见陈志远还在直盯盯看着她，似乎在渴望等待听她的故事，又说："我和我男人是一个单位的，过去在市里的国营食品公司上班。自打改革开放后，受市场经济影响，我们单位的日子越来越不好过。到了 20 世纪 90 年代初，我们食品公司的职工就很难开资了。当时，我家男人是公司的经理，眼看着公司的日子过不下去了，他想减员增效。可是，当时我们单位职工谁家的日子也不好过，裁掉的工人意味着失业，那家里的日子会过得更难。没办法，企业要生存，只能是狠下心来裁员，只要是一家两口子都在国营单位上班的，女人都被辞退回家另谋职业，我也是那时候下岗。我们单位有一个叫沈娟的，她男人在二轻局的家具厂上班，她也下了岗。没想到她丢掉工作不久，她男人所在的家具厂就破产了。那年春节前，我男人去那些下岗工人家中去探视，看到了沈娟一家竟然没钱过年，而其他下岗员工的家庭也好不到哪里去。我男人的心肠软，他觉得是因为自己的裁员工作造成了这些家庭如此艰难，他感到非常内疚。回到单位后，他将公司库存的米面油肉分给了这些下岗家庭过年。没想到，我男人却因此背上了罪名，也丢掉了工作。我男人一时想不开，给家里留下一张纸条，上吊自杀了。他说，他所做的一切都没有错，他死而无憾。可是，他哪里知道，我那时刚怀上了他的孩子。"

女人似乎在讲一个与她不相干的故事，她的脸上依然是安然沉静的。

"你多大了？"女人问。

"二十了。"

"我的那个孩子和你一般大，只是不知道他现在长得多高，现在在干啥。"

"你家孩子哪去了？"

"让我弄丢了。"女人的声音很低，黯然的眼神里满是忧伤。

"你姓啥？"女人又问。

"姓陈。"

"你是哪个村子的？"

"桑干河南月城村的。"

"月城村？"女人的眼神忽然亮了一下。

"姨，你去过我们村？"

"好多年前去过一次，我记得你们村陈姓和庞姓是大户。"

"我们村有你的亲戚？"

女人迟疑了一下，说："哦，算是亲戚吧。"

此时，一辆打着"城市管理"的双排座货车突然停在了女人的摊前，车上下来几个穿制服的人，他们一言未发便将女人推车上的蒸笼往货车上搬。女人发疯似的去抢夺她的蒸笼，一笼的馒头一下子倾倒在马路上，白花花的馒头在地上滚来滚去。女人看着满地滚落的馒头竟一下子哭出声来："你们这是造孽呀……"

女人的哭声凄凄惨惨，她的哭声贴着地皮凉飕飕地钻进了人们的心里。早市上的摊贩们一个个被惊破了胆，慌乱地拾掇起地上摆放的东西往四处跑，一双双大脚跑来跑去，就将女人落在地上的馒头踩在了脚下。

城管的人哪管女人的哭泣，这样的情形他们见多了，便依旧将蒸笼装在了车上，接着他们合力去抬那辆手推车，要将它也装进那货车上。

陈志远将地上的馒头一个个捡起来，再放进笼屉里。他每次弯腰时，脖子下面会露出一片月牙红。女人边哭边看着陈志远帮她捡馒头，忽然她看见了陈志远脖子上的那片月牙红，竟一下子停止了哭泣。女人两只泪眼傻呆呆地紧盯着那片月牙红，目光紧跟着陈志远的一举一动。

此时，一个环卫工走过来喊陈志远："走吧，车装满了。"

陈志远看着表情异样的女人，说："姨，别害怕，会没事的，我先走了。"他再看看被装上去的手推车和蒸笼，然后无奈地摇了摇头。

女人看着陈志远的背影，感觉世界瞬间凝固了，她的面前唯有一个躺在纸箱的婴儿，那婴儿在撕心裂肺地哭着。

此后的几天里，陈志远来到早市再没有见到那个女人。

地里的圆椒快采摘了，陈志远只得暂停了市里的那份环卫工作。

平邑县恢复了正常的工作秩序。彭涛默契地配合着梅奕瀚的工作，他号召县委五大班子领导学习梅奕瀚的"芦苇"精神，走出办公室扎根在群众当中，热情诚恳地为老百姓排忧解难。

眼下又是丰收在望，梅奕瀚上任当年栽种的第一批黄花到了首茬采收期，他的心里有说不出的欣喜与振奋。

梅奕瀚正在办公室与皇甫一南谈采摘期劳务输入工作部署，忽听得楼下有吵吵闹闹的声音。不久，魏悦走了进来。

"梅书记，洛郑营村的苏二华在县委大门口要求见您。"

"快把她请进来。"

时间不大，一位五十岁左右的妇女走了进来，只见她眼睛红肿，满脸泪痕。苏二华见到梅奕瀚后，便是放声大哭。

"苏大姐，你这是咋了？有什么事咱们慢慢说，你哭又解决不了问题。"梅奕瀚说着，扶那女人坐下。

"我地里种的黄花都死了，眼看今年要收获了，现在什么都没了。"

梅奕瀚便是一惊："这黄花是怎么死的？你慢慢说清楚。"

"前年，乡里做工作让我们农户响应县委的号召发展黄花产业，我一下子种了十亩。这两年我把地里的黄花苗子当作自己的孩子，辛辛苦苦地侍弄着，满以为今年会有个好收成，可是不知什么原因，这黄花到了打蕾季节全死苗了，我们该怎么活呀？"

"你没有去乡里反映这个情况？"

"去了，乡里说他们没办法管这事。当时，种黄花是他们鼓动的，现在出了事却没人管了。梅书记，你得替我们老百姓做主啊。"

"苏大姐，你别着急，你们的事就是政府的事，怎么会没人管呢。咱们先去地里看看好吗？"梅奕瀚和皇甫一南对视了一眼，"你把郝志坚叫来，咱们现在一起去。"

在车上，梅奕瀚问皇甫一南："增补聘请黄花种植技术专家的事怎么样了？"

"孙达理同意了，只是还没有从深圳回来。宋玉民去年的确是生病了，现在基本痊愈。他说，只要是县里的确需要他，可以接任这个工作。贾玉清还是不同意，他可是这方面的权威专家。"

"贾玉清可能有思想顾虑。"郝志坚说。

"什么顾虑？"梅奕瀚问。

"这个，不好说。"

"你认为苏大姐家的黄花出现大面积死亡是什么原因？"梅奕瀚问郝志坚。

"很可能问题出在种植时的'打丁'扦插上。"

梅奕瀚双眉微蹙，说："好奇怪的专业术语。什么是'打丁'？"

"简单地说，就是在黄花栽种前，需要将带病的死根切除干净，否则就容易导致根系腐烂死苗。"

"苏大姐家黄花栽种时，你有没有进行过技术指导？"

"指导过。全县现在八万多亩黄花，我一个人的确是忙不过来，只能是将黄花种植户一个乡一个村进行集中培训。不知苏大姐栽种时是否严格做了'打丁'程序？"

"'打丁'了，就按您教的方法切掉了坏死的根。"苏二华说。

等到了洛郑营村外一片开阔的黄花地，却见那苗子灰塌塌地全部蔫了。

郝志坚蹲下身子，用小铲子将黄花根部的土壤清理干净，仔细查看了一番，然后又将枯萎的黄花苗子轻轻拔起来。接着，他又连续拔起来十多个苗子，发现那黄花根子的确是"打丁"了，"打丁"后的根部会有明显的切割结痂。

梅奕瀚问："是什么原因导致了这黄花死苗？"

郝志坚摇了摇头，他向这片黄花地望去，所有的株苗像是猝然被高温烘烤过，有飞蛾在上边飞来飞去。郝志坚顿时明白过来，他问苏二华："你给这黄花地打过杀虫药吗？"

"打过。"

"啥时候打的？"

"按照您的指导，每年四月。"

去年秋末，这黄花地打药了没有？

苏二华说："没打。我寻思着，这黄花苗子马上要枯萎了，还打什么药，白花那笔钱。"

"问题就出现这上面了。"郝志坚说，"黄花在幼苗期必须每年的春秋两季打杀虫药，即便是到了丰产期，黄花采摘完以后，那杀虫剂必须得打。你看，这满地的飞蛾就是因为你连续两年秋天没打药而成活的虫卵，这个钱省不得。"

"那我该怎么办？"

"这飞蛾又叫'地老虎'，每年秋天它会将虫卵寄生在黄花的根部，等第二年开春后长成了成虫钻出土壤。之所以要求种植户在春四月和采摘期过后打农药，一是早春可以杀灭刚刚钻出土壤的成虫，秋后可以杀灭它们的虫卵；二是可以确保采摘期黄花菜的品质不受农药污染。现在，这黄花苗子死了，可满地的飞蛾还活着。如果你今年再不彻底杀灭这虫子，以后不仅你这块地不能再种了，还会将虫害带到附近的黄花地。现在，当务之急必须先杀一次成虫，到了今年秋末还得再杀一次虫卵。"

"那我辛辛苦苦种的黄花就这么打水漂了？"苏二华再次泪眼汪汪。

梅奕瀚说："问题出在你自己的身上，这是一次深刻的教训。你有没有为这黄花地加入农业灾害险？"

"没有。咱庄户人命贱，人活着都舍不得加入个什么保险，哪里还顾得上这黄花与庄稼？"

"你不必过分担心，我想想办法尽量减少这地带给你的损失。"

梅奕瀚沉默少许，对皇甫一南说："你在全县党务工作群发个帖子，说明苏二华这个特殊情况，号召党员们奉献爱心，共同捐款，毕竟她种这块黄花地实在不易，决不能因此让她陷入困难境地。"

"梅书记，太感谢您了。有了这笔捐款，我还会接着种黄花的。"

苏二华地里突发黄花病虫害案例，梅奕瀚意识到了农户参加自然灾害保险的重要性，此外科技人才的缺乏势必还会引发类似的事件。

梅奕瀚派人连续跑了几家保险公司进行磋商，希望以政府出资为主帮农户搭起农业自然灾害险这个平台，以确保农户的正常收益。可是因各家保险公司未曾开放过黄花产业自然灾害险这项业务，此事一时被搁浅。

经皇甫一南再次邀请，孙达理从深圳回来了，他和宋玉民正式投入到了黄花办产业技术推广与生产管控，而贾玉清还是不愿意出山。

梅奕瀚接待完来自欧洲的一个考察团后，便和皇甫一南急匆匆地赶往西田村，专门去拜访黄花种植科技专家贾玉清。此人自打从县科技局退休后，回归乡里过起了恬淡的农家生活。

刚入西田村，梅奕瀚便被街道上停放着一辆厢式货车吸引。只见那车厢改成了一个炫目的舞台，一伙年轻人正在上面边歌边舞。在舞台车不远处一户农家的门外，悬起了一架硕大的结婚喜庆彩虹门，不少人闹哄哄地进进出出。

梅奕瀚站在舞台下看了一会儿，一位长发的青年正用一把电吉他激情四射地弹奏一曲摇滚乐《Youth Gone Wild》。待他一曲演奏完毕，看台下只有梅奕瀚一人情不自禁地为其鼓掌。那青年向梅奕瀚看了一眼，便从舞台上走了下来。

"谢谢您的掌声。"男青年很坦诚地伸出了手。

梅奕瀚轻轻握了下男青年的手，问："村民们能听懂这首音乐吗？"

"他们哪里听得懂，他们只喜欢看赤腿露腚的美女，或者是带着荤话的说唱段子。"

年轻人的话虽有些刺耳，但在缺文少化偏远贫困的农村，这或许是留守在农村里的人借以填补苍白生活仅有的诱惑。

"那你为什么要弹奏这样的曲子？"

"我这是弹给我自己，弹给青春与迷茫，以及眼前的贫民窟。"

男青年看着梅奕瀚："您懂得这首乐曲？"

梅奕瀚微微一笑："谈不上懂得，略知一二。"

"您客气了。很荣幸，难得在穷乡僻壤能遇上知音，可否谈谈您的感受？"

"你好像更应该先介绍一下自己。"梅奕瀚说。

"我叫蒋春毅，是西田村的人，也是这个流动舞台的班主和主唱。"

"你知道我为什么给你鼓掌吗？"

"我想，这里所有的观众只有您懂得音乐。"

"主要是你的演技好。但是，你为什么要选这样的一首摇滚乐？"

"您不喜欢这首曲子吗？有激情、有思想、有个性，同时又有华尔兹的浪漫。"

梅奕瀚目视着蒋春毅朝气蓬勃的脸，缓缓地说："这首曲子叫《年少轻狂》，也有人把它翻译为《年轻人都疯了》。这是美国摇滚乐队'穷街乐队'第一张专辑中最经典的代表作，当时风靡全美。'穷街乐队'是美国五位热血青年出于共同爱好，于1986年组建的一支乐队，刚开始他们的发展并不理想，之后德国音乐家塞巴斯蒂安·巴赫的加入，才让这乐队成功地走向世界。我很喜欢《Youth Gone Wild》旋律中强烈流动的阳光魅力，但不认可它以晦暗、颓废、叛逆、偏执的意识流去对待现实。"

"这种意识流看似是社会底层人物的无奈表达，您不觉得其中有一股无可抗逆的力量在燃烧、在沸腾吗？"

"是的，我承认这音乐中流淌着创作者的压抑和愤懑，也承认具有一定的贬斥和反抗精神。但是，如果以一种不健康的消极方式去宣泄、去营造、去诱导人们的思想，这实际上是一种对生命的漠视与不尊重。"

"那些身处贫民窟所谓的'不良少年'，除了压抑的精神发泄，他们又能做些什么？"

"认识社会，从而去积极地参与并改造社会。"

蒋春毅显得有些激动，他用手一指西田村破落的窑洞，说："您看看，不要说去改造社会，就是我们现在所处的贫困现状能改变得了吗？"

梅奕瀚平静地说："能，只要有决心，我相信你就能带领村民们改变了贫困的现状。"

"我？"蒋春毅自嘲似的反问道。

"是的，你应该有这个能力，只是你是否愿意去做。"

蒋春毅苦笑着连连摇头："谢谢您的抬举，我除了会玩摇滚，什么都不是。"此时，蒋春毅才认真打量眼前的梅奕瀚，觉得此人的确与众不同，便问，"您是哪位？"

"这是咱们县的县委书记梅奕瀚。"皇甫一南说。

"县委梅书记……"蒋春毅顿时傻愣在那里。

梅奕瀚轻轻拍了一下蒋春毅的肩膀，说："我之所以说你有这个能力，是因为我看到了你有激情、有文化、有魄力。你从事现在的工作，虽然可以发挥你的艺术专长，同时也会有一定的经济收入。但是你想过没有，在你赚取了这些本不富裕村民们一定的收益后，带给他们的却是更为严重的贫困，同时也助长了村民们不正确的婚丧之事攀比风。"

"即使我不去做，别人也会去做。每一个人都会想方设法生存，而且想活得扬眉吐气，当然包括我自己。"

"如果你能带领所有的村民都活得扬眉吐气，岂不是更好？"

"问题是，我自己还没有完全走出困境。"

"那是因为你的脑洞还没有完全打开，你的思想意识仅停留在自己方寸之内的苟且。"

蒋春毅两手一摊，说："可我还是没有明白您的意思。"

梅奕瀚说："咱们假设一下。如果在你的面前只有一个平面，那么你的眼里永远是无边无际的宽广；倘若在你眼前的平面竖起来两道冷冰冰的墙，你瞬间就会感觉到空间逼窄；倘若再加上两道横亘的墙，或者加上一道绣死锁子的门，你更会感觉到压抑、绝望和孤独。刚才你说过，你所弹奏的曲子是弹给你自己，弹给青春与迷茫，以及眼前的贫民窟。其实，你所谓的弹给自己，就是一个平面，一个自认为还算广阔的前途；但是你又弹给青春与迷茫，以及眼前的贫民窟，这说明在你的内心里还是横亘着几道无法逾越的墙，或者是一把自己无法打开锈死的锁。这说明了你在自己苟且安身立命的同时，心里始终还系挂着一群人，只是你的系挂短暂而迷茫，你并没有找到解决问题的突破口。"

蒋春毅闻听此言，顿时黯然地低下了头。

412

"梅书记，您说得没错。即使我挣再多的钱，当我看到家乡这种破败与萧条的现状，内心里始终有无法驱散的阴影。"

"有省悟才会激发能力，这也是我赞赏你的原因。"梅奕瀚说，"孔子有句话说，'己欲立而立人，己欲达而达人。'如果你的事业是建立在所有与你休戚相关的父老乡亲们基础上，在'立人'与'达人'的同时而丰满自己，那么你就不会再有应对生活、应对现实的无奈感慨。"

"梅书记，那您觉得我该如何去做呢？"

"眼下全县各地正在轰轰烈烈推广黄花产业，你不觉得这是带领乡亲们一同发展的最好契机吗？"

"这个我也想过。可是，没有资金一切都是妄想。"

"我听说省通信管理局驻西田村扶贫队，他们号召全局职工募集了十七万捐款，计划发放到村民们的手中。如此'输血'不如'造血'，何不把这笔钱用在村里合作社运营发展上，让村民们集体入股，带领大家共同脱贫致富。另外，有县委县政府的大力帮扶，你还担心什么？"

"梅书记，有这么好的机会，我肯定愿意干，我手下有一伙朝气蓬勃的青年，我相信我们一定能干好。只是，具体工作我们该怎么做？"

梅奕瀚点了点头，说："好，既然你有这个决心和信心，我安排农委主任杜启瑞和许家堡乡副书记丁毅帮助你们启动这项工作。另外，你有什么难题，可以找黄花办的一南，也可以直接找我。"

话毕，梅奕瀚跟随蒋春毅去了贾玉清家。贾玉清正在院子里围起的菜地侍弄几畦黄花，见皇甫一南他们走进来，便迎了上去。

"这位就是梅书记吧，皇甫一南在电话中和我说你今天过来。"

"你这位大专家实在难请啊，看来我得学刘备三请孔明了。"梅奕瀚调侃道。

"梅书记，我本庸碌无为，岂敢岂敢。"

贾玉清早备好了茶，屋中茶香袅袅。

贾玉清略显尴尬，说："实在对不起梅书记，让你亲自跑一趟。我和一南同在县科委工作多年，应该相互间有所了解。之前，他曾几次向我转达了梅书记的意思，只是我已经退休，年事已高，唯恐不能胜任，便只好一推再推。"

梅奕瀚刚端起茶杯，再轻轻放下。

"玉清老哥，你的能力自20世纪80年代便三晋闻名，据说还曾荣获过省科技成果三等奖。咱们县的黄花产业现在日渐壮大，的确需要你这样难得的科技人才。你又是有着四十多年党龄的老党员，我想你不会坐视老百姓们的贫困而不管吧？"

"梅书记的话让我很惭愧。说实在的，我不是不想帮这个忙，只是这么多年了，对这个黄花产业已经冷了心。"

"我知道你的心中必定有心结，说出来或许能就此解开。"

"我不敢说自己一辈子把全部的心血都倾注在了黄花上，但为此也付出了所有的青春和挚爱。黄花是咱们县历史悠久的经济产业品牌，一代又一代黄花人心怀梦想，希望走出黄花产业振兴之路。可是，在20世纪70年代，咱们县的黄花产业遭遇了灭顶之灾。80年代初，黄花产业再次复苏，我与宋玉民终于攻克了黄花切块分芽繁殖法，此项科技成果大大缩短了黄花育苗期的过程，提升了黄花抵御病虫害的能力，同时也促进了黄花在同一产期的高产水平。我们原本以为这项科研技术可以造福于全县人民，适逢改革开放土地承包了下去，农民们肩上又压着沉重的农业税和'三提五统'的负担，之后农民们没人再想着发展黄花产业的事情。一南同志为此也曾建言献策，多次向上边提交黄花产业可行性发展报告，可最终没有结果。近十来年，虽然县政府也曾出台过一定的举措，鼓励农民们从传统农业种植转型到黄花产业发展。但是，由于县委县政府的领导频频更换，这黄花产业最终未能很好地发展起来。"

贾玉清说到此，看了一眼梅奕瀚。

"欣慰的是，平邑县人民终于盼来了梅书记，这短短三年的时间里，平邑县的黄花产业已经发展到了八万亩，这件事的确让我很激动。

但是，听说和你一块儿调来的县长又另谋高就了，即便现在你梅书记还在，如果再过一两年你又离开了平邑县，这么大的一盘棋到时候又会出现怎样的变局？农民们不容易啊，我不想再看到他们忧伤绝望的眼神。"

梅奕瀚微蹙的眉头慢慢舒展开来："其实，我已经猜想出你一定是这个心结。我何尝不想与平邑县人民同甘共苦奋斗十年二十年，甚至是一辈子，可是身为国家公职人员，身不由己啊。好在我至少能坚守五年，这五年的时间足可以奠定黄花产业坚实的基础。雏鸟学飞，幼鹿学跑，也不过是父母示范的几个动作。即便是我们做家长的，也不可能守着孩子一辈子，我们所能做到的只是全身心地去培养孩子的健康成长，帮助他们掌握认识世界、创造世界、战胜世界的智慧和勇气，剩下的路只有通过孩子们自身的努力去拼搏。"

梅奕瀚给贾玉清续了一杯茶，说："我知道你一直心系人民，心系黄花产业。"

梅奕瀚说着，站了起来："'临渊羡鱼，不如退而结网。'既然黄花产业是你一直钟爱追求的事业，为什么就不能走出去帮助所有需要帮助的人？我之所以想聘请你出山，不是渴求你能为黄花产业奉献一生，我只期望你能把自己这些年呕心沥血的科研技术，传授给更多心怀梦想的黄花人，帮助他们织一张又一张奔向小康的网，这样他们就有了脱贫致富面对未来的资本和勇气。"

贾玉清听到这里，不禁肃然起敬。

"梅书记，实在对不起，看来我这老顽固思想急需更新了。感谢你的信任，我愿意跟着你再干几年。"

"好，那我特聘你为职业技术学校培训专家，接下来咱们要一个乡一个镇全面普及黄花种植与管理的科技技术。"

雨夜急救

在车上，皇甫一南看着梅奕瀚仍在沉思的样子，调侃道："奕瀚，我建议你退休后去做猎头工作吧。"

"你这是在表扬我，还是在挖苦我？"

"当然是表扬了。这次去西田村，你又挖到了两个优秀人才，下一个目标是谁？"

"优秀人才，哪能像你说的那样轻易挖到？我们太需要人才了，如果每一个村子都能有一位优秀的人才带领大伙儿脱贫致富就好了。"

"苏炳坤已经辞去了车间主任的工作，回到花园村接任了村主任。这一段时间他号召村民们以农田入股，成立了沃园黄花专业合作社，估计这小伙子要大干一场。听他说，拓新公司的老总王志山对你很有意见，说你挖人才挖到了他的公司，王志山让你请他喝酒赔不是哩。"

梅奕瀚哈哈一笑："好，这酒我还真得请，是咱不对嘛。"

这时，皇甫一南的电话响了，是黄花办的罗燕打过来的。罗燕说，山东菏泽人力资源公司的劳务派遣人员下周一就到平邑县，全部是女工。

梅奕瀚说："黄花采摘在即，一定要做好远道而来采摘工的安置工作和日常生活管理工作，确保她们出来打工有在家的感觉，让她们住得舒心、吃得开心、工作安心。"

"这些已经安排好了。现在正是学校放假期，我们将外来采摘工都安排在学校里吃住，还聘请了专职保安。这样，居住环境有保障，安全也有保障。我们还安排了专用车辆，每天负责采摘工的接送任务。"

"外来采摘工一天的伙食标准是多少？"

"每人每天平均二十元。"

"哦，这个标准不算低。按照目前咱们当地市场的肉价和粮食价格，可以达到每人每天一斤肉，吃喝也够得上充足。另外，采摘工的工资怎么结算？"

"咱们采取当天结算，采摘一斤鲜黄花，应付采摘工一块一毛钱，一个采摘工每天大约能采摘两百多斤。"

"好。另外，还得为采摘工派备专职医生，这样她们有个小病小灾也能得到及时的治疗。"

"这个也安排好了。"

黄雅萱又搬回了月城村。临走的时候，秦克勤只是说："回去就回去吧，地里的活儿多，爹和妈也够累的，我还是每个星期六回去看你们。"

黄雅萱再没有了过去那种甜蜜温馨的感觉，整天心思很重。

黄炳福似乎觉察到了什么，他问黄雅萱："克勤是不是欺负你了？"

"没有，他对我好着哩。"

"那你为啥搬回村里住？"

"黄花马上要开摘了，我担心你和妈忙不过来。"

马英看着女儿闷闷不乐的样子，似乎也察觉到了什么。

"是不是克勤嫌你还没有怀孕？"

"不是，他说这两年不要孩子，先过几年清净的生活。"

黄雅萱的心思并非怨恨秦克勤，而是恨自己没文化，丢了自家男人的面子。黄雅萱觉得，唯有自己离开秦克勤，他才不会听到啥风言风语，他才不会受别人的挖苦讥笑。

秦克勤还是照例准时回家，黄雅萱照例站在老槐树下守候。只是，秦克勤少了以前的激情，黄雅萱也不再躲在树后偷看他猴急的样子。现在，秦克勤一到家就显得很疲惫，躺在炕上就睡觉。黄雅萱还像往常一样，去掏男人耳朵里的耳屎，去修剪男人的指甲。看得出来，秦克勤在接受采耳和剪指甲的过程很受用，他缓缓张开眼睛，温顺地看着她。黄雅萱尽量多说些关心体贴的话，或者去缠缠绵绵抚摸秦克勤的身子，直到唤回他过去亢奋的激情。等黄雅萱缓过劲来，秦克勤已经睡去。

黄雅萱起床后，先把秦克勤的皮鞋擦得锃亮，然后再去忙着搓洗他的衣裤。她认为，秦克勤在合作社工作，那衣服就得像模像样，不能穿得邋遢了。黄雅萱把洗过的衣裤放到炕上准备去熨平整了，却发现家里的电熨斗坏了。这可急坏了黄雅萱，要是自己会修理该多好。可是，谁让自己没文化，就算是克勤也未必能修得了。黄雅萱忽然眼前一亮，电熨斗不就是靠那点热乎气嘛，这好办。黄雅萱就去烧水，水烧开后灌进了一个大罐头瓶子，然后放到衣服上去滚，一滚两滚，那衣服果然平整了，黄雅萱有种莫名的兴奋。在熨最后一件衬衣时，黄雅萱滚来滚去的那个瓶口松动了，盖子脱落下来，开水一下子向秦克勤躺着的地方流去。黄雅萱便慌了手脚，忙爬上炕用手去阻截那水，并试图把水拨弄到地上。秦克勤听到响动醒来了，他看见黄雅萱的两只手及手腕部红红的一片。

秦克勤走的时候，黄雅萱已经把男人随身要携带的衣服、书本都准备好了，还煮了十多个鸡蛋，另外拿了一双刚纳好的鞋垫。秦克勤的眼里好像装满了感激，他托起黄雅萱的手左看右看，问："还疼吗？"

黄雅萱笑眯眯的，说："不疼。"

秦克勤要走出门时，黄雅萱似乎有许多话要说，可是又不知道说什么。黄雅萱猛然想起早上的天气预报，就急急地说："收音机里预报了，受什么流影响，这几天什么湾有大到暴雨。不会是说的咱们这里吧？你多注意些，小心感冒了，雨伞我已经放进了你的包里。"

秦克勤有些哭笑不得，他不耐烦地说："你不懂得，以后就别瞎说好不好？人家说的是强对流空气，是渤海湾。咱月城村离那里十万八千里，能挨得上吗？"说完，秦克勤气呼呼地走了出去。

黄雅萱的脸瞬间绯红，她恨自己怎么这样不中用，连听收音机都听不懂。唉，文盲啊！

黄花采收期仅五十天左右，在是这短短期限内的每一分每一秒都显得异常珍贵。黄花菜从采摘到加工，有一套严格、精细、繁琐的制作流程，为了确保采摘下来的每一枚黄花菜产品的品质，农民们得披星戴月奋战在地里抓紧采收。往往这时候，每一个心怀梦想的黄花人都是一个永不停歇的陀螺，他们在不知疲倦的旋转中期待绽放生命最美好的时刻。

平邑县种植的黄花已经初步形成了兴云镇、大晏镇两个万亩黄花产业精品片区，涌现出了榆树村、杨家堡等十个黄花专业村以及四家黄花加工龙头企业。梅奕瀚更是一个永无休止不停旋转的陀螺，只是他旋转的空间不能固定在方寸之间，而是要风风雨雨转遍全县。

县长彭涛说："奕瀚，你在县里主持工作，让我下去跑一跑。你每天这样累，我于心不忍。"

"老彭，谢谢你。下面的工作我很熟悉，该怎么做都在我的脑子里。放心吧，没事的。"

这天傍晚，梅奕瀚从乡下回来，先将一双满是泥巴的鞋擦拭干净，再将堆积在案头的工作处理完毕，已近 10 点。梅奕瀚只感觉脑袋发晕，双腿异常沉重，浑身的骨头像要散架，而眼睛又困乏酸涩。他现在只想睡觉，好好大睡一觉，明天有国家和省城乡建设管委会联合考察团来视察工作，他不想让自己的精神状态那么糟糕。梅奕瀚刚刚躺下便有了睡意，却听得窗台的玻璃上以及树上噼噼啪啪作响。他像是被什么刺了那么一下，一骨碌爬了起来，外面下雨了。

自打梅奕瀚上任后，心里盼着风调雨顺，但是他又最害怕下雨，乡下有那么多的危旧房屋，怕的就是阴雨连绵。梅奕瀚急忙给几个危旧房屋比较严重的乡镇干部去了电话，叮嘱他们时刻要提高警惕，密切关注雨水情况，随时准备疏散撤离群众，确保他们的生命安全。

梅奕瀚已毫无睡意，他又想起了黄花菜种植户以及外来的采摘工，此时他们是否下了地。现在正是黄花收获旺季，即使是下再大的雨，也得争分夺秒去把那些黄花菜采摘回来。梅奕瀚心急火燎地下了地，打算给司机小李打电话，却又慢慢将手机放了下来。此刻，小李应该睡下了，小李跟着自己也够辛苦的，得让他好好休息一下。梅奕瀚心想，再等等，让他先睡上一两个小时。可是，梅奕瀚还是心急，他瞅了瞅那手机便又拿了起来，犹豫片刻后再次放下。

外面的雨啪啪啪下着，这雨敲击在梅奕瀚的心里。正在这时，他的手机响了起来。

"梅书记，我已经到了楼下等您。"小李说。

梅奕瀚的鼻子不由得一酸，内心里是满满的愧疚。

杨家堡村现在已是全县有名的黄花村。县黄花办经过缜密设计并组织力量，在该村的农田间修了一条全长十四公里的特色景观大道，同时还建有黄花主题公园、黄花观景平台、眺望台、黄花主题广场、黄花交易市场、驿站以及黄花栈道等，这条路一下子成了恒州市闻名的"忘忧大道"，道路两边是汪洋连绵的黄花地，黄花盛开的时候俨然就是风景秀丽的小江南。这两年，该村在村支书叶子安的带领下，村民们大规模种植黄花，如今已成为平邑县黄花产业的重点示范区，"忘忧大道"也变成了一条集黄花晾晒、成品展示、休闲农业、文化采风、旅游观光为一体的旅游道路。

隔着黑夜的雨幕，梅奕瀚打远处就看见那黄花地里一盏盏星星点点跳动的光，那些光一闪一闪地跳来跳去，便跳到了梅奕瀚的心里，他只感觉心里暖暖的，却又明亮如昼。此时，雨夜中的"忘忧大道"上停放着许多农用车，那车里已经装了一些刚刚采下来鲜嫩的黄花菜。

小李停下车，赶忙帮梅奕瀚穿上雨衣，换上雨鞋，戴上矿灯。而他自己也换上了同样的行头，随着梅奕瀚走进地里。忽然，从前方浓密的黄花丛里急匆匆走出几个人，在他们头顶晃动的矿灯照射下，梅奕瀚逐渐看清是三个人扶着一个人，还不断传来痛苦的呻吟声。

梅奕瀚扒拉着黄花丛迎了上去，是山东来的采摘女工。

"我是县委书记梅奕瀚，到底发生了什么事情？"

"啊呀，是梅书记，幸亏你来了。我们这个女工叫闫亚梅，她现在腹痛得厉害，这可怎么办呀？"一个女人说。

"大家不要慌，赶快送去医院。"梅奕瀚回头喊了一声，"小李，快去把车子开过来。"

几个人刚将闫亚梅抬到车上，皇甫一南和罗燕也从地里赶了过来。

"梅书记，您怎么会在这里？"皇甫一南问。

"你们不是也在这里嘛。"

"今天夜里一直有雨，我安排黄花办的工作人员分成了几组，分别去几个黄花种植大户地里帮忙协助工作。刚才我接到了闫亚梅的求助电话，便急忙赶过来了。"

"叶子安呢？"

"他在前面的地里，现在他还不知道这里发生了事情。"

"好，你继续留在这里，外来的采摘工人比较多，难免会有突发事情，你和子安多照应一下。罗燕跟车走，去医院帮忙照料病人。"梅奕瀚再看看三位山东女工，"请你们也跟去一个人，帮助照料闫亚梅同志。"

"我叫吴艳霞，我跟着去医院。"

在车上，梅奕瀚问吴艳霞："闫亚梅同志啥时候得的病？"

"傍晚时候，她就感觉腹内隐隐疼。当时，县黄花办派下的驻地医生给开了药，还建议她去医院查一下，可亚梅说，她刚来还没有挣到钱。"

"我非常理解你们的心情，但什么时候也得保重自己的身体。"

梅奕瀚在车上给县医院的急诊室去了电话，要求他们马上做好急诊准备。

到了医院，闫亚梅被送去做各项检查，结果很快就出来了，她得的是阑尾炎，因为拖得时间比较长，才一下子发作了。

大夫说："幸好来得及时，否则会有生命危险。她需要做阑尾切除手术。"

给闫亚梅打过镇痛剂后，腹痛有所控制。

"梅书记，我这是老毛病，没事。再说，我没有钱，我不做手术。"

梅奕瀚安抚道："亚梅同志，你既然来到了平邑县，又是来帮我们工作的，那我们就是一家人。医疗费用的事不用担心，你只管安心治病养病。"

闫亚梅被送进了手术室，梅奕瀚对值班主任说："刚才送进去的这位病人，请你帮我多照看一下。我现在身上只有这么多钱，先作为闫亚梅同志的住院押金，等出院时我会把住院费给你们补齐。"

外面的雨渐渐小了，梅奕瀚心里惦记着黄花地的事情，便将自己的电话号码留给罗燕和吴艳霞，叮嘱她们无论有什么事情，请及时给他打电话。

这一夜，梅奕瀚在全县各个黄花基地的田里跑来跑去，细心询问黄花的采摘情况以及安全生产情况。等梅奕瀚赶到了迟力强的千亩黄花基地时，采摘工作刚刚结束。迟力强已是全县黄花产业的知名人物，他带动了一大批养车户返乡创业，形成了一支生产、加工、销售一体化的专业队伍。

雨停了下来，天已经蒙蒙亮。迟力强看着浑身湿透、满脸都是泥巴的梅奕瀚，不禁两眼潮红地伸手上去帮他擦了又擦。山东来的采摘工看着这位朴实的县委书记，仿佛是见到自己的亲人，一个个都围拢过来。

"感谢山东的姐妹们，你们辛苦了。"梅奕瀚握着一双又一双冰冷的手。

"梅书记，再辛苦我们的心里也是甜的。县委县政府很关心我们，从饮食起居到各方面都给予了我们细心的关怀与照顾，我们更应该感谢你。"

"梅书记，我们山东的姐妹们已经把这里当成了自己的家，我们能遇到你这样的县委书记真好。"

梅奕瀚看着一张张热情诚恳的脸，他微笑着说："谢谢大家。我代表县委县政府和平邑县的人民，再次真诚地感谢你们。这片黄土地有你们的艰苦付出，有你们辛勤的汗水，以后这里就是你们的第二故乡。如果你们在工作和生活上有什么困难，请及时告诉我，我会尽心尽力帮你们解决的。"

人们围着梅奕瀚说着笑着，眼里便有了泪，那泪是温暖的有根的，发自每一个劳动者的心里。

迟力强有些发青的嘴唇抖动着，他说："梅书记，咱啥也别说了，你回我家炕头上，暖暖地喝一碗豆腐汤吧。"

"梅书记，去我家吧，我家小闺女熬了绿豆稀粥。"一个村民说。

"还是去我家，我家老人做了炝锅面。"另一个村民说。

古驿坍塌事故

连续一个多月的时间，秦克勤没有回月城村。黄雅萱把那条路看了千万遍，也没有瞅着他的影子。该不会是出啥事了吧？黄雅萱多次想过这件事情。可是，她又觉得不可能。古家庄离月城村不到十里的路，黄雅萱太熟悉这条路了，不会有什么危险；更不可能遇上什么歹徒，这方圆几十里的村落还没听说过出了什么坏人。合作社有事？黄雅萱很怕想这个理由，一想到合作社心里就慌乱得厉害。应该不会发生什么事的。黄雅萱宽慰着自己。不去想了，该回来时他自然会回来。

黄雅萱长长出了一口气，然后把目光收拢到那片田野上。

黄炳福从古家庄回来时，已过了午饭。他隔三差五往返于乡里。现在的黄花不愁卖了，乡里的黄花合作社设有收购点，黄炳福将家中晾晒好的黄花运到那里，便可以拿到现钱。

"我看见秦克勤了。"

黄炳福一进门就抛下这样一句话，然后趴在水瓮上舀瓢水，咕嘟咕嘟灌进肚里。

"他咋不回来？"

黄雅萱的声音很低，似乎被燥热的空气挤压着，发不出声来。

黄炳福抬起袖口擦擦嘴："他说，合作社派他出去学习了，还得过一阵子才能回来。"

马英瞅了眼黄炳福，问："出去学啥哩？再学啥也得回家。"

黄炳福瞅了眼马英，再看看黄雅萱，他的目光有些躲躲闪闪。

黄雅萱擦抹筷子的手停顿在那里，也问了一句："他学啥哩？"

"爹没问。"黄炳福脱鞋上了炕。

黄雅萱又开始收拾碗筷。随后，她叹息一声说："我就是个睁眼瞎，要是小时候有个助听器就好了，我就可以读书了。"

黄炳福不自觉地有些尴尬。他看着女儿凄楚可怜的样子，不忍心再说什么，便低下了头。可是，心里总还是憋屈得厉害。随后，也叹息一声说："是爹耽搁了你，你是不是怨恨爹啊？"黄炳福的声音有少许的悲怆。

黄雅萱眼里湿湿的。她转过身去，借捞咸菜的机会擦把眼。

"怎么会是爹耽搁了我？这都是命。咱村里人哪里听说过有什么助听器，就算是听说了，咱哪里有那么多钱？"

黄雅萱从锅里将温热的菜端到黄炳福的面前，她的心思乱乱的。怨恨爹？那更不会。嫁给秦克勤是自己乐意的，也是爹的良苦用心。要不是当初爹执意帮衬秦克勤把书读完，并把自己事先许配给了他，秦克勤咋会看上自己？就凭秦克勤是个大学生，就凭他人高马大一表人才，想嫁给他的女孩多的是。现在自己这是怎么了？为啥一天到晚总是心惶惶的？秦克勤不就是一个多月没回来嘛。没回来能说明个啥？一准儿他真的有事，一准儿他真的离不开合作社。

黄雅萱这样想着，心情慢慢平静下来。她从柜子里拿出来半瓶酒，说："爹，您多吃点，受了一天苦，怪累的。别瞎操闲心，没事。"

黄炳福的情绪还是转不过弯来。他嘴唇翕动着说："爹当时太草率了。爹的意思是，恐怕爹给你选错了女婿。"

"咋……？"黄雅萱刚安稳的心又提了起来，"您说啥？咋找错了女婿？莫非他在外面有了啥不是？"

马英瞅了眼黄炳福，赶忙说："你别听你爹胡咧咧。"

黄炳福一杯酒下肚，表情更加凝重。他缓慢地说："这个倒没听说。爹只是觉得，你和他生活在一起太累。家里的活儿地里的活儿都等着你，你又有很大的思想压力。爹总是担心，他是个文化人，你是个文盲，两个人说不到一起，天长日久怕你吃了亏。当初爹的心气太高了，寻思着给你找个有文化的，终有享不完的福。可是，没料到以后的事啊。"

黄雅萱感觉心口被什么猛地揪了一把。

月城村试种的圆椒蔬菜也开始第一茬采摘。此时，二十几家蔬菜种植户开始犯了愁。首先，所采摘的圆椒得符合销售的标准，这项工作看似简单，却凭的是眼力，更需要一定的人手；其次，摘下来的圆椒不能就地留存，需要及时运送到几十里外的南庄村。

马二女嚷嚷着说："这既没有人手，又没有车辆，该怎么办哩？"

陈志远便安抚众人："别怕，凡事总有办法。我的意思是，咱们二十几家蔬菜种植户不能单打独干，大家合起来集体运作。咱们可以分成四个组，三组集中采摘，各家的蔬菜地轮流进行；另一组负责运输卖菜，咱们借一辆农用三轮车，我负责开车运菜，卖谁家菜时谁就跟着我去结算，这样一天可以跑六七个来回。"

此时，马文涛从县里及时调配来一辆小型货车，再组织乡里的干部奔赴月城村，去帮助菜农们采收。马文涛知道，圆椒到了采收期耽搁不得，摘下来的圆椒必须及时送到汇丰蔬菜交易市场进行保鲜。当马文涛到达了月城村试种菜地，发现这二十几家种植户竟合在了一起，采摘工作有条不紊，井然有序。

连续半个月的忙碌，马二女、陈大勇、陈春山等人已是眉开眼笑。他们算计了一下，仅现有的收入早已经超出了往年单亩粮食的收入。

此时的天气，一天比一天炎热，这圆椒地仿佛成了一个大蒸笼，令人头晕目眩。

这天，陈志远拉了一车圆椒去了汇丰交易市场，不到一个时辰他便回来了，车上的圆椒原封未动。陈志远呼喊众人："别摘了，这圆椒出事了。"众人跑了过来。

"你们看。"陈志远拿起一个圆椒说。

马二女看了又看，说："咋了，这圆椒不是好好的吗？"

"你们再仔细看。"陈志远说着，把那圆椒撕开了一个口子。

陈大勇细细端看，发现在圆椒的外表上有几个不易察觉的小点子。

"这不就是几个不起眼的小点子嘛，这咋了？"陈大勇问。

"交易市场的李先生说，这叫日烧病，圆椒一旦沾上了这病，就会变硬变薄，容易脆裂，而且易感染腐烂。这样的圆椒，市场那边不收。"

"怎么会这样？"马二女便慌了神，"赶快给马文涛书记打电话，联系一下技术员吴丽。"

一个小时后，马文涛和吴丽匆匆来到了菜地。吴丽一看这圆椒，再抬头看看午间毒花花的太阳，便是眉头一紧："坏了，这圆椒得了日烧病。"她忙寻着地垄一棵棵去看植株上的圆椒，果然都是同样的症状。

"这圆椒为什么会得日烧病？"马文涛问。

吴丽和陈大勇要了一把铁锹，在地垄里挖了一个坑。她蹲下身子，用手一点一点将坑里的土掏出来，再将土壤的断层清理干净，结果发现这土壤的下部是一层一层的胶状土质叠加起来。

"大家看，问题就出在这土壤里。当初在试种蔬菜前，我们提取了这里土壤的表层进行过分析，发现这土壤的有机质含量很高，土质的黏性也不大，可以说透气性较好，没有想到这土壤的下部竟是这样的土质结构。我不明白，这个地方为什么会出现这样的土质？"

马文涛一听吴丽的话，顿时恍然大悟。

"我明白了，月城村这种特殊的土质大约从 20 世纪 60 年代开始逐渐形成的。那时候全国"农业学大寨"，月城村开始筑坝拦水，将这山沟的洪水汇聚起来用于浇灌田地，逐年累月便形成了这种土质。"

陈春山等人纷纷点头说："是的，这分层的土壤就是逐年用山洪水浇地形成的。"

吴丽站起来，摇了摇头说："这种土质不适合种植蔬菜。土壤的表层之所以看似透气性较好，那是因为已经风化了，而下部胶状的土层却大大地阻隔了应有的透气性。咱们这地方进入七月后，气温大幅攀升，且光照充足。尤其到了中午，太阳强光直射地面，地表的温度高达四十多度。由于下部土壤结构紧密，不能很好地传导热量，而上部的土壤温度过高，这热蒸汽只能是向上蒸腾，使圆椒的表皮细胞灼伤，才导致了这圆椒得了日烧病。这圆椒一旦得了日烧病，不仅影响它的品质，而且很容易生霉菌发生腐烂。"

"现在有没有防治办法？"马文涛焦灼地问。

"从现在的情形看，只能是尽量保持土壤湿润，以降低地表的温度，此外再无其他更好的办法。即便如此，也不能确保这圆椒再不生日烧病。"

"问题是，这样的产品进入不了汇丰交易市场，那该怎么办？"马文涛又问。

吴丽说："只能是低价就地走终端，直接卖给当地的菜贩子，或者居民家庭。"

陈大勇便一下子蹲在地上唉声叹气："唉，这又成了去年种西瓜的买卖了，到头来还是要烂在地里。"

马文涛安抚道："这是谁也想不到会发生的事，也怨不得任何人。好在这些菜还能卖，大家就辛苦辛苦，想办法拉到城里的集市上，多少还能换些钱回来。"马文涛拍了一下陈志远的肩膀，"小伙子，还得你帮帮大家了。"

陈志远擦了一把汗，他抿嘴一笑说："好的，我尽力吧。"

吴丽抓了一把土攥在手里，然后再轻轻摊开手掌，那土紧密地抱成了一团。

"请大家不要灰心。月城村这土壤虽然不适合种植蔬菜，但却是生产粮食作物的优质土壤，这山上的洪水带给了这土地丰富的矿物质，应该说这里的粮食营养价值很高。如果提高了粮食产量，再扩大知名度，那你们生产出来的粮食还不变成金米？"

马文涛一听吴丽的话，显得一下子轻松起来。

"真是智者不谋而合。县委梅书记也是这么认为的，他已经委托我将这里的小米、黍米拿到省农产品质量安全中心进行质检化验，一旦确认咱们这里的粮食是优质的粮，接下来便可以做产品质量认证，以及后期的产品推广工作。大家别小瞧了这谷米，如果以后发展好了，那一粒粒米便是金子。咱们山西沁县过去也是一个穷县，自从打出了'沁州黄'小米招牌，沁县是一年一个样，年年有大变化，现在的沁县农民就是因为这小米过上了幸福的生活。沁县的民间流传着这样一句谚语：'金珠子，金珠王，金珠不换沁州黄。'你看，人家沁县的小米用金珠子都不肯换，可见其珍贵了。咱们月城村的小米也是好得很，据说也有被纳入贡粮的历史，当时叫'九如贡米'。我相信，在不远的将来，咱们月城村的小米一定会闻名天下，到时候咱们的'九如贡米'也是金珠子。"

众人听马文涛这么一说，顿时又来了兴致。

陈春山说："要是以后咱们的小米能成了金珠子，谁还想种这菜地？"

"先说眼下的菜地。我回去后在网络上发一条售卖圆椒的信息，现在网络的力量很强大，有商贩看到信息自然会来洽谈收购的。"马文涛说。

马文涛和吴丽走后，陈志远与众人商量，还是先拉一车圆椒进城去试试，看能不能推销出去。陈志远说："明天我和春山叔就去货栈，咱们的圆椒有点小毛病，价钱自然不能高了，只要能推销出去，咱们多少还能换些钱。"

半夜里，外面开始下起了雨。陈志远惦记着圆椒的事情，竟一宿没有睡好。第二天一早，雨停了，天空依旧阴沉沉的。陈志远和陈春山开车去了市里最大的一家蔬菜交易货栈，由于价格低，这车菜竟很轻松地推销了出去。在回去的路上，天空阴沉的越发昏暗。陈春山的手机忽然响了，马二女在电话中说，马文涛书记在网上发出的信息起了作用，刚才有几个大客户和我们联系了，说这两天过来与咱们洽谈收购圆椒的事。

梅奕瀚正陪国家和省城乡建设管委会考察团视察工作，耳畔间忽然一阵滚滚雷声，顿时惊的他心神不安。他抬头看着翻卷的乌云，便急忙给县气象局打去电话，询问今天的天气状况。那边回答说，今天全市有中到大雨。梅奕瀚又拨通了马文涛的电话："文涛同志，我刚给气象局去了电话，说今天的雨大，降水持续时间可能比较长。昨夜已经下了不少雨，今天又是大雨，我担心古家庄乡的几个村子那些危房会出现问题，你速派人去那些重点危房村查看一下，问题严重的危房，一定要让老百姓先安全转移。"

马文涛接到指令，便紧急召开了会议，他将乡里的工作人员分成了几个工作组，分别前往月城村、磨峪口等危房比较严重的村落，挨家挨户去查看房屋的安全情况。

马文涛刚出了会议室，迎面便是一股大风，紧接着豆大的雨点就打了下来，是东一下西一下，左一下右一下。随后，雨点越来越密集，噼噼啪啪砸在地上一阵作响。马文涛回头看看北边的天空，黑云压得越来越低，而南边的銮山以及天户山已经是灰茫茫混沌一片。

马文涛和于强赶到月城村时，雨下得越来越大。他们先去了村委会，恰好孙财旺在这里。马文涛叫孙财旺通过大喇叭告诉村民，让大家仔细检查一下自家的房屋，一旦发现有安全隐患，必须马上先到村委会暂避。

孙财旺说："马书记，这雨又不是今天下，今年下，年年七八月都是如此，也没见谁家的房子倒塌了。再说了，村民们的住房大多数存在或大或小的问题，如果都安置到村委会，这地方也放不下。"

"你这是拿群众的生命当儿戏，赶快发出通知！"

马文涛说完，就走了出去，他打算从村子的最北段开始挨家挨户去查看房屋的实情。孙财旺用大喇叭发出通知后，紧随其后跟上了马文涛。他说，这两百多户人家挨个排查需要很长的时间，咱们要不分头行动比较快些。马文涛认为孙财旺的话有道理，三人便划开了片区。恰在此时，陈志远开着货车回到村里，他看见马文涛便停下了车。

"马书记，你们这是干啥呢？"陈志远问。

"这雨一直在下，我们排查一下村民们的危房情况，必要时赶快转移安置。"

"你们撒开了人挨家挨户去查，那得需要多长时间？再说了，万一遇上哪家的房子出现了问题，也不是一个人能处理的。我的意思是，集中力量先找重点危房进行排查，发现问题大伙儿也好就地解决。我对村里的情况比较熟悉，我带你们去。"

孙财旺瞅了一眼陈志远："你家房子还漏水呢，在这儿起什么哄？一个毛头小子，懂个啥？快去忙你的。"

"实孩儿说得对，咱们还是集中力量排查为好。"陈春山说。

"我知道我家的房子漏水，但毕竟每年都在修，还不至于一下子倒塌。现在重点去查看那些年久失修的土窑洞和老房子，那才是最危险的。"

"就听这位小伙子的，你前边带路。"马文涛说。

陈志远边走边说："咱们先去常青妈家，常青兄弟几个一直在外打工，家里的老窑洞很多年了没有修，这样的老窑洞上边都有鼠洞，遇上大雨或者连阴雨很危险。"等陈志远带着一行人刚跨进了常青家的院门，就听得窑洞里"轰隆"一声，接着一股土尘从屋顶蹿了出来。

"不好，窑洞塌了，常青妈还在屋子里。"陈春山说。

待马文涛等人跑进屋子里，常青妈的身上已经覆盖着一层厚厚的土，仅仅露出半个脚底。众人徒手将土刨开，却见她的头顶、口鼻和腿上到处流着血。常青妈微微睁开被泥土遮盖的眼睛，她直盯盯看着窑洞顶的那个窟窿说："窑洞塌了，以后咋……"她的话还未说完，便闭上了眼睛。

"老人家，快醒醒。于强，赶快送去医院！"马文涛叫喊着。

于强将手搭在常青妈的鼻翼上，已经没有了呼吸。他急忙给老人按压胸部，做人工呼吸，但是老人最终还是走了。

由于有陈志远和陈春山的帮助，接下来的排查工作进展非常顺利，月城村有四十三户村民被紧急安置在村委会，随后被排查出来的窑洞又有几间落顶倒塌。

近百人拥挤在村委会里，人们因紧张而变得情绪压抑，一个个低垂着头显得焦虑不安。

石磊蹲在地皮上，说："春生，近日咋不见你喝酒了？"

春生瞥了一眼马文涛，说："你都变得勤快了，我还能继续当酒鬼？"

"那你唱一段吧，给大家解解闷子。"

"你有心思听，我可没心情唱。"

此时，雨渐渐停了下来。马文涛打电话与乡里的几个工作组联系，其他村子也有倒塌的房屋，砸死了一些牲畜，另有个别群众受轻伤，之后他再与县委梅书记通电话做了汇报。

梅奕瀚指示，一定要注意次生灾害的发生，将这些困难群众先安置在乡政府住下，及时安排人对重点危房进行加固维修，等确认那些房子安全时再让群众回去。

马文涛通完电话，见陈志远还在安抚群众，并为他们端茶倒水。

"小伙子，我在村里很少见到你，是在外打工吗？"

"是哩，一直在外面给人家开车。"

"你还打算继续在外面打工吗？"

"不打算去外地了，农闲时间就在市里做点临时工。我和母亲相依为命，她的身体一直不好，我想照顾母亲。"

"看得出来，你对生活充满了爱心和热情，你不仅深爱着你的母亲，当然也包括这些群众。"

陈志远显得有些腼腆："这是我应该做的。"

马文涛问："你是共产党员吗？"

"不是，我跟车的郝师傅是党员，他曾教给了我很多的道理。"

"那你想不想成为一名共产党员？"

"想哩，当然想。只是……"陈志远竟一下子脸蛋红扑扑地低下了头，"我是说，我还达不到这个要求。"

"我相信你能做到。当然，你还得需要加强锻炼，我希望成为你的入党介绍人。"

陈志远顿时显得很兴奋："马书记，是真的吗？我也可以入党？"

"你当然可以申请加入党组织。不过，在此之前，你得先递交入党申请书，接受组织的培养教育和锻炼考察。"

"那太好了，我愿意接受组织的严格考察。"

陈志远忽然想起姚力夫妇，尽管他们家的房子也早已出现了裂缝，但是陈志远年年帮着去修房子，他估计眼下不会有什么危险，所以在刚才排查危房时并没有去他们家里。此时有了空闲时间，他打算去看一看。陈志远到了姚力家，却发现大门上挂了一把锁，姚力和赵华娥不见踪影。陈志远询问邻居，得知姚力夫妇今天早上被女儿姚珊珊接走了。姚珊珊说，她帮父亲在南郊区一家企业找到了一份看大门的工作，一来攒钱偿还外面的借债，二来可以改善一下父母的心情。陈志远得知此情，便放下心来。

此次降雨，全县共倒塌房屋三十一间，致一人死亡，七人轻伤，另死亡大牲畜共十九头。梅奕瀚陪同考察团的同志们去现场查看了受灾情况，此事引起了国家和省城乡建设管委会相关负责人的重视。

未久，苦苦熬盼的平邑县人民终于等来了好消息，全县所有的危旧房屋将分批分次逐步改造，其中古家庄乡几个村子将实行易地扶贫搬迁，移民安置工作将会以抗震加固四扶项目资金给予扶持。随后，县、乡人民政府分别成立了农村住房改造和抗震改建工作领导组，将月城村、磨峪口等几个靠近大山的贫困村全部移民至桑干河南岸，建设一座以古家庄村为中心的现代化新农村。

梅奕瀚派遣秦国祯前往省城，敦促落实易地搬迁资金的事。几日后，秦国祯又萎靡不振地回来了。梅奕瀚看着秦国祯失望的眼神，他不禁用双手上下来回搓着面门，然后从手掌间传出一句闷闷的话："你先回去休息吧。"

风波再起

    梅奕瀚去医院为闫亚梅交足了住院费，然后去病房看望她。

    闫亚梅的手术很成功，罗燕刚刚用热毛巾为她擦拭过脸，她的脸上焕发着笑容。吴艳霞忙着去洗梅奕瀚带来的水果，顺手将一个小物件放在了病床的床头柜上。梅奕瀚觉得那小物件很精致，便拿起来端详着。这是用极细的枸柳编制的"心"形工艺品，下边吊坠着一个漂亮的福结。

    "这小物件做工很精美。"梅奕瀚赞叹道。

    "梅书记，这是我们家乡的特产，大大小小花样繁多。你若是喜欢，我让家里人给你发几个过来。"闫亚梅说。

    "不用，我只是觉得这物件虽小，很有艺术性。"梅奕瀚将那物件轻轻放下，"你刚才说，这是你们家乡的特产？"

    "是的。我们那里的枸柳工艺品在全国很有名气，销售量很大。"

    "难怪这么好看。"梅奕瀚忍不住再向那物件看了一眼。

    此时，梅奕瀚的手机响起，电话是贺店村尉秋生打来的。

    "梅书记，老天不长眼啊，我们村的黄花和玉米让冰雹打了。"

    梅奕瀚的心里一紧，说："问题严重吗？"

    "雹打一条线，黄花受灾的一共有十六七户，第一茬黄花的主头都被打光了，需要科技人员过来看看，这黄花是否还有救。"

"好的，我马上带人过去。"

尉秋生是一位普通的黄花种植户。梅奕瀚调任平邑县工作的第一年，为了在规划的重点生产区推广扩大黄花种植产业，他经常在兴云镇和大晏镇的几个村子走访调研。那天，梅奕瀚去了贺店村，该村大片土地靠近火山旅游区，直接影响与整个火山群旅游景观的相互衔接与协调。梅奕瀚在与村民们交流中，一个叫尉秋生的人引起了他的注意。此人当过教师，说话沉稳，在村子里有一定的威信。他非常支持梅奕瀚的工作，向村民们介绍平邑县种植黄花的历史，讲解发展黄花产业对于稳步提升农民经济收入的重要性。尉秋生还当即表态，在村里率先种植黄花。受尉秋生的影响，一下子便调动起了贺店村民种植黄花的积极性。

等梅奕瀚与皇甫一南、贾玉清等人赶到了贺店村的黄花基地，尉秋生与一些村民已经等候在那里。人们"呼啦"一下围住了梅奕瀚，焦急地说："梅书记，这可怎么办呀？一年的收获打水漂了。"

"大家别着急，先让专家看看再说。"

贾玉清看着满地黄花的花茎被冰雹打得秃头或断裂，不禁摇了摇头。

"贾老师，这黄花还有救吗？"尉秋生像是怕惊动了什么，他小心翼翼地问。

贾玉清看了看梅奕瀚，再看看眼巴巴的村民，说："有救是有救，只是恐怕多少会影响到今年的收成。"

"有救就好。你估计会减产多少？"梅奕瀚问。

"目前还不好说，这就要看天气情况。"

"那如何救治呢？"梅奕瀚又问。

"好在咱们县的黄花品质优良，染色体核型及同工酶等都优于其他地方的品种。这黄花菜根状茎的生长方式为合轴分枝式，并非韭菜类的跳根式，它在开花期具有从根状茎上顶芽、腋芽的生长规律，然后在花茎顶端分枝开花，所以具备繁殖快的潜能和遗传性状稳定的特点。根据目前受灾情况判断，原来的花茎已不具备分枝开花的可能。幸运的是，这黄花刚开始抽薹，我们现在唯有控制土壤湿度，达到地表湿度的百分之二十五左右，采取断水、断叶、断根的方法，严格控制黄花体内的氮元素水平，从而促使它尽快长出新的花茎。"

"采取断水、断叶、断根，这黄花岂不是会死苗吗？"尉秋生问。

"不会的，但必须是科学控制。适度地断水、断叶、断根，就是为了迫使黄花植株停止生长；再对黄花控制其植物体内的氮素，便可以尽快促进植物抽出新的花茎。一旦新的花茎抽出，就可以按照原来的正常管理工作进行具体操作。"

"如此采取措施，抽出新的花茎大约需要多少天？"梅奕瀚问。

"一般需要十天左右。如果后续天气状况良好，黄花的开花期还可以延续。"

梅奕瀚长舒一口气，说："好，也只能如此。"

月城村的黄花已渐次抽出了花蕾，微风所到之处，花香四溢。

秦克勤还是没有回来，黄雅萱猜想一准是他生了自己的气。可是，再怎么生气也不能不回家啊。再说，克勤是个大学生，不会那么不明事理，很可能合作社真的很忙。这样想着，黄雅萱就觉得是自己小肚鸡肠，克勤是干大事业的，断不了公事缠身。黄雅萱就心里骂着自己：不害羞！不就是克勤一个多月没回来吗？咋就想得要死要活的，还不让人笑话。

黄雅萱琢磨着做点事，等秦克勤回来后给他个惊喜。可是，做啥呢？她实在拿不出个主意。不经意间，她翻出了父亲曾经佩带过的一个绣花香包，这个香包是母亲缝给他的。

黄炳福年轻时经常出山跑生意，马英担心黄炳福出去后有个好歹，专门给他缝了一个包，里面装着香香草，外面绣了一对大雁。马英说，香香草是一种吉祥平安草，黄炳福怀揣着它就不会有什么危险，更不会忘了大山里的这个家。马英不绣鸳鸯绣大雁另有她的苦衷，她深居大山，从来没见过鸳鸯这种鸟，黄雅萱也仅仅是在别人家的绣品上见过。马英说，山里人更像那种灰不溜秋的大雁，外表是难看了一些，但用情专一。马英还说，绣香包时要用心专一，就像这香包本身美好的寓意，得用心呵护。

黄雅萱想好了，就绣个香包给秦克勤。月城村紧挨着两座大山，山坡上不缺的就是这香香草。至于香包的外表图案，黄雅萱也想好了，就绣大雁，男人就是一只往来奔波的大雁。但是，黄雅萱决定不绣母亲那种灰色大雁，她觉得有些太土；也不能绣那种褐色的大雁，羽毛太过花哨；要绣就绣白色大雁，绣在红彤彤的香包上，那洁白的翎羽多像秦克勤干净俊朗的脸。

香香草采回来后要自然阴干，那样香气才会持久不衰。尽管黄雅萱打山里回来很累，但也顾不上睡觉，绣香包的活计必须得及早完工。田里的黄花菜已经开始采摘了，再过几天便是黄花采摘的旺季，到时她就没有空闲时间了。

绣香包的时候，黄雅萱还是心思跑远了。她又想起了秦克勤，这几天她心里惶惶的，总是想着他。克勤到底怎么了？为啥不回家？莫非他和合作社的女孩有了什么瓜葛？黄雅萱很怕出现这种情况，她的眼前又出现秦克勤和那些女孩喜眉笑眼的样子。应该不会吧？爹对他多好，我对他多好，他该不会是那种负心人。黄雅萱安慰着自己。

黄雅萱的心思恍恍惚惚，一针扎进了指头肚，瞬间血就出来了。她一下子就紧张得厉害，莫不是什么暗示？莫不是个什么不好的兆头？黄雅萱闭上了眼，不住地在内心祈祷着。

月城村的林地迁来越来越多的坟墓，此事终于点燃了村民们的愤怒。那些被陶利称之为"尿点"的男人们，也不再反对自家的女人跟着陶利去上访。

一伙女人突然涌进古家庄乡政府，着实让马文涛吓了一跳。他虽然对此已经有了预感，但是没想到这次会来这么多的人。马文涛已经知道了月城村的林地变成了墓地，就此事他还咨询过县里相关部门，得到的回复是他们不清楚此事。

面对攘攘扰扰的上访群众，马文涛只能去做安抚劝慰工作。他说："请大家先回去，待这件事调查清楚了，一定给予你们答复。"

马文涛将月城村发生的情况及时汇报给了梅奕瀚。

"之前，有没有人就此事向乡、县两级相关部门申请办理相关手续？"梅奕瀚问。

"我已经问过县里，都没有。"

按照公墓审批手续流程，首先公墓建设者需征得村委会的同意，并双方签署合同；之后，以村委会名义向所在地乡政府汇报；乡政府同意后，再去县民政局汇报，然后由民政局会同县发改委、国土资源、城乡规划、环境保护、林业等部门，制定经营性公墓发展规划书；再经县人民政府批准，并报市民政部门备案。

梅奕瀚认为，既然县、乡两级都没有收到公墓申报材料，那一定是市民政局等相关部门应该有规划方案，并报省民政局报备。就算是市民政局抛开县一级部门直接审批此事，那公墓经营管理者也得先与所在地村委会达成协议，并签署合同。

梅奕瀚再问马文涛："月城村委会有没有签署过这个公墓合同？"

"据孙财旺说，他从村委会一张废弃的办公桌里找到了一份合同，内容是2006年月城村委会将集体林地承包给了村民庞秋生。2011年，庞秋生又以林地承包人的身份和市里的一家公司签订了林地流转合同。"

梅奕瀚眉头一紧："什么，2006年那林地就承包给了庞秋生？"

"是的，合同上有庞秋生的签字和指纹。"

"2006年，是谁担任月城村的村支书？"

"那时候的村支书是秦禄，但此人已经去世了。"

"庞秋生目前在村里吗？"

"2011年仲秋，庞秋生也死了。"

梅奕瀚顿时有种眩晕的感觉，他意识到这又是一桩离奇的合同案。

"与庞秋生签订合同的是市里哪家单位？"梅奕瀚问。

"是鼎安总公司下面的福祥公共管理公司，法人是全亮。"

梅奕瀚顿时大吃一惊，怎么又是全亮和鼎安总公司，难道仅仅是巧合？梅奕瀚挂断电话后陷入了沉思，他脑子里的谜团越来越多，越来越揪扯，使他焦虑不安。但此事一时又无从查起。

几天后，地里的黄花齐刷刷地举起了大片的花蕾。凌晨两点，黄雅萱就下地了，她看着眼前一大片即将到手的收获，内心里涌动着快慰。

天大亮了，黄雅萱一边采摘黄花，一边不时地向那条水泥路望去。她多么希望秦克勤会突然出现在自己的眼前，或是他悄悄走在自己的身后，突然间捂实她的眼，然后再把她抱起来，将一张白皙的脸埋到她的胸口滚来滚去，直到她发出愉快的呻吟，再把她抱向一片葵花地。黄雅萱看看黄花，黄花已经齐腰深了，秦克勤要是回来，就可以直接和他睡在这片黄花地。黄花是为他盛开的，黄雅萱更是他的。

从凌晨到一上午的忙碌，黄雅萱早已腰酸腿困，她又站在老槐树下去眺望。老槐树这边地势高，黄雅萱会看得很远，直到把自己的眼睛看得酸涩。

黄炳福往返于乡里也少了消息，回来后再不提秦克勤的事情。黄雅萱曾几次三番问乡里合作社的事，希望通过这些话题引出关于秦克勤的事，但是黄炳福还是一个字没有提。不说就不说吧，他该回来的时候总会回来，他不想回来，就是去拖也拖不回来，一切都是命。

晚上掌灯的时候，黄雅萱把晾晒好的黄花装在了三轮车上。今年的黄花收成不错，花蕾大，打新蕾快，几乎隔一周就能去乡里卖一次黄花菜。

秦克勤不在家的时候，黄雅萱就在父母家里吃饭，等吃罢晚饭再回自己家里。

黄雅萱守着一盏孤灯毫无睡意。那个红彤彤的香包早已经缝好了，就挂在秦克勤平时爱放衣服的衣帽钩子上，满屋子都飘着淡淡的香气。黄雅萱把香包捧在手里，心里却不由得有种酸涩的感觉。

院子里忽然一阵自行车的咯啦啦声，紧接着房门推开了，一个高大俊朗的男人走了进来。

"克勤！"黄雅萱听到了自己心里发出了异常惊喜的尖叫。

秦克勤还是那个样子，一个多月没见，似乎皮肤更白皙了。只是，秦克勤的神色显得有些尴尬，他在撞到黄雅萱的眼神时会躲躲闪闪。

黄雅萱尽量压抑着自己近乎疯狂的激动，她的眼里有了些闪烁的东西。但是，随着她一紧一慢持续不断的问候和欢笑，那些东西迅即滑落了，眼睛重新又明亮起来。

"对不起！"秦克勤不断重复着这句话。

黄雅萱慌慌地去捂秦克勤的嘴，小声说："是我对不起你，我不该让你失望，不该让你生气。"

秦克勤似乎很累，他拥抱黄雅萱的胳膊有些松弛，不久就滑落下来。

黄雅萱说："你赶快上炕去休息，我这就给你做饭。"

"你别忙了，我在合作社已经吃过了。"

黄雅萱似乎没有听到秦克勤的话，她只知道他一个多月没有回来，除了要猴急地办那事，最主要的是吃顿好饭补补身子。可是，黄雅萱太慌乱了，她不清楚自己为啥这么慌乱，想镇静一下似乎都很难。

黄雅萱满屋子走来走去，嘴里还喃喃自语："该吃点啥好东西呢？该吃点啥呢？"猛然，她似乎又想起了什么，她现在就是这样，思绪有些跌跌撞撞。

"看我糊涂的，你先来洗把脸，烫烫脚，走了一路很辛苦的。"

秦克勤脱鞋上了炕，坐在那里一动不动。

黄雅萱把水倒进盆子里，用手试试，有一点凉，再从暖水瓶倒点开水，再去试试，还是有点凉，就再倒点开水。

黄雅萱把水端在炕上，说："你就在炕上洗吧。"

黄雅萱还在想着给秦克勤做饭的事。该吃啥呢？吃擀面条荷包蛋？对，就吃这个吧，克勤平时就爱吃这个饭。黄雅萱这样想着，就拿出来几个鸡蛋，一一打在盆里，忽然又发现自己做得不对。怎么能把鸡蛋打在盆子里？盆子是用来和面的，再说是准备吃荷包蛋的，怎么会打碎了？黄雅萱就顺手拿起一个碗，想把打碎的鸡蛋再放到碗里，不想手没有拿稳，碗掉在了地上，碎了。

一声清脆的响，黄雅萱似乎一下子清醒了许多。

黄雅萱把面做好后，发现秦克勤的脸很红。他近乎哀求似的说："我真的咽不下这饭，我辜负了你，我实在对不起。"

黄雅萱探手去摸摸男人的头，说："莫不是感冒了？感觉不烫手。"

"是我的心里有病，有了不可饶恕的病。"秦克勤说。

黄雅萱惊吓地呆立在那里。

"咋了？心上有了病？你可别吓唬我呀，心上哪里不舒服，我现在就去找医生。"

黄雅萱正欲返身出门，秦克勤发出了一个极度痛楚的声音："你回来！我没病。"

黄雅萱怔怔地看着秦克勤，她不明白他此时到底是怎么了。

秦克勤并没有像黄雅萱想象得那么冲动，他显得很萎靡不振。在黄雅萱收拾碗筷的时候，他就和衣而卧了。黄雅萱忙完活儿，想让他脱衣美美睡上一觉，但她根本挪不动秦克勤的身子，她又怕惊醒了他。半夜时，黄雅萱听到了秦克勤不断地叹息声，她知道他并没有睡着。

待第二天秦克勤起床后，黄雅萱早已经去地里采摘黄花了。她已经将秦克勤要随身携带的物品整理好了，在挎包的上面放着一个红彤彤的香包，香包上面绣了两只洁白的大雁，它们在相依相亲。

秦克勤颤抖着手把香包贴在怀里，然后又嗅了嗅，就将它挂在了衣帽钩上。接着，他惴惴不安地打开挎包，从里面取出一张纸，端端正正放在了炕上。接着在屋子里走来走去，似乎在拿千万个主意。末了，他还是长叹一声，毅然走出了房门。

在路过凹下那片黄花地时，秦克勤原本打算过去和黄雅萱打声招呼。此时，黄雅萱正忙，她的背影在一大片蓬蓬勃勃的黄花丛中显得那么渺小单薄。秦克勤踌躇再三，最后还是一狠心骑上车子走了。

中午，黄雅萱拖着疲惫的身子回到家，她猛然发现炕上有一张纸，上面写了些密密麻麻的字。黄雅萱一下子就着了急，这可是秦克勤写的东西，他忘记带走了，会不会影响他的工作？一定会的，他没有了这东西咋给合作社办事？黄雅萱再顾不上去缓一缓身子，忙带上那张纸跑了出去，她要把这张纸去送给秦克勤。可是，黄雅萱不会骑自行车，她只好一路小跑着去给秦克勤送东西。

黄雅萱突然到来，秦克勤似乎并不感到意外。只是，黄雅萱的架势有些吓人，头发散乱，大汗淋漓。秦克勤开始有少许的紧张慌乱。

两人对视了许久，黄雅萱却并不说话，也没有看出她有异样的神情，依旧站在那里喘粗气。秦克勤似乎有点沉不住气，眼前的平静超乎他的预料。以他的估计，一个没文化的女人，摊上了这事情，一定会撒泼使赖，或是会使用暴力，或是口出秽语。如果是这样，秦克勤倒会心里落个平衡，借此可以抵消他心里的不安和忏悔。可是，黄雅萱还是没有异常的举动。莫非黄雅萱有了其他更深的打算？或者说是黄雅萱不打算与自己离婚？秦克勤显得更加不安。他向合作社四周瞅瞅，然后拉黄雅萱走到一个僻静处。

秦克勤冷冷地说："我就知道你会来。说吧，你有什么打算？"

黄雅萱有些发蒙，说："我一个没文化的笨女人，能有啥打算？我知道你心里急，我就是为这事来的。"

秦克勤说："雅萱，我亏欠了你和你父亲那么多，难道你真的不记恨我？"

黄雅萱抹了一把汗，捋捋粘贴在额头的头发，说："亏你还是个大学生，我和我爹咋能记恨你哩？我们知道你有你的难处，你就放心吧。"

秦克勤羞愧满面地说："这样对你太不公平，你还是说说我该如何做，才能弥补对你的伤害。"

"啥公平不公平的，你们文化人就是想得多。你既没打我，又没骂我，咋会对我有什么伤害？"

秦克勤知道，黄雅萱还是没有明白自己的意思，就直接说道："那协议书你带来了？"

黄雅萱从兜里掏出那张纸，说："带来了，你看看是不是这个东西。"

秦克勤打开那张被汗水洇湿的纸，有点傻眼。他说："你咋还没在这上面签字？"

"你胡说啥哩，我知道这是你在合作社要用的东西，我哪敢在那上面胡乱写字。"

秦克勤的脸瞬间由红到白，然后又由白到红。

过了一会儿，秦克勤说："你一路跑来就是为了送这东西？"

黄雅萱笑着说："咋不是，我怕你着急，又怕耽搁了合作社的事情，不来行吗？"

8月，黄花热热闹闹金灿灿地渲染着一个梦。

黄雅萱却在这个梦里迷失了方向，她不知该何去何从。昨天从乡里合作社回来后，黄雅萱惊异地发现，自己精心缝制的那个香包依旧挂在衣帽钩上。黄雅萱便犯了疑惑，自己明明把香包放在了秦克勤随身挎的背包上，咋就会又挂上了衣帽钩？莫非秦克勤嫌弃自己绣的香包不好？一定是的。黄雅萱开始后悔自己不该在香包上绣一对大雁，咋就不像别人一样也绣一对鸳鸯上去？唉，自己这都是办的啥事，咋老是做事弄不

444

到秦克勤的心坎上去？黄雅萱把香包重重地摔在地上，忽然觉得还是不对，不该是因为只绣大雁不绣鸳鸯的事，那秦克勤到底为啥不喜欢这个香包呢？她一下子意识到了什么，一行泪便滑落下来。

太阳出来了，黄雅萱采摘黄花时神情有些恍惚。此时，隐约传来几声自行车的铃铛声。黄雅萱迅即慌乱起来，随着那铃声，她的心情如一枚树叶，摇摇曳曳起落沉浮。

待黄雅萱向大路那边看去，秦克勤扔掉了自行车，他还是像过去那般，猴急猴急地穿过黄花丛，向她这边跑来。

世有伯乐，然后有千里马

洛郑营村的黄花病虫害事件以及贺店村的冰雹事件，给梅奕瀚又敲响了警钟。他意识到为农民们参保农业自然灾害险已经势在必行，便再次派人与市里各大保险公司磋商参保黄花入险的事情，最终因保险公司尚未开通此项业务没了结果。然而，保险的事再耽搁不得，梅奕瀚决定亲自去中国人保集团总公司洽谈此项业务。

在去北京的路上，梅奕瀚想到了另一件事情。尽管这几年成品黄花菜的价格稳中有升，但是难保以后因某种不确定的因素导致其价格有大的波动。市场上商品流通价格会随着商品供给、商品需求、流通渠道、商品购销的竞争态势发生不间断的变化。它不仅涉及整个流通领域，而且也涉及公共消费环境领域，以及整个社会再生产各方面。如果能签订一个比较合理的价格保险，无疑能确保广大黄花种植户有一个正常而稳定的收益。

中国人保公司业务行政部的一位负责人曹向华接待了梅奕瀚。当他得知梅奕瀚作为一县的县委书记亲自跑到京城为农民们跑保险，不禁心生感动。

"梅书记，在我接管的业务中，你是第一个县委书记为了群众的利益专程跑到了北京。我想，平邑县老百姓的幸福指数一定很高。"

"很抱歉，截至目前我还没有带领平邑县人民走出贫困的窘地，作为一县的领导我很愧疚。"

"脱贫攻坚并非一朝一夕，各个地方所处的贫困状况深浅不一，不能就此说明一县的领导不作为或者无作为。我已经从你亲政爱民执着的精神上看出，平邑县用不了几年就会摆脱贫困，走出一片崭新的天地。"

"我们恒州有句俗话：一个好汉四个帮。平邑县的人民是刚强的、朴实的、勤劳的，他们是被当下时代的机遇落下来的一批'好汉'，所以他们更需要帮助。"

"你刚才说，想给农民们投保自然灾害险和价格险，这个非常好。尽管黄花产业从来没有纳入过自然灾害险，但是我们可以参照其他农作物的自然灾害险将其纳入参保范围。至于价格险，我们还得进行具体的市场分析和深入调研，然后再共同磋商，方能出台参保与理赔细则。助力乡村脱贫攻坚，也是我们保险公司应尽的责任和义务。请梅书记放心，一切以保障农民们的利益为前提，待相关方案出台，你们便可以与当地省公司接洽签订合同。"

从北京回来的第二天，梅奕瀚到榆树村视察工作，并去拜访一个人，不巧他不在村里。这个人叫高怀德，据说此人多年从事营销工作，门路很广。梅奕瀚正在农户家中走访，皇甫一南打来电话说，范筱璇今天带着一群大学生在"忘忧大道"现场教学，还将为当地的农民解疑释惑。

梅奕瀚走访了十几户农家后，又赶往"忘忧大道"的黄花基地，却见大学生们已经结束了现场教学，他们有的坐在"忘忧大道"上写生，有的在摄影，有的在汪洋的黄花荡里欣赏着黄花美景。范筱璇的身边围着一群当地的农民，他们正咨询着什么。

一个妇女问："我女儿去年大学毕业了，还没有找到工作。她是学信息化管理的，你说这以后的出路该怎么办？"

范筱璇笑眯眯地看着那妇女，说："大姐，不要急。每年毕业的大学生很多很多，想找到自己满意的一份工作并非易事。其实，在哪里工作，在什么单位工作并不重要，重要的是能发挥自己的专业长处。"范筱璇说着，在纸上写了几个字，"这是我的名字和联系方式，你拿回去让她与我联系，或许我能帮上忙。"

一个四十出头的短发青年问："范教授，久慕大名。早听说你在市里办了一个市民大讲堂，很有心去学习，可是我成天忙着跑业务，没有时间。"

"你叫什么名字？做什么生意的？"

"我叫高怀德，主要推销黄花菜等农副产品。"

"学习之道，在学，更在悟。如果不动脑子，即使听再多的讲座也没有用。"

"你说得对。尽管我现在的生意还好，但总是担心自己跟不上时代，所以想多一次学习的机会。"

"你可以打我的电话，有什么疑惑随时可以问我。"

梅奕瀚得知眼前之人竟是高怀德，便分外高兴。此时，有人看见梅奕瀚，便喊了一嗓子："大伙儿快看，梅书记来了。"

"筱璇，你好。"梅奕瀚笑眯眯地看着范筱璇。

"奕瀚，你怎么在这里？"

"一南打给我电话，说你组织大学生来黄花基地现场教学，你这个学堂办得好。"

"让大学生走进社会、融入社会、了解社会，才能更好地培养他们热爱家乡、热爱人民、热爱生活、勇于承担与奉献的时代精神。"

"你说得非常好。请等一下，我找这个同志谈几句话。"梅奕瀚转身问旁边的那个年轻人，"你是榆树村的高怀德？早上我去找你，没想到你会在这里。"

"梅书记，您找我什么事？"

"听说你搞营销工作很有一套，还是几家黄花种植企业的经纪人。"

高怀德是典型的快人快语，他面含微笑说："梅书记，我可不敢挂经纪人这么大的头衔，无非比别人能多卖一些黄花菜罢了。"

"这就是你的能力和实力，称之为经纪人不为过。谈谈你以后有什么打算。"

"梅书记，眼下我这小脑瓜子还没有转开，所以过来请教范教授。"

"哦，有名师指路，就不会迷茫。我听说你主要是依靠自己的能力做营销推广工作。"

"是的，有人说我是一匹孤独的马，但我觉得自己并不孤独。"

"你之所以不觉得孤独，是因为你的心里装着沉甸甸的事业。目前，平邑县每年的黄花产业在不断扩大，纵然你再有能力，也不可能将全县的黄花以及其他的农副产品全部销售出去。我的意思是，你不能再走单骑了，而是应该率领更多的千里马驰骋在祖国的四面八方，甚至你们应该将战马的嘶吼声响彻世界。另外，现在已经是信息化的网络时代，再快的马也抵不过一键鼠标，只要鼠标一点，瞬间你可以遨游在世界各地，这电商才是未来发展的主要出路。"

"梅书记，我也有过这样的想法。可是，我是一个地地道道的农民，文化程度不高，更没有团队发展经验，这是我最大的困惑。"

"每个人都有各自的优势，也有各自的不足之处。一个群体的凝聚，就是为了发挥各自的长处，共同将一项事业做大做强。刚才我听说那位大姐的孩子大学毕业后正待在家里，她学的专业是信息化管理，对于你来说，她是创建这个团队必要的人才，你们何不联起手来，再吸纳一些优秀人才进来，这样一个以大学生为主的销售团队不就建立起来了嘛。"

"问题是，我到哪里找那些优秀人才？"

梅奕瀚看看范筱璇，说："你既然是范教授的粉丝，何不找她帮忙？"

"'世有伯乐，然后有千里马。'这话果然没错，县委书记看中的人绝对不会错。你需要什么样的人才我知道，你的销售团队我可以帮你建立起来。"范筱璇说。

高怀德顿时分外高兴："感谢梅书记，也感谢范教授。"

"那好，你给范教授留个联系方式，她一定会给予你帮助。之后，你跟那位大姐去她家里见见她的女儿，你们彼此商量一下具体事宜，我和范教授还有些话要说。"

高怀德走后，梅奕瀚和范筱璇徜徉在"忘忧大道"上。

"奕瀚，一南说，你来平邑县后就没有休息的时候，把全部的精力都投入到了全县的脱贫工作上了，要当心自己的身体。"

"心里有股劲儿，这身体自然就不会有问题。看到你今天把学堂搬到了'忘忧大道'，我真的很高兴。"

"需要的话，我多带学生们过来。"

"可我更希望你扎根在平邑县。"

"那说说你的打算。"

"咱们县里有一个两万多平方米的场地，现在空置在那里。你是否考虑将这个地方作为你以后的发展方向，在这里带领大家讲学悟道，建一个大学生的创业实习基地，同时成立一个科研小组，研发黄花的生物价值以及其他产业链。"

"你这个想法好，有这样一片开阔的场地，可以实现实践、科普、创业、研发等同时发展。这样吧，你给我点时间考虑一下。"

等田里的农事一结束，陈志远再次去市里的环卫处清运垃圾。

恒州市生态公园那边的早市依然还闹哄哄地开着，不过已经被圈到路边拆迁完毕的一片空地里，空地北边挖了一条深沟，看样子似乎准备盖楼房下地基，却又停工闲置在那里。

陈志远在早市上左转右转，他想找到那个姓"钱"的卖馒头女人，可是终究没见到她的人影。陈志远有一种无端的失落，心里又是十分地挂记，那女人为什么不卖馒头了？莫非那次被城管强行拉走手推车和蒸笼后，没有还给她？还是她另找到了谋生的出路？自打第一次见到那个女人，陈志远总觉得她是那么亲切，似乎和自己有一种很特别的亲近感。他还是会经常梦到汽车站丢弃的那个婴儿，以及那个漂亮而冷漠的女人，梦醒后他又千百次地将卖馒头的女人幻化成梦中的女人，可是她毕竟姓"钱"，并不是自己魂牵梦绕所要寻找的那个人。但是，他每次到早市清理垃圾时，还是会不由自主地四下里去寻找，找着找着便眼睛有些发花，似乎好几个女人的背影都很像卖馒头的女人，他便急匆匆走了过去，然后再失望地摇了摇头。陈志远傻愣愣地盯着那女人曾经卖馒头的地方，似乎那被城管拉扯蒸笼时掉落在地的馒头还在，冒着蒸汽白花花的馒头在地上滚来滚去，一会儿又被无数的脚将那馒头踩来踩去。不知不觉中，陈志远的眼里有了泪。

天气一天比一天冷了下来，树上的叶子飘飘洒洒，落了一层又一层。街上的行人似乎还不大适应现在的气候，不自觉地看看天，瞅瞅树，看看嘴里呼出的哈气，然后缩起了脖子加快了脚步。

祥云里的垃圾点是陈志远每天早上第一个要清理的地方，那边有一座全市闻名的"十八校"，每天到了上下学的时候，人流和车流会挤得水泄不通，所以必须得在人们还没有起床前，将那里的垃圾清运完毕。现在不行了，这边要修一座过街天桥，每天晚上祥云里的口子上会停放大大小小的工程车将路封闭，只有等上班后那些车才会挪开了路口。所以，陈志远只好把这边的垃圾清运工作改在了每日上午 10 点左右。

这天，陈志远将垃圾车开进了祥云里的垃圾点，环卫工忙着去装车，他便在附近转来转去。忽然，他看见路边的人行道上停放着一辆手推车，车上是冒着热气的三个大蒸笼，旁边站着一位穿着厚长衣的女人，她依旧那么直挺挺冷漠地凝望着远方。

"是钱姨！"陈志远忽然惊叫出声。

陈志远走过来的时候，卖馒头的女人似乎并未察觉到，她还在目视着远方。

"姨，你怎么会在这里？"

女人转过身来，看见眼前的陈志远顿时惊喜异常，她冰冷的脸上竟然沁出了笑，那层笑在一点一点慢慢晕染开来，随即她的眼里汪着满满的水，那水在眼眶里急不可耐地滑落下来，滴在她的胸前。女人慌忙抬起手擦了一下，再擦一下，那双眼睛顿时明亮起来。

"是你啊。这天气够冷的，眼睛都不由人，见风就流泪。"女人说着，伸出手摸了摸陈志远的衣服，"孩子，这么冷的天气，你一大早走那么远的路，穿这么薄的衣服，还不冻感冒了？记得，以后千万多穿衣服。"

陈志远看着眼前的女人，她明显的瘦了，一双黑亮的大眼睛似乎陷了进去。

"你是不是饿了？赶快先吃几个馒头，是热乎的，暖和一下身体。"女人说着，手忙脚乱地找塑料袋，再掀开蒸笼，拿出一个馒头。

"你先吃这个，吃完了我再取，笼子里多着哩。这天气冷的，拿出来就会变凉了。"女人说着，将馒头塞进陈志远的手里。

"姨，我不饿。"

"这孩子，这么不听话，叫你吃就赶快吃，不要钱的。"

"姨，我有钱。"陈志远边吃边说，"你为啥不去早市那边卖馒头了？我找过你好几次。"

"你去找过我？"女人的眼里还是湿湿的。

"找过。我以为你不卖馒头了，要不就是城管扣你的东西没有还给你。"

"那些人就是为了要钱哩，他们要这破车和这蒸笼有什么用，只可惜了那一笼的馒头。"女人慈爱地看着陈志远，"城管扣了东西后，开始一直不还，一个星期后我拿了钱才把这些东西赎了回来。后来，我又去了早市卖馒头，我害怕再也找不到你。"女人说完，掀开笼子又给陈志

452

远拿出一个馒头。

"你找我？"陈志远有些意外。

女人慌忙掩饰道："我是说，你喜欢吃我蒸的馒头，我害怕你找不到我。可是，我在那里等了你快一个月，再也没有见到你。我以为你不再来城里打工了，那边城管闹得厉害，我只好搬到了这里。"

"姨，后来我们村里的蔬菜开始采收了，我不得不放弃了打工。"

女人再给陈志远拿出一个馒头："孩子，你慢点吃。你看，我这里没有一杯热水，要是有一杯热水就好了。"

"姨，我不吃了，已经饱了。"陈志远说着，从兜里掏出五毛钱，"姨，这钱你得拿着，小本生意，不然亏了。"

"我说过，我不收你的钱。听话，这钱你自己留着。"

那边环卫工喊了一声："走吧，垃圾铲完了。"

陈志远看了眼女人，说："那好吧，这钱明天我一块儿给你。"

这一天，陈志远的脑子里满满是卖馒头女人的身影。他心里存在很多的疑问，为什么那女人见到他要掉眼泪？女人说，那眼泪是因为天气冷，陈志远断然不会相信这样的理由。另外，那女人为什么要那么关心他？还说出一些很奇怪的话。为什么她卖馒头不收自己的钱？陈志远仔细地回想着父亲曾经和他说过的话，他的生母叫田彩梅，而这个卖馒头的女人却是姓"钱"，更何况他们彼此间认识不久，这其中到底是什么缘故？

次日，陈志远再见到那女人时，她为他用保温杯准备好了热水，那保温杯的外面还罩着一层厚厚的棉套。

"姨，你住在哪里？"

"北魏家园。"

"现在石头巷那边都拆了，原来的住户是不是还居住在那里？"

"有一部分拆迁后安置在原地，大多数的住户都搬迁到了其他地方。"女人说着，吃惊地看着陈志远，"你怎么会知道石头巷？"

"我出去打工，曾经去过那里。"

"你为什么会去那个地方？"

"只是随便去看看。"

女人看了陈志远一眼，再看一眼。

"你爹妈还好吧？"

"我爹早去世了，家里就剩下我和我妈了。"

女人的眼神里浮动着忧伤，她说："多好的一个人，咋就早早没了？"

陈志远觉得奇怪，便问了一句，"姨，你认识我爹妈？"

"算不上认识，只是过去到月城村，见过一面。"

"姨，你和我们村谁家是亲戚？"

女人端详着陈志远，停顿片刻说："他原本不是你们村的，是 20 世纪 90 年代初阴差阳错地去了你们村，我只去找过他一次，之后我再也没去找他。"

"他现在还在我们村吗？叫啥名字？"

"也许在。他原来不姓陈，姓骆，去了你们村改姓了陈，具体叫啥名，我不知道。"女人转而又问，"你叫啥名字？"

"陈志远。"

女人似乎还想问什么，一时又沉默下来。女人给陈志远拿出了馒头，并递过去热水。

"孩子，你慢点吃。"

女人像是在欣赏一件瓷器，她仔细地端详着陈志远将馒头吃完，再"咕嘟咕嘟"喝了一杯水，她竟满意地露出了微笑。

陈志远掏出钱要付给那个女人，却见她顿时有些急。

"孩子，我说过的，我不收你的钱。"

"姨，如果是这样的话，以后我就不敢再来你这里买馒头了。"

女人闻听此话，便一下子僵在那里。陈志远趁机将一元钱塞给了她。

一场沸沸扬扬的大雪竟来得这般早，恒州大地一片银装素裹，这是2013年的第一场雪。

梅奕瀚离开办公桌，转身看向窗外，悠悠的雪花依旧在飘落。一群寒雀从一棵树飞到另一棵树，它们的眼里四顾茫茫，仿佛这世界无有它们的安身之地。梅奕瀚不自觉地将一扇窗户打开，他希望这些寒雀能从这扇洞开的窗户飞进来，借以温暖它们柔弱娇小的身体。然而，那些寒雀只是向窗户这边看了看，它们叽叽嘈嘈说着什么，然后"呼啦"一下飞得无有踪影。

梅奕瀚深吸一口气，将窗户关好。他拨通了司机小李的电话："你准备车，咱们现在去一趟七里乡。"

在车上，梅奕瀚问小李："先秦诸子百家中，你最喜欢哪一位？"

小李抬起一只手挠挠头，说："我读的书少，不过最喜欢老子。"

"那你最喜欢老子的哪句话？"

"《道德经》中有这么一句话，'知人者智，自知者明；胜人者有力，自胜者强；知足者富，强行者有志。'"

"老子的这句话将个人修养与自我修为问题讲到了实处。一个人倘若能经常审视自己，始终坚定自己的信念，并为之不断努力，才最为可贵。然而，世上之人又有几个能洞察秋毫，并身体力行，自省、自律、自强不息，有时候战胜自己远比战胜他人要艰难得多。"梅奕瀚说。

"我知道我做的还很不够，梅书记的劝勉我一定谨记在心。"

"我是在说我自己。"

"说您自己？"

"是的，因为我现在就很迷茫。"梅奕瀚眼观窗外，一时沉默了。

"梅书记，咱们这是去七里乡政府？"

"不，咱们去看看那边的湿地。咱们县的经济建设不能单靠抓农业生产，要把生态建设和农业以及旅游紧密地结合在一起。七里乡这片湿地，是咱们县难得的原生态旅游资源，应该抓紧时间大力打造成精品工程，将来这里就会呈现一片新的湖光山水盛景。"

车至七里乡桑干河水库湿地南岸，此时寒风劲吹，湿地边缘地带已经结了一层厚厚的冰。梅奕瀚沿着阡陌小道向枯黄的芦苇荡独自走去，大约一个小时后，他顶着一身的积雪再次进入小李的视线，却见他举步分外小心，似乎唯恐那脚下素洁的雪沾染了人世间的尘垢。

难以打开的心结

　　易地扶贫搬迁的事再次传到了月城村，街道上顿时又热闹起来。然而，此事却让庞庆和的心里乱成了一团麻。村子里人们到处嚷嚷着说，这村子要迁到古家庄村那边去，大家要住新房了，以后这里就是一座荒芜的地方。庞庆和听着人们的议论，他的心里就生出莫名的火。

　　"这些个灰孙子，竟忘了自己的祖宗，也忘了你的根子在哪里。看你们那些灰样儿，搬到古家庄那边咋种地？连窝儿还没挪呢，就忘了自己姓啥，一些没有骨气的东西。"庞庆和一边自言自语地骂着，一边逃离似的快步离开了。他寻思着，眼不见心就不烦了，让他们瞎吵吵去。

　　越是怕听到村子将要搬迁的消息，越是走到哪里，都躲不开这个事，庞庆和便安慰自己："不要去管他们，他们爱嚼什么舌头就让他们嚼去，反正现在村子还是好好的。"庞庆和尽量克制着自己的火气。自打儿子庞伟走后一直没有回来，孙子福蛋儿又溺水身亡，他仿佛换了个人，现在动不动就爱发脾气。

　　宋拉娣说："我知道你心里有事，惦记着咱儿子，可是你心里再怎么不痛快，也不能和别人撒气，你看你把村里人都得罪了。"

　　庞庆和想想也是，咋能和村民们生气哩。再说了，大女儿桃子过完年临走的时候也千叮咛万嘱咐说，千万不能再和人们犟着来了，也不能

457

和人家再生什么气，经常生气对心脏不好，弄不好会得什么高血压心脏病。庞庆和虽然嘴上应承着，可是他打心里始终有个过不去的坎儿，总是一遇事便由不得自己。

庞庆和出门时尽量绕开人们走，他不想看到那些闲驴似的人们瞎吵吵，他怕自己实在忍不住了把那些人骂上一顿。可是，无论他走到哪里，大家还都是议论搬迁这件事。庞庆和知道躲是躲不开了，那还不如自己索性和他们理论一下。庞庆和向大街上的人们说："你们别听那些谣言，这村子搬不了，咱村已经是千年的老村子了，怎么能搬到古家庄村去？再说了，搬到那里以后，咱这旧村子咋办？"人们似乎没听清楚他说的话，也不想知道他的意思，只是觉得庞庆和这几年变得越来越怪。

庞庆和看着人们毫不在意的样子，便耷拉着脸又说："你们别听那些谣言了，咱们村子搬不了，咱村子怎么能搬到古家庄去？古家庄那边算个啥？"还是没有人想听他说道，也没有人敢听他说道，一个个撇开他走了。庞庆和憋屈了一肚子的火终于爆发出来："哼，这些灰东西，都牛气个啥？别刚吃饱了肚子，就忘了那些年吃玉米面糊糊舔锅哩，你祖辈是这山沟沟的，注定你这辈子下辈子还是这山沟沟的。"

可是人们并不愿听庞庆和说话，好像是怕他说话时溅出的唾沫点子脏了脸。几天下来也没起什么效果，庞庆和就懒得去和他们理论。他觉得现在的人不再像过去那么厚道，都变了味儿。回到家里，他心窝里淤积的那口怨气还是没有撒出去，看着午饭吃的是黄米糕，这火气顿时又窜了上来："怎么又吃这东西？你就不能省点钱，吃玉米面窝头或者高粱糕？咱儿子还没回来哩，你咋不惦记着给他成个家？"

宋拉娣也不想和庞庆和去争辩什么，一起生活了四十多年，她太熟悉自己的老汉了，甚至把他的骨头码也已摸得一清二楚。宋拉娣只是说："你让我给你吃啥？家里只有黄米面了，去年咱没有种高粱，你让我上哪里去弄？再说，儿子的事情我比你还操心哩，这么多年了不见个人影，难道我不着急吗？我看是你老糊涂了。"

庞庆和更是来了气："没有高粱，咋不吃窝头？你可别忘了过去吃榆树皮的日子。"

宋拉娣不和他争论了，她知道跟老头的争论，无论什么时候自己都没有占过上风。

电视上的一则新闻一下子让庞庆和真的傻眼了。报道上说，为了改善农村居民的居住环境，从根本上解决农民们的贫困问题及危房问题，平邑县委县政府决定将月城村、磨峪口等几个偏远的山村实施易地扶贫搬迁，建设一座以古家庄为中心的现代化新农村。庞庆和听着听着，就把筷子狠狠地摔在了炕上。

宋拉娣安慰说："这是好事情，你怎么就还守着这个破窑洞不放了？你还真当是这村子里有宝？你也不看看这些天村民们都眉开眼笑的，大家都盼着住新房呢。"

庞庆和没等宋拉娣把话说完，就愤怒地吼道："你想住你自己去住，我不搬出这个村子。"

庞庆和再没了吃饭的兴致，他因过分激动而变得抖抖索索，而后又抖抖索索地下了地出了院子。

院子里那棵老榆树枝繁叶茂的，给整个院子撑了一把特大的伞，阳光从树叶中过滤后洒在地上，一闪一闪的就像他此时飘忽不定的心思，忽明忽暗地撩拨得人心烦意乱。庞庆和有个习惯，就是心里有什么事都喜欢在这老树下或蹲或坐待上一会儿，似乎这是他决定一件事情时唯一可以商量的对象。这是棵上百年的老树了，是谁栽的庞庆和不知道，但是他知道父亲死后，村里人要把这树砍了给父亲做棺材。庞庆和的父亲是在"大跃进"年代饿死的，饿死鬼也得打口棺材埋了，可是他母亲死活不让锯这棵树。庞庆和的母亲说："他爹活着的时候特别喜欢这棵树，这树在，他爹人就在，如果是把这棵树砍了，也就断了我的念想，也就再看不到他爹了。"到最后，庞庆和的母亲揭了那破炕席卷起了丈夫的尸骨。她还说："人一死就是一把土，用什么埋还不是都变成了土，这树在他爹的魂就在。"

后来，庞庆和的母亲也死了，母亲是得了阑尾炎没钱看病，活生生疼死的。那时庞庆和已经娶了宋拉娣，亲属们还要把这棵树砍了做棺材，庞庆和不答应，他说他母亲活着时特别爱这棵树，这棵树就是母亲的希望，也是母亲的盼头。现在母亲不在了，这树又成了他的一个念想，树在母亲就永远在，树一旦没了也就再见不到母亲了。最后，他四处凑了点钱，给母亲做了一口薄皮棺材，然后草草地把母亲下葬了。

庞伟出生第三年，农村实行了土地承包责任制，这院子就成了庞庆和的打谷场。一到秋天满院子都是收割回来的庄稼，满树都挂着金灿灿的玉米棒，满房顶都是红艳艳的高粱，小儿子庞伟则每天和姐姐们在树下做游戏。刚开始，庞庆和看着这么多的粮食堆在了院子，他哭了，他是对着老树哭的，是高兴得过分了才哭的。他说："要是再早些年能有这么多的粮食，父亲就不会饿死了，母亲也就不会因病活活疼死了，这好日子为什么来得这么晚。"庞庆和就那么直挺挺地躺在粮堆上，他想体会一下躺在自家粮食上的滋味，他从来没敢想过自己家会有那么多的粮食，更没想到能在这么多的粮食上躺一躺。他在黄的玉米上躺过后，再去红的高粱上去躺，再去黑的豆子上去躺，再去白的刺眼的黍子上去躺，直到躺累了并确认了这些粮食真的是自己家的，他才满足地爬起来。他就在这树下一年又一年地打豆子、剥玉米、碾高粱、晒黍子、码谷垛，把弄好的粮食一堆堆放在院子里，庞伟则像一条黏人的小狗在他的身边转来转去。庞庆和一边干活还一边对着老树说，也就是等于对着母亲说："您老看好了，这满院子满树上满房顶的粮食都是咱们家的，现在公粮又不用交了，您再不用担心我们吃不饱饭了，您再也不用担心我们过那苦日子了，现在国家的政策好着呢。您的小孙子已经上学了，这家伙灵着呢，以后还说不上是国家干部哩。"

庞庆和想着过去的事情，不禁伸手又去摸那棵树，那树竟湿湿的滑滑的，就好像是摸到了庞伟的皮肤，就好像是触到了庞伟的眼泪。小儿子庞伟从小到大就没离开过这棵树，他放学后便在这树下做作业，要不就爬到树上去掏喜鹊的窝。庞庆和就说："伟儿，你是不是也在担心咱这老院荒了呢？儿子，不要怕，只要爹活一天，爹就守着这老院子，守着这棵树，爹一定要等你回来。"

庞庆和正面对着树发呆，他家的"小伟"发出低低的"呜呜"声，那声音比庞庆和的心里还凄凉。儿子庞伟一直没有回来，庞庆和便养了这条小狗，给它起名"小伟"，他竟然把这条小狗看作是自己的儿子。"小伟"很像庞伟小时候的样子，出来进去很黏人，时时刻刻跟在庞庆和的身边。这狗还很会撒娇，庞庆和夸奖上一句，它就缠缠绵绵得像个女孩，把庞庆和的脸一点一点地舔，直舔得他那颗僵硬的心一点点融化了，然后又一点点的温暖流遍了全身，直到他感动得想哭。不过，庞庆和过去很少有流泪的时候，他认为那是男人最没出息的事。现在不行了，那颗心动不动脆弱得厉害。

"小伟"似乎还在呜咽，莫非它也知道了这房子这院子这树要被撂荒了？庞庆和蹲下来身子抚摸着"小伟"说："小伟，你别怕，有爹在就有你安身的地方。"

"小伟"似乎明白了庞庆和的意思了，它舔舔庞庆和的手，它又舔舔他的脸，于是庞庆和的心再次被"小伟"融化了，他觉得儿子庞伟依然还在自己的身边。可是，庞庆和还是忍不住把屋前屋后看了个遍，似乎那窑洞要马上从他眼皮底下消失似的，似乎他听到了那树的呼喊和呻吟。再回到家里，庞庆和不知道怎么一下子没了底气，他不敢看那个电视机，就连说话的语气也低了许多。

"这村子难道真的要搬迁了？"庞庆和黯然地重复着，然后他又低低地问宋拉娣，"那电视上面还说啥了？"

宋拉娣说："县里已经下发通知，这次易地扶贫搬迁，主要是政府出资，农户承担一小部分。安置户每间房自己掏一万元。"

庞庆和一下子嘴张得很大，随即又合拢起来。过了一会儿，他又说："可是咱儿子还没有回来，这里才是他的家。刚才我看见'小伟'好像哭了，它不想离开这个家。"

经庞庆和这一说，宋拉娣刚才那点兴奋的劲头一下子没了，她不由得扭着头四下里看看屋子、看看院子，看着看着她的鼻子就酸楚了，看着看着她的心也开始慌乱了，她似乎看到了庞伟站在院子里孤独绝望的样子。她忙问庞庆和，"那咱们到底该怎么办？咱们还守住这老窑洞？"

庞庆和"唉"声连天，他憋屈在那里不说话了。这些年的风风雨雨他经历了有多少，他知道胳膊永远是拧不过大腿。可是，他弄不懂，为啥这千年的古村落不要了，非得要搬迁到古家庄村？想着想着就去看院子里的那棵树，仿佛儿子庞伟还在那树下做作业，他不能没有这棵树，树在儿子就在。

庞庆和的思路又走上了老道。

梅奕瀚处理完案头的工作，忽然想起一件事，便匆匆去了花园村。

他刚入村子，便被眼前焕然一新的村容村貌惊呆了。过去，这村子随处可见残垣断壁没有了，重新修筑为整齐划一的徽式砖护墙，墙上饰以山水风景，既不脱俗，又烘托出了自然之灵气。

此时，花园村黄花种植科技培训会刚刚结束，苏炳坤正打算送贾玉清出门，见梅奕瀚走了进来。

"梅书记好。"

"玉清好，大家好。"梅奕瀚环视了一下会议室，然后笑眯眯地看着苏炳坤说，"从墙上的布置便可看得出来，你这位在部队锤炼出来的年轻共产党员，有着极大的热忱和敏锐的政治思想意识。"梅奕瀚再向众人挥挥手，"大家都坐下，咱们聊一聊。"

"梅书记，感谢您帮助我们村请回了这么好的一个接班人。"原村支书马腾说。

"是炳坤自己有一颗回报家乡诚挚的心。一个人心中有爱，装得下

462

山川岁月、父老乡亲；一个人狭隘自私，便只有一个孤独的自己。所以说，我们的脱贫攻坚战，其实就是一场爱心接力大会战。"

"梅书记，这是我应该做的。"苏炳坤说。

"炳坤回村没有多久，这村容村貌就发生了大的改观，我已经感觉到了花园村党支部焕发出了新的精气神。"梅奕瀚说。

村主任王举说："是的，没有炳坤，靠我们这些老顽固真的是没有这个能力。这村容村貌整治，是炳坤自己筹资修建的。村民们感念炳坤的好，都说村里有了主心骨，这以后的日子会亮堂起来。"

"我没有工作能力，过去村里的这些党员归拢不到一起。炳坤人年轻，有文化、有魄力、有担当，大家伙儿都心服口服。现在，村两委流转农民土地一千八百亩，都变成了水浇地，成立了黄花专业合作社，村民们以地入股抱团发展，大家都拧成了一股绳。炳坤说，这叫凝聚力。要我说，这凝聚力其实就是一锅粥，党支部是火，村集体是锅，合作社是水，村民们是米，一粒粒散碎的米沸腾在一口锅里，你中有我，我中有你，大家伙儿熬着熬着就成了一锅热气腾腾绵甜滚烫的粥。"

梅奕瀚听罢马腾的话，哈哈大笑，说："你这个老支书很有趣，我还从来没有听说过这样理解凝聚力的。好，老支书的一席话通俗易懂简单明了，突出了党支部在农村中的领导作用，同时也说明了巩固集体所有制在农村发展中的重要性。"

"梅书记，是否需要我做一下前期工作汇报？"苏炳坤问。

"不用了，马腾同志和王举同志已经讲得很清楚了。不过，你下一步将做如何打算？"

"从村里两委班子来看，我们主要缺乏知识性人才。我正打算去聘请一位大学生回来，帮助我们共同创业。目前，村里定位的发展方向主要是依托黄花产业，帮助村民脱贫致富。其他产业还没有头绪，待请回了大学生我们再做深入探讨研究。"

"你的思路很正确，知识性人才是创建新农村振兴乡村的关键。我这次来，是有一项很好的产业与你商量。"

"是吗？梅书记，快请说。"

"柳编。"梅奕瀚说着，打开手机图片，里面是各种各样的柳编工艺品。

"这些工艺品太美了。"苏炳坤一边欣赏一边说，"您是怎么想到这项产业的？"

"这不是我想到的，是今年黄花采摘期一名山东来的采摘工因病住院，她的工友无意间放下的一件柳编工艺品提醒了我。"

"梅书记，这项产业我们能做，也一定能做好。花园村靠近桑干河，过去那河岸上多的是卧牛柳，老一辈村民们都会柳编手艺。"

"那时候的柳编只是一门简单的技术，和这个复杂的工艺品没法子比。"

"梅书记说得对。我的意思是，村民们过去有这个柳编的基础，对于这项产业一定很感兴趣。"

"这需要去学习。山东菏泽是中国的柳编之乡，你选派几个优秀青年去学习，回来后便可以带领大伙儿共同发展这项产业。咱们平邑县每年的农闲时间几乎长达半年，我们不能让这半年的光阴白白浪费了。柳编工艺品不仅丰富了群众的文化生活，同时可以给群众创造更多的收入。"

"只是，现在咱们当地没有这些原材料。"苏炳坤说。

"这些柳编工艺品材料和咱们这里的卧牛柳不是一回事，人家用的是枸柳。没有原材料我们可以先从外面选购嘛，以后条件具备了，我们自己种植枸柳。另外，琢磨一下从我们当地现有的资源中寻找新的编制工艺材料。平邑县的黄花种植面积会越来越大，虽然它的全株草均可入药，但是毕竟需求量有限。每年黄花采摘过后，黄花的叶子白白凋萎了，是否能将这叶子作为一种新的编制材料。"

贾玉清说："黄花单片叶子缺少韧性，易脆裂，不便制作工艺品，且其形色极易变得枯黄暗淡，制作成品后欣赏价值不高。若是合股拧之，只可以做草绳或者草垫，虽然也有一定的市场需求空间，但潜力与价值不大。"

梅奕瀚看着身边的贾玉清，微微一笑，说："凡事无有不可能。黄花的叶子形体修长，我总觉得它应该是一种很好的编织材料，只是我们还没有找到一种行之有效的科学方法。这个我们以后可以慢慢挖掘，眼下先说这枸柳编织的事。"

"梅书记，正好村两委干部和党员全部在这里，这项产业就这么定了，我近日就选派两名心灵手巧的优秀青年赴山东去学习。"

"好的，这个你们可以自行决定。"

梅奕瀚说罢，默默注视着贾玉清，随后再赞许地点了点头说："玉清老哥，这些时辛苦你了。"

"梅书记，不辛苦。"

"蒋春毅那边的情况怎么样？"

"开始时，比较艰难。不过，这小伙子有头脑，硬是把村民们的心拢到了一起。"

"是吗？那你说说看。"

"蒋春毅放弃了摇滚音乐后便留在西田村里。当时，省通信管理局驻西田村扶贫队队长郑振伟，他计划将募集的十七万扶贫款直接分发到老百姓手中，每户平均能分两千元左右。蒋春毅带领他的团队成立合作社后，希望将这笔款作为村民投资入股黄花产业的基金，但是村民们不答应。幸亏县扶贫办主任秦国祯、黄花办主任皇甫一南和农委主任杜启瑞及时出面，耐心做群众的思想工作，才留住了这笔钱。但是，依靠这点钱流转土地发展黄花产业显然不够，村支书和村长的思想也比较保守，不愿意配合，合作社的事一时陷入了僵局。蒋春毅只得四处筹措资金，自己又投入了八万元。后来，村支书和村长看蒋春毅的确是个难得的人才，他们也筹资相继各投入了五万元。但是，村民们对于土地流转的事情一直抱着观望态度。蒋春毅为此专门印制了合作社股权证和合同书，并请县公证处进行公证，乡政府出面担保，这样才慢慢化解了村民们的思想顾虑。目前，这个合作社已经进入到正常的工作中，第一轮黄花种植科技培训刚刚结束，以后还将进行第二轮或者第三轮具体实践培训。"

梅奕瀚的双眸里聚拢着一种光，他缓缓地站立起来，说："目前，咱们县鼓励优秀人才创建合作社，带动大家抱团发展，只是先行的一种模式。之后，我们还要强化农村集体所有制改革，让农民们既有分红又有工资。确权村集体财产，将村集体资源变为资产，将资产变为股金，而所有的村民就是股东，要确股到人，确股到户，确保每一个村民受益。"

被搁浅的梦

省里帮扶的抗震改建易地搬迁安置经费虽然没有到位，但是这件事省里已经定好了。梅奕瀚叮嘱马文涛，现在趁冬季农闲时间，先做好村民们搬迁的思想工作，能签合同的尽量就签了。

几日后，古家庄乡抗震改建领导小组组长、乡党委书记马文涛带领工作队的人来到了月城村。孙财旺在大喇叭里喊话，叫村民们到村委会开会。

庞庆和看着人们嘈嘈嚷嚷纷纷向村委会走去，他的心里既慌乱又生气，好像那魂儿一时也弄丢了。

马文涛叫孙财旺清点一下人数，孙财旺像是点羊一般，举起手一片一片划拉着。

"马书记，好像人都到齐了，可以开会了。"

"什么是好像呢？你能不能认真一点？"马文涛有点生气。

孙财旺再举目四下里搜寻一遍，说："村子里就庞庆和没有来，不过宋拉娣来了。"

"那好，咱们现在开会。今天是易地扶贫搬迁工作动员会，主要是想听取一下大家的意见。"马文涛说，"危房问题一直是困扰着月城村民最大的一块心病，也是长期以来困扰大家裹足不前致贫致弱的一个重要原因。古家庄乡计划将月城村等几个危房最严重的村落，集中搬迁到桑干河南岸，建设一座以古家庄村为中心的现代化新农村。"

有人喊了一句："让我们村和古家庄村合在一起，不去。大家说对不对？"此人一嗓子高喊，会场一下子乱糟糟地议论起来。

"大家请安静，先听我把话说完。有什么意见，待会儿大家可以提出来。"马文涛边说边举起双手，像是试图去扑灭刚刚燃起的一团火焰。

孙财旺站起来也说："静一静，先静一静，有啥话咱慢慢说，待会儿慢慢说。"

马文涛说："依照住建局制定的改建实施方案，易地扶贫搬迁每户将会分到两间标准的安置房。每间房农户只需自筹资金一万元，其余建设款项将由县政府负责筹资。"

马文涛的话刚落，陶利一下子站了起来。

"我们再穷，现在还有三间破房居住。政府给一户两间安置房，让我们怎么住？难道我们家二十岁的大小伙子还得跟他妈一条火炕挤着睡？这样下去，会不会逼出第二个傻三、第三个傻三？"

众人便看着庞极无一阵哄笑。庞极无指着陶利骂道："狗嘴里吐不出象牙！"

"我本来就不是狗，怎么能吐出象牙？"陶利轻蔑地扫了庞极无一眼，又说，"这两间房，以后孩子娶妻生子往哪里住？再说了，我们没有钱才不能自己翻修房子，如果我们有钱谁愿意搬出月城村？政府还得让村民自己掏钱，这样的事我们不干。"

陶利这一鼓惑，会场上顿时又喧哗一片。人群中不时有人喊："我们不搬，我们没钱。"

马文涛又安抚道："好好好，大家请安静，有什么意见，待会儿一起提出来。"马文涛等待众人再次安静下来，又说，"按照国家土地法的相关政策规定，一户农民只能申领一处农村宅基地。因此，群众在享受政策搬迁安置后，必须将旧的农村宅基地所有权交还给集体。"

陶利再次站起来:"政府给两间安置房不说,还要把我们的旧房收回去,这样的买卖我们不干。大家回吧,千万不要上当了。"此时,陶利的话正好迎合了大家的心思,村民们便纷纷站起来准备离开。

陈春山喊了一句:"大家别走,你们回去了也不是解决问题的办法,我说几句话。"人们看是陈春山,也就留了下来。

"马书记,我作为一名老党员说几句话。听我父亲讲,月城村是一座有着厚重历史文化积淀的古老村落,而古家庄村的历史则浅得很。即便到了康熙年间,文字记录桑干河的流经时,也是以月城驿作为桑干河流经的地理标识,而并没有提到古家庄,可见月城村的历史文化价值。如果将月城村合并到古家庄村,无疑等于抹去了月城村千年厚重的历史符号,这样愧对祖宗的事情我们不能干。另外,政府给予每户两间移民安置房不太合情理。陶利刚才所说的话虽然有些刻薄,但并非没有道理。请政府替老百姓考虑一下安置后的实际人居环境。这次易地扶贫搬迁,农户每间安置房自筹一万元,说实在的,我们会因此感恩政府的关怀,但不是说每个家庭现在都可以拿出这笔钱,这钱最后从哪里来?国家规定农民一家一户只能拥有一处宅基地,这个我们不能反对,但是村民们一旦搬迁后,月城旧村划归集体后,一旦被拆掉,那么月城村的历史文化也就彻底断了根脉。"

陈春山的一席话,让会场再次安静下来。马文涛说:"刚才春山的话,应该代表了月城村民的集体意见,我会及时地向县委县政府汇报群众的意见。易地扶贫搬迁是造福人民的大好事,请大家回去以后也认真考虑一下这件事情。"

春生站在一群人伙里,竟自顾唱了起来:

> 羊走那树林林人走畔,
>
> 各人自有各人的盘算。
>
> 公鸡打鸣不用相互看,

你要是想搬就去搬。

……

半月后，马文涛再次带领工作队来到月城村。这次，马文涛没有招呼群众集中起来开现场会，而是通过村里的大喇叭向村民们传达了县委县政府的最后决议。马文涛说："关于村民们上次提出的移民搬迁意见，县委县政府高度重视，现在已经有了明确的答复。考虑到月城村历史文化背景的特殊性，县住建局就月城村的易地扶贫搬迁重新规划，将在靠近桑干河的月城村集体土地上另行选址，具体位置已经初定。本次易地扶贫搬迁，每户由过去限定分两间标准安置房改为三间，村民每间安置房自筹一万元，困难家庭可以向政府指定的银行申请安置房的贴息贷款。月城村整体移民后，为了保护旧村的历史原貌，村民们原有的住房暂时不作拆除。"

马文涛在喇叭上简单介绍了一下新的易地扶贫搬迁方案后，便带着工作队人员分赴各家再细致做工作，并与沟通好愿意搬迁的村民现场签订合同。

宋拉娣背着庞庆和去找马文涛。她说，只要政府给提供贴息贷款，她家现在就愿意搬迁。宋拉娣早想好了这件事，老伴庞庆和一直住在这个院子，他永远不会迈过心里的那道坎儿，再熬不了几年就会精神崩溃。当宋拉娣把工作队的人请到了院子里，庞庆和将刚刚端起来的一个水碗"啪"的一声摔在了地上。

宋拉娣默默地蹲在地上捡拾着碗的碎片，说："孩他爹，你不是早就盼着咱家孩子们能过上城里人的生活吗？现在几个村子都搬到中心村了，听说那就是一座小'城市'，怎么你现在能做'城里人'了，反倒要拒绝了？"

庞庆和的喉头蠕动了几下，径自走出了屋子，他看着院子里忙碌的人们，眼前就织成了一张网，那网罩着他的眼，他再看不见了那玉米、高粱、谷子、黍子的颜色；那网罩着他的心，让他感觉喘不过气来。他就凭着自己的触觉去抚摸那墙、那门、那锄头、那犁铧，他摸到了一把镰刀，就在磨石上磨了起来，直到那刀口的锋芒照得人心惊胆战，然后他看看那些惶恐的工作人员，又慢慢将镰刀挂在墙上。

　　院子里不时传出来测绘人员的喊话，每喊一声，庞庆和的心就一提一提的，直到那颗心几乎提到了嗓子眼，继而拥堵得厉害。待他的情绪刚刚稳定下来，那颗心却又猝不及防一下子掉了下去，掉到一个无底的深渊。

　　工作队的人都走了，庞庆和径直向村外走去。他走得很慢，似乎在计算着脚下的路程；他的脚步放得很轻，似乎害怕踩坏了田间的路。他走着走着，就被田里的色彩弄湿了眼，他那湿湿的眼眶里全成了模糊的一片，紧接着有大滴大滴的东西掉下来，砸在了前胸，然后又迅即从胸口滚落在迈出去的腿上，再从腿上滑落到地面。他却不去管那些东西，任那些晶莹的东西像豆子一样滚落。终于他走到了自家的地里，庞庆和不用眼去看就知道是自家的地了，他能嗅出来这地的味道，这味道他再熟悉不过了，而且每个季节都在不停地变换着，他最喜欢这黄土地的味道。

　　庞庆和坐在田间的土垴上，他两眼直盯盯地看着远方，直到看得眼睛酸涩了，又去看他落在雪地里的每一个脚印，间或他掬起一捧土来嗅那清香的泥土，或是弯腰下去清除地里枯黄的杂草。抚摸过了，捧过了，看过了，嗅过了，他就喃喃地自语着：多好的土地，多好的村庄，怕是这辈子再也不能住那间老屋了，怕是庞伟回来也找不到自己的家了。

　　庞庆和又横下一条心，自己一定要留在老屋，一定要等着儿子回来。

　　然而，易地扶贫搬迁的事，并没有像马文涛预料的那么好。月城村留守的村民绝大多数为五十岁以上的中老年人，他们对于故土有着深厚的感情，虽然他们打内心里希望住上宽敞明亮的新房，但是到了真正要实施易地扶贫搬迁的时候，却有很多人不愿意搬出这个古老的村落。马文涛在村子里忙碌了几天，自愿签订易地扶贫搬迁协议的家庭竟然不到三成。

不久，县里又传来了消息，原计划为移民新村出资的几家单位资金不能到位，易地扶贫搬迁的事情不得不暂时搁浅。

按照县委县政府的指示精神，马文涛将收起来的部分村民自筹房款原数又退了回去。

退钱的事是梅奕瀚决定的。他与省扶贫办联系了几次，那边一再回复，抗震改建帮扶资金暂时不能到位，而具体的时间还不能确定。梅奕瀚认为，既然省里的帮扶资金确定不了，现在把群众的钱收起来却迟迟不能开工，将会产生不良的影响。

梅奕瀚看着窗外的寒风一阵紧似一阵，内心一阵阵惆怅。

一场布局好的阴谋

一个人的思想在不同的际遇往往会产生不同的情愫。

移民搬迁的事，对于月城村少数的村民来说，视之为千载难逢的好机会，如此得而复失，自然内心里无比失落。而对于绝大多数中老年村民来说，难以割舍的故土情结是真实的，但他们又时时期盼能过上改天换地的新生活。所以，在移民搬迁的机会来临时，他们的思想是矛盾的、纠结的，拒绝搬迁出于他们骨子里的原始本能，然而在拒绝后的等待与观望却是他们向往未来的一扇窗口。

易地搬迁的事情搁浅后，所有的村民都感觉自己的心里像被掏空了，又觉得迷茫的眼前刚刚有人给点亮了一盏灯，但是那灯仅仅亮了一瞬间又熄灭了，一切又回到了过去的生活轨迹。巨大的失落像是一把锈蚀的锁，将刚刚发芽的所有根脉封闭在了茫茫的黑暗中。

月城村再次陷入了荒凉、孤独与绝望中。而此时，黄雅萱的心里却是满满的幸福感。

自打四个月前秦克勤留给了黄雅萱一纸离婚协议书，不仅没有断了两个人的爱情，反而让秦克勤认识到了黄雅萱可贵的一面，她有一颗真诚善良的心。

　　那日，黄雅萱走后，秦克勤伫立在合作社的院子里很久。他回忆着与黄雅萱从小到大的一点一滴，不禁幡然悔悟。黄雅萱唯一的缺点就是没有文化，而这世上道貌岸然、巧言令色、沉博绝丽之人，又有几个能比得上黄雅萱的干净澄澈。秦克勤一时不知该如何面对黄雅萱，她虽然没有文化，却是聪慧的，能明了是非的，她一定明白那张纸真正意味着什么。

　　秦克勤经过一晚上的煎熬，第二天一早便匆匆赶回了月城村。在路过那片黄花地时，他看到了精神沮丧满脸忧伤的黄雅萱，便径直跑了过去。

　　黄雅萱看到秦克勤的刹那，她的眼泪扑簌簌地滑落下来。

　　"对不起，雅萱，请原谅我吧。从今以后，我会好好珍惜你，爱你一辈子，永不分离。"

　　黄雅萱扑进秦克勤的怀里，委屈地哭出声来。

　　"我还以为你不要我了……"

　　秦克勤安抚了黄雅萱一阵子，然后说："雅萱，我去找过乡里的贾为民主任。"

　　"你找他干什么？"

　　"咱月城村两委会要换届竞选村干部了。"

　　"那和你有什么关系？"

　　"怎么没有关系？你别忘了，我不仅是个大学生，而且还是党员哩，我当然可以参加竞选村支书了。"

　　"是真的吗？那可太好了，如果你当了村支书，得好好为咱村民做些事情。大伙儿都盼着脱贫，就是缺少个领路人。"黄雅萱说到这里，忽然又变得疑惑起来："问题是，你能当上村支书吗？"

　　"或许能。我找贾为民就是为了这件事情，他已经答应帮这个忙。"

　　"你是不是给他送礼了？"

"算是吧，就一点小意思。贾为民说，乡党委正好想选一个既熟悉本村的情况，又与群众有很好的感情基础，而且头脑灵活有文化有担当的人，来接任下一届村支书。你看，这些要求我都具备。"

"那你真的能当了村支书？"

"很有这个可能。这次换届将采取两推一选、公推直选，然后找出三个候选人再公开竞选。"

秦克勤笑眯眯地刮了一下黄雅萱的鼻子，说："我给你解释一下。两推一选，就是先让村里的党员推荐村支书的合适人选，再结合群众推荐，然后在党员内部进行选举。公推直选，就是通过党员个人的自我推荐、党员群众的联名推荐、党组织的推荐，这三个环节产生候选人，然后由全体党员直接参与选举产生村支书。"

"这么复杂呀，我看你的希望不大。"

"不是不大，是很有希望。贾为民说，乡党委已经把我作为三个候选人之一了。"

"那另外两个人是谁？"

"王春生和孙财旺。你想想看，春生是个酒鬼，怎么能当得了村支书？而孙财旺这些年不仅没有带领群众摆脱贫困，而且滥用职权营私舞弊，就算是全村的党员都选他，乡党委也不会同意的。"

那天，秦克勤第一次帮助黄雅萱采摘黄花，一直忙到了午后。黄雅萱便在秦克勤忙碌的身影里，重新找回了未来的希望。

经过这段离婚闹剧后，秦克勤几乎每天晚上都要回到家里。他还多了两个习惯，一是帮助黄雅萱识字，二是利用晚上的空闲时间去村里各家各户四处走走。

眼下，月城村两委换届的事快到了。黄雅萱一想起这件事，内心里就充满了骄傲与激动。

梅奕瀚一直在暗中调查月城村林地的事，神秘的鼎安公司再次出现，不会如此巧合。联想起盗挖金属钒事件中猝然接到的那个电话，他敏感地意识到在这条利益链的顶端，必定有一股强大的势力在暗中操控。

月城村林地签订的合同是在八年前，而当事人村支书秦禄和所谓的承包人庞秋生竟双双死亡，难道这林地签订的合同同样采用了移花接木的方式？

梅奕瀚让马文涛将庞秋生与福祥公司签订的合同复印下来，然后去找在市里打工的庞石山，请他辨识是不是庞秋生的亲笔签名。马文涛几经打听，终于找到了庞石山，他看了看那签名竟然点了点头。

马文涛问："你是否知道你父亲曾与福祥公司签合同的事？"

庞石山惊愕地瞪大了眼睛，他连连摇头说："真是奇怪，怎么可能会有这事情？如果我父亲果真承包了那片林地，福祥公司肯定会给我家一大笔钱，我与陈素箐的婚事也就不会泡汤了。问题是，我家根本没有承包过那片林地，而且村委会也不会将这样的油水白白送给了我父亲。"

马文涛又问："既然这上边有你父亲的亲笔签名，说明你父亲在世时，必定发生过这件事。你回忆一下，你父亲和村委会曾有过哪些接触？"

庞石山说："这么多年过去了，谁还能想起哪些事？再说了，我父亲一个大活人，他每天出去干什么，我怎么会知道？"

马文涛又找到秦禄和崔三的家人，询问他们是否听说过村委会与庞秋生签订承包村里林地的事情。两方的家人都说不知道。

梅奕瀚接到马文涛的调查汇报后，他意识到这合同的事一定是庞秋生被人利用了。只是庞秋生到底是被秦禄利用了，还是被孙财旺利用了？庞秋生为什么会突然死亡了呢？

梅奕瀚调查发现，在庞秋生死的那一年，孙财旺将村里白灰窑所有的重活都派给了庞秋生，而庞秋生挣钱心切，严重的体力透支才导致他的身亡。这能说明什么？庞秋生毕竟是自己累死的，而非他杀，从法律角度讲，庞秋生的死和孙财旺没有一点直接关系。这里面到底隐藏着什么秘密？

梅奕瀚突然想到一个人，叫王春生，然后直奔月城村。在梅奕瀚看来，王春生是一个极其神秘的人，他看似经常酒醉，但是他的山曲里却是隐藏着很多的内容。

在王春生家见到他的刹那，梅奕瀚仿佛看到了另一个人。王春生不再是过去醉酒迷离的样子，他的双目变得清澈而明亮。

"你现在戒酒了？"梅奕瀚问。

"该戒则戒，处于这样一个混沌的世间，再装下去没有用了。"

"你经常醉酒，莫非是装的？"

"是装也不是装的，反正每天喝酒是真实的事，醉不醉只有我自己心里最清楚。"春生说到这里，看了眼妻子贾兰兰，"噢，不对，我的老婆她也清楚。"

"不过，现在是彻底戒酒了，这还得感谢梅书记。"

"感谢我？"

"我知道，是您让乡里的书记马文涛来劝我戒酒，这份情我记着哩。"

梅奕瀚这才想起，曾经叮嘱过马文涛去办这件事。

"其实，打我第一次听到你的山曲，我就知道你是一个与众不同的人，看似酒醉，心里却明亮如镜。"

"唉，看着这村子一年年地破败下去，心里难受啊。我不过是一只蝼蚁，眼见得一些肮脏的事情屡屡发生，却无能为力。还是做个酒鬼好，装疯卖傻，可以借此发泄内心的愤懑。"

"你这样做看似明智，实则是对歪风邪气的漠视，如果人人都像你这样，那坏人更有了一恶到底的土壤。身为一个公民，自然有监督的责任和义务，更得敢于和歪风邪气作斗争，这样我们的社会环境才能得到更好的净化。"

"您说得对。但是，作为一只蝼蚁，那样做往往意味着要付出很大的代价。马建忠就是因为掀开了村里挖沙采石的黑幕，结果被车撞死了。"

梅奕瀚的心里顿时沉甸甸的，他一时不知该说些什么。

"梅书记，马建忠倒是拨亮了我苟活的心。一个人愿意为别人忍辱负重四十多年，为了集体的利益甘愿冒险，死得其所。"

"那可否讲一讲合同的事？"

王春生看了看窗外，阳光正是明媚，屋顶一层薄薄的雪开始融化成水，一滴一滴落了下来。

"这几份合同其实都是一场已经策划好的阴谋。"王春生于是将他了解的情况详细地讲给了梅奕瀚。

秦禄死后，孙财旺接任了村支书。没过多久，全亮和王闯分别来到村委会找过孙财旺，商量签订月城村西沟以及天户山挖沙采石的合同。当时，春生就在村委会的窗户下靠墙坐着，因为他在别人眼里是一个不成器的"醉鬼"，并没有引起任何人的在意。一天黑夜，春生隐约听得孙财旺家里有吵吵声，便悄悄溜进他家院子窥听。屋子里有孙财旺和他媳妇、吴进、崔三四个人，吴进和崔三正喝着酒，孙财旺没拿酒杯。他们争论的话题是关于挖沙采石签合同的事，崔三执意不签这个合同。孙财旺便再三给吴进使眼色，他们两人的酒便越喝越多，直到崔三趴在了桌子上。吴进下地要走的时候，春生赶快溜了出去。吴进离开孙财旺家，又去了崔三家，春生见崔小娟将他的父亲接了回去，当天夜里他便成了植物人。后来，吴进接替了崔三的村主任工作，孙财旺从崔三家取回了公章，然后以上一任月城村两委的名义伪造了那两份西沟挖沙采石的合同。庞秋生与孙财旺签合同的事，是庞秋生自己告诉春生的。那天，庞秋生从孙财旺家出来，正好被春生看到。当时，春生家的一只羊正难产，庞秋生曾经是生产队的老羊倌，自然懂得如何为羊接产。加上春生的父亲与庞秋生又是表弟兄，自然这个忙庞秋生是会帮的。春生问庞秋生去孙财旺家里有啥事，庞秋生吞吞吐吐地说，也没个啥事。庞秋生是一个不会撒谎的人，经不住春生再三的追问，便如实讲出了签合同的实情。孙财旺知道庞秋生不识字，伪造了上一任村两委与庞秋生签订的林地承包合同，并伪造了庞秋生将林地转包给福祥公共管理公司用于建设公墓的合同。孙财旺为了达到灭口的目的，明知道庞秋生因急于挣钱已经积劳成疾，便故意让他去白灰窑干所有的重体力活儿，直至庞秋生病重而亡。

春生还讲述了另外两件事：月城村福蛋儿溺水身亡事故，是由孙财旺看见傻三和福蛋儿在一起，故意给了傻三一个带绳的空罐头瓶，福蛋儿才牵着傻三去大口井玩耍出事的；乔日娜在月城村驻村期间，孙财旺利用傻三去骚扰乔日娜，就是要逼迫她主动离开月城村。

梅奕瀚心里所有的疑问顿时解开了。孙财旺蓄意谋害他人性命，伪造合同，私自侵吞合同赃款，已经触犯了法律。但是，孙财旺断然不会承认这些事情，想要将他绳之以法，必须得有春生出面作证。梅奕瀚想到了马建忠的死，一时难以抉择。而眼下，该如何阻止月城村林地改墓地的事情？

回到县里后，梅奕瀚便给市民政局打电话，询问月城村林地开发墓地的事，是否经市局相关部门规划报批了。对方给予的回答是，上级部门同意报批了。梅奕瀚顿时傻了眼，看来月城村林地开发公墓的事已经无法改变，现在唯一能做的就是先做好月城村群众上访的安抚工作。

陈志远还在做市里的那份垃圾清运工作。

这天，原先跟车的两名环卫工换了一个人，这是个瘦瘦干干的中年人，一上车嘴里吸吸溜溜地说："这鬼'乾'气，今'乾'的'乾'气咋这么冷？"

陈志远看了那人一眼，问："你说啥哩，我咋听不懂？"

"听不懂？我说的是'乾'气。"那人说着用手向上一指。

旁边的那个装卸工笑着说："他说的'钱'气，就是天气，在他们老家方言中'天'和'钱'的发音不分。"

那人又说："我说的这个'乾'气的'乾'，是'乾坤'的'乾'，'乾'本来就是指天嘛，不是你说的'钱'。"

说者无心，听者有意。陈志远心中一动，便问："你老家是哪的？"

"金城县的。"

"你们老家'种田'的'田'是不是也叫'钱'？"

"那是两码事，我们还叫'田'。"

陈志远又问："你们知道有姓'钱'的吗？"

"怎么没有？咱们国家有个科学家叫钱学森，可惜他四年前去世了。"

"有没有姓'天气'的'天'的？"

那两人相互看看，笑着说："从来没有听说过，还有人敢和老天爷一个姓？"

陈志远一肚子的希望再次破灭了。

春节前，卖馒头的女人给陈志远拿来一身新衣服。

女人说："这衣服是我男人活着的时候买下的，他走后家里再没有人能穿，你如果不嫌弃就拿去穿了吧。"

"姨，我怎么会嫌弃哩？"

女人顿时显得很兴奋，说："那就好，你现在试一试，看看是否合身。"

"现在……在这里？"

"是啊，怕什么。"女人说着，就去帮陈志远脱掉那身环卫服，她再次看到了他脖子下面那片特殊的月牙红，身子不禁抖了一下。此时，她彻底确认了眼前的这个男孩就是自己的亲生骨肉。

这个女人就是陈志远的亲生母亲，其真名叫天彩梅。

陈志远穿好那身新衣服后，天彩梅左端详右端详，再前后看看。

"正合身，穿上这身衣服真精干。"

天彩梅的脸上露出少有的欣慰笑容。她又说："我女儿放寒假了，我想邀请你去我们家，我给你们做一顿好吃的饭，咱们聚一聚。"

"姨，我没时间，忙完了城里的活儿，家里还有营生。"

"不会耽误你很长时间，就一中午，你吃过饭再回去，我女儿想见见你。"

陈志远的脸颊顿时绯红，说："姨，我又不认识你女儿，她怎么会想见我？"

"我和她讲起过你，说你很吃苦，还是个很不错的好小伙子，她想认识一下你。"

"姨，我……"

天彩梅帮陈志远将新衣服脱下，说："这么大的小伙子了，还害羞。我女儿比你大三岁，你应该叫她姐姐。这样吧，你先去忙你的，中午你到北魏家园大门口左边那栋楼第一单元203号房来，我在家里等你。"

陈志远忙完了工作已过十二点，他用塑料袋装着那身新衣服去了北魏家园。

天彩梅早等候在玻璃窗前，她看见陈志远骑着摩托车进了小区，便急忙去打开了家门。

"妈，今天到底是谁要来咱家？看把你心急的。"女儿打卧室走出来问。

"他是你的弟弟。"

"弟弟，我哪里来的弟弟？"

"村里来的，你不知道。"

陈志远刚走到女人家门口，看见女人身边站着一位漂亮的姑娘，便停下了脚步，他的脸瞬间又红了。

"孩子，赶快进来。"天彩梅热情地招呼着。

姑娘见眼前的小伙子朴实腼腆，不禁有了几分好感。

"我叫骆兰，欢迎你到我家做客。"

陈志远抓挠了一下头发，说："谢谢。"

"你还没有介绍你自己。"骆兰说。

"我叫陈志远，月城村的，在市里打工。"

"孩子，你把衣服放在这儿，赶快坐下来吃饭。"天彩梅说。

骆兰将陈志远拎来的衣服拿起看了看，说："你的眼光不错嘛，这还是流行款。"

"这是姨送给我的。"

"什么？我妈给你买的？"骆兰露出一脸的惊讶，随后嘟哝着嘴说，"妈，我长这么大，你从来没有给我买过一件好衣服，你却……"骆兰将一半话咽了回去。

天彩梅将备好的饭放在餐桌上，说："兰儿，别胡说，你们都过来吃饭，这衣服是你爸留下来的。以后，他就是你的弟弟。"

骆兰睁大了眼，说："妈，你别逗了。这衣服是前几年才流行起来的，叫格子夹克运动装，2000 年之后推出的。"

天彩梅看了陈志远一眼，她面露尴尬，随后对骆兰说："你一个小孩子懂个啥，你爸在的时候就已经有了这样的衣服款式。"

天彩梅做了六道菜，主食是饺子。骆兰看着桌上的菜说："妈，咱家过年你都没舍得弄这样一桌子菜，今天是咋的了？"她看看陈志远，又说，"看来你的确是贵客，我算是跟着你沾光了。"

天彩梅拿起碗，给陈志远盛好一碗饺子，笑着说："孩子，你别听她贫嘴，赶快吃。"说着，她又给陈志远的碗里夹了几块肉。

陈志远被天彩梅的热情冲昏了头，他不知道眼前的女人为什么会对自己如此关爱。他感觉自己忽然置身在晕晕乎乎似梦非梦的氛围里，被一层又一层暖暖的温馨的光晕罩得严严实实，这种突如其来的幸福竟然让他局促不安，甚至有些透不过气来。

吃罢饭，天彩梅说："孩子，你和你姐两人留个联系电话，以后有什么困难跟你姐说，或许她会帮到你。"

骆兰说，"妈，我怎么不知道我还有个弟弟？他是咱家啥亲戚？"

"你这孩子，咋这么多的问题？赶快带上弟弟在屋子里看看。"天彩梅说完，像是逃离似的，赶快进了厨房。

"姨，不早了，我现在就得回去，有时间过来看你们。"陈志远向厨房那边说了一句话，然后便打算离去。他猛然瞥见客厅的一面墙上，挂着一个相框，里面大多数是骆兰从小到大的照片，中间有一张合影，一个男人和一个女人并排坐着，女人的怀里抱着一个小女孩。

天彩梅急忙从厨房出来，却见陈志远已经走出了屋子，他向她笑着招了招手。

这天晚上，天彩梅一夜没有睡着，她又想起了那段凄惨的往事。

天彩梅的老家是河北乐亭人。她的父亲在1956年响应知识青年上山下乡的号召，被共青团派遣到金城县一个荒凉的村庄扎下了根，他在此娶妻生子，有了女儿天彩梅。后来，天彩梅考上了大学，毕业分配到了恒州市食品公司，因她天生丽质，公司的副经理骆迎春对她展开了爱情攻势，20世纪90年代初他们结了婚，同年生下了女儿骆兰。当时，还处于紧抓计划生育的年代，天彩梅主动带上了节育环。三年后，骆迎春当上了公司的总经理。骆迎春是一位责任心和事业心很强的年轻人，他看着在市场经济体制下的国营市食品公司经营状况日渐艰难，便决定裁员增效，没想到此举却是自己的不归路。天彩梅丢掉了工作，又猝然失去了丈夫，她一下子变得万念俱灰，更令她没有想到的是，自己竟然又怀上了孩子。天彩梅独自养着一个女儿，每天挺着一个大肚子四处打工，生活过得异常艰难。天彩梅经常觉得自己的乳房隐隐作痛，她去了一家私人医院作检查，医生说，经过初步诊断，她有可能得了乳腺癌，建议她再到大医院进行复查确诊。天彩梅的世界瞬间崩塌了，她觉得自己的生命已经不保，便绝望地回到了家中。此后，她依靠中草药调养身体。几个月后，天彩梅生下了一个男婴，男婴脖子下面有一片月牙红胎记。她考虑自己来日不多了，只得选择将这个孩子赶快送人。那天，天彩梅用一块小毯子将婴儿包裹好，装进了一个纸箱里，然后抱着他放在了汽车站的售票口，她强忍着痛苦躲在角落里，耳朵里听着孩子凄惨的哭声更加心如刀绞。她看见一个农民样的人将孩子抱走，在远离人群的地方她追上了那个人。

"请等一下，让我再看孩子一眼。"天彩梅已是满脸泪痕。

"你是这孩子的妈妈？"那人问。

天彩梅抚弄着孩子的小脸蛋不说话，她只是一直在哭。待她哭了一阵子，从兜里掏出一张纸条递给了那人，"这是孩子的生辰八字，请你一定要善待好我的孩子。"

那人傻愣愣地看着天彩梅，说："你如果舍不得丢下孩子，再抱回去吧。"

"我……我实在没有办法再抚养他了。"

那人叹息一声说："唉，一准儿你遇上啥难事了。我家四个闺女，没有儿子，你放心，我一定会好好待孩子的。"

"好心人，你能不能告诉我，你是哪的？叫啥名字？"

那人看见天彩梅凄惨可怜的样子，说："我是月城村的，叫陈福。"

天彩梅送走了男婴后，她已经做好了打算，万一自己哪天不行了，就把女儿送给母亲抚养。天彩梅结婚时已经没有了婆婆，公公一个人独自生活。天彩梅万万没有想到的是，一年过去了，又一年过去了，自己的身体却并无大碍，她心里的愧疚却是一天天沉重起来。孩子送出去的第五年，天彩梅鼓起勇气来到了月城村。当她看到陈福贫困的家庭现状，一心想将孩子要回来，她向陈福说明了当年送出孩子的无奈之举。然而，辛玉兰岂肯将孩子再还给她。

天彩梅临走的时候告诉陈福和辛玉兰："如果哪天孩子需要帮助，请一定要让孩子去市里的石头巷113号找我，我叫'乾'彩梅。"她刚说完，恍然意识到了什么，又说："我习惯了说家乡土话，我叫天彩梅。"

天彩梅走后，陈福在一个小本上记下了"石头巷田彩梅"六个字。他哪里知道，这世间上竟然还有姓"天"的。

2014年3月，习近平总书记在全国两会上强调，要实施精准扶贫，瞄准扶贫对象，进行重点施策。按照国务院扶贫办的指示精神，以2013年农民人均纯收入2736元的国家农村扶贫标准为识别标准，核定后的贫困人口识别规模要逐级分解到行政村。平邑县委县政府很快做出工作部署，在县扶贫办和各乡镇人民政府指导下，精准识别扶贫工作陆续展开。

精准扶贫的消息再次拨亮了月城村民心里那盏昏黄暗淡的灯，就连行将枯死的老柳树似乎也在风中不断地呼喊着：赶快帮我一把，春天来了，我期盼重来一次崭新的生命。

此时，一向难觅踪迹的孙财旺却一直留守在村子里，他对村里的党员显得异常关心，即便是在村民面前也变得很是热情，甚至谁家的鸡一时找不到，孙财旺也会帮着四处去找一找。孙财旺说："国家实行精准识别扶贫，最大的受益者是我们这些贫困山村的农民。以前乔日娜在时核定的贫困户，还得进行重新精准识别认定，要对每一户严格审核建档立卡。不过，请大家不要担心，只要你们和我孙财旺是一条心，建档立卡的事就包在我的身上。"

不久，古家庄乡召开了全乡各村两委换届选举工作动员部署会。

次日，月城村委会的外墙上张贴出了一张村两委换届的通告，人们这才明白了孙财旺近来如此关心民情的真正原因。对于换届的事情，大多数的村民都表现得异常麻木，这样的换届在这座古老的村子已并非一次，而换届后村民们的生活并不能得到一丁点的改善。即便如此，村民们还是会几个人一伙围在一起扯闲谝。这一年年灰不溜秋清汤寡淡的日子，总是少了一些发泄，亦总是少了一些谈资，换届的事情自然成了人们有意无意闲扯的话题。

"这孙财旺莫非还要连任村支书？"

"他不当谁当？你看这月城村还有个年轻人吗？"

"怎么没有？我看实孩儿就不错。"

"实孩儿还小，懂个啥？再说，他还不是个党员哩。"

"秦克勤是党员，这孩子脑袋瓜子聪明，还是个大学生，如果他当了村支书是不是会好些？"

"克勤过去一直在外面，尽管他现在去了乡里的合作社，但毕竟对田里的事情懂得太少。"

"其实，谁当一个样，有没有村干部也一个样。"

"为啥咱们这日子走着走着，现在的人心都散了呢？"

"是的，怎么会散了呢？"

"干透的沙子是攥不到一起的，散了的心又咋能收拢到一起？就咱们村这情况，怕是换谁当村干部，到头来还是一个样。"

大家齐刷刷闭上了嘴，似乎都在努力寻找这个问题的答案。

陈志远莫名其妙地得到了一个女人的关爱，他的心里便多了一层难以言喻的幸福感。此时，他依然被蒙在鼓里，他多么希望那位卖馒头的阿姨就是自己的亲生母亲，但是他的心里只深深记得一个"田彩梅"的名字。陈志远是一个有心之人，他不想自己亏欠别人付出的情感，便从家里拉了一袋小米和一袋糕面送到了女人的家中。

这天，陈志远从市里收工回来，收到了肖佳怡的一条短信。她说，她已经进入了实习期，打算今天去月城村，正式开始她的社会实践活动。

陈志远感觉自己一下子莫名的紧张。为什么会这么紧张哩？陈志远暗问自己。他一时不知道该如何答复肖佳怡，更不知道她来了以后，自己又将如何去面对。待陈志远的情绪渐渐稳定，他不禁苦笑着摇了摇头，随后自言自语道："来就来嘛，她来这里为的是实习，别自作多情，这与自己又有多大的关系。"如此想着，陈志远感觉那颗躁动不安的心渐渐放松下来，但随后他又意识到了什么，不禁再次有些手忙脚乱。

辛玉兰看着陈志远六神无主的样子，便问："实孩儿，今天你是怎么了？看上去有些心忙意乱的，你心里有什么事跟妈说说，或许妈能帮你出出主意。"

陈志远顿时脸颊发红："妈，没事。"随后，他匆匆地打了一盆洗脸水，边洗脸边说，"妈，你帮我找一身干净的衣服。"

"实孩儿，你这是要出远门？"

"妈，不是，我有一个朋友要来咱们村。"

辛玉兰笑着说："这孩子今天是怎么搞的，又不出远门，有必要换衣服吗？"

"当然有必要了，别让人家看见我这么邋遢的样子。"陈志远照照镜子，又说，"妈，你收拾一下家，她有可能要来咱家看看。"

"来吧，咱家一年到头也没个客人，妈这就收拾去。"

陈志远换了一身衣服，一下子显得精神焕发。他拿起手机想拨打肖佳怡的电话，似乎又觉得不妥。古家庄到月城村并没有公交车，她来月城村莫非有亲戚？谁去接她？陈志远转念又想，即使她有亲戚去接，自己也该打个电话问候一下，毕竟她与自己相识，又是远道而来的客人。陈志远刚拿起手机，肖佳怡竟打来了电话，惊得他猛然打了一个激灵。

"你没有看到我的短信？"

"看、看到了，刚看到的，我正准备给你打个电话。你啥时候来我们村？有人去接你吗？"

"我现在已经到了古家庄。你都不来接我，怎么会有人接我？"

"我还以为我们村有你的亲戚。对不起了，我现在就去接你，你在那里等我。"陈志远慌忙出了家门，他回头喊了一句："妈，你做一顿好饭，一会儿家里来客人。"

肖佳怡在给陈志远打电话时，已经走在了去月城村的路上。小满之后，田里的禾苗刚刚绿了一层地皮，但还是掩不住黄土地上那焦渴萎靡之气。肖佳怡走走停停，间或走到地垄，蹲下身来去查看那些弱小的禾苗。她抬头看看天，空中湛蓝，内心里却是无端地生出些许的惆怅。她再目视前方，一条白花花的水泥路上闪着刺眼的光伸向大山深处。

工夫不大，陈志远骑着一辆摩托车疾驶而来。

"对不起，我来晚了，让你一个人走了这么远的路。"陈志远抓挠着头发，显得手足无措。

"其实，你来不来接我无所谓，我正打算沿路看看。给你打电话，是为了确认你是否在村子里。"肖佳怡微微一笑。

"这路程还远着哩，上车吧，我可不想看到你走累了哭鼻子。你是天使，但我还是不愿看到你这位美丽的天使流眼泪。"

肖佳怡便哈哈大笑："想不到你这么老实的人，嘴皮子还很会说话哩。这样吧，咱们再走走看，一会儿再坐你的摩托车。"

"我刚才看见你好像有心思，想什么呢？"陈志远问。

"为了我们赖以生存的黄土地。看到这些弱小迷茫的禾苗，我好像瞬间有些压抑。"

"你们大学生总是怪怪的。说说吧，为什么会压抑？"

"你不觉得这些禾苗就是现实中的你我他？"

陈志远摇了摇头："我还是不明白。"

"你看，在这广袤的土地上，它们本可以蓬勃生长欣欣向荣，但是由于缺乏足够的生命能量，它们的现实处境还是无助而窘迫的。谁能知到，它们在努力生存极力挣扎后，今生是否会有丰满的收获。"

肖佳怡看着陈志远迷茫的神情，便抿嘴一笑。

"是不是听糊涂了？我说的是禾苗，其实也在说我们的现实。没有哪个农民不想摆脱贫困步入小康生活，如同这禾苗，没有一株禾苗不希望自己蓬勃生长。但是在这个封闭落后的地方，仅依靠自己那点微弱的力量去拼搏，在短时间内很难有崭新的变化。现在全国各地都在团结互助努力奋进奔小康，我们的起步已经晚了，基础相对更薄弱，所以这里的农民更需要得到社会各界的关注与支持，更需要科学的引导和政策的帮扶。"

陈志远豁然开朗:"你说得对,依靠自己的力量和过去的老思想,的确是不容易改变现状。好在咱们这里的贫困状况,已经得到了国家和各级政府的重视,不久前,县里已经下发了文件,月城村等几个危房严重的贫困村将实行易地扶贫搬迁,尽管这件事情暂时泡汤了,但是我相信不远的将来,村民们会住上宽敞明亮的新房。住房是老百姓一生的大事,只要将困扰村民们的危房问题解决了,那么摘掉贫困的根子也就为期不远了。"

"你看,那边是一片黄花地。"肖佳怡竟兴奋起来。

"月城村那片黄花地是2012年种下的,是政府为了保障政策兜底外贫困户的收入,明年就是第一次采收期。"

"现在,咱们县大力扶持发展黄花产业,不少群众因黄花而脱贫了,这小黄花的潜力大着哩。"

"可是,咱们这里的群众还是没有意识到黄花产业的好。"

肖佳怡默默点了点头。她忽然问:"姚姗姗的父母现在情况如何?"

"他们已经搬到南郊区打工了,我正打算哪天去看看他们。"

"我上午没时间,咱们明天下午一起去吧,我正想姚姗姗哩。"

此时,孙财旺约见了贾为民,塞给了他一包东西,请他在这次换届选举中帮忙。孙财旺知道,村支书换届不管是采用两推一选,或者是公推直选,最终取决于乡党委审核任命。孙财旺已经察觉到,马文涛对他似乎已经失去了信心。

陈志远没有想到,肖佳怡这次来月城村,竟然住在他家不走了。

从南郊区回来,肖佳怡问陈志远:"村干部换届的事情,你是怎么想的?"

"我还能怎么想,村支书是乡里任命,至于村主任,村民们选谁我跟着选谁,一个人的选票又左右不了最后的结果。"

"我不是说别人,是说你,难道你这次不打算竞选村主任?"

"我？"陈志远看着肖佳怡腼腆地摇了摇头，"我怎么能当得了村干部？"

"你看，你如此没有自信，就算是当了村干部也不会造福于群众。"

"我不是没有自信，只是觉得自己还不够成熟。"

"一个人的成熟只有在广泛的社会实践中才能磨砺出来。你不参与村集体工作，就算再过五年你的思想还是一片空白。所以说，借此机会，不妨去争取一下。"

"不行，我不能拿群众的利益去作为自己锻炼成长的试金石，他们现在迫切地需要有人带领他们走出贫困的阴影。"

"好，我没有看错你。这件事还是你自己决定，我会尊重你的选择。"

秦克勤在村里的党员和群众各家四处走动，引起了孙财旺的注意。他意识到，这个不起眼的小后生很有可能要和他竞选村支书。尽管秦克勤在村子里扎的根子不深，但他毕竟是个大学生，这是孙财旺无论如何无法可比的。该怎么办呢？孙财旺想到了一个人，陶利。

村里易地扶贫搬迁的事搁浅后，陶利的内心也无比沮丧。这个破败荒凉的村落她几乎不想再多待一天，本以为很快能住上宽敞明亮的新房，却最终落得个遥遥无期。陶利不愿意待在村子里，便进城找了份工作，可是干了不久，觉得那又不是自己想要的生活，便又回到了村子，正赶上了村两委换届的事情。

孙财旺刚跨进陶利家的院子时，却见秦克勤从她屋子里走了出来。在此意外邂逅，秦克勤略显尴尬，随后他仰起一张笑眯眯的脸和孙财旺打过招呼，便走了出去。孙财旺见陶利家的洋箱上放着一个小长方形盒子，他拿起来看看，随后再轻轻放下。

孙财旺"嗤"了一声："这是啥？这算个啥？陶利妹子，别看这点蝇头小利。"

陶利撇嘴一笑:"我不明白你说的是啥意思。"

"那你说说秦克勤来你这里干啥了?"

"咱不说秦克勤,你来干啥了?"

"我知道你的嘴刁,就不和你打哑谜。明天村里换届选举的事情,还得你帮哥出力哩。"

"你这是在笑话我。村支书是党员选举,乡党委也可以直接任命,我一个老百姓,能帮得了你什么忙?"

"看妹子说的,谁不知道你是咱村里说话最有分量的女人。我知道秦克勤来你这里是为了竞选村干部的事。他懂个啥,也配得上当这个村支书?"

"秦克勤只是来坐坐,没说这件事情。哦,就你配?可是这些年你当村支书,又做了些啥?"陶利也"嗤"了一声。

"这个嘛,陶利妹子,你是知道咱们村的情况,的确是没办法发展。你就是把孙悟空他老人家弄来,他也不一定能把咱村整治好。行了,我不和你唠叨些没用的,你就说这忙帮不帮?"

"咋帮哩?"

"你得帮我发动群众,在选举大会上积极支持我。至于好处嘛,妹子你是知道的,我不会拿那个不值仨瓜俩枣的小盒子来糊弄你。"

陶利伸出手:"那你拿出来吧。"

"这个,我现在身上没带,不过你放心,只要我连任村支书,绝对少不了你的。再说,以后的路长得很,补报你的机会也多得很。"孙财旺再向柜子上那个盒子瞥一眼,"这算什么玩意儿,你给哥丢了它,以后想要啥跟哥说。"

孙财旺看着陶利喜滋滋的眼神,便摆摆手出去了。

次日上午,马文涛带着工作组成员早早来到月城村,他向村民们传达了县委就村两委换届的重要指示精神,随后宣读了月城村党支部换届候选人名单:孙财旺、秦克勤、王春生。

马文涛的话刚落，人群中便哄然大笑。

"马书记，是不是搞错了，春生要竞选村支书？"有人问。

"大家先安静，没有错。这次村支书换届选举，采用'两推一选、公推直选'相结合的方式产生了三位候选人。按照村一级党支部选举管理办法，本应该由乡党委从三位候选人中直接筛选一人担任村支书，或者是由月城村全体党员投票选举产生下一届村支书。但是，现在留守在村里的党员仅仅剩下了八人，为了换届选举的客观、公平、公正，更为了体现月城村民的民心民意，乡党委经与县党委请示，现做出决定，本次换届选举将由全体村民和党员共同参与投票，并监督竞选的全过程。三名村支书候选人中，孙财旺是通过月城村党群联名推荐产生的，秦克勤是经乡党委小组讨论会推荐上来的，王春生是自荐参加竞选的。王春生同志是村里的老党员，只要拥护共产党的章程，对党尽忠，对民尽责，他自然有参加竞选村支书的权利和义务。"

陶利说："倘若春生当了村支书，那咱村的群众还不都跟着变成了醉鬼？"

众人看着春生，会场上再次爆笑如雷。

马文涛摆了摆手，说："大家别起哄。我们对候选人也是经过了严格审查的。王春生同志过去虽有嗜酒的毛病，但是他现在基本上戒掉了酒。有人说，是王春生家里穷，喝不起酒了。要我说，他还是很有志气和毅力的，他已经认识到了沉沦于酒对于自己和家庭的危害，更意识到了一个共产党员应该具有的担当和责任。这次他主动提出竞选村支书，乡党委看重他曾经是咱们村的教员，有文化有思想，我们应该给予他进步发展的机会。下面先请竞选人王春生同志上台演讲。"

春生一直低垂着头，待马文涛的话讲完，他径自走上台说："我知道这些年自己活得不像个人，更不像是一名党员，我不该长时间借酒发泄，对生活对未来产生了迷茫，我更对不起我的媳妇贾兰兰。"

贾兰兰听了春生的话，一下子眼圈红了。她说："幸亏你还有点良心。"

春生看了贾兰兰一眼，又说："现在，我们迎来了大好时机，国家对我们这些贫困山区的农民给予了很大的关怀与帮扶，不仅帮我们贫困户种植了人均一亩的黄花地，还要解决困扰我们的危房问题，眼下又要实行精准扶贫，我们翘首期盼的美好生活即将开始。所以，我感恩国家，感恩政府，才决定必须重新站立起来。我知道，以我从前的样子，我没有资格竞选今天的村支书，但是我想给我自己一次自我更新的机会，证明我还有活着的价值，我王春生不再是过去萎靡不振颓废的样子，我要努力争取新的生活。最后，请大家把手上最宝贵的票，投给真正能带领我们走向幸福生活的人。当然，我建议大家不能局限于目前的候选人，最好把眼光放得更宽一点。"

春生的一席话，感动了在场的所有人，随后会场响起了热烈的掌声。

马文涛说："王春生同志刚才说的话非常好，值得我们每一个村民去学习，学习他敢于超越自我，努力向上的精神和勇气。春生刚才说得对，大家不要拘泥于目前提名的村支书竞选人，你们再认真想一想，咱们村里及在外的其他年轻人，有没有更优秀的人才来担任下一届的村支书。如果有，请在投票单里备选人一栏添上你们认为合适的人选。下面有请竞选人秦克勤同志发表竞选演讲。"

秦克勤说："我是大家伙儿看着长大的，是喝着玉米面糊糊从咱月城村走进了大学校园。我知道，这些年我所学的专业与农业挂不上钩，过去在村里也几乎没有参加过田里劳动，可以说我目前还算是一个农盲。但是，发展农村农业经济，不一定非得是农业科班出身，也不一定非得精通田垄里的耕耧犁耙，只要有开阔的思想和见识，敏锐的洞察力和判断力，以及造福于民的决心和勇气，我相信一定能带领大家走出贫困的阴影，与大家一起走上脱贫致富的道路。所以，请大家给予我这次共同发展的机会，你们心里想要的，就是我所追求的奋斗目标。"

秦克勤在上边讲话，下边的村民议论纷纷。

"想不到秦克勤是乡里推荐的人选，这孩子能着哩。"

"到底是念过大学，你们听这话说得多好。"

"秦克勤对地里的事啥也不懂，他真能带领村民脱了贫？"

"他脑子活泛，说不上心里有啥好门道哩。"

"听马二女说，秦克勤差一点和黄花姑娘离了婚，这样的人能靠得住？"

"别瞎说，最后人家没离婚，说明他还是很有良心的。"

孙财旺见众人围绕秦克勤的话题说个不停，便向陶利示意了一下。

待孙财旺发表完竞选演讲，陶利站了起来："要我说呀，这村支书还得孙财旺接着当。尽管说他这几年担任咱村干部，大的成绩没有，但是他熟悉村里的工作，总比摸不着头脑的人要好得多。"

会场便有人附和道："我们支持孙财旺，支持他连任下一届村支书。"

庞炳元抬头看了看，都是陈姓家族的人。

投票工作结束后，孙财旺比秦克勤刚好高出了一票。孙财旺正在沾沾自喜，就听得不远处有人喊了一句："等一等，我来投票了。"

众人一看，来人是崔三的妻子黄叶。孙财旺顿时有一种不好的预感。

黄叶说："我是来替我家崔三和女儿崔小娟投票的，当然也包括我的选票，我这一票代表三个人。"

孙财旺马上站起来说："马书记，本次投票工作已经结束，黄叶再来投票应该不能算数。"

"你说结束就结束了？这不还没有公布最后的结果嘛。"

"马书记，就算黄叶还能投票，但是她一个人怎么能代替了崔三和她女儿投票？"

"根据《村委会选举法》第一百九十七条规定：选举期间外出的选民以及年老病弱选民，可以委托其他选民代为投票。黄叶作为他们的家属，更有权代替他们投票。按照黄叶本人的意愿，她的一票以三票计数。"

黄叶直接在选票上写下秦克勤的名字，然后举起来展示给众人看，再交到计票人手里。

孙财旺万万没有想到，黄叶的出现彻底坏了自己的好事。此时，孙财旺已经恼羞成怒，他说："今天的选举不能算数，秦克勤在参加选举前，四处走动，贿赂村民，贿选可是犯法的。"

"孙财旺，你有什么证据？你这是诬陷。"秦克勤反驳道。

"证据嘛，还要我说？马书记，你们可以去陶利家以及其他的村民家里看看，秦克勤给每家送去了一个盒子，里面装的是什么？"

"孙财旺，你真不知好歹，我一门心思帮你，反倒拿我说事，活该你落选。"陶利骂完孙财旺，再转向秦克勤骂道，"你也不是什么好东西，跑到我家装模作样送去一个盒子，里面竟然是一副对联，典型的吝啬鬼。"

秦克勤说："我是每家每户都送了一个盒子，但是盒子里装的是对联。这对联写的是：青山不墨千秋画，流水无弦古驿琴。我之所以要送大家这副对联，是为了提振大家热爱咱们这座千年古驿的诚笃情感和永恒的信心，让大家树立脱贫致富的勇气。这难道就是贿选吗？"

会场上众人纷纷说道："是的，就是一副对联，这不年不节的要一副对联有啥用！"

孙财旺顿时傻了眼，他看了看马文涛，便愤然离去。孙财旺走后，由乡党委提名，陈春山和王春生担任月城村党支部委员，共同协助秦克勤搞好月城村的党务工作和脱贫攻坚的工作。

接下来是村主任选举，在吴进、马金花、陈志远三个提名的候选人中，陈志远竟然脱颖而出，当选为月城村主任。

辛玉兰没有去参加村干部选举，她破例杀了家里一只老母鸡。肖佳怡已经来家里多日，辛玉兰实在拿不出更好的东西来款待这位远道而来的姑娘。她从肖佳怡的眼神中已经看了出来，这位姑娘很喜欢陈志远。村里人说："你家实孩儿的苦日子熬到头来，竟然有这么好的姑娘追到了门上。"辛玉兰每听到这样的话心里就美滋滋的，她对着老伴的遗像说："咱儿子我给你拉扯大了，这孩子有福哩，咱家快有儿媳妇了。"

将近中午的时候，陈志远和肖佳怡回来了，锅里已散发出浓郁的肉香。

"回来了，佳怡快上炕。今天村里选举谁当了干部？"

陈志远嘿嘿笑着，脸却一下子红了起来。

"你看你像是个小孩，还不好意思了。姨，秦克勤当了村支书，咱们志远当了村主任。"

"啥？咱家实孩儿当了村主任？"

辛玉兰顿时悲喜交加，她热泪盈眶地再次转向了老伴的遗像："孩他爹，你听到了吗？咱家实孩儿当上村干部了，实孩儿他有出息了。"

陈志远赶忙安抚母亲："妈，大喜的日子，您别掉眼泪了。"他转头看看锅里，"妈，您莫非知道我会当村主任，所以早早炖了一锅肉。"

"你这傻孩子，妈又不是神仙，怎么会能预料到这么好的事？我寻思着，佳怡来咱们家有几天了，一直没给她吃一顿像样的饭，这老母鸡不下蛋了，我让旁边你叔帮忙给杀了。"

"志远，今天的事得感谢姨，更得感谢这只鸡哩。"

陈志远挠了一下头："感谢妈当然是应该的，怎么要感谢这只鸡？"

"你知道吗？鸡的寓意便是'吉'。这只鸡以牺牲自己的生命为代价，而成全了你的事业，你说应不应该感谢？"

"噢，还有这个说法，那就应该感谢这只鸡。"陈志远站在父亲的遗像前，"爹，您的话我记着哩，我一定要带着乡亲们过上好日子。"

肖佳怡看着陈志远庄重的神情，内心里无比欣慰。

"志远，虽然你已经当上了村干部，但是有许许多多的东西要学，这样才能更好地为村民们服务。比如，你的文化知识有点浅薄，这不利于以后对于党的方针与政策的理解，同时也影响到看待未来的视野，更制约向前发展的宏观思维。所以，我建议你不要再去市里打工了，有时间多学习一点文化知识，多帮帮村民，帮扶的过程也是自己进步的过程。"

"好，我听你的。等我辞掉了市里的工作，以后你就是我的老师，来辅导我学习。"

肖佳怡问："月城村现在一共有多少亩黄花地？"

"大约两百多亩。"

"我记得你曾和我说，村民们对于黄花产业不感兴趣。我想，村民们之所以有这样的意识，是因为他们不懂得黄花产业的好，另外劳力不足也是个重要的问题。我的意思是，你干脆成立一个黄花专业合作社，组织村民们抱团发展，以黄花地入股，集中管理，统一生产、采收、加工、销售，这样既解决了村民们因劳力、生产技能、销售渠道带来的各种问题，同时也能将这项产业发展起来。"

"你这个想法好，但是我得去和秦支书商量一下，听听他的意见。"

上德无德，是以有德

梅奕瀚正在办公室处理公务，忽然接到了二猴的电话。

"奕瀚，我家小宝和东升家的小龙被抓起来了，他们投资买的那林地也泡汤了。这可怎么办？"二猴带着哭腔说。

"你别着急，慢慢说，到底是怎么回事？"

二猴便把事情的前因后果详细地讲了一遍。

二猴，其实小名叫二侯，因其打小就调皮，村里人称他为"猴子""二猴"。二猴的儿子侯宝遗传了父亲的基因，天生聪明好动，脑子活泛，一直在外面打拼，还自己娶回家一个漂亮媳妇。倪东升儿子倪小龙，虽然比不上侯宝思维开阔，但也是机灵能干。所以，这二人组成了最好搭档。侯宝偶然看到一家名为生源林业投资开发公司招聘业务员信息，月薪五千元，外加业务提成。优厚的薪资待遇一下子吸引了侯宝的眼球，他与倪小龙前去应聘，经过层层筛选后被"择优录用"。侯宝和倪小龙本以为找到了一份稳定的工作，但他们在上班的第一天就被告知，如果不买公司的林地就不能成为公司的正式员工。连续几天的"宣传讲座"，自认为聪明的侯宝被彻底"洗脑"，他和倪小龙购买了这家公司所谓的流转林地各十亩，成了公司的"股东"兼业务员。之后，他们只要拉进一个客户，便会得到一定的业务提成。可是，他们万万没有想到，这家公司居然是骗子公司，他们二人因是非法集资的参与者被一同带走。

二猴在电话那边急吼吼地说："奕瀚，这事你千万得帮忙，咱们那两个孩子是上当受骗了的，不是存心去害人。"

此时，梅奕瀚的心里非常后悔。那次从太原返回顺路回芦甸村，他当时听说了侯宝和倪小龙在一家林业投资公司打工的事，为什么当时没有细问一下这件事的具体细节，否则就不会有今天的后果。

"你先别着急，我了解一下情况再说。"

梅奕瀚安抚好二猴后，又与恒州市经侦队的一位同学取得了联系。

"奕瀚，你这个县委书记真是忙，咱们有好长时间没见面了。有什么指示？"

"你呀还是这么爱耍嘴皮。我问你一件事，生源林业投资公司的案子到底是怎么回事？"

"涉嫌诈骗，非法集资，涉案金额高达千万。你怎么会关心起这件案子？"

"是这样的。我老家村子里有两个孩子牵涉到这起案子里，他们家长托我了解一下情况。"

"这两个人叫啥名字？"

"侯宝和倪小龙。"

"哦，是有这两个人。从侯宝和倪小龙的问询笔录看，他们二人对于生源公司非法集资诈骗犯罪并不知情，同时他们也购买了公司的林地，属于受骗者，被骗金额都是七万元，所以他们不属于被法律制裁的对象。但是，他们应自行承担因参与非法集资受到的损失，而且参与违法所得应予以追缴。"

"你所说的违法所得包括哪些？"

"向社会公众非法吸收的资金都入了公司的账户，这个现在和他们没有了关系。但是，他们参与非法业务所得的返点费、提成等费用，应当依法追缴。"

"是否包括他们在此期间的所有工资？"

"是的，我们称之为雇佣金，因为这笔钱也是从受害者的投资中拿出来的。当然，他们二人又同时作为受害者，其投入的购买林地那七万元，可以从所应追缴的这些费用中折抵本金。"

"他们各应追缴回多少钱？"

"当初，公司许诺他们五千元工资没有兑现，实际以每月三千元付佣金。加上这三年他们各自的返点费等，侯宝应追缴二十一万八千元，倪小龙应追缴一十九万三千元。不过，还应扣除他们购买林地的那七万元本金，就是这个情况。"

"那侯宝和倪小龙现在可以放出来吗？"

"不行，必须追回所有应缴款才能回去。"

梅奕瀚放下电话陷入了沉思。对于金城县芦甸村这两户农民家庭来说，他们刚刚脱贫，如今又要背上沉重的负担，到底该怎么办？他思前想后，还是拨通了二猴的电话，将所了解的情况详细地告诉了他。

二猴在电话那边许久未说话，只听到他的鼻子在吸吸溜溜。过了一会儿，二猴说："这两个孩子打了三年的工，除了没有挣到一分钱，还倒欠下了人家的债。唉，别怪怨谁，是咱自己没长脑子。小宝一天到晚自认为聪明，其实他最糊涂，害得小龙也跟着他遭了殃，我真的没脸去见东升了。"

"二猴，你别这么想，侯宝也是为了倪小龙好。外面的世界很复杂，不是每个人都能一眼看得清，要不怎么会有那么多的人上当受骗。通过这次教训，他们也会很快地成熟起来。"梅奕瀚说到这里，停顿了一下，随后又问："钱的事，你和东升家里凑手不？"

"我估计东升家能拿得出这个钱，不过他家小龙还没娶媳妇哩。侯宝名义上是自己娶回了一个媳妇，他哪里来那么多的钱，还不是家里积攒下的老底。给他娶媳妇，多少也借了点债，去年刚还清，今年的收成还没下来。没办法，我再出去借吧。"

"二猴，请你告诉东升，先把小龙接出来，孩子娶媳妇的事咱们再想办法。你那边出去凑一凑，我这里看看能帮你多少。"

梅奕瀚挂断电话，又拨通了祝彤的电话，那边却一直没人接听。

十分钟后，祝彤回过了电话。

"我刚才正在开会。你工作期间从来不给我打电话，有急事吗？"

"咱家里能拿出多少钱，二猴家急需要帮助。"

"发生了什么事？"

"哦，没啥事，可能他儿子想做一笔生意，缺少本钱。"

"前年我爸住院，几乎花光了家底，现在可能还有五万元左右。"

"好，有了这些钱，二猴应该能应得了急。这样吧，我让二猴到时候去找你。"

秦克勤上任村支书的第二天，便召开了村两委及全体党员会议，他首先想到的是树立起自己在月城村的威信。秦克勤对于政治理论的掌握明显优于村里其他人，所以他在会上尽可能地发挥自己这方面的语言优势，滔滔不绝，但是有关村里如何发展经济却是只字未提。

王春生似乎听得有些不耐烦，便问："克勤，你别说什么空话大话了，最好说点实际的，你觉得咱们村下一步该如何发展？"

秦克勤便故作矜持，说："大家别急，我正在考虑这件事。"

"难道你在竞选村支书前，心中没有一点谱，就没有考虑过这个问题？"王春生又问。

"有过考虑，但不是很成熟。"

庞晓武"哼"了一声，他带着鄙视与嘲讽生硬地说了一句话："怕是你只认识五谷，那庄稼到底是怎么长成的都不知道。"

秦克勤看了庞晓武一眼，说："晓武叔，发展农村经济不见得必须是种地的行家里手，更需要的是远见与智慧。"

"那你拿出点智慧来给大伙儿看，我们等着你。以后再讲一些没用的东西，别叫我们来参加你的会议。"庞晓武说。

马金花说："咱村民穷怕啦，就等着一个有能力的人带着大伙儿致富。"

陈春山说："克勤刚上任，大家总得给他些时间。既然克勤有想法，大家还是等一等，毕竟任何一个决策都关系到村民们的利益。"

"既然村里有一多半的群众选举了克勤当村支书，大家就得信任他。不过，克勤，你还真的要拿出一套来，否则拢不住人心。"庞炳元说。

"人心不需要拢，你要是能带给大家实质性的利益，自然群众会和你一条心。"陈孝安说。

陈志远说："我觉得咱们村委会先应该成立一个黄花合作社，有利于带动全村发展黄花产业。"

秦克勤对于村里的长辈断然不敢当面顶嘴，但是他对陈志远却丝毫不发怵。在他的眼里，陈志远不仅文化素质低，而且还是个毛头小子。秦克勤头一次主持村里的会议，便在王春生和庞晓武的质疑中失去了面子。他看着陈志远，决定从他身上找回自己作为村支书的尊严。

秦克勤嘴里不自觉地发出"嗤"的一声响。

"实孩儿，你是真不懂得，还是愣得糊涂？"

"克勤哥，我不明白你的意思。"

"那黄花地是谁的？"

"村里所有贫困户的。"

"他们愿意以地入股加入合作社吗？就算是愿意，这一亩地打算按多少钱入股？合作社成立后，如何运营，谁来管理，这些事你想过没有？"

陈志远摇了摇头。

"你啥都不懂瞎掺和啥？"

"怎么能是瞎掺和哩。这些贫困户普遍劳力不足，又不熟悉黄花生产技能，到了采摘期他们该怎么办？"

"村里人谁家不种三五十亩地，贫困户每家就那一两亩黄花地，还用得着合伙经营吗？生产加工的事县里自然会派技术员过来指导，现在又有专业的销售公司，用得着你操心吗？"

"可是大家单打独斗各自经营，毕竟能力有限。这一家一户一两亩黄花地，生产规模太小，政府不可能给每家每户配置蒸馏加工设备，到时候采摘下来的黄花如何加工？"

"我岳父一家自打改革开放后就一直种黄花地，依靠过谁？还不是自己生产加工的。尽管现在政府鼓励并支持发展黄花产业，但不能什么事都坐等政府，更不可能依赖于别人。俗话说，钱终究得自己挣，汗终究得自己流。"

秦克勤看了看众人，说："我不是反对搞什么专业合作社，咱们首先得弄清楚成立合作社的目的，以及所应具备的条件。你看人家乡里的合作社，既有土地，又有资金，有项目，还有专职的管理人员。啥叫合作社？因为它所体现的就是在'合作'上，不管你是抱团发展，还是帮扶解困，合作的目的是彼此互助互利、合作共赢。合作社尽管是一个集体，但也得需要有集体财产和集体收益，合作社没有经费怎么运营？管理人员的工资从哪里来？"

陈志远低着头，一只手抚摸着脑门子，一时不知该如何回答。

"合作社的事一定要搞，但现在不是时候，眼下需要做好精准识别扶贫的事情。咱村两委干部和全体党员都要行动起来，先对村里各家的具体情况好好摸摸底，然后商量下一步该如何展开工作。"

傍晚，秦克勤回到家里，黄雅萱已经做好了饭。

"克勤，咱村的村民对你的期望很高，你可不能辜负了大家的一片心。"

"我知道，这事不用你说，先吃饭吧。"

秦克勤慢慢洗着手，忽然又说："你知道我为什么要竞选村主任？"

"我知道，你是为了咱全村的村民及早脱贫哩。"

"你猜猜，还有没有别的意思？"

黄雅萱将饭菜端到炕上，她笑眯眯地摇了摇头。

"我呀，主要是为了下一步去乡里或者县里当公务员。"

"啥，公务员？"

"就是像马书记那样，为更多的老百姓服务。"

"你想当乡里的书记？"

"这个倒是不一定。不过，按照国家的政策，大学生在基层工作够三年村干部，可以考公务员或者事业单位，都有了优惠政策。运气好的话，可以直接被提上去当公务员。"

"那你不打算在咱村一直待下去？"

"你真是个傻丫头，谁愿意一直待在这山沟里。"

黄雅萱手拿着两个碗傻愣愣地僵在那里。

中国人保业务行政处的曹向华终于发来了消息，平邑县申请的黄花产业灾害险以及价格险参保理赔细则已经出台，可与属地省分公司接洽后，在当地市县中国人保分支机构办理相关业务。

梅奕瀚组织召开了县常委会，就黄花种植户参保经费一事进行磋商讨论，常委们达成一致意见，以县政府出资大头、黄花种植户出小头的参保方式，鼓励农民们积极参保入保，此举彻底解决了农民们的后顾之忧。

三鑫公司也传来了好消息，经县科技局的配合帮助，该公司研发的黄花四连体烘烤房终于试产成功，不久六连体、八连体等特大型黄花加工烘烤房将会相继研发问世。这预示着平邑县黄花菜加工晾晒摆脱了对日光的依赖，而且加工出来成品菜的品质可以达到稳定的统一标准。

黄花产业已经步入了正轨，梅奕瀚就全县的危房改造改建工程再次亲赴省城求助，随后平邑县抗震减灾危房安置工作再次提上了日程。从省城回来，梅奕瀚就易地扶贫搬迁的事来到月城村进行工作调研。他原本以为，经过上一次易地扶贫搬迁工作的成效，本次具体实施工作应该没有大的阻力了，但是他走访了多家农户后，却并没有看到村民们对此的积极性。

从农户家出来，梅奕瀚问马文涛："为什么会出现这样的状况？"

"上一次易地扶贫搬迁工作只是做通了一部分村民的思想工作，大多数村民还处于观望与纠结中。由于帮扶资金不到位，此事搁浅后村民们的情绪普遍很失落，对于政府的公信力产生了一定的怀疑，所以才会出现目前这种消极甚至是抵触的情绪。"

"噢，看来这项工作还得从头做起。我建议，乡里要集中力量，迅速成立工作组进驻月城村，与人民群众耐心沟通，只有统一了大家的思想和观念，易地扶贫搬迁的事情才能顺利进行。"

梅奕瀚招招手，把围观的群众聚在一起。

"其实不用我多说，大家的心里都清楚，易地搬迁是一件惠及民生的大好事，我相信没有一个人不愿意住进宽敞明亮的新房。但是，还是有不少的群众不愿意搬离这个地方，我知道大家可能有许多种理由，最主要的是对这座千年的古村落有着深厚的感情。过去，咱们老百姓有句俗话：人挪活，树挪死。其实，这句话的前半截是正确的，后半截就不对了。为什么呢？一个人面对困难和危险时，咱不能坐着去等待不幸的命运安排，总得想办法动脑筋去解决实际问题，按咱们的土话说，就得'挪动'一下，尽快脱离这个困难而危险的边缘，只有这样的话，才能更好更愉快地活下来。人们说，树挪死，那是因为咱不会挪，挪动树后又没有好好去做浇水施肥扶苗的工作，或者是干脆就没有挪到正确的地方。就拿每年的植树造林来说，为什么有的地方栽下了树就能成活，而有的地方树苗挪动后就死了？就是我刚才说的那些原因。一棵树苗是这样的，一个人一个村庄更是这样的，咱们总不能集体守着这快要倒塌

505

的土窑洞等待危险的降临，更不能抱守着贫困去看人家过上了美好的生活。所以，咱们这村子必须得挪动一下，每个人的思想这根结和观念这根弦都必须得挪动一下。"

梅奕瀚看着村民们聚精会神的样子，接着又说："易地搬迁不仅是为了保障大家的生命安全，同时也是为了实现全体村民共同脱贫。我知道，目前大家的生活状况很糟糕，有时候个别人甚至想提高嗓门骂人家的娘。但是，骂过之后能脱贫了吗？不能，因为解决不了根本问题，最终还得面对现实。眼下，咱们国家在努力着，省市各级政府部门都在努力着，县委县政府也在努力着，难道咱们自己就不努力了吗？我想不会，咱月城村的人民不会拖全县脱贫攻坚的后腿。因为千年之前，咱们的祖先曾经创造了这里的辉煌与繁荣，咱们的骨子里流淌着先祖的进取精神，咱们更应该懂得什么是爱与被爱。"

站在梅奕瀚对面的秦克勤突然喊了一嗓子："好，梅书记说得真好，大家鼓掌欢迎。"说着，他自顾先拍起了响亮手掌。

梅奕瀚看着秦克勤，说："小秦同志刚刚上任，我想知道作为一个村支书，你认为最重要的是什么？"

秦克勤向村民们左右扫了一眼，然后向前一步，努力挺起了身子。

"报告梅书记，我认为作为一村支书，最重要的是坚决服从上级组织的安排，做一个有坚定信念、良好品德的人，这样才能更好地服务于人民。"

梅奕瀚沉默片刻，他再笑眯眯地问站在后边神情严肃的陈志远："小陈同志，你认为作为村干部最重要的是什么？"

陈志远的脸瞬间绯红，他不自觉地抬起一只手抓了一下散乱的头发，随后吞吞吐吐地说："我、我爹曾经跟我说，做人得对得起自己的良心。我曾经跟车跑运输的郝师傅告诉我，村干部就是一只羊，一只敢于与狼搏斗的领头羊；他还说，村干部是一个司机，一个满载全村人希望安全前行的司机。"

506

梅奕瀚点了点头，说："小陈同志刚才说得很好，村干部不仅是一个司机，也是一只敢于与狼搏斗的领头羊。当然，现在摆在我们面前的这只'狼'就是贫困，是贫苦吞噬掉了我们向往未来的自信和勇气。小陈同志的话听上去虽然'土'，但是'土'得真情，'土'得清澈。我们现在大大小小的一些干部，人一当官立马变得特别假，动不动就要端起架子，越是官大，架子端得越大，越不会说话。他们喜欢嘴上常常挂着'德'，却在工作上不作为，或者乱作为，甚至干些有损群众利益的事情，远远与真正意义上的'德'相背离。一个真正有德行的人，不会把假大空的话经常挂在嘴边，而是埋下头来踏踏实实去做好事做实事，这才是真正有作为的人。所以，好的干部，其实就是一个好的司机，一个满载全体村民希望的司机；好的干部，就是一只领头羊，一只能将大家带进水草丰美之地，个个不愁吃喝的领头羊。"

秦克勤看着梅奕瀚威严凝重的脸，不自觉地低下头向后退了两步。

陈志远将自己辞掉了环卫工作的事告诉了天彩梅，并说今后可能不会再来做这份工作。天彩梅脸上的笑瞬间消失了，转而又恢复了以前孤独冷漠的神色。

"你为什么不再来市里打工了，是不是因为我？"

"姨，不是，你对我这么好，我都舍不得离开你了。只是……"

"只是什么？"

"我们村村干部换届，村民们推选我当了村主任。既然大家这样信任我，我不能寒了大伙儿的心，得想办法带领大家脱贫致富。"

"孩子，你真了不起。祝贺你！"

天彩梅的双目里明显饱含着惊喜，她仰头向蓝蓝的天空眺望着，似乎在默默地祈祷着什么。少顷，她静静地端看着陈志远，眼里却又裹着一层忧伤。

"这意味着以后咱见面就少了。"天彩梅的声音很低。

"姨，我有时间会来看你的。"

"可是，我多希望你每天能在我的身边。"

陈志远犹豫片刻，问："姨，我还没问你叫啥名字哩。"

"自打下了岗，很少有人再叫我的名字，我自己几乎都忘了。一个生活在社会底层的女人，好像有没有名字都不重要。"

"姨，你有时间去我家吧，我妈是个好人，她会欢迎你的。"

"不，我不能……我是说，我还要做买卖，走不开。"天彩梅有些语无伦次，"如果你有时间，记得过来看我。"

陈志远还是不明白，这位异常关心自己的阿姨到底是怎么回事。

经过一段时间的相处，肖佳怡正式确定了与陈志远的恋爱关系。

肖佳怡说，她已经来月城村有些时日了，应该回家里看看。在临走之前，她建议陈志远去南庄村他叔叔家走一趟，顺便去向村支书薛存三请教学习。

这天临近黄昏，待村里的事情安顿好了，陈志远便骑着摩托车与肖佳怡去了南庄村。

肖佳怡的叔叔肖勃常年做倒腾活羊的生意，肖佳怡来时他尚未回来，两人便决定先到桑干河堤观看夕阳美景。

此时，西北天际云断雾开，夕阳挂于山顶，宛若镶嵌其间火红的玉璧。肖佳怡眺望着远方遥遥坠落的夕阳，内心里滋生出一种莫名的伤感。

天完全黑了下来，肖勃还是没有回来。

陈志远便只好先去看望薛存三。之前，陈志远因卖蔬菜与薛存三彼此相识，只是相互间并没有过多的交流。

南庄汇丰蔬菜产销专业合作社经过一系列的运营升级，又增加了仓储物流中心，现改名为平邑县汇丰农贸有限公司。薛存三平时吃住都在这里，公司、村集体与农户间有太多的事情等待处理，他几乎很少有时间回家吃一顿妻子做的饭。

陈志远来到薛存三的办公室时，他刚为自己做好了饭，一碗清汤面里卧两颗荷包蛋，上面漂浮着几片新鲜的青菜，旁边摆放着三个小碟，分别是糖醋莴笋丝、凉拌苦瓜和一碟子辣椒油。薛存三让陈志远坐在沙发上略等片刻，他中午没顾得上吃饭，现在实在是太饿了，先糊弄好不争气的肚子。薛存三从陈志远的眼神中看出，他对自己这顿简单的晚餐似乎存有某些疑问，便爽朗地笑了一声。

"大约你想知道，汇丰公司发展得如此好，而我的伙食为什么如此清汤寡淡？"

陈志远腼腆一笑，他点了点头。

"我吃的这叫'一清二白'。梅书记曾给我讲过一张纸的蕴涵。他说，一张白纸看起来是单调的乏味的，但它却是人世间最基本的底色，它是纯洁的神圣的，任何的大红大紫无法与它比拟。他又说，人世间不可能是一成不变的，就像这白纸终究是要写上字或者添上色彩。这就好比我今天吃的这碗清汤面，实际上最能吃出五谷的真味。但是，生活也需要人的调剂，因为我们每个人都有不同的味蕾，或者是情怀。你看，面条与荷包蛋两者间保持着生活固有的底色，我给它搭配几片碧绿的青菜，是不是一下子眼里有了生机，而肚子里又多了几分食欲？"

陈志远摸摸头说："薛书记，您这一顿简单的饭竟然有这么深的道理。"

"我刚才说了，生活需要一种味蕾或者情怀。就拿这'一清二白'和三个碟子来说，这是我的生活全部。人生一世，每个人都要经过大大小小的坎儿，曲折也好，苦难也罢，终将归结到这三个小碟：酸甜、苦、辣。我薛存三之所以叫'存三'，就是父辈要我记住人间的酸甜、苦、辣，时刻不忘做人之本。其实，这人世间本没有什么高低贵贱，有的只是人心与人性、机缘与转换。这就好比一个村庄，也无所谓落后与先进、贫困与富有，最主要是看民心、民气、民权和民力。这些看起来比较复杂的民情关系，其实简单到可以靠一碗清清白白的面来支撑。"

陈志远坐在那里认真地听着，仿佛是一个在虔诚上学的孩子。

"噢，对了，我忘记问你了，你来我这里是不是有事？"

陈志远笑眯眯地站了起来："薛书记，我来请教的问题已经有答案了。"

"你所说的答案是什么？"

"人心与人性，民心、民气、民权和民力，还有清清白白地去做人。"

薛存三赞许地点了点头，说："哦，的确是个好苗子。"薛存三说到这里，忽然意识到了什么："你看我，只顾自己吃了，请等一下，我这就给你煮面去。"

陈志远站了起来，他虔诚地向薛存三鞠了一躬。

"感谢您的教诲。不必忙了，我还有事。"说完，陈志远便大步流星地走了出去。

"我知道你已经当上了月城村的村主任。"薛存三跨出门，他望着陈志远的背影大声地补充了一句话。

肖佳怡的老家原本就是南庄村，后来随父亲迁移至许家堡村，南庄村现在还有她的姥姥和叔叔。

陈志远再到肖勃家时，肖佳怡正在与肖勃说着什么话，他们见陈志远进来，便停止了谈话。

"噢，志远，快坐。我刚听佳怡介绍过你，挺好的小伙子。"肖勃热情地招呼着，"你这么年轻就当了村干部，有出息。"

"谢谢叔的鼓励。我听佳怡说起过叔，您很了不起，靠倒腾羊发家致富，也为咱们这一带的乡亲们盘活了养殖业的门路。"

"在农村嘛，每一条路都得要有人带头去走，否则的话怎么走向市场进行流通。我做这点事情也不容易，起早贪黑的，但比起那些养殖户来说，可能多少还算轻松些。"

"叔，你认为养羊有发展前途吗？"陈志远问。

"有，怎么会没有哩，问题的关键是怎么去养。这些年农村里的人少了，撂荒的地特别多，加上农民们都烧上了煤，不再用柴草做饭，自然界的植被恢复得很快很好，很多地方杂草丛生都不能走人了。听说，咱们乡部分村子移民新村后，以后连煤都不用烧了，全部改用电。用电多好，环保又干净。"

肖勃看了眼陈志远，又说："我这扯到别处了，咱们再说羊的事情。荒地一多，有人就想放羊放牛，毕竟这是一条生路。可是，政府将这些荒坡、荒山、荒地禁牧了，说是保护植被。其实，很多的荒山、荒坡、荒地并没有树木，就是一个长草的地方，放放牛羊，实际上不仅可以改善土壤，同时也是野草的一次自然复耕。我们看到城市公园里的草还得经常有人去反复剪，那草反而长得更好，就是这个道理。只要是控制好牛羊的数量，不去过度放牧，还是有利于自然生态的修复。大集体那阵子，各个生产队的牛羊少吗？不少，每天在外面放牧，但是那溪水依旧是哗哗不息清澈见底，草木依然是茂盛的。而现在，放牧的人少了，那一条条溪水和河流却不见了踪迹。到底是哪里出了错？其实，这牛羊是最无辜的，罪魁祸首是人。"

肖勃忽然意识到了什么，他尴尬一笑。

"你看，我又扯远了，咱再说羊。禁牧后，大多数的养殖户只能选择圈养，还起了一个很好听的名字，叫育肥羊。但是圈养的生产成本高，肉质上还远远比不上放牧的牛羊。有些人就动了歪心，养殖时在饲料里掺和进生长激素，或者什么添加剂，甚至在青储草料里加入了化肥，这样的牛羊从小到大三个月便能出栏。你说说，这样的牛羊肉能吃吗？这纯粹是为了自己得利图财害命。所以，我倒腾羊时给自己定了一个规矩，只要是育肥速成的牛羊，一概不收。"

肖勃轻轻叹息一声："唉，真是害人不浅。"他端起杯子喝了几口水，"我现在回答你的问题，养羊肯定有发展前途。如果是在外面散养，前提是控制规模；如果是圈养，就决不能使用任何激素、添加剂，更不能在青储草料里加入化肥。但是，这样养羊的生产周期长，生产成本高，我们可以适当地提高出栏羊的价格，万不能做些愧对良心的事情。现在，老百姓能吃到的放心肉少之又少，我们所能做到的，除了给自己增加一部分收入，同时也是为了无辜的百姓提供力所能及的放心食品。"

陈志远说："叔，我明白了。"

"噢，我只顾说话了，赶快给你们准备饭菜。"

陈志远站起来说："不了，我得赶快回去，我妈在家里等着我。"

肖佳怡也说："别给我们做饭了，叔叔把我说的话记清了就好，到时候你一定得帮我。我再带志远去姥姥家看一下，晚上我住在那里。"

肖佳怡的姥姥七十多岁，她看到外孙女领着一个小伙子进来，便笑盈盈地说："佳怡，这后生是谁？找上对象了？"

"姥姥，您瞎说啥哩。"肖佳怡依在老人身边撒着娇。

"你爹前两天还给我打电话了，问你现在到底在哪里。他让你赶快回家，说是给你在私人学校找了份教书的工作。"

"我才不愿意教书哩。"肖佳怡嘟噜着嘴。

"你不教书打算干啥？一个女孩子，教书还不是一份最好的工作？"

"我不喜欢，就喜欢这广阔的天地。"

"莫非你要种地？现在的年轻人都跑到了城里，你好歹是个大学生，怎么能去种地？"

"姥姥，这个你就不懂得了，现在真正有才能的人才会留在黄土地里，因为这才是我们的根。"

"我不懂得那么多，但是种地不是一个女孩子该干的事情。"老人说完，再上下打量着陈志远，"这孩子一看就是个实诚人，哪的了？"

"我是月城村的。"

"噢，那是座千年古驿，不过现在那村子破落得很。"

"姥姥，谁也说不准。月城村马上要整体搬迁到桑干河南岸了，以后人家就是一座现代化的新农村。对了，他可是月城村新当选的村主任。"

老人的眼里有些吃惊："你说这孩子是新任的村主任？好、好，这孩子有出息，姥姥我喜欢。"

肖佳怡顿时高兴地说："姥姥，还是你有眼力。"

陈志远说："姥姥，你们坐吧，我这就回去了。"

"啥，孩子你吃过饭再走。"

"不了，以后我再来看您。"

肖佳怡送陈志远出了屋子，见他的眼里有少许的迷离。

"你明天回家时注意安全。教书是一个令人尊敬的职业，别辜负了父母的期望。"

"我不会去教书。"

"你已经不是孩子，别任性。"说完，陈志远便发动车子，微笑着向肖佳怡挥挥手，便跨车离去。肖佳怡听着摩托车的马达声渐行渐远，瞬间心里空落落的。

马文涛组织工作队再次来到月城村。在此之前，马文涛先约见了王春生，虽然春生已经改掉了过去的坏毛病，但是一直在艰难的生活环境中磨砺挣扎，是否会再次消沉下去。马文涛意识到得赶快拉王春生一把，让他走上新的生活轨迹。

对于马文涛的约见，春生颇感意外，他一大早就来到了马文涛的办公室。

"春生，我知道你对未来的路依然很迷茫，你有没有新的打算？"

"眼下，种地还是挣不到多少钱，我倒是有个想法，但是不切实际。"

"为什么呢？"

"都怪自己手头上没钱。"

"说说看，那你有什么打算，看我是否能帮了你。"

"我想养羊。月城村的荒山荒坡那么多，如果养上一群羊，或许一年内就能彻底改善我家里的生活困境。可是，没有资金来源。"

"这个想法非常好。这些年政府对于荒山荒坡采取了一定的禁牧措施，主要是为了保护林地恢复植被。月城村的地理自然环境比较特殊，以裸石为主的山地比较多，所以在一些地方栽种的树木一直没有成活，倒是草长茂盛。如果控制好养殖规模，来回倒换草场，不仅破坏不了植被，还有助于改善山石间土壤，促进野草生长发育。目前，月城村还没有一户家庭专门从事养殖业，你可以尝试一下。资金的事情我去协调一下乡里的信用社，让他们尽可能地给你办一笔贴息贷款。"

春生顿时眼前一亮："马书记，非常感谢你。"

"感谢的话咱就不要说，为老百姓办实事这是我们应尽的职责。"马文涛给春生倒了一杯水，"这次请你来，还想和你了解一些情况。关于月城村易地扶贫搬迁的事，目前群众还存在观望与抵触情绪，我想你应该知道其中的原委，能否具体讲一下什么原因。"

"其实，村民们不是不想住新房子，只是村里留下来的中老年人居多，虽然现有的房子和窑洞很破，但那里有他们习以为常的牵挂，以及父辈们留下来的许许多多印记，思想上很难一下子转过来弯。不过，我认为这个还不是主要原因。"春生说到这里停了下来。

"主要原因是什么？"

"失去了信心。"春生觉得拿杯子的手有点烫，便轻轻地呷了一口水："上次易地扶贫搬迁的事搁浅后，原本有部分村民交的钱又退了回来。这件事对村民们的积极性打击很大，认为政府办事不力，糊弄老百姓，以至于担心即便再交了钱，那扶贫房子还不知要等到牛年马月，更担心房子的质量。另外，一旦移民过去后，这边的旧房子到底该怎么办？如果统一拆除，政府会不会给予补偿款，能给多少补偿款。那房子院落毕竟是村民们祖辈几代人才积攒下来的一点心血。如果不拆，旧村的房子是任其自行倒塌，还是每年继续修缮，月城村这座千年古驿的未来到底会是如何的结局？"

马文涛"噢"了一声，然后慢慢靠在了椅子上。少顷，他缓缓地说:"你先在这里坐一下,我去和县委汇报一下你所反映的情况。"

工夫不大,马文涛便回来了。他说:"梅书记已经做出指示,政府会尽最大的努力满足村民们的要求。譬如,建房的工期、建房的质量必须给予村民明确的时间和标准。关于移民后的月城旧村,是进行保护性修复,还是另行开发,政府将会深入研究后再作部署;按照国家土地管理法规定,一个农户只能申领一处宅基地,易地搬迁后原旧村宅基地的所有权必须交还给集体。"

马文涛带队再次来到月城村,可谓做足了功课。他连续几日奔波忙碌,制作了模板,印刷了彩页,并定制好了移民新村的沙盘模型等。有了这些实际的东西,老百姓便能更直观地了解移民新村未来真实的生活场景。一时,展位前人头攒动,村民们用粗糙的大手去小心翼翼地抚摸着沙模上一排排别致的新房,每个人的脸上都露出了欣慰的笑容。

现场的工作人员耐心地解答着村民们提出的各种问题,包括建筑工期、建筑质量、安置房及院落的面积、内部结构和功用等等。陈志远也是忙前忙后,为村民分发宣传彩页,协助工作人员管理现场秩序。随后,进入到现场签订安置协议环节。马文涛手持小喇叭,一次次地向村民们介绍月城新村未来的发展前景。

一天忙碌下来,月城村已经有近一半的家庭签订了协议,剩余的户数有的举家在外谋生,还有一小部分家庭因种种原因还在等待观望。马文涛查看了一下,现居村里没签协议的有陶利、庞庆和、庞炳元等等。马文涛有些疑惑,庞炳元怎么会没签协议呢?他可是月城村的老支书,思想觉悟应该比其他的村民要高。

马文涛让工作队的人分赴没签协议的各家去走走,认真去做他们的思想工作。而马文涛选择去看望庞炳元,他想解开心中的谜团。

马文涛进院时,庞炳元正蹲在屋檐下,任仙枝给一群鸡撒谷米。马文涛见庞炳元的院子平整而干净,三间新大瓦房宽敞明亮,顿时明白了什么。

"马书记来了？"庞炳元边打招呼边站了起来，"其实，我也去了现场，刚回来。"

"我知道。"马文涛上去握着庞炳元的手，"你是不是心里不好受？"

"先屋里坐。"庞炳元招呼任仙枝，"你进来，马书记忙了一天了，你给他弄壶茶水。"

"我还真是有点渴，那就麻烦嫂子了。"马文涛说，"你是怎么想的？"

"马书记，我不是不想搬，我是不能搬呀。"庞炳元抬眼向屋子看看，"这房子才盖了几年，是现在全村里最好的房子。这房子是两个孩子做小生意辛辛苦苦挣的钱，他们还没有娶媳妇。你说我能抛下这个院落再去移民新村弄安置房吗？"

"我理解你的心情。问题是，全村的人都搬迁到移民新村了，即便孩子们要回来娶妻安家，也不能让他们守着一座无人村吧。"

"可是，我不能让这房子打了水漂，这可是孩子们一点一点的血汗钱积攒下来的。"庞炳元显然有些激动，"你知道孩子们是怎么挣那点钱的吗？他们出去进货，为了节省费用，一天只吃一顿饭，住的是廉价的小旅店。要说庄户人苦，还能忙半年歇半年哩。他们能吗？他们从早忙到黑，一年四季，天天如此。"

马文涛将水杯推给庞炳元："慢点说，你先喝点水。"

"从大集体分开，到改革开放这么多年，咱们村的村民也奋斗过努力过，可是你无论如何挣扎，始终难脱贫困的阴影。我也曾在这个村子当了十几年的支书，不仅没有把这个村子带好，反而自己还住着破破烂烂的窑洞。眼看着孩子们一天比一天大了，都到了成家立业的时候，就咱村这般光景，就我家那破落的窑洞，能给孩子们娶上媳妇吗？孩子们也是没有办法，才出外谋生了，好不容易他们攒下了这点钱盖了这房子，眼巴巴地等娶媳妇，可是没有人愿意嫁到咱这穷山沟里。唉……"

"就是因为咱们的穷根子扎得太深，因为咱们村的环境太差，所以才要移民新村。"

"马书记,我明白这个道理。可是,那边的安置房还要钱,而这边却抛下了这么好的新房,我实在为难得很。"

"请允许我叫你一声老支书。你也曾是咱村的领航人,为什么在这关键的时候会想不开呢?难道当初你入党时庄重的誓词全部忘掉了吗?"

庞炳元沉默少许,说:"我没有忘记入党誓言,我咋能忘掉,那是我一生最值得怀念的日子。"说着,庞炳元从柜子里拿出一个花布包,他打开一层花布,里面还包着一层花布,再打开一层花布,里面还是一层花布。待他打开第三层花布,里面赫然露出一面党旗,党旗下边写着"共产党员突击队·1976 年 8 月 26 日"。庞炳元托举着这面党旗,他仿佛一下子回到了年轻时代。

"那年,我刚满二十岁,我是在参加桑干河堤坝加固抢险时入的党,庞晓武比我早入党一年,他当时也参加了抗洪抢险。那时,我们每个人的心里只有一个家,便是国家。那时的岁月真好,整个桑干河岸上到处插的是红彤彤的国旗与党旗,每个人的肚里饿得咕咕叫,但是那心里是亮堂的温暖的幸福的,每个人都信心十足干劲冲天。"

庞炳元洋溢在脸上的激情慢慢凝固了,他忽而又喃喃自语:"现在怎么了?现在我们到底怎么了?为什么我们的心会变成了一盘散沙?"

任仙枝从他手里接过了党旗,然后重新包裹起来。

马文涛说:"听月城村老一辈们讲,1937 年平型关战役吃紧时,为了阻止日军南下,第 34 军杨澄源所部第 196 旅和第 203 旅酌留两个营警戒在月城村防线,其余主力部队移师狼峪口至水峪口间布防。据说,当年你父亲带头把家里的粮食都支援了前线的战士,宁肯让一家人吃糠拌野菜,还把家里炕上的狗皮褥子拿给了守卫的士兵去御寒。这件事情虽然已经过去了七十多年,但是依然很鼓舞人心。"

"我知道这件事情。"庞炳元低着头说。

马文涛又说:"现在,我们虽然过上了和平安宁的日子,但是老百姓的生活还是很艰苦。国家倾注了这么大的财力、物力和人力来帮助我们摆脱贫困，易地搬迁涉及月城村全体村民的福祉。老支书啊，你可不能拖了咱全村脱贫攻坚的后腿。"

"马书记，请你给我点时间考虑考虑好吗？我现在的心事很乱，真的很乱。"

"好的，我相信你会解开心里的疙瘩。"

此时，马文涛的电话响了："马书记，陶利不肯配合签订协议，你看怎么办？"

"大家先回吧。忙了一天了，该回去休息了。"

被忘却的生日

肖佳怡到家后，见父亲肖蓬正在屋里。

肖蓬长年累月在外跑长途运输车，有时候半个月才回来一次，歇两天然后再上车。肖蓬尽管很少在家，但是他把子女常常挂在心上，不管是走到哪里，总时不时给妻子打电话问询孩子们的事情。肖佳怡已经师范毕业了，肖蓬便托了朋友给女儿在一所私立学校谋了一份教书的工作。肖蓬从妻子那里得知，肖佳怡自打毕业后一直没有回来，说是和同学在一个村子义务支教。肖蓬便觉得女儿长大了，能有这份爱心，也不辜负自己的培养。

"佳怡，那所私立学校通知，让你先去报到，可能还会面试。"肖蓬说。

"爹，我不去，我不想教书。"

肖蓬的眼睛一下子睁得很大："你说啥，不想教书？那你下乡支教是怎么回事？"

"支教嘛，毕竟是奉献爱心，暂时的，又不是终身制。"

"这孩子怎么能这样说话，那你不教书打算干什么？"

"我就想留在村子里，守着广阔的天地。"

肖蓬伸出手摸摸肖佳怡的脑袋："孩子，你没病吧？不像是发高烧。"

肖佳怡扑哧一笑："爹，你才发高烧哩，是异想天开的高烧。"

"我怎么是异想天开哩，我是为了你以后的前途。更重要的是，你有一份稳定的工作，以后能找个好婆家。教书的工作多好，风不吹雨不淋的，还很受别人的尊敬。"

"爹，你这人怎么絮絮叨叨的？我说了，我不想教书。"肖佳怡希望父亲尽快撇开这个话题。

此时，肖佳怡母亲的电话响了，是肖佳怡的姥姥打过来的。

"佳怡回去了吗？"

"妈，她回来了，她爸也刚到家。"

"那正好，我有件事想跟你们说说。佳怡好像谈上对象了，她来我这里时带着一个男孩子，我看这个孩子挺好的，就是他们村子不大好。"

"妈，您说啥？佳怡谈了对象？哪的？"

"佳怡回去没有和你们说吗？这孩子是月城村的，还是这个村刚当选的村主任。"

"哦，知道了。"肖佳怡的母亲挂断了电话，然后抬眼看着肖蓬。

"我刚才好像听得电话里说，佳怡谈对象了，这事是真的吗？"

肖佳怡本打算这次回来就是和父母讲这件事情，但是她又不好开口，既然姥姥说清楚了，这事便不好再隐瞒。

"是的，谈了一个，小伙子挺能干的。"肖佳怡笑嘻嘻地说。

"他是干啥的？哪的人？"肖蓬问。

"现在是月城村新当选的村主任。"

肖蓬一下子把脸沉了下来："瞎胡闹！弄了半天这些天你没有去支教，而是去谈对象。我说你怎么不去学校教书，而是要守着农村，原来是这么个原因。月城村是个什么地方？兔子不拉屎，穷得叮当响。村主任怎么了？村主任还不是一样受穷。佳怡，这件事我不同意，你得和他分手。"

"穷怎么了？贫困只是暂时的，国家出台了这么多好政策，现在全国都在脱贫，以后哪里还会有贫困村。再说了，月城村要易地扶贫搬迁到古家庄那边，以后那里就是一座新农村，有什么不好？"

"那也不行！你当个教员，好歹能找个吃公家饭碗的对象，最起码以后生活在城市里，你怎么还想留在农村？"肖蓬说。

"都什么年代了，还把端公家的饭碗当回事。"

"问题是，那是一个很贫困的村子。"

"我看上他，为的只是他这个人。"

"他有什么好的？就算是他长得貌比潘安又能如何？人生一世，为的是过踏踏实实无忧无虑的生活。"

"爹，你又说错了，他的相貌哪敢跟潘安比，但是他的人品比潘安好。潘安性情躁趋利，喜欢奉承巴结，他却不会。"

"人品再好，不能当饭吃。我再说一遍，这件事我不同意。还有，你既然回来了，就别打算再出去了，就在家里好好待着吧，啥时候同意去学校教书，我再让你出去。"

"爹，你怎么能这样？不吃饭了，气饱了。"说着，肖佳怡便回到自己的屋里。

肖佳怡知道，父亲说是这样说的，他断然不会把自己锁在屋子里。但是，这件事情又必须要征得父母的同意，她不想伤了父母的心。该怎么办呢？肖佳怡想了想，还是先冷静下来，这件事先搁一搁，慢慢再说。

傍晚的时候，肖佳怡独自去河边散心。她忧思忡忡，仿佛一只受伤的燕子孑然孤落。此时，雾锁河面，朦胧一片，无端给人平添了几缕忧愁。见已夕阳西下，肖佳怡才慢慢回到家中。母亲在家张罗了一桌子好饭，肖佳怡却纹丝未动。肖蓬看在眼里，只是硬邦邦地甩出一句话，"不吃是不饿，别惯她。"

家里忽然停了电，黑暗顿时像无边无际的网，把每个人的心里裹挟得异常难受。

肖佳怡回到自己的房间，点燃了蜡烛，跳动的火焰把她投射在墙上的影子拉扯得有些扭曲。她躺在床上，一心想早早睡去，也好度过这个难挨的夜晚，可是却睡意全无。肖佳怡看看外边，一牙弯月挂在天上，似乎冰冷几许。她望着月亮，心里默默地念叨着，祈求那弯月能带给陈志远好运。不知过了多久，肖佳怡慢慢睡着了，她梦见一只喜鹊在枝头上叫个不停，地上花海如潮。

月城村易地扶贫搬迁选址定在了村西北那片林地旁，这个消息刚一传出，便在村子炸开了锅。人们把矛头再次对准了乡政府，开始了大规模的上访活动。

乡政府的大院里人声鼎沸，吵吵闹闹，无休无止。村民们打着"还我林地 还我家园""揪出害群之马 清算集体财产""退我自筹资金 移民愚弄百姓"的标语，在陶利的带领下高呼着"退钱、退钱"。

马文涛急忙给梅奕瀚打去电话，请示处理意见。梅奕瀚在电话那边沉默了一阵子，他缓缓地说："如实向群众说明实情，诚恳接受群众的批评，抚慰群众激愤的情绪，争取得到群众的谅解。"

现场杂乱的呼喊声久久不能平息。此时，陈志远和秦克勤赶了过来。

秦克勤还是第一次见到村民们上访的事情，他不知该如何处置现场的局面，只得以大话威吓道："大家都回去，现在是法治社会，聚众上访闹事，这是严重违法的。"

众人似乎没有听到秦克勤的话，依旧吵闹声不断。

陈志远说："大家安静一会儿，先听听马书记怎么说。"

陈志远这么一说，现场的杂乱声果然慢慢静了下来。

马文涛便把梅奕瀚书记调查林地的结果如实地讲给了村民们。然后，他把孙财旺离任后留下来的那张有关林地的合同拿了出来。

马文涛说："大家请看，这两张纸是孙财旺诱骗庞秋生签订的月城村集体林地承包合同，并以承包人庞秋生的名义签订了林地转包开发公墓的虚假合同。如今庞秋生已经故去，有关部门正在对孙财旺违法之事进行深入调查，相信法律会给予他严惩。现在，这林地建设公墓已经得到相关部门规划报批，成了实实在在的公墓群。其实，梅书记的心里比大家还不好受，他苦苦调查此事，就是为了还给人民群众一个公道。这林地是村集体的财产没有错，这林地是大家一镐一锹辛辛苦苦栽下了树苗，才有了今天这个样子。可是，这两张所谓的合同，却是将所有群众的血汗付之东流，你们心痛，梅书记的心里更痛。现在事已至此，我们得顾全大局，不能做全市城市发展和经济发展的绊脚石，我们必须得面对现实。如果大家因此而有撒不出去的气，请尽管往我的身上撒，是我没有当好这个乡党委书记，是我辜负了大家的厚望，是我没有把好关，对不起你们。在这里，我给大家鞠一躬。"

陈志远说："马书记已经把这件事情讲清楚了，怨不得咱乡里，更怨不得县里的领导，这是某些人从中使坏钻了村集体的空子。我相信，天网不会漏，日后必定惩治恶人。"

秦克勤站在一边说："你不会说，就别瞎说，是天网恢恢，疏而不漏。"

陈志远的脸瞬间绯红，说："其实意思一样。"

人群中便发出一阵笑声。陶利喊了一嗓子，说："不管怎么说，那林地已经成了乱坟岗，移民新村搬迁到那里，我们不答应。"

人们便再次吵闹起来："对，我们不能跟鬼住在一起，给我们退钱。"

马文涛急忙又打了一个电话，之后他说："我刚和县住建局联系了一下，请示月城村易地扶贫移民村可否重新规划。他们说，可以参考村民们的意见，再由县住建局设计重新规划，但前提是规划区域不能占用耕地。"

陶利说："我们不能再相信他们了，谁知道他们说的那些事是真是假。"

正在这时，陈孝安匆匆来到乡里。他说："孙财旺刚刚被警察抓走了，听说他涉嫌蓄意谋害他人性命，伪造合同，破坏生态环境。"

陶利等人闻听此讯皆面面相觑，之后便一个个主动离开了乡政府。

结合月城村民们的意见，县住建局对于月城村易地扶贫移民安置区重新做了规划，定在了该村最北端的位置，那里有几座村民们的老坟。

马文涛将乡里的工作组又分成两组，一组继续去做未签订易地安置协议村民的思想工作，另一组去动员规划区域内的几户家庭及早迁坟。

之前，宋拉娣签订过易地扶贫搬迁协议，但随着搬迁工作的搁浅，原来签订的那份协议也便自动作废。庞庆和打心里高兴，但同样也有失落。向往美好的新生活是月城村每个村民的梦想，庞庆和岂能不懂得好与坏。但是，当他真正又到了这关键口上，庞庆和内心里埋藏的那个心结还是无法打开，他看见自家院子里那棵树下，好像到处是庞伟的影子，一会儿在树左，一会儿在树右，一会儿在树上，一会儿又在树后的阴影里。庞庆和便向那树一次又一次地喊："伟儿，你回来了，快给爹过来，让爹看看。"可是，每每走到他跟前的只是那条小狗。庞庆和便摸着小狗掉眼泪，那狗吱吱叫着，然后伸出舌头去舔他的脸。

庞庆和将视线慢慢离开了那棵树，他擦干了眼睛，抬起头看湛蓝湛蓝的天空。

乡工作组的两位年轻人再次找上了门，庞庆和竟忽然提出了一个要求，他要见县委梅奕瀚书记。两委年轻人便当时一愣，这件事最终经马文涛转达给了梅奕瀚。

月城村规模化种植的黄花采摘工作开始了，县里及时派出技术人员前来月城村指导生产加工。村民们虽然生产加工异常困难，但是看着一朵朵小黄花变成了不愁销路的香饽饽，人们打内心里还是十分高兴的。

平邑县黄花种植面积已经扩种到九万亩，其中有七万亩已经到了盛产期，需要采摘工的人数逐年在增长。皇甫一南又与河南省农务输出部门取得联系，再加上原山东派遣的农务输出人员，基本保障了黄花采摘期的用工需要。

梅奕瀚接到了山东采摘工闫亚梅的电话。她说,这两日她和她的姐妹们将会再次来到平邑县采摘黄花,她们想念第二故乡,也想念梅书记。梅奕瀚刚刚放下电话,马文涛便来电转达了庞庆和提出的要求,他决定去见一见这位孤独的老人。

来到庞庆和家已近下午5点,梅奕瀚特意从县城里给庞庆和带来一个大蛋糕、一袋新鲜的桃子和两瓶酒。

"老人家,我来看您了,虽然您的生日刚刚过去,但我还是要送给您晚到的祝福,祝您老人家健康长寿。"梅奕瀚说。

"我的生日?"庞庆和浑浊的眼里满是茫然。

"是的,难道您忘记了吗? 7月17日是您的生日。"

庞庆和看看宋拉娣,她默默地点了点头。

"我还有生日?还有人给我过生日?"庞庆和的眼里一下子蓄满了泪水。

"老人家,您怎么会没有生日哩。能赶上在您生日时送上我的祝福,这是我们的缘分。"

"有多少年了,我没有过过生日,我早已经忘记了自己还有这么个日子。"

梅奕瀚轻叹一声:"唉,是我们这些当干部的没有把工作做好,让老百姓们吃苦了。如果大家都能过上幸福美满的生活,谁还能忘记了自己的生日。"

"梅书记……"庞庆和的声音有些颤抖,有些嘶哑。

习惯了默守孤独与贫困的人,对于温暖的感觉并不麻木。

梅奕瀚有个话题想问,他害怕提及此事引发庞庆和的忧思。但是,倘若不解开他心中的郁结,便不能从根本上解决实际问题。迟疑片刻,梅奕瀚说:"老人家,您儿子有消息吗?"

庞庆和叹息一声:"唉,没有。既然他心中没有这个家,那就随他去吧。"

"老人家，我非常理解您这些年的心情，毕竟我也是烟火中人，内心里也有许多的不舍和痛苦一时放不下，这是人之常情，需要时间来慢慢过滤沉淀，更需要我们自己的努力。但是身在其中，有时又由不得自己。说起来很惭愧，已经有好几年我没有回去给爹妈过生日了，他们的岁数比您还大些。"

　　梅奕瀚说到此，脸上不自觉地现出了几分凝重的神色。

　　"你爹妈没有和你在一起生活？"庞庆和问。

　　"没有，两位老人在金城县的芦甸村。"

　　"那你为啥不把老人们接到你的身边？"

　　"老人家，他们和您一样，丢不下家里的那几亩地。"

　　"啥？你爹妈还在种地？"庞庆和的眼里是满满的疑惑。

　　"是哩，那地就是他们的命。我一年四季忙于工作，也没时间经常回去看望他们。"

　　"梅书记，原来你是咱农民的儿子。好，好孩子，你爹妈不会怪怨你的。"

　　梅奕瀚说："每个家庭、每个人都有各自的难处。人间万事说起来容易，做起来往往会很难，难的不是事情本身，而是我们自己一直耿耿于怀。所以，我们的祖先便留下了这么一句话：人生一世必须能拿得起，也放得下。一旦放下了，就卸掉了压垮自己的沉重包袱，同时也能给他人的心里注入阳光，给这人间多了一处芳华所在。这就好比一块黍子地、高粱地或者玉米地，倘若地里有那么一株霉变的黑粉菌庄稼，你不去及时清理，那霉菌瘤会越长越大，会让这株庄稼颗粒无收；而当它的霉菌出现了裂变，霉菌四处飞扬，就会感染到无数的庄稼，其他的庄稼也会因此染上了霉菌瘤，这样的后果您是应该知道的。既然有这样的不良后果，我们不妨把所有心里的霉菌彻底放下，只要舍得切割下心底的霉菌，就不会给自己或者他人带来更多的伤害。也就是说，平平实实坦坦荡荡地活着，生命反而会显得更有意义。咱们老百姓有句话说：尘归尘、土归土。一切应顺其自然，自在最实在，自然最真实。"

庞庆和缓缓地说："我听明白了你话中的意思，大体也听懂了这个道理。梅书记，其实我的心结已经放下了，我是这两天才慢慢放下的。"

"噢？老人家，那您说说看。"

"打我第一次见到你，我就感觉你一定是个好干部。为了寻找庞伟的事，你们也尽心尽力了。这两年，尽管月城村还是没有多大的变化，但是老百姓们知道，你们一直在想办法，政府一直为我们着想。易地扶贫搬迁的事，我不是不想住进宽敞明亮的新房，我是心里搁不下那个不争气的儿子，我怕他哪天想起了这个家，回来后看到的竟是空空的屋子。这两天我想明白了，伟儿他不回来就不回来吧，我总不能为了儿子再害了他妈，这些年他妈跟着我没少受罪。都一大把岁数了，我们还能活几年。眼看要熬盼到过好日子了，我能忍心让她在痛苦中早早离去吗？所以，我请你来，只是为了说声：谢谢你，谢谢梅书记，谢谢我们的政府。"

梅奕瀚紧紧地握着庞庆和的手说："真正要感谢的是您老人家。"梅奕瀚转身对马文涛说，"赶快打开蛋糕，咱们给老人家过生日。"

正在这时，古家庄乡政协联络组长于强跑进来说："梅书记，石磊和乡工作组的人吵起来了。"

梅奕瀚闻听于强的汇报，先是眉头一紧，随后他微微一笑说："大家一起来，咱们共同祝福老人家长命百岁，福寿安康。"说完，他又从兜里掏出三百元钱递给了庞庆和，"这是我的一点心意，还请您老人家收下。"

梅奕瀚再次握住庞庆和的手，说："老人家，请您多保重身体。我还有事情，就不陪您了，改天再来看您。"之后，他与宋拉娣告别，便走出了屋子。

庞庆和送梅奕瀚到大门口，忽然问："梅书记，你是怎么知道我的生日的？"

"老人家，这个很简单。"

邂逅晋商大会

马二女忙着整理福强开学用的行李用具。此时的福强已然是一个大小伙子，他不仅学习优秀，还是学校篮球队的主力队员。福强看见陈大勇从外面担水进了院子，然后将圈舍的毛驴拉出来饮水，之后再去清理圈舍，添草喂料，他不禁动了恻隐之心。

"妈，我回来一个假期，他为啥一直不进咱们家？"

"你说的是谁？"

"他。"

马二女顺着福强的目光看去，见陈大勇在院子里忙来忙去。

"他知道你不喜欢他，咋进咱家这个门？过两天你就要上高中了，正是学习的关键时刻，他怕影响了你的情绪，耽误了学习。"

马二女从柜子里拿出一个新书包和一件新衣服，然后将衣服在福强的身上比来比去。

"这是他给你买的，不知合不合身，如果你喜欢就穿上。对了，书包里还有他给你的五百块钱，他说你还在长身体的时候，不能落下营养。"

福强再抬眼向院里看看，陈大勇已经走了。福强心里空落落的。

"你抽空再去看看爷爷、奶奶，家里就剩下你一根独苗了，别寒了爷爷、奶奶的心。"

"小伟叔还没有消息？"

"没有。你去爷爷家，不要提起这件事。"

自打曹花离开陈小泉回到自己家里，石磊仿佛重新见到了天日，感觉眼前的阳光格外灿烂。尽管家里的生活依旧清苦，但是有一个完整的家胜似一切。而眼下，唯一令石磊和曹花无比紧张的是儿子豆豆。几天前，豆豆竟一下子不能动了，他已经不能走路，甚至连吃饭也只能靠曹花喂。石磊带豆豆去市里的大医院看了病，医生说豆豆是脑瘫并发症引发多脏器衰竭，留给他的时间已经不多了。猝然而来的不幸消息，将这个平静的家再次搅乱了，石磊感觉一下子掉入万丈深渊。而偏偏这时候，月城村再次启动了易地扶贫搬迁工作，按照规划区域，还涉及石磊家迁祖坟。石磊觉得这是老天爷在有意惩罚自己，为什么这么多的事会突然之间压在了自己的头上？

于强带着工作组的小王到石磊家时，石磊和曹花正静静地坐在炕上陪伴着豆豆，他们谁都不说话，仿佛害怕有一丁点的声音打破了此时的平静。

"孩子病了？"于强站了片刻轻轻问了一句。

石磊和曹花依旧一动不动。

"需要什么帮助，我们会尽心尽力。"

石磊斜睨了于强一眼，转而又静静地看着豆豆。

"有两件事情需要和你们谈谈。你们是知道的……"于强的话还没有说完，竟一下子激怒了石磊。

"你们给我滚出去！"石磊大声地吼着。

"你、你这人怎么能这样说话？有什么事咱们可以商量。"工作队的小王说。

"和你们商量能挽救了我的孩子吗？"

"可是，你也不能和我们发火气嘛。"小王又说。

"滚出去，给我滚出去！"

"这是我们的工作，我们不能走。"小王说。

"你们不走是吧，那好。"石磊说着，从炕上拎起一把笤帚便向小王砸去。曹花见状，急忙挡了一下石磊的胳膊，那笤帚贴着小王的脸飞了过去。

于强见情况不妙，急忙拉小王逃了出去，然后去向马文涛和梅奕瀚做了汇报。

在路上，梅奕瀚问马文涛和于强："为什么石磊如此强烈地抵触这次易地扶贫搬迁的事情？"

马文涛说："石磊家里的确很困难。他家有两个孩子，大女儿上初三时，曹花离家出走，女儿就辍学打工了。他还有一个儿子，却是个脑瘫患者，这次扶贫工作把他家列入了重点帮扶对象。据村里人讲，石磊这个人一直很怪，没有结婚前，他也很能干；自打婚后第三年有了儿子豆豆，就一天天变得很懒，为此曹花才跟着陈小泉跑了，再后来他反倒又变得勤快了。不过，曹花现在回来了，那个一度破碎的家总算是又有了奔头。其他的情况，我们也不是很了解。"

"在第一次移民搬迁工作时，石磊的表现怎么样？"

"他打心里想搬迁，就是没钱。后来工作组说，将为他提供贴息贷款，帮他重建家园，石磊当时很高兴。"

"石磊现在的态度发生了很大的变化，这里边一定有原因。"

此时，梅奕瀚的电话响起，是县招商局陈海打过来的。

"梅书记，现在有几家企业前来洽谈投资合作事宜，希望参加下月咱们县举办的城乡发展招商会，您有时间回来吗？"

"好的，我马上回去。"

梅奕瀚挂断了电话，他对马文涛说："石磊那边的具体情况，你去全面了解一下。切记，我们的工作是，以安定团结和谐发展为主要目标，去积极帮助、认真沟通和正确引导每一个群众，不可伤了群众的心。9月3日，省里在太原举办第二届晋商大会，咱们得抓好这个有利的时机。县委县政府定于8月中下旬，举办以山水园林城镇、都市观光休闲农业、园区工业项目、火山生态旅游等为主要内容的城郊发展招商会，主会址就设在'恒州论坛'会展中心。刚才陈海来电说，有几家企业前来洽谈投资合作事宜，这是件大好事，我们欢迎有识之士、企业精英前来参与、投资，如此我们可以实现双赢，共展宏图大业。"

石磊看见几个人再次来到他家，走在前面的是乡党委书记马文涛，不禁心里"咯噔"一下，他不清楚接下来会发生什么事情，自己家的祖坟会不会被推平，或者是强行移走。

此时，曹花已经从炕上下来，她满脸无奈地强作一丝欢颜，声音沙哑地说："马书记来了，快请炕上坐。"

"不了，我来看看你们，看看孩子。孩子这是怎么了？"

"我家豆豆得了脑瘫并发症，他已经没救了。"曹花带着哭声说。

马文涛的心陡然一紧："医生确诊了吗？有没有挽救的可能？"

"确诊了，在市里的大医院看的。医生说，没有挽救的希望了。"曹花的眼泪扑簌簌地掉落下来。

"豆豆打一出生就患有脑瘫吗？"

"不是，孩子出生后很健康。在他三个月的时候，得了一场病，高烧不退，因家里没钱，错过了最佳治疗时间，导致了脑瘫。"曹花呜呜哭出声来。

"哭啥哩？哭能救了孩子的命吗？"石磊说。

"现在孩子还能动吗？"马文涛问。

"完了，这一下孩子彻底完了，可怜的豆豆才十六岁，他还没有过一天好日子哩。"石磊的眼里是满满的痛苦与悲伤，"就在七天前，豆豆还能扶着墙走路，他还能吃能喝能说话，现在他动不了了，动不了了。"石磊说。

马文涛禁不住一阵心酸："不知我能为你们做点啥。我的意思是，是否我将孩子接到县医院治疗，或许还有希望。"

"没用了，就让豆豆在家里安静地度过他人生最后的这段时光吧。都怪我那时候鬼迷心窍，一直消沉，情绪低落，懒惰成性；怪我没有好好照顾孩子，怪我没本事，是我害了豆豆。"石磊低垂着头，用双手捶打着自己的脑袋。

马文涛试探着问了一句："我知道你现在很勤快，过去那段时间为什么会那么消沉低落？"

"命啊，命运害人啊！"石磊说，"我和曹花结婚后，当年生下了女儿芽芽，两年后我们盼来了儿子豆豆，开始背上了超生罚款的沉重负担。那时村里的计划生育抓得紧，曹花生下豆豆后的第二个月就被拉去乡里做了绝育手术。谁能想到，豆豆突然患病变成了脑瘫患者，孩子没有了未来，我哪里还有什么未来？打那时候起，我的心一下子变冷了，开始变得消沉、自私、懒惰。这十几年来我不在意曹花的感受，最终将她逼出了家门。也许这是天意，曹花一走，豆豆总得我来照顾，孩子们总得吃饭，我被逼无奈，重新又站了起来。好在曹花又回来了，这个家现在还像个家，我们开始有了自己的梦想。豆豆虽然是个脑瘫患者，但他毕竟是个人，他有他的思想，他懂得好多的道理，我们不能放弃了他。所以，在咱村第一次准备移民搬迁时，我们也梦想拥有一个新的家，给豆豆一个崭新的家。可是，豆豆现在没有多少天的生命了，我心中的家倒塌了，我的梦倒塌了，我要新房还有什么用呀？"

石磊的声音那么悲伤苍凉，他潸然泪下。

"要是没有那场绝育手术，我们还可以有第二个豆豆、第三个豆豆，现在我们什么都没有了……"

于强插了一句："毕竟你还有个可爱的女儿。"

"女儿怎么了？女儿终究要嫁人。如果哪天我们走不动了，像豆豆现在这样倒在了炕上，那时候谁来每天守护在我们的身旁，哪怕是陪我们说说话，给我们一句问候、一个笑脸，或者端一碗水。"石磊一双迷离的眼里满是迷茫。

马文涛的心像被针扎了一样，他的鼻翼翕动了几下，然后慢慢转过头去，悄悄擦拭了一下眼睛。

"石磊，我非常理解你现在的心情，我也能感受到你们现在心里的痛。但是，实行计划生育是我国的一项基本国策。如果我们每个家庭想生多少生多少，想生男孩就生男孩，我们的后代将会面临着怎样的危机。"马文涛说。

石磊一时保持了沉默。过了一会儿，他木呆呆地说，"我不敢想象我们走不动了的那一天，将会是怎样的结局。"

"这个不用担心。去年，国家卫计委牵头，会同民政部、财政部等，联合下发了一个通知。通知规定，对于失独家庭成员，特别是其中失能老年人，要积极做好居家和社区养老服务，优先安排入住政府投资兴办的养老机构。同时对于独生子女家庭中生活不能自理的老人和困难老人，政府会每年发放高龄津贴、养老服务补贴和护理补贴等。有了这些保障，等你们年岁大了还怕什么。"

石磊听了马文涛的解释，他的情绪慢慢放松了许多。

"我们现在可以谈谈移民搬迁协议的事吗？"马文涛说。

石磊看了看豆豆，低着头默不作声。

"既然你不反对，我们就谈一谈。你看看，自己家里现在住的这窑洞，都快倒塌了，不要说抗震能力，就是平时连下几场雨，恐怕这窑洞再也挺不住了。咱们规划的移民新村，住房是按照抗震七级的标准进行设计的，而且是砖瓦房，空间大，结构好，和城市里高楼住房一样，设有客厅、卧室、卫生间等，以后取暖、做饭再不用担心有没有柴草和煤炭，而是统一用电。如此美好的新农村，我相信你也一定喜欢。等搬迁后，你和曹花、孩子们不用继续过这提心吊胆艰辛的日子。石磊，把目光向前看，我相信不出几年乡亲们就能真正过上好生活。另外，我知道你眼下很难摆脱困境，为此我有个打算，除了这次移民安置房，政府为你提供贴息贷款，还将帮扶你家和春生家率先搞起养羊产业，这个项目见效快，你们的启动资金也将由政府提供贴息贷款。你看如何？"

曹花一听，她痛苦的脸上渐渐绽出了笑容。曹花看一眼石磊，着急地说："石磊，你说话呀，你不是早就想养羊吗？现在机会来了，你还在犹豫什么？"

石磊抚摸着豆豆，说："马书记，我们全家非常感谢你。这个易地扶贫搬迁协议我签，羊我也一定养。"

众人不禁都露出了笑脸。马文涛又说："还有一件事，你家的祖坟刚好在移民新村的选址位置内，还得请你配合先迁坟。"

石磊一听，一下子又暴怒起来："这件事我绝对不能答应，迁坟的事免谈。"

众人的心再次紧缩起来。马文涛说："那你能不能说说，为什么这坟就不能迁？"

石磊抬头看向了窗外的天空，他声音颤抖着说："爹，那地我一定为您保护好了，谁都别想占用那块地。"

马文涛顿时明白，石磊家的那块墓地一定还有一段不寻常的故事，便说："石磊，你别激动，有啥话咱们慢慢说。"

石磊的眼神显得那么迷离，他努力控制着自己的情绪，许久才说："那块地是我爹用生命换来的。20世纪60年代人民公社那阵子，生产队的任务重，社员们都吃不饱。我爹看上了村子最北端的那片砂石裸露的荒地，便利用晚上别人睡觉的时间去一镐一锹开垦出了那么一小片地，然后种上了庄稼，只期盼秋天一到，全家人能吃饱了肚子。可是到了秋收时，那地里的粮食被生产队充了公，还说我爹思想作风极坏，阴谋搞新兴地主阶级，我爹为此惨遭批斗，等他被放回来不久便死了，我娘把我爹就葬在了那片地里。后来，那片地再次成了砂石荒滩的一部分。等我长大了，我娘曾对我说，那地是你爹用自己的命换来的，土地是咱们农民的命根子，无论什么时候，你都要保住那片地。"

马文涛听了石磊的讲述，顿时惊得目瞪口呆。

马文涛将此事汇报给了梅奕瀚。梅奕瀚沉默片刻，说："老一辈农民以土地为生命，他们珍爱土地，眷恋土地，依靠土地，对土地有着很深的感情，我们尽可能地不要伤了他们的心。月城村易地扶贫搬迁选址，在不占用耕地的前提下再做调整，请给我们这位劳苦先人让出这片安寝之地。"

2014年9月3日，为助力山西转型创新，第二届晋商大会在太原隆重召开，来自17个国家、26个省及省内各市的270余名晋商代表参加了盛会。

梅奕瀚刚刚从"恒州论坛"推荐会上抽出了身子，便与县长彭涛急匆匆赶往省城。持续三天的本土推荐会群贤毕至、少长咸集、气氛热烈，现场签约儿童医院项目、农副产品深加工项目、国家养老基地项目等15个项目，总投资108亿元，可谓大有收获。

在车上，梅奕瀚微蹙双眉，心事重重的样子。

"奕瀚，你是否担心接下来的省晋商会未能达成所愿？"彭涛问。

"这次参会，全省各地市县都会拿出自己最好的家底，平邑县经济转型刚刚起步，底子薄，能源资源匮乏，怕是很难在这次机遇中脱颖而出。"

"好在咱们县靠近京津，接壤蒙冀，具备靠近科技前沿和辐射发展的地理优势，人口少土地广，还有其他地方没有的新石器文化和火山文化等历史文化资源、自然资源和黄花产业，这两年全县的生态环境已经大大改善。我认为，一个有战略眼光的商家，不会放弃来咱们县布局发展的机会。"

"但愿如此。我们急需人才，急需各路企业入驻平邑县投资创业。"

晋商会参展大厅里已是人头攒动，熙熙攘攘。梅奕瀚一个展台一个展台看过去，不觉还是心思惴惴。等他看到平邑县展台时，竟一下子惊叫出声。

"老彭，快看！"

只见平邑县的展台前聚集了很多人，偌大的电子屏幕上正滚动播放着巍峨壮美的火山群、皇天寺，以及周边绵延无际的黄花盛景。展台上，站着十位身着一袭素雅旗袍的娉婷女子，旗袍上绣着形态各异的金色灼灼七蕊黄花，一朵朵黄花自右下摆髋骨位斜向上延伸至左胸之处，再由一根鲜嫩的花茎宛若缠枝莲巧妙地连在一起。每个女子纤纤玉手里置一柄薄薄的绢丝团扇，那团扇上亦绣着七蕊黄花。再看那女子们的前面，是二十几个欢快的儿童正随着音乐舞蹈，围观的群众一边欣赏一边鼓掌喝彩。

梅奕瀚静静地听着那音乐，是女声独唱，节奏舒缓清亮纯洁，还带着些许稚嫩的童音。

高高的火山下黄花儿绽放，像太阳一样，人间的芳华。那是你我最温暖的家，哺育我们长大，长成爱情最美的童话，陪你走过东南西北，莫忘心中的家。如果有一天，你去了遥远的地方，摘一朵黄花做翅膀，你会乘风回到我身旁；如果有一天，你的心儿有了忧伤，想着它就会有好梦一场。金山外桑干旁遍地黄花黄，每一朵都是我牵挂的模样。让它开遍等你回家的路上，那是我伴着你，从不曾离开你身旁。归乡，归乡，归乡路风情月思地老天荒。

高高的火山下黄花儿绽放，像月亮一样，人间的芳华。那是你我最幸福的家，抚养我们长大，长成母亲最美的诗行，陪你走过春夏秋冬，莫忘家中老娘。如果有一天，你去了遥远的地方，摘一朵黄花做翅膀，你会乘风回到娘身旁；如果有一天，你的心儿有了忧伤，念着它就会有好梦一场。萱堂外古道旁遍地黄花黄，每一朵都是娘牵挂的模样。让它开遍等你回家的路上，那是娘伴着你，从不曾离开你身旁。归乡，归乡，归乡路血脉相连望云情长。

　　高高的火山下黄花儿绽放，像星星一样，人间的芳华。那是你我最美丽的家，陪着我们长大，长成游子最美的华章，伴你走过天涯海角，莫忘心中故乡。如果有一天，你去了遥远的地方，摘一朵黄花做翅膀，你会乘风回到我身旁；如果有一天，你的心儿有了忧伤，捧着它就会有好梦一场。云之州忘忧乡遍地黄花黄，每一朵都是我牵挂的模样。让它开遍等你回家的路上，那是我伴着你，从不曾离开你身旁。归乡，归乡，归乡路天高地阔任你飞翔。

梅奕瀚听着这歌声，心里有一股温暖在缓缓流淌。

"老彭，咱们展台的这个宣传创意非常好。是你安排的？"

"没有啊，县里没有安排这项活动。"

"好，真好，这台节目将乡愁、乡思、乡情、乡恋都淋漓尽致地表达出来了。"

这时，在此协助现场工作的皇甫一南以及前来参展的姜大伟、迟力强、苏炳坤、叶子安、蒋春毅等人纷纷从展台那边走了过来。

"梅书记、彭县长，你们来了。"

"一南，谁帮助咱们策划了这么好的一个宣传节目？"梅奕瀚问。

"你向那边看。"

梅奕瀚顺着皇甫一南的手势看去，却见展台的侧面站着的竟是范筱璇和祝彤，她们的旁边还有两位儒雅的男士和一位气质不凡的老者。在他们的前面是一字排开的桌子，桌子上整齐地摆放着十个条状托盘，盘里是一摞一摞精致的礼品盒。

"是祝彤和筱璇！"

"是的，她们不让我告诉你。为了今天的晋商大会，嫂子和筱璇花费了不少心思，这些旗袍姑娘是云中大学艺术系的学生，孩子们是大学幼儿园的宝贝。"

这时，少儿舞蹈结束。十位女子款款地走过去端起托盘来到众人面前，然后给现场的宾客每人分发了一个礼品盒。待那礼品盒打开，一束七蕊黄花被包裹在一个晶莹剔透的特制包装里，那包装上打着醒目的三个字：忘忧花。

"这是筱璇专门为本次晋商会定制的真空冻干鲜黄花，可以永久保存黄花绝美的自然形态。"皇甫一南说。

梅奕瀚不禁心生感慨，随口说道："忘忧花，真好！筱璇可是帮了咱们大忙了。"

祝彤和范筱璇也看到了梅奕瀚，便走了过来。

"奕瀚，没有征求你的意见，我擅自安排了这个节目，不介意吧？"范筱璇说。

"筱璇，你很了不起。谢谢你，你为平邑县的展台争取到了现场最旺的人气。"

"不过，你要感谢的人还是你的夫人，是她帮我策划搞的这台节目。"

"祝彤，谢谢你。"

"别谢我，所有的工作都是筱璇做的。"

"奕瀚，你也太不给我面子了，要不是祝主任告诉我你俩是夫妻，到现在我还蒙在鼓里。"

"对不起，我也是后来才知道你们在大学是一个系的。"

范筱璇说："我给你介绍三位新朋友，你们认识一下。"

"这位是台湾华裕生物科技有限公司董事长林泰铭先生。"

"林先生好，欢迎您回家。"梅奕瀚热情地握着林泰铭的手。

"这位是平邑县委书记梅奕瀚，这位是彭涛县长。"

"梅书记好，彭县长好。"林泰铭的双眼有些潮红，"这首歌真好，唱出了对家乡的热爱，唱出了母子情深，也唱出了游子们的心声。忘忧花真好，回家的感觉真好。我刚才听着歌都落泪了。"

"以后平邑县就是您的家，欢迎林先生随时回家，我们期待着您的到来。"

"一定，一定的，谢谢梅书记。"

"这两位是来自北京的经济学博士生导师，这位是景祥生，这位是黄胜宇。他们今天是前来助阵的，帮助现场解答有关经济类的各种问题。"

"欢迎两位老师，谢谢你们。"

"梅书记，听筱璇说，你是位实干的县委好干部，我们愿意为平邑县的经济发展助一把力。"景祥生说。

"筱璇真是个难得的人才，这首歌今天感动了所有人。"黄胜宇说。

"是的，这首歌很美，也很感人，将爱情、亲情、友情这些人间的大爱都唱了出来，同时歌词里还加进了平邑县一些历史文化元素。筱璇，是你创作的吗？"梅奕瀚问。

"这首歌叫《归乡》，也叫《人间芳华》。为了筹备这个活动，我邀请恒州市的一位作家创作了这首歌。"

彭涛说："奕瀚，该你上场了，上去说几句，再鼓鼓劲儿。"

梅奕瀚便走上台，他向嘉宾们介绍了平邑县经济社会发展现状、城市建设、园区规划、火山群、文化旅游项目等各方面投资优惠政策，并代表县委县政府邀请各地客商前往平邑县观光调研，期盼在市场、资本等方面实现双向互动，合作共赢，共同发展。

梅奕瀚讲话结束后，林泰铭老先生率先与平邑县签订了黄花生物研发加工合作框架意向书，随后便有众多客商纷纷咨询洽谈合作相关事宜。

梅奕瀚在忙忙碌碌的工作中，感受着从未有过的振奋和喜悦。

第二届晋商大会超出了梅奕瀚的预期，平邑县再次成功签约了33个项目，总金额达193.07亿元。自此，平邑县迈入了快速发展的新时代。

急请"救兵"

马二女突然接到了学校的来电，得知儿子福强在校园篮球比赛中发生意外，一条肋骨因碰撞出现轻微骨裂。她顿时吓坏了，与陈大勇匆匆赶到了学校，却见福强依然像平常一样，看上去并无大碍。

福强面对陈大勇，先是一愣，稍后面带微笑说："妈，你怎么来了？"

"学校说你肋骨受伤了，具体伤在哪儿了？快让妈看看。"

"妈，没事，只是很轻微的骨裂，不碍事，吃点药养一养就好了。"福强说着，掀开衣服，在他的腰部裹着一个带钢板的腰围。

马二女手指颤抖着想摸一下，却又不敢摸，眼泪哗哗地流下来了。

"你这孩子，咋那么不听话，你要是再有个好歹，妈真的活不下去了。"

"妈，你别哭，让同学们看见还以为发生了什么事。我这只是轻微伤，一个月就能够自愈。你看，我这学习和生活啥都不影响，没事。"福强说着话，帮母亲擦掉了眼泪。

"孩子，以后小心一点，你可把妈吓坏了。"陈大勇说。

福强看见陈大勇的眼神有些躲躲闪闪，似乎不敢和自己对视，不禁心生一缕愧疚。

"大勇叔，谢谢你。"

陈大勇听得福强第一次开口和他说话，一时激动得不知该如何是好。

"孩子，你……"

福强笑眯眯地看着母亲和陈大勇，说："你们等一下，我马上过来。"

工夫不大，福强将一封信递给了马二女："妈，你们先回去吧，我要上课了，这封信你回去慢慢看。"

陈大勇从兜里掏出五百块钱："孩子，这点钱你拿着买点营养品，这骨头伤着的事可不敢掉以轻心，千万注意保养好了。"

"大勇叔，我不需要钱，没事的。"

"这孩子犟着哩，快拿上。"说着，陈大勇将钱塞进了福强兜里。

马二女和陈大勇走出学校，她端看着那封信不禁有些慌乱，她不知道儿子福强会在这信里说些什么。

"打开看看吧。"陈大勇说。

"这，万一……"

"没事，就是福强不同意咱俩的事，我也不会怪怨他。"

马二女抖抖索索打开了信，那上面写道："妈，请原谅儿子过去的幼稚和无知。自打父亲去世，我的心里一下子被掏空了，容不得有任何一个男人走进你的生活，那些年我还不懂事，听着村里的闲言碎语，我特别压抑、愤懑，我痛恨陈大勇带给了我精神伤害。自打上了初中，我慢慢懂得了许多道理，如果不是大勇叔帮衬咱们这个家，恐怕我没有这么幸运能继续上学。如今我又上了高中，三年后我还会去上大学，我不忍心留下妈一个人去孤独地生活。大勇叔是个好人，他对你的爱我能深深感受到，我也能感受到他对我的关心与爱。现在我长大了，我已经耽误了你们几年美好的时光，不能再让你们近在咫尺却两情分离。请代我向大勇叔说声：对不起。我衷心祝愿你们携手相随白头到老。"

马二女将这封信递给了陈大勇，大勇看过忍不住热泪盈眶。

肖佳怡回到家里已有十多天，她听说花园村现在兴起了柳编业，便决定前往一探究竟。

许家堡村距离花园村不是很远，沿 109 国道向县城方向一路西行，不久便到达了花园村。此时，花园村在旧村的西边正在兴建一座新农村，但旧村的街道上依旧整洁而干净。

在村委会大院西侧的一排房子里，三十几个女人正伴着说笑声编制枸柳工艺品，墙上、桌子上、地上已经有许多的工艺成品错落有致地陈设在那里。肖佳怡一件件欣赏着精美的枸柳艺术品，却听得有人走到了她的身后。

"请问，你是来参观学习的，还是采购订货的？"

肖佳怡转身一看，竟然是同学李东林。

"东林，你怎么会在这里？"

"我是花园村支书苏炳坤请回来帮忙的。"

"你大学毕业后，一直留在花园村？"

"今年刚过来，之前在一家企业从事策划工作。"

"这个柳编工艺品也是你帮助村里策划的？"

"不是，这项产业是梅书记提出来的。去年冬天，炳坤派人去山东学习，回来后便指导村民们开始投入生产。我开春过来后，感觉技师们在山东所学技艺只注重现代工艺，缺少文化根脉，便建议再次派遣她们去安徽阜南、湖北襄阳等地学习，这次她们的收获很大。你看，咱们现在的柳编工艺品不仅工艺精湛，而且每一件工艺品都融入了文化元素。"

"目前销路怎么样？"

"柳编工艺作为咱们村一项新的脱贫产业，今年刚打开局面，目前来看前景还不错。苏炳坤书记这段时间去各地旅游景点调研，计划将咱们的柳编工艺品投放到旅游景点。前两天去了东北，已经和那边的一个景区达成了合作协议，预计用不了几年，花园村的老百姓依靠柳编也能获得不小的收益。"

"策划营销是你的专长，花园村多了一个你这样的能人，岂止是脱贫，之后乡村振兴也硕果在望。"

李东林说："你好像还没有回答我的问题呢。"

"我就是过来学习的。"肖佳怡微微含笑。

"你现在干什么工作？"

"我……"肖佳怡一时不知该作如何回答，少顷她说，"我现在还处于失业状态。"

"那你加入到我们的队伍里吧。"

"或许以后我们会有合作，眼下我还有其他的事情要做。"

肖佳怡心里一直惦记着月城村。从花园村回来，她显得更加烦躁不安。肖佳怡发现陈志远给她的信息越来越少，而且每次她给陈志远发去信息后，陈志远仅仅回几个字，显得异乎寻常的冷淡。肖佳怡猜想出了陈志远的心思，他一定是故意疏远自己。肖佳怡意识到她与陈志远的婚事不能再僵持下去了，得马上请"救兵"。

肖蓬依旧是隔几天回来一次，他见肖佳怡恬淡宁静的样子，以为女儿与陈志远的心思彻底断了，他再次提起去学校教书的事，却依旧遭到了肖佳怡的反对。

这日，肖佳怡趁父亲在家，便偷偷给叔叔肖勃打了电话。肖勃说，他正在月城村，是陈志远把他叫去的，月城村有两户人家打算养羊，陈志远安排他与这两户对接一下，为他们提供优质的种羊和羊苗。肖佳怡非常高兴，她告诉叔叔，等忙完了月城村的事情，今天必须来一趟家里，为了以前的约定。之前，肖佳怡带陈志远去肖勃家时，肖佳怡曾私下里和叔叔谈了自己和陈志远的事情。肖佳怡预感到父亲有可能会阻止他们之间的婚事，便委托叔叔出面来劝和此事。

肖佳怡笑吟吟地说："妈，今天晚上改善伙食吧，我叔叔要来。"

"这孩子，你怎么会知道你叔要来？我看是你馋嘴了。"

"妈，是真的，我叔刚给我打电话了，他说想来看看我爸。"

肖蓬看看女儿说:"谁知道这鬼丫头又打的是什么算盘,不过你叔的确是有些日子没来咱们家了,或许真的要来。就听你的,晚上多弄几个菜。"

天快黑的时候,肖勃果然来了,肖佳怡向叔叔使了个鬼脸。

肖蓬说:"咱弟兄俩好长时间没在一起吃饭了,今晚咱们好好喝点酒。"

"你想喝酒?我车上正好有,是月城村陈志远今天给我的。"

"你怎么去月城村了?陈志远是谁?"

"你难道不知道陈志远是谁?佳怡没和你说起过?"

肖蓬一下子想了起来,他顿时有些许的不高兴:"你怎么和他来往?一个屁孩子,他懂得个啥?"

"哥,你可别小瞧了这小伙子,他刚刚当上了村主任,以后一定有出息。"

"就月城村那穷地方,就算再有出息能干个啥,还不是去种那几亩地。"

肖勃笑了笑,自顾出去了。少顷,肖勃拿进来两瓶酒。

"这酒是那小伙子送给我的,今晚咱俩喝一瓶,那一瓶我再送给你。陈志远这孩子很朴实,但脑袋瓜子特别聪明。这不,古家庄乡政府扶持他们村两户家庭发展养羊产业,这孩子非要我帮忙为他们提供种羊和羊苗。你猜怎么着,陈志远还给我提出了要求,不仅要优质种羊和羊苗,而且价格还让我压到最低,甚至是不要赚钱。你说说,哪有这样谈生意的。"

"这还不简单,那你不要和他们合作。"肖蓬边说边"吱"的一声抿口酒。

"问题是,就因为有这孩子,我还愿意和他们合作。"

肖佳怡"扑哧"笑了一声。她看见父亲瞥了她一眼,便故意又使劲"嗯"了一声,然后忙给叔叔夹了一筷子菜。

"那你大脑一定有问题。"肖蓬说。

肖勃哈哈一乐："我才没毛病哩，这事搁在你身上，你也愿意去帮他。昨天，那两户已经批下了银行的贴息贷款，但是陈志远不让人家把钱拿到家，坚持让他们继续把钱放在银行，说这钱是专款专用。你看看，他人不大，竟然能做得了那两家的主。陈志远说，家里的日子平时怎么紧还得继续先紧下去，千万不能动养羊这笔钱的心思。就凭这一点，我觉得这孩子是个过光景的人，不仅他家的日子能过好，也能够让村民们以后的日子过好。陈志远是带着诚意请我去月城村的，他说既然管我叫叔，那就是一家人；既然是一家人，那么请我帮忙就不能讲究利益和代价。当然，作为家人他会心存感恩的，不仅是现在，包括未来。你看看这孩子，他把村里乡亲的事当作自己的事情来做，这孩子的确是让人喜欢。"

"你今天是怎么了，咱俩好长时间没见面了，别谈那些和自己没关系的事情。"肖蓬说。

"怎么就没关系了？有关系，我就是为了这个关系才来你家的。"

肖蓬便把筷子"啪"的一下拍在碗上："我弄明白了，是不是佳怡让你来当说客？"

"是又怎么样，这小伙子人人喜欢。"肖勃自顾喝了一口酒，"佳怡没有看走眼，这孩子的确是好样的。在当下，有几个能置自己的利益而不顾，却把别人的事情记挂在心上？我认为，佳怡跟着他，以后一定错不了。"

"我不同意！"肖蓬硬邦邦地甩出一句话，"我好不容易培养出一个大学生，怎么能让她去村里种地？再说了，你看看村子里现在哪还有年轻人，人家都往大城市里扎堆。"

"哥，这些年你只知道每天在外面跑车，你也不看看现在农村的发展形势，有许多城市里的能人都跑到咱农村里开办企业，而且越来越多的大学生都自愿回到农村发展创业。这说明了啥？说明了咱农村的未来会大有前景。眼下，全国都在搞脱贫攻坚，贫困与乡村的破落只是暂时的，用不了几年，咱这农村就会发生翻天覆地的大变化。这些天，月城村正在忙着易地扶贫搬迁的事，听说那工程马上要动工，最多再过一年，便会建成一座现代化的新农村，到时候你敢说月城村还很贫穷吗？"

肖蓬再次端起了酒杯，他默默地喝了一口酒。

"佳怡是你们的女儿，可她也是我的侄女，难道我能让我的侄女嫁给一个不中用的男孩子吗？哥，你听我的，没错，他们之间的选择绝对是正确的。虽然眼下陈志远只是个村主任，他想在村子里去踏踏实实做一件事，可能得不到村支书的支持。但是，这不要紧，陈志远也需要锻炼，我想经过几年的磨炼，他一定会是个好的村支书。"

肖佳怡的母亲在一旁说："既然佳怡喜欢他，不妨让他们先处一处。女儿大了，你总得给她个自由选择的机会。"

"陈志远家的情况如何？"肖蓬终于开口说话。

肖勃看了一眼肖佳怡，略作迟疑，然后便坦率地说："这孩子出身很苦很贫寒。他是抱养来的，养父已经去世，他和养母有很深的感情。"

肖蓬顿时眉头紧皱："他养母就他一个孩子？"

"听说还有四个女儿，不过已经出嫁了。"

"你看看，就他这种糟糕的家庭背景，我怎么能放心把女儿嫁给他？"

肖佳怡说："爹，你别瞎操心了，志远他以后绝对比你有出息。"

"你少掺和。"肖蓬说，"说实在的，我也不想违背女儿的意愿，但是也不能一味由她那么任性。这样吧，我同意她妈的意见，两个人先处一处，看有无缘分；即便以后有这个缘分，他家必须得拿八万元的彩礼钱过来，否则我还是不答应这门亲事，我不能让我的女儿嫁过去以后生活毫无保障。"

"爹，你说什么哩，他到哪里去拿那么多的钱？你干脆把女儿卖了吧。"

"没钱，他就别想娶我的女儿！"

肖勃急忙向肖佳怡使眼色："佳怡，先听你爹的话，这也是为了你好。"

肖佳怡当然明白叔叔的意思，便也只好先顺从了父亲。

次日，肖勃回南庄村，肖佳怡搭叔叔的车顺路去了月城村。此时，陈志远与秦克勤因一件事发生了争执。按照县住建局的工作部署，依据现有在籍户口的人数及户数，本着以一户一处院落三间房的标准，严格把控新建易地扶贫安置房。

陈志远说："县里的文件精神没有错，但是我们也该视具体情况妥善安置。咱们村过去因计划生育及其他原因，有一些人一直未能上户，他们也是咱村的一部分，怎么能不给他们易地扶贫安置房？"

秦克勤说："问题是，他们现在还是黑户，不在咱村的户籍内，怎么能享受政府的扶贫移民政策？"

"超生罚款与黑户已是他们一生的痛，他们比我们更需要得到社会的关爱和帮助。当初，他们是遭到排斥步入这个社会的，并因此处处遭到不公平的待遇，有的竟然不能上学，葬送了人生最宝贵的年华。现在到了他们熬盼出头的日子了，我们怎么能抛弃了他们？他们的心能安吗？我们又能心安吗？"

"由于资金问题，上边给的安置房指标本来就不够，黑户怎么能给安置房？"

"就算是全村的村民都没有安置房，也应该先给这些所谓的'黑户'安置房。"

"那你把你家的安置房让给他们，我只能按照政策办事。另外，我是村支书，这件事由不得你，这个村是我说了算。"

"村支书难道就可以没有人性吗？"

"我告诉你，人性是主观的，代表的是个人意志。作为村干部，在政策和原则面前，我们只能遵从政策，坚持原则！"

秦克勤的话听起来很有道理，但是陈志远接受不了。他知道，再和秦克勤争执下去，终没有什么结果，便出了村委会，忽然看见肖佳怡正站在外面等他，便慌忙迎了上去。

"你来怎么不通知我，我去接你。"

"不用了，我搭叔叔的车过来的。你和秦克勤的谈话我都知道了，你打算怎么办？"

"我打算去乡里向马书记汇报此事。"

"是的，应该听听马书记的指导意见。"肖佳怡说，"你先去办事，我在家里等你。"

马文涛这些时特别忙，易地扶贫搬迁安置工作不只是月城村一个村，每个村都有或大或小的事情等待他去解决。直到快中午时，马文涛才回到乡里，陈志远将月城村眼下这个最棘手的问题向他做了汇报。马文涛也没有想到，移民搬迁工作中还存在这样的问题。他斟酌再三，再次向梅书记做了汇报。梅奕瀚当即做出批示：尽快解决这些"黑户"的户口落实问题，不能再让他们寒心了；这次搬迁工作首先要解决这部分特殊人群的安置住房，一定要让他们放下不必要的担忧，感受到我们政府的积极关怀。

秦克勤将精准识别扶贫工作的琐碎事情甩手扔给了陈志远，让他去收集整理村民们上报的申请材料。

黄雅萱很快从秦克勤当选为村支书欣喜中变得有些焦虑而迷茫。她不仅担心秦克勤没有能力带领村民脱贫致富，更担心他的心思根本就不在村子里。黄雅萱从村民们的议论中得知陈志远想成立黄花合作社，却遭到了秦克勤的反对。她觉得陈志远的工作思路是正确的，但是秦克勤的说法也有一定的道理，到底谁对谁错？此时，黄雅萱很在意村民们的每一句话，或者是每一个眼神，她会小心地去分辨这些话与眼神中所包含的意义。

秦克勤回到家里渐渐少了与黄雅萱戏耍的冲动，他也像过去的村干部一样开始装满了心事，但始终没有想出有关村民经济如何发展的办法。

黄雅萱隐隐觉得，秦克勤根本就不是当村支书的料。

陈志远知道，村里留下来的基本上是中老年人，这些群众多数没有接受过文化教育，自己填不了申请材料。肖佳怡便跟随陈志远每日到各家各户，去指导村民们填写精准识别扶贫申请材料。如此忙碌下来，已至深秋。

连续几天的雨夹雪后，树叶开始纷纷飘落。肖佳怡推开案头上堆积如山的精准识别扶贫申报表，她伸了一个懒腰，展一展僵硬困乏的身子，然后轻卷竹帘，目光看向远方。她知道陈志远的内心里一直有个梦，但作为村主任，他只得听命于村支书的安排与差遣，不能像一匹肋生双翅的天马，自由自在翱翔在天空。肖佳怡不禁轻叹一声，落花有情流水无意，好在总会有人只争朝夕，认认真真从头再来，未来终将是无限美好。匆匆时光不语，但不会辜负每一个有梦想的人，只要是潜心其事，勤奋不懈，即便是冰雪盖顶，三寒其心，亦会冰清玉洁。

一张沉甸甸的银行卡

　　平邑县火山群的春天相对来得比较晚，进入四月初，那地上才有了一层淡淡的新绿。火山群的四周绵延着葱茏劲拔的油松，和煦的春风暖融融的，伸出十指，便能挽住那春风绵软柔滑的流苏。

　　这天，范筱璇正陪着台湾华裕生物公司的董事长林泰铭参观考察，他们站在平邑县皇天寺高耸入云的佛塔下欣赏着眼前的美景。在此，平邑县城的全貌可以尽收眼底，往南眺望是天户山、銮山一线形成的睡佛，隐在乳白色淡淡的薄雾中，显露出黛青色庄重典雅的轮廓；县城的西边便是平邑县黄花主产区，此时那地里还保持着厚土特有的安详与沉静，它们在春天的氛围里酝酿着一个梦，偶尔附近的机场有客机升起或降落；北边则是世界上唯一发育在黄土高原上的火山群，这些由众多火山合欢而围的火山群，傲岸地挺立着并不说话，但是它们并不拒绝与人类和谐相处，它们彼此相对的眼神谦和而透明；县城的东边被一座山包猝然隔开，山上的这些苍松最喜欢喧嚣，它们在热议这片火山热土的过去、现在和未来，也热议曾经发生在山包上或凄美或甜蜜的爱情故事。

　　皇天寺下的几个村庄里，杏花正在怒放，而桃花也红彤彤地酝酿着花蕾。

550

林泰铭看着眼前的美景，想起了白居易的一首诗《大林寺桃花》，便情不自禁地朗诵起来。

人间四月芳菲尽，山寺桃花始盛开。

长恨春归无觅处，不知转入此中来。

林泰铭刚刚朗诵完毕，就听得背后有人说："好一个山寺桃花始盛开！"

范筱璇和林泰铭转身一看，是梅奕瀚和皇甫一南赶了过来。

"欢迎林先生回家。"梅奕瀚伸出了热情的手。

"怎么，不欢迎我？"范筱璇说。

"你是有功之人，当然也欢迎。"

梅奕瀚说："白居易这首诗虽然写的是庐山大林峰的大林寺，但此时把该诗用在皇天山的皇天寺特别妥帖。咱们平邑县属于塞北高寒地区，每年的三月中下旬杏花开放，四月初桃花始盛开，与诗中的意境完全吻合，而林先生又是远道而来的游子，看到此情此景，更贴近此时此刻的心情。"

林泰铭说："平邑县的自然风貌如同这里的人民一样，有一种敦厚质朴的美，这种美没有隔阂，又不张扬，容易让人亲近，更给予人亲切。我和筱璇是在网上论坛认识的，她对生活的执着以及对美好事物的解读会常常感染到我。这次到平邑县投资，主要是为了帮助筱璇，也是为更多有梦想的人提供一个实现自我价值的平台。当然，我们涉及的一些科研项目，亦会为平邑县脱贫攻坚和以后的乡村振兴提供有效的服务。"

"这么说来，林先生是因为一个人爱上了这座小城？"梅奕瀚调侃道。

"可以这么说，但又不完全是如此。"林泰铭放眼望着开阔无际的恒州盆地，"筱璇与我称得上是忘年交，但我们之间并没有代沟，而是有许多的理念能契合在一起。筱璇对于家乡的热爱常常会感染着我，我从她的身上可以感受到这片土壤里孕育着一种顽强的进取精神。我的身上也流淌着华夏子孙的血脉，我的父亲在去世时还念念不忘祖国大陆这片土壤。我想，我在大陆做的每一件事父亲都会看在眼里，我的事业在哪里，父亲便会在哪里。"

"林先生心怀赤子之情，又有造福百姓夙愿，令人钦佩。"

"奕瀚，别这么客气。林先生像我的邻居大叔一样，随和而亲切。"范筱璇说着，看了眼皇甫一南，"一南，今天该请我们吃平邑县最有名气的黄糕和炖羊肉了吧？"

"好的，我这就给你们预定下榻的酒店，咱们吃糕去。"

范筱璇哈哈一乐，说："我逗你哩，林先生已经买好了机票，中午要赶往厦门。"

"怎么林先生要回去？"梅奕瀚问。

"我不回台湾，厦门那边有公务要处理。关于在平邑县投资的事由筱璇负责，我相信她会有很好的成绩。"林泰铭说。

梅奕瀚看了看表，说："要不要我现在带你们去看看那个投资基地？"

"一南昨天已经带我们去看过了。林先生很满意。"

"筱璇，能否简单谈一谈你们的发展方向？"

范筱璇向蓝蓝的天空扫了一眼，说："等基地的所有工作设施建起来后，我们计划先择优录用三十名大学毕业生作为基地首批创业者。首先，要建设一座农场，开办一座忘忧大学堂，让大、中、小学生们以及社会各界人士来我们的农场体验生活参与实践，帮助他们树立正确的人生观和价值观，引导和培养他们热爱家乡、回报家乡、服务家乡的健康思想意识。此外，我们将在基地建立一座高标准的黄花生物产业实验室，研发黄花潜在发展的科技产业链，这将对平邑县黄花产业未来更广阔的发展空间有重要的意义。"

"平邑县这片热土会因你们的加入更显勃勃生机。筱璇，我给你推介一个优秀人才，县黄花办的罗燕是中国农大生物技术专业毕业的，等你们黄花生物产业实验室启动后，让罗燕去协助你们的研发工作。"

此时，林泰铭的随从走过来，礼貌地说："诸位，对不起，林先生需要赶往机场了。"

秦克勤将陈志远刚刚送来的村民精准识别扶贫申请表翻阅了一下，便"啪"的一下摔在桌子上。

"这么多的申请表，你以为谁想申请就能申请吗？"

"文件上不是已经说清楚了嘛，村民根据家庭实际情况，可以自愿申请。"陈志远不温不火回答道。

"就算是村民自愿申请，那也得看各家的具体情况是否符合申请条件。"

"申请是自愿，也是自由的，具体符不符合精准识别扶贫条件，还要进入村民大会进行民主评议，不是你和我说了算的。"

"我说了不算，那我还是村支书吗？难道我没有民主评议的决定权吗？"

"有，我知道你有，但是不能藏有私心，更不能背离民心。"

"藏有私心的是你，背离民心的也是你！"秦克勤气恼地说，"'黑户'本来就不能列入精准扶贫对象，因为在村里、乡里、县里的户籍上根本就没有他们的名字，到时候网络上如何确认他们是贫困户？如果一个非本村籍的人来这里申请扶贫对象，那岂不是存心套取国家的精准扶贫款？"

"梅书记都说了，要尽快解决这些'黑户'的户口落实问题。再说了，按照县委的指示精神，他们已经落实了易地扶贫搬迁安置房，怎么就不能列入扶贫对象？"

"我说的是网络，网络懂吗？没有户口就算是通过了审核，也无法进行网络身份确认。"

"我们可以先给他们建立扶贫档案，然后进行民主评议及公示，等乡政府给他们上了户口再行网络确认，这样就不耽误时间。"

"不行，不符合规定的不能申请，不合条件的也一律不予递交申请书。"秦克勤说罢，气冲冲地出了门。他边走边说，"我知道你小子有能耐，再去乡里告我吧。"

无奈之下，陈志远只得再去找马文涛。马文涛说："自打梅书记做了批示后，乡里的户籍员正在为这些'黑户'办理户口。问题是，这部分人当年没有出生证明，不好确认他们具体的出生日期，现在只能一个个通过调查走访分别确认，所以户口一时还办不下来。这件事梅书记已经知道了，他通知了县公安局的户籍管理部门，要做到特事特办，将尽快落实这些人员的户口问题。在户口没有下来之前，这些所谓的'黑户'的确无法申请精准扶贫户，因为无法进行网络确认。不过，你放心，这只是暂时的，精准扶贫的路上绝对不会丢下每一个贫困户。"

春四月，孙财旺的案子有了结果，他因涉嫌受贿和伪造合同被判了四年。也是在这个月，月城新村移民安置房正式开始动工。为了确保在建筑工程质量，月城村由党员和群众组成了工程质量监理队伍，来监督和反馈施工中有可能存在的问题。

安置房一动工，便彻底稳定了村民的情绪。那些在外谋生的村民也纷纷回到村子里，要求签订易地扶贫搬迁安置协议，这一下却又打乱了马文涛的部署。由于资金问题，这次移民新村的规划方案，并没有安排长期定居在外村民的易地安置房，可是这部分人的户籍依然还在村里，到底该怎么办？马文涛通知秦克勤，暂停在外定居村民签订协议，等有了稳妥的解决方案，再行通知。

五月中旬，庞石山回到了村子，这是村民们意料之中又是意料之外的事情。说意料之中，村子里长期在外谋生的人都回来了，包括一些户口已经迁移走的村民，为的就是易地扶贫搬迁的事情；说意料之外，皆因自打陈素箐嫁到了内蒙古，哑凤儿去世后，庞石山便一直漂泊在外。人们说，庞石山不回村子的原因是无法面对现实，也有人说庞石山其实也偶尔回来，但是在夜深人静的时候才进村子，他可能是不想见到村子里的任何人。这次，庞石山回来却公开出现在众人的面前，只是他的眼神有些恍惚，言语中似乎也缺少某种自信。

庞石山回来当天下午，便先去二道梁上给父母上坟。二道梁密密匝匝地长满了灌木和杂草，人上到梁上只能凭旧时残存的一些印记来判断行进的路线。

庞石山上到梁上，便想起了与陈素箐在这里幽会的场景。那时，山桃花正在盛开，花枝烂漫，暗香浮动，陈素箐的蛾眉下也是满脸粉嫩嫩的红光。庞石山想着过往的一切，不禁一阵悲哀，只可惜现在桃树依旧，然而桃花不再有，暮云掩映的二道梁上只剩下苍苍的暗苔。

有山风吹过，山桃树迎风狂摆。庞石山隐约听得桃林间似乎有微弱的声音，其音凄凄若述；再细听，又若女子的哭声。庞石山顿时心乱如麻，他恍然看见，似乎有一只鸿雁飞了过来，缥缥缈缈的，那鸿雁的身边好像坐着一个人，是陈素箐。

庞石山揉揉眼，天空仍是迷迷茫茫混沌一片。梁上间或有红彤彤的山丹丹花，火辣辣的一束又一束。庞石山信手摘了一朵，放在鼻子前嗅嗅，内心里有一股酸涩慢慢荡漾开来。在和陈素箐谈恋爱那阵子，庞石山经常会采摘山丹丹花送给她，还要亲手戴在她的头上。

庞石山来到了父母的坟前，在下首处还挺立着那座空坟。庞石山先给父母的坟上了香，烧了纸钱，然后跪在那里慢慢絮叨开了。

"爹、妈，儿子回来看你们了。原谅儿子不孝，原谅儿子无能，没有给你们一天好生活。咱家的窑洞好几年没人修，快倒塌了。我知道你们回到那屋子，一定很心酸。你们不该生下我这么个没出息的儿子呀，出去了几年，我还是过着居无定所的日子。不是我真的无能，是我的心早已经死了，我习惯了苟且偷生，只希望早一天埋进这地里，和你们安安静静守在一起，再不用惦记酸甜苦辣的日子。你们知道吗？咱村要迁到桑干河南岸，政府在那里给咱们盖了宽敞明亮的新房子，咱们再不用住破败的土窑洞了。我来是想告诉你们，听说那房子今年就要盖起来，全村人都要迁到那里，到时候你们就不要再去咱们那老窑洞了，我带着你们去咱们的新村看看，那里才是咱们真正的家，只可惜这幸福来得太晚了。"

庞石山念叨了一阵子，又坐到那座空坟前。此时刮起了一阵风，那灌木丛便窸窸窣窣响了起来。庞石山再次念叨起来："素箐，是不是你看见我回来了？我想你呀。咱村人谁都不知道，这座坟里埋的是谁，他们还说这是座空坟。错了，他们都说错了，这里埋的是你还有我。他们哪里知道，出嫁内蒙古的只是你的肉体，而你的灵魂永永远远留在了这里，我的灵魂也留在这里。我埋在土里的那把牛角梳好用吗？你一定说好用，那是我专门从城里给你买回来的，我知道你特别喜欢自己那一头乌黑发亮的头发，其实我也很喜欢。这些年，我的肉体一直在外面飘啊飘，我实在太累了，只想把我的肉体与灵魂都贴在你的身边。前些时，我倒霉的肉体又疼得厉害，我去医院查了，说是我的肾出了大毛病，需要换肾才能保住这身肉体。素箐，你知道我当时有多开心吗？我在等肉体毁灭的这一天已经很久了。素箐，你等着我，你千万等着我，我很快就下来陪你。对了，我刚才给你采了一朵山丹花，这是我最后送给你的一朵花。"

庞石山离开二道梁回到了村子，他没有去村委会签易地扶贫搬迁安置协议，而是直接走进那座令他伤感而又魂牵梦绕的土窑洞。

第二天，乡里联络组组长于强来到月城村，他是来召集从外地赶回来准备签协议的村民到乡里开会的。有人便去找庞石山，却发现他早已死去。庞石山留下来一份遗书和一张银行卡。遗书上说，他因病入膏肓才决定自绝而亡，死前唯有一念，便是将自己这些年打工挣的钱全部捐献给乡扶贫办，用于家乡建设和特困家庭救助。

556

按照庞石山的遗愿，于强将那张沉甸甸的银行卡交给了古家庄乡扶贫办，之后村民们将他安葬在二道梁那座空墓里，而陈常有竟然也夹杂在人群中。此时，人们才知道，那空穴里原来有一个小木盒，木盒里装着一把漂亮的牛角梳。在给庞石山送葬后，春生悲戚戚地唱了一段山曲：

> 豆角蔓蔓缠着玉米秆，
> 世上的人儿数你最心善。
> 痴痴望着二道梁的山，
> 可怜人你再也不能把家还。
> 苦菜再苦没有你命苦，
> 酸毛杏儿再酸没有你辛酸。
> 一辈子没吃顿好茶饭，
> 好日子来了你却撒手人寰。

马文涛将月城村在建安置房不足之事汇报给了县委县政府，但终因无法再筹措到扩建资金，只能依照原制定的规划方案继续执行。但是，此事涉及民心之安定，总得给村里这些在外人员一个合理的交代。

庞石山下葬后的第三天，马文涛把月城村在外流动的那些村民以及村支书、村主任都请到了乡里，并为他们特意准备了接待午餐。

马文涛说："我之所以请大家来，是想请求得到你们的谅解。"

马文涛的话一出口，众人皆面面相觑。有人说，"马书记，你这是什么意思？"

"大家静一静，请听我说。这次月城村易地扶贫搬迁，是这座千年古驿有史以来最大的一件惠民工程，涉及我们在籍的每一户村民。但是，由于扶持资金暂不能到位的问题，咱们第一次的扶贫搬迁工作不得不中途搁浅；这次重新启动易地扶贫搬迁工作，却因扶持资金不足，目前所规划的扶贫安置房并不能使所有村民都得到妥善安置，也就是说我们在座的这些人眼下还得不到安置。所以，我请求大家能予以谅解。"

一个人说："同样是月城在籍村民，为什么偏偏是我们不能享受政府的惠民政策？太不公平，这饭我们吃不得。"说着，这人便带头要走，其他人也都站了起来。

陈志远赶忙走过去进行劝阻："大家先不要走，听马书记把话讲完。"

马文涛说："刚才那位同志说了，为什么偏偏是你们不能享受这次易地扶贫搬迁的惠民政策。我现在回答你们，就是因为你们出类拔萃，你们是月城村的骄傲和榜样。"

另一个人说："别给我们戴高帽，我们要的是一视同仁，作为月城村的村民，我们要享受政府给予的同等待遇。"

"我理解大家的心情。"马文涛说，"不管你们现在从事什么工作，但毕竟你们依然是月城村的村民，你们是从破落的家园与贫困的窘地中不得不走出去的，其实你们打内心里始终眷恋着月城村，血脉里的根始终还扎在这片土壤里。如今这个村子要发生翻天覆地的大变化，这个村子将步入现代化的新农村，所以每一个游子都渴盼在故土上能有一座属于自己的美丽家园。但是，现在规划的安置房指标只有那么多，如果你们占用了一个指标，就等于一直留守在月城村的一户家庭得不到移民安置房，他们还得住在危旧的土窑洞里，无奈地等待死亡的降临。作为留守的村民，他们也懂得走出去后外面是一个崭新的世界，他们也渴盼能在大城市里过上幸福安康的生活。可是，他们却一直无怨无悔地守在村子里，这其中有他们自认为出去发展能力不足的问题，而更多的是他们对于家乡、对于黄土地怀着难以割舍的深沉的爱。我之所以说你们出类拔萃，你们是月城村的骄傲和榜样，就是因为你们不但勇敢地走了出去，而且一走就是好多年，你们在各行各业已经站稳了脚跟，你们在繁华的都市有了自己的另一个家园；你们不仅为国家做出了巨大的贡献，同时你们自己也收获了满满的幸福。相比一直留守在村里的村民，你们是成功的，你们也是令村民们羡慕的榜样。"

这时，餐桌上有人说："马书记这些话发自心里，也说到了实处，我们爱听。"

马文涛接着说："尽管说月城村曾经有过辉煌的历史，也曾富庶繁荣过，但是自打这个古驿退出了历史的舞台，月城村一下子变得没落了，这个村子积贫积弱的根子已经很深。而眼下咱们幸逢盛世，全国已经打响了轰轰烈烈的脱贫攻坚战，我们的村子有希望了，我们的群众有希望了。他们都眼巴巴地渴盼着尽快摆脱贫困，盼望着步入幸福的小康生活。我想你们也不愿意看到他们眼里的绝望和无助的泪水。这里在座的人，大多数在村子里还有留守的父母亲，这次移民他们已经有了安置房，你们无论什么时候回来，父母的这个家也是你们的家，你们同样可以感受到这次家乡巨变带来的幸福感。当然，如果你们中间有人愿意回来，从此留在村子里支持家乡的建设和发展，咱们的政府再困难，也得想办法解决了你们的安身之所。"

马文涛说完，向众人扫视了一圈。"在座的各位，有没有人愿意放弃城市的生活，从此留在村子里共谋发展？"

众人你看看我，我看看你，竟没有一人回答。

"那好。"马文涛说，"既然大家依然心怀着各自的理想，就请你们给家乡的父老乡亲们留下这个安身立命的指标吧。"

"马书记，咱们乡能有你这样的好干部，是咱老百姓的福啊。"有人说。

"马书记，我们支持你。"众人纷纷附和道。

这时，一个体型微胖的人咳嗽了一声，然后他结结巴巴地说："我、我村里没有亲人了，我想要一套安置房，以后老了回村里住一住。"

这人话一出口，便有人骂道："三结巴，你小子在城里已经有两套房了，咋还惦记着村里了？你就积点德吧，把这房子让给村里的乡亲们。"

"管、管你什么事？我还是这月城村的村民，我当然有权利要房了。"

陈志远"腾"的一下站了起来："既然三叔一定要安置房，就把我的指标让给你。"

人们便又说："三结巴，你这不是要房，你这是要人的命。"

三结巴见众人都在指责他，便说："我，我就是说说嘛，你们急什么？实在没有这安置房，我也能过得下去。"说罢，他自顾咧开大嘴吃了起来。

马文涛再次站了起来："今天我邀请的客人中少了一位，那就是庞石山，只可惜他刚走了，但是他把一种美德留了下来。"马文涛说到此，停顿了一下，他仰起头沉默少许，接着说，"其实，你们也在传承着一种美德，就是有了这许许多多的美德，有了这份凝聚力，促进了我们家乡的脱贫攻坚在向前发展。谢谢大家了，也感谢这位三兄弟。今天乡里略备薄酒，为了表达我的真诚谢意，我干了这杯酒，大家请随意。"

秦克勤端起一杯酒也站了起来："我代表大家感谢马书记，没有您的辛苦付出，就没有月城村民美好的未来。"

马文涛看了秦克勤一眼："请注意你的用词。任何一个村子的未来不是靠某个人，而靠的是我们大家团结一心，砥砺奋进。"

秦克勤自讨没趣，便灰溜溜地坐了下来。

陈志远将村民们提交的精准识别扶贫申请表再次拿给了秦克勤，他却一直未组织召开全体村民大会进行民主评议。肖佳怡趁眼下有点空余时间，她决定带陈志远回一趟家，和父母确定两人的恋爱关系。

肖蓬看到女儿带回来一位敦敦实实的小伙子，打内心里也比较满意，但是他一想到陈志远的家庭情况以及月城村的现状，还是放心不下。

"难道你真的要做出这个选择？"肖蓬严肃地看着女儿。

"是的，陈志远很优秀，我愿意和他共度一生。"

"无论贫富、吃苦与磨难，你都愿意？"

"我愿意。"

肖蓬轻叹一声："唉，女大不由娘，更甭说我这个当爹的了。既然如此，我就把话挑明了。"肖蓬看了一眼陈志远，"小伙子，你觉得你能对我的女儿一生的幸福负责到底吗？"

"叔叔，我喜欢佳怡，我愿意为她付出一切。"

"话是这么说的，但幸福除了彼此挚爱的感情外，还得有一定的经济基础。现在不是薛平贵和王宝钏的时代了，佳怡虽然不似王宝钏那样出身名门大户，但她也吃不起寒窑那个苦，更何况你以后也达不到薛平贵的显贵。我的意思是，你想娶我家佳怡可以，但是必须得拿出八万元的彩礼钱，否则这门亲事我不答应。"

肖佳怡顿时就急了。"爹，你这是说的什么话？什么王宝钏、薛平贵的，乱七八糟一大堆。还要八万块钱的彩礼钱，你干脆把我当作一块人肉剁开卖掉算了。"

"佳怡，你怎么和你爹说话哩？你爹要彩礼钱也是为了你的将来。再说了，现在聘闺女家家都要彩礼钱，而且比这个价还高，你爹这样做不为过。"肖佳怡的母亲说。

"妈，你怎么今天和我爹站在一起了？你还是不是我妈了？"肖佳怡嗔怪道，"别人是别人家，我的事不用你们管，咱家不能要彩礼钱。"

"为什么不能要？"肖蓬逼视着女儿。

"陈志远他没钱，别说八万，一万块钱都没有。"

"没有钱就别娶我的女儿。再说了，这么大的小伙子，应该也出去闯荡了几年，怎么能没有一点积蓄？如此说来，这小伙子更靠不住，这门亲事我不同意。"肖蓬说。

"爹，你不清楚内情，就不要胡说好不好。"肖佳怡急得直跺脚。

"啥内情？莫非这些年他挣的钱都丢了，还是被人骗了？再说了，他还有四个姐姐，怎么能说没有钱？一听这话，就知道你说话不诚实。"

肖佳怡站起来，在地上走了两圈，然后又坐了下来。

"这样吧，我和你们说一下他的实际情况。志远是抱养的，这个你们已经清楚。但是，他为了给养母看病，便早早辍学去四处打工了。这些年，他是挣了一些钱，但是这些钱他除了为养母看病，还把积蓄拿出来去帮助一个十分悲惨的家庭。他自掏腰包送走了那个身患绝症的同学，我就是那时候才和他认识的。就算是现在，他还经常去看望那个逝去同学的母亲，那是位患有严重残疾的可怜母亲。你们说说，他一个人去供养这样的两个家庭，他哪里还有什么积蓄？再说了，志远是个很要强的人，前两年村里为他们上贫困户，志远却死活不要，他说他要靠自己努力彻底摆脱贫困。你们再说说，像他这样的人，为了娶一个媳妇，能向姐姐们张开口借钱吗？更何况又不是他的亲姐姐。"

肖蓬听了肖佳怡的一席话，顿时傻愣愣地坐在那里。他直盯盯地看着陈志远，似乎想从他尴尬的眼神里找到更多的答案。过了许久，肖蓬缓缓地说："好孩子，好小伙子，佳怡她没有看错你，这门亲事定了，我们同意把女儿嫁给你。"

陈志远嗫嚅着说："可是，叔叔，我现在只有两万块钱。"

肖佳怡赶忙阻止道："你瞎说什么？这点钱还不够交付易地扶贫安置房的自筹款，不能给我爹。"

肖蓬看着女儿，哈哈大笑。"傻丫头，爹可再没说和他要一分彩礼钱。这样吧，安置房自筹款的钱我先帮你垫上，你那两万元积蓄还是自己留着吧。我觉得你应该拿那点钱先买一辆二手车，有时间跑一下出租，说不上多少能给家里挣点钱。"

"爹，你这才是我的好爹。"肖佳怡顿时心花怒放。

陈志远像个孩子，眼泪扑簌簌地掉了下来。

"叔叔，我太感谢您了，等我一有钱，马上就还给您。"

"这孩子，还叫叔，我已经同意了你们的婚事，你还不叫我一声爹？"

陈志远害羞地抹了一把眼泪，然后轻轻地叫了一声："爹，妈。"

陶利这段时间一直很安静，村里易地扶贫搬迁的事似乎跟她没有一点关系。

这天，磨峪口村的肖三女来到了陶利家，还带给她一袋子红枣。

"我知道你一定会来看我。"陶利说。

"妹妹，我想来问一下，这易地扶贫搬迁的事咱们到底该怎么办？眼下月城新村已经在建施工了，我们磨峪口村移民与古家庄新村合并，你说这合并后我们怎么回去种地，这协议到底能不能签？"

陶利只是一直笑。待她笑过后，问了一句："你来就是问这事？"

"哦，是为了这事。不过，我主要是想知道，你打算怎么办？"

"让他们盖呗，我是不着急，难道不签协议村里能少了我的房？"

肖三女说："你不急，我急。我是想问，这易地扶贫安置房自筹款的事该怎么办？"

"这就看你是想文来，还是武来。"陶利不屑地瞥了肖三女一眼，"文来，就是像我一样，坐在这里，静观其变，变主动为被动，等待机会再说；这武来，就是变被动为主动，你去村委会闹，去乡里闹，去县里闹。如果能闹出个名堂，自然就不用花那三万块钱了。"

"我没有你那花花肠子，这事等不得。妹妹，武来也总得有个理由吧？"

"当然了，这理由你得自己去想。各村各家的情况不一样，你总应该能找出一个自己的理由吧。"

肖三女拍拍脑袋说："我似乎懂了，好像又不懂。这样吧，我回去想想。你这里有啥好消息，别忘了给姐通个风。"

陶利看着肖三女傻乎乎的样子，便坐在那里暗自高兴。陶利心想，眼前的这枚棋子果真能撒出去后，到底会是什么结果。

一个都不能少

月城村精准扶贫全体村民大会终于召开了。

秦克勤一挥手，示意陈志远宣读精准识别扶贫户具体工作方案："四标准""五优先""六要进""七不进"。随后，秦克勤慢腾腾地站了起来，他笑眯眯地看着村民们，说："咱们都是乡亲，有很多人我该叫大叔、二婶、三哥、四姨、五爷等等，所以说我真心地希望每一个家庭都能进入到精准扶贫的行列，能享受到国家的惠民扶持政策。但是，国有国法，小到咱们家庭还有个家规。我看了一下，基本上每个家庭都递交了精准扶贫申请表。我想说的是，不是因为大家递交了这个申请表，就能被确认为精准扶贫对象，而是需要对各个家庭进行精准识别。怎么识别呢？要严格按照县扶贫办的指示精神，坚持推行'一进、二看、三算、四比、五议、六定'的工作原则进行识别。当然了，为了体现公平、公正，在整个精准识别贫困户的过程中，希望大家相互监督，积极举报，对于弄虚作假者，将一律取消精准扶贫待遇。"

秦克勤的话刚说完，就听得陶利说："我看这次精准识别扶贫，分明就是拉关系、找后门，甚至是鼓励我们进行内讧，搞阶级斗争。大家都回去吧，别因为这个扶贫户搞得头破血流，我们还是回家过苦日子吧。"

564

陶利的一句话，说到了村民们内心的焦虑处，于是众人便纷纷离去。

秦克勤大张着嘴："你、你，陶利捣什么乱？大家都回来，回来。"

陈志远看着散去的人群，一缕忧思漫上心头，怕是月城村会因此事再出乱子。

第二次晋商大会后，平邑县从三年前的艰难抉择走上了快速发展的道路。从 2011 年开始，黄花种植每年以超万亩的速度快速推进，盛产期亩均纯收入都在万元左右。平邑县的农民们看到了脱贫致富的希望，种植黄花的积极性空前高涨。与此同时，七里乡桑干河湿地公园已初步建成，即将被正式命名为桑干河国家湿地公园。随即，平邑县又隆重推出了"四大园"：火山文化旅游园、现代新型产业园、都市特色农业园和自然美丽新家园。生态环境的改善，更为平邑县印上了"绿色名片"，初步形成了以装备制造、光伏能源、现代物流为支撑的新型产业格局。

得益于政策扶持，古家庄乡七名年轻大学生合伙回乡创业，成立了黄花专业合作社，自此该乡也步入了大规模的黄花产业发展期。

马文涛站在月城新村安置房的工地上陷入了沉思。目前，全乡老百姓的危困房都进入了规划改造或新建中，最迟在两年内便能得到妥善安置，该如何挖掘单亩耕地的种植效率及最大效益呢？又如何确保脱贫的群众不再重新返贫？他认真地分析了当下全乡农民所处的实际生活和生产环境，觉得有几个方面亟待改善：农田缺水、农资成本高、种子退化、粮价疲软、耕作分散、涉农产业技术落后，还有农民们的思想问题和生命健康问题等等。

马文涛看着陪在他身边的秦克勤和陈志远，问道："你们说说，月城村如何能真正地摆脱贫困，走上小康生活？"

秦克勤说："马书记，月城村之所以贫困如影相随，主要是解决不了住房问题。如今全村易地扶贫安置房在建工程正在顺利实施，从目前的进度看，再过一年村民们便可以住上新房。这房子的事情一解决，国家提出的'两不愁、三保障'的目标我们也就基本实现了，可以说小康社会指日可待。"

马文涛又问："你是如何理解'两不愁、三保障'这个概念的？你认为的小康社会是什么？"

"'两不愁'，自然是指农村人口不愁吃不愁穿；'三保障'，就是指农村人口的义务教育、基本医疗和住房安全等，都达到了国家为消除贫困制定的基本要求和核心指标。从目前的实际情况来看，月城村全体村民吃穿已经不是问题，现在哪里还有谁家吃不饱饭穿不上衣的事情发生？至于孩子们上学的事，早已经实现了九年制义务教育；老百姓看病，现在有农村合作医疗提供服务；安全住房方面，咱们现在正投入建设，可以说这三方面都有了保障。另外，国家还给特困人群有低保，贫困户有保障性黄花地以及享受精准扶贫待遇，以后不会再存在什么贫困户。这种衣食无忧健康幸福的生活，不就是所谓的小康社会嘛。"秦克勤说完，得意地看了马文涛一眼。

马文涛将视线移在陈志远身上："那你说说看。"

陈志远习惯性地摸摸头，他的脸便一下子又红了。

"我理解得不好，也可能说得不一定对，不过这是我的心里话。我觉得月城村眼下想要实现全村脱贫这个目标并不容易，脱贫后再振兴发展，建设小康社会任务更艰巨。以月城村的实际情况为例，我们现在的确是不愁吃不愁穿了，但是我们所谓的吃穿不愁只能和过去的时代比，却不敢和比较富裕的地方比。就是这样的温饱，我们也不敢掉以轻心，倘若遇上灾荒年景，我们还是有可能再回到从前的生活境遇。从目前月城村的农业人均收入来看，大多数的家庭还在国家定的贫困线标准以下，主要原因是靠天吃饭，单亩粮食产量低，生产成本高，村里的劳动力老龄化，粮价又上不去。农民以种地为生，如果不从根本上解决这些问题，就算是一时脱贫，也不能保证永远脱贫，更不敢奢望步入小康社会。"

马文涛看着腼腆而沉稳的陈志远，不禁点了点头。

"请继续说下去。"

此时，陈志远紧张的情绪开始放松了。他接着说："村里有句话，'打铁还得自身硬'。我过去和郝师傅跑车，路过许许多多的地方，见过好多富裕的乡村，他们从来不为孩子们上学的事情以及家庭成员患病的负担所困扰，因为他们自己就拥有良好的教育资源和先进完善的公共医疗服务系统。而我们这里目前的状况很不乐观。比如，国家虽然实行九年制义务教育，但由于我们这里经济落后，文化教育的设施、环境和师资力量薄弱，致使绝大多数的孩子们放弃了本地的义务教育资源，却选择异地花高额的学费去就读，这就给各个家庭增添了沉重的经济负担。尽管说现在有了农村合作医疗，但是我们这些村子却没有配套的医疗设施和医务人员，小病出村，大病得进城，所以因病致贫也是一个重要的原因。"

马文涛哈哈大笑，然后上前一把拉住陈志远："小家伙，你很了不起，想不到你的思想很敏锐，问题的症结摸得准、看得清、悟得也深。"

少顷，马文涛又问："志远，你递交入党申请书了吗？"

陈志远再次羞红了脸，他笑着说："还没有。"

"那你赶快写入党申请书，我会做你的入党介绍人。"

不久，梅奕瀚再次来到古家庄乡，就"三农"问题及脱贫攻坚的进展再行调研。马文涛详细地介绍了目前易地扶贫搬迁安置工程的具体进展和各村精准识别扶贫建档立卡的摸底情况，并结合现存的"三农"问题，提出了建设性发展意见。

梅奕瀚说："'三农'问题是脱贫攻坚战的主要问题，也是关系国计民生的根本问题。"三农"概念不是当下这个时代才提出来的，早在宋代王炎的《南柯子·山冥云阴重》中便有'人间辛苦是三农'的诗句，只是古代的'三农'指的是'山农、泽农、平地农'，也就是指当时的猎户、渔夫、耕地农，而现在的'三农'是指农业、农村和农民。从实质意义上来讲，我们当下'三农'所涉农的内容更广泛、更全面、更具人性化、更具时代特征和时代精神，同时更能反映出我们的党、我们的国家、我们的政府对人民群众实实在在真真切切的关怀。最近，财政部印发了《关于做好 2015 年新型农村合作医疗工作的通知》，该通知要求各级财政对新农合的人均补助标准在 2014 年的基础上提高 60 元，已经达到 380 元。新农合补助标准再度提升，将会大大减轻农民们就医看病的负担，这在一定程度上为我们县脱贫工作提供了有力的保障。"

梅奕瀚摘下眼镜，擦了又擦，然后接着说："党中央明确指出：民族要复兴，乡村必须先振兴，要坚持把解决好'三农'问题作为农村工作的重中之重。你刚才所反馈的一些问题和意见很好，县委县政府也就此进行过深入的研究和探讨，并制定了若干的措施。古家庄乡几个村子实施易地扶贫搬迁集中安置后，人口比较集中，所以必须建立完善的医疗服务、文化教育、科普宣传、环境保护、农产品运营体系以及完善的生活供给体系，以确保易地安置后的老百姓有一个健康、良好的生活环境和发展环境。针对古家庄乡等几个乡镇的部分村子，因种种原因致使农业生产发展滞后，县委县政府经过筹划，决定加大对这些村子的农业扶持力度，解决农业生产中面临的实际困难。譬如，对于像月城村这样严重干旱缺水的耕地，由政府牵头会同县农业农村局、水务局等相关部门，筹措资金集中力量打一批深水井，为了节约用水不浪费每一滴水资源，还将全面推广实施膜下滴灌系统工程。此外，今年全县再上玉米高产创建项目，县财政局受农委会委托，将集中采购发放增产所需的尿素等生产物质，以确保该项目落地后有丰硕的成果。"

马文涛听到这个消息，兴奋地说："有了这些政策扶持，将会大大激发农民们脱贫致富的积极性，从传统的小杂粮着手也能打好脱贫攻坚这一仗。"但是，马文涛的这点兴奋感稍纵即逝，随即他的脑子里像是猝然生长出一簇蒺藜，其势迅速蔓延，令他头痛不已。

"可是，现在村子里仅剩的劳动力趋于老龄化了，再过五年、十年，甚至二十年后，谁来种这些土地？这些留守的老人们一旦不能耕种了，又如何利用承包的土地保障他们的晚年生活？"

梅奕瀚说："耕地保有量直接关系到国家粮食的安全，同时也是人民安身立命的根本。中国人的饭碗任何时候都要将主动权牢牢抓在自己的手里，所以党中央对这方面一直非常重视。自2013年1月31日开始，我国部分地区开始对农村土地承包经营权的确权工作进行登记。咱们平邑县今年先以五个乡镇八十五个行政村，作为农村土地承包经营权确权登记颁证对象，一经确权，农民就是土地经营承包权的物权权利人，土地既是资源，又是资产。农民因年龄或其他原因不能再耕种土地，可以依法把承包地流转给有能力经营的家庭或者农村专业合作社，也可用于抵押贷款，这样既保证了农民的收益，同时也解决了他们的后顾之忧。此外，月城村盗取金属钒及村集体林地被莫名开发为公墓地的事件，也给我们敲响了警钟，其漏洞就出在农村集体所有制的土地和财产处于模糊、无序、混乱的状态。所以，接下来我们要借鉴贵州安顺市唐约的发展之路，全县要对农村土地承包经营权、农民宅基地使用权、农民承包林地、荒山、荒坡经营权以及农村集体土地所有权、集体建设用地和林地所有权、集体财产所有权、小水利工程产权等进行'七权同确'，从而巩固农村集体经济所有制，巩固农村集体土地所有制。"

马文涛点了点头。他迟疑片刻，又说："此次精准扶贫，国家制定了严格的标准，里面综合了精准识别的许多因素，这便给这项工作的具体实施增添了很大的难度。就拿月城村来说，如果单纯以农田人均收入作为识别贫困户的标准，那么全村绝大部分家庭都应该被列为精准扶贫对象；但是很多家庭存在未及分户在外打拼的子女，我们很难确定他们在外的发展情况以及财产收入。这样一来，在扶贫对象识别中很容易造成误判，如此便会引发不该有的社会矛盾。"

"这件事情我也想过。但是国家既然有精准识别扶贫标准，我们就得依政策办事，但是我们反对死搬条条框框的教条主义作风。我们基层的工作人员在开展精准识别工作中一定要细，要做到公平公正准确无误，更要廉洁自律、不徇私情，决不能漏掉一户困难家庭，确保脱贫路上一个不能少，也不能让某些人钻了政策的空子。当然，未能入选精准扶贫行列的家庭，有可能会存在一些不满情绪，这就需要我们的工作人员去耐心地疏导，做到有矛盾必化解。对于那些刻意滋事，借此扰乱社会治安的人员，尽量以说服教育为主；倘若其执迷不悟，必将给予法律的严惩。"

意外之喜

月城村精准识别扶贫工作，进展非常缓慢。

秦克勤连续在梅奕瀚和马文涛面前丢失了面子，让他的情绪很是消沉。他一直想不通，为什么自己堂堂一个大学生，总是抵不过一个文化水平很低的毛头小子讨领导欢喜。问题到底出在了哪里？

秦克勤压着精准识别扶贫的事情不办，村里的一些人便着了急。这些时，他家的院子里不时有村民进进出出，黄雅萱只得仰着一张笑脸，每天迎来送往，忙忙碌碌。此时，秦克勤的心里开始有了一种从未有过的满足。

黄雅萱看着村民们送来的烟酒等物，却是焦虑不安。

"克勤，以后咱家不能再收村民们的这些礼物，虽说这些东西不算贵，但是村民们家家日子过得不容易。你能给村民们办到的事情就去尽力办，别让人们说长道短。"

"不就是一点烟酒吗？又花不了几个钱。作为村支书，总得有区别于别人的荣誉感和尊严，要不为啥那么多人想当这个村支书。至于精准识别扶贫的事，我不会因为这区区烟酒，丧失了自己应尽的责任，始终会坚持原则，严格按照上级规定的精准识别扶贫标准去执行。"

秦克勤看着碗柜上的那些烟酒说："你拿几瓶酒去送给爹，现在好歹有我这么个女婿。"

黄炳福早从村民们的议论中得知了一些风言风语，当他看见黄雅萱拎着两瓶酒过来，便明白了这酒的来历。

"这是谁家送去的酒？"

"马二女。"

"你把这东西给人家还回去。"

"可是，克勤他……"黄雅萱看着父亲凌厉的眼神，便低下了头。

"我怕被人家戳脊梁骨，你赶快拿走。"

"我若是拿回去，克勤他一准会生气。"

"黄花，你怎么现在变得没有了一点骨气？秦克勤是个大学生，他更应该懂得做人的道理。"

"克勤说，这东西小，不算是贿赂。"

"任何一个贪官都是由小贪到大贪、小恶变成大恶的，你把这东西送回去。"

"我……"

黄雅萱正在犹豫不决，黄炳福便拎起那两瓶酒愤怒地摔在地上。"啪啪"的两声脆响，将马英和黄雅萱吓得目瞪口呆。

"你不去送，我替你买好了送过去，我还想抬起头来继续做人。"

黄雅萱在惊恐中似乎一下子明白了什么。

在人们的熬盼中，月城村精准识别贫困户的名单终于贴在了村委会的外墙上进行公示。一大群人围着那堵墙寻寻觅觅，指指点点，议论纷纷。

"怎么会没有我？"马二女说。

"狗日的，也没有我家。"左春祥说。

"不公平嘛，大家看看这名单，公平吗？"叶蛾子说。

庞炳元向那名单扫了一眼，低着头走了。

"陶利，这上边怎么也没有你家？"马金花问。

陶利向那公示名单吐了一口唾沫，然后哈哈大笑，随即一个人径自离去。

陈志远站在人群外围，他分明看出了陶利那笑容里藏着阴冷的挑衅与蔑视，那份骨子里升腾着的躁动不安情绪，随着她铿锵有力的双腿一步步向外渗透，仿佛那树梢的风亦会因此一点就燃烧起来。

陶利走后，又有一伙村民相随离去，他们边走边商量着什么。

次日一早，古家庄乡政府大门前竖起了一条白布黑字的横幅，上边写着"我们要公平，我们要生活"。门前有三十多个月城村民守在那里，他们的眼里蓄满了愤怒。

马文涛昨天下午在县里开会，一大早赶到乡里却遇到了此事，他之前所担忧的事情最终还是发生了。

马文涛想把众人请到乡政府办公室，可是人们却一动不动。月城村精准识别贫困户名单还没有报到乡里，具体的情况乡里并不知情，马文涛电话通知秦克勤与陈志远，带上月城村所有精准识别扶贫申报材料即刻到乡里。

在秦克勤的印象中，村里的人们永远是那么憨厚淳朴善良，似乎就是鞭打不动的老牛。他万万没有想到，这精准识别扶贫的名单刚刚贴出，便给自己惹出了这样的麻烦。

"大家这是干啥哩？有啥事咱们在村子里说，再商量嘛，赶快回去。"秦克勤向马文涛献媚一笑，然后再去拉陶利的手，却被陶利重重地甩开了。

"回去跟你商量？你打算让我去你家讨好献媚？呸！"陶利说着，又唾了一口。

"这个……你可不能胡乱说。就算你有意见，这是咱村里的事情，不能在乡里胡闹。"秦克勤看了马文涛一眼，随后又尴尬一笑。

陈志远挠了一下头："我的意思是，咱们先进乡政府再说，毕竟大家是来解决问题的，不是三言两语可以讲得清楚。如果一直在这里僵持下去，那地里的庄稼和家里的牲畜谁管哩？都进来吧，别僵在这里，让人家笑话。"说着，陈志远将那块白布横幅收了起来，随后向众人腼腆一笑，径自走进院里，众人便跟了进去。

陶利已是乡里的常客，进入办公室便大咧咧先坐了下来。

"马书记，我只想弄清楚，这精准识别扶贫到底扶的是谁？我们这些家庭为什么就不能成为精准扶贫对象？"陶利问。

马文涛翻阅着陈志远带过来的材料，一抬眼见秦克勤傻愣愣地站在那里，便说："秦克勤，你受理的这些材料，解释一下具体是什么原因。"

"马书记，我是严格按照精准识别扶贫标准进行筛选的。当然，扶贫标准里涉及的财产识别本身具有隐蔽性，我们很难做到准确无误，所以即使是入围公示名单里的家庭也不一定最终能成为精准扶贫户，这需要群众的相互监督。至于这些没有进入公示名单的家庭，我们也有一定的根据。比如，马二女家得到了一大笔抚恤金；左春祥家的孩子在城里买了一套住房；庞炳元等几户家庭在村子里盖了新房，而且有子女在外经商，且有雇工，收入相对稳定；还有几户家庭的子女在城市里有小汽车；陈春山的儿子考上了公务员，马金花的闺女当了教员，算是财政供养。"秦克勤说到这里停顿下来，他看了看陶利，再看看马文涛，接着说："再比如，陶利有个儿子，听说因赌博被判刑，所以也不能纳入精准扶贫户。"

秦克勤的话刚落，陶利便站起来破口大骂："放你娘的屁！谁不知道咱村的树根、大宽、二黑都耍过钱，为啥他们家都能进精准扶贫户？再说了，月城村的年轻人都在外面打拼，谁家做买卖不得雇个帮手，谁家跑生意不得弄辆车？你说说，凭啥他们是扶贫户，我们却不是？我看你是没有人情味，狗娘养的东西。"

"你怎么骂人？"秦克勤顿时也是火冒三丈。

"克勤啊，你在这件事情上做得不对，怪不得人家骂你。当初，大伙儿选你当村支书，就是盼着你能带领大家脱贫致富。可是，你上任这么长时间了，啥工作也没做。村民们好不容易盼来了这精准扶贫的政策，你却第一个卡着人们的脖子。你说，让村民们说你啥好哩。"贾兰兰说。

此时，马文涛很是为难。他断定秦克勤方才所言不敢无中生有，倘若就以精准识别扶贫的标准去衡量，这些家庭的确不能被纳入扶贫户的行列。此事到底该怎么办？马文涛看着一张张黑黝黝的脸，内心里莫名地涌起了一股酸涩，又瞧见陈志远正呆滞地站在一个角落，似乎正陷入沉思。

"志远，你对这件事有什么看法？"马文涛问。

"哦，马书记，扶贫识别政策是国家制定的，我们当然得遵照执行。但是，我认为也不能被这个识别标准的死框框给圈住了，是否对每个家庭的实际情况再做调查，然后选择是否录入扶贫户。我在外面打工了几年，想谈谈我个人的感受。说实在的，能走出村子在外面谋求发展的人，应该说收入比现在村子里好很多。我过去在外打工的收入，的确是村里收入的好几倍，如果按照这几年的人均收入最低扶贫标准衡量，我早就应该是富裕户。但是，我家里有长年患病的母亲，我家也需要柴米油盐人情世故，我也需要成家立业，这么多年辛辛苦苦下来，我打工挣钱年年种田，到现在还是混了个贫困户。"

陈志远说着，看看众人，"大家别误会，我这样说不是为了给我自己争取一个贫困户，我更害怕自己在别人的眼里是个不折不扣的贫困户，我害怕自己是如此的窝囊，如此的不中用，因为我毕竟还很年轻。但是，在座的这些村民，他们的情况和我完全不一样，他们的岁数都大了，他们已经被黄土地榨干了精力和汗水。唯一让他们高兴的是，自己砸锅卖铁养大的孩子终于走出了这座贫困的村子，他们的孩子是好样的。可是，又有谁知道走出去的人也有一部分还在艰难的处境中努力挣扎着。我举两个例子：陈春山的儿子虽然考上了公务员，吃上了财政的饭，但是他还得租房子度日，年年盼望着家乡能五谷丰登，期待着父母能帮他一把。陈春山家就是因为这个儿子，未能进入精准扶贫户。庞炳元是咱们的老党员老支书，尽管他家盖了一处新房子，但他依然勤俭节约，过着拮据的日子。大家都知道，庞炳元家的房子是两个儿子在城里做生意攒下的钱才盖起来的，可是由于缺钱，他家的两个儿子到现在还没有娶到媳妇。虽然庞炳元的儿子生意摊子上雇了帮手，还借款买了一辆送货车，但那是维持生计所必备的，好比我们种地需要薄膜、化肥、种子。如果说他的两个儿子把这点产业都卖了，怕是会重回贫困再难起步。庞炳元家就是因为这些情况，眼下没有进入到精准扶贫的行列。尽管陈春山和庞炳元今天没有来乡里，但是我相信他们的心里肯定不是滋味。所以，我觉得精准识别扶贫不能只限定政策的框框，更应该切合实际，不能让每一个需要帮扶的人心凉了。"

马文涛起身走到了窗口，他紧锁着眉头眺望天户山。许久，他才缓缓转过了身子。

"请大家耐心地等几天，我与县扶贫办的秦国祯主任请示一下，看看能否在精准识别扶贫标准的基础上，适当地放宽纳入扶贫户的底线，'七不准'应切合实际区别对待。我认为，从发展的角度出发，既要保证全乡坚守农耕群众彻底脱贫，又要保证在外人员能够安心做好本职工作。陈志远刚才列举的事例很有代表性。陈春山家的儿子端上了财政饭碗，但是毕竟他刚刚参加工作，他将很快面临着住房、娶妻等复杂的问题。如果此时将陈春山排除出精准扶贫的行列，无疑会让他的家庭雪上加霜。庞炳元的实际情况基本和陈春山类似，尽管他的两个儿子都在做生意，且有帮工及自备车辆，但是前几年他们挣的钱都盖了房子，如今因易地扶贫搬迁，他们多年的辛苦所得几乎打了水漂，然而庞炳元不计较个人得失，依然积极支持我们易地扶贫搬迁工作，体现了一个共产党员崇高的党性。如今，他的两个儿子还没有娶上媳妇，更没有住房，他们还在为期待中的幸福努力拼搏。如果我们单纯以他们拥有私家车缘故，将他们置于精准扶贫户之外，庞炳元一家人注定会对我们的扶贫政策彻底心寒。另外，刚才大家议论的因赌博是否该列入精准扶贫的对象。我个人认为，对于真正的好吃懒做，长年靠赌博为生的人坚决踢出精准扶贫的行列。对于个别人曾偶尔参与过赌博，未对社会造成不良影响，且勤于劳动，积极参与脱贫攻坚战，这样的群众还是可以被纳入精准扶贫的对象。陶利的儿子虽然纠集社会闲杂人等参与赌博，但他已经得到了法律的惩罚，我相信他会改过自新，成为一个自食其力的好青年，陶利家又是典型的贫困户，我们应将她家纳入精准扶贫对象。"

马文涛说着，向陶利扫视了一眼。

"精准识别扶贫标准是国家既定的政策，不是某个人一下子可以说了算，需要一级一级向上边请示。所以，我拜托大家给我们一定的时间，相信政府不会漏掉每一个需要帮扶的家庭。有关各村上报的现有精准识别扶贫户名单，乡政府将会再行严格审核，对于确实超出了精准识别扶贫标准的家庭，我们将一律取消其扶贫待遇。另外，欢迎大家监督我们的工作，在这次精准识别扶贫工作中，如果有乡、村干部吃拿卡要，甚至索取财物，请大家积极举报，我们一定给予严厉惩处。"

陶利本打算召集人到乡政府大闹一把，结果被马文涛的一席话说得深受感动。陶利便又招呼众人："走吧，咱们先回去，相信马书记能为我们主持公平。"

出了乡政府，秦克勤瞪了陈志远一眼："你小子怎么那么多的话？"说完，他自顾骑车走了。

陈志远舒展了一下身子，打算就此回到村里。一瞥眼，却见肖佳怡站在乡政府大门的左侧。只见她面含娇笑，楚楚动人。他们四目相对时彼此无需说话，那明亮的酒窝早已盛开成甜蜜的花朵。一任岁月悠悠，度过一个又一个春华秋月，相信未来皓月不会变老，依然那么明亮。只要心中有爱，即便是天涯相隔，亦会乘鸾云相合，早晚两颗心会系在一起。

"佳怡，你怎么来了？"陈志远边说边走了过去。

"我怕不小心弄丢了你。"肖佳怡戏谑道，"对了，刚才秦克勤似乎对你很不满意。为什么？"

"他在马书记那里没讨到欢心，拿我撒气呗。"陈志远笑着说，"你来乡里干什么？"

"好事。我叔叔已经将种羊和羔羊都拉到了月城村，我是陪石磊和春生来信用社办理贷款取钱的。"

"噢，的确是好事。石磊他们哪去了？"

"他们正在信用社里数钱哩，一会儿就出来。"

工夫不大，石磊和春生每人肩上挎个包走了过来。

"志远，佳怡她叔……"石磊摇了摇头，又说，"唉，不对，也是你叔嘛。你叔送来的羊真好，那羊的肚子里已经怀上了羔子，还都是双胞胎，好得很。"

春生看着陈志远和肖佳怡，说："托了你俩的福，你叔的确为我们办了件大好事，看来我们这次真的是脱贫有望了。"

肖佳怡调侃着说："春生叔，等你俩致富后，可别忘了请我们吃羊肉啊。"

"那是一定的，一定。"

马文涛曾将月城村的小米等杂粮送往省农产品质量安全检查中心进行抽检，化验报告已经寄发回来。报告显示，月城村的谷物中富含矿物质硒，竟是普通粮食硒含量的三倍。马文涛看到这份报告后，眼睛顿时睁大了，他的心里猛地"咯噔"了一下。马文涛长期从事农业管理工作，自然对粮食作物的主要成分有所了解。譬如，谷物中的主要成分有蛋白质、脂肪、碳水化合物、B族维生素、无机盐等。当然，他也知道谷物中会或多或少含有硒元素，一般均值在每克中含有十五纳克左右。月城村的谷物中却含有超高的硒元素，到底是好事还是坏事？马文涛有些忐忑不安，他急忙拨通了县农业科技站吴丽的电话。

吴丽说："关于月城村那份谷物检验报告我已经看过了，县农科站正打算为此事展开一次全面深入的考察。"

马文涛心里又是一紧："你先说，这到底是好事，还是坏事？"

"当然是好事了，天大的好事。"吴丽兴奋地说，"你听说过广西巴马瑶族自治县有个名叫长寿村的村子吗？"

"听说过，但不是很了解。"

"巴马瑶族自治县长寿村，是世界五大长寿村之一。中国科学院专家曾对巴马地区的土壤、粮食作物和人口进行过研究，巴马的土壤和谷物中硒含量高于全国平均水平十倍以上，而百岁老人血液中的硒含量亦高出正常人的三到六倍。这样的奇迹不只是广西有，后来在安徽省石台县又发现了一个长寿村。八十岁以上的老人占全村人口的百分之十二。更为奇特的是，这个村子五十年来未发现一例癌症患者、心血管病、糖尿病患者和肥胖患者。经对该村土壤中硒含量分析测定表明，硒含量也高出一般地方十倍。"吴丽说。

马文涛听到这个消息，显得异常激动。"噢，看来这硒竟是长生不老之物。这么说，咱们的小米堪比蟠桃会上的人参果。"

吴丽那边哈哈大笑："虽然没有那么神，但粮食中硒的作用不可小瞧。硒元素不仅可以抗氧化，延缓衰老，而且具有活化免疫系统，预防癌症等功效。"

"你说得这么神，莫非咱这小米可预防百病？"马文涛调侃道。

"这个嘛，没有你想象中得那么神，但它的确有一定的预防保健效果。"吴丽说，"最主要的是，人体每天必须补充五十微克的硒元素。食用月城的小米足可以充分满足了人体所需要的硒。"吴丽说到这里，再次哈哈一笑。"当然，每个人不可能每天就吃小米，人体中不单单需要这个神奇的硒，还需要其他的微量元素，所以必须从各种食物中进行全面补充。"

马文涛说："我刚才是在逗你哩。咱现在说正题，你刚才谈到县农科站打算为此事展开全面深入考察，什么意思？"

"你不觉得这小米硒的含量这么高很奇怪吗？"吴丽反问了一句，"到底是什么原因，我们必须得弄清楚了。所以，我们计划对月城村及附近地区的地表水、地下水、土壤、周边环境等等做一次全面的考察，并将提取相关样本再次送检，这样就可以确定这粮食中硒元素的真正来源。"

马文涛刚才益然的兴致一下子有些衰减，他说："你这一考察再送检，我倒是有几分担心了，可千万别坏了我的好梦。"

"你就等待好消息吧。"吴丽说。

黄雅萱听说了村民们上访的事，她见秦克勤灰溜溜回到家里，便明白了什么。

"克勤，咱们把村民们送来的那些烟酒再还回去吧。"

"还，统统给他们还回去，谁稀罕他们这些东西。马书记说，要查村干部吃拿卡要，我和他们要了吗？没有，是他们自己送来的。精准识别扶贫，我是按照文件去执行的，又不是我执意要卡住谁。"

"我不懂得你说的那些文件，但是有一样我知道，要想取得村民们的信任，就得赶快想出办法，能带领大伙儿发家致富。"

"以前几任村支书都没有办法，就咱村眼下这穷光景，没有资金没有外援，我能有什么办法。"

"你再好好想一想，或许能想出一条出路来。"

黄雅萱很了解秦克勤的心性，他的虚荣心和自尊心很强，自己也不便再多说些什么。

580

特别工作组

梅奕瀚在调研中发现，部分村子的村民因精准识别扶贫的认定，在群众内部、村两委之间引发了各种矛盾，甚至动辄上访，影响了基层的安定团结和生产工作秩序。如何化解这些矛盾呢？他猛然想起皇甫一南曾经说过的一句话："科协实际上是退居二线的领导干部在这里聚会的一个闲散班子。有人说我们科协，供养的都是散仙。"他略作思考，拨通了原党校校长姚芟的电话。

"姚校长好。近来忙些什么事情？"

"梅书记，我一直赋闲在家。退休后成了一个散淡的人，感觉自己还不太适应这种看似逍遥自在的生活。"

"那是你的心里还有所系挂。正好，县委需要你，可否请你为农村基层做些事情？"

"当然可以。梅书记，丢开工作这些时日，我的心里一直空虚得很。"

"那好，咱们待会儿在县科协见面，具体情况面谈。"

梅奕瀚挂断电话，便走出办公室，往县科协而去。

皇甫一南调任黄花办主任后，赵世宝接任了科协主席一职。梅奕瀚走近时，科协的办公室发出一阵哄笑声，却见赵世宝坐在椅子上，旁边或坐或站围着一伙人。梅奕瀚一边在走廊等姚芟，一边驻足听了起来。

赵世宝说:"刚才咱们说了恒州'游龙戏凤'的故事,下面再说说家喻户晓的《玉堂春》。该剧的主人公苏三,据说是明代咱平邑县周庄村有名的大美女,她原名叫周玉姐。只可惜她从小父母双亡,被拐卖到京城,成为苏淮院的名妓,改姓了苏。直到王景隆出现在苏淮院,才点燃了苏三向往爱情、祈盼美好的愿望。这王景隆是明朝弘治年间吏部尚书王琼第三子,王琼因得罪了专权太监刘瑾,被迫离开京城回老家永城而去,只留下儿子王景隆收讨历年的贷银。王景隆风流倜傥非常能干,他很快收回了全部本息,打点一切准备回到老家。出发前,他在街上信步闲逛,不觉来到了葫芦巷的苏淮院,听说这里有金城名妓苏三,便以重金求得一见。苏三果然是花容月貌,王景隆得遇苏三竟不能自拔,他干脆搬到苏淮院居住,夜夜与苏三狂欢,早忘却了回乡之事。不到一年,王景隆的三万纹银花得一文不剩,老鸨便把他赶了出去。王景隆身无分文,沦为乞丐,非常凄惨。苏三得知此情,将私房钱偷偷赠予王景隆,劝他去考取功名,日后将她赎出苏淮院,她发誓再不接客,今生只等王景隆回还。老鸨失去了苏三这棵摇钱树,便将她卖给了一个洪洞商人做妾,后来苏三反被商人之妻诬陷害人性命,深陷牢中。苏三正待秋后问斩时,此时的王景隆已任山西巡抚,他在审阅案卷时,无意中看到苏三的名字,震惊不已。随后三堂会审,苏三冤情水落石出。这苏三终于苦尽甘来,与王景隆成就了一段美好姻缘。"

　　郭德奎插话道:"要我说,这王景隆也不是什么好东西,否则他能去寻花问柳?如果王景隆不去苏淮院,苏三也不会落下此难。"

　　张政国说:"这从古到今,有钱有权之人能有几人洁身自好。相对来说,王景隆应该算得上是一个有情有义的汉子。苏三虽因他落难,但也是因他而重获人身自由,最终还获得了幸福爱情。相比我们当下一些蝇营狗苟、色胆包天之辈,还是有可圈可点之处。"

　　此时,姚苌赶了过来。梅奕瀚叩击了一下房门,推门而入。

　　"好热闹啊,我想咱们科协以后可以改成故事协会了。"梅奕瀚扫视着众人。

赵世宝慌忙站了起来:"梅书记来了,对不起,我们没事闲扯了两句。"

"科协是联系和团结科技工作者的桥梁纽带,也是普及科学技术知识,转化科技成果的一个重要部门,怎么能说你们没事呢?"

"我们倒是想做点事,可是没有人看上我们这些老同志。"赵世宝说。

郭德奎说:"退居二线的干部,就是从大仓里被剔出去的陈年粟米,有我们不多,没有我们也不少。如果我们抢着去干事,能理解的人大约会说我们在发挥余热,不理解的人会说我们耍老资格,另有所图。"

"科协算什么单位?既无权又无钱,我们拿什么去做事?"一个人说。

"有人说,科协供养的是散仙。要我说,我们就是灶坑里的擵炭,只剩下了一身的灰。"另一个说。

梅奕瀚微微一笑,说:"看来大家有不少的怨气,这只能说县委县政府缺少对大家的关心和重视。现在,我来了,就是要将你们这些所谓的陈年'粟米'给全县人民熬一锅好粥,就是想让你们所谓的'擵炭'发挥出最热最强的光。'擵炭'是什么?那是真正的焦炭,是我们国家现代化高炉冶炼的基础和重要的里程碑。缺少你们行吗?"

众人便都笑了,纷纷坐下,你一言我一语谈了一阵子,气氛和谐而热烈。

梅奕瀚微笑着说:"你们谈来谈去,就没有人谈准备怎么去熬这锅粥。"

众人便静了下来,热切地注视着梅奕瀚。

"不要让怨气浇灭了心中的火焰,也不要让苟且偷安迷失了智慧的双眼。你们曾经是咱们县的中流砥柱,现在依然是全县脱贫攻坚战的架海金梁。人民需要你们,县委县政府更需要你们,我就是想让你们的光芒照遍全县。你们愿意吗?"

"梅书记,我们愿意,让我们做什么都行。"众人纷纷说。

"谢谢大家。目前咱们全县脱贫攻坚到了决战阶段，但是部分群众因精准识别扶贫产生了不满情绪。在利益面前，最容易让人丧失把控分辨是非的底线。咱们平邑县的老百姓贫困了那么多年，一个钱字，把人们的心思憋得像上足劲的发条一样紧绷绷的，这就是所谓的'民不患寡而患不均'。所以，需要有人去帮助把这紧绷的发条慢慢给松开了。精准识别扶贫，是党中央针对不同贫困区域环境、不同贫困农户状况，运用科学有效程序对扶贫对象实施精确识别、精确帮扶、精确管理的治贫方式。我们要实现精准扶贫，首先要精准识别，可以说精准识别是精准扶贫的前提与保证。我们要让老百姓明确精准识别扶贫的具体标准和意义，需要进行广泛宣传，耐心地去做群众的思想工作，疏导他们在识别扶贫过程中矛盾的心结。"

梅奕瀚看看众人，又说："你们都是老党员，有着高度的政治思想意识和良好的觉悟，我觉得这项工作你们去做更合适。大家有没有不同的意见？"

"行哩。"赵世宝说，"这些退居二线的老干部都经历过艰苦的岁月，大家对农村有着很深的感情，这样的工作我们愿意去做。"

梅奕瀚看看身边的姚苌，说："好。姚苌同志大家都认识，我请他来也是为了这件事情。我决定以县委的名义成立一支特别工作组，由姚苌同志担任工作组组长，科协选派一部分同志加入到这个特别工作组。你们是带着县委的使命去完成这项工作，一切要以人民的利益为重，以安定团结为重。"

梅奕瀚轻轻拍了一下赵世宝，说："老赵，你可不能泄气，你得明白自己肩上的重担，一定要让科协发挥出它最大的作用，做出应有的贡献。接下来该怎么实施具体的工作就不用我多说了，有什么困难可以跟我联系。"

月城村易地扶贫安置新村经过几个月的紧张施工，终于全部封顶。

这天，工地上拉来了两车红陶瓦，分别卸在了各个施工点。按照施工规定，由月城村民和党员组成施工质量监理队伍，先对这批红陶瓦进行质量抽查，大家觉得这批瓦的质量有点酥松，不合标准。

工程项目部的老总唐逸获悉此情，急忙赶到现场。他对这批瓦仔细查验后，说："这瓦的质量没问题，你们是怎么判断这瓦有问题？"

陈常有拿起一块瓦，眯缝着一只眼瞅了瞅，说："你看看，首先这瓦不平整，其次拿在手里分量也轻一些。"说完，他将红陶瓦放在地上，上脚轻轻一踩，"咔吧"一声断为两截。

陈孝安说："他是我们村的老木匠，还是泥瓦工，他只要瞅一眼肯定差不了。"

"瓦嘛，不就是泥做的，瓦坯子没干的时候，出现撬边撬角是很正常的事情。"唐逸说着，掏出一把尺子，将瓦长度、宽度都量了一下。"你们看，这长宽都符合标准，又没有偷工减料，怎么会轻呢？"

唐逸再看看陈常有，说："看瓦的质量好坏，你怎么能上脚去踩哩，再好的瓦放在这地上也会被你踩坏，这地皮本身就不平。"

"我还是觉得这瓦不好。"陈常有边说边拿起一块瓦，"你们看这外观，表面的光洁度不好，而且略带变形。"他再用食指和中指夹住瓦的一角，使其下垂，然后用另一只手去弹那瓦的下部。"大家听声音，我用右手食指去弹这瓦的下部，声音发闷，说明这个瓦不是好瓦。"陈常有再将瓦放在地上，然后取来半瓶矿泉水，将水滴在了瓦片上。"你们再看，这水倒在瓦上，吸水很快，说明这瓦密度小，结构疏松，这瓦的确不行。"

"谁家的瓦不都是这样吗？你还以为这瓦是铁皮，不渗水？"唐逸极力辩解着。

庞炳元慢腾腾地说："看来你是没有见过好瓦了。大勇，你去我家房上揭一块瓦下来，让他看看什么是好瓦。"

陈大勇瞅了唐逸一眼："那今天让他见识见识吧。"说着，便骑摩托车一溜烟而去。

唐逸本打算阻拦，他刚抬起手摆了摆，话未出口，陈大勇却早已远去。

半个小时后，陈大勇拿回来一块红瓦。"看看吧，什么叫好瓦。"说着，他把瓦塞给了唐逸。此时，唐逸脸上的汗下来了，他端详了半天，尴尬地说，"这瓦的确不错，可问题是现在买不到这样的好瓦。"

庞炳元说："怎么会没有？不过是钱的问题。你还是换了这瓦吧，老百姓一辈子就等来这么一次好机会，难得国家扶持，才能住上这么漂亮的新房，别最后让这瓦给人们的心里添堵。"

唐逸擦拭了一下汗，摇了摇头说："这工程本来就赚不了多少钱，运费折腾几次后，利润算是没了。好吧，这瓦我给换。"

唐逸打算离去，却见一辆小车开过来，车上下来的是县委书记梅奕瀚和古家庄乡党委书记马文涛。

"小唐，这是县委梅书记，他专门过来视察安置房的建设情况。"马文涛说。

"梅书记好，叶子安经常和我念叨起您。"

"是杨家堡村支书叶子安？"

"是的，他曾经搞过工程，所以我们很熟。"

"我是来看看工程进度的，眼下又进入了雨季，老百姓在危旧房屋多待一天就会多一天的危险。"梅奕瀚看了一下天，北边的天空上早已是黑云滚滚，间或有闪电亮起。"你看，北边已经下雨了，请你们抓紧施工。工程质量有村里组成的施工质量监理队伍一直在把关，我想不会有什么问题的。"

"他们这关也把得太严了，我们一直在按工程标准施工，可结果还是被他们挑刺。说实在的，这工程我以后不想干了，挣不了钱。"

"那你打算干什么？"

"目前还没有发展方向。"

"听口音，你应该是河南省的人吧。在恒州工作了几年了？"

"是的，我是周口的，在恒州待了近二十年，也算得上半个恒州人了。"

"既然你与叶子安熟悉，何不像他一样，在平邑县发展黄花产业，或者其他涉农产业。"

"子安和我说过，我也有这个想法。可是，我不是本地人，只怕不好发展。"

"你担心什么？"

"主要是担心当地群众有排外思想，一旦资金投进去，就不好再撤出来了。"

"这个应该没问题。你在恒州工作了这么多年，恒州人的淳朴与豪爽你应该是清楚的。"

"清楚是清楚，但还是有些担心，我不是本土人，去经营农业，总担心以后国家政策会有变动。"

"这样吧，如果你热爱平邑县，干脆把户口迁移到我们这里，在平邑县扎下根安家落户。"

"平邑县有您这么好的县委书记，这几年发展日新月异，甚至我都感觉这里的月亮比我老家的月亮更为明亮。我想在这里发展，只是听说落户很难的。"

"平邑县需要你这样的人才，怎么不可以落户呢？落户的事情我帮你办。"

唐逸顿时非常高兴："谢谢梅书记，我愿意在这里扎根发展。"

"好，你先考虑一下，喜欢上了平邑县的哪个村子告诉我。"

"不用考虑，月城新村一砖一瓦都是我建设的，我就在这个村子安家落户。等这工程一结束，我在这里发展农业。"

"好的，平邑县欢迎你安家落户。"

唐逸说："梅书记，我还有一事相求。我想成为一名共产党员，能否接纳我入党？"

"如果你能时刻以党员的标准严格要求自己，带领广大群众脱贫致富，当然可以加入党组织的。小唐，好好干，我相信你会成为一名优秀的党员。"

梅奕瀚的电话突然响起，是迟力强打过来的。

"梅书记，我们这边的黄花被冰雹打了，受损面积达 1630 多亩。"

梅奕瀚的心头一紧，问："你们的黄花地入了保险没有？"

"入了，这些地都参保了。"

"那就好。"梅奕瀚悬着的心方才落了地，"有灾害险这个保障咱们不怕，保险公司会派人去现场实地勘察，然后根据受损情况给予理赔补偿。如果今年这黄花地绝收了，每亩发放保险金最高可达五千元。"

"我已经通知了保险公司。"迟力强说。

"好的，我再过四十分钟左右也过去，请你安抚好合作社大伙儿的情绪。"

陈志远忽然收到了骆兰的一条信息。自打他与骆兰加了信息后，双方一直没有联系过，陈志远只是从骆兰发在朋友圈的微信中得知，她已经大学毕业，在珠海的一家公司上班。

"志远，我妈的身体不太好，你能否帮我去看看她？"

"钱姨是否病了？"陈志远回复了一句。

"钱姨？你说的钱姨是谁？"

"我曾经问过阿姨，她说她姓钱。"

骆兰先发过来一个无奈的表情包，随后紧跟一条信息："我妈姓天，在金城方言里发音为'乾'，而不是'钱'。"

陈志远顿时感觉那颗心狂跳不止，他马上问了一句："你家原来是否住在市里的石头巷？"

"是啊，你问这个干吗？"

"只是随便问问，阿姨叫什么名字？"

"亏了我妈对你那么好，你竟然还不知道她叫啥名字，她叫天彩梅。"

陈志远的脸瞬间红到了耳根，他急忙回复到："姐，对不起，我马上去看姨。"

此时，陈志远已经断定那位卖馒头的女人就是自己的亲生母亲。

"可是，为啥我爹留下的遗言说她叫田彩梅？"陈志远自言自语道。

肖佳怡见陈志远聊过微信后，神情一下子很不自然，便问："志远，发生什么事情？"

"你还记得我曾经跟你讲过卖馒头的那个女人吗？"陈志远说着，将微信聊天记录拿给肖佳怡看。

"如此看来，她的确是你的亲生母亲。"肖佳怡说。

"可是，天彩梅和田彩梅还是有一字之差。"

"这个不难理解。在咱们平邑县的方言里，老百姓对于'天'和'田'的发音几乎不分。我想，当初你爹记下'田彩梅'这三个字时，他并不知道，这世界上还会有姓'天'的。"

陈志远心中的一团谜顿解。此时，陈志远竟有些犹豫，他不知道该怎样去面对自己的亲生母亲，突然而来的欣喜伴着无边无际的伤痛在他的心里肆意地蔓延，他的耳边猝然又响起那个婴儿凄惨的哭声，眼前却是一位躲在角落里掩面而泣的母亲。

陈志远呆呆地站立在那里，他的脸上便挂满了泪。

"我知道你现在的心情很复杂，你的心里很难过。可是，她毕竟是你的亲生母亲，她是迫不得已才将你放弃的，你不能怪怨一位不幸而可怜的母亲。"

"我不怪怨，只是心里很痛很痛。"

"志远，你应该为此而高兴，因为你曾经有一位满怀仁爱之心的父亲，现在又多了一位疼爱你的母亲。"

"我所心痛的是，为什么命运会让我们遭遇如此不幸。"

"命运对于每一个人都是公平的，它只是以不同的方式去砥砺人的意志，赐予我们爱与被爱，赐予人世间应该铭记而珍重的芳华。"肖佳怡拉起陈志远的手，"走吧，振作起来，去微笑着面对幸福。"

自打陈志远不再来市里打工，天彩梅一下子变得情绪低落，近在咫尺的亲生儿子却不能相认，这是她永远无法愈合的伤痛。天彩梅不敢去触碰心里的那根底线，她既担心陈志远得知实情而怨恨她的抛弃，从此彻底离开了她，又害怕一旦母子相认，会给辛玉兰带来沉重的打击。在日思夜想中，天彩梅因见不到陈志远，女儿又在南方工作，精神日益沮丧，竟至茶饭不思，身体便染了病。

天彩梅躺在床上回忆着过去，一阵剧烈的咳嗽让她感觉愈发难受。此时，一阵敲门声响起，她挣扎着起床打开了家门，眼前竟然是陈志远和一位姑娘。

"孩子，你怎么来了？这位是……"

"姨，骆兰姐给我发微信，说你身体不好。我们村在搞精准识别扶贫，马上就要易地搬迁到新址，我一直忙得抽不开身子。对不起，好长时间没有过来看你。"陈志远看着天彩梅憔悴的样子很是心疼，"这是我的未婚妻，肖佳怡。"

"你找上媳妇了？快进来，好好让我看看，多好的姑娘。"

陈志远说："姨，你的身体不好，我这就带你去看医生。"

"孩子，不用，只要你来看我，我这病马上就好了。"

"姨，得了病哪有那么容易好的，还是去医院看看吧，否则我会不放心的。"

"孩子，你说的是真话吗？你真的对我放心不下？"天彩梅的眼里便有了泪。

"姨，是真的。"陈志远的眼圈不自觉地有些潮红。

天彩梅一把将陈志远搂在怀里，"呜呜"哭了起来。

"孩子，我的身子不要紧，就是想你，每天每夜都想你。"

"你为什么不早点告诉我实情？"

"孩子，你莫非知道了？你是怎么知道的？是兰儿告诉你的吗？兰儿也不知道实情啊。"

"骆兰姐告诉了我，你原来住在石头巷，你叫天彩梅。我爹曾经给我留下了遗言，就是这个地址这个名字。"

"孩子，我的孩子，是我对不起你，可我当时实在是没有办法才把你送人的。"天彩梅号啕大哭起来。

"姨，我不怨恨你，一点也不怨恨。"陈志远的眼泪也流了下来，"可是，我不清楚，你是怎么知道我是你的亲生儿子？"

"孩子，我看到了你脖子下的那片月牙红。"天彩梅便将事情的经过详细地告诉了陈志远。

"姨，这都是命，我不怪怨你。你知道吗？打我第一次见到了你，感觉你就像我的亲生母亲，我常常在夜里梦到你。"

"孩子，我可怜的孩子。"天彩梅依旧哭着。

"姨，不要哭了，一切都过去了，以后我就是你最亲的人。走吧，我先带你去看医生。"

"不，我不去，我有了儿子，什么病都没有了。"

天彩梅哪里经得住两个孩子连劝带拉，最后还是被送到了医院去检查。所幸，天彩梅只是因精神压抑导致了内分泌失调，抓了一些草药回家自行调理即可。

陈志远和肖佳怡给天彩梅安顿好了家里的米面、肉、蔬菜等，又买了一些补充营养的水果，便打算回去。

临别时，天彩梅说："你回去后，别和你妈说起这件事，我担心她岁数大了，会一时接受不了。"

"姨，我知道，以后慢慢再说。你记得按时吃药，身体不舒服，一定要先给我打电话，我会及时过来看你。"

只伤感，幸福来得太晚

  石磊自打买了五十只羊，他感觉到有了一种从未有过的幸福感。早上四点左右，石磊醒来，他看看天还没有亮，但也再无睡意，便一骨碌爬起来，匆匆走到了羊圈。羊们似乎还在睡，一个个懒洋洋地躺在圈舍里。石磊就说："起吧，该起来了，比我过去还懒哩。"他"嘿嘿嘿"自顾笑着，慢慢蹲下了身子，然后去轻轻抚摸羊的脑袋，这个摸完，再去摸那个。羊们颤颤悠悠"咩、咩"叫几声，都抬起头来看石磊。他再"嘿嘿嘿"笑几声。"你们这些小家伙，还挺黏人的。是不是饿了？饿就起来吧，咱们等会儿就去山上，昨晚下了一点雨，估计今天的草嫩得很，你们出去后好好吃。等你们长大了，新房子也分下来了，或许豆豆的病也就一下子好了。"

  石磊再轻轻拍拍羊的脑袋，然后站了起来。

  石磊走到院子里，听听屋子里静悄悄的。前几天，豆豆会经常莫名其妙地怪叫，叫几声停下来，过一会儿再叫。这两天豆豆安分多了，睡觉时疲沓沓的，好像睡得特别香甜。曹花为了豆豆，这些时没少受累，很明显她瘦了一圈。石磊想到此，不自觉地轻叹一声。

  天刚放亮，石磊便从大口井担回两桶水，然后小心翼翼地倒入堂屋的水缸里；再去挑一担水，这是为羊准备的饮用水。此时，曹花也起了床，她拉开了窗帘，屋子里隐约听到了豆豆的咳嗽声。石磊便放心地打开了羊圈门，羊们急匆匆地跑出来，"咩、咩"的叫声顿成一片，小院里一下子热闹起来。

石磊从屋子里装了四个面饼，家里的白面少，这饼里掺着玉米面，放置了一夜后，表皮看上去有一层硬硬的暗黄。

"我走了。"石磊向曹花打声招呼，"记得看豆豆尿炕。"

曹花说："豆豆这两天好像皮实了，一点儿也不折腾，不会有什么事吧？"

"咱盼的就是孩子能皮实，也许老天爷可怜他，豆豆真的能好起来。"石磊说着，出了家门，一群羊便在他的吆喝声中像云一般飘出了院子。

石磊一早出去放羊，一般要到晚上才回来。今天不知怎么了，石磊总是心慌意乱的，整个人也感觉晕晕乎乎。莫非感冒了？石磊想想，再用手摸摸头，额头上有细密的汗，应该不是感冒，可是他的心里依旧会惴惴不安。下午太阳还没有落山，石磊就特别想回家，这种感觉以前从未有过。羊们随着石磊在空中飞舞的皮鞭，一个个争先恐后地下了山。石磊刚进村子，就见人们用异样的眼光看他。石磊心说，今天这些人是怎么了？为啥这样看我？等石磊刚走到自家院子外面，便听得屋里有曹花的哭声，凄凄惨惨。石磊赶快将羊赶到院子里，疾步进了家，见曹花扑在豆豆身上哀嚎不止。

"曹花，咋了？"

曹花依旧哭个不停。石磊上前扶起豆豆，却见他早已经没有了呼吸。

"豆豆……可怜的豆豆……"石磊将脑袋伏在豆豆身上哭了起来。

"怎么会这样？豆豆，你怎么就走了？咱家很快就要过上好日子了，你咋不等享几天福呀。"石磊的哭声瓮声瓮气的，"呜呜呜"连成了一片。

"孩子啥时候没的？"石磊问。

"你放羊走了不长时间，豆豆就出不上气了。后来他似乎又好了，可是到了下午三点就……"曹花抚摸着红肿的眼泣不成声。

石磊抹了一把泪，然后将豆豆抱了起来。

"走，爹带你去看看咱家的羊，然后咱再去看看月城新村，咱们的新家。"

石磊抱着豆豆来到院子。"你看，咱家现在有多少羊，你给爹数一数，一共有几只羊？"石磊忽然想到了什么，不禁眼泪又流了下来。"爹忘了，你还没有念过书。那爹就告诉你，咱家现在有五十三只羊，种羊就有二十只。到了今年冬天，种羊就会生很多的小豆豆，到时候你就会有很多很多的小伙伴。"

石磊在院子里待了一阵子，然后将豆豆放在驴车上，车上再放一把铁锹。曹花坐上了车，然后将豆豆抱在怀里。石磊赶着车向月城村易地扶贫安置新村走去，一路上他嘴里不住地念叨着，说他自己那些年是如何不成器，懒惰成性，结果害了一家人。石磊还说，是曹花拯救了他，是政府帮了他，才会有了今天的好日子。等到了月城新村，石磊再次将豆豆抱起来。

"豆豆，你看，这是咱的新村，多漂亮的房子。咱家是哪一个，现在还不清楚，等分了房，爹去告诉你。你以后想家的时候，就回来看看。"

石磊抱着豆豆从新村的南边走到北边，然后再进入院子，一间房一间房挨着让豆豆看了看。直到他走累了，才把豆豆交给曹花。

"咱俩就在新村南边给豆豆安个家吧。"石磊说。

曹花说："等等吧，咱陪他度过这最后一夜。"

随着月城村易地扶贫安置新村建成，古家庄乡其他几个贫困村的危房改造和易地扶贫安置也开始紧张有序地展开了工作。

马文涛每天习惯性地起早贪黑忙工作，"三农"的事无小事，事事牵扯着老百姓们的生产和生活，不敢有丝毫的马虎与懈怠。

这天，马文涛刚从地里查看庄稼回来，便听得乡政府的院子里突然响起了一阵吵闹声。马文涛急忙走出办公室，却见一位中年妇女站在当院里正指桑骂槐。马文涛一看，有点眼熟，好像是磨峪口村的肖三女。马文涛记得，一个月前磨峪口村需要新修一条路，当时占用了村民肖三女家撂荒的几分林地，那地里有几十棵枝干细弱的苹果树苗。肖三女当时就树苗的补偿问题一直闹个不停，后来马文涛出面调解此事才得以解决。如今，肖三女跑到了乡里，她又是为何？

马文涛微笑着上前打招呼："你是肖三女吧？"

"是我。"

"肖大姐这是怎么了，大中午的咋就跑到了乡里，快请进屋子。"

"你们欺负人，我不活了。"肖三女说着，便扯开大嗓门干号起来。

"这是怎么回事？你先进屋子，咱们慢慢说。"

肖三女也不客气，随着马文涛走进了办公室，一屁股跌坐在沙发上，然后再接着干号。

马文涛给肖三女倒杯水："肖大姐，你一直这样号哭不是解决问题的办法，你有啥事先说出来。"

肖三女一抹脸，一下子又变成了另一副容颜。她怒气冲冲地盯视着马文涛，声音尖利地说："赔我的林地！"

马文涛一愣："那林地不是已经补偿了你的损失了吗？"

"我说的是地，不是那树苗。"肖三女冷冰冰地说。

马文涛说："你先别激动。当时就是为了征用你的那块承包地，才补偿了地里的那些树苗款，实际上那笔补偿款便包含征用地及树苗的所有损失。你想一想，是不是这个道理？"

"树苗是树苗，地是地。那笔补偿款仅仅是树苗款，我现在是说我家的那块地。"

"那你说说，政府为啥会补偿你那块地的树苗款？"马文涛问。

"当然，你们是为了那地。"

"这不就对了嘛。就是因为要征用那块地，才综合你承包地的损失和树苗损失给予了一定的补偿。"

"不对，树苗是树苗，地是地，那地是我家的。"

"肖大姐，你这样说就不对了。那地是集体的土地，你只有使用权。在你使用过程中，那地和地上的树苗是你家的。现在，你的那块承包地已经被征用，怎么还要补偿款呢？"

肖三女说："那地就是我家的。你们现在要征用，我有权获得相应的补偿。"

"问题是，那块地给予你补偿后，已经归属于集体。也就是说，即便那块地再有收益，也是应该归集体所有，而不是你个人的。"马文涛说。

肖三女一听，她顿时又干嚎起来："乡书记欺负人哩，没有人为老百姓做主啊……"

马文涛觉得眼下再无法与肖三女沟通，便打算走出去先缓和一下僵持的局面，没想到他刚走出门，却被肖三女猛地从后边抱住了双腿。

"你干什么？放开我！"马文涛竭力地挣扎着，但是他始终无法摆脱肖三女的那双手。

于强和贾为民等人闻讯都赶了过来，几个人合力才将肖三女抱到沙发上。此时的肖三女一边大声干号，一边手攥鼻子"嗤嗤"几声挤出一挂鼻涕，随意甩在了地上。马文涛看着肖三女如此恣意妄为，一时也没了主意，他只得请乡信访办主任葛宏和乡妇联主席姜美萍来做肖三女的安抚工作。然而，所有人的劝解都无济于事。

眼看天要黑了，马文涛打算去磨峪口村请肖三女的家属过来，做一下她的思想工作。马文涛刚拉开了车门，早被肖三女看到，她一下子跑出来钻进了马文涛的车下，两只手紧紧抱住了车轮。马文涛无奈，只得再次回到了办公室，肖三女这才又跟了进来。

"要不让村集体再给你调剂一块地，可以吗？"马文涛问。

"我不要地，就要钱。"

此时的马文涛想尽快解决掉这件棘手的事情，倘若肖三女索要的钱在自己的承受范围内，他宁肯自己掏钱给她，也不想再与她纠缠下去。

"那你打算还要多少钱？"马文涛问。

"五万，如果不给这个钱，我就去县里、省里上访。"肖三女从牙根里挤出一句话。

马文涛惊得是目瞪口呆，他想不到肖三女竟敢如此狮子大开口。

"你这是无理取闹。"马文涛说，"你的那块地已经以树苗补偿款的形式给予发放，而且此事当时已经得到了你的认可，时间也过去了近一个月，你现在又反悔索要那片地的赔偿款，纯属讹诈。如果你再妨碍公务，我们只能依法办事。"

"你别吓唬我，我不怕。"肖三女蔑视地瞪了马文涛一眼。

马文涛的话是如此说的，但是他依然拿不定主意，这件事到底该怎么办？依据现有的农村土地管理法，农村土地实行"三权分置"，就是把农村集体土地所有权确认到每个具有所有权的农民集体，然后确认的才是农户的承包权和使用权。土地确权以后，只是使用权的确定，不是所有权的变动，土地还是集体所有。尽管农民对确权后的承包地享有使用、收益、流转、抵押等相关权益，但并不是说这承包地变成了农民的私有财产。《中华人民共和国土地管理法实施条例》第二十六条明确规定：征用农民集体所有权的土地，补偿费归农村集体经济组织所有，用于发展生产，不得挪作他用；地上附着物及青苗补偿费归地上附着物及青苗的所有者所有。然而，事实上每一次征收、征用农民承包的土地，都将面临一次或大或小的官司，而这个土地补偿款最终全部装进了土地承包经营户的口袋。这确权后农民的承包地，到底所有权归属于集体，还是个人私有？

马文涛显得很迷茫，他坐在那里左右为难。如果给了肖三女这五万块钱，修路的事会因资金不足就此搁浅；如果不给，她必将继续僵持下去，甚至引发上访闹事。

天完全黑下来了。马文涛只得拨通了县信访局的电话，他将这件事如实做了汇报。

信访局的一位领导在电话里只说了一句话："要妥善处理，保持稳定，顾全大局。"

马文涛知道，就农村土地的现实问题，县里相关部门没有人给界定土地到底是集体的，还是私有化的，没人敢碰这根红线。但是，如果农村土地的属性不解决，便会助长自私、贪婪、狂妄的社会风气，埋下不良隐患，农村工作什么事都难以进行。

马文涛看看表，说："肖大姐，天已经不早了，既然你不愿意回去，那么今晚先住在乡里，有什么话咱们明天再说。待会儿我安排人给你送饭过去。"

"我哪里也不去，就待在这里，什么时候给我解决了问题，我就回去。"肖三女说着，直接躺在了沙发上。

马文涛摇了摇头："好吧，你觉得这里舒服，就待在这里，我先出去了。"

肖三女看着马文涛走出了办公室，她再没有上去纠缠，而是像具僵尸直挺挺躺在那里看着屋顶。前段时间，她听说陶利率众为精准扶贫的事再次到乡政府上访。肖三女十分佩服陶利，为啥她每次出动都能如愿以偿？或许是受了陶利的鼓动，肖三女这次来乡里是下了狠心的，不达目的绝不罢休。肖三女从马文涛的神情似乎看出了他有妥协的意思，但是马文涛还是不吐口，如此坚持下去，怕是索要那五万块钱的事要泡汤了。肖三女想，自己在乡里哭也哭过了，闹也闹过了，下一步该怎么办？对，上吊自杀。肖三女被自己的这个想法吓了一跳，但是她的眉眼又现出一丝诡异的笑。肖三女知道，在办公室外边的走廊里有马文涛安排的人在看着她，他们不会见死不救的。肖三女满屋子看了一圈，屋顶与墙上光秃秃的，竟找不到一个上吊的位置。这可怎么办？肖三女忽然看到在沙发旁边的小茶台上有一个打火机，她顿时心里一喜，既然不能上吊，那就引火自焚。肖三女坐起来向外面看了看，有两个人在走廊里正说着话。她便将办公室的门从里面插上，再脱下了裤子，然后点燃打火机，将一团火球扔在沙发上。

猝然蹿起的火苗和滚滚的浓烟，将走廊里的两个人吓得魂飞魄散，他们一边叫喊着，一边开门去救肖三女，没想到那门已经被反锁。马文涛闻讯赶来，他果断地通知乡里的工作人员迅速报警，随后一脚踹开了房门，将肖三女一把拉了出来。

几分钟后，派出所的民警便赶到了，将肖三女抓捕起来。肖三女万万没有想到，自己利欲熏心精心导演的这场闹剧，最终得到的却是牢狱之灾。

肖三女事件作为典型案例，在各个村子展开了一次普法教育。陶利曾鼓动肖三女粗暴上访，原本就是为了试探一下法律的底线，没想到肖三女却沦为阶下囚。陶利心存的某些不轨杂念顿时有些动摇，她敏感地意识到易地扶贫安置房硬扛着不交钱，怕是不会有好结果。然而，陶利依然不甘心，她决定为了这安置房再冒险赌一次。

高庄村黄花地遭遇冰雹袭击后，迟力强所在的黄花专业合作社得到保险公司理赔补偿金达五百五十多万元。这一消息传遍了全县，一下子带动起农民们主动加入农业保险的积极性。

不久，梅奕瀚主持召开了全县驻村扶贫工作队动员大会。之后，他安排工作部署，先对驻村第一书记进行集中培训。

月城村易地扶贫安置房在村民们的期待中终于开始分房。

这天上午，所有村民都早早聚集在了安置新村，每个人的脸上都洋溢着从未有过的幸福。人们从一个院子再转到另一个院子，欢笑声赞叹声不绝于耳。

花喜鹊往来盘旋，迎着东方火红的太阳边舞边歌，直到月城新村的礼炮阵阵，鼓乐齐鸣，它们才缓缓飞走，歇息在附近高大的树枝上。

此时，街道上自南向北已经架起了几道彩虹门，彩虹门下人来车往川流不息。在街道的左侧临时搭建起一座阔大的木结构舞台，舞台上空彩球高悬，红旗飘扬，台顶上系挂着分房现场会巨型横幅，台面上铺满鲜艳的红地毯，一排桌子居台中落定，桌子上置两个抽号箱。台下有秧歌队轮番上阵，特警人员忙着维持现场秩序。

9时许，县扶贫办、公证处及古家庄乡政府的工作人员先后登上舞台。首先，秦国祯代表县委县政府致以贺词，然后马文涛宣读了分房抽号规则。此次分房为了体现公平公正，分房采用两次抽号决定村民各家各户具体的房号：第一次抽号，只是决定村民抽取房号的先后次序；第二次抽号，决定具体分房的房号，然后由县公证处进行现场公正。

正当村民们满怀激动准备抽号时，人群中忽然一声尖厉大喊："等一等！"

众人看时，却是陶利一步一步登上了台子。

"等一下，你们先解决了我的问题，然后再分房。"

"解决你的什么问题？"马文涛直视着陶利。

"我就问你们一句，今天月城村民分房，有没有我家的房？"

"你没有交安置房自筹款，当然没有你家的房。如果你现在交了钱，就下去按秩序和村民们一起抽号。"

"我没有钱，没有我家的房，你们今天就不能分房。"陶利说着，将两个抽号箱抱了起来。

"你不能这样。"马文涛说，"你扰乱现场秩序，这是违法的。"

"我不怕，大不了我和肖三女一样去里面蹲着去。"

秦国祯一挥手，便有两个特警上来，准备将陶利带走。

马文涛急忙阻止道:"请等一等。"他又对陶利说,"我知道你家比较困难,但是月城村像你家这种情况的贫困户有很多,所以政府才为你们提供了安置房贴息贷款。你看,大家都交了自筹款,眼巴巴地等着这一天住上新房,你却故意生事挡在这里,难道你忍心看着村民们依旧住在破烂的窑洞等待危险降临吗?"

　　马文涛的话刚刚结束,台下便有村民愤怒地叫喊起来。

　　"抓起来,赶快把她抓起来!"

　　"别让这个女人耽误大家分房!"

　　"把她赶出月城村!"

　　陶利万没想到,自己的所作所为竟然遭到了村民的攻击,她气急败坏地向台下吐了一口痰。

　　此时,打街道口那边响起汽车的喇叭声,接着有一辆车缓慢地开了过来。从车上下来三个人,走在前面的是一个二十岁左右的小伙子,后面跟着的竟然是县委书记梅奕瀚和宣传部长魏悦。

　　众人便惊奇地说道:"怎么会是小虎?他怎么和梅书记在一起?"

　　陶利也看到了儿子小虎,她怀里抱着的抽号箱瞬间掉落在地上。陶利愣怔片刻,打算走下台去见儿子,梅奕瀚却拉着小虎的手已走上了台。

　　"小虎,你怎么回来了?快叫妈看看,让妈好好看看。"

　　"你别碰我!"

　　小虎冷冰冰的一句话,将陶利瞬间涌起的那份欣喜一下子浇了个透心凉。

　　"小虎,你怎么能和你母亲这样说话哩?"魏悦说。

　　马文涛紧握着梅奕瀚的手。

　　"梅书记,听说咱们县正在申报国家级出口黄花质量安全示范区,您今天接待国家质检总局考察团,怎么有时间赶到这里了?"

　　"早上才接到通知,考察团因故推迟两天来访,可能这是老天爷有意要让我来见证月城村民们这辈子最开心最快乐的时刻。"梅奕瀚微笑着说。

马文涛不解地问:"您怎么会和陶利的儿子在一起?"

"或许是缘分。"梅奕瀚说,"下面有那么多的群众在等着,咱们先谈眼下的问题。"

"这个……陶利她……"马文涛一时不知该如何开口。

"你们这里发生的事情,秦国祯刚才打电话给我说清楚了,我就是为这件事情而来的。"梅奕瀚说着,向台下的群众挥了挥手。

"月城村的乡亲们,大家好。今天是个大好的日子,咱们祖祖辈辈生活在大山里的月城村民,终于兴高采烈地走出了大山,彻底告别了世世代代蜗居的破败土窑洞,迎来了乔迁新喜的美好时刻。从今天开始,你已经走出了脱贫攻坚最重要最坚实的第一步,我相信再过两年,或者最多三年,你们将会彻底摆脱贫困,真正地步入幸福美满的富裕生活。今天是个特殊的日子,我在这里就不多讲话了。听说陶利同志心有余结,阻碍分房工作暂时不能进行,为此我专门请回来她的儿子小虎,下面小虎有话要对大家说,要对她的妈妈说,我们大家鼓掌欢迎。"

小虎看着梅奕瀚鼓励的目光,便慢慢走到舞台前面,他先深施一礼。

"乡亲们,我是小虎,我就是大家眼中那个不争气的小虎,我给乡亲们丢脸了,给咱月城村丢脸了,请大家原谅我的过失。"说着,小虎再深施一礼。

"四年前,我因一时糊涂,拉拢社会闲散人员聚众赌博违法犯罪,得到了应有的惩罚。当时,我以为我一辈子的前途就此毁了,我竟然想到了一死了结。正在我茫然无助彻底绝望时,万万没有想到,县委梅书记竟然派魏悦部长专门去监狱看我。那时,我才知道,梅书记是在去我家探访时得知了我的事情。梅书记当时不仅没有嫌弃我母亲的刁难和我的罪行,反而把这件事情记挂在了他的心上,他说必须要挽救一个迷途的孩子,他说我是一只困顿在山崖的羔羊。"

小虎说到这里，眼泪扑簌簌地流了下来。

"是的，梅书记说得好，我是迷途了，我真的还是一只羔羊，我的本质并不坏。"

小虎用手擦了一把眼睛，接着说："我从小生活在月城村一个贫困的家庭，我有一个懦弱的爹，却有一个特别要强的妈。我知道我妈疼我爱我，她和在场的所有父老乡亲们一样，时时刻刻盼望着自己的孩子能走出大山，离开贫困的月城村，在外面出人头地、高升旺长。但是，我的妈妈在执着的偏爱中也走入了迷途，她为了供给我在城里上学，省吃俭用，甚至不惜玷污自己的人格去钻营一些自私自利的勾当。然而，我最终经不住同学们的鄙视放弃了学业。为什么？因为我穷，因为我们比不上城里那些生活优越、有钱有势的孩子。说实在的，打那时起，我恨自己是月城村人，我恨自己出生在一个贫困落后的家庭。我开始漂泊在城市的每一个角落，成了一个无家可归的孩子。但是，我时时想着如何去赚钱，如何赶快改变自己形如尘埃的命运。有一天，我实在饿得慌，便坐在一家小饭店的门外，却被一个人带到屋里。那人给我买了一笼烧卖，还有炒鸡蛋、扒肉条，那是我自打进城后吃的最好的一顿饭。打那以后，我被迫跟着那人开设赌局，帮他召集闲杂人员聚众赌博，直到被抓获。"

小虎再转向梅奕瀚深施一礼。他说："感谢梅书记，是梅书记救了我，是他挽救了我的一生。梅书记那次从月城村回去后，便托魏部长去监狱看我。他们告诉我，国家已经掀起了脱贫攻坚的大浪潮，月城村不会再贫困下去，全县乃至全国的人民都会在未来几年的时间里步入小康社会。他们还告诉我，千万不能灰心丧气，要振作起来，认真面对现实，努力接受改造，争取早一天回归社会，共同建设美好的家园。"

小虎说到这里，脸上焕发出了笑容。

"得到梅书记和魏部长的鼓励后，我一下子有了新生的勇气。由于我积极改造，一年后我便恢复了自由。梅书记又托人去接我，并安排我进了三鑫农业发展公司，我现在已经是一名企业的优秀员工了。"

小虎再走到陶利的身边，他上前拥抱了母亲，然后说："妈妈，儿子不孝，儿子对不起您。梅书记曾几次劝说我回来看您，我都执意不肯。我为啥不回来？就是因为我听说您经常带人上访，我不想看到我有这样的一个母亲。梅书记多好，乡里的县里的领导们多好。您看看，这么漂亮宽敞明亮的新房子，如果没有国家和政府的帮扶，我们这辈子自己能盖起来这样的房子吗？我们能从大山的泥窝里摆脱贫困过上幸福的生活吗？不能！所以我们得心怀感恩的心，我们不能再给政府添任何乱子，我们更不能让乡亲们戳着我们的脊梁骨，然后骂我们不是人。您今天的事，我已经在车上知道了。妈，您醒醒吧，儿子已经不再是过去那个不争气的儿子，您也应该做出个好样子，才是我真正的妈呀。"

陶利伏在小虎的怀里，"呜呜"哭开了。

"小虎，妈对不起你，对不起梅书记和各位领导，更对不起乡亲们。妈知道错了，咱现在就交这安置房的自筹款，钱不够有政府的贴息贷款。"

小虎帮陶利擦干眼泪，他笑着说："妈，这个你不用担心，我这挎包里有钱，是我这两年在公司上班攒的钱，足够用。"

梅奕瀚看着一对母子，高兴地说："鸣礼炮，分房！"

春生在阵阵的礼炮声中，开心地唱了起来：

前半夜雨点不停地下，
后半夜拉了一些知心话。
你看咱们党的好政策，
这穷根子说拔那它就拔。
彩虹门搭起了幸福架，
一栋栋一排排是咱新家。
感谢共产党的好领导，
脱贫攻坚咱迈开大步伐。

祭奠陈德懋

梅奕瀚看着马文涛面有不解之色，便说："你是不是想知道我为什么要派魏悦去看望一名走入歧途的孩子？"

"是的，这其中必定有缘故，我想不仅仅只是您有一颗仁爱之心。"

"你说得没错。"梅奕瀚微微一笑，"《道德经》有句话说，'图难于其易，为大于其细'。这句话很有道理，我们在解决困难的事情时要学会选择从其容易突破的方向开始入手，要想成就大事必须要把细微的小事先做好。尽管陶利曾经对我有些不礼貌，而且她有自私自利的一面，并先后几次聚众上访，但是陶利每次上访并没有撒泼闹事，说明她只是为了心里难以解开的一个结。毕竟陶利并非普通的村民，她的潜意识里始终有不安分的冲动，还有个人狭隘偏执的认识，所以我们单独在陶利身上去做工作，恐怕最终会事倍功半。恰巧她的儿子小虎误入迷途出了点事，我们通过调查了解，他是被迫而为，所以我们更得给予这个孩子自新的机会，并为他搭建未来发展的平台，这样我们不仅可以拯救一个孩子，同时也可以感化一位思想偏执的母亲。"

马文涛不禁暗自钦佩。他说："想不到陶利这匹难驯的烈马，竟然被梅书记轻而易举地制服了。"

"不是制服，是引导和疏通。"梅奕瀚说，"《道德经》还有一句话说，'飘风不终朝，骤雨不终夕'。我们干工作遇到困难只是暂时的，只要从容不迫地去面对，终究会有烟消云散的时候。这就好比桀骜不驯的洪水猛兽，倘若你一味想着如何去堵，终究是堵不住，甚至决堤后还会有更大的危险，莫如去引导去疏通，让它顺着我们想要的轨迹自由地去流淌，还有可能带给我们意外的惊喜。所以，我们在做每一项工作时，必须得找对方法，认准目标，绝对不可轻言放弃。"

"梅书记，感谢您的教诲，"

此时，陈春山挎了个包走了过来。

"梅书记，我爹临走时留给您一句话。"陈春山说。

"春山，快请说来。"

"我爹让我转告您，'洁己方能不失己，爱民所重在亲民'。"

梅奕瀚听完这句话，瞬间肃然起敬。他仰望蓝天，反复吟诵着这句话："洁己方能不失己，爱民所重在亲民。"

过了片刻，梅奕瀚叹息道："唉，都怪我一忙便不知来日。说好了我还会去看望德懋老先生的，没想到他老人家早早离去。先生留下之言，奕瀚会永远铭刻于心，时刻不敢忘记。"

梅奕瀚又问："不知先生葬在哪里？请你带我去先生坟上，我想与先生一叙。"

"就在咱村的西梁上。梅书记，我带你去。"陈春山说。

西梁在月城旧村的西边。说是梁，其实地势并不高，只是其间沟谷纵横。西梁上只是覆盖着一层浅浅的土，土的下面便是细细的流沙。六十多年前，那里曾栽种了一片一片的"老汉杨"，如今那杨树林像一群耄耋老人，佝偻着身子顽强地挺立在那里。

到了坟前，陈春山将挎包里的水果、糕点一一摆放在坟头上。

"爹，梅书记来看您了，咱村已经整体搬迁到下边了，今天咱家分了新房，宽敞明亮得很，和城市里的楼房一样漂亮。爹，您回去看看吧，看看咱村的新面貌。看看乡亲们那一张张笑脸。"陈春山说完，又上了三炷香。

梅奕瀚绕着陈德懋的坟转了一圈，他看见那坟头上有草，便伸手一一拔下来，然后再用手将那土拍打紧实了。

"老先生，我来看你了。"梅奕瀚说，"之前，我说过，我会来看你的，你却早早离我而去。"

梅奕瀚摘下眼镜，擦了一下眼。

"老先生，你托春山带给我的话我记下了，感谢先生的教诲。今天，月城村的村民们终于住上了新房，他们再也不用担心窑房倒塌的危险，我想这也是先生的一个心愿。先生曾讲过'黄帝遗珠'的故事，这个我也记着哩。这些年，我虽然不比象罔，但也一直在努力积极寻找，只是月城村的'遗珠'早已经随着风花雪月消失得无影无踪了，唯留下这颗'遗珠'散失的魂。我也曾想过，重塑月城驿这颗'遗珠'，让它久违的'魂'有个美好的归宿。但是目前来看，政府一时难以招商引资还原这个梦，因为当年的古驿没有留下多少遗迹，无人知晓它当年的真容。不过，请先生不要着急，是明珠总会有发光的时候，我们姑且等待吧。眼下，全国脱贫攻坚的步伐走得越来越快，咱们县也取得了很大的成果。月城村搬迁到新村后，可以说为全村的脱贫攻坚奠定了坚实的基础，下一步只需在农业生产上下一番功夫，那么全民奔小康的生活便指日可待。"

梅奕瀚说到这里，和陈春山要了三炷香敬在坟头。

"先生，我与你想说的话还很多，怎奈公事颇多，只能就此别过了。愿先生在地下安寝，请允许我礼拜先生。"说着，梅奕瀚向陈德懋的坟深深三鞠躬。

2016年春节刚过，一批经过培训后的平邑县"第一书记"带领扶贫工作队正式进驻到农村。梅奕瀚在出发见面会上说："作为驻村第一书记，不要把它当作一种权一种利，人的思想一旦沾上了权与利，就容易头脑发昏，昏得厉害的时候，就会忘记了自己的责任和使命，就会慢慢蜕化变了本质。农村工作需要亲和力，更需要踏踏实实的事业心，你不会分析问题，讲不出道理，没有说服力，老百姓自然不会接受。不要老是想着'我是第一书记'，靠摆谱或装腔作势吓人，而是要采取和群众处于完全平等地位的态度，让群众能感受到你的心是交给了他的。你的架子摆得越大，群众越是不理你那一套，你的工作就无法开展下去。"

担任月城村"第一书记"的是市水务局的干部蒋坤，两名扶贫队员来自平邑县审计局，他们到岗后很快转换了角色，与当地的农民紧密地联系在一起。月城新村刚建成，就连办公室场所也无一席之地，陈志远便将自家的新房安排出一间用于办公，并主动承担起扶贫工作队的饮食起居。

按照县住建局的规划，几个易地扶贫安置村将与古家庄新村合在一起，建设一座大型的现代化中心村，并在中心村建设一座综合楼，几个村子集中办公。但由于月城村民反对与古家庄村合并，最后两村只得相隔了一段距离。月城新村建起后，再没有钱进行村里道路硬化，尽管村民们已经住进了新房，但是路面依然还是黄土路，每逢雨雪天气便异常泥泞。蒋坤来到月城村后，便向单位领导汇报了扶贫工作点面临的实际困难，经他多方努力，终于筹集到一定的资金。不久，县政府网站发出了一条月城新农村"四化工程"招标公告：道路硬化、环境绿化、卫生净化、路灯亮化工程。接着，蒋坤再四处走动，为月城村筹集村委会办公场所和新农合医疗服务站的建设经费以及所需的办公用品。经过一段时间的奔波，所有的项目全部落实到位。

扶贫工作队扎下根后，陈志远才从精准识别扶贫和建档立卡繁杂的工作中稍稍解脱出来。有了扶贫队的帮助，扶贫识别工作进展非常顺利，月城村所有的农户重新过滤、筛选、审核，最终确定了村里名副其实的精准扶贫户，然后便是建档立卡，因户施策，精准帮扶，精准管理。

肖佳怡几次催促陈志远结婚的事，可是由于村里建档立卡的任务重，此事只好一拖再拖。眼下，扶贫工作队来了，两人终于可以抽出身子，考虑结婚的事情。

　　肖蓬对于女儿提出结婚一事非常赞成，毕竟女儿大了，终归要有自己的归宿。肖蓬在家里置备了宴席，邀请陈志远和他的母亲辛玉兰来到家里，双方就结婚事宜进行了具体磋商。

　　"今天是大喜的日子，喝几杯酒吧。"肖蓬说着，给陈志远满了一杯酒。

　　"爹，我不会喝酒。"

　　"男人嘛，怎么能不喝一点酒哩，少喝点，不碍事。"肖蓬看了陈志远一眼，"你以前没有喝过酒吗？"

　　"喝过。"陈志远的脸"唰"的一下就红了，"不过，那时是因为我们旧村修了路，装了路灯，家里又有客人，一时高兴陪着人家喝的。"

　　"那你今天不高兴吗？"

　　"高兴。"陈志远腼腆一笑。

　　"这不就对了嘛。喝吧，少喝点。"肖蓬说，"酒这东西是打开心智、愉悦心情的一把钥匙，也是犹豫彷徨、心情压抑时的一副毒药，更是懒汉懦夫、心怀不轨者的迷魂汤。这就看你是怀着怎样的目的和心情去喝的，是和谁喝的。"

　　肖蓬说完，端起酒杯喝了一口。他看陈志远依旧未动，便说："喝呀，你这样畏畏缩缩，可不是我心目中的好女婿好青年。"

　　陈志远无奈，只得端起酒杯一饮而下。之后，他竟咳嗽起来。

　　肖蓬哈哈大笑："这就对了，这才是一个敢作敢为、洒脱精干的小伙子。"说完，他又给陈志远满了一杯酒。

　　"不过，不管有多高兴，或者是和谁喝酒，一定不能喝醉。古人喝酒讲究个微醺，我以为这个微醺不是带点醉意，应该恰好是情智打开的时候。唐朝不是有个李白吗，李白斗酒诗百篇，我想当年李白也一定是喝到了这个微醺的状态，才诗如泉涌，倘若他喝得醉如烂泥，就只有尿炕的份儿了。"

肖佳怡笑得前仰后合。"爹，你胡说什么哩，真逗人。"肖佳怡看着陈志远，"我爹上学时很有才，只是家里穷，没能去上大学。后来家里的日子好过了，他便特别注重孩子们的学习。"

"唉，那年月人们更穷。对于一个农村的孩子来说，上大学多数是梦中的事情。"肖蓬说，"好在我成家后，一直在外面跑车，虽然不能大富大贵，但家里的生活也过得去，总比年年侍弄土地强得多。"

陈志远端起酒杯，说："爹，我敬您一杯酒。"

"好、好，这杯酒我喝了。"肖蓬"吱"的一声，一口而下。

肖佳怡的母亲已经端上了饺子，微笑着说："你们先多吃点，那酒辣滋滋的，有啥好喝的。"她拿过来辛玉兰的碗，盛了满满一碗饺子。"亲家，你吃你的，多吃点。"

"佳怡妈，你也坐下来赶快吃吧，让你辛苦了。"辛玉兰说。

肖蓬忽然有些严肃地说："志远，你和我女儿结婚后有什么打算？"

"爹，还能有啥打算，他现在是村主任，很快就是正式党员了，当然得继续忙村里的事情。"肖佳怡插话道。

肖蓬自顾端起酒杯，呷了一口酒。

"一个村主任有什么好当的，在村里说话不算数，做工作没人听，还不是整天跟在村支书的屁股后听任人家差使。"肖蓬说。

肖佳怡一撇嘴："村主任当然得听从并配合村支书的工作了。"

"问题是，这个村支书是好是坏，有没有工作能力。如果跟上个不着调的村支书，还不是白白混一辈子。"肖蓬又问，"月城村现在的村支书怎样？"

肖佳怡看看陈志远，却见他挠了挠头。

肖蓬当然已经看在眼里。他静默片刻说："其实，很多村子的情况基本一样，村主任有名无实，管不了任何事情，村监委更是形同虚设。你看看，眼下许多的村干部趾高气扬目中无人，难道仅仅是因为他们手里有了那么点小小的权力？天高皇帝远，越是最下面基层的干部越容易滋生腐败。要说真正廉洁自律，为老百姓谋幸福的村支书有吗？有，在我所见的村干部中，这样的好干部很少。所以说，你这村主任还是不当为好。"

陈志远尴尬地坐在那里，一双眼只是紧盯着眼前的杯子。

"咱们再喝。"肖蓬说，"依我看，你还是跟着我跑车吧。当然，我说的不是让你给我当助手，我是说你自己买一辆大货车，咱们一起跑车。钱的事我已经想好了，我家里还有一点积蓄，你再贷点款，出不了几年你们的小日子就能过好。"

陈志远喝下这杯酒，脸蛋一下子通红。他说："爹，感谢您替我们着想。只是，这村主任我还得继续当。您说得没错，的确农村里存在一些不干净的村干部，但这只是一时现象，相信国家的反腐利剑会铲除农村里这些腐败的根子。月城村刚刚移民到新址上，村民们还没有真正从贫困的泥窝子里摆脱出来。他们分到了新房，只是在过去灰暗的心里点亮了一盏灯，但他们的脚下还是迷茫的一片。如果这时候我撂下村主任的担子，他们就有可能少了一些希望。现在的村支书秦克勤是个大学生，一直在外面读书学习，不熟悉村里的工作，他更需要别人的帮助，所以我不能离开月城村。"

"你认为这个秦克勤会给月城村带来好结果吗？你替村民们着想，他会听你的吗？"肖蓬问。

"这个我不敢肯定。我只想做好自己的本职工作，尽自己的所能去帮扶群众。"

肖蓬轻叹一声："唉，你这个孩子真是犟，怎么和我当年一个样。好吧，你的事我就不管了，但愿能如你所愿吧。"肖蓬再看看陈志远，"你这性子，正是我喜欢的。今天是大喜事，咱们不谈别的了，喝酒。"

肖蓬便与陈志远再次斟满了酒，两人又喝了起来。不知不觉中，两个人显得越来越默契，竟俨然像一对兄弟。

三喜临门

　　五月，月城新村的街道硬化、绿化以及路灯安装等都完工验收了，新村的村委会办公场所和新农合医疗服务站的房子随后也建了起来。今天是马二女与陈大勇、陈志远与肖佳怡结婚的日子，可谓三喜临门。

　　陈志远将结婚的事告诉了天彩梅，希望她能参加他和肖佳怡的婚礼。天彩梅说，这是陈志远一生最大的喜事，她这个时候更不能出现在辛玉兰的面前，她得考虑辛玉兰的感受和接受能力。天彩梅送给了陈志远一枚戒指，她说，这是当时骆迎春给她的结婚戒指，她必须将这枚戒指传给自己的儿媳妇。天彩梅还拿出来一沓积攒下来的钱，这些钱的面额有大有小，甚至有五块、一块的。她执意将这些钱塞给了陈志远。天彩梅似乎还想给陈志远拿些什么，她在屋子里翻箱倒柜四处搜寻，陈志远趁机又将那些钱放在了餐桌的一张报纸下。

　　陈志远将姚力和赵华娥、姚珊珊接到了家里。辛玉兰一早起来，吩咐人张灯结彩。唐逸已经落户月城新村，他特意从朋友们那里借来两辆车去接新媳妇。

　　酒席就设在村委会的大院里，唐逸还请来了一个民间的鼓乐班子。临近中午时，新娘子肖佳怡、马二女都接了过来，此时礼炮阵阵，鼓乐齐鸣，欢笑之声不绝于耳。有调皮的孩子放起了风筝，竟是一只硕大的彩凤，只见它翩翩起舞，恰似专门来迎接这难得的喜庆。

陈大勇和陈志远两人满怀的激动。他们年年见到别人结婚的场景，而今天他们美好的心愿终于实现了，他们感受到了一种从未有过的幸福。吉时已到，陈春山为他们主持婚礼，两对新人行过大礼，再拜了双亲，然后向来宾致以感谢词。

陈大勇说："我们今天能住上这么好的新房，得感谢党和政府。其次，我得感谢儿子福强成全了我俩这么多年的一个梦。"

马二女："你就不感谢我？"

"你就别了，咱们已经成了一家人，用不着感谢了。"陈大勇嬉皮笑脸地说。

马二女说："我最感谢的一个人是乔副主任。"说着，她的眼里便有了泪。

"干啥哩，这大喜的日子，看让乡亲们笑话咱。"陈大勇安慰道。

陈志远说："我要感谢的人很多，有我的母亲、岳父母、肖佳怡、马文涛书记，等等等等。但我最感谢的是我们的国家，我们的政府，以及我的父老乡亲们。没有我们的国家和政府，我们不会住上今天这么宽敞明亮的新房子，当然也就没有我们今天这个美好的时刻；没有父老乡亲们的帮助和关爱，就没有我们现在这火红热闹的幸福场景。今天，我终于成家了，以后就是立业。我所谓的立业，不是我一个人的立业，而是我们全体村民共同立业。我会尽心尽力与乡亲们共同努力，争取咱们早一天脱贫致富。我想，这个日子不会太远，有国家和政府的关怀，有扶贫工作队的积极帮扶，只要我们拧成一股绳，我们的好日子就在眼前。请大家拿起酒杯来，咱们共同干了这杯酒。"

肖佳怡说："感谢贫困，给了我们知耻而后勇的无畏决心；感谢贫困，给了我们知弱而图强的强大动力；感谢贫困，给了我们众志成城、砥砺前行的民族精神。贫困不可怕，怕的是被贫困蒙蔽了心智，怕的是不懂得羞愧、正视和反省，怕的是没有坚定的决心和勇气。现在，我们赶上了好时代，我们的国家全面打响了脱贫攻坚战，我们遇到了一群为人民谋幸福的好干部。所以，眼下的贫困只是暂时的，我们很快会走进富裕的小康生活。为了我们美好的明天，干杯！"

随着一阵碰杯声过后，石磊说："到底是大学生，这话听不懂。咋就还感谢贫困哩？还说啥不懂得羞愧，谁愿意过那苦日子，我做梦都盼着吃山珍海味哩。"

"那你说说啥叫山珍海味哩？"陶利问。

"还真的不知道。"石磊"嘿嘿"笑着摇了摇头。

众人便也是一阵大笑。庞炳元说："肖佳怡说的不只是咱们，你们没听到？她还说时代、政策、国家和干部哩。"

秦克勤和黄雅萱也来参加婚礼庆典。秦克勤看着人们喧闹的场面，感觉很不适应，他匆匆吃过饭便先离去了。

春生今天又喝了酒，但是他没有喝醉。春生说，我来唱一段，给大家助助兴：

> 一对对蝴蝶那双双飞，
>
> 这满院子人们都笑开怀。
>
> 天有那情来地有那意，
>
> 两对子新人终于结连理。
>
> 现煮饺子来现炸油糕
>
> 让他们亲个嘴嘴要不要。
>
> 栽下个核桃种下个枣，
>
> 来年等着你们把娃娃抱。

春生唱罢，众人便又是一阵欢笑。

"大勇，你得赶快使把劲了，你这岁数不等人啊。"左春祥说。

"我们有儿子福强，只等着抱孙子哩。"陈大勇说。

此时，陈志远和肖佳怡却是被众人耍弄得抱在了一起。

村里吃的是流水席，农事上忙乎的人即便来得再晚，也少不了桌上的酒肉。所以，这宴席从中午断断续续持续到了黑夜，待一切收拾妥当，已是午夜。街道上灯火璀璨，到处是红彤彤的一片，仿佛那街边的国槐也喝多了酒，散发着满树的红光。虽已初夏，却依然是春天的浪漫。

村民们渐渐散尽，陈大勇和马二女回去后，唐逸陪着陈志远和肖佳怡安静地坐在院子里，一壶刚刚沏好的茶飘散着缕缕清香。此时，明月当空，繁星满天，北斗七星熠熠生辉，映照着彩带飘飘的村委会大院。旁边人家的窗棂大开着，五谷的幽香裹挟着衣袖，沁人心脾。

"唐哥，你走南闯北，眼界宽广，你认为咱们村未来如何发展？"

"县政府为咱们村政策兜底外的贫困户种植的那些黄花地需要集中管理，村民们分散采收加工费时费力，很不容易，如果帮着他们统一管理，这样才能确保黄花地发挥最大的经济效益。"

"这个想法我以前有过，希望成立一个黄花专业合作社，但是秦克勤不同意。"

"秦克勤的胸怀格局比较小，他是害怕你在村民们面前抢了他的风头。我去弄这件事，秦克勤不会阻拦的。这黄花地我全部包了，此外再流转一部分村民的土地，扩大黄花种植面积，以此带动村民们共同脱贫致富。"

"这是好事，明天我召集村民开会，咱们确定一下这件事。另外，你觉得咱村有没有其他的发展方向？"

"现在还不好说，我对咱们村具体情况不是很熟悉，得深入了解后再定夺。"

肖佳怡说："我之前去花园村实地参观过，这个村子不仅以黄花产业为龙头，而且组织村民发展柳编工艺品，听说现在他们的产品已经出口到欧洲和东南亚，村民们的收入普遍很高。咱们村是否也能学习发展这个柳编产业？"

陈志远说："改革开放后前几年，咱们村曾经就发展过类似的这项产业。当时叫作编'荆笆'，就是用山上的灌木条子编制成一块块统一规格的篱笆垫子，用于恒州市铁路局运输煤炭遮挡物。可是，没搞多长时间，因砍伐山上植被破坏生态环境，这事最后被取消了。"

"现在更不能破坏植被，咱们可以学习花园村从外面购进原材料。"肖佳怡说。

"我认为，眼下咱们先在谷米等小杂粮上做好文章。"陈志远说。

"民以食为天嘛，发展小杂粮生产应该没问题。"唐逸说，"不过，我们还得要发挥好本地的资源优势，拓宽发展思路，利用当地的历史文化资源优势发展乡村旅游。"

"如何发展呢？"陈志远问。

"这个我目前还没有想好。"

肖佳怡一天忙碌下来，已是异常疲惫。她看着陈志远和唐逸依旧坐在院子里说着事，便抿嘴一笑，然后独自一人回去休息了。她实在太累了，很快进入梦中。梦里一条桑干河波澜壮阔，旭日东升，那河里泛着深邃的靛青。

马文涛把蒋坤、秦克勤和陈志远都请到了乡里，就月城新村如何脱贫进行探讨研究。

马文涛说："眼下，月城村民的生存环境已经彻底改善；扶贫队的帮扶，更是让村里的环境日臻完美，街道硬化、绿化、净化、亮化都达到了城市化的标准；新农合医疗服务站也已经开始运行，可以说在脱贫的路上我们已经奠定了坚实的基础。现在，重中之重是发展农业生产，只要把农业生产搞上去了，月城村脱贫的事情也就彻底解决了。"

"我们扶贫工作队走访了村里的大部分群众。通过走访得知，这两年得益于政府的帮扶，种植玉米的收益比往年见好，可玉米的价格一直上不去，所以从总体来看还是不太理想。"蒋坤说。

"唐逸已经注册了月城村黄花专业合作社，并流转了一部分土地继续扩大黄花种植面积，再过两年月城村的黄花产业也能上一个新台阶。"陈志远说。

"黄花产业毕竟是月城村近五千亩耕地的一小部分，其他的耕地该怎么办？"秦克勤问。

"我叫大家来，就是探讨研究这件事情。"马文涛说，"种植经济作物，在没有稳定成熟的市场前，肯定存在一定的风险。南庄村已经走出了一条新路，但是如果全乡甚至全县都照搬南庄村的发展模式，恐怕未必有好的结果。黄花产业是咱们县的主打产业，这几年规模化种植已经达到了相当高的水准。我认为，月城村想要健康发展，得放开思路，因地制宜，除了发展黄花产业外，还得打响自己的品牌。我们国家是一个有着十四亿人口的大国，我们不敢忽视了粮食作物的稳定生产。目前，我省非常重视大力推进发展有机旱作农业，这正切合我们当地的实际情况，为我们传统农业的发展提供了新动力。"

"马书记，关键是种粮收益少，发展缓慢。"秦克勤说。

"我不这么认为。"马文涛说，"关键是种什么粮，如何去种，种出来的粮食如何去卖。"

蒋坤说："马书记，那你现在有没有好的思路？"

"梅奕瀚书记说过，月城村的杂粮好。要我说，也是这句话，我们何不在小杂粮上做文章？"

"在我记忆中，我们村就一直种小杂粮，可是种到了现在，还是种成了贫困村。"秦克勤说。

"那是因为过去农业基础条件薄弱，最主要的一点是，没有种出来这块土地小杂粮的真正价值。"马文涛说，"我们这里的小米北魏时就是皇家的九如贡米，这是一块多么响亮的牌子。既然能成为贡米，必然有它区别于普通米的特殊优势。之前，我从月城村陈春山家的小米中抽样，拿去进行质量检验，竟然发现这小米中含有丰富的硒，其含量是普通粮食的三倍。这就意味着月城村的小杂粮，是全国同类农产品中少有的健康食品。就凭这一点，咱们小米的真正价值就应该比其他的小米价格翻三番。"

陈志远闻听此言，顿时惊得目瞪口呆。

马文涛接着说："不过，目前还没有确定这小米中富含硒的真正原因，县农科站已经将咱们这里的土壤等拿去再行化验，估计很快便会有好的结果。我们当下的任务是，探讨如何挖掘本地小杂粮的潜力，提高单亩种植效率和收益。"

"说实在的，对于农田的事情，我们不是很了解。我们扶贫队所能做的，就是帮助群众尽可能解决农业生产中面临的实际问题。"蒋坤说。

秦克勤"咕噜"一声咽下一口唾沫。他说："我对农田的事情不是很了解。但我知道，只要是有水有肥，那庄稼就没有长不好的。"

马文涛看了陈志远一眼："说一说，你是怎么想的？"

陈志远不自觉地挠了一下头。他说："种地，水和肥是一定要有的，关键是如何利用好有限的水，耕作中又使用什么样的肥料。当然，这些是最基本的条件。现在村里的中老年人居多，他们的劳动能力毕竟一年不如一年，对于发展农业生产有心而无力了。我认为要想种好小杂粮，带动全村人脱贫致富，就不能再单打独斗，也不能再使用传统的耕作模式，必须大家伙儿拧成一股绳，使用现代化的农业机械，这样生产效率才会大大提高。"

马文涛点了点头："你说得非常好。除了你说的这些因素外，还有一个种子的问题。我们现在使用的种子多数为村民们自行购买，难以选到优良的种子，所以在一定程度上影响了粮食的产量。有关这一点，我已经向县委做了申请汇报，明年政府将会为我们提供免费的优质种子。"马文涛说着，再看看秦克勤和陈志远。他说，"问题是如何让群众拧成一股绳？"

秦克勤说："现在的社会，想要管好自己家的几个孩子都难，别说去收拢一个村的村民，难呢。"

"那只能说自己无能，怨不得社会。"马文涛说，"散会，你们都回去吧，陈志远留下。"

秦克勤看了看马文涛，再看看陈志远，然后走了出去。

"继续谈谈你的想法。"马文涛说。

陈志远低下头，他沉默片刻说："其实，再散的沙也怕黏合剂，只要有了这黏合剂，不怕这沙抱不在一起。"

"你说说是什么样的'黏合剂'？"

"村干部要走得正，站得端。我听肖佳怡说，孔子有句名言，叫'其身正，不令而……'"陈志远挠了一下头，脸瞬间绯红。

马文涛笑眯眯地说："那句话是，'其身正，不令而行；其身不正，虽令不从。'这句话的意思是：自身正了，即使不发布命令，百姓也会去跟着干；自身不正，即使发布命令，百姓也不会服从。"

"是的，是这句话。"陈志远害羞一笑。

"你这个'黏合剂'很好。但是，单靠'黏合剂'是不行的，最重要的是必须能带给老百姓真真实实的利益，真真实实地摆脱贫困，步入小康生活。"

"我明白，马书记。"

"再过一个月，你便是一名共产党员了，你得严格要求自己。"

马文涛略作停顿，说："当初，贾为民在乡里力推秦克勤才入选了村支书竞选代表。现在看来，这个大学生徒有文化虚名，根本胜任不了村支书这个工作。我打算过年开春直接推荐你当月城村支书。你愿意吗？"

陈志远的脸再一次红了："马书记，我怕我不能胜任这个工作。"

"你这样说就不对了，怎么能没有干工作就畏手畏尾地失去了自信？我要的就是你的自信、魄力和亲和力，你千万不要让我失望，更不能让月城村的村民们失望啊。"

半月后，马文涛突然悄无声息地调离了古家庄乡，赴白登县任职。古家庄乡调整了领导班子，于强升任乡长，樊国斌调任乡党委书记。

陈志远得知这个消息，忽然感觉心里一下子空落落的，继而又有一缕莫名的烦躁浸染心头，他坐在屋子里一直发呆。

"马文涛书记调走了，心里不好受？"肖佳怡问。

"不知怎么了，一下子心里被掏空了，然后又难受得厉害。"

"无论哪个干部，终究会有一天调到别的工作岗位，我们只是要做好自己的工作。"

"我知道。可是，我就是觉得一下子失去了什么。"

"你是不是想说，你害怕失去马书记对你的承诺？"

"你说什么哩！"陈志远有些许的不快，"我怎么会因为那事耿耿于怀？我只是觉得我似乎失去了一个多年相知的朋友。"

肖佳怡微微一笑："刚才我是逗你哩，我怎么能不了解你。你是觉得马书记调走了以后，你少了一个积极支持你工作的人。"

"是这个意思。马书记一直在鼓励我，支持我。"

"你是否担心新任的乡干部会另辟蹊径，以后的工作会与马书记不同？"

陈志远默默地点了点头。

"我想，这个你无须担心。脱贫攻坚是我们县的头等大事，换任何干部过来，也会为脱贫攻坚尽心尽力的。只要是思路正确、方法得当、运作稳妥，无论以后走什么样的路子都会成效显著。"

正在此时，陈志远接到了姚姗姗的电话，只听得姗姗哭着说："志远哥，我爹妈煤气中毒了，你赶快来一下。"

陈志远听闻此讯，顿时惊出一身冷汗。

"姗姗，你别哭，干爹干妈现在哪里？"

"已经住进了市里的三医院。"

"好的，我马上过去。"他挂断了电话，一把拉起肖佳怡，说："走，咱们赶快走，干爹他们煤气中毒了。"

等陈志远赶到了医院，姚姗姗告诉他，父母经过抢救已侥幸活了过来，而父亲却落下了偏瘫的后遗症。陈志远探视过姚力和赵华娥后，又去找大夫，询问姚力的病是否可以治好。

那大夫说："你是他们的儿子？看长相不像。就咱们当地的医疗条件，这病治愈的可能性不大。"那人说完，上下打量了一下陈志远，然后摇了摇头，又说，"如果有钱的话，可以带病人去北京的大医院看一看。"

"有钱没钱，这病也得治。"陈志远说，"佳怡，你不是还有一个叔叔在北京的一家医院工作嘛，你托他给咱挂个号，咱带干爹去北京看病。"陈志远又对姚姗姗说，"姗姗，你就在这里照顾妈吧。"

陈志远拉着肖佳怡和姚力一路开车赶到了北京，经专家会诊，姚力因煤气中毒引发了血管炎，由于病情拖得时间比较长，已经没有了治愈的希望。在北京住院二十多天，陈志远花光了所有的钱，他与肖佳怡商量了一下，只得带着姚力回来了。此时，赵华娥已经出院，她为了减轻家庭和陈志远的负担，不得不将姚力搬回村里在家养病。此后，陈志远在没有公事的情况下，基本天天陪伴在姚力的身边，随着时间的推移，姚力的饭量逐渐减少，病情越来越严重。

樊国斌调来古家庄乡后，先去所辖各村走访调研，回来后便认真研读马文涛留下来的工作笔记。马文涛在日记中着重谈了月城村村两委班子的现状，强调该村急需重建党支部领导班子的重要性。一周后，樊国斌召开了全乡各村两委干部会议。

樊国斌说："目前，黄花产业作为全县脱贫攻坚的主要产业已经覆盖了全县的乡镇，黄花菜收入占主产区农民的人均收入的百分之十五以上，而且发展速度和收益还在逐年继续增快增大。我们古家庄乡发展黄花产业相对较晚，所以必须把黄花产业作为兴乡富民的支柱产业来抓，计划今年在全乡建成一个3000亩的黄花连片种植园区，在园区内新打机井17眼、安装变压器5台，实现园区节水喷灌全覆盖。同时，计划组建3个黄芪专业合作社，发展黄芪种植面积3000亩，加快全乡农民增收致富步伐。在大力发展黄花产业的同时，我们同时要兼顾旱作农业的发展。我们山西属于内陆半干旱地区，目前淡水资源缺乏，地下、地面水资源消耗多而补充困难，发展灌溉农业前景不容乐观，迫使人们把注意力投向了旱地农业。尤其是旱作谷物农业，是一种干旱山地的典型农业。"

此时，秦克勤突然连打了三个响亮的喷嚏。众人便把目光都集中在他的身上，秦克勤看看樊国斌，歉意地笑了笑，"对不起，天干物燥，鼻子痒得很。"

"估计这是老天要下雨了。"

有人这么一说，众人便哄堂大笑。

秦克勤回头瞅了那人一眼："你胡说什么？"

那人说："牛打喷嚏天下雨，不知你这书生打喷嚏后，老天会不会下雨？"

众人再次哄笑起来。

樊国斌用手指敲敲桌子："大家安静，这是在开会，别开什么玩笑。"他接着说，"不久前，我省召开了《关于加快有机旱作农业发展的实施意见》的专题会议，会议强调要让绿色有机农业成为山西农业的响亮名片。我认为，古家庄乡各个村子要因地制宜，积极挖掘本村的资源优势，在已形成的产业优势基础上，大打有机旱作农业新品牌。我非常赞同县委梅书记和刚刚离任的乡党委马书记提出的脱贫攻坚发展战略，在古家庄乡主抓黄花产业的同时，大打有机小杂粮品牌，尤其要以种植有机旱作谷物作为我们稳定发展的新目标。"

陈志远听到这里非常高兴，他此前内心里莫名的担忧顿时烟消云散了。待他抬头看时，樊国斌正盯视着他，那眼神里竟然有一种令人畏惧的冷峻。

　　樊国斌接着说："针对目前农村留守的劳动力严重老龄化的情况，国家重点支持大学生返乡创业，着力培养懂经营、善管理、高素质的农业现代化建设骨干队伍。同时，团中央还联合商务部启动实施了'农村青年电商培育工程'，鼓励农村青年利用电子商务创业致富。今年，咱们乡古家庄村也回来几位创业青年，他们依靠政策扶持，流转农民的土地，成立了一个黄花专业合作社，首批打造了千亩黄花产业基地，而且这个项目还会继续做大做强。"

　　陈志远趴在桌子上，他的心思早跑到了别处。后来樊国斌说了些什么，或者没说什么，他恍恍惚惚没了印象。待他听见有人在叫他，才发现此时人们都走光了，会场上仅剩下了他一个人。

　　"陈志远！"樊国斌喊了一句。

　　"对不起，我……"陈志远红着脸站了起来。

　　"睡着了？"

　　"没有。"

　　樊国斌做出一个让座的手势，然后挨着他坐下。

　　"既然没睡觉，你刚才想什么？"

　　"樊书记，我在想土地流转和合作社的事情。"

　　"你是怎么想的？"

　　"我在想月城村应该成立一个有机旱作农业合作社。但是，月城村到底该走怎样的合作经营模式。土地流转出去，虽然可以让村民有一个看似稳定的收入，但是这份收入毕竟是有限的，村民拿到一笔钱后，他们就失去了土地的经营权，并不能将他们从脱贫攻坚的浪潮中真正地带入小康生活，相反他们离开土地后，会坐等土地收入，一部分人容易滋生出好吃懒做的坏习惯。"

陈志远见樊国斌一直盯着他，以为自己说错了什么，又补充了一句，"樊书记，对不起，或许我说得不对。"

樊国斌皱着眉，还是那般严肃。

"你继续说。"

"眼下，分田单干效率低，的确需要一种新的发展模式。月城村民春耕秋收依然靠的是一架小驴车、一张犁、一头牛，一个整劳力一天也忙不下几分地。现在村民们的年龄大了，根本干不动，所以有些耕地只能撂荒了。那些耕地是祖祖辈辈开垦出来的，养活了一代又一代人，可是现在不仅地撂荒了，地堰都塌了，一个个缺口连成了片。塌了地堰，土壤就被风和雨水冲刷流失，老祖宗留下的土地就这么毁了。耕地大包干的时候，实行的是承包责任制，因为要交公粮、农业税等，交够国家的，剩下的才是自己的，所以人人心中便有了'责任'。可是，现在不交公粮和农业税了，那承包地种与不种也就无所谓了，老百姓心中没有了'责任'两个字，所以才会有现在的耕地撂荒现象。"

陈志远说到这里，不禁轻叹一声。停顿片刻，他接着说："月城村的耕地由于靠近大山，当初分田到户的时候，为了平衡良劣，土地划分得很碎、很小，为了公平，都是抓阄分田，一户人家的土地，要分到东西南北许多处。或许是因为这土地过于零散，现在的涉农企业很少有人愿意来流转月城村的土地，即使想流转也给不上价钱。所以，我想把月城村民拧成一股绳，由村两委干部和党员牵头，成立一个全体村民联合运作的合作社，土地还是各家承包的土地，但生产经营统一规划、统一运作、统一管理，收益则还是各归各家的。但是，这样的运作需要有一个前提，必须上现代化的农业生产机械，以弥补劳动力不足的问题。"

樊国斌说："过去人心齐，想做个事，大家都支持。听说，现在月城村人心很散，各自都有小算盘，意见统一不起来。你如何能做到让村民们拧成一股绳？"

"这个我知道。曾听我妈讲，过去村里的群众是一呼百应，修水库、修水渠，大家一齐上，不讲代价，花不了多少钱，甚至不花钱，就能建成大项目。包括村民自己建房子，过去是大家互相帮工，有的人连饭都不吃。现在变了，人心变得浮躁，变得只在乎个人利益，变得少了人情味。最大的问题是，现在有些事给钱也没人干。比如。春天建蓄水坝，过去都是村民自动组织起来上堤，现在给钱也没人干。因为老年人干不动了，年轻人根本就不在村子里，想把他们从城里叫回来很难做到。我认为，想要让群众拧成一股绳，先得从他们的思想做起。梅奕瀚书记曾说过：'三农'问题最主要的是农民改变自身的问题，农民的精神一旦出现贫困，什么事都难以干好干起来，只要帮他们找到精神的内核，自然可以拧成一股有力的绳。"

"你认为农民的精神内核是什么？"

"信仰缺失。"

"我赞同你的看法。信仰缺失便如一棵看似竖立着却根脚腐烂的大树，任何的风吹草动这树就会有随时倾倒的危险。你所谓农民的信仰，大约是指集体主义观念和个人自信，这对于我们全面建设小康社会尤为重要。当然，集体主义观念是要在自身观念的基础上进行反复淬炼，才能锻造出有容乃大、无欲则刚的胸怀；个人自信首先要建立在自己的自省、自强上，如果解决不了自身的问题，就永远站立不起来，更何谈民族自信。"

"樊书记，我所理解的没有您这么深刻。不过，就是这个意思。"

樊国斌再一脸严肃地问："你知道我为什么要留下你吗？"

"因为我蒙头开了小差，没有认真听樊书记讲话。"

"对，就是因为你开小差。不过，我喜欢你这样带着工作问题开小差。马文涛书记留下这本厚厚的工作笔记真是好，我是从他的笔记中认识了你，果然如他所言，你的确是个有潜力的青年干部。截至目前，月城村依然还是全县经济发展最为落后的一个村落，决不能让这个村子拖了全县脱贫攻坚战的后腿，只要月城村的群众彻底脱贫了，那咱们县的贫困帽子也就彻底摘掉了。"

樊国斌说到这里，话锋一转："你觉得你所说的那条路能走下去吗？"

"能，一定能走下去。但是，我不知道这条路到底能走多远多长。再过二十年、三十年之后，村里的这些老人大多数已经故去，他们的子孙不愿意再回来；即便是回来，已经四体不勤、五谷不分，留下来的耕地到底该怎么办？"

樊国斌将目光移向窗外，有灰喜鹊正在对面的树上筑窝，一股强劲的风吹来，那鹊窝摇摇曳曳，将他的心紧紧地系挂在那里。

党给了我一个好儿子

唐逸成立了月城村黄花专业合作社后，邀请黄雅萱参与管理合作社事务。

黄雅萱是一位有心之人。梅奕瀚第一次到月城村走访黄炳福家时，曾说过一句话："你们可以用秋后的黄花叶子编草帘子，或者还可以编些什么。如果把现有的黄花资源尽可能地利用好了，或许还能变成了财富。"梅奕瀚随口的一句话，却就此刻在了黄雅萱的心里。她曾用新鲜的黄花叶子小心翼翼地编织过几个物件，刚编出来倒是有几分好看，待放置些时日，那物件翠绿的颜色褪去，变得暗黄发黑，原本周正的物件也因为水分流失而变得歪七扭八。

秦克勤连续在领导面前碰壁，他已经有些灰心。他知道，之所以上边的领导看不起他，是因为他在涉农问题上根本谈不到点子上，更没有给月城村带来一点发展的机会。秦克勤在苦恼中也思索着月城村的出路，但还是找不出如何发展的头绪。这天，他看着黄雅萱痴迷于黄花叶的编织工艺，似乎一下子开了窍。他仔细端详着黄花叶子的长度、宽度、厚度及叶脉纹理等，然后说："要是能提高了黄花叶子的韧性，同时去掉叶子表皮角质层之间的绿色叶肉，这叶子就会变成一种很好的编织材料。"

"啥叫角质层和叶肉？"黄雅萱问。

"新鲜的黄花叶片，它的上下表皮间是由一层排列紧密的绿色细胞组织而成，通常人们把它称之为叶肉。"秦克勤看了黄雅萱一眼，无奈地笑着说，"细胞嘛，简单点说，就是形成叶片特别微小的颗粒。在这绿色细胞的最外面包裹的一层东西，叫作角质层或者是蜡层，它起到保护叶片的作用。如果去掉了绿色的叶肉，黄花叶子不仅会增加弹性和韧性，而且不会再变色，也不易再变形。"

"去掉了绿色的叶肉，那会是什么颜色？"

"那就成了无色透明的黄花叶子，我们只能看到它美丽的叶脉纹理。"

"克勤，如果这黄花叶子变成了无色透明的叶子，我们就可以让它再变成我们想要的颜色，到时候想编织什么工艺品，那就能随心所愿了。"

"是的，如果能做到这一点，这黄花叶子必定是最好的编织材料，说不定还可以加工成高档工艺品。问题是，该如何提取出黄花叶子的叶肉？"

黄雅萱的眼睛一亮，说："你是大学生，一定会有好办法。"

秦克勤思索片刻，说："我上大学时，曾见过有一个同学用桂花叶子脱叶肉后制作的书签，美得很。不过，他没有介绍过制作过程。按照我的理解，无非是两种方法，物理法和化学法。物理法就是上锅蒸煮后浸泡，再去除叶子的绿色肉质，但是这种方法费工费时，恐怕还达不到想要的效果。化学法可以用酵母浸泡发酵，或者是依靠化学试剂进行漂白，但是这需要反复实验。"

2016年8月，平邑县召开第十六届人民代表大会第一次会议。陈志远作为一名受乡里邀约的旁听公民，早早来到了会场。平邑县新当选的县长赵振宇在会上做了政府工作报告，他就全县的黄花产业、经济林、畜牧业、城镇基础设施、环境治理等现状分别做了总结回顾，并提出了"十三五"时期的奋斗目标和主要任务。

陈志远听着振奋人心的政府工作报告，内心里充满了激动，他憧憬着美好的未来。

正在此时，陈志远接到姚珊珊的电话。

"志远哥，我爹怕是不行了。"姚珊珊在电话中"呜呜呜"地哭着。

陈志远顿时惊出了一身冷汗。他嘴唇哆嗦着说："妹妹，你让干爹等等我，我立马回去，让干爹看我最后一眼。"

外面正下着雨，噼噼啪啪的雨点打在陈志远的脸上。一个小时后，陈志远开车赶到姚力的身边。陈志远一声声撕心裂肺般地哭喊着："爹，你不能走呀，我答应过要照顾你一辈子，你要活下来。"姚力只是微睁双目看了看，然后就闭上了眼。

肖佳怡前两天回了娘家，她忽然感觉心里一阵发慌。外面天空中黑沉沉地压着厚重的云，打南山下来的狂风将院子的一扇大铁门"哐当"一声吹开，街边老柳树的枝条上下狂舞，仿佛被这风吹掉了灵魂。

狂风刮一阵子，再停了下来，然后接着再刮。天空变得越来越暗，豆大的雨点开始"啪啪啪"打落下来。一只布谷鸟从树上飞过来，仓皇地躲在南房的屋檐下，它在大雨撕裂的呼啸声中显得那么凄楚悲凉。

肖佳怡看看手机上的表，已是黄昏，肖佳怡已经给陈志远打过十多次电话，然而他的手机一直处于关机状态。直到晚上十点多，陈志远才打过来电话。

"佳怡，手机没电了，刚才充了电。"

稍停，陈志远又悲戚地说："干爹去世了，你明天回来见老人最后一面吧。"

"啥？你说啥？"肖佳怡手握着电话傻愣在那里。

姚力去世，再一次给予赵华娥沉重的打击。在姚力病重期间，姚力的直系亲人竟没有人来看他，现在姚力死了，他们会来吗？赵华娥的心里一直惴惴不安，她知道那些年因病家里欠了亲戚们太多的债，实在拖累了很多的人。直到姚力出殡的前两天，姚力的两个哥哥和一个姐姐终于来了，他们只是悲悲戚戚地在灵前哭了一阵子，然后就匆匆走了。灵堂前只剩下姚姗姗、陈志远、肖佳怡三人，第二天出灵该怎么办？赵华娥犯起了愁肠，她禁不住泪水涟涟。

陈志远说："妈，你不用愁，明天我会让爹入土为安。"

陈志远以一个孝子的身份为姚力披麻戴孝，出钱出力忙前忙后，再次感动了月城村所有的村民，老人们纷纷议论着。

"这孩子不是亲人，胜似亲人呐。"

"月城村有这样的好干部，我们未来有希望啊。"

姚力出殡这天，全村的人都来帮忙送行。陈志远拉着灵头走在前面，把全村的人都看哭了，姚力终于得以顺利安葬。

不到四年时间，赵华娥失去了儿子，现在又失去了丈夫，这对于一个重度残疾女人来说，无异于晴天霹雳。赵华娥茶不思饭不想，内心里充满了绝望。陈志远便和肖佳怡陪在她的身边，每天给予安慰，又把赵华娥接到家里住，赵华娥终于有了生活信心。

陈志远说："我会尽一个做儿子的义务，今后我要让干妈不愁吃、不愁住，让您安度晚年。"

姚力走后，陈志远每月给赵华娥送去生活费，还每天去家里看看她。赵华娥逢人便说："虽然我失去一个儿子，但是共产党又送给了我一个好儿子。"

陈志远以共产党员的赤子之情，主动帮扶危难群众，彻底感化了月城村思想消极麻木的群众，自此这个曾经似一盘散沙的村庄凝聚力陡然提升起来。

有了秦克勤的指点与帮助，黄雅萱开始在家中自己做起了实验。她从黄花地里采摘回一些黄花叶放进一口缸子里，然后加入酵母粉浸泡了八天，那黄花叶子上的绿色素终于发乌了。按照秦克勤的指点，她用棉签顺着叶子的纹理去轻轻地擦拭，果然那叶肉便被清理下来，但叶片上留下了一股酸腐的味道和一层淡淡的暗黄，她再将叶片以含有低氯的水进行清洗，那叶片一下子清亮而干净。黄雅萱将清理好的叶片沥干水分，再让它慢慢阴干，那黄花叶子变得宛若蜻蜓的翅膀透明而有弹性，叶脉的纹理清晰可辨。

秦克勤拿起一片叶子试了试它的韧性，随后摇了摇头。

"怎么，这叶片不可以用吗？"黄雅萱忐忑不安地问。

"叶子的柔韧性还是不足，而且手感发涩。"秦克勤沉默片刻，忽然说，"我想起来了，当年我大学同学制作的桂花叶书签表面好像有一种胶状物，如果将黄花叶的叶脉经过一种特殊的浆液处理，不仅可以加强它的柔韧性和可塑性，同时大大提升了它表面的光滑度、亮度以及质感。"

此时的秦克勤瞬间找到了自信，他兴奋地抱住黄雅萱说："我已经找到了，我们终于找到了一条脱贫的出路。"

"你是说，这黄花叶编织的工艺品可以当作一项产业去发展？"

"当然可以，而且它的发展前景要远远高于其他材料的编织工艺品。首先，这黄花叶经过加工变成了一种透明物质，可以任意改变它的色泽；其次，这黄花叶保留了叶脉原有的生物纹理，其观赏价值极高；最主要的是，这黄花叶属于自然生植物叶，具有环保、时尚、高端、大气等显著优点。用这种黄花叶编织出系列工艺品，不仅具有观赏性，同时兼容实用性，如果投放到市场上，必将会脱颖而出大受欢迎。"

"我们现在没有叶脉胶该怎么办？"

秦克勤犹豫片刻，说："有一个人或许能帮得了这个忙，她在师范学的是化学专业。"

"你说的是肖佳怡？"

"是的。不过……"

黄雅萱抿嘴一笑,说:"我知道你是怎么想的。"

梅思雨大学毕业后,遵循她本人的意愿,她回到恒州市进入到公安系统工作。

梅奕瀚对于女儿的选择很不理解,以梅思雨优异的成绩,她本可以留在军校任教,学校也有这方面的意愿,为什么她要坚持回到恒州市?

这天傍晚,梅奕瀚难得有了空闲时间,他回到家里。

"思雨,你留在军校任教多好,为啥要选择回来?"

"因为大堰河。"

"大堰河?"梅奕瀚颇感惊讶。

"您还记得艾青那首诗《大堰河——我的保姆》吗?"

"当然记得,这和你选择就业有什么关系?"梅奕瀚看看梅思雨,再看看妻子祝彤,却见祝彤一脸沉静地想着什么。

"我就是因为去了一个叫大堰河的村子,才决定放弃留在军校任教。"

梅思雨讲述了春节开学后的一段实习经历。军校最后的一个学期,学校组织学生们去大别山南麓几个山村去参加社会实践活动,梅思雨恰好被安排在一个叫大堰河的村庄。这是一座封闭在山坳里的小山村,山沟里流淌着巴水的一条支流,出入外界仅一条泥泞的山间道路。梅思雨住在一个叫闰婆的老人家里。闰婆说,她有一个在村民们眼中"不务正业"的儿子,他偷偷将家里的一头水牛卖掉,换回了一台大堰河村老人们从未见过的笔记本电脑,还有一些书。他每天除了看书,便是趴在电脑上写些什么,隔一段时间背着电脑去了镇上,只有镇上才能上网,他便将自己写的东西通过网络发了出去,偶尔能为家里换回几十或者上百的稿费。家里的日子过得苦,闰婆的儿媳便成天跟男人闹意见,直到两年前她离开了男人,跑出去打工再没有回来。有人说她是被人拐走了,也有人说她是嫌弃家里穷,跟着别人跑了。闰婆的儿媳走了以后,家里的地靠闰婆一人打理,她儿子再没有心思趴在电脑上,便也去山外的城市里打工了，留给了闰婆两个孩子。闰婆既是祖母，又成了保姆，她用大堰河的水、山上的野果、地里的红薯哺育着两个刚刚懂事的孙子。她每天忙着劈柴烧火、喂猪喂鸡、下田劳作、缝补衣裳，一双皮肤皴裂流着鲜血的手，从来没有消停的时候，她还得用这双粗糙的手去抚慰两个失去妈妈的孩子。

梅思雨讲着这段过往，满脸忧伤的样子。她说，她在大堰河村的那段日子，承受着心里从来没有过的痛。她从闰婆的脸上看到的只有辛酸与无奈，每天的夜晚是孩子们疯狂想妈的时候，孩子们哭泣，闰婆跟着哭泣，大堰河流淌的水也在哭泣。

有一天，闰婆的儿子回来了，他是一位面容清癯却目光炯然的青年。他说，他牵挂母亲惦记着孩子，他的灵魂始终游弋在一个空荡荡的世间。他说，他算不得诗人，但他喜欢写诗，他喜欢艾青、顾城、海子、北岛，他喜欢他们骨子里一腔的挚爱与灵魂的高度。他还说，当下的一些诗人已经丢失了灵魂，他们漠视人间的冷暖竭尽献媚，他们在哗众取宠、在无病呻吟，他们在背叛与亵渎人间真实的黄土地。那天晚上，他朗诵了艾青的《大堰河——我的保姆》，他的声音慷慨悲壮，他用清澈的泪水将这首诗重新洗礼了一次。

梅思雨的眼里也有了泪。

"思雨，爸爸明白了，你选择回到家乡，是因为你的心里惦记着另一条'大堰河'。"梅奕瀚说。

"爸爸，其实我最想做的工作是和你一样，做一支芦苇扎根在泥土里。"

祝彤疼爱地抚摸着梅思雨的头发，说："孩子，芦苇之魂不在芦苇本身，而是长在人的心里。只要是心里装着信仰装着爱，你的工作岗位在哪里，芦苇之魂就会扎根在哪里。"

此时，一阵敲门声响起。梅思雨起身开门，却见芦甸村的谷雨拎着个袋子笑眯眯地站在门外。

"爸，谷雨叔叔来了。"

"谷雨，你可是稀客，快请进。"梅奕瀚和祝彤忙起身相迎。

谷雨将袋子打开，说："这是咱们村里产的糕面，还有清文妈晒的干葫芦条，我拿来一点你们尝尝。"

"这么远的路，你拿这些干什么。坐车累了吧，先坐下来缓一缓，待会儿咱们一起吃饭。"祝彤说。

"不了，我待会儿去大儿子清泉那里，他们等着哩。"

"我爹妈的身体还好吗？"梅奕瀚问。

"还好，只是地里的活儿干不动了。两位老人快八十岁了，别让他们再种地了。"

梅奕瀚顿时满脸的惭愧，他不禁叹息一声："唉，我和祝彤已经劝过多次了。去年腊月，祝彤专门将二老接了过来，想让他们就此放下那几亩土地，和我们生活在一起。可是，临近过年，他们还是执意要回去。他们说，住在城里憋得慌，闻不到大田里的那股子泥土气息，更是闻不到芦甸村的烟火味道。"

"你们可能还不了解两位老人的心思，他们是给奕瀚的心里打气哩。"谷雨说。

"打气？"祝彤颇为惊异。

"是的。奕瀚肩负着一个县老百姓的命运，他们害怕奕瀚会松动了心里的那根弦，只要是二老还爬在田垄里，奕瀚就会时时刻刻想着一件事，有千千万万的父母日夜牵挂着那片黄土地。"

梅奕瀚不禁满脸凝重地闭上了眼睛。

"你家清文今年也大学毕业了，这孩子找到工作没有？"祝彤赶忙转移了话题。

"还没有。"谷雨说，"我来就是想问问奕瀚，能不能帮一下清文。"

"什么事？"梅奕瀚问。

"清文参加咱们金城县政府公务员考试已经入围了，马上就要面试，清文担心面试时被打了下来。我知道你和咱们县里的关系很熟，能不能给清文说句话？"

梅奕瀚沉默片刻，说："政府招录公务员是一件很严肃而又严谨的事情，同时会坚守公平、公正、择优录用的原则，任何人不得徇私舞弊，清文不该有不必要的担心。谷雨，你让我去打招呼，这不是让我犯错误嘛？"

谷雨的脑袋低垂着，不再吱声。

"谷雨，你得相信咱们孩子的能力，同时你得告诉清文，放下心里的包袱去积极应战，是金子肯定不会被埋没。"梅奕瀚说。

谷雨慢慢抬起头，眼里汪着一层浅浅的笑。

"那只有看他自己的造化了。奕瀚，我走了。"

梅奕瀚看着谷雨临别时失望的眼神，不禁心生愧疚，发出一声轻轻叹息。

他乡忠魂

在范筱璇的帮助下，高怀德组建了一支三十多名大学生的创业队伍，成立了平邑县电子商务公共服务中心。该中心工作人员经国内知名电子商务运营师进行集中培训，已经形成了以微信社群、飞信群、淘宝、视频直播等多形式多途径的网络营销和在线直销农产品新模式。高怀德依然发挥自己在商场上多年打下的传统营销渠道，与全国各地客户建立了长期合作关系，还引进安徽一家大型餐饮连锁企业进驻平邑县，为该公司以及河南省各餐饮单位提供优质的黄花食材。

又到了黄花的采摘期，来自山东、河南一批又一批外来采摘工陆续来到了平邑县。梅奕瀚叮嘱皇甫一南，切实做好外来务工人员接待安置工作，组织党员与青年志愿者为外来务工人员提供力所能及的服务。

昨晚，梅奕瀚接到了范筱璇的电话，台湾华裕生物公司平邑县忘忧基地今天正式投入运营，同时将迎来首批中小学生在此举办夏令营活动。梅奕瀚忙完了手头的工作，便匆匆赶往这座集科研、贸易、教育、培训、实践、旅游、康养等为一体的现代化农业产业园。

此时，已经有一群一群的学生聚集在园区内，罗燕与一些工作人员忙碌而有序地组织学生们在园区内参观学习。范筱璇正接着电话，见梅奕瀚走至近前，她微微点头示意。

"林先生，梅书记过来了，你要不要和他通话？"

电话那头传过了一个声音："我现在有事，请代我向梅书记问好。"

范筱璇挂断电话，笑眯眯地看着梅奕瀚。

"难得你这个大忙人今天过来捧场。"

"筱璇，对不起，我的确是太忙了，没时间过来看你。"

"我知道，你忙，一南也在忙。我想，你今天来的主要目的不是过来看我，应该是为了这里的朝阳产业吧。"

"筱璇，你好歹有些陆小曼的文人风骨，不该如此直白。"梅奕瀚戏谑道。

"难不成要我转着弯儿与你演绎一段风花雪月？"

"那就免了吧。"梅奕瀚微微一笑，"对了，林先生怎么没有来？"

"他刚才打来电话说，深圳那边的一家公司有事要去处理。"范筱璇伸出一只手，像是孔雀亮翅，优雅地向前打开。

"走吧，尊敬的梅书记，带你参观一下。"

梅奕瀚说："这个园区建设得好，不仅为孩子们打开了一扇体验生活、体验社会、拓宽视野的窗口，同时为平邑县黄花产业向生物科技领域发展迈出了第一步。这两年，平邑县黄花尽管也延伸了一定的产业链，譬如黄花酒、黄花酱、黄花饼等，但只是作为一种食材没有脱离它最基本的用途。平邑县脱贫攻坚战已经进入到最后的冲刺阶段。如何巩固脱贫成果，如何持续稳定地振兴乡村发展经济，将是我们下一步的工作之重。如果能将黄花等农产品进一步拓宽产业链，转化为现代化的科技产业，那么我们乡村振兴便会注入核动力。当然，农村发展之路有千万条，但是科学技术作为第一生产力，已成为当代农村建设发展的决定因素。"

"这是'忘忧学校'，孩子们在这里上今天的第一节课。"范筱璇用手一指，"奕瀚，我非常理解你的心情。但是，科技只能改变人的生活，并不能改变了人的思想。如果人的思想出了问题，一切还是枉然。我认为振兴乡村经济，其首要因素还是人。"

"这也许是你开办学堂、创建'忘忧学校'的主要原因。"

"当下的市场经济，往往会刺激越来越多的人心存激进的进取心，这不仅对个人的成长不利，而且还会造成落后地区走向空巢式断崖式的衰败。"

"你说得很有道理。对于生存环境和提升空间的过分抉择，不但会加大自身成长发展的竞争压力，同时会不断拉大地方之间的贫富差距。无疑，这也是市场经济条件下留给社会的一大课题。"

"我认识一位广东人，他在恒州已经做了十几年的生意，涉及的行业五花八门。他说，北方人喜欢挨挨挤挤涌向南方发达城市去淘金，而南方人却是盯上了北方人丢弃在家门口的金子。他还说，北方不是缺少发展的空间，只是缺失发展的氛围。"

"氛围、氛围。"梅奕瀚似乎在自言自语。

范筱璇说："这边是我们的生物研发实验室，咱们进去看看。"

梅奕瀚想起一件事，问："晋商大会上，你赠送客人的礼物真空冷冻保鲜黄花是从哪里定制的？"

"从北京定制的，之后空运过来。"

"这项生物保鲜技术的确很好。"

"我猜你必定会在这上面动脑筋。告诉你个好消息，我不久前才得知，咱恒州市也有这方面的专家能人。"

"你说的莫非是咱们市国家级制冷技术高级专家杨帆？"

范筱璇惊愕地瞪大了眼睛，说："奕瀚，你的野心不小嘛，看来你早就认真做了这方面的功课。"

"那么好的一项产业能不着急嘛，我已经与杨帆同志取得了联系。两年前他与一家公司合作，参与一个县的蔬菜真空冻干项目，结果因对方撤资，白白付出了心血，这件事对他的打击很大。这次，咱们主动邀请他来平邑县创业，县委县政府会给予他全方位的支持与帮助，争取让这个生物保鲜项目为咱们的黄花产业开辟出一条新路。"

"他同意了吗？"

"他高兴着呢。他说，近日将会来与县委洽谈，并在今年正式成立黄花生物制冷保鲜公司。"

梅奕瀚正在实验室里参观，他的电话突然响起，是皇甫一南打过来的。

"奕瀚，出事了，山东来的采摘工吴艳霞突发心脏病。"

"什么？是和闫亚梅一起来的那个吴艳霞吗？"

"是的。"

"什么时候发生的事情？"

"她们刚从山东来，下车不久后吴艳霞的病就发作了，现在正在县医院抢救。"

"好的，我马上过去。"

梅奕瀚告别范筱璇，急匆匆地赶往医院。

吴艳霞是个有心之人。去年她和闫亚梅众姊妹来平邑县采摘黄花期间，梅奕瀚曾几次看望过她们。在闲聊中梅奕瀚说，山东的煎饼卷大葱是地道的民间美食，就如同平邑县黄澄澄的小米粥和油炸糕，一天不吃就想得慌。没想到，吴艳霞竟然把梅奕瀚喜欢吃山东煎饼卷大葱的事记下了，昨天她从山东出发时给梅奕瀚打了个电话，她说她给梅奕瀚带来了山东最好吃的煎饼和大葱。

县医院的急诊室外站了许多人，闫亚梅一看见梅奕瀚便泪眼婆娑地迎了上来。

"梅书记，艳霞她怕是不行了。"闫亚梅说。

"为什么她出示的健康证一切正常？"皇甫一南问。

"艳霞其实一直有病，那张健康证她是托人开了一张假的。"闫亚梅说。

"不管怎么说，救人要紧，大家先别担心。"梅奕瀚说着，便进入急诊室，吴艳霞经过抢救已经有了微弱的呼吸。

"她的病情怎么样？"梅奕瀚询问一个大夫。

"梅书记，恐怕……"那人摇了摇头。

"什么恐怕？只要有一线希望必须想尽一切办法进行抢救，马上送到市里的大医院。"

那位大夫还是摇了摇头，说："梅书记，已经等不到送去市里了。"

梅奕瀚的心瞬间像被什么猛地揪了一下，他感觉一阵钻心的疼。

也许是听到了说话声，吴艳霞慢慢睁开了眼睛。当她看到梅奕瀚守在自己的床前时，竟然露出了幸福的笑容。

"梅书记，谢谢你来看我。"吴艳霞声音低缓地说。

"艳霞同志，别害怕，你会好起来的。"

"梅书记，请抓住我的手好吗？"

梅奕瀚轻轻地捧起吴艳霞的手，就听她说："梅书记，对不起，我不该隐瞒自己的病，我的健康证是假的。"

"没关系，只要你的病好了，比什么都重要。"

"我多想再来平邑县干几年，这里的人民真好，我们能遇到你真好。"吴艳霞的声音越来越低。

"只要你愿意，病好后把家都搬到这里，以后就不走了。好吗？"

"好，好。"

吴艳霞微笑的脸上滑落下一行泪水。之后，她的目光缓慢地游动着，似乎在寻找什么。

"快叫闫亚梅她们进来。"梅奕瀚说。

闫亚梅和那些山东的姐妹们都围在吴艳霞的病床前，众人"呜呜"地哭出声来。

"不哭，梅书记在哩，大家不要哭。"吴艳霞说，"我走后，请把我的骨灰一半带回山东老家，一半就埋在平邑县的火山脚下，我爱这片土地，我想永远留在这里。"

"艳霞，你别胡说，别胡说，你会没事的。"闫亚梅"呜呜"地哭着。

"告诉……告诉我的家人，不能因为我离去，和梅书记他们……要一分钱。你们……你们替我……作证。"

吴艳霞的呼吸越来越短促，她目光呆滞地盯着闫亚梅肩上的包："煎……"吴艳霞的话没有说完，她的手便从梅奕瀚的手心里滑落下来。

"艳霞啊……"

闫亚梅慢慢打开了挎包，先是从里面掏出三根新鲜的大葱，接着掏出一罐山东大酱，再从里面掏出一个保温盒，打开保温盒，那里面装的是热气腾腾的山东煎饼。

"梅书记，这是艳霞专门带给你的。"闫亚梅哭着说。

梅奕瀚抱起那个保温盒，顿时感觉心脏向下一抖一沉一抖一沉，鼻子酸酸的一张一合一张一合，他的眼里满是泪水。

吴艳霞走后，按照她的遗嘱，将她的一半骨灰埋在了火山脚下，平邑县五大班子的领导和无数的群众前往送行。在这片古老的土地上，这位他乡忠魂可以永远安居在这里，去看黄花盛开的美景。

按照秦克勤的指点，黄雅萱在放土豆的窖窖里搭起几层架子，存储下一部分新鲜的黄花叶子。

这天，黄雅萱把肖佳怡邀请到家里，她拿出了加工好的黄花叶子。

"你看看，这是什么？"黄雅萱问。

肖佳怡不禁惊叫出声："太神奇了，这些叶子宛若蝴蝶的翅膀晶莹剔透。这到底是什么叶子？"

"黄花叶子。"

"不可能吧，我简直不敢相信自己的眼睛，黄花叶子怎么会变得如此美丽？"

"是黄花叶子。"秦克勤从西屋走了过来，"黄花叶子脱去叶肉后就会变成这个样子。"

"如果将这叶子制作成工艺品，一定很有市场潜力。"肖佳怡说。

"是的，你和我们想到一块儿了。只是现在还有一些问题需要解决。"

"什么问题。我是否能帮得上忙？"

"雅萱请你来就是这个意思。如果想将这黄花叶发展成为一项工艺品产业，我们还得有五项工作需要抓紧去解决。第一，通过酵母发酵提取黄花叶的叶肉所需时间比较长，最好是运用其他方法去处理缩短它的加工期；第二，目前加工出来的黄花叶柔韧度、光洁度、质感等还存在明显的不足，需要研发一种叶脉胶，然后人工给它上一层表皮的角质层；第三，黄花叶原材料加工，需要在每年黄花采摘期过后进行，在黄花叶尚未枯萎前采收回来，放在特定的温度和湿度环境中去储存，保证其不腐烂变质；第四，要派几个心灵手巧的女青年外出学习前沿流行的编织技术；第五，需要组织人才去各地进行编织工艺品市场考察与调研。如果把这五项工作做好了，那么我们的黄花叶编织产业作为一种新型产业，必将大受市场青睐。到时候，那些所有被废弃的黄花叶子将会变成群众致富的另一件宝物。"

肖佳怡的眼里是满满的兴奋，说："克勤，你不愧是一名大学生，我相信这项产业必定能火起来。刚才你说的那几个问题，后面三项不成问题。前两项需要反复实验，应该可以攻克这个难题。我虽然是学化学的，但是以我的才学，并不能独立完成这项工作，不过我会邀请我的大学老师前来协助我们的工作。"

黄雅萱高兴地说："那就说定了，咱们三人现在就成立黄花叶编织工艺研发小组。"

秦克勤颇为惊异地瞅了黄雅萱一眼，说："嚯，研发？想不到你会说出这样的一个词。"

"这还不是跟着你学的。这叫什么，挨着红的变红，挨着黑的变黑。"黄雅萱害羞地低下了头。

"那叫近朱者赤，近墨者黑。"秦克勤笑着说。

月城村土壤抽样化验终于有了结果，耕地土壤硒含量达每公斤九十二毫克。对于这一振奋人心的好消息，月城村民觉得这不过是树梢上偶尔刮过的一股风，风过时树梢会欣欣然动几动，风过后一切又趋于平静。就算是没有这所谓的"硒"，世世代代居住在月城村的村民，谁不知道自己种的粮食的确是好，可是粮食再好，还依旧过着清汤寡淡的日子。

陈志远当然了解月城的村民，这些人都是实坨子心，单纯靠这股空洞无力的风，并不能解决了村民们兜里的实际问题。此时，他已经有了一个自认为比较成熟的想法，便去找驻村扶贫工作队第一书记蒋坤。

"蒋书记，咱村耕地富含硒的事情你听说了吗？"

"听说了。"蒋坤正指导扶贫队员将扶贫对象的基本资料、动态情况录入到系统，他头都没抬便回答了一句。

"这可是一件大好事，以后必然能提升咱们村小杂粮的价值。"

"可我并没有看出群众有多少的欣喜和激动。"蒋坤转过身子说，"也许他们根本不懂得其中的意义，也许是他们并不在乎这些；或者是他们还始终处于麻木的状态，易地安置搬迁的事也并没有激活他们混沌的思想。"

"我想，蒋书记对他们还不是足够的了解。其实，他们啥都懂，只不过他们现在还是一台台锈蚀多年的老机器，缺少燃油和必要的护理。只要我们帮他们点着火，帮他们发动起来，他们会发出最大的马力。"

蒋坤摇了摇头。"我看不然。眼下，月城村的基础设施已经到村到户、产业扶持到村到户、教育培训到村到户、农村危房改造到村到户、扶贫生态移民到村到户、结对帮扶到村到户。扶贫工作队把该挖掘的资源优势都挖掘出来了，同时也把扶贫的政策含量释放了出来。我们出资金、赠实物、帮项目，彻底改善了村民们的生产生活条件。但是，似乎还是激发不起村民们自发脱贫的积极性。"

"月城村的村民是知道感恩的，只是他们大山般的实诚掩盖了深埋着的那股子涓涓细流，他们不善于张扬于外。他们的内力是在隐忍着的，是在集聚，是在等待突破口，而我们该做的是给予他们机会。"

"那他们还需要什么样的机会？"蒋坤反问道。

"蒋书记，县里去年又帮咱村打了两眼机井，但是目前的机井刚刚够黄花地的用水量。今秋咱村必须做好其他农田灌溉系统工程，为明年打响有机旱作农业战奠定必要的基础。"

"你打算还要我去筹措资金？"蒋坤大睁着双眼。

"虽然说咱们发展的是旱作农业，但是必要的水资源还是要有的，否则咱村每年的春苗都扎不下根。"

"你的意思是还得打灌溉机井？"

"是的。除此外，还需要置备大量的输水管，要引水至田，实现膜下滴灌，这样就不会浪费一点点水资源。"

"问题是，我已经再筹措不到资金了。"

陈志远给蒋坤倒了一杯水，他笑着说："蒋书记，不，我干脆叫您蒋叔吧。月城村全体村民都眼巴巴地盼着呢，您不能不帮这个忙。我知道，您已经为月城村的'四化'建设，村委会、新农合工作站的建设费尽心血付出很多，可是这水资源的事您不能不管。您是水务局的，应该有能力帮我们这里打几眼机井，输水管的事情我自己解决。"

"你这个小家伙，我真拿你没办法。"蒋坤说，"其实，这事我已经想到了。月城村现有的机井的确太少，前两天我打电话请示了老领导，他已经答应在咱们村新打三眼机井，近日即将动工。"

陈志远顿时高兴地说："我代表月城村民谢谢蒋叔，不，是蒋书记。"

此时，街道上传来春生的山曲：

> 一双那筷子不能分，
> 齐心协力才能出成绩。
> 麻油灯再亮离不开根捻，

644

你不添油来它就没火焰。

……

蒋坤问："春生怎么没去放羊？"

"春生和石磊两家的羊合在了一起，两人轮着放，这样谁家也耽误不了家里和地里的营生。"

"噢，这个办法好，养羊、照顾家、种地三不误。"

机井的事有了着落，陈志远便再去乡里，他将自己的想法告诉了樊国斌。

"你想让县里出钱购买浇灌用的输水管，这个应该不成问题，包括必要的生产物资和农业机械，县里都会给予积极支持的。"樊国斌说，"黄河水近期将注入桑干河，到时候咱们乡沿河一线各个村子严重缺水的问题将会大大缓解。眼下，你要做的事情是必须让村民们统一思想，确保明年规模化有机旱作农业集中春播能顺利进行。"

陈志远知道，月城村过去经过几次产业调整都没有取得成功，这在一定程度上已经挫伤了村民们的锐气。但是，这次集中推广的是有机旱作谷物，属于这个村子的传统农作物，村民们自然不会排斥。有政府免费提供生产物质，再加上有现代化农业机械统一从耕到收，彻底解决了劳动力不足的问题，村民们岂能不欢迎。只是，秦克勤如何看待这个问题，他是否会同意这样干。

回到村里，陈志远特意去看望秦克勤，如果没有他的支持，村里想开展任何工作都将是难题。

秦克勤自打当上了村支书，并没有他当初想象的那么风光。对于村里的具体工作，他明显感觉到力不从心，但是他又讨厌陈志远每每都会抢了自己的风头。眼下，村里的脱贫任务艰巨，如果不能带领群众走出泥潭，的确也愧对村里的父老乡亲。秦克勤正在家里心情烦躁，却见陈志远笑眯眯地走了进来。

"克勤哥，我来看看你。"

"你是乡里和村民们眼中的红人，咋想起来看我？"

"克勤哥，你别取笑我了。你是咱村里的村支书，再怎么说村里的大小事情还得你来掌舵。俗话说，红花还得绿叶配，我不过是在尽力配合好你的工作。"

"别什么红花绿叶的，啥事你说吧。"

"你知道，县政府的工作会议我去旁听了，那真是振奋人心。咱们县的大部分村子已经脱贫了，只剩下极少的几个村子还在拖后腿，咱们村子就是其中的一个。赵县长说，必须在两年内完成全县的脱贫工作，两年后进入全县乡村振兴阶段。咱村的情况你是了解的，农业生产一直没有走上正轨，群众致富缺少可靠的保障。现在省里提倡大力发展有机旱作农业，县乡两级政府也给了我们明确的目标，我们再不能坐失良机了。你是咱村的村支书，我想你一定已经感觉到了肩上的压力。"

"问题是，自打我一出生，咱们村的旱作农业就一直在搞，可还是落下个贫困。现在提倡有机旱作农业，加上'有机'两个字就真的能改变了现状？"

"一个人抱着石头过河，难免会有被淹没的危险。但是众人拧成一股绳，牵着这绳子过河，自然不会有什么闪失。我们现在要做的就是村党支部带头，把村民们拧成一股绳，带领大伙儿走上幸福的彼岸。"

秦克勤干咽了两下嘴："听说，乔日娜副主任在咱村下乡蹲点时，村里的这些党员也活跃了几天。但是，从根子上说，这些人就没把党员这个身份当做一回事。这么多年了，这些党员的党费都没交，这些人还能带动得了群众？"

"他们已经把所欠的党费都交了。"

"什么？他们交党费了？"

"是的。"陈志远笑着摸摸头，"我刚入党，又是村干部，自然就得以身作则，带好咱们的党员队伍。过去，村里的党员之所以不交党费，还是因为穷。现在好了，咱们已经乔迁新居，政府如此关心帮扶我们这些贫困村庄，我们就更不能给党员的脸上抹黑了。"

"依你的意思咱们下一步怎么办？"

"成立一个有机旱作农业专业合作社，带领大伙儿入股合作社抱团发展。眼下，当务之急是组织召开村两委成员及全体党员会议，先统一这部分人的思想，然后大家分头去做群众的思想工作，号召大家积极参与合作社的运营。如果不出意外，咱们明年就能打个翻身仗。"

"这不是又走回过去大集体的老路了吗？"

"不一样。那时候，村民们挣的是工分。现在虽然走的是合作化道路，但是桥归桥、路归路，各家还是自己承包地的所有收益者。我们之所以要走这条路，是为了充分发挥政府提供的机械化惠民优势，方便我们快捷高效地生产经营，最大化地获取劳动成果。"

秦克勤沉默了一阵子，然后点了点头。他清楚，如果月城村在脱贫攻坚的路上一直踏步不前，那他必将会被清出村干部的队伍。

次日，月城村村两委会及全体党员会议顺利召开。出乎陈志远的预料，会上竟然所有人都支持合作社的工作。有了这部分干部及党员的认可，群众工作便有了可靠的基础。陈志远便安排众人下去分头去做群众的思想工作，大家挨门挨户去收集群众的意见，倾听群众呼声，一桩桩厘清关系，一步步化解矛盾，让群众重新拾起了对村两委的信任。

随着田野里日日夜夜轰隆隆的打井声，旋耕机、播种机等农业机械也陆续停在了村委会的门前，县里支持的输水管道陆续铺满了田间地头。此时，月城村的村民真真切切地感觉到这次脱贫一定会大有希望。

一年的光阴转瞬即逝，转眼到了冬天。古家庄乡"冬季行动"紧锣密鼓地进行着。

为确保各项种植任务落到实处，樊国斌将全乡各村的各项工作进行责任分解，明确责任分工，并制定了"冬季行动"工作台账，抓好任务督促落实。乡里连续举办了三期黄花黄芪以及蔬菜、经济林种植技术和农业机械化培训班，月城村成立了有机旱作农业合作社。自此，古家庄乡的脱贫攻坚战也进入到冲刺阶段。

腊月二十九下午，梅奕瀚驾车与祝彤赶往金城县芦甸村。梅思雨因春节值班，不能回老家过年。

在车上，祝彤说："这次回去，你怎么面对谷雨？"

"谷清文已经考上了公务员，谷雨他应该高兴着哩。"

"可是，谷雨不仅是你的邻居你的发小，还在村里一直帮助咱爹妈，那次他专程去咱家找你，你却当面拒绝了他。"

"谷雨没有你想得那么小气，他不会因此事耿耿于怀。"

"但愿吧。"祝彤的视线看向远方，"中国人自华夏之初就以血缘、族群作为一种关系纽带，形成了亲情与熟人之间特殊的社会思维，这种文明与西方冷于人情世故，注重以'契约或者法律'维护彼此权益的社会思维迥然不同。有人说，这是国人的一种劣根性，我个人不觉得完全如此。譬如，亲情、族群、乡情，这种亲密无间的纽带关系，这是东方文化区别于西方文化的一种传统美德，同时可以大大提高人们对抗外来潜在的风险。但是，中国社会曾经长期采取人治而非法治，权力高度集中，却又不受监督。这样一来，就形成了干什么事情都要通过人找人人托人，慢慢地这种社会意识形态文化变成了熟人族群型文化，最后演变成了扭曲的价值观，社会运行被潜规则把控了，拉关系走后门，送礼行贿，贪污腐败，形成了一条恶性的关系链。"

"所以，我们党要严格法制，严抓党风建设，决不能让这种扭曲的关系利益链再危害社会。"

祝彤沉默片刻，说："平邑县很快就会全面脱贫了，以后你有什么打算？"

"脱贫工作之后，巩固夯实脱贫成果，创建最美乡村成了工作的重点。现在，越来越多的农村，他们对城市价值观的认可在侵蚀农耕的观念，而以现代城市的思维方式去构建农业文明的思维方式，这种发展方向是不可取的。"

祝彤点了点头，说："眼下，乡土文明的躯壳还在，但那古老淳朴的风景画、民俗画、风情画几乎都变了质。城镇化的发展加速了乡土的蜕变，变成了一窝蜂似的异域风情，完全失去了传统乡土的味道，而乡土与乡愁不再有明显的地域性和神秘性。"

梅奕瀚与祝彤一路上交流着，不觉已经到了芦甸村。

梅怀宇已经将村里的三位孤寡老人以及谷雨、二猴、倪东升请到了家里。此时，谷清文正与侯宝、倪小龙忙着在屋里屋外挂红灯笼。

"奕瀚叔，我不知道我爹曾去找过你，他呀真是不懂事。"谷清文说。

谷雨挠了挠头，说："我还不是担心怕你考不上。奕瀚，清文说得对，我那时太心急了。"

"你急也没用，得相信孩子们，咱家的孩子们应该个个有出息。"梅奕瀚微笑着说。

祝彤对梅怀宇说："爹，过年开春，你们二老说啥也不能再种地了。"

梅怀宇指着梅奕瀚说："我们种不种地你得问他，只要他能把平邑县的老百姓带出了贫困的泥窝，都过上了好日子，以后我们就不种地了。"

法不容恕

月城村再行村委会换届，古家庄乡党委直接任命陈志远为月城村支书兼村主任。之后，姚珊珊、崔小娟、石芽、小凯、陈小泉等一批青年都回到了月城村，分别加入了有机旱作农业合作社、黄花专业合作社。

猝然而来的换届，令秦克勤颇感意外。而换届导致他的落选，更是令他大为不快，他觉得自己是中了陈志远的圈套。秦克勤落选后，便命令黄雅萱彻底断绝与肖佳怡合作开发黄花叶编织工艺的事情。

黄雅萱知道秦克勤正在火头上，她表面上答应了他的要求，却私下里悄悄跑到肖佳怡那里。此时，肖佳怡已经请来了她的大学老师，他们三人继续做着黄花叶脱离叶肉及叶脉胶试制的实验。

不久，县里免费提供的薄膜、有机肥、种子等生产物质陆续运到了月城新村，村委会的院子里密密匝匝挤满了人。秦克勤挤在最前面，他抓了一把袋子里的谷物种子，便扯开嗓子吆喝。

"大家快看看，这是什么谷种？只有芝麻粒那么大，这种子能用吗？"

人们都挤上前，你一把我一把抓起来看了又看。

"感觉这谷种子是小了点。"

"是的，咋感觉这么小哩？"

"这东西你就不能盯着看，越看越眼花，越看越不中用。"

"差不多，以前的谷种好像也是这么大的颗粒。"

秦克勤说："就是差那么一点点，到了秋后吃亏的还是你自己。你们别为了省几个钱，最后自己哭晕了头。"

秦明喘着粗气说："大家别不爱听，老辈人留下的话不是没有道理。俗话说，身好谷穗大，母胖儿子肥。这种籽小了，秋天能给你结个大谷穗？"说完，他便挤出人群慢慢走出了村委会院子。

围观的村民便相互摇头，议论纷纷。

"这白给的东西能有个好？"陶利说。

"怕花钱的话，就用这个种子，一个愿打，一个愿挨。"贾兰兰说。

"走吧，回去吧，还是等等再说。这不是小事，别一年到头白干了。"吴进说。

正在这时，陈志远从乡里回来了。他看着人们三三两两走了出来，便知道情况不妙。

"马上要分种子、薄膜了，大家都回来。"

"你去看看那种子，大家不敢要。"陈孝安说。

"咋了？为啥不敢要？都回来回来，我向大家解释。"

陈志远看见秦克勤铁青着脸站在人群中，便明白了事情的原委。他上前抓了一把谷种，拿给众人看。

"我知道大家怀疑这种子，感觉与往年的种子略有不同，所以担心产量上不去。事实上，的确不同。咱们过去用的种子叫常规种子，这叫杂交种子，此外还有一种转基因种子。那么，啥叫杂交种子？它有什么好处哩？我给大家说道一下。"

陈志远将一把谷种放进袋子里。他说："杂交种子就是不改变物种的基因序列。通俗地讲，就像马和驴交配后而生出了骡子。"

"你不就是说这是杂种嘛，杂种算是什么东西！"秦克勤说。

"噢，原来是杂种。杂种的确不见得好，骡子有马好吗？"陈常有说。

人群中便爆发出阵阵哄笑。

"大家别起哄。"陈志远涨红了脸说,"我刚才打比方可能不恰当,咱们讲点科学知识。杂交种就是对某个品种的繁殖系统进行强制性的隔离,然后与另一个品种的整个遗传物质进行交配。杂交育种的最大特点就是取父母双亲的优势互补,这样的品种产量相对比较高。不过,杂交种子的后代性状很不稳定,会发生自然的性状分离。因此,杂交种子必须每年重新置备,不可从收获的种子中继续播种下一代。"

"实孩儿,你从哪里学的这一套?你说了半天我们听不懂,怎么还扯上了爹妈?好像和这谷种不沾边。"陶利说。

陈志远的脸显得更红了。他腼腆地说:"这些知识我也是从网上学来的,其实这里边有些道理我也不懂。"

众人便再次哄然大笑。

"你既然不懂,别拿这东西来糊弄村民。"秦克勤说。

陈志远看了一眼秦克勤,微微一笑:"这种子的确是好东西,这叫'张杂谷'。大家有没有听说过这句话:'南有袁隆平,北有赵治海。'我们现在准备分发的种子,就是赵治海科研出来的'张杂谷'最高效的种子,这种谷子具有根系发达、抗旱性强、适应性广、优质高产等特点。"

"这是什么名字,张杂谷?还不如直接叫'张杂种'。"陶利"嗤"了一声。

众人便又是一阵哄笑。

"这种子是张家口农科院两代人四十多年接力研究出来的一种杂交高产谷物,所以简称为'张杂谷'。这个谷种集高产、优质于一身,目前是一个理想的谷子品种。"

"转基因谷种不好吗?为什么不用那个谷种?"曹花问。

"转基因种子是由一种生物体基因变异的种子。据说,这种种子对于其他物种和人体会产生一定的危害。"

秦克勤接过了话茬:"'张杂谷'也好,'张杂种'也罢,你说它高产，谁能担保得了？一旦种子出了问题，谁来负这个责任？"

"我负责任。"陈志远说。

秦克勤轻蔑一笑，说："你凭什么负这个责任？你能负得起这个责任吗？"

"就凭我是村支书，凭我是一名党员，我就得负责。"陈志远说，"我保证，只要大家今年种了这个谷种，每亩地产量比往年最低提高三百斤。如果达不到这个目标，我来赔偿大家的损失。"

众人一听，便是一阵欢呼，人们再次围拢在谷种前。

"啊呀，想不到这种子这么好。一亩地多收入三百多斤。"

秦克勤讥讽道："大家别听他吹牛，他拿什么来赔？"

"我可以用自家在月城新村的一处院子作为抵押。"陈志远说。

秦克勤便哈哈大笑，"你赔得起吗？月城村今年预种谷子一千亩，按照你的说法，今年多收谷子最低在三十万斤，就按前两年谷子的价格算，那就是七十多万元。如果这产量上不去，甚至是低产或者绝产，你家那房子够赔吗？"

陈志远顿时又是脸红脖子粗。秦克勤的话虽然有些刻薄，但不是没有道理。目前，月城村刚刚聚拢起凝聚力，而这个凝聚力的核心又是什么？是诚信，是群众对干部最起码的信赖。那么，如何才能提升群众对干部的信赖，并确保农民们稳定而健康的收益呢？陈志远猛地眼前一亮，农业保险合作。想到这里，陈志远说："感谢克勤哥提醒。我建议大家今年全部参加农业保险，如果家家户户都参保了，万一有什么损失，岂不是有了保障。"

"说到底，还是让村民自掏腰包，你便能推卸了责任。"

"克勤哥，我的话还没有说完。为了确保各家各户今年种植'张杂谷'的收益，我自愿贷款为全体村民购买这份保险，如果达不到预定的产业效益，保险公司自然会赔偿大家应得的损失。"

庞炳元接话说："实孩儿是咱们看着从小长大的，这孩子诚实得很，谁不知道他倾尽所有去帮扶一个落难的家庭，还帮助村里许多的老人，咱们跟着这样的好干部，错不了。实孩儿是为大家着想的，参保农业险自然是好事，这个没有错，去年县里的一个合作社黄花受灾，保险公司就赔付了五百五十多万元。大家种地是为了自家挣钱，为什么要让实孩儿为我们去买这个保单？不合情理。另外，这种子是县农村局提供的，质量上肯定放心。无论什么时候，我们得相信政府。再说了，这种子产量这么高，谁不种才真是傻子哩。这俗话说，种地选好种，等于多两垄。"

秦克勤气呼呼地瞪了庞炳元一眼，便独自离去。过了一阵，秦明又气喘吁吁地来到村委会。众人便嬉笑着说："这秦克勤刚才咋呼了半天，还是让老父亲来领种子了。"

众人正在嘻嘻哈哈逗笑，秦明突然慢慢倒在了地上。陈志远吩咐人赶快叫秦克勤，他把老人先抱到自己的车上。待秦克勤急匆匆跑过来，老人竟苏醒过来。

"你们这是要把我弄到哪里？"

"爹，你刚才昏过去了，我们要送你去医院看看。"

"不用。"老人说着，自己坐了起来。"我就是这哮喘出不上气来，没有别的毛病。"

"叔，哮喘也是病，还是去医院看看吧。"

"我不去，没病。"

"叔，现在咱有新农合医保，看病不用花钱。"

"我真的没有啥大毛病，要不去乡卫生院看看，开点药。"

秦克勤拗不过父亲，只好说："行，咱就去乡卫生院。"

经过乡卫生院检查，老人除了患有哮喘，的确没有其他的毛病。一个大夫说："在这里输几天液就没事了，不用担心。"

此时，秦克勤看着陈志远，满脸的愧疚。

"志远，对不起，我不该鼓动村民与你作对。大伙儿选你当村支书没有错，其实我打心里也很佩服你。请相信哥，以后我一定会支持你的工作。"

经过数次反复实验，肖佳怡和她的老师终于成功研制出了环保型黄花叶脉胶，并采用无公害生化试剂，大大缩短了新鲜黄花叶的脱肉进程。经过加工的黄花叶，叶脉清晰，变得恍若丝绸般柔滑透明，结实而富有韧性，既可以编制各种高档工艺品，还可以制作黄花植物标本、夏威夷竹子盆景等。

黄雅萱用加工出来的黄花叶编织成一个茶色手提坤包，足见其精巧玲珑、光洁润泽、鲜亮夺目。坤包的包身通体由若干形似水仙花的花朵紧密有序地排列组成，在包身的右上方再嵌三个较大的玫瑰花朵，左边的提手上系一截枯茶色蝴蝶结丝带，丝巾上饰白色的缠枝莲纹。近看，坤包的每一条编织带上都有清晰雅致的植物脉络纹理。再上手去摸，柔滑细腻，恰似触摸到了婴儿的肌肤。

秦克勤看着眼前的坤包满怀激动。之前，他内心的焦灼与不安、羞愧与失落顿时烟消云散。他知道，这黄花叶子将很快成为黄花产业链中的又一条金链子。

樊国斌将黄雅萱编织的坤包拿给梅奕瀚看时，他不禁也发出由衷的赞叹。

"很漂亮的坤包。这是给你爱人买的？"

"当然不是，是月城村的黄雅萱托我带给你的。"

"她为什么要送给我这么一个包？估计这价格应该不低。"

"她是让你鉴定一下这包的好坏。"

"从做工来看，很考究，时尚大气，柔柔的滑滑的，给人一种高端大气的美感。这是从哪里买的？"

"是她自己亲手编织的。"

"是吗？黄雅萱竟有如此精巧的手艺，了不起。只是，这用的是什么材料？"

"咱们平邑县的黄花叶子。"

"你说什么？"梅奕瀚再仔细端详那个坤包，发现这编织材料带着自然的叶脉纹理，可是他无论怎么看，与平素的黄花叶子无法联系在一起。

"莫非真的是黄花叶子编织而成的？"

"的确是黄花叶子，经过提取叶肉等特殊工艺处理后变成了这个样子。"

"她怎么会想到用黄花叶子编织工艺品？"

"据她说，你第一次去月城村，曾经走访过她家，提到了这件事情。"

"哦，是有过这么回事，黄雅萱真是有心之人。不过，她好像没有上过学，难道这是她自己研发出来的？"

"是秦克勤和黄雅萱共同研发的。后来在黄花叶子泡发技术和柔韧性技术改进中，肖佳怡与她的老师也参与了这项工作。"

"秦克勤？就是月城村那个喜欢逢迎、爱说大话的村支书秦克勤？"

"是的，就是这位大学生，我对他看走眼了。"

"不仅是你，也包括我。"

梅奕瀚再端详了一下那坤包，不禁喟叹一声："唉，想不到他竟有如此的智慧。看来，我们过去的工作思路还是存在一定的纰漏。从秦克勤这个典型的事例来看，不是每一个大学生都适合去做村民的领路人。人性是复杂的，而能力表现又各有不同。秦克勤虽然生长在农村，但是他骨子里与世上所有的人一样，存在一种原始的自私与贪欲本能。人类除了舐犊之情外，自私与贪欲从来没有消失过，只是有了社会公共道德的约束和严厉的法律制度规范，才主动或被动地收敛了起来，从而彰显出正义、公正、公平、无畏、无私的精神风采。事实上，社会公德的约束，在自私而膨胀的贪欲面前，简直是不堪一击；要想真正健全一个人的灵魂，必须得依靠严明的法纪。如果一旦法而不严、法之不行，上下

656

沆瀣一气，那么再频繁的社会公德教育、信仰教育和法制教育，都不过是给肮脏的灵魂遮挡了一个面具。"

梅奕瀚将坤包轻轻放在桌子上，说："秦克勤之所以暴露出狭隘自私的一面，他初始的价值观就有错误，他不仅希望得到村民们对他那点小小权力的认可，还包裹着向上攀爬的野心，而他既不熟悉农村的具体工作，又不会处理与群众之间的关系，陈志远却又带给了他一定的压力。所以说，我们以后在选用人才时，不能仅看重文凭，而是应根据其各自的潜能去区别对待，像秦克勤这样的人才并不适合去做村干部。"

"是的，是我们的工作失误。"樊国斌说。

"不过，秦克勤并不是没有优点和优势，他毕竟是一个知识性人才，他有陈志远所不具备的文化素养，或许是某一个灵感而来，便能敏锐地发掘出有价值的东西。你看，这黄花叶深加工编织技术，必将会成为我们黄花产业链中的一项瑰宝。"

"梅书记，我们下一步该怎么做？"

"立马启动这项研发技术。先以月城村作为发展试点，成立第一个黄花叶工艺品开发专业合作社，由秦克勤直接担任合作社的负责人。接下来根据发展需要，县里将给予资金扶持。黄花叶深加工需要等今年秋季黄花采摘结束后才能展开工作，眼下先建好所需的基础设施，选派得力人才去外面参观学习，要拓宽编织工艺和其他工艺开发视野，争取让这小小黄花叶发挥出它最大的价值优势。"

在驻村扶贫队员的帮扶下，月城村有机旱作农业生产有条不紊地进行着。

清明一过，按照月城村有机旱作农业合作社的统一工作部署，上千亩的耕地仅用十余天时间便完成了从旋耕到播种的作业，这是月城村民过去从来不敢想，也从未见过的事情，每个人的脸上除了惊奇，便是按捺不住的欣喜。农业机械化的普及投入，不仅可以做到深耕、深翻、秸秆还田，提高土壤的蓄水能力和保墒能力，同时可以均匀播种、机械覆膜、压边等复杂的农事，几乎完全取代了人工操作。月城村的村民人人乐在嘴上，甜在心里。

与此同时，月城村黄花叶工艺品开发专业合作社正式成立，编织厂房、成品展示馆、新鲜黄花叶储备恒温保湿库等也相继建了起来。秦克勤让月城村民以户入股，共同参与合作社运营，并派遣黄雅萱、肖佳怡、姚珊珊、石芽等人外出学习，而他自己也拿着黄雅萱编织的黄花叶工艺品，奔赴各地进行市场考察调研。

清明高粱谷，谷雨种瓜豆。富硒杂粮种下后，扶贫工作队与月城村委两班人，再组织群众合理利用沙地种植富硒甜瓜，再培育富硒黄花菜，一茬新的希望便就此扎下了根。尽管春旱依旧，然而得益于政府和扶贫工作队扶持的全覆盖滴灌系统，月城村有机旱作农业基地的谷苗却是长势喜人。人们走在田埂上，仿佛可以听得到庄稼愉快的拔节声。

5月，天地始交，万物竞秀。地里的谷苗更是见风就长，郁郁葱葱。庄稼在长，村民们的心思也在长。陈志远似乎更着了迷，他只要一有时间便守在有机旱作农业基地，看着田垄里蓬勃生长的希望，他内心里的希望也越飞越高。

入夏后，田里的谷子已成了平展展的一片海，硕大的谷穗一行行一排排挨挨挤挤。或许是受了陈志远的影响，月城的村民们有事没事都爱到这有机谷子基地或者黄花地里去看看，他们喜欢与这田里的谷子比个头，今天比罢明天接着再比，一比再比，他们便惊讶地张大了嘴，之后一个个乐呵呵地认了怂。

陈志远过去每隔半个月都会去市里看望天彩梅，后来村里的工作越来越忙，他只能是一个月去看望一次。肖佳怡与陈志远商量，最好将偶遇天彩梅之事告诉给母亲辛玉兰，征求一下老人的意见，如果老人不反对，天彩梅便可以经常来月城村，如此陈志远便少了一年四季两头来回跑。陈志远说，他一直担心怕因此伤了母亲辛玉兰的心。肖佳怡说，这个你放心，可以先试探一下母亲的心思。

肖佳怡趁陈志远不在家，便问辛玉兰："妈，咱村里人说，志远是爹打他婴儿时抱回来的，后来我问起过志远，他承认有这回事。"

辛玉兰叹息一声，说："是哩，这孩子打小就命苦。他爹临走那年还说过，让实孩儿去认他的生母。他的生母来过咱家一次，是个很好的女人，当初她是迫不得已才将实孩儿送了人。那年，实孩儿他爹还在，我舍不得养育了五年的孩子，硬是将他的生母逼走了，她临走时还留下了她的名字和地址。现在，我的年纪也大了，再帮不上你们什么忙，如果实孩儿能找到他的生母该有多好。"

肖佳怡顿时非常高兴。她说："妈，您真是好心人。实孩儿那两年在城里打工时，遇上了一个卖馒头的女人，叫天彩梅，曾经住在市里的石头巷，她对志远特别好。您说，会不会就是志远的亲生母亲？"

"是哩，就是她，石头巷天彩梅，实孩儿他爹还在本子上记着哩。"辛玉兰说，"老天爷长眼哩，终于让这对可怜的母子团聚了，我家实孩儿有福哩。"

"妈，这事真是巧。那您说，志远该不该认他的生母？"

"傻孩子，怎么能不认哩？那是实孩儿的亲妈，他是天彩梅身上掉下来的肉。如果实孩儿不认他的亲妈，看我不打断他的腿。等实孩儿回来，我让他去认亲妈。"

"妈，您真好。"

得到了辛玉兰的支持，陈志远便可以公开放心地与天彩梅进行接触了。

第二天，陈志远便兴奋地给天彩梅打去了电话，可是电话那边一直没人接听。陈志远接连拨打了几次，电话终于接通了。

"姨，我有一件喜事要告诉你。"

"我是骆兰，什么事可以跟我说。"

"骆兰姐，你啥时候回来的？姨哪去了？"

"我前两天回来的。我妈她……"

"骆兰姐,姨到底去哪了,发生了什么事?"

骆兰迟疑片刻,说:"我妈四天前出去卖馒头,被车撞了,现在住进了医院。她不让我告诉你,怕你担心。"

陈志远闻听此言,顿时心急如焚。

"骆兰姐,你咋能这么糊涂哩?姨有危险吗?"

"幸好她只是一条腿骨折,半边身子擦伤,没有生命危险。"

"好,我马上就过去。"

陈志远将天彩梅遭遇车祸的事情告诉了辛玉兰,辛玉兰执意也要去看望天彩梅。

当辛玉兰看见病榻上的天彩梅浑身是伤,不禁流下了眼泪。

"好妹妹,姐来看你了,是我对不起你,当年如果让你带走了实孩儿,或许就不会遭这么多罪了。"

"姐,当年是我不对,我不该去你家,伤了你的心。这么多年你含辛茹苦把他养大成人,我得感谢你呀。"

"现在好了,你们母子团聚了,实孩儿他爹在天之灵看着也高兴哩。"

"姐,我的好姐姐,你真是个好心人。"天彩梅的眼里泪花闪闪。

辛玉兰转身对陈志远和肖佳怡说:"你们还不赶快上前认妈?实孩儿,这是你的亲生妈,她的心里一直惦记着你。"

陈志远一下子跪趴在病床前,他轻轻扶起天彩梅的一只手,凝噎再三,然后哭着喊了一声:"妈……"

屋子里所有的人都哭了,人们喜极而泣。

恒州市生物制冷保鲜开发公司在平邑县正式挂牌成立。

梅奕瀚参加完该公司的开业庆典后,天开始下起了雨,他打算去月城旧村看看,这座千年古驿所留下的"遗珠"到底该作如何打算。

车至古家庄村时,梅奕瀚看见有一个穿雨衣的人正用竹竿横扫一片黄花地，随着他舞动着竹竿，那黄花一片片四处飞溅纷纷倒下。

梅奕瀚打开车门，急匆匆走到地垄前，大喝一声："住手！"

那人看到梅奕瀚后，慌忙丢下手里的竹竿。

"你过来，我有话问你。"

那人怯生生地走了过来。

"你是刘三？"梅奕瀚惊叫出声。

"是哩。"

"你不是在县城里开削面馆吗，怎么会在这里？"

"自打梁明义那门面房子拆掉以后，我就回村种地了。"

"你为啥要将这好端端的黄花用竹竿糟蹋了？"

"我……"

"说话！"

梅奕瀚声嘶力竭的怒吼，吓得刘三哆嗦了一下。

"我没有劳力，无法侍弄，要这黄花没用。"

"既然没用，你为啥要种黄花？既然你有这么大的精力糟蹋这黄花，为啥就不能好好去侍弄它？"

"我种的后悔了。"

"胡说！你今天必须说明实情。"

刘三一看，无法再搪塞过去，便只好交代实情。原来，刘三眼瞅着别人种黄花发家致富，自己也动了这心思。他听说，种一亩黄花政府给五百元扶持资金，而且黄花投保自然灾害险后，每亩最高可以获得五千元的理赔补偿金，更是动起了歪脑子。梁明义的房子拆掉后，刘三又租了一个小门面房，留给他妻子去打理生意，刘三则回村种下十亩黄花地。但是，刘三很少去打理，而是一门心思地盼着下冰雹。邪恶一旦浸入人的脑髓，就会利令智昏。刘三每天关注天气预报，他知道今天下雨，便赶到地里用竹竿狂打黄花，制造冰雹袭击灾害的假现场，以此希望获得保险公司的理赔。

梅奕瀚听了刘三的讲述，恨的是咬牙切齿："刘三啊，刘三，你真是利欲熏心胆大包天，竟然想出如此拙劣的手段骗取国家保险。你知道这是犯法吗？"

刘三顿时吓得面如土色："梅书记，我知道错了，您原谅了我这一次吧。"

"你如此心怀恶意，法岂能容你！"梅奕瀚说罢，司机小李便给古家庄乡派出所打去了电话。

工夫不大，一辆警车呼啸而来。刘三在被带上车的那一刻，他看见梅奕瀚走进黄花地里，捡起被打折的黄花花茎，表情凝重地端详着。

到达月城旧村时，雨停了下来。梅奕瀚从村子的北段慢慢走到南段，然后又走进废弃的农家院落进行查看，他边走边思考着什么。

庞庆和不再到过去那座土丘上呆坐了，而是每天会到村里谷子基地的地头间蹲上一阵子，一蹲就是半天。谷海将他包裹着，又像是托举着，他显得那么渺小，似乎是一枚单薄的叶子，随着绿色的波浪飘飘悠悠。他的心思飘到了哪里，村民们无人知晓，但是人们发现他过去浑浊的眼里渐渐变得有些明亮了。

陈志远早站在了庞庆和的身边，他不忍心打乱老人细密如丝的心思。或许是陈志远为庞庆和遮了一片阴凉，庞庆和突然感觉到了些许的舒适，他抬头看看天，天上没有一片云，他便转回身子看，却见陈志远满头大汗站在他的身后。

"庆和叔，想什么哩？"

"不想啥，我活了一辈子，从来没见过这么好的庄稼。"

"我记得您今年种了二十多亩谷子。"

"是的，二十三亩。"庞庆和叹息一声，"唉，早几年遇上这样的光景就好了。现在再好的庄稼也没用了，收入再多的钱也没用处了。"

陈志远知道，庞庆和又在想庞伟了。

"庆和叔，您别泄气。或许，庞伟哥还会回来。"

"回啥哩，回不来了。我就当他已经死了，我只是可惜了这么好的庄稼。"

"庆和叔，可不敢这么说。"陈志远说完，停顿了一下。"就算是庞伟哥不回来，您还有小孙子福强，您还有我哩。我叫您一声叔，就是您的侄儿。侄儿也是儿，我就是您的儿子，以后我来照顾您。"

庞庆和的嘴唇微微颤抖着。

"孩子，我知道你是个好孩子，有你这句话，老叔心里就亮堂多了。以后老叔啥也不想了，好好活着，这好日子还在后头哩。"

月城村唐逸组织的黄花合作社采收加工工作刚刚结束，秦克勤带领的黄花叶工艺品深加工正式开工。

眼看到了秋收季节，田野里已是一片金黄。收获已定，目测今年的谷子足可以每亩增收三百斤。然而，陈志远却是一点也高兴不起来，反而心里泛起莫名的忧虑。

肖佳怡很明显地看出了陈志远焦躁不安的情绪，便说："合作社头一年运营，便打了一个翻身仗，可以说你已经收拢起了村民散乱的心。眼下收获在即，你还愁什么哩？"

"村子里重点发展有机旱作杂粮这条路是对的，但是再好的种子所能提升的产量毕竟有限，如果不能提升它潜在的价值，而是跟着市场被动地随波逐流，那么这个产业的发展终究还会遇到瓶颈。"

"你是愁粮食卖不出去？"

"我所愁的是市场价格一直疲软，愁的是再好的粮食也卖不上一个好价钱。如果想在媒体上做广告，对于一个尚未脱贫的村子来说，显然是一件遥不可及的事情。"

"我刚在网上建起了电商渠道。"

"电商尽管是一条好出路，但是需要一个被消费者接受认可的过程。我在想，到底该如何快速地打开这条价值通道呢。"

陈志远在屋子里走来走去，他突然想起了小时候去县城卖小米的事情，顿时眼前一亮。他说："我得赶快去看一个人，三鑫农副产品有限公司的老总姜大伟。"

三鑫公司如今已经发展壮大，迁到了恒州市经济开发区。这里原来有好几个村庄，后来城市的医药工业园区及商业贸易网点被集中安置到这里，这些村庄便消失了，连同耕地都变成了一排排厂房，还有四通八达的水泥路和休闲广场。此地原来的村民都被安置进城市里，他们破天荒地做了一个好梦，靠出让家庭承包的集体土地一夜之间都成了暴发户。

对于陈志远的来访，姜大伟满心欢喜。他开门见山地说："月城村富硒小杂粮的消息已经传遍了全县，我正打算这几天去你们当地了解一下具体的情况。既然你亲自来了，咱们谈一谈合作事宜。"

"我来主要想和你谈谈价格的事情，还有你们的销量。"

"销量不是问题。据市里的一位文化学者说，恒州市桑干河一带的粟米曾经是北魏的'九如贡米'，这是历史留给我们的金字招牌，其经济价值和文化价值自然不言而喻。目前我们正计划申请注册该商标，要把'九如贡米''九如贡菜'这两个历史文化品牌很好地传承下去。另外，最近通过省里权威机构化验鉴定，你们那里的小杂粮富含硒，这又是一个大卖点。尽管如此，我们还是要严把质量关，现在关键要看你们那里的粮食是否是真正的有机粮食。如果你们种的小杂粮不符合有机粮食标准，即便价格再低，我们也不会收购的。"

"姜总，我们种的就是有机旱作物，统一使用有机肥，更不会存在农药残留，这个你放心。"

"不放心。"姜大伟说，"我得为消费者负责。如果咱们能合作，我们会对拟收购的粮食进行抽检化验，符合标准才能收购。另外，我们之间还会签订供销合同，一旦你们提供的粮食存在安全问题，就得赔偿我们所有的损失。你敢签吗？"

"敢签，怎么不敢签。只是，你们公司能给到什么价格？如何结算？"

"价格嘛，我们可以高于今年国内同类粮食的期货行情进行收购。譬如，今年的谷子价格在两元左右，我们可以出两元五角的价格进行收购。当然，眼下正是全县脱贫攻坚战扫尾阶段，我们公司也得出力，就算少赚钱也要把咱们的'九如贡米''九如贡菜'品牌打出去，要提振农民朋友大力生产的积极性，所以我们出的价格也许还会更高。至于结算好说，只要签订了合同，公司都将以现金交易进行结算，这个你不用担心。作为合同一方，我们也会签订信守合约，倘若我们公司不履行合约，也会赔偿农户的所有损失。"

"那我们什么时候可以签订合同？"

"毕竟是初次合作，明天我们公司会派人去你们农田里抽取小杂粮样本进行化验，如果符合我们的要求，就可以签订合同。"

陈志远从三鑫公司走出来时，只感觉精神抖擞，仿佛天空也比往日蓝了许多，蓝得让人心里宽敞明亮。

第二天，陈志远在村子里等了一天，却没有三鑫公司一点音讯。陈志远给姜大伟打电话，他的手机一直处于占线状态。

肖佳怡说："一准是三鑫公司不想和咱们签合同了，姜大伟故意将你的电话设为黑名单。他不愿意合作，你即使去找他也没有用。倘若他借机压低了收购价格，岂不是寒了村民的心。"肖佳怡又说，"村里的电商运营平台虽然建了起来，但是在浩如烟海的网络里，我们那平台就是沧海一粟，眼下根本起不到应有的销售效果。"

陈志远便感觉心慌意乱的，一时不知该如何是好。正在这时，陈志远的电话响了，是一个陌生的号码。他接通了电话，对方说，"我是三鑫公司的，受总经理姜大伟委托，打算明日赴月城村有机旱作农业基地抽取小杂粮样本，如果化验结果没有问题，马上签订今年的供销合同。"此时，陈志远那颗悬着的心终于放了下来。

一周后，三鑫公司的抽检结果反馈回来，月城村的小杂粮完全符合收购标准。这天，姜大伟亲自来到月城村委会，与合作社签订正式合同。出乎所有村民的预料，三鑫公司给的合同收购价竟然高达三元。

金秋的田野上，随着收割机有条不紊地运行，一袋袋金黄的富硒有机谷子装进了三鑫公司的运粮车。随后，有机高粱采收后，经薛存三帮助卖给了茅台酒厂；玉米则就地供给本地医药原料厂。这一年下来，月城村有机旱作谷子每亩收入超过了两千五百元，加上黄花收入，人均纯收入达一万元以上，首次实现了全民脱贫。庞庆和一家更是收入颇丰，他怀抱着厚厚的一摞子钱，激动得老泪纵横。

有机旱作农业稳定高效的收入，大大激发了月城村民致富奔小康的积极性。

农事一结束，月城村邀请市晋剧院前来热热闹闹连唱了三天大戏。这是该村自改革开放后，第一次隆重举行的全民联欢活动。

花开平邑

2018年1月，丁毅调任古家庄乡党委书记，张志调任乡长。

2018年2月9日，由于平邑县连续几年迅猛发展，国务院决定撤销平邑县，设立恒州市平邑区，梅奕瀚继任区委书记。自此，贫困、落后、古老的平邑县成为了历史，一个崭新、繁荣的平邑区随着东方的太阳冉冉升起。

撤县设区，不是一个行政区划的简单变化，它是一个地区经济发展达到一定程度的必然结果。平邑区建立后，不仅大大提高了城市化水平，而且为全区经济的可持续发展注入了新的活力。

月城村民更是干劲十足，他们按照三家合作社的统一生产部署，扩大了黄花和有机旱作谷子的播种面积，其中三千九百亩耕地合理轮作倒茬，增施有机肥料，增加有机旱作农业耕作层涵养水分的能力，新的一轮希望已经蓬勃生长起来。秦克勤组织生产的黄花叶工艺品订单持续增长，产品已经行销全国各地。

盛夏一场雨后，陈志远难得有了片刻的闲暇时间，他带着肖佳怡畅游在桑干河边葱茏的黄花地里，田里有几个人正俯下身子查看黄花的苗情。此时山峦竞秀，山顶之上碧蓝的天空架起一道彩虹。肖佳怡望着眼前的美景，回想这几年平邑区的巨大变化，禁不住满怀的感慨。

"志远，你快看，这真称得上是人间芳华。多美的桑干河，多美的云州！"

肖佳怡说完，信手摘了一朵黄花。陈志远看见，花蕊上有一串清露滚落下来，便急忙用手掌去接住。

"你知道吗，蝉是一种很圣洁的动物，它的一生习惯饮用这清澈的甘露，纵然渴死也不会去沾染污浊的东西。"

"做人啊，也应该学一学小小的蝉。有你在我身边，我能学到很多的知识。"陈志远说。

肖佳怡又去摘黄花，她边摘边吟诵起《周南·芣苢》：

采采芣苢，薄言采之。采采芣苢，薄言有之。
采采芣苢，薄言掇之。采采芣苢，薄言捋之。
采采芣苢，薄言袺之。采采芣苢，薄言襭之。

肖佳怡吟诵完毕，然后笑眯眯地看着陈志远。

"你知道我刚才朗诵这首诗的意思吗？"

陈志远脸一红，然后摇了摇头。

"这是《诗经·国风》里一曲劳动的欢歌，是当时人们在采芣苢时所唱的歌谣。诗中写出了劳动的过程和场面，充满了劳动的欢欣，洋溢着劳动的热情。这首诗采用重章叠句，反复咏唱，以鲜明轻快的节奏、和谐优美的音韵，抒发了纯真的思想感情，表现了劳动人民欢快的情绪。"

"我刚才采摘黄花的场景不欢快吗？"

"不只是你欢快，我还高兴着哩。"

此时，陈志远和肖佳怡忽听得背后有人说："解读得好！"他们转身一看，竟然是区委书记梅奕瀚和乡党委书记丁毅。

"梅书记、丁书记，你们怎么会在这里？"陈志远的脸瞬间通红，他局促不安地站在那里。

"别紧张嘛。咱们乡这片黄花地明年就进入主产期了，梅书记一大早过来实地查看黄花苗情。"丁毅说。

梅奕瀚笑眯眯地端详着肖佳怡，说："你知道这苯苢是什么东西吗？"

肖佳怡眨眨眼想了又想，然后摇摇头。"梅书记，恕我学识浅薄，我只知道这是一种植物，不清楚具体是啥。"

梅奕瀚径自走到大路的田埂边，低头左转转右转转，一会儿便回来了，手里拿着一株植物。

"车前草？"陈志远惊叫一声。

"是的，这'苯苢'就是车前草，一种喜欢生长在路边的植物。"梅奕瀚说，"'苯苢'为车前草一说，在多部古典文献中有记载。譬如，西汉的《毛诗故训传》，两晋的文学家郭璞、宋代理学家朱熹等都在他们的著述里提及'苯苢'便是车前草。当然，也有一部分文献认为，'苯苢'是薏苡，它的果实就是我们现在所说的薏米。譬如，《山海经》《说文解字》等文献便是持以这样的观点，近现代学者闻一多等人也认为'苯苢'是薏苡。那么，'苯苢'到底为何物？截至目前争议还是很大，其中把'苯苢'当作薏苡的人们认为，我国的薏苡栽种历史悠久，从周朝开始便有种植，薏苡作为农田里的一种杂粮作物，劳动者愉悦地去采收更合乎情理；而车前草虽然也可以食用，更多的是作为一种药材去使用，更何况它的种子极其寥落，毕竟不能当作一种可以供养人类繁衍生息的劳动果实去采收。"

梅奕瀚说到这里，向四野里看了看。

"其实，人们在理解这首诗时都忽视了一个最严重的问题，那就是社会问题。《周南·苯苢》是《诗经》十五国风之一，《诗经》是西周时期带有地方特色的民间歌谣。西周是什么社会？那是奴隶社会，所有的劳动人民都是奴隶。作为一个个奴隶，不仅自己没有一分一厘的土地，而且吃不饱穿不暖，更要惨遭压迫虐待。就算是那地里种的是薏苡，他们挨着皮鞭饿着肚子去采'苯苣'，怎么会产生愉悦的心情呢？唯有一种可能，就是他们在极度的饥饿中去野外采摘车前草借以充饥，也唯有如此他们才会有短暂、愉悦、紧张的心情。诗中反复运用"采采"一词，我们若是以局外人的身份从表象上去体会，便是能领略到所谓劳动者当时愉快的心情；倘若我们能设身处地站在当时奴隶的角度去考虑一下，他们是否在'采'了又'采'紧张忙碌之中，更多的是体现出了因饥寒交迫而产生的不安与焦灼，以及迫不及待的意外欣喜。"

梅奕瀚轻叹一声："唉，'江头未是风波恶，别有人间行路难。'中国虽然有几千年的历史文明，又有哪个朝代会站在底层劳动者的角度去为人民考虑呢？没有。"

梅奕瀚稍停后，他的话锋一转，"只有新中国，只有共产党才真正地为我们的人民谋幸福，只有这个时代我们的人民才真正是国家的主人。我们的人民不仅拥有自己安身立命的土地，而且时时刻刻会得到国家的关爱与帮扶，我们才能过上和谐安康的生活。"

丁毅说："梅书记对于《苯苣》的解读令人敬服。我认为，一个人心中没有大爱，难以悟彻这首诗中所隐含的苦乐与无奈。所幸，我们现在赶上了好时代。"

"人类社会总是会向健康、文明与进步的方向发展的，所以我们得加快更新自己的思想观念。"梅奕瀚说，"平邑区是一个传统的农业区，农业作物基本还保持着过去的几个农产品。这几年，咱们区大打黄花品牌，算是蹚出了一条新路，但我们不能局限于此，应该去寻找去发现更多的农业经济增长点，拓宽经营渠道和经营思路，在确保民生粮食安全的前提下，合理利用土地，发展有利于人类健康发展的高产、高效的农作物。"

"梅书记，车前草目前在国内种植的面积相对较小，且其价值也比较可观，可否作为未来的发展目标？"丁毅问。

梅奕瀚看了看手里的车前草，说："这类野草药越来越难见到了，市面上看到的也多为种植的。原因可能是由于农药的大量使用，特别是除草剂的使用，导致野生车前草大量减少。另一个原因可能是对野草药的过度采挖，导致数量大幅下降。市面上车前草统货价在十块钱左右。由于车前草种植成本低，利润还是比较乐观的。但是，车前草毕竟是一种药材，市场比较狭窄，不利于种植户大面积发展。我们无论种植什么作物，在开发种植之前，有必要先针对性地开展一番市场调查，熟悉和了解它的市场行情以及销售渠道。不过，不是说车前草这项产业不能发展，而是可以利用非耕地的沙滩荒地等进行撒播种植，此外还可以利用荒坡荒滩栽培枸杞、蓝莓、木瓜等木本植物。这些植物除了可以防风固沙优化自然环境和生态环境外，还具有很高的经济价值。"

　　陈志远摸摸头说："月城村的荒坡荒滩比较多，这些都可以种，只是担心销售的问题。"

　　梅奕瀚说："月城村的杂粮和黄花叶工艺品不是卖得很好嘛，靠的是啥？靠的就是产品的品质。只要咱的东西好，就不怕卖不出去，更不用担心卖不上好价钱。现在的网络这么发达，只要你自己做足了做好了功课，就没有解决不了的难题。当然，如果能有一些积极的社会因素参与，对于我们发展农业生产，加大销售力度还是很有帮助的。据近日报道，7月20日左右，第四届成龙国际动作电影周将在恒州市举行。届时，成龙会到咱们平邑区了解扶贫情况，并和当地农民一起摘黄花。成龙说，他还要为平邑区的黄花作产品销售代言人。有这样的电影人为我们的产品做推广，咱们平邑区的黄花会更快地行销全国、走向世界。"

　　肖佳怡听说成龙要来平邑区，显得有些激动。

　　在众人的期盼中，成龙果然如约而来。这一年，平邑区的黄花收入因为有成龙的参与，更是打了一个大胜仗。而月城村的黄花产业和有机旱作农业、黄花叶工艺品收益也再次大获丰收，三鑫公司签订的合同价水涨船高，有机谷子的收购价调整到每斤三元二角。月城村连续两年收入创出新高，为全区农业生产发展又蹚出了一条新的发展之路。

2018年秋，富裕起来的月城村为了丰富村民们的文化生活，新建了文化活动中心，还在恒州市万人广场舞大赛中获了奖。12月，该村的富硒杂粮在第十九届中国绿色食品博览会上荣获金奖。

根据中共中央办公厅、国务院办公厅《关于建立贫困退出机制的意见》和《山西省2018年贫困县退出专项评估检查工作方案》等有关规定，经市级初审、省级行业部门及督导评价、第三方实地评估检查等"摘帽"退出程序，2018年年底平邑区正式退出国家贫困县的行列，全区人民为之欢欣鼓舞。

适逢春节，月城村举办了隆重的迎新春年会。大街小巷清扫路面，张灯结彩。村子里消失多年的秧歌再次舞动起来，村民们扮作唐僧、孙悟空、猪八戒、沙僧、陀头和尚、傻公子、丑媒婆、柴翁。各种角色或威武雄浑，或柔美俏丽，千姿百态，滑稽逗笑，美不胜收。

正在这时，打村外开进了三辆车，走在前面的是一辆广东牌照的黑色高级商务车。那车在靠近秧歌队不远处停了下来。少顷，从前面的车上下来一位年轻人，只见他潇潇洒洒、昂首阔步向人群这边走来。后面那两辆车也走下了五个人，是平邑区委书记梅奕瀚和古家庄乡党委书记丁毅、乡长张志等，他们站在原地观望着。

陈志远赶忙走过去，与梅奕瀚等人打过招呼。

待那年轻人走至近前，脚步慢了下来，他俊朗的双眼一边在人群中仔细地搜寻，一边向村民们点头挥手致意。当他走到庞庆和的面前时停了下来，一伸手抱住庞庆和，然后再"扑通"一声跪倒在他的面前。

福强已经是大一学生，他和母亲马二女、陈大勇陪在庞庆和的身边。

庞庆和傻愣愣地端详着眼前的年轻人，嘴唇一下子抽动起来。

"爹，我是您的不孝儿子小伟呀。爹，我回来看您了！"

"是小伟，爹，是咱家小伟。"马二女激动地说。

"小伟？"庞庆和再次仔仔细细端详着庞伟，忽然号啕大哭起来。"孩子，我的伟儿，你还活着？快让爹看看，好好看看。"

"爹，我活着哩，我活得好好的哩。爹，您摸摸我，您再像小时候那样摸摸我。"庞伟也是泪如雨下，他将庞庆和的一双手捂在自己的脸上。

庞庆和猛地抽回了手，他颤抖着说："十三年了，你离开家十三年了，我和你妈的眼泪都哭干了。这十三年你到底去哪里了？为什么不回家？"

陈志远一看，果然是消失了多年的庞伟，便吩咐众人将他扶了起来。

庞伟说："爹，我何尝不想回来看你们，我回不来呀。"于是，庞伟便将自己这些年的经历一五一十地讲述出来。

那年，庞伟大学毕业后一直没有找到工作，便回到村里希望从父母那里筹措一些钱，想托关系进入一家大型国企。可是，被贫困挤压的庞庆和实在拿不出钱，庞伟只好含泪离开了村子。为了找到一份理想的工作，庞伟先后去过几个地方，然后应聘到了深圳一家外资企业。庞伟在深圳仅仅待了两个月，就被这家公司抽掉到荷兰学习。由于庞伟吃苦肯钻研，三年的深造期过后他便成了这家企业的技术骨干，之后被派往丹麦等国工作，这一干就是十三年。今年十月，庞伟再被抽掉回国，留在了深圳，成了这家外企深圳公司的副总。

"爹，我时时想念着家乡，想念着乡亲们。"庞伟说。

马二女泪眼婆娑地凑到庞庆和跟前，说："爹，小伟打小就是倔性子，在外这么些年，肯定打算着不混出个人样不回来。"

庞庆和或许是因为太激动，或许他没有完全听懂庞伟说些什么，他只是直盯盯地看着那辆商务车期待着什么，而那辆车的车门始终再没有打开。

"那车上是个谁？你的媳妇和孩子们咋不下车哩？"庞庆和声音低沉地问了一句。

庞伟微微一笑："爹，车上那是我的司机，我还没有结婚哩。"

"啥，你还没有结婚？"庞庆和顿时像泄了气的皮球，脑袋耷拉下来，只感觉脸上一下子火辣辣的。

"你出去这么多年，咋还没有结婚？唉，我就知道，这些年你为啥不回来，就是因为赚不下个钱。"庞庆和说着，用手指了指一排排新房。"你看看，咱月城村都大变了样，你咋还那么没出息？赶快回来吧，以后哪里也别去了，什么丹麦、小麦、莜麦的，还不如回来跟着大伙儿种黄花，种有机旱作谷子。你知道吗，咱家这两年纯收入就十几万元。孩子，不怕，以后咱啥也不怕了，咱有钱就不怕娶不上个媳妇。"

众人便哈哈大笑。

福强说："爷爷，我叔叔说的那个丹麦，是一个国家，不是您想的那种小麦和莜麦。"

庞伟看着眼前高大俊朗的小伙子，问："爹，这是……"

"这是你的亲侄儿福强，这是你嫂子，你不认识了吗？这是你大勇叔。"

"嫂子好，大勇叔好。我光顾着和爹说话了，对不起。谢谢你们这些年帮着我照顾爹妈。"

"伟儿，你回来就好。"马二女高兴地说。

庞伟笑眯眯地看着父亲说："爹，您知道我们公司一年收入多少个亿吗？"

"啥，亿？"庞庆和不知道一个亿到底是多少，但是他知道那是很多很多，是他永远无法想象的钱。

"伟儿，你咋找到这里的？"庞庆和又问。

庞伟用手一指，说："是区委梅书记和乡里的丁书记陪我过来的。"

"啥，梅书记？人家那么大的官，怎么会陪你回来哩？"庞庆和不解地问。

"爹，这里没有官，他们都是人民的公仆。"庞伟笑着说。

庞庆和似乎明白过来，说："我知道了。那些年，我一直在旧村外的土丘上等你回来。梅书记刚调来时，到咱们村来，遇上了我，也知道了你的情况。回去后，他让人帮我在全国到处寻找你，可是最终没有找到。一准儿是梅书记刚刚找到了你，然后专门把你送了回来。梅书记这个人好，真好。"

梅奕瀚等人已经走了过来。梅奕瀚说："老哥哥，不是我帮你找回你的宝贝儿子，是他自己回来的，是他怀着赤子深情回来帮扶咱们家乡了。"

丁毅便把庞伟回来与区委区政府洽谈的事宜说了一遍。原来，庞伟已从网络媒体上得知家乡发生了巨变，月城村得益于政府扶持已经迁到了新村。庞伟回来后，先直接去了平邑区政府，他代表公司表示将与平邑区进行深度合作，打造平邑区数字经济乡村建设新机制，为家乡经济与文化振兴、全面推进小康社会助一把力。

梅奕瀚说："月城村人杰地灵，咱平邑区钟灵毓秀。庞伟是好样的，咱平邑区所有的人民都是好样的。这些年来，因为贫困，我们每个人都在忍辱负重砥砺前行。现在，我们平邑区彻底脱贫了，我们进入了脱贫巩固、乡村振兴发展、共建小康社会的崭新时代。有庞伟这样出类拔萃的好青年，有许许多多像庞伟一样深爱着家乡的平邑区人民，有我们团结一致众志成城的决心和凝聚力，我相信我们的平邑将会是天下最美的平邑。"

现场一时人心振奋，掌声雷鸣。

庞伟忽然问："爹，我妈哩？"

"你妈在家里。她患有慢性关节炎，经常腿疼，不能出来看红火。"

"待会儿我去看妈。"庞伟向车里一招手，从车上下来一位小伙子，手里拎着一个包。

庞伟说："我这么多年没有回来，感谢乡亲们陪伴我的父母。今天刚好是春节，我给村里每个人准备了一个现金红包，就此祝福大家新春快乐。"

张志看着现场发放红包火热的场面，便喊了一嗓子："过年了。咱们把旺火点起来，锣鼓敲起来，秧歌扭起来，烟火放起来！"

一阵浩荡的春风穿过平邑，跨过桑干河，月城村顿时成了一片欢乐的海洋。

春生掀掉了头上猪八戒的面具，他喜滋滋地说："我给大家唱一段曲子。"

> 春风吹过锦绣云州区，
> 要把这欢乐带到了哪里。
> 老百姓有党的好书记，
> 如今的生活过得甜如蜜。
> 站在桑干河边望北京，
> 亿万的人民彼此心连心。
> 一元复始那万象更新，
> 祝愿我们祖国永远美丽。

乡村振兴推进会

2019年年初，平邑区围绕"十九大"精神，就全区巩固和拓展脱贫成果、全面推进乡村振兴问题召开了推进会。

梅奕瀚首先深情地回顾了八年来黄花产业发展的艰难历程。他说："过去的几年，我们逐步从传统农业向现代农业进行了大的转变，将现代工业要素投入农业来替代传统的农耕要素。如今，平邑区的黄花不仅成了恒州市的市花，而且已经闻名全国、驰名海外。2019年，我有三个梦想与大家共勉：一是把平邑区打造成全国的黄花菜集散地，这个目标正在变成现实；二是打造面向华北市场的干菜生产基地，我区的黄花烘干设备多、加工能力大，过了黄花采摘季，这些设备也不能闲置，我们要开足马力加工干菜，从占领火锅店开始，占领华北的干菜市场。第三个梦想是黄花旅游在全区大爆发，我们的黄花三产已经联动，种植、加工带动旅游。黄花是全国唯一的避暑花，花期与学生暑假同步，规模大、景观美，加上平邑区的夏季凉爽干燥，更利于我们发展旅游业。去年，成龙带火了杨家堡和黄花田园综合体旅游，今年靠四通八达的乡村路网和全区脱贫提升后的村容村貌，要让乡村旅游在各乡镇村落遍地开花。我们也邀请有志于此的企业和个人，来把我们易地搬迁空出来的旧村、旧居，改造成各具风情的乡村客栈，把来游火山、看黄花、逛桑干河湿地公园的人再吸引到各村去吃土饭、住民宿、购农产品，让游客看山、看水、吃黄花、记乡愁。"

梅奕瀚说到这里，会场上响起了热烈的掌声。梅奕瀚环视会场一周，他的神情忽然严肃起来。

"我看得出来，大家此时都怀着激动愉悦的心情。其实，我本应该和大家一样，好好放松一下心情，但是我不能，在座的每一位同志也不能，我们全区的人民都不能。因为我们刚刚摆脱了贫困顽疾才站立起来，我们尚且是雏鸟只是学会了走路，还没有达到精力充沛地去任意奔跑、飞翔。我们现在还处在全区脱贫后最重要的十字路口，我们只能选择一直向前再向前，绝对不允许走任何的弯路，出现任何的差错，更不能原地踏步甚至是倒退一步。所以，接下来，我们必须要加强巩固拓展脱贫攻坚的成果，健全防止返贫机制，做好搬迁后续扶贫工作，加快推进全区乡村的振兴工作。"

丁毅根据古家庄乡基层党组织现状，率先在各村推出了农村社会治理新模式"巷长制"。按照乡里的部署，陈志远将月城村各条街巷分别增设了巷长，之后他带着三个村支委专门去看望陶利。

陶利自打村里易地安置房分房事件后，虽然依旧嘴快如刀，泼辣的性情未改，但很明显失去了过去钻营的咄咄锋芒，更没有再拉拢或鼓动村民们去聚众上访。尤其是儿子小虎已经升任为企业一个部门的主管，她认识到自己再不能给儿子的脸上抹黑了。

对于陈志远带着村支委集体上门探视，陶利颇感意外。她说："你们这齐刷刷跑来，莫不是我又犯了什么错误？"

"嫂子你别误会，我们是真诚来邀请你出山的。"

"这月城村已经搬到大山外了，还出什么山？"

陈志远笑着说："我说的不是天户山、銮山，是强化村两委领导班子和村党支部战斗堡垒的大山。"

陶利一撇嘴"嗤"了一声，说："实孩儿，你别当了两天村干部就不知道自己还夹着个泥尾巴，别弄这些虚头巴脑的话来糊弄我，你讲明白点，到底是来干啥的。"

"嫂子，我说的是真事，我们是带着诚意来找你的。"陈志远说，"眼下，咱们村已经脱贫了，不过我们距离真正的小康生活还有一定的距离，我们更需要巩固脱贫的成果，夯实群众发家致富持续发展的基础。为此，咱们村就得打造一支坚强有力的村两委领导班子，同时培养群众的大局意识、核心意识、看齐意识，只有这样，我们未来的小康路子才会越走越坚实。所以，我们想邀请你加入到我们的队伍中。"

陶利"噗嗤"一笑，说："咱实孩儿果真变得有出息了，你只要是公公正正踏踏实实为村民们做事，嫂子肯定支持你。只是，我不是党员，你们找我没有用。"

"嫂子，你虽然不是党员，但可以专门来监督我们党员的工作。我知道你有双慧眼，喜欢'挑刺儿'，也能挑出'刺儿'来。"

陶利的脸色一下大变，她愤愤地说："实孩儿，我现在才明白了，你是专来找事，讽刺我、挖苦我、贬低我。"

"嫂子，你又误会了。"陈志远急忙解释着，"我没有一点点不敬你的意思，我是说你看待事情比较透彻，能帮我们指出工作中不足的地方，这有利于我们及时改正工作中的错误。俗话说，当局者迷旁观者清。只有通过党员代表和群众代表对我们的工作和村委会公务进行全面有效的监督，才能增强全体党员的服务意识，提升党员服务能力，这样咱们村子才能长久健康地发展。所以我想邀请你和庞晓武担任咱们村监委会的主要负责人，负责监督并提醒完善村两委干部及巷长的日常工作。"

陶利一听，立刻转怒为笑："噢，照你这么一说，还真是点好事。只要大家看得起我，这营生我愿意干。"

唐逸给陈志远打电话说有事商量，一会儿在村委会见面。

陈志远见到唐逸后，问："最近很少见你在村子，忙什么哩？"

唐逸笑眯眯地说："我去忙一件重要的事情。"说着，他从包里拿出一份彩页册子递给了陈志远。

"月城驿体验式农庄项目发展规划书？"

"是的。我听说咱们村曾经是一座千年古驿，之后我拜访了市里几位知名的文化人士，他们都认为咱们这座千年古驿大有挖掘和发展的潜力，并建议我要很好地利用历史文化资源，发展乡村文化旅游项目。这是我根据专家们的建议设计的一套古驿体验、康养、旅游规划项目。"

陈志远打开第一页，是彩色的"月城古驿全景图"。只见满山翠绿的天户山、峦山之间，月城古驿嵌于山口；其北端入口处两壁间夹一座古朴的山寨式大门，大门两侧顶端悬飞檐小箭楼；一条铺满青石的大道自北向南将月城驿一分为二，道路两边是茶坊客栈市井街衢，其中"三弗客舍"因其门庭别致最引人注目；古驿内小桥流水，老榆参天，曲柳摇风，劲柏挺秀，苍松如盖；高低起伏错落有致地矗立着山关庙、五道庙、河神庙、龙王庙、关帝庙、佛殿庙、罗汉庙、老爷庙、奶奶庙等，每座庙宇之间散落着数户人家，门外是篱笆小园，园内果蔬繁盛；古驿东边绝壁下是滔滔河水，绝壁南段山口间是一挂虎口谷瀑布，绝壁中段之上高耸着一座巨大古堡；古驿之西则是北魏皇家行宫和明代月城驿驿站，驿站南是连片的兵营，驿站北是偌大的马厩。

"真美！听我妈讲，六七十年代那会儿，咱村的虎口谷瀑布和清水沟瀑布就是这个样子，平时是一挂清泉瀑布飞流直下，到了洪水暴发时虎口谷和清水沟的瀑布飞溅数十米，震耳欲聋。还有这些庙宇，村里的老人们现在还常念叨。只可惜这些庙宇和驿站设施都不在了，就连古堡也仅仅残存下来一小部分。"陈志远说。

"这大约是六百多年前月城驿的样子，那时的月城驿也称月城河。"唐逸指着月城古驿全景图说，"这条大道就是北魏打开'南天之门'的官道，也是明代大同府为抵御游牧部落而设的月城驿军事堡垒。图中大体再现了明代文学家袁中道游历月城驿的场景，而这些庙宇都是月城驿当年真实存在的庙宇。据咱村的老人说，其实当年的庙宇还不止这些，其中五道庙当时就有三座，分别位于月城驿的南、中、北。此外，月城驿还有图上没有表现出来的古代地道、运兵通道、粮草补给通道等军事设施。"

这份彩页册子的后面附了月城驿体验式农庄具体规划发展项目，包括项目分析、相关衍生产业、相关政策法规、市场调研、投资利润评估、可行性操作方案等。陈志远翻看完这本册子，由最初的欣喜竟变得黯然起来。

"唐哥，这个规划项目的确是好，可是没有资金来源，还是没有希望。"

"我们可以循序渐进地发展，先打开小局面，之后再招商引资。"

"那你说该怎么办？"

"咱们利用现有资源，把能发展起来的项目先做好。首先，必须在月城旧村口建起月城驿古驿的大门；然后整饬月城旧村的村容村貌，留住具有历史价值和人文传说的老窑洞老房子，修旧如旧，保持其历史的原有风貌，将其打造成游客体验式的民俗住宿房；拆掉已经破败不堪、倒塌的旧房，恢复其原有土地功能，开辟种植花圃、果园、蔬菜等，供游客体验式参与管理与采摘；恢复尚且残存的老爷庙以及明代大戏台，体现出月城驿的历史文化根脉；恢复人民公社时期的村委会及供销社旧貌，收集旧时村委会的办公用品、文化用品、集训安保用品和同时期的农家烟酒、鞋帽、纸张、布匹、日用百货以及农家生活用具、生产工具等，形成两个怀念乡愁的博物馆；恢复月城旧村的军事地道功能，建成国内比较稀少又独具特色的旅游项目，供游客参观游玩；在农家小院适当圈养一些鸡鸭牛羊狗，营造农家乡野情趣；利用村里的山泉水资源挖塘建湖，打造自然山水风景。此外，召集村里的能工巧匠，恢复村里原有的铁匠坊、木匠坊、土法榨油坊、碾道石磨豆腐坊和磨面坊、传统打饼坊、压粉坊、民俗剪纸坊、手工编织坊、染布坊、大酱坊等等，这些作坊生产出来的产品不仅能为村民们增加收益，还可以唤醒游客沉寂在骨子里的乡愁；利用自种自给自养的纯绿色粮食资源、蔬菜资源和肉食资源，打造真正的农家特色餐饮文化，重点突出旧时本地农家土饭特点，譬如：土法腌菜、腌肉、生鲜野菜、风干菜、风干肉、风干豆腐、带皮糕、油炸糕、高粱糕、糕花、小米粥等等，我想这些土饭一定会触到中老年游客儿时的味蕾。"

唐逸一口气说下来，惊得陈志远目瞪口呆。

"如果咱们先把这些项目做好了，那么以后的发展前景必定广阔。等这些项目做好了、稳定了，咱们还可以因地制宜打造北魏餐饮文化、民俗文化、歌舞文化、边塞文化旅游专区。"唐逸说。

陈志远再次摸了摸头："问题是，就这些项目也得需要很多的资金。"

"我已经将这本《月城驿体验式农庄项目发展规划书》给了乡里的丁书记一份，看看政府能不能为咱们这个项目提供资金扶持。另外，我个人有一部分资金，我们还可以组织全体村民们集资入股。"

陈志远向月城旧村那边眺望着，一时陷入了沉思。

再议"玄珠"

这段时间，梅奕瀚再次深入各乡镇村落进行深度调研，他想重点挖掘开拓乡村隐形的文旅产业，以此作为乡村巩固脱贫和经济、文化双振兴新的效益增长点。梅奕瀚认真比对全区三镇七乡各自的发展潜力和资源优势，他忽然又想到了"黄帝遗珠"的故事，便匆匆去了古家庄乡。

丁毅就古家庄乡各村推行党员"巷长制"向梅奕瀚做了简单的工作汇报。

"你是怎么想到这个强化基层党组织和农村社会治理的新模式？"梅奕瀚饶有兴趣地问道。

"去年，我在媒体上看到安徽省明光市在涧溪镇白沙王村率先探索试点'巷长制'，这个报道给予了我很大的启发。"

梅奕瀚说："农村基层党支部一般仅有几个人在发挥作用，而其他的党员往往很少有机会能真正地参与到基层党组织的工作当中，这样不仅使广大的党员失去了与党组织的凝聚力，更不能发挥出每一个党员的先锋模范作用。'巷长制'看似是复古式的弄堂日常管理制度，实则创建了一个广大党员与人民群众密切接触水乳交融的重要纽带，也是提升基层党组织自信、党员自信和群众自信的一个辅助桥梁，有利于党员与群众共同参与农村集体建设和社会建设，是巩固和提升脱贫成果、振兴乡村的一个重要平台。所以，这个'巷长制'建立的好，我们全区接下来都要积极推广这个'巷长制'。"

"陈志远很会用人，他竟然让陶利担任了月城村监委的负责人。"

梅奕瀚微微一笑："这小伙子脑子聪明，进步很快。陶利加入村监委，不仅能彻底改善了一个人的思想，消除了村里的不正之风，同时也能对村两委的工作进行有效的监督，这是一箭三雕。"

"梅书记，您对古家庄乡接下来的工作有什么指示？"

"小丁同志，你是很有文学素养的，怎么能说是'指示'？你叫我一声梅书记，这不过是工作上的一种称谓；如果你能叫我奕瀚，那就是把我看作了你的亲密兄弟。我们之间除了友谊，只是为了工作，工作的方向、目标、对与错，我们都可以彼此交流，相互指点、批评与自我批评，我既可以做你的老师，也可以做你的学生。所以，以后切勿再用这些不当的辞藻。"

"对不起，感谢梅书记教诲。"

梅奕瀚说："脱贫攻坚解决的是绝对贫困问题，而乡村振兴是为了缓解相对贫困、缩小收入差距，这期间必然有一个过渡期。过渡期的底线是防止规模性返贫与新增贫困人口出现。中央提出'不摘责任、不摘政策、不摘帮扶、不摘监管'，要求各地要因地制宜地解决各类风险导致的返贫问题。当前，还有一小部分脱贫人口仅仅达到脱贫的最低标准，这也是遭遇风险后容易返贫的主要原因，我们要在巩固脱贫攻坚成果的基础上，进一步以提高这部分人的收入水平、生活标准为目标。"

丁毅又问："古家庄乡几个村子实行易地搬迁安置后，留下的几座空置村落是否要拆除复耕？"

"这也是我这次下乡调研的主要目的。'黄帝遗珠'的故事你是否知道？"

"知道一点。之前，我听说梅书记去月城村调研时曾与陈德懋老先生有过一段精彩的对话。"

"小丁同志，那你说说对于'黄帝遗珠'的看法。"

"我个人认为这是一个哲学命题，在特定的社会环境中需要去辩证分析。晚清洋务派领袖王先谦在评注'象罔'这个人物时，引用了宣颖之《南华经解》中的一句话：'似有象而实无，盖无心之谓。'后世人便据此将'象罔'引申为'不真切、模糊不清'的含义。"

梅奕瀚点了点头。"你说得很好，同时也指出了问题的关键。也就是说，这个'象罔'到底是看似无为，实际卓而有为；还是其本无为，徒劳而虚张声势。再反复揣摩'黄帝遗珠'的故事，便是疑窦丛生，其内涵更为深刻。首先，黄帝在游赤水和昆仑山时，是否真的遗失了'玄珠'，还是在考验'知''离朱''吃诟''象罔'的才能与智慧？其次，'玄珠'之事或许本来就是一个伪命题，但'玄珠'之外生活中真实的'玄珠'的确是存在，这就考验当事者判断和处理事物的能力。与"黄帝遗珠"之事可有一比的是'常山藏符'，说的是春秋时期赵简子命其子去常山寻找宝符的事。赵简子对几个儿子说，他已将宝符藏于常山之上，若是谁找到了宝符就赏赐给他。几个儿子风尘仆仆都赶到了常山，结果一个个失望而归，唯独一个叫毋恤的儿子赤手空空回来说，他已经找到了宝符。毋恤的母亲不仅是庶妻，而且因出身卑微，相貌平庸，故毋恤一直不被赵简子看好。赵简子便问毋恤，你找到的宝符在哪里？毋恤说，自常山向下观代国之地，代国便是宝符，夺代国如探囊取物也。赵简子不禁大喜，他此时才明白毋恤有治国非凡之才，于是废掉了嫡子伯鲁的太子之位，立毋恤为太子。此后，毋恤设计将代王诱至夏屋山，而轻松夺取了代国领地，这个毋恤便是后来赫赫有名的赵襄子。'黄帝遗珠'与'常山藏符'有异曲同工之妙，或似是而非，或似非而是，这就看如何去把握其中的奥妙。说到易地搬迁后空置村的处理问题，也是这个道理，这就要看空置村是否有'玄珠'和'宝符'潜在的价值和留存的意义。"

丁毅一边聚精会神地认真聆听，一边给梅奕瀚倒了一杯水。

梅奕瀚说:"陈德懋老先生说得没错,月城旧村的确是一颗被时光掩埋的'玄珠'。我们平邑区迢迢三千年有文字记录的历史中,现在能留在我们身边的历史文化遗存少之又少。而月城村从北魏定都平城打开'南天之门'算起,已经有一千六百多年的历史,就算是从明太祖即位设月城驿的记载算起,其驿站前后跨越六百余年,中国古代历史驿站能不间断存续这么多年实属罕见,而且又留下了古代文学大家袁中道的瑰丽诗篇,现在说其为风尘'遗珠'并不为过。所以,像这样的空置村绝对不能为了复耕而将其夷为平地,而是要很好地加以保护,让其恢复历史的真容,从而造福于社会、造福于人民群众。对于那些留存价值不大,缺少人文历史和文化底蕴的空置村,如果能合理开发利用的就加以开发利用,毕竟这些村落曾经滋养过一代又一代我们的人民,这些村子有他们永远斩不断的根,可以帮助他们记住乡愁;如果这些村子不能被开发利用,就不能任其荒废土地,需要及时拆除复耕。"

"梅书记,这些空置村该如何开发利用,发挥它应有的价值?"

梅奕瀚向窗外看了一眼,天户山上睡佛的鼻翼高挺俊秀。

"文化是乡村开发旅游资源必不可少的条件。建设最美乡村,除了要有良好的经济环境、社会环境和生活环境,还得要有扎实的文化来做支撑。历史上'黄帝遗珠'的故事其实还暗含着另一个道理,求道应该自然无为,如果刻意追求,道反而消失了。中国道家的思想精华是,道法自然、天人合一、无为而治。崇尚自然,遵循客观规律,是人与自然和谐的生态伦理精神。人只有遵循自然法则,合乎自然要求,不恣意妄为,才能为自然界接纳。中央强调:'新农村建设一定要走符合农村实际的路子,遵循乡村自身发展规律,充分体现农村特点,注意乡土味道,保留乡村风貌,留得住青山绿水,记得住乡愁。'我们在开发利用这些空置村时,必须要遵循这些原则。我们搞乡村旅游就是要崇尚自然,应做到'养、土、野、俗、古、洋'六味俱全。所谓的'养',就是田园养生,我们要以田园为生活空间,以农作、农事、农活为生活内容，以农业生产和农村经济发展为生活目标，让游客和我们的人民共同融入到回归自然、享受生命、修身养性、度假休闲、健康身体、治疗疾病、颐养天年的生活氛围当中。白居易《村夜》中，有一句'独出前门望远田，月明荞麦花如雪。'这种回归乡村静谧安详的氛围，是何等惬意的景致。所谓的'土'，其实就是守住生命记忆的纯真，要保留原来真实的、古拙的、独特的民居、桥梁、古道等等，这是我们追求乡村旅游的核心和古老淳朴的文化载体。高鼎在回到阔别多年的家乡后，触景生情写过一首《村居》，通过故乡古朴的人文风貌、草长莺飞、杨柳醉春烟，表达出自己归乡后难抑内心的激动与兴奋。所谓的'野'，就是要守护一方的乡野。宋代翁卷《乡村四月》一诗表达的就是一种浓浓的乡情，虽然子规的啼鸣已经消失在遥淼的千年，但是子规的声音愈是久远，愈是绵长，愈是令人揪心而怀想，愈是增添了人们挥之不去的离愁别绪。所谓的'俗'，就是追求一种厚重质朴的风情。唐代顾况在《过山农庄》中描绘了一幅小桥流水、茅檐鸡鸣、烟火十足纯朴的乡村风景图。千百年来的农耕文化积淀形成的生产方式、生活习俗、民族风情等构成了乡村独有的文化特性，其中要有历史、有故事、有情趣、有风俗，这种俗味对于我们现代人弥足珍贵。所谓的大俗即大雅，'俗'也正在于入乡随俗，游客参与和体验这类乡村民俗活动，原汁原味的农趣，使人们能重温童年的味道，也能让都市的孩子们体验到了真正的农趣。'古'便是传承文化根脉。乡村旅游扎根于古老的村庄，即便是残垣断瓦，也有着自己独特的故事。鉴于此，要梳理当地文脉，传承当地文韵，存留当地古味。要在保护中开发，在开发中保护，力求修旧如旧，避免大拆大建。'洋'就是在遵古崇尚自然的基础上，要有所新的创意。譬如，可以适当引入一些时尚化、现代化、观赏化元素，这样不仅改善了当地群众的生活质量，也提升了外来游客的舒适度，甚至给游客创造意外惊喜。但是，添加现代元素，要注意适度，过犹不及，结果只会弄巧成拙。"

"梅书记所说的一番话也正合墨家的思想,'大道至简'。"丁毅附和道。

梅奕瀚说:"小丁同志,我们全区虽然脱贫了,但是留在我们肩上的担子依然不轻啊,所以我们都得再加一把劲儿。关于月城旧村的事,我们要加大招商引资力度,绝不能让这座千年古驿荒废了。"

丁毅说:"昨天,唐逸拿给我一本册子,是'月城驿体验式农庄项目发展规划书',我看了一下,这个规划书很不错。"说着,丁毅将那本册子递给了梅奕瀚。

梅奕瀚仔细看着那本规划书,频频点头。

"好,唐逸的这个体验式农庄项目发展规划书做得好,不仅符合相关的政策法规,同时将月城驿这颗埋藏了千年的'玄珠'很好地挖掘了出来,尤其是月城驿的地道是一项不可多得的历史文化旅游资源。几天前,我去月城旧村又看了看,就是为了这个保存至今的地道,它是人们忽视遗忘了的巨大明珠。我国的地道旅游业少之又少,目前除了山东冉庄、北京顺义焦庄和亳州的地道旅游业风风火火外,玉门的地道旅游业尚在部署中。冉庄地道和焦庄地道是抗战时期'地道战'的产物,亳州谯城区的地道则是三国时曹操连通城内外的军事通道,玉门的地道仅为20世纪60年代的备战备荒地道,而月城驿的地道可追溯到北魏,其在明朝构成了月城驿地上、地下网络纵横交错的军事设施,抗战前后又发挥了重要的作用。可以说,月城驿的地道极具旅游开发价值。"

"唐逸就这些规划项目希望得到政府的扶持。"

梅奕瀚沉默片刻说:"月城驿这份看似简单的发展规划书,实际上是一项比较复杂系统的乡村旅游综合开发项目,所需的资金并非小数。这种项目一般依靠招商引资,或村民自筹资金,或政府直接投资。目前,平邑区刚全面脱贫,县财政资金实行专款专用,主要用于农业项目建设和现代农业科技示范项目方面,政府财力有限,对休闲农业项目建设发展的投资还很少。不久前,财政部、我省、我市都下发了《关于加强扶持村级集体经济发展资金管理的通知》，这是一个千载难逢的好机会。我们可以把'月城驿体验式农庄项目发展规划'报上去，如果能通过省市相关部门的立项评审，将会得到省市大力扶持开发资金，这样月城驿的规划发展项目便能解决一定的资金难题。当然，唐逸这个项目发展规划书还有待完善，尽量做到'养、土、野、俗、古、洋'六要素。"

"好的，梅书记，之后我就安排去做这项工作。"

"月城旧村不管以后开发什么产业，都绝不能抛开千年古驿的历史文化根脉。这个村子从山上到山下，从村里到地下都有大量可挖掘的文化资源，在保护开发这座古驿的同时，未来最好是能将天户山、銮山的旅游资源通过高空缆车连为一体，这样游客到了月城驿便不只是短暂的停留，他们会吃住在月城驿的客舍，由此亦能体会到明代袁中道笔下月城驿繁荣富庶的生活场景。"

接着，梅奕瀚又询问了古家庄乡农事上的一些事情，丁毅分别做了回答。

梅奕瀚又说："古家庄乡在短短几年发展黄花种植面积达三千三百亩，夯实了产业脱贫基础。此外，各村的其他产业都有长足的发展。眼下，平邑区刚刚开始起步迈入数字经济时代，建起了平邑区电子商务公共服务中心，我们要依靠这个平台加快建立各村供销合作社，利用数据网络完善其工作系统。供销合作社任务重大，意义深远，它不仅承担一个村集体计划产品的购销，供应农业的生产和生活资料，提供市场信息等任务，而且能快捷有效地帮助农民促销农产品，让咱们的农产品物有所值。另外，打造北魏'九如贡米''九如贡菜'之事也不可懈怠，虽然咱们平邑区已经有了几个杂粮品牌和黄花商标，但是如果能把北魏'九如贡米'和'九如贡菜'的品牌响亮地打出去，那么这个潜在的价值和意义会更大。"

黄花成了"致富花"

在月城村的几户人家里，陈志远和肖佳怡、秦克勤和黄雅萱、石磊与曹花、王春生与贾兰兰、唐逸和妻子米莉却是被另一件事情感动着。平邑区委区政府为了展示全区在脱贫攻坚战和开启乡村振兴工作中所取得的巨大成果，特邀全区各村的优秀村干部和优秀村民召开一次盛大的庆典，陈志远、秦克勤、石磊、王春生、唐逸将受邀参加这次盛会。

贾兰兰兴奋地说："我过去还真不敢想咱们能过上现在这样幸福的生活，更不敢想你能有一天被政府邀请去参加这样的盛会。你能不能带我也去参加？"

"政府又没邀请你，咋去？要不趁这几天农闲时间，你回老家看看，已经有十三年了你没有回四川。"

春生这么一说，贾兰兰顿时来了兴致。

"你这个主意好，明天我就回去，只可惜你不能与我一同前往。"

"咱们现在富裕了，等有时间我再陪你回去。"

第二天，春生去送贾兰兰去等候客车。贾兰兰看着田野里黄花如海随风荡漾，莺鸟身披织锦，叫声婉转嘹亮，不禁由衷地感叹：这小小的黄花竟然成了取之不尽的摇钱树。

贾兰兰看着春生沉思的样子，问："你想啥哩？是不是担心我不再回来？"

春生撇嘴一乐，说："你贾兰兰现在就是被人追着用棒子打，你也不愿意离开这平邑区。"

"那是，咱们这么好的地方，谁愿意离开哩。"

春生笑眯眯地盯着贾兰兰一动不动，看得贾兰兰竟有几分羞涩。

"你笑啥哩，没见过我打扮得这么漂亮吧。我这身上的一件衣服就花了三千元，咱们现在有钱了，得穿得体面一些。"

"我们终于等到了这一天，这幸福好像来得太突然。"春生说着，他帮贾兰兰整理了一下衣袖。"你打算啥时候回来？到时我直接去市里接你？"

"大约半个月就回来了，你不用去市里接我，我们还在这桑干古道上见。"

"这些年，我醉酒时唱，清醒时也唱，有心事时唱，无心思时还唱，但我从来没有单独为你唱支曲子。今天，我想专为你唱上一段山曲。"

贾兰兰便泪眼花花地打了春生一把，说："你个没良心的，还能想起个我。"

春生搂着贾兰兰，便唱了起来：

这山山瞭见那座山山高，
再高也没有兰兰你人好。
勤劳吃苦模样儿还俊俏，
这么好的女人我上哪里找。

你还没走我就心花花慌，
相思的病儿立马就害上。
你说我活长还是活不长，
莫非你给我吃下了迷魂汤。

贾兰兰害羞地拍了春生一巴掌，说："讨厌，你这曲子太肉麻了。"说着，便依偎在春生的怀里。恰好有一辆内蒙古牌照的豪华商务车经过，贾兰兰赶忙推开了春生。那车窗的玻璃缓缓降了下来，春生一看，竟然是陈素箐回来了，她穿了身蒙古族的服装。

陈素箐自打嫁到了内蒙古大草原，从来没有回过月城村。这十年来，她对父亲陈常有的恨逐渐转为牵肠挂肚的思念，以至于近来常常在梦中哭醒。丈夫铁木尔说："回去吧，咱们带上儿子敖嘎回去看看，毕竟那是咱们的亲人，敖嘎还没有见过自己的外祖父和外祖母。"

陈常有家这几年也挣了不少钱，他的三个儿子都回到了村里。这几年，月城村民住上了新房，过上了富裕生活，陈小泉也改掉了过去游手好闲的毛病。陈小泉再不敢去找曹花了，如今石磊已经是村里的养羊大户，曹花还担起了村妇联的工作，陈小泉只期盼早日有一个自己真正的家。

陈素箐带着丈夫和孩子突然归来，令陈常有和杜月梅悲喜交加。这么多年了，陈素箐不仅没有回来过，也从来没有给家里来过一封信。不知有多少个夜晚，杜月梅以泪洗面，她痛恨陈常有硬是把自己和闺女相隔于天涯。而陈常有也在这十年里后悔不迭，尤其是庞石山死后将自己所挣的钱全部捐给了扶贫办，他顿悟了人间真正的善和爱，他痛恨自己不该拆散了女儿和庞石山的婚事。

陈素箐看着年迈的父母，泪如泉涌。

陈常有说："孩子，是爹做错了事，爹对不起你呀。"

"爹、妈，过去的就让它过去吧，你们二老该珍惜当下，珍惜这难得的好日子，好好保重身体。"陈素箐拉过来儿子，她分别指着父母用蒙语说到："那嘎其哦伯格、那嘎其额么格。"

敖嘎露出甜甜的笑容，连声叫道："那嘎其哦伯格、那嘎其额么格。"

杜月梅疑惑地问："这孩子说啥哩？"

"爹、妈，敖嘎是在叫姥爷、姥姥哩。"铁木尔用普通话回答。

陈素箐早从陈小泉那里得知了庞石山的事，她安慰过父母后，便带着铁木尔和敖嘎直接去了二道梁子。

天空的蓝依然是十年前的蓝，只是二道梁再不是从前的模样。这梁上被密密匝匝的野草和灌木丛覆盖着，此时却听不到昆虫或鸟儿的叫声，显得异常沉静而压抑。陈素箐过去经常和庞石山在这二道梁上幽会，她熟悉这里的环境，也熟悉哪道坡哪道沟壑有山丹丹花，但是现在这花儿没有了，或许尚未开放。

陈素箐来到庞石山坟前，将早已经准备好的祭品整整齐齐摆放在那里。

"我和丈夫铁木尔还有孩子敖嘎来看你了，你不会见怪吧。"陈素箐说着，探手将坟上的草一一拔下。"你怎么能那么糊涂哩，有病为啥不去看，偏要自寻短见，你还算是个男子汉吗？"

有一股风刮来，周边的灌木摇了摇，发出沙沙的响声，那声音似乎在说着什么。

陈素箐又说："谢谢你曾经给我讲的故事，也谢谢你曾经对我的爱。我听小泉说过你的事，你是好样的，你是一个有情有义的好男人，这辈子能和你交往一回，是我的福分。"陈素箐说着，眼里便有了泪。"可是，可是为什么咱村民的幸福来得这么晚？"

铁木尔将陈素箐轻轻揽在怀里，他用汉语说："石山，你是好样的，你是这天户山的雄鹰，我也一样爱你，我们全家人都爱你。如果有需要的话，我们一定会帮助这里的乡亲们。"

又一阵风吹过，那风里似乎夹杂着愉快的笑声。

在平邑县"忘忧大道"上，一场盛大而隆重的庆典在此举行。来自全国各地的新闻媒体记者以及老百姓们欢聚在一起，共同见证了平邑区脱贫攻坚战与乡村振兴所取得的巨大成果。

梅奕瀚正沉浸在此时现场无边的幸福中，他接到了一个电话，便与县长赵振宇耳语几句，随后急匆匆离去。打给梅奕瀚电话的是梅思雨。梅思雨说，爷爷得病了，她已经将爷爷和奶奶接到了恒州市，爷爷住进了市里的五医院。

梅奕瀚心急如焚地赶到了医院，父亲梅怀宇躺在病榻上，母亲和妻子祝彤陪伴在他的身边。医生经过对梅怀宇紧急抢救，他已经转危为安。

"爹，儿子不孝，对不起您老人家。"梅奕瀚见到父亲，顿时泪如雨下。

"孩子，你爹不会怪怨你。一个县的老百姓都在等着你，爹妈知道，你很难。"梅奕瀚的母亲说。

"我爹得的是什么病？"

"他的心脏一直不太好，你爹不让我告诉你。这次，他的心脏病再次复发，差一点要了命。"

"妈，您怎么这么糊涂，这样的病也敢瞒着我。"

"妈以后不瞒你了，我们啥都听你们的。"

梅奕瀚看着祝彤，问："你们是怎么知道爹突发病了？"

"今天是周日，我知道你很忙，就和思雨回老家去看望二老。我们去村里的时候，爹妈还在地里干活。可能是爹见了思雨太过高兴，便一下子感觉心脏不舒服，我们赶快把两位老人接回了市里。医生说，幸亏来得及时，要不爹就会有生命危险。"

此时，梅怀宇带着氧气面罩在静静地躺着，他的眼里却溢满了笑容。

梅奕瀚愧疚地看着父亲，说："爹，我再有几年就退休了，您一定要保重身体。待儿子退休后，每天陪在爹和妈的身边，我哪里也不去，你们想去哪里，我和祝彤陪着你们去哪里。好吗？"

梅怀宇满含笑容的眼里滑落了两行泪，他微微点了点头。

"爹，以后可千万不敢再种地了，我也不会再让你们回到村里，咱们就住在一起。"

梅奕瀚的母亲说："不了，这次真的不种了。你爹说，你已经带着平邑县的老百姓走出了贫困的泥窝，发家致了富，你爹也就心安了。你爹还说，你没有给咱芦甸村丢脸，那一塘的芦苇都记着你哩。"

2019年11月25日，国务院总理李克强主持召开研究部署国民经济和社会发展第十四个五年规划编制专题会议。平邑区委区政府在组织召开学习"十九大"五中全会和"十四五"规划专题会议精神后，再次做出了新的工作部署。

这一年，平邑区再次喜获大丰收。据平邑区国民经济和社会发展统计公报显示，2019年全区实现生产总值比八年前翻了近十倍。而月城村的村民经济收入也突破了前期新高，该村因此被确定为恒州市有机旱作农业重点示范区，富硒黄花、富硒杂粮、富硒甜瓜示范区，黄花叶工艺品创新产业重点发展区。月城村在第十九届中国绿色食品博览会上荣获金奖，完成了"三品一标"的认证；月城村又被确定为"无公害农产品产地"，获得了"有机转换产品认证证书"。

月城村，一座曾经古老的驿站，在历经了千年的等待，终于再次焕发出了繁荣生机。

平邑区政府借鉴月城村有机旱作农业的发展优势和黄花叶深加工工艺，大力推进这两项产业，在桑干河流域建起了十万亩有机旱作农业高质量发展示范区项目，加速了平邑区经济的发展，同时全区农业生产全程机械化率达到百分之八十五以上。

花开平邑，香满天下，福泽人民。平邑区凭借黄花支柱产业，唱响全国，走出了一条特色健康蓬勃的发展之路。平邑区人民在艰苦环境的磨砺下，全区人民彻底拔掉了贫困的根子，月城这座小山村就此走上了"逆袭之路"。

2020年平邑区黄花种植面积已经扩大到十七万亩，"恒州黄花"还入选全国产业扶贫典型案例。平邑县将黄花做成了大产业，有着很好的发展前景。此时，梅奕瀚站在一望无际的黄花基地，内心里百感交集。

2020年9月18日中央网信办信息化发展局进行了国家数字乡村试点地区名单公示，恒州市平邑区位列其中，自此平邑区正式走上了数字化时代。

贫困问题是当今世界的主要问题。从2011年开始，平邑区人民历时十年砥砺前行，绽放出中国北方最具典型意义的美丽花朵。他们有过沉重也有过酸楚，但是他们不为岁月所销蚀，不被命运所研磨，不因贫穷而压抑。十年的砺魂，十年的拼搏，终于实现了全区人口脱贫致富，走上了乡村振兴之路。这是平邑区（原称平邑县）党委对全区人民做出的庄重承诺，是全区人民沐浴党的关怀，不忘初心、齐心协力、共同奋斗的成果。平邑区人民脱贫致富之后，在巩固脱贫成果的基础上，已经走上了全面建成小康社会的新征程。如今，平邑区迈开的步伐更坚实有力，越迈越大。无论是桑干河之南的偏远村庄，还是火山群北线的遐遥村落，各乡村致力于发展黄花产业，发展有机旱作农业，发展生态旅游，开办特色电商等；平邑区人民正在以饱满的热忱、昂扬向上的精神、黄土变成金的信念，勤勤恳恳地书写着振兴乡村、建设最美乡村瑰丽的诗篇，共同创造着全面建设社会主义现代化强国、民族复兴的光辉伟业。

2021年2月，梅奕瀚调任恒州市人大常委会党组成员。平邑区这片热土，又迎来一位满腹经纶、朝气蓬勃的好青年担任区委书记。相信在他的带领下，平邑区必将会创建出更加美好的未来。

2021年5月，平邑区扶贫办重组为平邑区乡村振兴局，标志着平邑区在全面打赢脱贫攻坚战后，正式掀开了全面推进乡村振兴、共建小康社会崭新的一页。

这正是，十年砥砺绽芳华，风正扬帆再起航。